长篇历史小说

赵北方　桃子　著

长安墨景

西安出版社

图书在版编目（CIP）数据

长安墨 / 赵北方, 桃子著. — 西安：西安出版社,
2019.5（2021.5重印）
ISBN 978-7-5541-3942-4

Ⅰ.①长… Ⅱ.①赵… ②桃… Ⅲ.①长篇小说—中国—
当代 Ⅳ.①I247.5

中国版本图书馆CIP数据核字(2019)第120851号

长安墨
CHANGANMO

著　　者	赵北方　桃　子	
出版发行	西安出版社	
社　　址	西安市曲江新区雁南五路1868号影视演艺大厦11层	
电　　话	（029）85253740	
邮政编码	710061	
网　　址	www.xacbs.com	
印　　刷	永清县晔盛亚胶印有限公司	
开　　本	787mm×1092mm　1/16	
印　　张	25	
字　　数	403千	
版　　次	2019年5月第1版	
印　　次	2021年5月第2次印刷	
书　　号	ISBN 978-7-5541-3942-4	
定　　价	78.00元	

△本书如有缺页、误装，请寄回另换。

—— 自 序 ——

这是一则非常普通的新闻里陈述过的历史事实。

抗日的烽火从东北一路蔓延到华北，日军飞机越过重重层云，屡屡盘旋在旧时都城的上空。为了应对抗战时局和巩固后方之需要，一九三二年三月五日，南京国民政府四届二中全会决定'以长安为陪都，定名西京'，并委派张继等专员组成西京筹备委员会。暨此，正当中国人民日日为战争悬心之危急时刻，西安却开启了一场极为重要的、为期十三年之久的陪都建设大浪潮……

或许很多人至今并不知晓，八十七年前的西安，曾经有过这样一段令人自豪又扼腕叹息的悲壮历史。

那篇新闻报道详细记述了陇海铁路西安段修通后，带给西安这座城市的商业繁华：踩着高跟的摩登女郎，随处可见的金丝骷髅样太阳镜、草绿色美军帆布腰带，诸如此类的时尚装扮徜徉于西安街市上；还有兜售美货的小商贩，泡泡糖、巧克力、骆驼牌香烟、打火机、剃须刀……五花八门，琳琅满目。其时，笼罩在烽火连天中的万里山河已是残破飘摇，为何西安城却能偏安一隅、独享繁荣？在十三年的陪都建设大背景下，西安城究竟发生了哪些令人难忘的故事？我们带着这两个问题开始一路寻根溯源，未料想刚刚触摸到这段历史边缘时，长篇历史小说《长安墨》的创作欲念便被引发而生。

写作欲念一旦被点燃，脑海中盘旋的都是对那个时代的追问。可以尽力搜集来无数关于民国历史的专著，却迟迟不能把握陪都大筹建时期西安城跳动的脉搏。为了能与那段历史中的时空会面、对话，除了深耕细究民国史，好像别无他法。事实证明这个选择正确无误，最终还是对史料的大量翻阅，拯救了深陷迷茫之中的思路。

既然历史诱引入门，那就坚决从这扇门走进去。我们抱定小说中的"沧海一粟"都得从浩瀚史海里捞取的坚定信念，开始从汗牛充栋的史籍中刨出有用的创作资料，并将大量的图文论著中那些繁芜庞杂的部分剔除，继而将追寻的目光精确到西安城 1931 至 1945 这段历史的年、月、日。经过数次删繁就简的煎熬之后，创作所需的基础史料逐渐趋于明朗，小说所要勾勒的故事雏形亦逐渐清晰。毫无疑问，对历史事实的精准归置与拿捏，是小说《长安墨》顺利成书的关键环节。

世人皆知，十四年的抗日战争是中华民族历史上滴满浓重鲜血的一页，无论在白山黑水，或是烟雨江南，生灵涂炭，民众饱受战乱之苦。战火边缘的西安城虽得以暂时太平，但后方屏障内的黎民百姓同样为抗战胜利做出过巨大贡献与牺牲。

史料记载中的那个时期，西安城里不论富商巨贾，或是贩夫走卒，面对国家存亡的危难时刻同仇敌忾。尤其令人感到震撼的是：长安秦腔艺人冒着枪林弹雨跋涉数千里前往北平，慷慨悲歌，慰问抗战前线的二十九军将士。正是这些秦腔艺人不顾个人安危做出的这番大义之举，让我们眼前为之一亮，进而完成了小说立意、纲要的最终架构，并将创作核心落在长安梨园人身上。

那个不太遥远又极为残酷的年代，无论何人居于何处，都无法与战争的炮火和硝烟完全隔绝。当时的长安梨园人，便将前方硝烟四起、艰苦卓绝的战斗，尽数谱写在秦腔剧作之中。老一辈秦腔人的那段血色记忆，以及他们身处战争铁幕下表现出的凛然之气，彻底为《长安墨》的创作打开了历史尘封的阀门。于是，像陈凤良、沈金书、冯其中、陈竹君等戏曲人的形象跃然纸上，长达七百多个日日夜夜里，我们紧随他们命运的跌宕起伏，感知他们的喜怒哀乐，个中滋味虽五味杂陈，却又妙不可言。

秦腔留给大多数人的印象，或许只是楼阁轩榭之下的人声鼎沸，但对于喜欢它的人而言，却极其渴望探知舞台表演背后秦腔人的悲欢离合。我们用一页页泛黄的史料、一张张民国时期长安戏曲人逐渐模糊的照片，打磨出这部长篇小说，或许是冥冥之中早已注定。作为中国最古老的剧种，秦腔又被现代人雅称为"最古老的摇滚"，说明当下爱它赞它者大有人在，我们仅仅像从野路跑出的孩童，机缘巧合之间与秦腔撞个满怀。

局限于笔拙意浅，书中疏漏之处自是难免。如此，读者若觉得《长安墨》还是讲出个荡气回肠的故事，我们深感欣慰；哪怕是为老一辈秦腔艺人树碑立传，亦是乐见其成；若能让更多人通过本书了解到长安秦腔人的风骨情怀，算是我们终究没有白熬一场。

目录

尧舜净，汤武生，桓文丑旦，古今来几多角色；

日月灯，云霞彩，风雷鼓板，天地间一大戏场。

第一章

民国二十一年五月初的长安城已然有了初夏的燥热。

在甜水井大街二十二号付家大院的青砖院落里，一袭白衣的陈凤良舞动着一把太极长剑，在清晨微光中剑若霜雪、浩气凛然，动作间足不沾尘、轻若游云，这位年近古稀的老人周身银辉、须眉冉冉，浑身透出壮年人才会有的温润飘逸。作为长安城秦腔锦绣班班主，当他听到国府要将长安城改名为西京市、预备为战时陪都而筹建的消息后，心中便敏锐预感到，不久的将来全国各大剧社必将为了躲避战乱蜂拥长安城以求生存。眼下令他最为焦急的事情，是要尽快完成长安秦腔界"五社合一"这件心头大事，以期应对变幻不定的时局和即将到来的乱世纷争。

陈凤良自觉年事已高，从锦绣班创始人晋长隆手中接过班主之位，已有数十年光景。锦绣班从无到有、从小到大，经过两代人的苦心经营，已从原来游走荒村僻壤、求衣索食的野班子，进驻到素有盛名的长乐坊大剧院，跻身与长安城赫赫有名的正俗社、青衣社、益民社、三易社齐名的五大剧社之一。德高望重、技艺精湛的陈凤良，又被五大剧社公推为长安秦腔界名誉总社长。从锦绣班进入长安城那天起，弟子冯其中再三央求师父将锦绣班更名为锦绣社，也好与其他四社名望对等，但陈凤良迟迟没有答应，因为他内心有着更为长远的想法。

从这些年各个秦腔班社残酷竞争、相互"厮杀"中，陈凤良深切体悟到，如果想让千年秦腔艺术绵延有序传承下去，绝不能仅靠一家独大，更不能狭隘地只为锦绣班的发展思谋筹划，而是五大剧社必须联合起来拧成一股绳，方能在这纷乱不堪的世道里存活下来。放眼当下的长安城，东西南北的剧社已然纷至沓来，以往的长安梨园行固有格局逐渐模糊，重新洗牌的帷幕已经悄然拉开。秦腔虽为本土剧目，倘若别省剧种班社像潮水般涌入长安城，势必会上演一场新的更大规模、更加激烈的梨园竞争大戏。自从国府预备将长安城定为陪都的消息传遍大江南北后，全国各地达官贵人、富商巨贾各色人等云集而来，他们带来的是福是祸、

是悲或是喜，只有上天知道，而这一切的发生，使陈凤良内心深处隐隐不安，他总感觉这个国家、这个城市，还有自己所处的梨园行即将有大事发生。

陈凤良当然是位睿智亦有远见的梨园中人，他把眼前的情势看得清清楚楚，戏院从来都是当下社会的晴雨表，更是政治经济的提线木偶，尽管他很不情愿如此看待这个世界，看待自己所处的梨园行，但现实就是这么残酷。陈凤良曾经数次努力撮合"五社合一"这件大事，可到头来美好的愿望屡屡化为泡影，这让他的内心常常在沉默中黯然神伤。

把长安城秦腔社做大做强，何尝不是历代秦腔人的梦想，陈凤良始终难忘恩师晋长隆临终前对他的叮嘱，要想把散兵游勇式的秦腔人黏结在一起，既不能靠官，亦不能靠商，只能依靠梨园行同心共德的力量。胸中怀有千丝万缕心绪的他从怀里拿出一块玉佩，专意放在掌心久久摩挲着。这是块脉理坚密、古拙名贵的蓝田玉，阳光下透出质厚温润的青色光泽，玉佩雕工甚为精致绝巧，中央赫然镂刻着"高风峻节"四个行笔庄重的文字。陈凤良也不清楚此物件究竟是从哪朝哪代秦腔班主传承而来，只知这是自己接任锦绣班班主之位的前夜，师父晋长隆郑重其事交予他的，并说了句令他毕生难忘的肺腑之言："世人皆说我们梨园中人轻佻浮浪、薄情寡义，岂不知梨园先贤早有'高风峻节'四字用以教化规劝历代弟子们，要做个有高尚坚贞之风骨节操的梨园中人。万望你能从此怀玉在身，日日心向往之啊。"

牢记恩师的谆谆嘱咐，坚守古玉佩上"高风峻节"的梨园信条，陈凤良带领着锦绣班奋发图存近乎十载，终于凭借过硬的功力，一路绝尘唱进长安城内。遥想当年锦绣班首次进城演出《游西湖》吹火绝技一鸣惊人之后，那场场一票难求的场景似乎依旧历历在目。而后锦绣班一鼓作气，连续用《三回头》《游龟山》《赵氏孤儿》《窦娥冤》四本全剧，稳稳当当奠定了行内地位。这些年里，声名显赫的锦绣班，除了依靠繁音激楚、热耳酸心，使人血气为之激荡的表演功力之外，更为重要的是班主陈凤良身上有着凝聚人心、德位相配的人格威望。如今锦绣班声名鹊起，师徒众人个个意气风发，然则陈凤良却比以往任何时候都感到踌躇和迷茫。

早晨的阳光透过院落一棵偌大的梧桐树，斑驳的光影投射到青灰色的地砖上，晨露微湿的高墙边，一株丝瓜郁郁葱葱地生长着。这是一处清幽古朴的院落，原本是一户家境殷实的付姓人家的宅院，后来家道中落，锦绣班唱进长安城后，陈凤良买下了付家大院，自此，锦绣班总算在长安城有了落脚之处。晨练后的陈凤良习惯坐在茶桌前斟饮数杯工夫茶，享受着每天中难得的一刻安宁，在这份宁静中，他会把每天纷乱如麻的事情梳理个明明白白。但今天的这份宁静已经被刚才一丝细微的开门声打破了，他知道寒梅已站到身后。寒梅是陈凤良最为得意的女弟子，她不仅是舞台上熠熠生辉的名角，而且从小练就一身轻功，尤其是她深藏不露的飞刀神技可在百步之内分毫不差命中目标，可谓百发百中从不失手。付家大院的后门，只有寒梅和徒弟冯其中进得来，冯其中进门往往是大动静，寒梅却心细如发，每次进门时都是轻手轻脚的，生怕惊着师父似的。

陈凤良清楚听到寒梅那丝慌乱的喘息声，心里猜测肯定有事发生了。他飘然起身，盯着寒梅那双不安的眼睛，声音无比低沉地问道："是青衣社要退出吗？"寒梅轻轻地点点头说："师弟让我赶紧过来告诉师父，昨天深夜里，杭州来的越剧班主陈竹君再次拜会了青衣社社长杨元厚，两人一直谈到后半夜，天快亮时陈竹君才离开杨宅。消息是今儿一大早，杨社长的女儿'九岁红'偷偷从家里跑到咱们锦绣班晨练场告诉师弟的，结果被青衣社的人发现要押着回去，师弟不放心就跟着送过去，他让我来赶紧把消息告诉师父。"陈凤良听罢，一只拳头重重地砸向靠椅，随之仰起头望着天空中明媚的阳光长舒口气，说："该来的总是要来的。你不要慌张，马上把你师弟叫回来，这时候千万不能再生乱子。"寒梅又急迫地询问道："城里到处都在疯传日本人快从关外打进来了，国军撑不住了，所有人都往内地跑，师父觉得这是谣传吗？"陈凤良看着神色惶惑的寒梅，只是苦笑着淡淡说了一句："无论怎样，唱好戏才是我们的本分。"

就在两人说话间，冯其中气喘吁吁地跑进来，他径直将大门和后门都关上后，"扑通"一声跪在陈凤良面前，说："师父，现在情况已是很明朗了，杨元厚就是想要坐这头把交椅，这才开始和越剧社拉扯上，他无非是想攀附长安城的江浙沪籍政商势力，来壮大自己实力，从而把您取而代之，请师父别再顾忌我和'九岁红'这层关系，该咋办就咋办，弟子认为现在已经是箭在弦上不得不发了。"冯其中的这些话近乎是从喉咙里吼出来。

陈凤良何尝看不清楚杨元厚玩的这手"一箭双雕"。想起前不久杨元厚和自己私下见面时，他竟然赤裸裸地要挟，要么让冯其中迎娶他女儿，要么他来做长

安城秦腔总社社长。杨元厚压抑了半辈子的恶气，似乎终于有了发泄的机会。但陈凤良深知秦腔总社首任总社长这个位子何其重要，此人不仅要有膺服众望的品行，还需有重整旗鼓引领秦腔人行大道、做大事的能力。从陈凤良内心来讲，他宁可让正俗社赵兴怀来担任总社长，也不想让性情粗犷而又变通不足的杨元厚上位。这些年里，他与杨元厚屡有摩擦，并非他对杨元厚本人有什么成见，更非外界所猜疑是因为自己贪恋高位，而是真正为了给长安秦腔人选出一个好的当家人。

在这场选拔"当家人"的较量中，陈凤良有时不得不顾及弟子冯其中和杨元厚女儿"九岁红"这份感情，但他定然不会拿秦腔总社的未来当筹码、耍儿戏，如果因为弟子的这份感情而淹毁了秦腔总社的利益，这是陈凤良万万不能接受的。冯其中是自己亲手带大的得意弟子，他从来就不像个儿女情长之人，陈凤良也正是看到弟子身上这些特质，才会不失原则地选择与杨元厚抗争到底。

随着自己年事渐高，陈凤良心里愈发清楚，无论锦绣班还是整个长安城秦腔剧社的未来，迟早属于冯其中和寒梅他们这代年轻人，或许到那个时候，自己才能真正得以心安。望着眼前这对他最为欣赏的男女弟子，陈凤良纷乱的心情才稍感安慰，他认定在眼前动荡不安的局势面前，自己有责任让长安秦腔在即将到来的残酷竞争中聚拢壮大起来，这也许是冥冥之中天意所定。放眼当下的长安梨园行，能把人心涣散、七零八落的各个秦腔班社合并一起，除了他陈凤良有此把握，恐怕真的再难觅得其他可以胜任之人。

陈凤良缓缓走到摆在中堂八仙桌旁的香案边，用鸡毛掸子轻轻抚掉锦绣班老班主晋长隆画像上的尘灰，抬头沉吟挂在墙上自己最为喜欢的两首诗文条幅。

一首是：
坠泪闻歌第几场，西安又遇殷桃娘。
万千粉黛无颜色，化作迷离扑朔装。

连着第二首是：
连宵相约看桃娘，顾曲周郎枉断肠。
最是月明如水夜，长安市上听秦腔。

陈凤良沉吟片刻后旋即转身说道："其中，今天你就去分头拜帖通知正俗社赵兴怀社长、益民社罗增荣社长、三易社胡淑曼社长，还有青衣社杨元厚社长，明早九时共聚长乐坊大剧院议事厅，就说有要事商议。寒梅，你马上给我备车，我要去书院门沈金书会长家。"心情极度复杂的冯其中与寒梅双目对视，他俩望着师父背过的身影，心中清楚意识到又一幕好戏即将在长安城梨园行上演。

清晨的书院门一片冷清，这是长安城里最具风雅的一条街市，街口矗立着一座古韵十足的高大牌楼，牌楼上方镌刻着"书院门"三个金色颜体大字，青石铺砌的街道两旁是一排排青灰色古旧建筑，长安城但凡是博文好古之士，平日里皆喜欢流连于此。街道远处传来一连串"嘚嘚嘚"的马蹄声，那是陈凤良乘坐的白马红绺小篷车到了。

"我刚要去您府上拜访，没想到您老亲自登门。"沈金书面带谦逊扶着陈凤良落座客厅上位。只见偌大的房间内屋梁、墙壁上挂满了京剧脸谱、烛台、灯笼、扇子、手绢等物，桌案上文房四宝一应俱全，旁边的水旗、风旗等京戏常用砌末摆置得整整齐齐，一间客厅活脱脱像个小小的京剧舞台。神情凝重的陈凤良开口便将弟子冯其中早晨带回的消息告知沈金书，并说他最是担心在这样一个特殊时刻，倘若自己毕生想做的"五社合一"这件大事再次化为泡影，恐怕往后时日里会更难办成。沈金书深知这是陈老班主这些年来之殷殷期盼，他苦心孤诣奋争数年，一边煞费苦心经营壮大锦绣班，一边用尽心血化解各大班社旧有的恩怨矛盾，继而苦口婆心给梨园同行们解析融通五大班社合并的必要性。这番作为的唯一目的，便是想团结长安城所有秦腔人共同联手发展壮大秦腔艺术，如今局面好不容易收拢到可以谈论聚合之时，却偏偏遇到眼前这般混乱的社会时局，对于这样一位老艺人而言，如果一生谋划的事情最终功亏一篑，对于他的打击无疑是致命的。

"金书啊，你是从北平城来的京剧泰斗，也是咱长安城曲艺工会会长，所以凡事我定要与你商量的。不瞒你说，我已让其中去通知其他四社明早议事，想说什么你该是知道的。昨晚杨元厚与越剧社陈竹君又见面了，你也知道他俩拉拉扯扯不是一天两天了。我想好了，成立秦腔总社这事如果再这样没完没了拖下去，不知又会生出什么岔子来。我一大早跑到你这里来，就是想给你再次表明心迹，无论我和杨元厚矛盾有多深，都不是我和他之间的个人恩怨，所以绝不能因为这些问题，影响了秦腔总社成立这件大事。在明早开会之前，我必须把实情说与你，

你得有个心理准备。只等秦腔总社哪天能顺顺当当成立了，我也就死能瞑目了，他日命赴黄泉见到师父，也算是有个交代了。"陈凤良这番情真意切的话语，听得沈金书心里怪不是滋味。向来性情开朗、为人坦荡的陈老班主，今天能吐出这般肺腑之言，着实令沈金书百感交集，他深知长安秦腔界确实到了该规整的时刻了。

沈金书始终无法忘却他早年初到长安城时，陈老班主对他的鼎力支持与帮助。而回忆先辈们当年"徽秦合流"的壮举，至今依然令他热血在胸。

那还是在清朝初年，北京城戏曲舞台上还是昆曲一家独大，当时秦腔艺人魏长生带着秦腔双庆班由陕入京，一出《滚楼》轰动京师。秦腔曲目众多、唱腔豪迈、技艺精绝的特点赢得戏迷们的满心欢喜，又因为秦腔名师魏长生扮相俊美、嗓音甜润，魏氏双庆班旋即被誉为"京都第一"。秦腔在京城的迅速崛起，直接导致了昆曲的日渐衰微，彼时京城六大名班之大成班、王府班、余庆班、裕庆班、萃庆班、保和班的演出逐渐无人问津，为了讨得活口，很多艺人纷纷搭入秦腔班谋生。直到乾隆五十年，清廷以魏长生的表演有伤风化，明令禁止秦腔在京城演出，并将魏长生逐出北京城。自从魏长生被迫离京后，秦腔由此一蹶不振，秦腔艺人为了生计，又纷纷搭入后期崛起的来自安徽的徽班，形成了徽、秦融合的局面。在徽、秦合流过程中，徽班广泛取纳秦腔的唱法、表演技艺以及进行大量的剧本移植，为徽戏形成以三庆、四喜、和春、春台四家名声最盛的"四大徽班"横空出世奠定了基础。从此往后，徽戏广征博采吸取诸家剧种之长，尤其是将老派秦腔各式技艺完美融合于徽戏之中。时光荏苒、世事变迁，到清末年间，徽戏又开始逐渐没落，很多人改调京腔学习京戏，至此之后，徽戏、京戏又合流为一，逐渐形成了"联络五方之音为一致"，以皮黄为主、其他曲腔兼唱的京剧。

正是源于京剧与秦腔的这份历史渊源，沈金书向来笃定秦腔是京剧的先祖，所以他非常尊重秦腔在长安城的特殊地位。沈金书是长安城曲艺界共推的行业会长，为了让长安城各派剧社取长补短、各展所长、共同发展，多年来他呕心沥血，尤其到了当下这样的乱局，更不能让梨园行四分五裂，成为帮派势力利用的工具。这些年来，沈金书鼎力相助陈老班主共同筹划，好不容易将秦腔九门十八派的混乱局面归置到今天的五大班社，眼看就要五社归一，千年秦腔艺术总算显露出合力奋进、重现辉煌的机会，而这个机会不知是多少代秦腔艺人梦寐以求的，所以沈金书铁定心思要帮助陈凤良完成这最后一刻的壮举。

看到沈金书坚定支持自己的态度，陈凤良的忧心总算散去许多，他这才感觉到屋里闷热，一身青衫已被汗水浸透，沈金书急忙命弟子拿来一把蒲扇，扶着陈凤良走出内屋坐到院中茶桌前。这时天色已经大亮，隐约听得门外大街上人声喧闹。手拿蒲扇踱步在院落中央的沈金书思忖片刻后说："我让弟子任欣荣代表长安曲艺工会，明早随你一起去长乐坊大剧院，你只管按照我们以前商量好的去做，不必顾忌杨元厚的态度，只要五大社中有三家同意，我即刻就以曲艺工会章程确认'五社合一'通过，你看如何？"陈凤良明白沈金书暂时不出面，这样做是有其道理的。首先顾及了杨元厚的面子，不去刺激他，并给他台阶下；同时又能在合并原则和章程确认上没有任何让人挑刺的地方。陈凤良连连点头认可，沈金书接着说道："我个人的想法，还是再争取一下杨元厚吧，虽然他和您老在台面上斗了一辈子，但要说不服气你，我看是假，主要还是争一口气。即使杨元厚再不仁义，青衣社还有我们三十多号梨园子弟，他们可是无辜的啊。所以我想让任欣荣今晚再去青衣社找他好好谈谈，你觉得如何呢？"陈凤良热眼望着眼前这个仁厚敦义的汉子，越发觉得当年坚定支持沈金书担任长安曲艺工会会长是最正确的选择。

就在两人说话间，任欣荣已闪身进来，他不仅是沈金书的得意门生，也是沈金书的义子，这个二十岁出头的小伙子现已是长安京剧社社长，此人身着一袭长衫，气质忧郁且身材清瘦，眉宇间透着几丝青涩与稚气。沈金书叫来弟子，就是想当面给陈凤良吃个定心丸。任欣荣得知明天秦腔界将召集这场重要会议的本意后，欣然答应师父晚上独自去见杨元厚，沈金书和陈凤良又一再让他带话给杨元厚，劝其不要再受旁人蛊惑，多以秦腔艺术未来为重。任欣荣只管默默记住两位前辈叮嘱的每句话。

辞别沈金书后，陈凤良感觉浑身轻松许多，一路碎步走出书院门，上了街口停靠的白马红绺小篷车，顺眼看到书院门牌楼两侧柱子上刻着"碑林藏国宝，书院育人杰"的醒目对联，心中滋味可谓是五味杂陈、不可言状。

第二章

当日傍晚时分，任欣荣告知了师父一声，便径直来到青衣社。

看到任欣荣此刻来访，杨元厚心中已猜出几分对方的来意，他脸上摆出一副爱答不理的神情，也不拿正眼瞧看任欣荣，只用喉咙与鼻子挤压着低哼一句："有话就说吧。"任欣荣不紧不慢地说："我知道您老瞧不上晚辈，晚辈说话没分量，可今儿我是替陈凤良捎话来的，他和我师父的意思还是让我继续劝你，多为秦腔班社的前途着想，不要再意气用事。"任欣荣边说边打量着杨元厚的脸色，只见杨元厚淡定从容地只顾低头吸着长烟管，似乎对自己所说的话毫无兴趣。

任欣荣心底犯了嘀咕。按照以往情形，每次只要他双脚刚刚踏进杨家宅院的门槛，杨元厚定会满脸堆笑小跑到院子里揖手相迎，而且等不得半杯清茶落肚，肯定会说出成堆的甜言蜜语恭维于他，继而又自抑焦灼，其实是满怀猴急，却又尽量摆出一副淡然姿态，上下踅摸探听他能带来什么好消息。然则今天杨元厚的态度却完全大变，变化原因任欣荣自然是清楚的，他已在很长时间里，背过师父和所有人的耳目，不断渗透、说服杨元厚，让其相信他是杨元厚与陈凤良角力的暗中支持力量。与陈凤良不计代价的长期争斗，早已让杨元厚陷入利令智昏的游离状态，鬼使神差之中，他居然答应了任欣荣软硬兼施，兼以诱惑力十足的合作条件，并与其谈下一笔完全无法放到桌面的私下交易。这笔交易的内容很简单，就是任欣荣帮助杨元厚坐上秦腔总社社长位子，然后再由杨元厚提出倡议，并主导长安城曲艺界工会换届选举，让任欣荣取而代之沈金书，坐上长安曲艺工会会长的位子。

此二人这般赤裸裸的算计与筹划由来已久。这个看似荒诞不经、充满阴险与卑鄙的交易，每天都空乏着杨元厚的内心，他左右思量前后腾挪，始终看不明白眼前这个乳臭未干的毛头小伙子究竟从哪里得来的这般能耐，怎会生出如此不切实际的想法？又或者在其身后，还有个神通广大的神秘人物在支撑着他的疯狂念头？杨元厚不是没有怀疑过任欣荣的计划，可他分明能清晰地感觉到其背后站有高人，而这个不显山不露水的"高人"，才是杨元厚最终选择与任欣荣铤而走险的关键所在。

虽然杨元厚渴望能随着时间推移看清一切，但却深陷云雾缭绕之中不可自拔。任欣荣隔三岔五前来拜访，总会丢下一大堆云山雾罩、盘根错节的信息，这让头脑本就简单、性情天生耿直的杨元厚逐渐感到不胜其烦，许多起初本该清晰的判断都开始逐渐模糊，理不清斩不断的头绪令他彻夜难眠。杨元厚开始预感不妙，尽管曾数次当面质疑任欣荣给自己下套，然而面对诸多疑问，任欣荣总能轻而易举地解释清楚。就这样，杨元厚像喝了迷魂药般，每一步都选择了配合，直到大戏即将开演的此刻，他内心的狐疑依然密布丛生。此刻的杨元厚有点无可奈何了，他清楚意识到自己上到任欣荣这条贼船的时间实在太久了，现在想下船时，方才发现船已行至大海中央，漫天铺展开来的阴谋就像汹涌澎湃的海浪，稍不留神反倒会给自己招来灭顶之灾。

杨元厚最初愿与任欣荣"同流合污"的目的其实很简单。

视女如命的他，本意只是想促成女儿与冯其中的婚事，因为"九岁红"与冯其中这桩恋情，几乎是长安城曲艺圈里公开的秘密，可叹陈凤良偏偏不给他这个面子，在他的屡次恳求下，陈凤良的态度始终不冷不热，既不督促也不提说，他又不能把女儿死乞白赖往冯其中怀里推。所以他恨陈凤良，恨他不仅在舞台上一辈子压着自己，而且在台下连点交情都不讲，眼睁睁看着自己女儿的痛楚，偏偏不站出来说句表态的话。尽管这些年来，杨元厚总是对外扬言要和陈凤良一争高下，可内心的真实想法，却只是希望陈凤良能给他吐句软话，最好能促成女儿与冯其中的婚事，那他今生今世的所有牵挂就会一了百了，他会和陈凤良一笑泯恩仇，一辈子在舞台上的明争暗斗都可随风而去。可惜陈凤良偏就不懂他的心思，让他处处落败、处处没面子。青衣社好赖也算是长安城里举足轻重的秦腔班社，这让他这个社长的颜面何存？女儿的幸福又何在呢？

今日一大早，杨元厚就收到冯其中发来的拜帖通知，他意识到自己和陈凤良之间的这场争斗，或许明天便要水落石出了，为了这一天的到来，他早做好了多

番谋划。缘于内心深处对任欣荣始终存有怀疑,杨元厚不得不另做准备,他早早开始主动靠近长安城越剧社社长陈竹君,以求得到富有实力的外省籍戏曲班社支持,便是他自认为下出的另一步妙棋。

陈竹君此人在长安梨园行里名声不佳,这点杨元厚早有耳闻,但他猜定陈竹君背后必然有江浙沪政商势力的强大支持,因此在与陈凤良争斗到现在的白热化状态下,无论如何得给青衣社多寻条活路,倘若明日从长乐坊大剧院败下阵来,自己好歹还能有个安身立命的去处。看似性情耿直的杨元厚,有时却也粗中有细,可他哪里知道,南派伶人陈竹君早已料到杨元厚会来找寻支持,因为长安秦腔界里陈、杨两人的矛盾,已是梨园行人尽皆知的"秘密"。

从未与秦腔青衣社有过交集的越剧社长陈竹君,其实也是受命于人,便满口答应了杨元厚的恳求。各怀鬼胎的两人经过数番试探之后,便迫不及待地打开天窗说亮话,而最终打动杨元厚的是陈竹君满嘴吐露出的仁义之词,他说只要杨元厚对"五社合一"坚定投下反对票,自己便心甘情愿为杨元厚争取秦腔总社社长之位助一臂之力,并保证给青衣社提供必要的演出场所,这样做的原因绝非拉拢关系、挑拨离间,纯粹因为天下梨园行是一家人,如今青衣社既能求助,越剧社当然要伸以援手。陈竹君端出的这番理由和展现出的这副仗义执言的姿态,着实令杨元厚百感交集,继而不由自主地与其沆瀣一气,先前对此人风闻到的谣言亦统统抛却脑后。

在支持杨元厚捣乱"五社合一"这件事上,陈竹君始终没有像任欣荣那样频频光临杨宅,等到杨元厚情绪冷静下来时,未免对陈竹君红口白牙说出的口头保证有点将信将疑。就在此档口上,秦腔益民社社长罗增荣私下站出来也向他表明心迹,言称自己也是反对"五社合一"的,这对杨元厚来说倒是个意外收获。此人三天两头来找杨元厚,见面即说陈竹君的好话,又不断赞许还是南方梨园人有情有义有见识,既能替人锦上添花,亦能帮人雪中送炭,不像自家秦腔人就知道窝里斗。罗增荣的这些吹捧之语,虽然听起来格外别扭,但杨元厚心里却选择相信。很久以来,他所了解的罗增荣,虽能凭借自身实力忝居五社之一,但此人心胸狭窄、见利忘义的品性,一度让杨元厚感到不齿。然而依照眼前的态势,益民社能主动站出来支持他,无论从道义上,还是从面子上来说,都是杨元厚极其渴望的,由此便也顾不得再对罗增荣人品有所计较了。

　　既然有益民社罗增荣出面帮衬自己一起反对"五社合一"，杨元厚对陈竹君的依赖便又加深一层。直到"五社合一"前夕，陈竹君突然前来造访，这个举动让即将登台角力的杨元厚备受鼓舞，两人推杯换盏，交心聊天一直到第二日黎明时分，席间陈竹君多番宽慰杨元厚放手去做想做的事情，无论结局成败与否，都有他的越剧社帮忙兜底，这些加油鼓劲的话语，果然像给志在必得的杨元厚打了剂强心针。如果在此之前心中还有所犹豫和彷徨，通过此次长夜深谈，杨元厚已然决意毫无顾忌地去与陈凤良一争高低。此刻能与陈竹君之间如此爽快地勾连配合，更是迫于眼前情势，他要做到万无一失，既然女儿婚事不成，那就更不能失去秦腔总社社长的位子，杨元厚要为自己这口气做最后一搏，即便明天得而复失，那也在所不惜了。

　　楼上传来低沉的"咚咚"声，杨元厚知道自己的宝贝女儿"九岁红"仍然怒气未消。

　　"九岁红"大名杨小云。早年里杨元厚带着戏班子给乡下财主家唱戏，为了能讨得更多工钱，妻子杨云不顾身怀六甲，带孕上台，结果摔倒在舞台上导致早产，妻子生下女儿后又不幸大出血，杨元厚眼巴巴望着心爱的女人在自己怀里死去，悲痛欲绝的他像只孤狼，每日盘膝呆坐在妻子坟头，愣眼直望着四周旷野哀鸣悲号，以至倒掉嗓子，足足有一整年时间不能登台唱戏。此后，他给女儿起名杨小云，以此来纪念自己的爱妻，又跪倒在妻子墓碑前起愿发誓，永不续娶。爱女杨小云自小伶俐乖巧、惹人疼爱，九岁登台演戏一鸣惊人，自此梨园行便有了"九岁红"的名声，杨元厚为有这样的女儿甚感骄傲。

　　随着时间的流逝，青衣社一天天发展壮大起来。就在杨小云十六岁那年，青衣社终于唱进了长安城，而从认识锦绣班当家武生冯其中那刻起，"九岁红"便一发不可收拾地爱上了他。大伙都觉得"九岁红"和冯其中是天作的一对、地造的一双，可冯其中偏偏总是一副不冷不热、不远不近的模样，这让陷入苦恋的"九岁红"性情逐渐起了变化，就连登台演出的心思也越来越淡。为了心中那份近乎痴狂的爱恋，她会跑到锦绣班练功场去偷看冯其中，经常在远处痴望中流连忘返。时间长了，"九岁红"的故事传遍了长安城，这对天作地和的金玉良缘，未想到最终却偏偏出乎所有人的预料，似乎逐渐演变成一出痴情女遇上薄情郎的悲情剧，

着实令众人眼看不清，也猜摸不透。

　　杨元厚把女儿关起来，就是不想在这个关键时候再生出任何岔子。他对任欣荣此刻的到来一点都不觉得奇怪，心里也很清楚任欣荣想帮他的用意，唯独纳闷沈金书怎么就看不出自己养了条毒蛇，而且这条并不老道的幼蛇不仅要吞掉京剧社，还要取代师父长安曲艺工会会长之职。杨元厚实在难以想象，如果真有那一刻发生，不知任欣荣如何面对自己的师父？更难想象自尊而年高的沈金书怎样面对那一幕打击？杨元厚本来可以早早揭穿任欣荣的卑鄙嘴脸，可是只要想到沈金书是那么坚定地支持陈凤良坐上秦腔总社社长的位子，却对自己倾诉的烦恼时常不是劝解就是婉拒，他便一次次打消了这个念头。

　　任欣荣看着杨元厚今天异样的表情，心里不断地揣摩着原因。他深知任何看似表面上的风轻云淡，往往预示着内心深处的忐忑不安，自己眼前的这位长辈此刻的内心世界，肯定是流云翻滚、激浪滔天的，他更清楚自己的表态，对于此刻的杨元厚下定最后的决心有多么重要。于是任欣荣做了个前倾动作，他将头伸到杨元厚眼前，尽量把声音压低但又无比坚定地说道："请前辈放心，明天会上，您尽可搅局，只要坏了陈凤良的计划，所谓议事却议不到一起，我们就算大功告成。现在我可以给您老一个保证，只要明天这场大戏按照我们的期望顺利落幕，其后我必将以会长名义，重新谋划秦腔五大班社再次议事，想尽一切办法推举您为秦腔总社社长。这次我们在暗处，他们在明处，成事的把握已有九成之多。"说到这里，只见任欣荣灰白色的脸上几丝狡黠的笑容一闪而过，杨元厚捕捉到任欣荣的底牌后，内心反而升起一股莫名的担忧。

　　"敢问老弟，怎么是以会长名义，会长什么时候是你的了？"杨元厚这句话几乎像是从喉咙里憋出来的，那股阴煞之气和狐疑之味像颗子弹射向任欣荣那张苍白而清瘦的脸庞。任欣荣反倒是淡淡一笑，似乎那颗射在半空中的子弹瞬间莫名其妙地消失了。"前辈尽可放宽心，有些话恕晚辈此刻还不能明言。上苍自会保佑，你将来也一定会知道，我任欣荣做会长，肯定会比我师父更合适。"任欣荣斩钉截铁的话语像钢珠一般砸向地面，容不得杨元厚有任何怀疑，他比以往任何时候都清楚，这个任欣荣既不简单，也不可靠，更了不得。可他面对眼前乱局，迫切需要任欣荣的帮助，哪怕自己当不上社长，也不能让陈凤良轻易得逞，其他的事情，他已经顾不了许多。

　　两人说话间，窗外已经黑透，长安城五月的晚上寂静安宁，白日里的燥热消退了，月光蒙着层层清辉洒落在青瓦上，泛出丝丝清爽的凉意。任欣荣心知自己不能回去太晚，以免引起师父怀疑，这个时候的他绝不允许自己犯下任何失误，哪怕是极小的纰漏也是不可。年少气盛的他认定自己的好运开始了，炙热燃烧的野心使他不能有稍许平静。此刻的任欣荣像一匹狂奔的野马，任谁也难以羁绊了。

　　任欣荣走后，杨元厚瘫软在椅子上，他此刻需要绝对的安静。对于明天即将开演的这场好戏，虽然自己早已在心里推演了一遍又一遍，大脑里也周密而谨慎地思考再三，可他还是不放心，他恨不得把能想到或想不到的意外通通在脑子里再梳理一遍。明天结果的不确定性与欲望熊熊燃烧的焦灼感让杨元厚失眠了，与陈竹君密谈的一幕又开始浮现在他的脑海里。他坚信，只要自己得到任欣荣、陈竹君明里暗里的支持，社长的位子似乎就近在咫尺了。

第三章

　　晨辉初起，长乐坊大剧院门前已是人头攒动，无论商铺还是摆摊的买卖人都起了大早，这里似乎是长安城最早醒来的地方。长乐坊的热闹，自然归功于剧场的繁华，每天从早到晚，负有盛名的五大班社轮番演出各自拿手好戏，惹得长安城里里外外，以至影响到甘肃、宁夏地界的戏迷亦不远万里前来看戏，更有甚者远途而来住店不离，就为给自己喜欢的角儿捧个场面、喝个彩头。按照惯例，昨晚夜戏散场后，就该预告今日演出的剧目和名角，但是此时的长乐坊大剧院显得与往日迥然不同，整个剧场门窗紧闭，里面没有一个走动的人影。直到九点过后，但见长安城秦腔五大班社班主各领一队人马，齐刷刷走进剧场。随后便将大门关闭，门外即刻挂出一幡告示："今日剧场停演一天，敬告各位见谅。"熙熙攘攘、来去匆匆的人群里传出一阵窸窸窣窣的议论声，看来今天的长乐坊大剧院将有大事发生。

　　沐浴在晨光中的长乐坊大剧院古朴典雅，明清风格的曲廊飞檐，暗红色的通顶圆柱，高大巍峨的歇山屋顶，古典尊贵的嵌地金砖，处处雕梁画栋，点点流光溢彩。进三门上三楼就是剧院议事厅，偌大的议事厅里座无虚席、气氛肃穆，大厅东西南北各占一处方位，分别为青衣社、正俗社、益民社、三易社，班主正坐前方，每人背后各站五名得意弟子，各班弟子双手背后目视前方，像雕塑般一动不动。大厅正中央摆放着一张古色古香的八仙桌，桌案上放着一具枣木梆子击节玉麒麟，八仙桌旁紧挨着一张紫黑小桌，上面笔墨纸砚早已摆好。环顾四周皆是秦腔剧场大大小小的器乐、服饰和旌旗，把个议事厅烘托得庄重而威严。议事厅最北面是一幕巨大的梨花木扇形屏风，从高处窗棂投射进来的缕缕阳光，直照着画在屏风上的秦腔脸谱，一个个瑰丽多彩、形态各异的脸谱仿佛站立在光怪陆离的舞台中央，闪耀着不同寻常的各色表情。再往上是一幅巨型雕龙牌匾，上书"响遏行云"四个金色大字，两侧对联写着"上下古今，千秋事业方寸地；市朝沟壑，万里云山顷刻间"。

穿着一袭青灰色对襟马褂的陈凤良，今天越发显得精神矍铄、器宇轩昂，作为先前五社共推的名誉总社长，他先带领大家拜祭完秦腔祖师爷魏长生画像后，回身端坐于八仙桌旁的太师椅上，腰挺背直的坐姿，行家一看就知道他是位老练家。坐在旁边小桌边的任欣荣今天却穿着一身素白长衫，与周围的色彩显得格格不入。

陈凤良素知秦人喜欢开门见山直奔主题的说话与做事风格，他便直言说道："各位班社同仁，所谓唱不尽的戏曲人生，演不完的悲欢离合，不知道我们今天坐在一起议论的这事可否顺天应人？有些话不得不讲，有些事不得不做，大家都知道去年东北发生了什么，也都知道如今的长安城有几多混乱，又有几多难测。在座诸位都是我们秦腔戏曲场面上的优秀艺人，既然是优秀人，就得办优秀事。为了'五社合一'这事啊，我们以往没少开会、没少干仗，既然先前大家共推我为长安秦腔界名誉总社长，那我就得为咱秦腔这门技艺负责，我就不能想做啥而不敢做啥。"说到这里，陈凤良突然拉长嗓子一声咳嗽，直着脖子喝了口茶水后接着说道："大家都清楚，目前长安城里云集着全国各地的戏曲班社，哗啦啦东西南北的富贵贫贱都来了。为啥都奔我们长安而来呢？因为我们这里还算太平，关外都打成一片啦！眼看着日本人就来了，我们该咋办？我们能守住自己这一亩三分地吗？所以'五社合一'这件大事，不能再拖了，也不能再为自己的那点蝇头小利，坏了我们秦腔人的大事。今天我再次招呼大家聚到一起，就是想把秦腔总社尽快成立起来，往后大家劲往一起使，心往一块想，我们五社的力量捏成一个拳头，把我们各自的实力聚集起来，方能应对眼前的大风大浪哪！这样做，当然是对我们秦腔艺术最大的负责，也就能对得起祖师爷对咱们的期望啊！"

陈凤良话音还没落定，四周便响起一片窃窃私语声。"肃静！"只听得一声盖顶呐喊，大厅里瞬间安静下来。陈凤良犀利的目光轻轻往自己左前方扫了一眼，他立刻知道刚才是自己的老对手杨元厚发出的一声嘶吼，尽管他已做好应对杨元厚的一切心理准备，但还是没料到杨元厚会这么快发作。

只见杨元厚腾身而起，走到大厅中央，几乎是双目逼视着陈凤良说道："陈班主先别急着发话，老杨想说的是，咱们先得把上次会上提过的清查账册这事再

次说道说道。据我所知，这些年五社账目一直不清不楚，相信大伙都想知道每月进账有多少，出账又有多少，许多与我们互不相干的支出都去了哪里？钱，既然是大家辛辛苦苦在舞台上卖命赚来的，大家就该有知道钱都去了哪里的权利；另外，在这兵荒马乱的年月里，看戏的人忽多忽少，大家的收入也开始有多有少，可是无论戏台下人多人少，戏台上的我们却不能少唱一分半秒，所以就有人说了，原先班社与剧院的分成比例，是否也应该重新谈谈了？"杨元厚的这番话还没说完，立刻引来四周一片哗然。

陈凤良厌恶地看了杨元厚一眼，脸色渐渐变得蜡黄，他把茶碗托在手心，用力让自己嘴角挂上一丝微笑说道："关于五大班社营收账目，先前我已多次说得明白，无论剧院还是班社都有账可查，只不过陈年老账要翻个清楚，非得有个能掐会算的先生去做这件事情。我让大家推荐查账先生，这么长时间过去了，也没有人再提此事。另外需要说明的是，去年各社分红是少了些，那是因为长乐坊剧院年久失修，许多地方需要加固修缮，可修缮费用却颇为高昂，让长乐坊剧院赵本斋老板一人独担实在吃力，于是我代表五社捐助了三千大洋，目的也是为了尽快把剧院修整好，大家也好有个安全的演出场所。现在，若有人非要拿这个说事，我情愿由锦绣班一家独自捐出这三千大洋。"

"陈老班主，您别再说了，真真是要羞煞死我们了。当初给剧院捐钱，是征得五社班主同意后才做出的决定，这事怎能让你一人承担呢？"正俗社赵兴怀社长涨红着脸站起来，语气哽咽着挡住陈凤良不要再说下去。

陈凤良望着赵兴怀深叹口气接着说道："至于查账，我早有言在先，剧院有一本，谁想查就找剧院老板赵本斋。还有一本账册我早让冯其中给各社发了清单，大家既然看不出有何问题，却总要拿账目说事，这就没道理了。"陈凤良说罢，又重重地敲击了一下桌上的枣木玉麒麟，议事大厅里瞬间安静得出奇，就是掉下一根针也能听到声响。

最终，还是陈凤良隐忍着满腔怒火打破了安静："今天，还是不要再提清查账目、剧院分成这些节外生枝的话题了。大家或许还不知道，杭州越剧社在钟楼旁修缮的阿房宫剧场马上就要开张啦，这明摆着就是和我们竞争来了。我们的秦腔是三秦大地上长出来的独苗，不能眼睁睁看着别人的光景越来越好，咱们这边的火焰却越来越暗。"陈凤良话音刚落，杨元厚又站起来鼓动着嘴唇想要发话，陈凤良用不容分说的凌厉眼神倒逼着杨元厚无趣地返回到自己座位上。"今天我把任欣荣请来，就是要大家公正合理地不记名投票决定'五社合一'这件大事，与这无关的话题今天不谈。我昨日已与沈金书会长谈好，只要我们五家班社意见统一，然后在合并协议上签字，沈会长就会按行业正式章程确认长安秦腔总社成立，往后我们长安城里的秦腔班社就有了这个统一名号。大家可别小看了这个名分，有了这个名分以后，我们秦腔同行们，就再也不是从前那样零敲碎打、各自为政，往后剧社但凡遇到什么沟沟坎坎的事情，都会有正规行业工会出面维护大家权益，这样不仅能保护好秦腔艺术的有序发展，也能保护到我们每个人的切身利益，从长远来看，这肯定是个大好事。如今，长安城里不仅京剧班社合并了，还有越剧、豫剧、昆曲、黄梅戏，就连远道而来的山东梆子也都合并了。大家同属梨园行，都为讨得一个好的发展，从这点上来说，我们秦腔界已经落后了。"

陈凤良说完这段话后，用眼神瞟了任欣荣一下，任欣荣起身说道："'五社合一'只为一个目标，就是聚集众人力量、共同繁荣秦腔。今天由我代表长安戏曲行业工会主持无记名投票，投票结果将正式记录在案，并归档于行业工会。现在开始分发各班社选票，各班社班主、社长只需在选票上'同意'或'不同意'后面打钩即可。需要严格声明一点，这是一次不记名投票，请各位班主、社长将填好的选票装入锦囊后，再放回投票箱。无记名投票现在开始。"

大厅里开始熙熙攘攘地走动起来，陈凤良这才回过神开始打量今天来的各位社长。先看见的是正俗社社长赵兴怀，他正低头细看着选票，赵社长生性敦厚、为人正派，平常虽少言寡语，却不失是个谦谦君子，所以陈凤良对正俗社这一票毫不担心；回头又看到益民社罗增荣社长，这个人向来见风使舵、左右摇摆，是个典型的中间派，所以这一票不好捉摸；三易社的胡淑曼社长是五大班社里唯一的女社长，年龄虽然只有三十出头，却才艺俱佳，五年前三易社老社长胡文德老先生突发疾病去世，三易社内部推选老社长女儿胡淑曼接替社长位了，陈凤良了解胡姑娘的德行品格，也深知她和自己的女弟子寒梅是无所不谈的好闺密，所以他对三易社这一票也是放心的。陈凤良暗自思忖，有了正俗社和三易社这两票，算上自己这一票刚好促成三比二的投票局面，不愁今天过不了。陈凤良拧过身子示意冯其中到跟前来，把锦绣班选票锦囊郑重放在他手心，让他代表锦绣班投下这一票。

半小时过去了，五个选票锦囊全部落定投票箱。

陈凤良难掩自己心中喜悦之情，只要任欣荣开箱唱票，他多年盼望的那一刻便要到来了。为了这个结果，五大班社已经争吵多年，多年来为了诸多议题纷争不断，直到今天无限接近合并的这一刻时，陈凤良只感到眼睛阵阵发酸。他对大伙说："沈金书会长为咱们五大班社合并后起的'长安秦腔总社'这个名字好，从此以后，我们秦腔界同仁都将汇聚在总社这面旗帜下，可喜可贺呀。"

在一片掌声中，任欣荣开箱唱票，果然是三比二，却是同意票二张，不同意票三张。杨元厚仰天大笑中领着自己一众人马率先退出，大厅里徒留下更大的一片喧哗声。陈凤良怔坐八仙桌前，只觉得眼前人影晃动，每张熟悉或不熟悉的脸庞从他面前恍恍惚惚走过，突然他一头栽倒地上人事不省。

"五社合一"投票表决失败了，陈凤良怒火攻心一病不起。

沈金书正在院子里喂鸟时，任欣荣把这个消息带了回来，他瞬间浑身颤抖不停，手里捏着的鸟食洒落一地，一股无名之火不知发泄何处。他把自己关在内屋，将任欣荣带回的五张选票和会议记录平摊在桌上，拿起放大镜仔仔细细看了整整一个小时。约好请见沈会长的很多客人在院子里等了半晌，也不见沈金书露面，任欣荣知趣地婉言告知每位客人改日再来，大家这才悻悻然散去。

当沈金书赶到付家大院见到陈老班主时，正俗社赵兴怀社长和三易社胡淑曼社长已先一步到了。沈金书眼含热泪拉着陈凤良的手说："或许是咱老哥俩心急了些，看眼下这局面再不提这事也就罢了，五社不能相合，咱就先合三社。"

"对，这是个好主意，我们先往一块聚。"没等沈金书说完，赵兴怀就激动地站起来。胡淑曼也觉得这是个好主意，连连表示赞同。

沈金书又说："事缓则圆，很多事情我们办不了，就留给徒儿们以后再办吧。"

陈凤良听到这些宽心话后，忽然想坐起来，站在身旁的寒梅和冯其中连忙帮师父斜靠在床头。陈凤良缓缓地摆摆手，示意大家回避一下，他有话要给沈会长单独说。

付家大院屋高井深，等大家从内堂退到前庭后，陈凤良仍是不放心，他让沈金书把窗户都关严实后这才开口说道："今儿的投票里面有鬼，这话只能咱俩知道。"

　　沈金书没想到已被气病的陈凤良也觉察出这里的蹊跷，他尽量把耳朵贴近陈凤良嘴边，示意他继续说下去。

　　"开箱前我觉得一切都正常，尽管杨元厚还是那套胡闹腾，罗增荣你我从来也没指望过他，可开箱后偏偏是这个结果，那么这里面只能有一种可能，有人在选票上动了手脚。"说到这里，陈凤良合闭双眼深叹口气，紧握的拳头微微颤抖。他轻轻地摇摇头又说道："都怪我太大意，不该让冯其中代替我投票啊。"

　　听得此话，沈金书心里明镜似的，他心知陈凤良是在怀疑弟子冯其中在锦绣班这张选票上动了手脚。望着精明果断的老伙计一脸不解的神情，沈金书打心里感到怔惶，总社成立失败对于陈凤良的打击远远胜过任何人，可他没有推诿责任怀疑别人，而是先从自己的失误和身边人找问题，他的人品和风骨越发令沈金书钦佩不已。

　　面对陈凤良的深明大义，沈金书觉得更该将自己的所思所想和盘端出来，因为他和陈凤良一样怀疑上自己的弟子任欣荣。沈金书从怀里掏出三张选票铺展在陈凤良面前说："这是三张反对票，我也是端详了半天，这才看出其中端倪。你看这两张选票表面光滑、折痕极浅，你再看这张选票上的痕迹，明显是折叠很久，而且票面显旧，做手脚的人，一定是怀揣这张选票很久，才会和其他两张有如此明显的不同。作弊的人还是不够高明啊，心里有鬼慌不择路，一门心思只想要个失败的结果，却露出了这么大的破绽。"

　　陈凤良听得此言倒吸一口凉气，他把三张选票横竖翻转细心打量，果然和沈金书说的一模一样。原来事情的真相是任欣荣在开票时做了手脚，那么冯其中所投的那张票去了哪里呢？毫无疑问，那个选票锦囊应该在任欣荣手里，只要找到它，一切就真相大白了。

　　沈金书的表情就像没发生过任何事情一样淡定从容，他不能让任何人看出自己情绪起了变化，尤其不能让任欣荣察觉到，不然定会打草惊蛇。依照眼前的情势来看，此事须得继续隐瞒下去，他深信早晚有天任欣荣会露出马脚。所以，沈金书和陈凤良约定好，暂时把这个秘密先藏在彼此肚子里，等到长安京剧社不得不清理门户那天，自然少不了陈凤良的支持。在这个动荡不安的时期，成立长安秦腔总社投票失败的秘密只能先隐匿下来。

　　此后，在沈金书的建议和支持下，秦腔正俗社、三易社和锦绣班暂时合并为秦风社，陈凤良自然被选为第一任社长，秦风社人数达到一百三十余众，联唱剧本亦有三十八部之多，演出驻地仍然在长乐坊大剧院。剧院老板赵本斋早就听说了陈老班主在"五社合一"大会上因为捐款修缮剧院所受的委屈，他多次探望病中陈凤良时一再表示要退回捐资，却屡次被陈凤良婉拒，赵本斋为此深受感动。

　　农历九月初九这一天，由长乐坊大剧院老板赵本斋出钱张罗着，为新成立的秦风社举行了隆重热烈的开场仪式。这天的长乐坊剧院装饰一新，楼上楼下张灯结彩、灯火辉煌。在喧天锣鼓声中长乐坊大剧院推出"免费看戏三天"的活动，一时间秦风社风光无限、名动长安，各路达官显贵纷纷前来捧场，同时也吸引其他剧社前来观摩学习。秦风社火了，剧场生意更火了。以陈凤良、赵兴怀和胡淑曼为主的老派实力专场，带动了以锦绣班冯其中和寒梅，以及正俗社大弟子王文月、三易社女弟子申湘云为主力的中青舞台，一时间长安城秦腔戏迷蜂拥而来。

　　这一天，在赵本斋老板的热情介绍下，陈凤良认识了两位前来恭贺的梨园同行，他们分别是河南豫剧社社长曹云亭和山东梆子戏班班主魏光华，三人一见如故，同行间惺惺相惜之情溢于言表。一番稽首拜贺之后，曹云亭和魏光华又接连拱手俯身，向梨园老前辈陈凤良以示恭敬。其后，此二人满怀诚意地表达了想在长乐坊大剧院驻场演出的心愿，陈凤良看得出曹云亭和魏光华都是厚道正派人，加之中间又有赵本斋老板的面子，他也不好多说什么，于是便答应他们加入进来。自此之后，长乐坊大剧院形成以秦腔为主、豫剧和山东梆子为辅的剧目格局，几乎实现了昼夜二十四小时不歇场演出。

第四章

　　自从在长乐坊大剧院议事厅的"五社合一"大会上出了口恶气之后，杨元厚着实高兴了一阵子，在很长一段时间里，他的心情完全沉浸在选择与任欣荣、陈竹君合作的自鸣得意之中。然而好景不长，正当他想要与此二人谋划接下来的计划时，陈凤良又演绎出一幕"三社合一"，这下子让杨元厚乱了阵脚，心中刚刚熄灭的怒火，又重新燃烧起来，他不知道这口怨气，该撒到任欣荣身上，还是泼向陈竹君怀里。

　　和他一起慌乱的还有益民社社长罗增荣，他三天两头跑到青衣社，只要见到杨元厚就问下一步的打算，有时问急了，两人会争吵一场。有次罗增荣吵急了眼，说他为五百大洋投了反对票实在不值。杨元厚这才知道陈竹君瞒着他下了这步好棋，原来是用钱买通益民社罗增荣投了反对票，却把他蒙在鼓里，一度还让他错把罗增荣幻想成同道之人看待。

　　秦风社成立后，杨元厚和罗增荣就带着自己的人马退出了长乐坊大剧院。秦风社在很短时间内壮大起来的事实，使杨元厚心神倍感不宁，每日如坐针毡，眼瞅着青衣社弟子们整日无戏可唱、百无聊赖的样子，心里像猫抓一样着急。他好几次去找陈竹君商议办法，可对方却躲闪着不见，这头又有罗增荣不间断来给他心里添堵，尤其是被他关在家里的女儿杨小云，近来的性格变得越发抑郁了，这让杨元厚更加坐立不安，每每想念起女儿年幼时和自己无所不谈，在他面前欢天喜地的开心模样，杨元厚的心里像被煤渣搓洗般痛楚难当。他已经永远失去了自己深爱的妻子，绝对不可以再失去自己疼爱的女儿，诸多的不如意使杨元厚的脾气越来越暴躁。

　　终于，有天傍晚陈竹君约杨元厚到长安柏树林街的江南书寓喝茶，这家茶楼名字听着雅致脱俗，其实是长安城里的高档妓院。江南书寓里的女子都是从南方而来，大多自恃清高，又从小学会许多吹拉弹唱、琴棋书画的技艺，对外号称是卖艺不卖身，只陪达官显贵打花牌饮花酒，其实个个都是深谙风月欢场之事，巴望着哪天结识个富贵闲人，从此能彻底远离这烟花粉巷之地。

陈竹君是这里的常客，油头粉面、装扮花哨的他深得老鸨喜爱，每次前来都是大手挥霍、不吝钱财，却又从不惹是生非，众姑娘们都抢着陪他。但凡两天不见陈竹君的身影出现，姑娘们便纷纷打听他的踪迹，陈竹君"钱多品高"的贵客名号自此在江南书寓里无人不知、无人不晓。

老鸨见到陈竹君今儿又引来一位客人，自然喜上眉梢，心底盘算陈大贵人领来的朋友必定是非富即贵的。当她正要呼唤姑娘们出来殷勤伺候时，但见陈竹君附在老鸨耳边私语几句，老鸨脸色似有难堪当即退下，只叫伙计带他们到江南书寓三楼最隐蔽的后侧厢房，沏上来一壶上等的西湖龙井，便丝毫打扰不得。

看着坐在自己对面气定神闲像没事人一样的陈竹君，杨元厚忍住满肚子火气一语不发。陈竹君望着杨元厚憋涨通红的脸面反而扑哧笑起来："我知道你着急，可我也得把一切铺排好后，才能给你个准话吧。"

"我就等你一句准话，可你也不能躲着不见我呀，这都火烧眉毛了，你不急我急啊。"杨元厚气呼呼端起茶喝，情急中猛呛了一口。

陈竹君低头暗笑道："这是上好的明前龙井，美称'女儿红'，有诗云'院外风荷西子笑，明前龙井女儿红'，说的可就是这款上等名茶。这茶香气鲜嫩清高，滋味鲜爽甘醇，杨社长品饮这等沁人心脾的茶汤，且要在杯中浸润摇香半刻方可去喝。"陈竹君说罢，便浅酌一口手中的茶水，双眼微闭悠悠然说道："唇齿留香，回味无穷啊。"

杨元厚看着眼前这位拿腔作势、扬扬得意的南派伶人，此刻摆出的这副喝口茶汤似乎就要舒服死掉的扭捏姿态，心中火气便不打一处来，可他不能发作，谁让他有求于对方呢。虽然杨元厚向来是个有话直说的耿人，但他还得硬忍着胸中焦怒，脸上尽量堆出笑意说道："陈大班主啊，我现在哪里还有心情在这里和你品茶论道，青衣社和益民社的弟子们，都已经很久无戏可唱啦！"杨元厚拉出很长的声调，梗着脖子双眼通红直勾勾盯着陈竹君，数秒时间过去他连眼睛都不眨一下。

看着杨元厚那双像放在砧板上马上该下油锅的死鱼眼，陈竹君心知此人是真的心急了。他拉开随身带来的皮包，从中掏出一份合约，对着杨元厚自信满满地说道："最近我是忙着改建阿房宫剧场，这才没空见你。这是一份驻场合约，你仔细看看，愿意的话就在上面签个字，明天就能安排青衣社的弟兄们登台演出了。"杨元厚瞪大眼睛，就像抓住根救命稻草，一目十行地扫看了一遍合约，脸上露出难得的笑容，顷刻间内心的惊慌与憋闷烟消云散，连忙伸手握住陈竹君的手道谢不停。陈竹君皮笑肉不笑地又说道："'五社合一'投票的前天晚上，我去府上拜访时就已经说得很清楚，只要你搅乱场面，我自有办法收拾残局，可从最近表现来看，你老兄还是不信任我呀。"杨元厚听出陈竹君的不满，虽然杨元厚尽力为自己的鲁莽和急躁向陈竹君做着辩解，但是两人心里都清楚，此刻他俩除了相互信任之外，其实都已经没有第二条路可走。事情发展到今天这步田地，他俩的关系活脱脱像是水边鹬和池中蚌，但是为了生存下去，也不可继续相争了。

杨元厚暂时收起自己满腔的怒火，刚要拿笔签字时，陈竹君却又抽回合约，阴煞煞地要他必须答应将任欣荣在"五社合一"投票中所做手脚这个"秘密"全部揭开，而且没有一丝商量的余地。从杨元厚内心来讲，其实他是极其讨厌任欣荣的，此人年龄不大，野心不小，尤其在"五社合一"之前，任欣荣假公济私给杨元厚推出一堆不切实际的谋划时，他就为沈金书身边有这样的弟子感到担忧。不过，任欣荣虽然性情晦涩、心机深重，行事令人不可捉摸，但其终归还是个涉世未深的孩子，他不知为何事招惹了陈竹君，让陈竹君在"五社合一"的争斗尘烟还未彻底消散时，就要对他痛下杀手赶尽杀绝，看来这两人之间定是有着自己无可知晓的深仇大怨。想到这里，杨元厚心里泛出一丝说不清的后怕。

然则为了青衣社的生存大计，杨元厚只能向陈竹君妥协，点头答应去做这件事情的同时，新的担忧又涌上杨元厚心头。作为梨园行的老前辈，他当然知晓背叛师门的弟子会面临怎样的严厉挞伐，更清楚吃里爬外是梨园行内最令人不齿的腌臜行为，也必将受到众人的口诛笔伐和最严厉的家法处置。面对这般左右为难的困局，杨元厚心里极为郁闷，他既感到无能为力，又无法猜透陈竹君与任欣荣之间的怨恨深浅，只是陈竹君此刻摆出的这副要置任欣荣身败名裂才肯罢手的架势，让杨元厚心中寒意倍增，继而觉得自己与此人绝不可粘连太紧。

在江南书寓的茶座上，杨元厚答应了陈竹君提出的所有要求，终于顺利签订了去往阿房宫剧场的驻场合约。当他走下江南书寓楼梯时，只见楼道里挤满了勾

肩搭背、操着满口吴侬软语的南方人。杨元厚毕竟是梨园行里有头脸的人，这种充满酒色财气的烟花之地，他是从未涉足过。就在他不经意间打量从自己眼前飘过的各色人等时，忽然从熙熙攘攘的人流中看到冯其中的身影，只见冯其中牵着一位打扮入时的女人，转身闪过旋梯拐角处便不见了。杨元厚怀疑自己是不是看花眼，冯其中怎么会在这个时候出现在这样的场合？手里牵着的那个女人又会是谁？一股复杂而纠结的情绪支配着杨元厚迈开双腿，疾步上前想去探个究竟。他假装走错门的客人，连连推开好几间包房，却再也没能看到那个身影，冯其中就像一股迷雾般湮没在江南书寓扑朔迷离的轩榭楼阁里。

呆愣在楼道的杨元厚，足足犹疑了数分钟，他纠结于自己要不要把这座欢愉之地搜罗个遍，好给自己眼睛刚刚扫描到的巨大疑惑寻出答案。正当他思量之时，几位花枝招展的姑娘围拢上来，浪语嘤嘤不停朝着他搔首弄姿，杨元厚心里顿时生出隐隐发怵的感觉，当即意识到自己不可在这姹紫嫣红、灯红酒绿的场所久留，于是便急忙转身匆匆下楼离去了。

偌大的长安城里，一时间出现两家分庭抗礼的秦腔大剧院，以秦风社为主的长乐坊大剧院和新建好的阿房宫剧场都开始演出秦腔剧目。杨元厚的青衣社和罗增荣的益民社也合并了，起名叫青益社，两社合并后也汇聚了六十多号人马。至此，两大剧社竞相拿出自己的看家本领，不仅在剧目上推陈出新，舞台上更是争奇斗艳，竞争引得长安城里一时间热闹非凡。

这天，沈金书在书院门家里收到一封书信，是杨元厚亲笔书写的。信中历数了任欣荣曾经许给他的种种诺言，并把两人当初赤裸裸的交易告知了沈金书。杨元厚之所以要迫不及待地揭开任欣荣的"秘密"，一是他答应了陈竹君，这是他带领青益社进驻阿房宫剧场登台演戏的首要条件；二是能把沈金书这些年明里暗里屡次支持陈凤良，从而让他心里窝下的那口恶气顺便也吐出来。他要达到"一石二鸟"的效果，就不惜实名写信。看到杨元厚信里所言，沈金书其实是有心理准备的，从他给陈凤良提说起选票有弊时起，如何处置任欣荣这个吃里爬外的逆徒，就已经让他心里开始犯难。

沈金书心中的为难，缘于他多年来既把任欣荣看作爱徒呕心沥血地加以培养，又视他为义子从小拉扯长大成人的这份特殊感情。

　　故事还得从清末民初辛亥年间说起。

　　那时，任欣荣的生父任少山和义父沈金书已是名震北平的京戏名伶。任少山与师哥沈金书同在京剧崇林社长大，两人从小苦心学艺，师父章云飞倾囊相授亲手调教，长大后两人不仅成为舞台上相得益彰的得意搭档，而且还是生活中形影不离的亲兄热弟。然而这两位名角，虽然师出同门，性格却迥然不同。任少山长得一表人才，风流偶悦却玩世不恭；沈金书少年老成，性情持重而又内敛有余。那时的北平城里不断上演着"城头变幻大王旗"的军阀混战戏码，"人生得意须尽欢"的任少山，经常错把纷乱复杂的现实世界看成精彩绚烂的京戏舞台，浑然不觉得危机与陷阱时刻伴随着他的放荡不羁。

　　面对徒儿的放浪形骸，师父章云飞既有苦口婆心的好声劝诫，又有不留情面的厉言怒斥，然而生性浮浪的任少山只能把持一时，时间久了，任何良言善语都被他当成耳旁风。在一次偶然成聚，鱼龙混杂却又热闹非凡的京戏票友会上，任少山罕见而坚定地爱上了一位姑娘，她就是任欣荣的母亲宫田奈美。那时候的宫田奈美青春靓丽、风华照人，缘于对京剧的疯狂热爱，两人很快走到了一起，任少山从宫田奈美眼里的京戏偶像很快变为她的整个世界，直到有一天奈美怀孕后，任少山这才知道她是日本人。

　　从小热爱中国文化的宫田奈美，从日本大学音乐专科毕业时，恰巧痴恋她的中国留日学生陈竹君考取了北平燕京大学新闻系。当时的宫田奈美十分渴望能去中国完成自己的本科学业，因此在她的不断央求下，心存顾虑却又拗不过女儿的父母只好含泪答应了她。于是乎，宫田奈美跟随陈竹君一起来到北平求学，双双进入燕京大学继续深造。陈竹君深爱着纯洁美丽的奈美，江浙水乡长大的他，不仅喜欢江南越剧，对京戏亦是痴迷，有着共同爱好的两人经常会在学习时间里逃课开溜，跑到当时北平最热闹的朝阳剧院去看京戏。

　　在华美绚丽的舞台下，宫田奈美无可救药地喜欢上舞台中央那个俊美绝伦、台风潇洒的京戏名伶任少山，并很快成为他的铁杆票友。陈竹君开始察觉不妙，即刻委婉提醒奈美不要和戏子有染，可惜此刻的宫田奈美已然听不进任何劝阻，

束手无策的陈竹君，只能拒绝再和奈美同去看戏。没过多久，陈竹君又惊讶地发现宫田奈美敢于独自去朝阳剧院，于是两人之间发生了前所未有的争吵，随后奈美愤然转身离去了。性情矜持的陈竹君不禁陷入苦闷之中，他自始至终觉得荒唐可笑，一介戏子，怎能与聪颖美丽的日本女学生和谐搭调呢。他甚至痴傻地认定宫田奈美只是受到任少山一时蛊惑，迟早还会回到自己身边。抱着这份侥幸心理的陈竹君，开始盼望着学校能早早放假，他好带着宫田奈美尽快离开北平，一起回到杭州老家拜见父母去。

宫田奈美怀孕了。

任少山一筹莫展，他只能把这个秘密告诉最为信任的师哥沈金书。沈金书痛斥师弟怎会做下这般难以启齿的丑事。起初沈金书的想法是尽快劝说宫田奈美返回日本去，任少山却偏偏不让，还一再哀求师哥要想出个两全其美的办法。让一个身怀六甲的女子远渡重洋回家去，任谁也于心不忍，可是面对宫田奈美一天天变大的肚子，任少山黔驴技穷，沈金书亦甚感作难，想把宫田奈美干脆领回崇林社去，又顾忌班社体面和师父的脾气，师父是绝对饶恕不了任少山的荒诞不经，遑论怎么会接受师弟找个日本女人。为了息事宁人，万般无奈的沈金书只好帮助任少山在北平前门外租下一处幽僻的四合院，暂时先让宫田奈美藏身起来。

宫田奈美无缘无故地人间蒸发了，她的突然消失让陈竹君心急如焚。他毫不犹豫地怀疑上任少山，却找不出任何证据，可是心中又极为不甘，于是多次找上门来闹事要人，每次都被崇林社的伙计们起哄推搡出门。满身尘土的陈竹君从地上爬起来后，常常端坐在崇林社门口的石阶上发呆，直到傍晚天黑下来，这才失魂落魄地离开。沈金书远望着陈竹君离去的背影，心里怪不是滋味，可以理解被人横刀夺爱的痛楚，却毫无办法帮到他。

陈竹君前来闹事的次数多了，师父章云飞开始起了疑心，他把沈金书和任少山叫到身边，黑脸询问此事缘由，他俩使出浑身解数，尽量隐瞒住师父，谎说此人原是个票友，被深爱的女人抛弃之后，开始变得魔障了。面对师父狐疑不解、似信非信的眼神，沈金书感到无比的难堪。

就在宫田奈美安神养胎的这段日子里，任少山依然不改往日风流，沈金书看在眼里急在心上，他多次苦苦相劝，可师弟总是好了伤疤忘了疼，对师哥的警告充耳不闻。望着从小骄纵习惯的任少山，沈金书手心里无时不为他捏把汗，心底经常泛出阵阵莫名的担忧。

这年中秋节当晚，按照历年惯例，沈金书陪同师父章云飞来到京剧总社会友赏月，正当大家祭奉月神后守夜看戏时，崇林社伙计突然急匆匆跑来说任少山出大事了。当沈金书与师父赶到医院时，人已去世了。望着满脸鲜血浑身伤痕的任少山，章云飞老泪纵横，沈金书心知自己最担心的事情还是发生了。随后人命案子报到警署，警署满口答应要尽快将凶手缉拿归案。他们首先怀疑的是经常去崇林社闹事的陈竹君，于是把他轻而易举拖进了监牢。对陈竹君的审问中，警署办案人员软硬兼施、恫吓威胁，吓得陈竹君尽说些牛头不对马嘴的供词。由于警署始终不能从陈竹君身上找出任何行凶作案的嫌疑，又懒得给他一日两餐牢饭，于是在一个风清月明的深夜里，陈竹君被警察莫名其妙地赶出监牢。失魂落魄的陈竹君再也不敢在北平待下去，于是连夜跑回了杭州老家。案子就这样一直拖了下来。在这个兵荒马乱的年月里，大街上每天死掉几个人，实在是件稀松平常的事情，只因为任少山是京剧名角，警署还会查查找找，若死者是个普通人，老百姓连案子都懒得去报，因为警署里根本就没有人理会于你。

任少山死后半月，沈金书再也无法隐瞒宫田奈美之事，于是他把师弟与宫田奈美的事情全盘告知了师父。师父极为反常地没有责怪他一句，还和他一起去前门接回奈美，并把任少山出事的实情告知了她，宫田奈美哭得死去活来，伤心欲绝中做出个令众人极为诧异的决定，她要为任少山生下这个孩子。

任欣荣出生还不到三个月的一天深夜里，宫田奈美没有留下只言片语，悄无声息地到北平城郊莲溪庵削发为尼了。

倏然间一年多时间过去了，警署还是迟迟不能对任少山之死给个结论，这令章云飞气愤难当。沈金书看着年事已高的师父受此折磨心痛不已，他只能把全部精力都放在崇林社的演出上，尽量为师父分担些压力。崇林社毕竟是北平有名望的班社，许多梨园行人对任少山死于非命深表同情，大家纷纷出主意想办法给警署施压，要求他们尽快揪出杀人真凶，以告慰逝者的亡灵。

章云飞很快得到一个既可信又令他无比吃惊的消息：任少山之死，是因为他

在女人牌局里勾搭上北平头号官骗吴德岭的如夫人，这才惹来杀身之祸，被人活活打死在街上。章云飞终于明白了警署为何长时间态度暧昧，迟迟不能破案的原因。就在这个节骨眼上，警署内部竟然托人私下捎话给章云飞，让他能罢手时则罢手，不要弄到最后让各方都骑虎难下，并答应赔偿崇林社一笔钱，这件事就算了结。章云飞怒吼着，自己怎能用徒儿的性命换取金钱，哪个正常人能做出这等禽兽不如的龌龊之事。盛怒之下的他直接将捎话人轰出门外。

　　章云飞当然了解北平名人吴德岭，此人背景深厚、黑白通吃，明面上虚挂着众多社会闲职，其实是北平城有名的地痞流氓头目，尤其喜欢到处佯装官员模样登堂入室，却尽干出些巧取豪夺的无耻行径。但章云飞没有因为对方势力滔天就被吓退半步，无论如何他也要为弟子任少山讨回一个公道。咽不下这口气的章云飞一边恳请京剧总社代他向官衙申诉，一边再向警署公开告状。一时间，这件案子里的离奇故事，被北平城大小报刊传播得沸沸扬扬，弄得各方脸上极不好看。

　　本以为案子终会水落石出，谁知更大的灾祸接踵而至。吴德岭利用他在北平城官商两道的势力，开始向在这件案子上死不撒手的章云飞全面施压。首先，朝阳剧院老板黄兴梅面带难色地委婉谢绝他们继续在剧院演出；紧接着，京剧总社长田千秋自己不出面，却派人前来含蓄地劝章云飞辞去崇林社社长职务。里里外外接二连三的打击，使章云飞羞愤难当，直至一病不起。临终之前他再三嘱咐沈金书，一定要像对待自己亲生骨肉一般善待遗腹子任欣荣，而且不论再苦再难也要带领京剧崇林社走下去。沈金书含泪一一答应。

　　师父病逝后，北平城里依然没有哪家戏院敢接纳崇林社登台演出。

　　眼看着冬天到了，长期没有营收的崇林社上下二十多口人窝身在寒风呼呼的棚户里，连糊口吃饭都快成为问题。忧愤至极的沈金书，只好再次找到京剧总社田千秋社长苦苦哀求，田总社长亦不忍看到辉煌一时的崇林社就这样作鸟兽散，面有难色的他以时局不稳、处境艰难为由，规劝沈金书带队远走长安以图生存。心灰意冷的沈金书陷入深深的忧愁中，如果崇林社离开北平这片土壤，能在异域他乡找到活口吗？但若不去长安城，难道要原地等死吗？万般无奈的沈金书，只好从总社接过崇林社社长的职位，痛心决意带领大家去往长安城谋生。

　　出发前，沈金书率领崇林社弟子们一起来到北平燕岭脚下，痛彻心扉的他双手抚摸着师父章云飞与师弟任少山依依相望的墓碑，顿时肝肠寸断、泪如雨下，凄凄寒风中，长跪不起的众弟子号啕大哭、哀伤欲绝。身负千斤重担的沈金书仰望着惨淡的天空，心底暗暗向师父的在天之灵起誓，倘若苍天眷顾，有朝一日他定会带着崇林社重回北平。

随后，沈金书又抱着尚在襁褓中的任欣荣去了趟莲溪庵，希望宫田奈美能看上孩子一眼。他在佛烟袅袅的莲溪庵里苦等到天黑，宫田奈美才托人递出来一张字条，上面写道：知彼如空花，即能免流转；又如梦中人，醒时不可得。落款是：贫尼静尘。

第五章

沈金书决定向任欣荣摊牌了。

下定这个决心令他感到心如刀绞。任欣荣是自己多年来视如己出的义子，如今已苦心栽培成京剧崇林社社长，这般年少得志、意气风发，又是被同行极其看好的青年才俊，怎会做出如此龌龊的勾当。沈金书痛定思痛，始终想不明白自己究竟在哪里亏欠了任欣荣，进而让"农夫与蛇"的故事在自己眼前血淋淋上演。任欣荣所犯下的罪愆，但凡能够得到原谅，沈金书也不愿亲自出手，可叹这个逆子，枉费自己二十多年心血倾注，居然堕落到如此张狂、如此泯灭良知的地步。如果不能处置于他，如何给同声共气、肝胆相照的陈老班主一个交代？秦腔班社"五社合一"选票弊案发生已久，也总得给各方众人有个说法吧。身为长安城曲艺工会会长，于公于私他都不能继续沉默下去了。

陷入漫天痛楚中的沈金书，已经顾及不得崇林社的颜面，还有长久以来外人眼里义子带给他的无数骄傲与自豪，如今这些就像堆在沙丘上的亭台楼阁，轰然间全部坍塌了。回忆任欣荣这些年的成长历程，唯一让沈金书感到歉疚与不安之处，便是任欣荣的坎坷身世，继而由此引发的他与义子之间诸多难以明说，亦不能说的误解和猜疑。

成长中的任欣荣曾经多次问起自己的出身，义父总是顾虑重重、语焉不详。任欣荣很快长大成人，身世问题逐渐演变成他与义父之间的谈话禁区，有时逼问急了，沈金书反而陷入长时沉默一语不发。血气方刚的性情撞上内敛持重的脾气，使这对本该和谐的义父义子之间反生出许多陌生与疏离。

沈金书不是没有想过要将实情告诉义子，但他忧心忡忡，在这兵荒马乱的年月，如果说出了实情，不知世事深浅的任欣荣定然会北上寻母，冲动中难免会干出蠢事，一介黄口小儿怎能与吴德岭的势力相抗衡。难道要让师弟当年的悲剧重演吗？沈金书相信自己的这番苦心隐瞒与遮掩，师父与师弟的在天之灵也一定会赞同的。所以犹豫再三，沈金书只能寄希望于将来天下太平了，崇林社返回北平后，他会将所有实情如实相告，到那个时候，或许任欣荣的一切心结自可打开。

然则，美好的心愿与现实之间总是背道而驰，眼下任欣荣屡屡瞒着沈金书胡作非为，以至做出今天这等背叛师门的腌臜事情。以前沈金书还自我宽慰地试着去包容任欣荣的诸多叛逆，想着多是因为任欣荣特殊的身世造成，如今看来全然不似他想的那般简单。杨元厚寄来的书信已经让事实昭然若揭，任欣荣胆敢觊觎会长之位，并随意许诺杨元厚当上总社长，这些荒唐行径背后，定然是有人在蛊惑诱引，不然即便借给义子虎胆雄心，他也不敢生出此等违逆心思。可是怀疑终归是怀疑，在他还没有发现蛊惑利诱任欣荣的那个隐身之人的蛛丝马迹之前，只能将任欣荣生出的这些妄念，归咎于其离奇身世这个始终打不开的心结上。

撤换掉任欣荣长安京剧社社长，剥夺其登台演出机会，继而将他清理出门户，这是沈金书经过痛心疾首的煎熬与掂量后做出的最终决定。泣血悲鸣的他可以容忍情感上的疏远，亦可以亲手毁掉这个自己精心培养和托付崇林社未来的不二人选，却断然无法饶恕他对梨园行的背叛，如若再不训诫处置，任由任欣荣如此毫无底线地放纵下去，不知会造成怎样不堪收拾的后果，师弟任少山的悲剧殷鉴不远，岂能不杀伐果决。

止园剧场从来都是长安城内京津冀籍达官显贵聚集之处。

当年沈金书带领崇林社抵达长安时，止园剧场老板叶琦早从北平田千秋总社长处得知此消息。叶老板本就是京剧的老牌票友，对他来说，能接纳北平崇林社驻唱止园剧场，那可是天大的好事。一则，喜爱京戏的贵人们足不出城便能听到原汁原味的京腔古调，真可谓是大饱耳福的幸事；二则，地处大西北的长安城能有崇林社这样的京剧老戏班撑场子，何愁止园剧场生意不红火。崇林社抵达长安城那天正值傍晚时分，整座古城乌云压顶大雪纷飞，巍巍古城墙几乎被皑皑白雪覆盖殆尽，依稀可见城墙上的垛口，勾勒出一幅错落有致的水墨画，稀稀疏疏展现在沈金书眼前。叶老板带领剧场数十号人马冒雪恭迎，站台上的喧天锣鼓声夹杂着火车进站的鸣笛声，让初入长安人事两茫然的沈金书百感交集。从此崇林社就是止园剧场，止园剧场就是崇林社，二者不分你我。

　　"撤掉任欣荣崇林社社长职位，改由崇林社弟子赵天佑担任，就此将任欣荣无限期雪藏起来。"当沈金书将此决定告知叶老板时，叶琦张大的嘴巴差点掉到地上，他做梦也没想到沈金书要将自己多年精心培养的任欣荣赶下台，因为在他眼里，沈金书与任欣荣不是亲父子胜似亲父子，这样的亲密关系怎会走到今天这等地步，想必其中定是大有文章。沈会长不说原因他也不便多问，可叶老板自然要考虑止园剧场的演出不能受此事影响，更不能冷落了票友拥趸的热情。他深知沈会长是一个谨言慎行之人，说出去的话必定要做到，而且一定也会有新的安排，想到这里叶老板的心里坦然了许多。叶琦偷偷望着沈金书沮丧的神情，心知这个决定对于沈会长来说肯定是艰难而痛苦的，所以他也不好劝慰什么，只是表明了自己定然全力配合的意思。

　　按照沈金书的安排，长安曲艺界将在止园剧场召开一场多年未有的行业大会。除了崇林社上下一百五十八号人马参加以外，还向长安城各大剧社有头有脸的人都发出了邀请。止园剧场暂停了演出，上上下下都为这次会议紧张准备起来，连叶老板自己都感觉到一种从未有过的压抑感。以往无论见到剧社任何人都会嘘寒问暖的沈老会长，这些天在止园剧场频频进出时都是脸色铁青，很多年里，沈金书始终是个和蔼可亲的长者模样，如今却以如此严肃的面孔出现在大家面前，众人纷纷预感到崇林社将有大事发生。

　　所谓"春江水暖鸭先知"，处于漩涡中心的任欣荣自然闻出些味道，他看着止园剧场每个人的匆匆步履，心底不免生出些许慌乱，手心后背开始阵阵发凉，一种诡异的气氛笼罩在心头，使他感到从未有过的心悸和压抑。心神渐乱的任欣荣，此刻最想见到的人就是那个一直左右他心智的人，而此人偏偏就是身处梨园行却又藏匿幕后的冯其中，他才是遥控任欣荣与陈竹君搅乱长乐坊大剧院"五社合一"真正的罪魁祸首。

　　心神不宁的任欣荣频频约请冯其中出来见面商谈，可此时的冯其中却躲了起来，只让人捎话要他稳住，还说只要躲过这场飓风后，他定会出面收拾乱局。预感不妙的任欣荣又想约见杨元厚探知些消息，结果对方也是避而不见躲着他。任欣荣突然感到自己仿佛被人抛弃在浩瀚无际的大海上，他开始对自己向来自信的大脑产生怀疑：是否以往的哪步路走错了？难道冯其中是个假仁假义的小人？整夜的失眠让任欣荣内心焦躁不安，他起身独自走在街头，昏黄的街灯化不开浓稠如墨般的夜色，任欣荣从心底里不断告诉自己，或许是神经太敏感，自个儿吓唬自个儿罢了。回家躺在床上，眼前浮现的全是新近发生的事情，细细回想听命冯其中去做诸多事情之前，冯其中是那么的仁义可信，陈述所有事情时又是那么正气凛然，难道这一切都是冯其中使出的障眼法？想到这里，任欣荣身子战栗起来，他猛然将头塞进被子中，然后呜呜呻吟起来。

至此，任欣荣已经无计可施，想见的人见不着，天边的黑云已然袭来，尽管焦灼与慌乱依旧支配着他的情绪，可他又能怎样呢。此刻的任欣荣，只能自我麻醉式地期盼义父沈金书什么秘密也不知道，即便识破了自己的野心与手脚，毕竟他还是自己的义父，估计也不会对自己下死手。类似这般的自我安慰久了，任欣荣紧张的神经才稍感放松。

该来的终于来了。

这天的止园剧场里坐满长安梨园界的头面人物，沈金书会长不仅请来了秦风社陈凤良、赵兴怀、胡淑曼等梨园行德高望重之人，还有豫剧社社长曹云亭、山东梆子戏班班主魏光华，以及粤剧、沪剧、晋剧、评剧、黄梅戏等老少班主悉数前来，只是不见陈竹君以及杨元厚、罗增荣三人。坐在台上最引人瞩目的一位重量级人物，是新近成立的西京筹备委员会文化组长郭宪正，此人的出现让任欣荣倒吸一口冷气，他万万没有想到会有官方的人出席梨园行的内部会议。

任欣荣早从报纸上得知，新近到任的西京筹备委员会主任李震从南京带来五个关键人物，也就是长安城老百姓口里说的"五虎"，他们分别是机要秘书李裁、工商组长连云飞、金融组长魏文远、文化组长郭宪正以及稽查队长邓贵发。这五人不仅才堪大用，而且大权在握，他们帮助李震很快将西京市政府权力架空，手执南京国府筹建陪都的"尚方宝剑"，迅速在长安城展开筹建工作。现在每天的《西京日报》等大小报纸上，几乎都是这五人的新闻，任欣荣没有理由不认识他们。

任欣荣在人头攒动的会场里踟蹰许久，特意找了一处不起眼的角落坐定之后，方才发现冯其中也端坐在台上。他的出现，瞬间让任欣荣感到莫名的屈辱和恐惧，这种搅拌混杂在一起的感觉像迎面而来的巨大压力，逼迫得他将身子尽量蜷缩起来。他甚至不想看到台上的每张面孔，也不想在这个会场再多待一秒钟。任欣荣

想到了逃离，当这个念头刚刚冒出时，一声沉闷的关门声彻底断绝了他的退路，任欣荣只有让自己尽量镇定、再镇定，但涔涔汗水还是从他的前胸后背渗了出来。

　　作为长安曲艺工会会长的沈金书，不仅语重心长地号召大家要上下一心、共克时艰，还大声疾呼长安曲艺界各个社团面对危难时局，对外要同仇敌忾，对内要谨守本分，不做乱人心、丧志气的事情；要在民族危亡之时互助团结，在纷乱时局下始终不渝地恪守梨园行遵从的国法家规，发扬老曲艺人的凛然风骨，把各自班社管理好，为长安城的社会稳定不逾规、不添乱，为政府抵御外敌、筹建陪都贡献梨园人的绵薄之力。秦风社社长陈凤良从长安秦腔界"五社合一"事件谈起，感叹人心不齐、诸事不兴的种种弊端，呼吁大家齐心合力共谋长安曲艺的繁荣与发展。代表外来曲种的曹云亭社长特别提出曲艺要为抗战大业服务的宗旨，呼吁曲艺人多去创作和演出鼓舞抗日斗志，唤醒民族精神的作品。等到郭宪正讲话时，台下响起一片议论声，大家纷纷猜测此人定会说出政客的满腔大道理，果不其然，郭宪正郑重其事的讲话里，来来回回只强调一点意思：无论时局有多复杂，曲艺界万不能乱，梨园人要多为政府工作服务，为陪都的顺利筹建鼓与呼。

　　台面上讲的这些大道理，坐在台下的任欣荣充耳不闻，他的内心急切盼望着会议尽快结束，即可逃离这个令他如坐针毡的地方。然而，任欣荣最为提心吊胆的事情还是发生了。当郭宪正讲话结束后，沈金书从座位上站起来，目光环视四周后异常严肃地说道："现在我代表长安曲艺工会宣布三条决定。第一条：长安城秦腔锦绣班、正俗社与三易社'三社合一'的秦腔秦风社今天正式成立。第二条：曲艺工会正式确认新近改建成的阿房宫剧场为杭州越剧班驻场演出地。第三条：任命赵天佑为长安城京剧崇林社新任社长。"沈金书话音未落，会场里已经炸开了锅。对于任欣荣而言，沈金书宣布决定吐出的每个字，就像一支支从远处高台射向他心窝里的箭矢，躲犹不及的声音像声声炸雷在他耳边响起。余下时间里大家究竟在说些什么，他就像个聋子般听不到丝毫声音，只瞧得眼前人影晃动，周遭嘈杂不清。不知是高处窗户外照射进来的太阳光芒，还是会场顶部刺目的白炽灯光，直直扫射进任欣荣的眼睛里，一股又酸又烫的泪水喷涌而出，任欣荣埋头窝身在椅子上瑟瑟发抖……

　　当任欣荣缓过神来时，偌大的剧场只剩下他一人。师父不知何时坐在他身旁，一双愠怒的眼睛冷静地看着他，微微叹口气说："从今天起，你就不是崇林社的人了，你的今天是咎由自取，怨不得别人，有些事情要想人不知除非己莫为，这世上从来没有不透风的墙，你做了什么你心里明白，我也无需多说……"没等沈金书说完，任欣荣突然双膝跪地爬了过来，连连给沈金书磕头嘶叫道："再给我一个机会吧！义父，我也是被人蛊惑才做下这些见不得人的事情。"

"你说，你都做了哪些事情？"沈金书几乎吼起来，老人像发怒的狮子，眼睛死死盯着任欣荣的脸。任欣荣更像精神失控般痛哭流涕喊叫道："很多事情是有人在背后给我说了浑话，只怪我糊涂，错信了别人的谗言呀。"

沈金书神情一怔，随即说道："你别再攀扯别人了，自作孽不可活，即使扯出谁来，也没人相信你的鬼话，好自为之吧。"沈金书站起身来走到大门口，他实在不想从任欣荣嘴里听到那个人的名字，尽管他和陈凤良已经猜定此人是谁。当他再次回头看到跪在地上号哭不止的任欣荣时，钻心的疼痛撕扯着沈金书的心，他只淡淡说了一句："家，你可以回。"

任欣荣被清理出崇林社的消息，令陈竹君心中狂喜，他在阿房宫剧场一间自己的办公室里笑得弯腰趴在地上，他又尽量遏制住自己的情绪，不敢发出太大声响，生怕被突然进来找他的人撞见。陈竹君压抑多年的一口恶气终于得以释放。他想起当年在北平时，自己是如何遭受崇林社的百般羞辱，如何一次次被他们像狗一样赶出大门，谁也不知道任少山命案发生后他在警署遭受的威逼恐吓，他又是怎样连夜落荒逃离北平跑回杭州老家。过去的一幕幕记忆是陈竹君今生今世永远抹不去的噩梦，他心中暗暗佩服自己的忍耐力，惊讶于仇恨居然会有这么大的能量，能让一个人从绝地低谷中慢慢爬上来。当年是任少山让陈竹君失去爱情，失去对整个世界的判断，任少山虽然死了，可他的儿子任欣荣还在世上，陈竹君发誓要让他的儿子变成野狗，变成无人问津的垃圾，似乎只有这样才能消解自己的心头之恨。如今任欣荣终于垮台了，由一个野种变成一只真正的丧家之犬，他觉得自己终于报复了任少山。想到这里，陈竹君猛然推开窗户，从喉咙深处发出一声长长的像野兽般的怒吼，他双眼怒瞪，一股热泪喷涌而出。

话说当年陈竹君连夜逃出北平回到杭州城后，自感无脸再回城外的老家，于是整日在街头漫无目的地四处游逛，一身孤独与失意的陈竹君不知自己未来的路

在哪里。这天，落魄不堪的陈竹君忽然看到杭州桐庐越剧班挂在街面上招收杂役的告示，又饥又渴的他便不假思索地走了进去，未曾料到陈竹君歪打正着，他凭借着自己能掐会算、腿勤手快，很快赢得桐庐越剧班班主薛少卿的赏识。相处时间久了，薛少卿甚为欣赏陈竹君身上留洋学生才具有的知书达礼，尤其是陈竹君对京剧和越剧的才学素养，让一生未娶、膝下无子，且又年迈的薛班主认定，桐庐越剧班能巧遇陈竹君这样的人才，实属上苍的眷顾，于是他心中暗暗有了将桐庐越剧班的将来托付给陈竹君的想法。

那时候的杭州城到上海之间，革命党人与北洋军阀的战争一场接着一场，以至影响到杭州城许多热衷革命的戏曲青年们，也在一夜之间组织起许多志士班，掀起一场轰轰烈烈的越剧改良运动。他们排练出《戒洋烟》《火烧大沙头》等大量揭露社会黑暗、时政腐败的剧目，这些越剧曲目因为顺应时代、合乎民意而深受百姓喜爱，反倒是传统越剧走入日渐衰微的境地，名噪一时的桐庐越剧班亦同样陷入无人问津、生存维艰的窘境。

数年时间过去了，杭州桐庐越剧班一直处于巨大的生存压力之下，老迈体衰的薛少卿终于病倒了。深感自己时日无多的薛少卿在无助而悲苦中决定将班主之位交给陈竹君，在他临终前的千叮咛万嘱咐中，只对陈竹君提出一个要求，那便是，将来无论再苦再难，一定要想尽办法让桐庐越剧班存活下来。当薛少卿拖着奄奄一息的病体将班主之位交给陈竹君之后，这才满怀心事、似心有不甘地撒手人寰。

随着时间的推移，杭州城革命党活动愈演愈烈，当地许多达官显贵都远去北平城躲灾去了。为了不辜负老班主在世时的重托，也为了桐庐越剧班的生存大计，陈竹君下定决心要带班前往北平，或许在那里才会有一线生机。临行前，他再次鼓起勇气回到杭州城郊的陈家塘老家。父亲是当地有名的富绅，他羞于再次接纳这个留学不成、浪荡四海的败家之子，更厌恨儿子在北平城偎红倚翠、招惹官司的不耻行径，即便这些年回到了杭州城，无德逆子仍不思悔改，又和下九流的戏子混迹一起。儿子这些年的所作所为不仅辱没门风，更让陈老先生在陈家塘颜面扫地，于是他狠下心来，严命家人将大门紧闭不开，深处羞愤与盛怒之中的父亲，决然不想再见到这个令他极度失望的儿子。

这些年里，陈竹君不止一次回家来，无论他百般哀求万般下跪，始终未能踏进家门一步，面对迂腐自尊，把脸面视为命根的家父如此决绝的态度，陈竹君只能在快快不乐中带着桐庐班的师兄弟们北上北平。时值民国初年，北平城依旧混乱不堪。很长时间里，虽经陈竹君百般努力，桐庐越剧班收入仍然仅能做到养家糊口。对于陈竹君的越剧班而言，且不说北平城里京戏独大的局面，眼下老百姓连口饱饭都四处难找，谁还有闲钱常来看戏呢。

话说有一天，郁郁寡欢的陈竹君路过裕泰茶馆门口，巧遇燕京大学同窗好友李知章。如今这位李同学在北平城一家报馆做记者，陈竹君从他嘴里方才得知自己当年逃离北平后，京剧崇林社沈金书率众远走长安，以及心爱女人宫田奈美出家为尼的诸多事情。这些消息让陈竹君心里既惊又喜，尤其是当他知道宫田奈美还在北平城后，心中不由得又重新燃起希望的火苗。

迫不及待的陈竹君急匆匆一路寻到城郊莲溪庵，亲眼认出一众尼姑中的宫田奈美时，他简直不敢相信自己的眼睛。经年不见的奈美在青灯黄卷的尼庵里，已被消磨得体薄颜衰、面色枯黄，他无法想象眼前烟雾缭绕中诵经拜佛的青袍尼姑，就是曾经那位背井离乡，和自己从日本来到中国的美丽女子宫田奈美。陈竹君瞬间不能抑制自己内心的悲伤，蹲在地上痛楚地抽泣起来。等他再次起身寻找宫田奈美的身影时，熙熙攘攘的香客开始挤进来，陈竹君情急之中朝着人群大喊宫田奈美的名字，只见无动于衷的奈美随着诵经队伍转身走进大殿的后厢房。

陈竹君百般告求香堂师父，请她给宫田奈美捎进去一句话，就说陈竹君来找她了。师父只顾着低头默诵经文，全然不理睬陈竹君的哀求。接下来的数周内，陈竹君几乎天天跑去莲溪庵，直到有一天尼姑庵住持清莲法师才在香堂允见他。陈竹君声泪俱下地讲述了他和宫田奈美过往的种种悲欢离合，以求清莲法师能允许他和奈美见上一面。清莲法师淡然说道："施主执迷数日，还是听我一偈吧！世间色法皆是因缘而生，自性再是痴迷也不可得；所谓色即是空，空即是色，施主又何必想不开呢？佛法又说：碍处非墙壁，通处没虚空；若人如是解，空色本来同。所以施主又何苦为难自己呢？"陈竹君毕竟是有学问之人，听懂了法师这番教化之词，他亦说道："古谚语有云，赠人玫瑰之手，经久犹有余香，祈愿法师能成全于我。"清莲法师听得陈竹君这句话后，只是微微一笑说道："施主的意思贫尼明白，但佛陀的教诲施主还只是吃透了一半，佛以'放下万缘'来感化迷惑的众生，芸芸众生就得学会放下一切痴念。正所谓'来时无迹去无踪，去与来时事一同；何须更同浮生事，只此浮生在梦中'，所以这里只有静尘，再无奈

美，还望施主多保重吧。"

　　尽管陈竹君想用"精诚所至，金石为开"的恒心感动清莲法师，但他最终绝望了。从莲溪庵回来后，陈竹君整个人像被抽去魂魄的木偶，在床上昏睡三日不起，而后他似乎心里明白了"世上再无奈美"的佛偈之语，只叹自己满腔情愫无人能懂，亦无处倾诉。

　　北平城里依旧纷乱如麻，东北时局的不断恶化更让北平城人心惶惶不可终日。陈竹君的越剧班和城中百姓一样愈来愈感到活着的艰难，悲观与灰暗笼罩在每个人的心头。当陈竹君再次相约老同学李知章喝茶时，才知道李知章已前往长安谋生了，这个消息令陈竹君心里又看到一缕曙光。长安城地处西北，远离战争与饥饿的阴霾，那里应该有着战乱年代难能可贵的太平。可当他想到沈金书与任欣荣也在长安城时，心里又开始打退堂鼓，然而生活终归是现实而残酷的，毕竟在北平这个地方他已了无牵挂，为了桐庐班生存的现实状况，陈竹君不能允许自己内心再生迟疑。

第六章

陈竹君带领桐庐越剧班一路辗转到达长安城不久，九一八事变爆发了，北平城乱成了一锅粥，陈竹君暗自庆幸当初的决断正确。

为了尽快给桐庐班的兄弟们找口饭吃，到达长安城的第二天，陈竹君便迫不及待来到长乐坊大剧院，看能否在这个长安城最大的剧院登台演出。剧院老板赵本斋恰好当天外出，冯其中出面接待了他，两人初次相见都给彼此留下了深刻印象。陈竹君想为桐庐班兄弟们找个活路的迫切感显露无遗，加之初入长安形只影单，所以在冯其中跟前放低身段极尽谦卑之能事。外乡人带着外乡戏相求而来，冯其中当然不可给外客留下丝毫欺生的印象，尽管他很不屑陈竹君身上那股圆滑的阴柔感，但场面上的应酬寒暄，冯其中一向善于周旋。而在陈竹君看来，冯其中是个城府极深、极有气场的人，他隐隐感到越剧班以后若想在长安城安身立足，冯其中定会帮上大忙，故此两人相谈甚欢，大有相见恨晚的感觉。

言谈中，冯其中热情推荐陈竹君的桐庐越剧班去南门剧院演出，并提醒他需要提前向长安曲艺工会会长沈金书申请报备。陈竹君先是惊喜，接着又犯了难，他无法想象自己再次见到曾经的仇人沈金书，还有横刀夺爱的任少山遗留下的那个孽子任欣荣时该是何等尴尬。每每想到霸占自己心爱女人，毁掉自己半辈子幸福的这些人，陈竹君的心就开始滴血，他早已把京剧崇林社所有人都打入仇恨的深渊。冯其中瞧出陈竹君支支吾吾地面露难色，而两人的谈话已渐次深入，于是有求于人的陈竹君只得将当年他与沈金书、任少山在北平城里的那段过往纠葛和盘端出。未料到冯其中听闻后，对陈竹君的为难之处深表理解。

心思敏锐的冯其中一旦摸清陈竹君的心病，态度马上变得更加热情周到，他主动提出可以代替陈竹君向沈金书报备，这样可以避开陈竹君与沈金书、任欣荣见面时的尴尬。冯其中这个细心周密、帮人过河的举动，令陈竹君对他的好感大大增加，于是痛快答应了冯其中所做的一切安排。

　　别过冯其中后，陈竹君一时难抑内心激动，转身来到南门剧场想看个究竟。当他从远处往舞台上搭眼一望，顿时浑身凉了大半截。南门剧场不仅舞台极其简陋，而且看台居然敞在露天里，这里的演出环境完全是个临时场所。陈竹君内心虽然很失落，但他不能有任何怨言，毕竟桐庐越剧班在长安城好赖也算是有个落脚地了。

　　桐庐越剧班在南门露天剧场演出后，陆陆续续吸引来一些到长安城躲避战乱的江浙穷苦人，越剧班的吃饭问题总算暂时解决了。可惜看台在露天里，刮风下雨就得停演，这让陈竹君深感苦恼，内心甚是渴望有朝一日桐庐班能像其他剧社一样，有个正规剧场驻足演出。然而在这人生地不熟，又举目无亲的长安城里，陈竹君又能上哪里寻得一处理想的演出场地呢。

　　这天，桐庐越剧班正在南门露天剧场演出时，天色忽然大变，一场突如其来的大雨，将来不及搬离的舞台道具全部浇湿损毁。一筹莫展的陈竹君坐在雨中发呆，忽然一把雨伞为他撑在头顶，陈竹君回头看见一张熟悉而亲切的面孔，他再次巧遇已在《西京日报》继续当记者的老同学李知章。

　　李知章感慨万千，言说自己和陈竹君今生有缘，本来是听人说南门露天剧场新来家杭州越剧班，好奇心驱使他过来看看，未料到是老同学的桐庐越剧班又到了长安城。兴致当中的两人三杯两盏过后，相扶相助的同窗友谊更进一步。

　　在李知章的帮助和介绍下，陈竹君很快认识了长安城阿房宫剧场老板康茂忠，敦厚善良的康老板念及大家同为梨园中人，便答应桐庐越剧班暂时栖身在老旧的阿房宫剧场演出。终于有家室内剧场愿意收留桐庐越剧班，陈竹君心里倍感踏实，自然对李知章感恩戴德。此后，两个单身老同学每天游走在长安城的热闹场所，只是在灯红酒绿中彼此却各怀心事。陈竹君总是巴望着在这些上流人喜欢来的地方能认识个把富贵闲人，好让自己在长安城尽快结束漂若浮萍般的日子。可李知章似乎与陈竹君有所不同，他每到任何场合时，总喜欢用记者的本能去观察体会，年轻气盛的他总想捕捉到足以令整个城市轰动的大新闻。就这样，两位同窗好友虽各有所想却也形影相随，直到有天，一个偶然机会，陈竹君结识了长安城巨商肖玉仁的女儿肖若妍，他的日子逐渐好转起来，但奇怪的是从那时开始，他与李知章的关系偏偏愈来愈疏远。

话说长安城巨商肖玉仁有个独苗宝贝女儿肖若妍，自小就不是个简单人物。出身富贵的她，除了才貌俱佳、伶牙俐齿之外，八面玲珑的个性让她小小年纪就成为就读的女子中学里的风云人物。虽然成绩平平，但她唱歌跳舞演戏样样在行，本来就出落得亭亭玉立，又是远近闻名的望门之女，故而吸引来无数的狂蜂浪蝶。熟络人情世故的肖若妍喜欢混迹社会，从来做不到一心只读圣贤书，而且经常呼朋唤友走街串巷地瞎折腾，这样的性格令父亲肖玉仁甚为烦恼，除了担心偌大的肖家生意后继无人之外，更是担心女儿的人身安全。原本指望女儿专心学业，毕业后送她出国深造光耀门庭，谁知在娇宠溺爱中长大的肖若妍，性格变得越来越倨傲高冷，她恣意妄为、荒腔走板的花式做派，导致父女俩的关系一天天恶化下去，继而闹到水火不容的地步。面对家里的这对冤家父女，母亲孙静怡深陷痛苦，却又不知该如何去化解矛盾和改变女儿。肖玉仁与夫人常常静坐一起翻看女儿年幼时的照片，摩挲着照片里那张逐渐长大的脸庞暗自垂泪。

为了尽量维护紧绷得瞬间就能断裂的丝弦般脆弱的父女关系，孙静怡会悄悄瞒着丈夫满足女儿的诸多要求。或许正是因为母亲对女儿从小到大毫无底线的迁就，造成肖若妍面对父母时，从来都是有恃无恐，有时甚至以生命相威胁。肖玉仁夫妇是长安城里场面上的人物，又怎能不为面子而妥协，每次闹翻了或动手打了女儿，终了又回头给女儿回软话，肖若妍似乎紧紧抓住父母这个致命弱点，越来越不加节制地随性而为起来。

虽然肖若妍个性要强、爱使性子，可她从小对登台表演和秦腔戏曲有着痴狂的喜爱，小小年纪便会经常把自己打扮得风韵十足，浑身散发着成熟女人才会有的性感迷人，难怪陈竹君初次见到肖若妍时，那颗因为宫田奈美已然死寂的心，似乎又开始悸动起来。他不可想象长安城里居然会有这般绝色而灵动的女子，陈竹君那颗沉睡的心一旦跳动起来，便又陷入新一轮的完全不可收拾之中。自从认识肖若妍那天起，陈竹君无时无刻不在关注她的行踪，不论肖若妍出现在任何场合，陈竹君必到无疑，一来二往中，两人居然成为无所不谈的好朋友。然而无论从境况、出身或年龄来说，陈竹君都无法与肖若妍相匹配，可他却偏偏无可救药地爱上了肖若妍。

肖若妍岂能看不出陈竹君那颗骚动之心，可惜她的芳心却早有所属。那还是

肖若妍十三岁那年的大年初一夜，父母第一次带她去长乐坊大剧院观看秦腔锦绣班名角冯其中的演出。那一夜的舞台上，面如敷粉、气宇不凡的冯其中提袖吼唱，他那威武之势、阳刚之气以及无拘无束的性情之腔深深吸引住肖若妍的眼睛。整场戏看完后，冯其中潇洒俊逸、神采飞扬的舞台风采完全征服了肖若妍的少女芳心。自此之后，平日里看似清高孤傲的肖若妍，平生第一次痴心喜欢上这位伟岸儒雅、玉树临风的俊美男子。她很清楚冯其中比自己的年龄大很多，所以只能心里偷偷去喜欢，鬼精机灵的她知道这个秘密绝对不可轻易为外人所道，为了消解心中思念，她会经常独自偷偷跑去戏园子。

时间久了，小姐的反常先被女仆刘妈看破，她私下告诉了夫人。孙静怡甚是警觉，瞅着老爷不在家的间隙，好心好意数番规劝女儿别犯糊涂。起初，肖若妍还能有所收敛，但当她无意中发现是刘妈在后面嚼舌头，当即要起大小姐脾气，母亲的面子她也不顾，径直跑到肖家府邸的大庭院里，双手叉腰、杏眼大睁，冲着天空开始指桑骂槐。肖若妍的雷霆大怒，吓得老仆刘妈躲在厨房不敢露面，搞得孙静怡也极为尴尬。最后，反倒是她拉着女儿胳膊苦苦哀求：我的姑奶奶，别再闹腾了，惹不起你，还躲不起你吗。

等到父亲肖玉仁知道这个秘密的时候，肖若妍早已成了锦绣班里的常客。怒不可遏的他急火攻心，当即带着侍从王福要去锦绣班理论，车走到半道上，思前想后的肖玉仁，又觉得万般不妥，但又不能咽下这口气，于是只让王福过去带话给陈凤良，要求他管好自己的弟子，别再给锦绣班招风惹雨了。王福将老爷的话原封不动说给陈老班主，陈凤良苦涩地笑道："肖先生是仁义之人，自然有双慧眼。我的徒儿足不出户，又怎能惹来风雨？再说了，似这般儿女情长之事，我们做长辈的又能怎样，倘若肖先生有什么好法子，陈某愿闻其详啊。"肖玉仁听了陈凤良这些话后，喉咙里像被什么东西卡住了一般。

终于明白了女儿不断跑去锦绣班的更深层原因后，肖玉仁经常暗想，如果当年不携女儿频频出门看戏，或许就不会惹来这场孽债，如今悔恨晚矣！女儿的荒唐行径，带给父母亲的是沉重打击，本来肖玉仁夫妇亦是多年的秦腔票友，然而从此之后，任谁都不能在他俩跟前再提梨园二字，除此之外，对女儿毫不留情的斥责也升级为不间断地责骂、打压和阻拦。

　　一晃多年而过，肖若妍已长大成人，天生丽质的她比少女时代更加芳华照人，性格亦变得越发独立起来，她与冯其中之间的恋情也已到了呼之欲出的状态。这时候的肖若妍，已经彻底懒得与父母再玩"猫捉老鼠"的游戏了，直截了当提出要去锦绣班学戏。日日熬心于肖家生意的肖玉仁听后顿时火冒三丈，严厉斥责自是难免，母亲孙静怡面对动辄辍学东游西荡的女儿更是束手无策。不仅如此，有天肖玉仁听说了女儿与"九岁红"杨小云同追冯其中这件荒唐事后，气得差点吐血，他知道以往采取的方法统统失败了，坐立不安的肖玉仁百思不得其解，看似玲珑剔透的女儿，怎会真的爱上一介优伶呢？

　　肖若妍多年以来根本就不把杨小云放在眼里，她觉得自己无论哪方面都可轻而易举将杨小云比到尘埃里去，甚至觉得自己手里捏着杨小云一家的命脉。这份自信来自冯其中对肖若妍有着诸多需求，而这些需求，也只有她才能满足对方。前不久，肖若妍刚刚听从冯其中的建议，私底下从母亲那里死缠烂打要来一大笔钱，为了避嫌，冯其中又暗示她躲身幕后，怂恿陈竹君前去投资修缮阿房宫剧场。阿房宫剧场由于年久失修设施破败，导致演出时断时续，老板康茂忠多年来想筹资修缮，却苦于手头拮据，剧场就一直在提心吊胆中使用着，现在看到刚刚接纳的桐庐越剧班班主陈竹君愿意出资修缮，这对康老板来说，真可谓是雪中送炭。阿房宫剧场是康茂忠全家人的命根子，起初他也疑心过远道而来的陈竹君怎会突然拿出这么一大笔钱来，但是渴望修缮改建剧场的心情实在太迫切，心里便没有再去多想。于是两人经过数轮商谈，最终确定了剧场合作协议，陈竹君轻松取得阿房宫剧场四成股权。剧场修整顺利结束后，按照双方的合作约定，陈竹君又把杨元厚和罗增荣的班社拉过来驻唱。

　　肖若妍始终不明白冯其中为何执意要她出资修缮阿房宫剧场，自己和他却要隐身幕后，尽管她很想知道其中缘由，但冯其中对此讳莫如深。有次冯其中被她催问急了，这才吞吞吐吐地将自己萌生退出梨园行另辟人生蹊径的想法和盘端出来。这个疯狂念头已经足够让人感到错愕，然而还有令肖若妍更感诧异的是，冯其中说修缮阿房宫剧场的真正目的，居然是要给长乐坊大剧院树一个死对头，让师父陈凤良苦心孤诣想实现"五社合一"的想法彻底落空。肖若妍听了冯其中内心的这些想法后，感到无比震惊，甚至有点将信将疑。作为长安戏曲界的后起之

秀，冯其中怎会轻易放弃半生钟爱的秦腔艺术和已经得到的地位名望？一心栽培他的师父陈凤良，还有成就他今日辉煌的锦绣班，怎会让冯其中产生如此深重的怨气和愤恨？

待冯其中愿意将这些年深埋于胸的一些心事摊到桌面时，肖若妍这才深切意识到，她对冯其中的了解实在太过浅薄了。

冯其中决意离开梨园行的唯一理由，仅仅是因为师父陈凤良迟迟不肯交班。这个不轻不重的说法，却足以让肖若妍感受到冯其中是个比自己更加强势果决之人。不过，这也让肖若妍另有所思：仅仅因为此事便能毅然决然生出异心，这样的冯其中究竟算是有魄力有野心，还是心够狠手够辣呢？他还是那个自己从少女时代便倾心喜爱的舞台王子吗？

肖若妍既搞不懂冯其中的所思所想，也不明白男人在这个世界上为何非要你死我活争斗不休。谁让自己无可救药地爱上他呢，只要冯其中对她足够好，只要她的帮助能让所爱之人开心，这件事情她就愿意去做，也懒得去问其中的青红皂白。面对这份感情，肖若妍甚至幼稚地认为，只要冯其中需要她便就是爱她，她才能把握得住冯其中这个人。如果有一天杨小云执意要和她争抢冯其中，她或许就能拿已经进驻阿房宫剧场的秦腔青益社作为要挟，让杨家父女的戏班子在长安城里没有立足之地。如果到了那个时候，杨小云还有什么能耐与她争抢呢。

这些年来，肖若妍之所以对杨小云耿耿于怀，还有个更为重要的原因。肖若妍时常感觉到冯其中对自己热情不足、淡漠有余，而且总是若即若离，这让她甚感困惑。能为心爱的男人可以做的事情，她都已经倾心而为，为何两人之间还是会出现如此莫名其妙的疏离感呢？痛定思痛，肖若妍最终将原因归咎于是杨小云在背后的诱惑与挑唆，虽然她暂时找不出任何证据，可这种感觉却如影相随。肖若妍将这种感觉多次在私密场合说给冯其中，他总是淡然一笑说："我怎么会看上杨小云呢，眼下他参和我师父都闹到这般地步，你就别胡思乱想了。"有人说恋爱中的女人智商为零，肖若妍选择毫不设防地相信冯其中，她像中毒一样爱着这个谜一般的男人。

或许就是因为心中总有一种对冯其中把握不住的忧虑，肖若妍这才决定把陈竹君留作"备胎"使用，她既不拒绝他，也不答应他什么，这样做的唯一目的就是想让冯其中知道还有这么一个和他同样俊朗的梨园人也在追求着她，似乎只有这样，才能让她觉得和冯其中之间的距离拉得更近一些。在肖若妍的内心，从少女时代便痴迷上的这个男人，已经不自觉地渗透为她生命中不可或缺之人，她心甘情愿为他去燃烧，为他去做任何事情，哪怕冯其中与她只是逢场作戏，肖若妍心里也认了。

肖若妍对冯其中这份无所顾忌的爱恋，必然注定了陈竹君的悲剧。陈竹君的悲哀在于他始终没有意识到自己只是个"备胎"，根本无法走进肖若妍的内心世界。尽管陈竹君是个在爱情面前已经死过一回的男人，但他不相信命运对人会如此不公，自己不可能两次都跌倒在爱情面前。虽然他清楚地知道肖若妍喜欢冯其中，可是冯其中不置可否的态度，却常常令他感到自己大有希望。

陈竹君心中一直渴望的机会终于来了，肖若妍不仅愿意出资翻修破旧不堪的阿房宫剧场，还答应将这里作为桐庐越剧班往后日子里的正式演出驻地；更令他欣喜的是，肖若妍愿意隐身幕后，而让他出面去和康茂忠合作。陈竹君觉得这是肖若妍给他最大的面子，她就是自己苦苦寻找的那个生命中的贵人。心里窃喜之余，陈竹君又生出许多杂七杂八的念想，他觉得肖若妍对自己是有感情的，要不然怎么会给予他这么大的帮助。于是陈竹君在修缮阿房宫剧场这件事上使出了浑身解数，除了能让桐庐班尽早有个正式的室内演出驻地之外，也是想证明自己的能力给肖若妍看看。

然而，陈竹君做梦也想不到的是，他所做的这些事情，都是由一个人在背地里操纵指使，他的每一个举动，当然逃不出这个人的眼睛和掌控，此人便是冯其中。无论任欣荣、肖若妍或是陈竹君，都只是冯其中所下的一盘棋局里的不同棋子而已。

每当夜幕降临之时，长安城钟楼旁边的开元寺里彩灯高挑、人声鼎沸，悬挂在楼树之间的每盏大红灯笼上都用漆粉写着姑娘们的花名。南来北往各色人等都喜欢来开元寺寻花问柳，花枝招展的姑娘们常常簇拥着自己的恩客推杯换盏到天亮，这里俨然已成为长安城里最繁华的烟花之地。

任欣荣被师父逐出崇林社后，几乎天天到开元寺和自己最喜欢的晴雯姑娘喝花酒，夜夜烂醉不归。这天，忽然有人捎信给他，打开后居然是冯其中约他在古

城茶楼见面，任欣荣涨红的长脸瞬间变白又变得蜡黄，他干脆利索地穿好衣服小跑下楼飞奔茶楼而去。刚进古城茶楼的雅间就看见冯其中端坐八仙桌旁，任欣荣二话不说抡起拳头直接朝冯其中的脸上砸去，不料眨眼间从椅子后方闪出两个黑衣大汉将任欣荣踹倒在地，又一脚踩在他的脊背上，尽管任欣荣年轻力壮，此刻却丝毫动弹不得。

"冯其中，你这个伪君子。"头上青筋暴起的任欣荣怒吼着，"从头到尾我是那么信任你，你说怎样就怎样，可你呢，关键时候还躲起来，小爷我今天跟你拼了。"任欣荣猛然要撑腰站起来，又被两个黑衣人猛踹小腿，"扑通"一声跪倒在冯其中面前。冯其中面不改色心不跳地斜站在椅子旁，双眼淡然望着窗外，倒是任欣荣瞬间又像个孩子般哇哇大哭起来。"我瞎了眼，昧了良心为你做事，可你答应我的事呢，都在哪里呢？伪君子，十足的伪君子啊。"任欣荣连哭带叫地痛骂着，地上流下一摊的眼泪鼻涕。

"骂吧，骂出来痛快些。"冯其中说着上前搀起哭啼声低沉下来的任欣荣，并把他扶到旁边椅子坐下。他挥手让其他人退下，然后又压低声音对任欣荣说："我答应你的不仅都会给你，而且会加倍给你。你还年轻，有的是时间等待，而我让你做这些事情，首先是要看看你的能力，其次是要试试你的毅力，就凭你事后没有出卖我这一点，我就认你这个兄弟了。"任欣荣停住哭声，用一双潮红的眼睛望着冯其中，不知道他葫芦里究竟卖的什么药。

冯其中接着说道："你才二十出头，着什么急呀。只要你心里是真的信我，就跟我老老实实往前走，我绝不会亏待于你。再说了，我即便是利用了你，也是你的福气。'五社合一'时你的功劳我记着，可你不能风头刚过就叽叽歪歪来找我，那关口上我能见你吗？"

任欣荣听出冯其中软硬兼施的话意，但他心里还是感到委屈："那你也不能连句话也不带给我啊，你心里怎么想，我怎么知道。"任欣荣虽感委屈，可心里怨气已消了大半。虽然他不能断定冯其中究竟是心狠手辣之辈，还是尚能顾念旧情之人，但他还是庆幸自己那天在止园剧场当着师父的面，没有在冲动中将冯其中的名字喊出来，不然此刻的自己，估计真的会成为无人理会的丧家之犬。

任欣荣是个精明人，当他刚才听到冯其中说出"利用"两个字时，心里就知道冯其中在"五社合一"投票前不仅给他布了一个"会长局"，又通过他给杨元厚布了一个"总社长局"。想到这些，任欣荣内心感到不寒而栗，更加清楚自己根本不是冯其中的对手。回想成长中的诸多记忆，尤其想起当年自己随义父沈金书初到止园剧场落脚后，冯其中和其师父陈凤良对崇林社同行的热情关照，作为同一个行当里谋生的手艺人，大家不分剧种、不分姓氏，亦不分地域地相互支持、相互欣赏，那种在艰难困苦中凝结的深情厚谊，至今令他感佩涕零。时至今日，任欣荣做梦也想不到，已经认识这么多年的冯其中竟然会如此之阴险。怪只怪自己当初轻信了冯其中的种种甜言蜜语，怨只怨自己太过年轻幼稚，丝毫经不起冯其中精明老练的算计。

为了满足长期处于压抑状态下生出的报复心理，也是为了在离开梨园行之前宣泄心中的不满，更是为达到自己精心谋划的肮脏目的，冯其中在彻底摸透任欣荣冷血决绝、复杂多变的性情之后，又充分利用陈竹君讲述过的北平往事，不失时机地给任欣荣杜撰出一段极尽扭曲的"兄占弟媳"的故事，以此来摧毁扰乱任欣荣心中最为敏感的神经。经过一番精心策谋，巧舌如簧的冯其中，居然破天荒赢得任欣荣的信任，继而让任欣荣对他编撰的故事深信不疑。尤为可悲的是，自以为是的任欣荣居然那么轻易地就钻进套路里，这让冯其中相信，看似才俊出众的任欣荣，终归还是稚嫩。

而对于此刻的任欣荣来说，无论冯其中当初为了拉拢他，讲出多少当年在北平时义父与亲父之间的恩怨情仇，说了多少沈金书、任少山、陈竹君和宫田奈美之间的爱恨离别，这些故事的真实性已在他心底大打折扣。任欣荣很清楚，自己根本无从分辨其中真假，更不可能直接向义父沈金书发问，那样反而会彻底坐实义父对他"早生逆意"的疑心，且会对他在崇林社曾经拥有过的地位和人望造成毁灭性打击。

事已至此，一切已无从挽回，但有一个信念始终在任欣荣脑海里燃烧不灭。他心底暗暗发誓，将来一定要找到自己的亲生母亲宫田奈美，只有她嘴里说出的才是真相。任欣荣坚信自己找到母亲的那天，一切谎言都会不攻自破，眼前这些人的真实面目也会显露无遗。而现在，沈金书和冯其中两人究竟谁说假话谁说真话都不可能再计较了，因为眼下他需要先忍气吞声活下来，如果离开长安城或者和眼前的冯其中翻脸决裂，他都不会有好果子吃。想到这里，任欣荣的情绪平静

了许多。

"你帮我搅乱了'五社合一'的计划，我自然不会亏待你，沈金书把你赶出崇林社，我早就预料到了。眼下的时局非常不妙，唱戏这碗饭迟早是吃不下去的，别看长安城偏安一隅，似乎距离战场遥远，可你也看到了，全国各地的人都往这里跑，说明什么，只能说明潼关以外的世界越来越不太平，但谁又能断定长安城将来不乱呢？"冯其中说到此处深叹口气，然后站起身来走到任欣荣身后拍拍他的肩膀，又从怀里掏出一个锦袋重重地塞到任欣荣怀里，接着说道："袋子里有一张租赁契约和一把钥匙，我托人在民乐园为你租了套房子，那里深宅僻静，闲杂人少，我已经预交了一年房租，你可以先搬到那里去住，从此不必看你师父的脸色。袋子里还有五十块银圆，你先拿着花销，往后每月我会派人给你送钱的。"任欣荣听到此处，无比错愕地抬头望着冯其中那张阴柔俊朗又深不可测的脸庞一时语塞，居然不知说什么好。

冯其中再次坐回椅子上，忽然把手往前一摊说："现在你可以把那个投票锦囊还给我了吧？"任欣荣心里暗自一怔，"五社合一"大会上，自己像玩魔术一样把预先备好的选票锦囊与冯其中代表锦绣班投票的锦囊来了个"偷梁换柱"，这对于精于表演戏法的任欣荣来说实在容易。他本想有此锦囊在手，即可制约冯其中，甚至想到，万不得已时可把锦囊秘密抖搂出来，这样既能自救，又能揭开冯其中阴险诡诈的真实面目。可他万万没有料到，此刻冯其中就坐在自己眼前微笑着强行索要锦囊。任欣荣觉得自己没有一丝回旋余地，只好乖乖从衣服夹袄里掏出那个锦囊，冯其中一把夺过锦囊即刻用火柴点燃。望着眼前燃烧的火焰渐渐熄灭，任欣荣意识到自己从此将毫无选择，只能顺着冯其中指引的道路一直走下去了。

当冯其中起身要离开时，任欣荣大声叫道："冯大哥，那我以后做什么？"

冯其中略微转身站住，用一种不容商量的口气说："你先住好、吃好、玩好，要做什么，到时自会有人来找你。"

听着冯其中走下茶楼的脚步声，任欣荣长长舒了一口气。他很诧异自己为何刚才会脱口叫出一声大哥，可他分明感觉到这声大哥叫得好，因为就在冯其中转身之间，他似乎看到那张平常几乎没有任何表情的脸上泛出一丝难以捕捉的笑意。

对冯其中的身世，任欣荣早有耳闻，早年间他从师父沈金书与陈凤良交谈中隐约听到一些。冯其中本名冯菊，自幼家贫如洗，父母双亡后他被净一法师收留在妙积寺做杂役，后来法师发现他对唱戏有着超乎常人的喜爱，还经常对着寺庙里的水井练声，无论三九三伏坚持不懈，天长日久居然练就了一副好嗓子。于是，净一法师把他推荐给陈凤良，陈凤良也认定他是学戏的好苗子，便收留到锦绣班并精心调教。后来陈凤良觉得冯菊这个名字过于阴柔，缺乏男子秉性与气概，便从《论语·为政》"言寡尤，行寡悔，禄在其中矣"一句中，给他改名为冯其中，意思是说男人只要言语上减少过失，行为上减少悔恨，官职俸禄就在里面了。将冯菊改名为冯其中，饱含着陈凤良对弟子的殷殷期盼之情。

从锦绣班长大的冯其中手里玩着一出绝活，他口含鸽哨，可以同时呼唤近百只鸽子飞越长安城，还能让鸽子摆出各式姿态飞翔在空中。聪明的冯其中将训练飞鸽的本事用在学戏上，进而练就一身登台演戏的好功夫。天生有副好嗓门的冯其中，不循旧法，善创新调，刚中有柔、柔中寓情的唱腔给人以余音绕梁三日不绝之感，很快成为长安城有名的秦腔名角。

正因为任欣荣清楚冯其中在锦绣班苦练成名的这段历史，所以才对他现在的所作所为感到吃惊。像冯其中这样的舞台名角，怎会对自己视为生命的秦腔艺术产生动摇？又是什么样的原因，让他对戏曲的未来变得如此没有信心呢？

任欣荣看着手里五十枚国民政府"废两改圆"后最新发行的崭新银圆，前些日子以来淤积在心中的痛楚消失殆尽，对冯其中在"五社合一"投票之前许诺给他的曲艺工会会长的头衔也瞬间忘却，更把被义父沈金书清理出崇林社的漫天痛苦抛之脑后。任欣荣兴冲冲迈着轻飘飘的脚步，一路寻着契约上的地址来到民乐园这套租来的房子，打开钥匙走进屋子时，激动万分的他居然被门槛绊倒在地。

第七章

迎着长安城初夏的丝丝燥热，肖玉仁独自来到城南五十里之外的妙积寺拜会净一住持。妙积寺地处终南山下的观山坡高台之上，虽说这里茂林掩映、溪水潺潺，但密林深处的庙宇却栖身残垣断壁之中。由于时局多年动荡不安，寺庙庵舍皆已破败萧疏，平日里游人香客稀少、香火冷寂。偌大的妙积寺里，只有一位老态龙钟的僧人无精打采地收拾着香炉，清风过岗的飒飒声中偶尔夹杂着一两声从远处传来的犬吠，显得这里更为荒僻寂寥。肖玉仁正要向老僧问询，倏然间从殿内走来一位精壮俊美的年轻和尚，只见他双手合十笑吟吟迎上前来低声说道："肖居士请随我来。"肖玉仁认识这位小和尚，他是净一住持身边的本宏师父。

肖玉仁跟随本宏师父走过一段林中长廊，径直来到寺内后院落烟亭，只见净一法师已经在此沏茶等候，两人寒暄后双双落座，本宏师父盛满两杯清茶后旋即退出。净一法师慈眉善目，一身略显陈旧的僧服掩盖不住眉眼间流露出的聪慧与宽和，他感念这些年来肖居士不断对寺庙布施福德，又关切地问起肖玉仁女儿的近况。

满腹惆怅的肖玉仁说道："想必法师您还记得，我上次来时曾向您讨教过小女的事情，回城后，我是好话歹话说尽，小女仍是油盐不进，依然我行我素，昨天还嚷嚷着要离家出走啊。"说话间肖玉仁眼圈发红，低眉垂首之际连连叹息不止，满怀的郁闷与无奈令他整个人都显得颓丧起来，然净一法师却是一脸沉静，满目微笑着看着他静默不语。

对于肖玉仁的痛苦与烦恼，净一法师向来都是知晓的。身为长安城名门富商的肖玉仁，为了自己的女儿肖若妍，多年以来已不止一次上得山门。在法师眼里，这对父女的关系从起初的油水不合到如今的水火不容，他比谁都看得明白，可他预感肖玉仁今天约见，绝非仅仅只为女儿的事情而来。眼下国势衰微，民不聊生，九一八事变虽已过去大半年，但日寇逐月渐进蚕食国土，闹得举国上下人心惶惶；

加之国府政事跌宕多变，商情凋敝，百业萎靡，致使众生食不果腹、学无静处，四野饿殍举目皆是。面对这幅生灵涂炭、国之将亡的衰败之相，肖玉仁既有生意上的难言之隐，更有精神上摆脱不掉的困惑与迷茫。

作为多年老友，肖玉仁果敢刚直、疾恶如仇的性格，净一法师还是很了解的。看着眼前这位儒雅宽厚的商贾大才显露出满脸痛楚之相，净一法师从内心深处感觉到浮世虚华、局势维艰带给每个人的心魂不安。想到此处，他不由轻叹道："世上一切事物，本来不曾有所谓'空无'，也无所谓'实有'，更不存在什么是非垢净。就说令爱叛逆吧，只不过是人的妄自执着罢了，可你偏偏要按照自己的意思做出若干种安排，起若干种知见，又生若干种爱畏喜恨之心，痛苦与煎熬自然会在你心中宿居不离。这世上一切事物本就没有种种分别，分别知见只不过是从各种妄为中生出来的贪念痴心，因此何必执拗于外相而不见心慧呢？佛家从来讲究'因果'二字，喜怒哀愁都是嗔念之孽，宜乎消解，且不可厚积。所谓'人无百岁寿，常怀千岁忧'，劝你早早打开心结，明白儿女自有儿女福的道理，只有做到心无他物、静若凡尘，心灵才会真正得以解脱。"

听得净一法师玄妙入神的开解，肖玉仁心中块垒释然许多。他对净一法师说道："法师有所不知啊，若妍已经辍学在家，昨晚又是一场吵闹，我又失手打了她，现在执拗着要离家出走，去跟锦绣班学唱秦腔戏。我知道您与锦绣班陈凤良班主关系也熟，不瞒您说，我对陈班主个人没有任何成见，可他若要收了我女儿为弟子，就算和我翻脸了。我只有这么一棵独苗，肖家生意不能后继无人啊！再说了，如今的长安城，自从被国府确定为陪都开始筹建以来，五湖四海、三教九流的人全都蜂拥而至，暂不说其他，就各省涌来的戏班剧社，都快把城里的大小剧场塞满了。长安城原先就有大大小小十多个戏曲班社，现在倒好了，什么京剧豫剧黄梅戏、粤剧沪剧滑稽戏、山东梆子、苏州评弹等等，大江南北无论什么样的剧种、什么样的人全都来了。若妍她放着正经学不上，正经生意不做，也不愿随在我身边，整天尽想着和这帮戏子混在一起，全不知这些人都是些什么来头。不是我低看戏子，他们中多半都是些市井无赖、文盲盗匪，美其名曰投身梨园，但正经人正经戏却没几个。如今这个世道越来越让人看不懂，女儿的前途让我发愁，肖家的生意让我担忧，每天睁开眼后百般思虑，依然是心乱如麻，我已有好些日子夜不能寐啊！"肖玉仁说到激动处，手中茶水洒落一地。微风渐疾，穿过

落烟亭旁的树林发出呜呜的声音，仿佛肖玉仁此刻波动不安、痛苦万状的心声，在极力渴望安静却又烦乱不堪中交织翻滚着。

看到这位多年布施妙积寺却从不愿谈及恩德的化外之人，如今深陷烦忧无法自拔，净一法师心里也不是滋味。虽是出家之人，却能感同身受，他深知肖玉仁的为人与做事一如他的名字，是个把"仁义道德"看得比金银珠玉还重要的人，所以净一法师敬重他，更把他看作自己在红尘俗世里最要好的朋友。

"出家人不打诳语，世道鼎沸也不是一日两日了。佛说人活一生，寿有限，事也有限；哭有限，笑也有限。有限，才能使人有底。世相虽然纷乱，切莫乱了人心，一切行无常，一切法无我。安身立命处，持身不可太皎洁，与人不可太分明；学得包容一切善恶贤愚，施主便是大彻大悟之人了。"法师起身站在肖玉仁身旁，对着落烟亭外万千气象低声说道，"终日看山不厌山，买山终待老山间；山花落尽山常在，山水空流山自闲。老衲与你平日里是无所不谈的朋友，索性直说了，'儿孙自有儿孙福，莫与儿孙作远忧'，当你对女儿的期望化为泡影时，该反问自己，怨天尤人有用吗？放下父亲的自尊，方能有所超脱，遇事过于执着，往往给人束缚，使人不得自在。依我看来，你做好自己的事情，尽了父亲的本分，就可以心安理得了。世相纷乱，任谁也别想独善其身，只要所作所为对得起仁义良善，心便足矣。虽然妙积寺深处幽山静谷不闻世情，料也难躲过这俗尘纷扰，待到尘埃落定时，恐怕山还是山，水还是水啊。"

正当两人聊兴正酣时，忽闻殿内木鱼声诵经声起落有致。肖玉仁的神思依旧沉浸在净一法师刚刚说过的话里，本宏师父却已悄然来到净一法师身边，低声说道："师父，时辰已到午时，您约的曹居士也到了。"肖玉仁这才意识到自己有些失礼，赶忙与净一法师作别，另约他日再行请教。本宏师父送肖玉仁到山门，从僧袍内拿出一张字幅说是师父送给肖居士的，肖玉仁慢慢展开看到四句诗文：行到水穷处，坐看云起时；偶然值林叟，谈笑无还期。他会心一笑，心中明白这是净一法师特意写给他的。

肖玉仁疾步下得山来，回首再望时，妙积寺已在观山坡的层林遮蔽中。贴身侍从王福看到神情凝重的老爷一言不发，只顾着端坐车里闭目养神，他大气也不敢喘一声，迅疾开车向城内驶去。

话说西京筹备委员会成立后，国民政府陆续投资兴建一大批工程项目，长安城稍有实力的企业家，人人渴望从中分得一杯甜羹。作为西京商会会长的肖玉仁组织商会上百位有名望有实力的"大佬"开会，商讨怎样抓住这次陪都建设的大好机遇。没想到会议刚开到中途，西京筹备委员会主任李震不请自来，他在会上激励所有实业家都来参与这次具有历史意义的西京城重建工作，并再三强调南京国府把西京设为陪都的重大战略意义，以此号召工商界有识之士积极参建。会议开得隆重而热烈。会后茶叙时，李震主任专门把肖玉仁叫到自己身边坐下，言辞恳切地嘘寒问暖，并殷切希望他在西京筹建中给工商界带个好头，肖玉仁欣然应允。

肖玉仁在长安城工商界里的大名，李震早有耳闻，他深知西京筹建工作，必得肖玉仁这般有实力、有名望的商业领袖参与其中，方能有一个良好开局。李震从南京国府一名籍籍无名的公务人员，爬升至西京筹备委员会主任这个高位，其间所付出的心力、财力，以及遭遇的人情冷暖、世态炎凉可谓不计其数。这些年的宦海沉浮让他深刻参透了"人为财死，鸟为食亡"的信条，更信奉自古以来"官商一家亲"的道理，如今他终于得偿所愿，当然不会放过任何一个捞取钱财的机会。李震不觉得自己这样做有何不妥，这些年明里暗里看到国府内诸多比自己官阶更高的官员，平日里个个道貌岸然、人模狗样，暗地里却像吸血鬼般大发横财，所谓"千里做官，为了吃穿"，李震认为自己与所有国府官员信奉的人生信条别无二致。

长安城的生意场上，最属肖家产业做得庞大，光是肖家的长泰印染厂和华丰面粉厂，几乎垄断了全城的布匹印染和民生供应，尤其是肖玉仁还自办了一份《西京工商时报》，这份报纸是工商界人士风闻言事的主阵地，对地方政府经济政策导向有着不可小觑的影响力。还有肖家在秦岭深山里建成的利秦火柴厂，不仅供应了长安城整体需求，甚至甘宁邻省也得依赖于它，其中利润之丰厚不可想象。李震认定，自己要想在西京立足，绝不能缺少和肖玉仁这样的财神爷打交道，同时也是为了显现自己的勤政与亲民，李震主动提出愿携夫人去肖玉仁府上一叙。

肖玉仁府邸在长安城南门内湘子庙街上，这里是肖家四代人的私人宅邸。摆好家宴夜请李震主任与夫人的这天晚上，长安城风清月朗、寂静安宁。既然是家

宴，肖夫人孙静怡和女儿肖若妍自然作陪。席间，肖若妍像只欢快飘飞的蝴蝶盘旋于李震夫妇身边，时而敬酒、时而撒娇、时而又说些长安城里的新鲜趣事儿，从她那张巧舌如簧的嘴里说出的一个个俏皮话，惹得李夫人捧腹大笑。李震夫妇虽已过中年，却膝下无子，当下李夫人就要把肖若妍认作干女儿，肖玉仁强作欢颜默许答应。

谈笑间不觉夜色渐深，一轮清亮透明的圆月挂上枝头。

孙静怡识趣地领着肖若妍陪着李夫人去后院赏月了，只留李震与肖玉仁在庭院里。两人闲聊之间，李震忽然若有所思地问起肖家的秦川铁厂如今经营的情况。直觉告诉肖玉仁，看来李震对肖家的生意现状甚是了解，因为秦川铁厂早年曾红火一时，后来因时局变乱，地方军阀威逼铁厂替他们生产枪支兵械，肖玉仁的父亲盛怒之下关闭了铁厂。一晃许多年过去，如今的铁厂平淡经营，只生产些少量的民用农具。肖玉仁心底很是纳闷，肖家那么多产业生意，李主任不去询问，却偏偏问起这个几乎停滞荒废的铁厂。李震也没有再多说什么，只是一味夸赞肖若妍懂事，连声羡慕他有个好女儿，肖玉仁听后只是尴尬地笑了笑。

李震夫妇走后，肖若妍上楼睡觉去了。眉头紧锁的肖玉仁在卧室里不停走动，孙静怡见丈夫情绪起了变化，便猜出这场家宴给他添上了心事。望着妻子关心的眼神，肖玉仁直言不讳地说他对李震的印象不是很好，总感觉此人遮遮掩掩、阴晴不定，多年的阅历告诉他，李震愿意与他合作的背后想法未必简单。肖玉仁是个正派商人，做生意向来不喜欢和政客打交道，肖家大部分生意都是为黎民百姓服务的民生产业，如果与李震这样的人合作，将来生意上出现纠扯不清的局面，那该如何是好。孙静怡倒是没有肖玉仁那么悲观，她认为如果将来出现不堪的结果，大不了和这些政客再不做生意即可，但眼下若能参与到陪都筹建的很多生意里，起码可以为民众谋得更多福祉。肖玉仁觉得夫人的话也不无道理。

两人抛开生意话题后，肖玉仁又给夫人说起女儿今晚的表现，令他甚为不安。初逢官场人物，她便能如此圆滑世故地应付自如，真不知道是福是祸。其实孙静怡心中也为此感到难受，但在这样的应酬场合，父女俩和气总比别扭强。于是她好言相劝："好歹女儿为今晚添了乐趣，少了尴尬，咱也不必把父女不和闹得人人皆知。"肖玉仁听从了夫人的劝说，也不好多说什么，女儿毕竟一天天长大，能和自己少吵架不闹着搬离就已经是万福了。

　　李震夫人是个爱热闹的人，又遇上肖若妍这个能说会道的干女儿，两人逐渐亲密得像对亲母女，肖若妍开始往李震家跑的次数也多起来。肖玉仁心想这样也好，免得女儿整天和戏子们混在一起，他尤其反感女儿追着冯其中的屁股转。肖玉仁甚至盼望女儿在和李夫人交往中结交些稳重的朋友，他把这个心思透露给夫人，孙静怡自然心领神会，只要有空闲时间，她就和女儿一起去陪李夫人打牌看戏。肖家生意摊子大，肖玉仁有很多事情常常需要夫人帮忙打理，本指望女儿能替代母亲，可整日疯癫的女儿就是不喜欢做生意。

　　话说这一日，乘着孙静怡不在牌场，热心肠的李夫人询问肖若妍有没有心上人。肖若妍果然说出冯其中的名字，并盛情邀请李夫人与李主任抽空去长乐坊大剧院看看冯其中的秦腔戏。对肖若妍来说，她的目的就是要利用每个有利机会，广泛散播她和冯其中的关系，这既是对父母的反抗，又是对杨小云的示威。肖若妍觉得，只有把他俩的关系传播得满城皆知，似乎才能让她对这份始终无法牢牢把握的感情拥有安全感。

　　当肖若妍告知冯其中，李震夫妇指名要来看他的戏时，冯其中着实激动了一阵子，他盼望这一天已经太久太久，秦风社上下开始紧张准备的同时，赵本斋也让剧场里外积极准备起来。冯其中非常看重这次演出机会，提前让肖若妍告知李震夫妇，他要表演秦腔经典剧目《游龟山》里的绝技吹火给他们看，这也是冯其中和寒梅苦练数载的拿手好戏。

　　开演的那天晚上，长乐坊大剧院被戏迷围得水泄不通。冯其中和师姐寒梅在舞台上天衣无缝的配合令人叫绝，从单口火到连火，再到翻身火一条龙，最高潮处是蘑菇云火，只见冯其中和寒梅把这套秦腔戏的绝活玩得炉火纯青，赢得台下一阵阵热烈喝彩，全场戏迷此起彼伏地呼喊着冯其中与寒梅的名号。一连串云雾翻滚的情景也令李震夫妇大呼过瘾。

　　在此之后，李震夫妇又接连看了冯其中好几场演出。

　　终于有一天，李夫人提议让肖若妍把冯其中约到家里来玩。一来二往中，李震发现冯其中是个自己需要的人才。刚开始他还怀疑这个年轻人是否在刻意迎合自己，后来时间长了，两人便开始对上了脾气。同时，肖若妍也发现李主任常常把冯其中叫到他的书房长谈，令她更为高兴的是，冯其中明显对她的态度好起来，

经常约她出来一起吃饭逛街。肖玉仁夫妇看见这一幕，只有无可奈何、徒留叹息，虽然清楚"儿女长大不由娘"，可对女儿始终悬空的这份担心，总是萦绕心头挥之不去。

李、冯两人逐渐熟络以后，冯其中为进一步讨好李震，又想约他一起去阿房宫剧场观看秦腔名伶"九岁红"的戏，并给李震绘声绘色讲起杨小云的拿手好戏《鸳鸯被》是如何的引人入胜。冯其中的本意是为继续巴结李震，岂料说者无意听者有心，道貌岸然的李震心里乐开花，于是欣然前往。

冯其中早已叮嘱肖若妍告诉陈竹君，让他和剧场老板康茂忠仔细安排。这天的阿房宫剧场收拾得灯火辉煌，很久没有登台唱戏的杨小云，听说是冯其中为她特意安排的专场，不明就里的她一下子来了精气神，尽心尽意地精妆细梳起来，杨元厚见此也打心底里感到宽慰。

当晚的舞台上，大红的布幔徐徐拉开，凤冠霞衣的"九岁红"迈着婷婷袅袅的柔步，轻摇着婀娜妙曼的身段，一句化骨穿肠的"咿呀"声，瞬间融化了台下众生。刹那芳华间，"九岁红"拎着玲珑绣线，舞动着青萍水袖，妩媚身姿掩映于婉转深情里，那一悲一喜一抖袖，一颦一笑一回眸，仿若翩然飞舞的彩蝶，又似秋水洞穿了心门，直叫人甘愿"用我三生烟火，换你一世迷离"。杨小云倾其一身洗尽铅华的柔媚，演绎着名曲《鸳鸯被》，声声情真意切、柔肠寸断的唱腔，足能敛收半世癫狂，一句"鸳鸯被、云榻床，一树梨花压海棠"的唱词，让李震心中泛起丝丝涟漪。

这一天，李震又把冯其中叫到书房，从桌案上摊开一幅字给冯其中欣赏。冯其中知道李震喜欢书法，但自己却粗通陋解，为此还专门买了好几本与书法有关的书籍恶补，没想到现在终于派上了用场。他上前看到宣纸上写着："十八新娘八十郎，苍苍白发对红装；鸳鸯被里成双夜，一树梨花压海棠。"不知为何，冯其中看过这首诗后忽然感到心慌意乱，一股气血直冲大脑，整个人像木偶一样短暂地失去意识。

沉浸在自我欣赏中的李震，全然没有觉察到冯其中的异样，只顾着给他讲述这首诗的由来："话说北宋年间有个著名词人叫张先，在八十岁时娶了十八岁的一个美女为妾，有天大文豪苏轼去拜访他，问老前辈得此美眷后有何感想。张先于是随口念道：'我年八十卿十八，卿是红颜我白发；与卿颠倒本同庚，只隔中间一花甲。'听罢张先的吟诵，风趣幽默的苏东坡随即脱口而出这首打油诗。虽是打油诗，却深得老当益壮者喜爱啊。"

望着李震似笑非笑的脸色，冯其中好像从梦游中突然醒来，他急忙附和着李震的话意连声说道："我明白，我明白。"

第八章

自从秦腔班社"三社合一"为秦风社以后，长安城秦腔界形成以长乐坊大剧院和阿房宫剧场竞争之态势，陈凤良的秦风社与杨元厚的青益社铆足劲推陈出新排演新剧，一时间长安城的秦腔剧场热闹非凡。

已经有很多天冯其中没去晨练场训练了，得空从家跑出来的杨小云发现冯其中莫名其妙地消失了。满腹狐疑的她便跑到长乐坊大剧院寻找，恰巧碰到寒梅，情急之中的杨小云拉住寒梅的双手，喋喋不休地追问冯其中为何不见她。寒梅急忙替师弟解释说："咱们梨园行祭祀祖师爷的日子快到了，最近师父受了些风寒，身子骨不得劲，便让师弟代他去做安排，估计是杂事繁多，才不得见你。"尽管寒梅说的是实情，但对师弟冯其中在肖若妍和杨小云两个女人之间长期摇摆不定的态度，寒梅早有察觉。缘于师姐的身份，加之自己亦是待嫁闺中，虽对师弟面对两份感情时的摇摆态度多有看法，却也不能畅所欲言。师弟的性子她也清楚，并非是个没有主张之人，故而更加看在眼里急在心上。

寒梅相信师弟只是暂时摇摆，感情总不可能长期游离不定，再说还有师父在前，不信师父会让他荒唐到底。女人之间惺惺相惜的情愫，不由得让寒梅对杨小云生出几多恻隐之心。看着眼前为爱如此谦卑的杨小云，于心不忍的寒梅满口答应替她捎话给冯其中，并劝慰她回家静等便是。杨小云深信寒梅说的话，这才眼含着泪花稳住了愁绪，极不情愿地回家去了。

《新唐书·礼乐志》有载："玄宗既知音律，又酷爱法曲，选坐部伎子弟三百，教于梨园。声有误着，帝必觉而正之，号皇帝梨园弟子。"由此后人考证又得出，梨园弟子长居于皇家禁苑曲江，斯为梨园发轫之始；唐玄宗李隆基谱写出千古绝唱《霓裳羽衣曲》，故而被历代梨园人尊崇为祖师爷。据此，长安城东南隅的曲江池畔成为梨园人的精神家园。

白云苍狗，世事变迁，不知从何年何月起，曲江池畔被人遍植梨树，果木园中央建起一座简易祠堂，里面供奉的正是梨园祖师爷。冯其中初次随师父到此祭祀时，周围连条土路也遍寻不得。时至今日，汇聚长安城的弟子多了，曲江池畔的祠堂又逐渐红火起来。

今年的祭祀规模尤甚往年，云集长安城的各个剧种班社几乎都派出代表来参加。鉴于秦腔是梨园行历史最久、资格最老的剧种，又是长安城最具实力的戏剧，梨园发源地又在曲江池畔，历年来凡在长安城发起的祭祀活动，主祭人的角色都属于秦腔人。今年事有不巧，陈凤良气喘咳嗽的老毛病又犯了，主祭人的担子自然落到冯其中身上。能够在公众场合露脸主事，凸显自己与众不同的身份，如此绝佳的机会，冯其中岂能错过。他听从师父吩咐，密切配合祭祀指挥人的步骤，早早开始准备起来，故而毫无心思再去与"九岁红"卿卿我我了。

祭祀的日子终于到了，意气风发的冯其中穿戴一新，又专门从班社里挑出数个长相俊朗、身姿挺拔的师弟随他一起代表秦腔界前来祭祀。

凡来参加祭祀香会的，都是清一色的梨园行艺人，队伍由前引指挥，后随五虎、高跷、中幡、杠箱、挎鼓等器物，一路边走边唱。正午时分进到祠堂，冯其中率众人先向祖师爷上香，行三叩首礼后，两旁器乐和鸣，焚烧敬神钱粮，而后在祠堂外铺开一块陈旧红毯，各家剧社依次登场献戏。说是献戏，其实是走个过场，只需各家班社选出个弟子，踩上红毯朝着祠堂清唱数句罢了。轮到秦腔界献戏时，冯其中偏偏没有清唱，只见他手执一炷高香，双膝跪地，面朝祠堂，毕恭毕敬磕出三个响头，这份区别他人的虔诚大礼，立即赢得围观众人的一片掌声。

众人纷纷论说还是本地秦腔讲究，主祭人的风采果然与众不同，可叹此刻无人能知冯其中的心境。当他把头深深磕向地面时，心里顿时升起对梨园行不舍的情愫，早生异心、伺机逃离的他心知往后恐怕再也不能代表秦腔剧社前来祭祀了，一股酸楚涌向心头，直惹得他眼睛发酸。终归是梨园行成就了他，给了他无数的自我满足与荣耀，如今下定决心要离开时，愧疚与辜负将他的头颅压得更沉更低。冯其中不敢向祠堂深处再望一眼，生怕祖师爷识破他的异心，更怕天降神灵惩罚于他，心怀鬼胎的冯其中不想继续参加祭祀活动的送驾环节，直愣愣站起身来就要往回返。

忽然，祭祀队伍后面传来一阵嘈杂声，但见五个脚踩自行车的警察耀武扬威地横到祠堂门口。其中一个大声喝道："就数你们这帮戏子事儿多，吹吹打打个不停，搞起这么大的排场，给谁打过招呼吗？眼里还有没有警察？"看到警察莫名其妙来骚扰，围观祭祀的百姓开始嘟嘟囔囔起来，有个挑着担子卖纸钱的小贩胆子大，梗着脖子冲着人群笑道："看来梨园行也是穷啊，祭祀前恐怕忘记给警察爷爷交保护费了吧。"这句话顿时惹得众人哈哈大笑。未料笑声激怒了一名警察，他直接冲进人群将那个要贫嘴的卖货郎揪出来，抽出警棍一顿暴打，疼得小贩趴在地上连喊救命。

站在人群中的冯其中实在看不过眼，他手提长衫上前，揖手说道："敢问诸位爷是哪家衙门的，在下明儿个必当登门谢罪去。"懂行人一听，便知道冯其中这是下软话，暗示要给对方送礼去。

打人的警察收起警棍，围着冯其中转圈问道："这又是哪个屁把你给蹦出来，还想盘问我们的来路？"

冯其中依旧弯腰揖手恭敬有加地微笑道："在下岂敢盘问各位爷的出路啊，只不过今儿是咱梨园行祭祀祖师爷的好日子，吵吵闹闹中惊动了各位爷的大驾，还望诸位能高抬贵手，改日登门拜访，必有重谢啊！"

冯其中这番文绉绉、低三下四的求和姿态，不仅没能息事宁人，反倒让几个痞子警察更加来劲。"明明白白告诉你们这帮臭戏子，没有在警局备案，就不能在此大张旗鼓地扰民。破坏社会治安的罪名，想必你们这帮下九流的东西背负不起。"

痞子警察骂骂咧咧，满嘴都是粗俗而赤裸裸歧视梨园人的言语，当即刺激到冯其中的神经。他将弯曲的腰身挺直说道："这里虽是曲江池畔，却距离长安城足有十里之遥，周围尽是荒田野坡，哪里谈得上扰民二字？今儿来的都是我们梨园中人，更不敢戴破坏治安这顶帽子。"

围观的梨园弟子们见主祭人开始挺直腰杆讲道理了，于是有人一时激动，又冲着警察嚷嚷道："冯先生是我们的主祭人，也是长安梨园行的名角，你们别给脸不要脸。"就是这句火上浇油的话，瞬间激怒了警察，五人齐齐甩起警棍朝着冯其中身上抽打起来。

"还敢嘴硬！打的就是你这个主祭人，名角有啥了不起！"警察边打嘴里边骂着。看到警察像土匪般开始动手打人，吓得许多人即刻作鸟兽散。密雨般的击打落到冯其中身上，钻心的疼痛迫使他牢牢抱住头无法站起身来，情急之中，跟随而来的师弟们扑将上来，用身子死死替他遮挡着。

警察终于停手了，临走前撂下狠话说："有本事就来找我们，是不是扰民，是不是破坏治安，你个臭戏子说了不算，只有我们西京警察局马得水局长说了算。"随着一声声粗鲁不堪、龇牙咧嘴的大笑声，自行车驮着一帮痞子走远了。

本想着能在祭祀现场风光一把，不料却遭受一顿警察暴打，这让自尊心极强的冯其中感觉丢了大面子。他安静地躺在古城茶楼里，三天三夜也没下床。寒梅搀扶着病中的师父前来看望他，陈老班主除了一番安慰之词外，只剩下无奈地唉声叹气。

也就是这顿警察的暴打，让冯其中彻底下定了离开梨园行的决心，亦让他清晰看明白如今的世道上，谁才是活得最体面的那类人，又是谁手握权力轻易剥夺他人的尊严。成为人人热捧的梨园名角又能怎样，千百年来被视为"下九流"的印象能翻转吗？即便有朝一日当上了班社社长，就能比今天活得更有面子吗？一连串的心灵叩问令冯其中倍感痛楚。他辗转反侧咬牙苦熬，细细分辨其中道理，却又再次深陷痛苦不可自拔。

是夜，浑身伤痕的隐痛开始发作，心中漫天痛楚犹似狰狞的魔鬼死掐住冯其中的脖子，令他感到窒息。此刻的他，感到呼吸似乎要停止了，脑袋几近要炸裂了，他猛然挺起身来冲着空中嘶吼一声，这声令人恐惧的喊声，惊吓到一直守在门外的耿超兄弟。

"大哥啊，你有啥苦就喊出来吧！"耿超站在床前苦苦哀求着，豆大的泪珠哗哗流淌下来。他用双手使劲摩挲着冯其中的后背，冯其中猛然转身紧紧抱住耿超，两人像孩子般号啕大哭起来。

位于古城菊花园小巷深处的古城茶楼，是一处闹中取静的院落。这里曾是长安城一耿姓大户人家的宅邸，后来家道中落，宅院遗留给后世子孙耿超。耿超从小游手好闲，但是个性情中人，尤其痴迷秦腔名角冯其中的戏，一度成为秦风社的铁杆戏迷。

有一天，闲来无事的冯其中游逛到菊花园，巧遇刚从自家大宅出来的耿超，耿超惊呼自己与冯其中冥冥之中有缘，并再三恳请他赏脸到家中一坐，见惯无数自己戏迷的冯其中虽感错愕却又不好推辞，只好进院瞧瞧。看着平常日子里只能站在戏台下远远观望的偶像此刻就站在眼前，耿超激动得语无伦次。冯其中见此院落屋舍虽气象不凡却又破败不堪，便随口询问其中原因，耿超明言无钱修缮，顺带将自己准备出卖此院落的想法脱口说出，冯其中听后若有所思地点了点头。

未料几天过后，冯其中主动找上门来，说他想出钱购买耿家院子。耿超闻之大喜过望，认为这是祖上显灵护佑自己，能让冯其中这样的长安名人买下，也算是给自家这套老宅院寻得一个好归宿。于是在交易过程中，耿超连个中间人也没请，便将宅院转至冯其中名下，最后究竟多少钱成交，这是个只有买卖双方知道的秘密。

冯其中花钱买下这处宅院后，再经过一番揣摩设计，想要把此地改建成一座茶楼，并决定仍由耿超来负责打理。对此，耿超感激涕零，他跑前跑后出力，冯其中出钱，很快将耿家老宅改成一座装潢古朴，曲径通幽，流水、游鱼、花草错落有致的深巷茶楼。经此之后，耿超与冯其中逐渐成为铁杆兄弟。

这些年里，耿超眼见冯其中的许多为人处事，对他佩服得五体投地，冯其中也对耿超深信不疑，两人在苦心经营茶楼生意的过程中，关系越发亲密得像异姓亲兄弟。这次冯大哥在曲江祭祀现场挨了打，耿超比谁都难过，他日夜伺候身边形影不离，时间久了，也看懂了冯大哥许多的心事。

耿超虽对冯其中唯命是从，却唯独不能理解他对杨小云的态度。养伤的这些天里，眼见冯大哥身上的伤口已经痊愈，却依旧还把自己关在屋子里谁都不见，每天只是闷头喝大酒，嘴里还不停喊着后悔呀、王八蛋呀等乱七八糟的话。耿超从未见过冯其中如此痛苦的样子，一头雾水的他百思不得其解，也不敢直言相问，但是直觉告诉他，冯其中内心肯定有难言之隐。

是啊，耿超哪能知道冯其中内心更深的痛苦呢。众人皆以为冯其中长时间待在茶楼里是为了养伤，岂不知对他而言，那点皮肉之苦算得了什么。为了能抹掉"下九流"的印记，他就得往上爬，就不能甘心一辈子待在低人一等的行当里。为了实现这个目标，他好不容易攀上李主任这根高枝，又怎能半途而废呢？可他

清楚地知道，自己内心真正的痛苦，恰恰来自李震，那根本就是一种无法说出口，
却又时时吞噬血肉的疼痛。

第九章

　　几天过后的一个清晨，冯其中一反常态地起了个大早。他先把自己收拾得干干净净、利利索索之后，这才把耿超叫到身边，吩咐他去请杨小云过来一趟。耿超闻之大喜，当下眼里渗出泪水，他喜不自禁地给冯其中说道："我就猜到冯大哥心里藏着杨姑娘，只要你俩这姻缘成了，古城茶楼才真正是咱家了。"冯其中没想到粗爽之人耿超居然能说出这番动情之语，心里甚是感动，他知道耿超是将自己当作亲兄长看待了。

　　清晨起床后，杨小云慵懒地斜靠在窗棂边发呆，已经有好多时日过去了，其中哥还是没露面，也不见捎来只言片语，自己一介柔弱女子，再无脸面去四处寻找他了。正当她哀伤嗟叹之际，冯其中忽然派耿超来唤她去古城茶楼见面，这让她既感到委屈又觉得兴奋，内心一阵激动过后，她匆忙梳妆打扮穿戴整齐紧随耿超出门而去。不巧路上刚好与陈竹君乘坐的人力车打了个照面，陈竹君很是好奇杨小云这么早要去哪里，于是调转方向悄悄尾随而来。

　　陈竹君一路尾随着杨小云穿街过巷，直到看见她走进了古城茶楼。他心头一紧，思忖了一阵子，便一溜烟来到湘子庙街肖若妍家，把他刚刚看到的一幕说了出来。肖若妍听到杨小云去了古城茶楼，整个人像被针刺了一下，她即刻下楼跑出肖府。看着肖若妍远去的背影，陈竹君像个没事人一样吹着口哨漫步在清晨的湘子庙街上。

　　且说耿超领着杨小云来到古城茶楼一间包厢内，她终于见到自己日思夜想的其中哥，顿时哭得梨花带雨，冯其中将杨小云紧紧拥入怀中，心中酸楚无以言表。心中有真爱却不能明言，想保护深爱的女人却自感有心无力，对于冯其中这般性情中人而言，这是多么难以忍受的刺激与折磨。他恨自己不该让杨小云去给李震唱戏，更恨自己面对李震的淫威唯唯诺诺，他怎可忍心亲手将自己最心爱的女人送到别人身边。心有痛苦却不能为外人所道，这种煎熬像用钝刀切割心肺，揪心战栗的疼痛不仅要忍住，还得咬碎牙齿吞进肚子里。

杨小云感到紧紧抱住她的胳膊在微微发抖，她关切地询问冯其中是否病了，为何躲起来不见自己。听着杨小云关心的温情话语，再看看她满脸的委屈与泪水，冯其中感觉自己的情绪即将失控，口里胡言乱语着不知该说什么。杨小云心急了，想要拉着他去看大夫，冯其中脚下却纹丝不动，牙齿紧紧咬住的嘴唇流下了一行鲜血。杨小云赶忙掏出丝帕擦拭着说道："其中哥，是不是我惹你生气了？以后我都听你的，只要你别躲着不见我，你让我干啥我就干啥，我舍不得你这样子痛苦。"说到这里两人再次相拥而泣。

昨晚冯其中几乎是整夜失眠，天快亮时才小睡了一会儿，却又被一个噩梦惊醒，于是他索性让耿超去请杨小云前来。李震垂涎杨小云已久，他那张似笑非笑的丑恶脸庞，像挥之不去的阴云始终盘旋在冯其中的脑海里。此刻杨小云就站在冯其中眼前，可他却没有丝毫勇气说出这层意思，他无法想象如若将这种难以启齿的话说出来，杨小云会是怎样一种绝望的反应，自己在她心中还有何颜面存在。这些天里，看似他一直张罗着祭祀的事情，其实心里始终刻意躲着杨小云，说不清究竟是没想好该怎么说，还是从心底里本能地怕见到杨小云。冯其中能清楚感觉到自己内心深处，分明是每分每秒都渴望见到她，却又时时刻刻被一种无形的巨大压力笼罩着。

正在两人说话间，忽听院子里传来肖若妍的喊叫声，耿超急速跑进来说肖若妍来了。耿超话音未落，只听肖若妍在院子里大喊道："冯其中，你给我出来。"随之传来肖若妍脚踹房门的声音。冯其中再也无法遏制心中怒火，抬脚就要冲出包厢，却被杨小云从身后紧紧抱住。"其中哥，我走，你别出去。"杨小云说完扭身就走下楼去。两人在院子中央相视而立，肖若妍瞪大双目死盯着杨小云，气恨的样子仿佛要吃了她。肖若妍嘴里一边骂着狐狸精，一边冲上前去双手撕扯杨小云的发髻，杨小云躲闪不及被揪下一缕头发，疼得她尖叫一声。站在二楼栏杆前的冯其中怒吼一声："住手！"肖若妍这才松了手。杨小云弯身捡起掉在地上的手包，捂着脸疾步跑出古城茶楼的大门。

刚刚面前还是自己最想念的杨小云，现在忽然又变成肖若妍，冯其中感到一阵眩晕，他坐在椅子上喘着粗气，嘴里不说一句话。蓬头垢面的肖若妍来到包厢，

里里外外扫视了一遍后，阴阳怪气地撂下一句话："让小云妹妹当你老婆吧，老娘我不伺候了。"随之摔门而去。

两个女人像两股旋风扫过冯其中的这个早晨。幸亏清晨的茶楼里还没有客人来，而耿超也早早就把昨晚值班的几个伙计打发出门，不然传出去又是颜面难存。现在偌大的茶楼里仅剩他俩，性情直爽的耿超看到刚刚发生的一幕，再也忍不住憋在内心很久的话，他把飞扬跋扈的肖若妍狠狠数落了一番，又说起杨小云千般万般的好，问冯其中为何在好坏这么明显的两个女人中会难以选择。冯其中看着耿超赤红着双眼为自己打抱不平的样子，欲言又止。在他的内心深处，何尝分辨不清谁好谁坏，但虚荣膨胀的欲望时而占了上风，真实情感的渴望又让他撕扯不清。冯其中深深陷入迷茫丛林中迟迟不得"柳暗花明"，那份焦灼与煎熬让他对眼下所有人和事的看法愈来愈变形，他不知道自己选择的这条道路，前方是一片光明还是无底的深渊。

望着窗外人来人往的街市，冯其中最终还是决定继续顺着自己所认定的道路至死不渝地走下去，苦难出身的他太想出人头地了，他渴望得到自己曾经发誓想要的一切。从早先师父陈凤良交班时的欲交不交，再到"五社合一"的周全计划落得事倍功半的结局，冯其中屡屡没能实现自己的想法。即使秦风社成立后，师父依然没有交权给他的丝毫迹象，他觉得自己的运气差到极点，甚至还不如任欣荣和陈竹君。别人无论怎样，都还是独当一面的班社社长，师父偏偏无视他的内心感受，每日里的委曲求全和万般努力却换不来任何场面上的重视。冯其中的心，不仅逐渐开始变得冷漠，而且愈加扭曲起来。

肖若妍从古城茶楼回来后，气愤难当的她将客厅里的茶具摔碎满地。看到小姐怒气冲冲的样子，吓得老仆刘妈不敢多嘴半句。小姐哭着喊着上楼去了，刘妈躲在客厅角落偷偷给太太打了个电话，不到半个小时，孙静怡急匆匆赶回了家。她看着乱七八糟的客厅叹息不止，刘妈急忙端上茶来劝太太消消气，而此时的肖若妍却已跑出家门。

陈竹君正站在阿房宫剧场后院练声，肖若妍一脚从背后踹到他的小腿上，陈竹君一个趔趄差点跪倒在地，回头看到余怒未消的肖若妍，陈竹君心里窃喜着。

肖若妍语气坚定地对陈竹君说："我决定了，你让杨元厚的青益社退出阿房宫剧场，现在就去说。"

"让他们退出还不是你一句话。"陈竹君说着就要走出去。

肖若妍又喊住他说："康茂忠要是不同意，你该怎么办？"

陈竹君愣了一下说："这事由不了他。"

陈竹君内心狂喜，只有他最清楚肖若妍发威的原因，虽然不知道肖若妍在古城茶楼里究竟看到了什么，但可以肯定的是肖若妍受到很大刺激。依他对肖若妍性格的了解，能刺激甚至伤害到她的只有冯其中有此本事，他能明显感觉到肖若妍射出此箭看似冲着青益社，其实背后的祸根在杨小云身上。陈竹君不敢违逆肖若妍的意思，转身就把康老板约到一起商量，他试图以剧场独家演出越剧的种种好处说动康老板，但为人忠厚、秉性耿直的康茂忠听得陈竹君要把杨元厚和罗增荣的青益社赶出阿房宫剧场，便打心眼里不愿意。眼下剧场的演出刚刚步入正轨，生意还处于不温不火阶段，这时如果把秦腔排挤出去，独留下桐庐越剧班能支撑起剧场的全部开销吗？再说了，这里毕竟是长安城，喜爱秦腔的人远远多于喜欢越剧的，康老板难免担心青益社的离开会让阿房宫剧场再次陷入困境。他当然也清楚是陈竹君出资帮他修缮的剧场，并且占有四成股权，但他觉得做人做事不能如此绝情，再说他和杨元厚、罗增荣这段时间里相处的也不错。想到此处，康老板反而有点疑心陈竹君，会不会是为了独占剧场演出越剧，才执意要把青益社赶出去？于是他好言相劝："无缘无故把青益社排挤出去，未必对剧场的生意有好处，恕我不能同意。"

看到康茂忠斩钉截铁的态度，虽然陈竹君心里犯难，但他必须在肖若妍跟前耍好"两边都不得罪"的小伎俩。他料定康茂忠不会轻易答应，毕竟这样的事情传出去对康老板和剧场的名声不好，又念及自己的桐庐班以后还要在剧场演出，与康老板的关系也不能弄得太僵。尽管肖若妍对他有恩，可自己也不是傻子，损人不利己的事情当然不会卖力去干，于是他转身将康老板的态度说给肖若妍。憋着满肚子火气的肖若妍也预料到陈竹君不会尽力去办此事，其中原因她自然明白。

望着眼前陈竹君那张假装无辜的嘴脸，肖若妍并没有发作，她一边撩拨着自己的头发，一边走到陈竹君面前，拉着无比娇柔而妩媚的声调说道："离了张屠夫，

我岂能吃带毛猪，从现在开始这事你别管了。可我得提醒你一句，你得记着我的好，如果有一天青益社退出去了，阿房宫剧场可就是你桐庐班的场子，到那时你该如何谢我呢？"

受宠若惊的陈竹君连忙说道："您就是我陈竹君的命中贵人，我心里怎么想您最清楚了。再说阿房宫剧场本来就是您的，往后您说咋办我就咋办哪。"陈竹君的乖巧与顺从让肖若妍无比满足，她常常幻想哪天冯其中能这么顺遂自己该有多好啊。

肖若妍拿定主意要把青益社赶出去，非要这样做的目的，不仅仅是要给杨元厚和杨小云父女一个难堪，更深层的想法是她想知道冯其中的心里到底装的是她还是杨小云。她不想一头雾水地继续爱下去，也不想再给冯其中玩"猫捉老鼠"游戏的时间。在这份感情面前，肖若妍觉得自己已经忍让得够多了，即使在古城茶楼她已是怒火中烧，且能拼命忍住性子，尽量给冯其中留足面子，因为肖若妍了解冯其中是个极要面子又轻易不服命的人。

这一天，肖若妍精心梳妆打扮后来到李震家，百无聊赖的李夫人见到义女到来，心情瞬间变得大好，两人一起出门去玩，无论找人打牌吃饭，或是聊天逛街，肖若妍把个李夫人陪得满心欢喜。对于整日在家寂寞无聊的李夫人来说，自从认了这个干女儿后，她的生活明显精彩了许多。而肖若妍整整一天里耐着性子陪着李夫人，就是为了等待李主任下班回家。

傍晚时分，李震终于回来了，李夫人把肖若妍陪她买的东西一一拿给他看，李震没有心思欣赏，草草应付几声便走进了书房。肖若妍对李夫人撒娇说有事要给干爹说，李夫人自然不会多想，于是肖若妍在书房里给李震哭诉阿房宫剧场的康老板欺负她的好友陈竹君，让桐庐越剧班在阿房宫剧场的演出时断时续，还说自己先前瞒着父亲投资了剧场生意，可康老板现在不认账，希望干爹能帮她把剧场收回。

李震听得此话后半信半疑，但他又想到西京筹备委员会正想寻找个适合开办大会的场所，现在听了肖若妍的哀求，他心里便有了想法，于是顺水推舟答应肖若妍一定帮她这个忙，并说筹委会可以出资把阿房宫剧场买下来充作公务场所使用。肖若妍一听这话心底里透亮透亮的，她清楚自己绝不会在这次交易中吃亏，激动的她在李震的脸上狠狠亲了一口。

康茂忠是个谨小慎微之人，看到西京筹备委员会文化组长郭宪正亲自登门拜访，他既惊又喜的心里忐忑不安至极。郭组长大谈西京文化艺术工作的艰难，并对戏曲界各位人士的支持一再表示感谢。康老板听得是一头雾水，直到郭宪正亮出底牌时他才明白，前些天陈竹君给他谈到赶走青益社的想法不是空穴来风，而现在来的这位比陈竹君更狠，直接要求他卖掉剧场。康茂忠内心一时间难以接受，哭丧着脸一言不发。郭宪正见此情形也拉下脸说："筹委会要买你的剧场，一定会给你出个合适的价钱。我们了解阿房宫剧场是陈竹君和你分别占四六股权，陈竹君对买卖没有意见，现在就等你的态度，还望康老板能做个明眼人哦。"康茂忠望着脸色愈沉愈暗的郭宪正，心里明白自己这回遇到了硬坎，可他内心实在难以接受，把康家三代人的心血从自己手上卖出去，这无疑是要他的老命。

康茂忠决定以死维护自己的剧场。他只恨自己经营无能，更恨自己瞎了眼睛，把陈竹君这样两面三刀的白眼狼引进来。康茂忠很快将眼下的情形及自己的种种不祥预感告知沈金书、陈凤良等人，大家纷纷为他出谋划策，鼓励他不要轻易丧失保护剧场的勇气，康茂忠的内心这才稍微得以安宁。

当杨元厚得知西京筹委会要强买阿房宫剧场的消息后，一怒之下他和罗增荣冲到陈竹君跟前质问，陈竹君摆出一副无奈的样子，说自己也是迫不得已，让他俩去找西京筹委会主任李震理论。罗增荣不相信陈竹君说的话，他冲着杨元厚直嚷嚷："我早说过，南派伶人多是些软骨头，不可靠，现在好了，把人丢大发了。"杨元厚梗着脖子冲着陈竹君发狠话："我们青益社要是在阿房宫剧场待不下去，你桐庐越剧班也休想。"说完拉着罗增荣的胳膊气冲冲地走出门去。

一周过去了，什么事也没有发生；半个月时间过去了，一切似乎又恢复了风平浪静，阿房宫剧场的演出有序不紊地进行着。

这天晚上正上演越剧经典剧目《牡丹亭惊梦》，兴致勃发的陈竹君亲自登台演出，剧场难得观众爆满。演出正到精彩处，忽然一支挎枪的队伍闯了进来，剧场外也被团团围住，带队的正是西京筹委会缉查大队长邓贵发，他大声喊叫说剧场混进了赤色分子，警告康茂忠和陈竹君有通匪嫌疑，前来看戏的观众需要逐个

清查，然后再由家属担保才可释放回家。当晚，阿房宫剧场大门上被贴上醒目的封条，邓贵发严令剧场关闭配合彻查。

阿房宫剧场被查封的消息不胫而走，成为第二天长安城最大的新闻。很多人纷纷议论说阿房宫是一家老剧场，怎么会一夜之间变成通匪之地呢。

沈金书得知阿房宫剧场的遭遇后，急忙求见郭宪正组长打探消息。郭组长连声叹息表示遗憾，说筹委会缉查队不会随便封场查人。沈金书对郭宪正惺惺作态的答复极为不满，他又代表长安曲艺工会找到西京市市长乔峥嵘，希望乔市长能出面疏通关系并维护戏曲界权益。乔峥嵘面有难色地挥一挥手对沈金书说："我虽为西京市市长，可您老觉得我这个市长说话能算数吗。咱们中华民国国民政府自成立以来，全国各地军政事务统统都由国民革命军指挥机构说了算，这早已是秃子头上的虱子明摆着的事。就说咱们这长安城，民国初年'废府设道'，成立了关中道尹公署，结果没过多久，便被北洋军政府取而代之；民国十六年又成立西安市政府，结果到了民国十九年，又被陕西军政府给撤销；现如今南京国民政府决议长安为陪都，并定名西京，这座城市的军政大权又握在西京剿匪总司令部和西京筹备委员会手里，我这个市长啊，早已是聋子的耳朵样子货喽。"

听着乔峥嵘无奈而自嘲的话语，沈金书继续争辩说："西京剿匪总司令部是管打仗的，市长您才是咱们老百姓真正的父母官。那个西京筹委会算是个什么衙门，谁给它生杀予夺这么大的权力。民国该是有王法的呀！"

沈金书捶胸跺足说出的话，只是让乔峥嵘苦涩地笑了笑，他轻轻抬起手握成手枪状，在空中做出个开枪姿势，手指又迅速滑下，重重地顶在自己胸口上，然后意味深长地说道："有人可以光明正大地正面举枪对你，可有些人却喜欢暗地里给人捅刀子，你老兄再细想想，我能不有所防备吗？"

沈金书当然明白乔市长所说的暗地捅刀子指的是谁。他又何尝不清楚西京筹委会成立后直接架空地方政府的事实，可遇到这样的不公平该去找谁呢，堂堂一介市长都表示爱莫能助，他不知道在这个城市里，究竟还有谁能够为康老板说上一句顶用的话。

第十章

阿房宫剧场被彻底查封一个月后，康茂忠自杀了。

他的离去，再次在长安城引起一片哗然，人们纷纷猜测其中内幕，一时间众说纷纭、莫衷一是。有人怨声载道，说康老板不该与赤党有染；也有人说这里面的事情蹊跷可疑，难以说清。康老板的遗孀与年幼的女儿不知受到何方何人的压力，惊恐万状中闭口不言，面对各路记者的采访时总是左躲右闪。西京筹委会沿袭"人去事空"的道理不再追究通匪事宜，并按估价很快收购了阿房宫剧场。坊间传言说康夫人胳膊拧不过大腿，得了一笔巨款后带着女儿逃回江南老家去了，于是有人跳出来说康老板死得也算值了。事情便这样很快平息下来。

在康茂忠的葬礼上，长安戏曲界该来的人都来了。沈金书望着康茂忠的坟茔老泪纵横，他深深痛恨自己没有保护好老同行，陈凤良一再劝慰他要想开些。每个梨园行人心中都明白，在这样纷乱不堪的时局下，面对这样的屈辱变故，沈金书纵有千般能耐也难以抵抗那些不可预知的"黑手"带来的灾祸。身心俱痛的陈凤良指着康茂忠的坟头对大家说："要想避免康老板这样的悲剧再次发生，唯有我们梨园人团结一心、抱团取暖，才能汇成一股力量抵抗别人的迫害，不任由他人欺辱宰割，才能在这个吃人的社会里寻得一线生机。"众人听后在巨大的悲伤中纷纷点头表示赞同。

陈竹君没有去参加康茂忠的葬礼，心虚而恐慌的他预感自己在长安戏曲界是待不下去了。他每次路过阿房宫剧场，看到大门上斑驳的封条痕迹，都会懊悔自己做了一件损人不利己的蠢事。自从阿房宫剧场被查封之后，他只好又带着桐庐越剧班回到南门露天剧场。时断时续的演出倒也吸引了不少观众，但这时候，又有几个不明就里、胆小怕事的师兄弟，实在撑不住过这种不得安稳的日子，唯唯诺诺地向陈竹君表示要自谋生路去。陈竹君好言相劝许久，结果到夜深人静时，

几个师兄弟终究还是乘着夜色离开了，桐庐越剧班深深陷入了人心不稳的低谷里。没过多久，阿房宫剧场突遭变故之事在人们的纷纷猜测中传得越来越离奇，有很多传言认为是陈竹君间接害死了康茂忠。这样的恶名，使得桐庐越剧班的经营更是雪上加霜。

一时得意又一时败落的境遇让陈竹君明白一个道理，想要利用冯其中和肖若妍之间的矛盾为自己谋得私利的想法着实可笑。他不该轻视冯其中在肖若妍心中的分量，更不该为了揭开冯其中的真实面目而去刻意讨好肖若妍，不论怎么做最终吃亏的都是自己。回想起那天跟踪杨小云后告密时扬扬得意的样子，陈竹君觉得自己就像只被人玩耍的光腚猴子，自以为聪明，其实愚蠢至极。也就在此时，陈竹君很快发现肖若妍不再理会他，冯其中也消失在他的视野里。

阿房宫剧场被查封后，杨元厚听到社会上许多传闻，深感人心不古、世态炎凉，尤其是朝夕相处的康茂忠就这样不明不白地逝去，让她内心感到极为痛苦。葬礼那天，满怀愧疚的杨元厚躲在送葬队伍后面，生怕遇到陈凤良，结果陈老社长专门让寒梅在人群中找到他。陈凤良主动上前拉着他的手说道："能回来就回来吧，咱们是打断骨头连着筋的一家人哪。"沈金书也在伤感中劝说杨元厚和罗增荣回归秦风社。杨元厚知晓沈金书为了康茂忠的事情曾经四处奔走、多方求人，虽然悲剧最终不可避免地发生了，但他看到在关键时刻，只有自己的同行之间才会真正惺惺相惜。沈金书与陈凤良老哥俩的宽和与包容，深深打动了杨元厚的内心，他后悔选择和陈竹君这样的人厮混一起，过着那仰人鼻息、看人脸色的窝心日子，更对自己当初为了一己私利，导致青益社成为今天的一只离群孤雁而深感不值当。

"相逢一笑泯恩仇"，杨元厚带着青益社所有弟兄又回到了长乐坊大剧院。最高兴的要数杨小云，她终于可以天天见到冯其中了，但她很快又察觉到剧院的很多人对冯其中都是敬而远之。此时的冯其中也不经常来剧院，亦很难见到他登台演戏或料理剧社事务。杨小云终于回到了长乐坊剧院，冯其中却开始渐渐疏离这里，新的忧伤又笼罩在杨小云心头。

无精打采的杨小云经常会站在锦绣班练功场外发呆许久，寒梅知道杨小云旧愁未消又添新愁，却不知道这时该如何安慰她。师父私下数次嘱托寒梅，无论舞台上下，都要细心照料好杨小云。寒梅不解话里意思，师父淡淡解释说她俩毕竟是闺密，加之杨家父女刚回长乐坊剧院，多多照顾是应该的。看着师父欲言又止的神情，寒梅只好把其余问题吞进肚子里。

杨小云当然不清楚自己心爱的其中哥与秦风社之间究竟发生了什么事情。

她想到冯其中是陈老社长的得意弟子，他那里应该有自己想要的答案，于是杨小云瞒过所有人，悄悄来到甜水井付家大院。她刚进门就看到陈凤良与沈金书端坐于堂内说着什么，两人见杨小云找上门来，四目对视中彼此微微点点头，好像达成了某种默契。杨小云看着眼前两位慈祥和蔼的老人，反而有点不知所措。陈凤良瞧出杨小云是带着心事而来，故意将话题岔到别处，欣然赞许她回到长乐坊剧院后舞台技巧大有长进，并说她爹杨元厚的青益社在离开的这段日子里，弟子们也都没有荒废了手艺。杨小云心不在焉地随声附和着，一时间谈话气氛陷入尴尬。

陈凤良无奈之下看了眼沈金书后，只好将话锋转到冯其中身上："我明白你今天来是想问问冯其中的情况，大伙都知道你俩这些年的感情。虽然你是个女娃，可你已经长大了，很多事情可能你是知道的，这些年来，我既没有干涉过你们的事情，也没有刻意促成你俩的姻缘，只想在旁边静静地看着，并打心底里希望你俩这份感情能有个好的结果。你喜欢冯其中，这点大家看得明明白白，可是冯其中对你似有若无的态度，又看得大家一头雾水。于是，我便想着你们毕竟还年轻，双方之间可以多相处，再了解些，可谁知，有些人的路不知道是咋走的，走着走着就弯喽。"陈凤良说到此处深叹口气，转头望着屋外不再言语。

沈金书也长舒口气，把话接过去说道："我们和你爹都是你的长辈，是长辈就希望孩子们能有个好归宿。如今这乱世要找个可靠的人不容易，我们这行当里的很多人，有时候或许是戏本里的故事看多了，总把现实与舞台混淆在一起。你们在戏班里处的时间长了，难免会生出感情来，有的是兄弟姐妹情谊，有的会生出男女情分，这都可以理解。可我和陈伯伯还是要劝说你一句，有些事、有些人不能只顾着相信眼前，只有相处久了，你就会发现很多人和事儿，并不是你当初看到的那个模样。"

杨小云听着两位老人云里来雾里去的言语更加疑窦丛生，内心着急地说道：

"两位伯伯的话，我听得似懂非懂，是不是其中哥做了什么对不起班社的事情？若惹您老们不高兴了，我先替他赔个不是。"说罢，杨小云躬身低首恭恭敬敬道歉起来。她接着说道："现在我和我爹都回来了，可其中哥却又不见了人影，我心里很慌乱，到底发生了什么，只求二位老伯把话点明，我好去劝劝其中哥改过就是。"陈凤良与沈金书看着眼前这个心性单纯、为爱痴迷的杨小云，纵有再多的掏心话，也难以明说，更说不明白。

长期以来，冯其中脚踩两只船，在肖家小姐和杨小云之间摇摆不定的态度，陈凤良是看在眼里急在心上，平常总感觉冯其中对杨小云是真感情，却常在关键时刻让人看不清楚。作为师父，陈凤良又不能过多介入其间人为干涉，他总想着年轻人最终会有自己的抉择，何况两个孩子都是机敏聪慧之人，这也是陈凤良多次拒绝杨元厚要他从中撮合的原因。但令陈凤良万万没有想到的是，冯其中后来的变化越来越让人难以捉摸，大家既看不清他现在真正的感情所在，更无法理解他对秦风社显现出的愈来愈严重的游离态度。

其实陈凤良一直等待着冯其中来和他好好谈谈这其中缘由，毕竟师徒情深，有何心事不能敞亮说开呢，然而却迟迟等不来冯其中的人影。陈凤良眼见着徒儿变得神龙见首不见尾，他只好多次放下面子，试图找冯其中谈心，反倒是冯其中，总是刻意躲闪着这个似父非父的师父。陈凤良了解冯其中自尊而孤傲的个性，倘若他真的心生异变，恐怕任谁也别想扭转过来，每每想到这里，陈凤良唏嘘不已。他将自己的痛楚全部说给沈金书，沈金书不仅表示理解，还拿任欣荣的例子来劝慰陈凤良："或许你我真老了，徒儿们都长大了，他们有了自己的想法后，人心就不好收拢喽。"

作为长辈，面对弟子们的感情又能说些什么呢？看着眼前楚楚可怜的杨小云，沈金书和陈凤良只能替冯其中打掩护，推说他暂时出外忙些事情，等他回来后大家一起坐坐，相信所有的疑虑都会打消。杨小云听到两位老前辈这番言语，心里稍微平静了一些。看着闷闷不乐、满怀心事的杨小云走出大门的身影，陈凤良与沈金书同时感觉到，面对这个为了冯其中能置生死于不顾的女娃子，有些事和有些话不得不做不得不说了。

　　肖若妍通过李震间接霸占了阿房宫剧场，顺便把杨元厚的青益社赶出去，也算是给了杨小云点颜色看看。唯独令她没有想到的是，冯其中在这场风波中始终蛰伏不出，既没有表示支持也没有反对意见，完全像个没事人一样对此事不闻不问。肖若妍也没有像先期预料的那样，在这件事情里分清冯其中究竟是喜欢她还是喜欢杨小云。倒是干爹李震把事情做得如此绝情，继而把康老板相逼而死，这点是她万万没有料到的。既然逝者已去，这件事情也只能就此尘埃落定了。至此肖若妍内心落定一个道理，在这乱世当中，只要背后有权势靠山，才能保护好自己，还能做到心想事成，或许只有这样才能活得精彩、活得安全。

　　再说冯其中和肖若妍在古城茶楼因为杨小云闹僵以后，心里一直存有疑惑：肖若妍是怎么知道他约杨小云在茶楼见面的？事情烟消云散后，肖若妍终是不能抑制对冯其中的感情，于是就把陈竹君怎样巧遇杨小云并告密给她的过程说了个清清楚楚，冯其中就此在心里给陈竹君狠狠记了一笔私怨。回想这些天发生的事情，冯其中同样也有了深切感受，只要不断靠近和牢牢把握住肖若妍对他的这份感情，就能一步步实现他的心中预谋。两人三杯两盏淡酒之后又是恩爱有加，仿佛一切的不愉快都没有发生过。

　　或许真的应了"恋爱中的女人智商为零"这句话，肖若妍把一笔钱显露给冯其中看，言说这是干爹给她在阿房宫剧场的四成股权金，还说李震顾忌于社会舆论，不再打算将阿房宫剧场改建为西京筹备委员会的大会堂，而是要长期封存起来。看着肖若妍得意扬扬的表情，冯其中脑海里突然浮现出康茂忠绝望而凄凉的背影，身子忍不住打了一个寒战，想起自己过去所做的很多事情，他害怕冥冥之中上苍有知，会不会哪天让他遭受报应。很长时间里，冯其中深陷心慌意乱之中不可自拔。

　　经此风波之后，虽说肖若妍对冯其中依然一往情深，但冯其中心中很清楚，如果让肖若妍为他做的事情越多，便越难以摆脱她，最终只能导致他与杨小云之间的距离越发疏远。与此同时，还有一块更大的乌云笼罩在冯其中的头顶，他感觉师父陈凤良越来越不信任他了。虽然以前做的很多事情未必露出什么破绽，但狐疑的阴云密布在他的心头，"心中有鬼"的冯其中越是心虚越不敢见师父，他像鸵鸟一样在心里把自己的头埋起来，以求在心理上暂时得到安宁。

　　其实冯其中内心很清楚他与秦风社愈来愈疏远的原因在自己，以前在锦绣班时是跟师父赌气，但自从抱上李震的粗腿之后，他的心态发生了巨大变化。冯其中很了解从小护佑自己长大的师父是个怎样的脾气，他完全可以想象到，如果有一天他离开秦风社，会给师父陈凤良带来怎样的精神打击，自己将要面对多么不堪的窘境。现在的事实不是师父不要他，而是他准备放弃师父、放弃让自己扬名立万的锦绣班，转身投向李震的西京筹委会去为国民政府做事。原来所能看到的世界已经在冯其中心中轰然坍塌了，他认定自己在舞台上或许已走到尽头，继续委身梨园行已没有任何实质意义。他笃定只有为政府做事，这辈子才能有大出息，才能让自己出人头地的野心得以实现，既然认定了道路，他绝不会轻易回头。这便是冯其中性格之悲情所在。

第十一章

随着关外局势的不断恶化，人们纷纷开始猜测日本人何时会进攻关内。全国各地越来越多的人开始知道，西京将会是未来的首都，人们不远万里来到西京市，既为寻个活口更是图个安宁，因此每天从汽车站、火车站不断涌入大量流民。为了应对时局的混乱，国府决定加大对陪都建设的力度和速度，这让位高权重的李震和西京筹委会愈发显得炙手可热。

备受李震器重的冯其中终于如愿以偿，他被李震重用为身边的生活秘书。当西京筹备委员会机要秘书李戡把冯其中带进办公大楼时，那巍峨高大的建筑、开阔明亮的楼道，使冯其中觉得自己仿佛走进了一个梦幻般的地方，从窗外射进来的一道道阳光令他感到眩晕，他极力克制住内心的激动，开始了背离师门、作别梨园行的人生新轨道。

冯其中对师门的背叛终于浮出水面。陈凤良对此早有心理准备，他在秦凤社大会上给所有班社弟子说："天要下雨，娘要嫁人，由他去吧。"全社师兄弟当中，几乎没有一人能够理解冯其中离开的这个举动，尤其在当下这样的困境面前，先不说他远离朝夕相处的师兄弟们的绝情，就他背叛从小养育培养他的锦绣班这一点，足令全社兄弟们深为不齿。沈金书自然懂得陈凤良心中痛楚，他和杨元厚商定后，一举将秦凤社与青益社合并为长安秦腔总社。"五社合一"的实现终于了却了陈凤良半辈子的心愿，沈金书寄望以此来安慰陈凤良内心不能言说的痛苦。

这一天，陈凤良、沈金书相约来到长安城外妙积寺的落烟亭见到净一法师，两人对弟子冯其中与任欣荣的接连背叛求教于法师。净一法师对此事早有耳闻，深深理解两位老者内心的酸楚与落寞。出家人从来讲究"万事皆无，万物皆空"的出世道理，身怀佛家包容之心的净一法师说道："古代圣贤有说'五色令人目

盲，五音令人耳聋'，一个人一旦被欲望缠身，他就难以得到安宁，时刻仿佛有大患在身，无论得宠还是受辱，在心理上都时时处于惊恐之中。生命本就没有高低贫富之分，可有些人喜欢按照自己的贵贱标准来看待生命，喜欢把世间万物进行等级排列，认为高贵者的生命比低贱者的生命贵重，于是便拼命地攀附他所认定的荣华富贵，由此渐渐迷了心智，失去了人格与尊严，而这一切都来自于欲望本身。您二老大可不必为弟子的所作所为消磨心性、自责自哀，一切都是他们自己的选择，也终将会由他们自己来加以承担，人生前路茫茫，渺渺不可预知，就随他们去吧。"听完净一法师的开解后，沈金书与陈凤良若有所思，而后双双辞别下山去了。净一法师从后院的落烟亭回到大雄宝殿后，这才唤出隐身在殿内的曹云亭说："这两位都是通达知理之人，按照你的想法可以开始了。"

话说曹云亭比陈凤良与沈金书先一步到的妙积寺。原来位于终南山下的妙积寺早已是共产党地下组织的一个秘密联络点，豫剧社社长只是曹云亭真实身份的掩护，他的真实身份是长安城地下党支部负责人，追随他的魏光华是其得力副手。初到长安时，曹云亭便结识了支持革命的开明僧侣净一法师，他们利用妙积寺远在城外的有利地形开展工作，并计划逐渐争取具有爱国之心与民族正义感的有识之士，像富商肖玉仁和戏曲界老前辈沈金书、陈凤良都是要积极争取的对象。曹云亭和魏光华本也是梨园行人，当山河破碎、风雨飘摇的民族危机到来时，他俩毅然决然地加入中国共产党并奉命潜伏长安。

曹云亭心中清楚，虽经剧院老板赵本斋引荐，自己带着魏光华很快融入长乐坊大剧院，并和陈凤良、沈金书等老艺人朝夕相处，但长安城里多头势力盘根错节的复杂局面，容不得他有丝毫大意，要想争取沈、陈两位老前辈的支持，并在长安城顺利展开地下斗争的难度是可想而知的。随着斗争形势需要和时局的不断变化，上级指示他争取沈金书、陈凤良和商人肖玉仁的工作可以开始了。

陈凤良从妙积寺刚回到长乐坊大剧院，杨元厚就挂着一脸愁云来找他。

两人坐定后却又相视不语，最终还是杨元厚先开腔说道："看来在我女儿和冯其中这件事上，我真是错怪你了。在此，给你郑重道歉啦！"

陈凤良深深吸了口烟说道："道歉不道歉对咱老哥俩来说都不重要，重要的是你要好好改改你那个脾气，我们都一把岁数的人了，得给下面的孩子们做好样子，动不动就吹胡子瞪眼窝，还你死我活地斗来斗去，失了面子也得不到里子。老杨啊，你这是何苦呢？"

杨元厚从来犟直的脖子此刻深深地缩了起来，回想这么多年里他对陈凤良的重重误解，原来许多都源于自己的主观臆断。又想到自己被人利用给陈凤良心口插刀子的种种愚蠢行为，再想到陈凤良不计前嫌始终把他当作一家人看待的宽厚仁慈，杨元厚羞愤难当之余，甚至都觉得没脸来见陈凤良。可陈凤良了解杨元厚此人，虽然脾气倔强、性格直爽却大脑简单，常常容易被人利用，但他终归还是一个心地善良有本事之人。每当想起自己精心调教长大却与自己渐行渐远的冯其中，陈凤良的心里百般不是滋味，现在走了一个冯其中，又回来一个杨元厚，陈凤良觉得这或许是冥冥之中，上天对自己的捉弄与安排。

陈凤良对冯其中生出疑心，始于"五社合一"投票时冯其中替锦绣班投下的那一票。只是后来，任欣荣的不义之举被沈金书揭开后，淡化了他的疑心。随后，在阿房宫剧场发生的一系列变故中，陈凤良隐隐约约总感觉冯其中屡屡参与其中，但又发现不了任何实据。而杨元厚因为女儿姻缘之故，与陈凤良之间多年以来产生了沉重的误解，造成陈凤良始终无法与杨元厚像今天这样促膝谈心，交流彼此对冯其中的看法。

冯其中曾是陈凤良最为得意的弟子，又是杨元厚中意的准女婿，如今两人的心愿双双落空，反倒让他俩的心理隔阂减去许多。所谓"塞翁失马，焉知非福"，杨元厚迅速拉近了他与陈凤良的关系，而对仁慈宽厚的陈凤良来说，此刻反倒最为关心杨小云如何过得了心中这一关。

陈凤良开诚布公地对杨元厚表达了他对冯其中种种行事的不理解，并说出冯其中靠向李震、辜负"九岁红"一片痴情的实情。杨元厚听后亦是百般无奈，他望着满怀愤懑的陈凤良在如此烦心之下，还能对杨小云关爱有加，这又让他倍感温暖。女儿永远是父亲的心头肉，此刻杨元厚最难以面对的，当然是不知该如何去劝慰女儿，他不知道许多话如何才能说得出口。陈凤良明白他的痛苦，于是给他出主意说："还是让寒梅去劝劝小云吧，女儿家在一起好说话，我们做长辈的，在这些事情上往往有心无力。你为女儿操心劳神的心情我能理解，但现在最要紧的是让孩子转过眼下这个弯，其他一切就都好说了。"杨元厚也觉得陈凤良的这个主意是最好不过了。

　　寒梅听从师父叮嘱后去见"九岁红"杨小云，只见眼睛红肿、云鬓散乱的杨小云斜靠在闺房窗前的椅子上，手里不停地抚弄着一把雪梨檀香木封边的"秋风悲画扇"，浑然不觉寒梅已站到面前。她嘴里只顾着呢喃道："这是为什么？为什么呢？"寒梅低头不语，转身想给她沏杯清茶，突然神情恍惚的杨小云淡淡一笑，赤脚走到窗前抬腿就要翻落下去，吓得寒梅大声喊道："不能这样啊。"寒梅奋力将杨小云抱回床上，只见嬉笑疯癫的杨小云又将头蒙在被子里大声啼哭起来。坐在床边的寒梅连连叹息不止，这才看清那把扇子背后有一首小楷写就的词，是纳兰容若的《木兰花·拟古决绝词柬友》：

　　　人生若只如初见，何事秋风悲画扇。
　　　等闲变却故人心，却道故人心易变。
　　　骊山语罢清宵半，泪雨霖铃终不怨。
　　　何如薄幸锦衣郎，比翼连枝当日愿。

　　听到大动静的杨元厚这时已站到女儿闺房门口，寒梅用眼神示意他不要进来。杨元厚布满愁云的脸上抽搐了一下，极不情愿地转身走下楼去。
　　接下来的时日里，寒梅几乎天天到杨宅陪伴着杨小云。
　　足足有一个多月时间过去了，大家这才看到"九岁红"的身影又出现在长乐坊大剧院舞台上，杨元厚久久悬空的心，也才稍稍落到地上。

　　在肖若妍的周旋下，西京筹建委员会先后给予肖玉仁两套工厂建设项目，并督促尽快"上马"实施。一项是改造肖家的秦川铁厂为秦川机械厂，作为筹委会与西京市政府大小机构办公汽车专用维修厂；第二个项目是李震送给肖玉仁的一块大蛋糕，由筹委会与肖玉仁共同筹资兴建秦华化工医药厂，以抗战军需为先、民用为辅。这两个既是改造又是新建的大项目诱惑力的确不小，肖玉仁也清楚这些项目里有着不可低估的丰厚利润，更清楚李震交给他的真实目的。作为有道义讲信誉的商人，肖玉仁似乎没有理由拒绝这份美意，唯独对女儿肖若妍插在其中发挥的作用令他如芒刺在喉。

没过多久，肖若妍又给父亲带来一个好消息，李震愿意自己出钱和肖玉仁合作，把肖家的长泰印染厂扩建为纺织厂，并再建数条军需被服的专用生产线。一时间，肖家在争取筹建众多项目里拔得头筹，商会里便有人开始窃窃私语，议论肖玉仁明面为公、底下为私。谣风很快吹到肖玉仁耳朵里，于是他在多次工商会议上请辞会长职务，又把肖家争取到的项目让别人来做，肖玉仁这番实心实意的退让之举，逐渐让风言风语平息下来，心中烦扰也消去许多。随后由西京商会与筹委会共同兴建的公路项目，肖玉仁统统不去参与，这让背后说他闲话的个别商人深为愧疚，大家又开始纷纷赞叹他的人品德望。

自从这些项目实施以来，孙静怡明显感觉到丈夫对女儿的态度有所和缓，这对冤家父女冰冷关系的一点点消融，让肖家府邸有了难得的欢声笑语。这天刘妈听从老爷吩咐，专门请来长安饭庄的大厨做了顿丰盛家宴，再次款待李震夫妇，不知是双方生意上出现了别扭，还是别有他因，总之到最后大家不欢而散。后来刘妈还是听那天请去的厨子里有人传言，当晚肖若妍喝了许多酒，醉醺醺坐到李震的怀里，不仅令肖玉仁无比难堪，更让李夫人大发雷霆，宴会便匆匆结束。从此以后，刘妈在肖家再也没见到过李震夫妇的身影，也是从那顿饭后，肖玉仁很少回家来住，孙静怡稍稍欢愉的心情又一次坠入冰谷。

陈竹君的桐庐越剧班终于支撑不住了，他在无比绝望中解散了班社，师兄弟们无奈走进其他剧社去谋生，桐庐越剧班最终还是在他手里彻底散伙了。对陈竹君而言，这无疑是个沉重的打击，让他觉得自己对不起九泉之下的师父薛少卿。

每日无所事事的陈竹君，开始流连于花街粉巷，常常喝得烂醉如泥，如果不是先前稍有积蓄，陈竹君或许连生存都难以维系。肖若妍得知陈竹君的落魄以后，心怀恻隐的她念及往日情愫，又想到陈竹君毕竟还是个听话的，如果此时能伸手施以帮助，不愁他对自己不感恩戴德，于是肖若妍独自一人去见了犹如丧家之犬的陈竹君。

当看到高傲女神再次出现在眼前时，陈竹君双手连连自扇耳光，那一双精明的眼睛现在哭得是浑浊不堪。肖若妍轻声慢语又充满鄙夷地告诫他，别总想着在她和冯其中之间挑拨离间。她又柔声细语地俯下身子给陈竹君擦拭眼泪，陈竹君

像抓住根救命稻草一样，紧靠着肖若妍的石榴裙呜呜抽泣，只盼着肖若妍再给他一碗安生饭吃。

看着对自己言听计从的陈竹君，肖若妍心底既觉得恶心又感到无比舒展。恶心是因为她感慨堂堂男人面对自己这个小女子竟会如此不堪；舒展的是自己内心高傲而狂野的欲望得到无比的满足。为了对付和得到冯其中，她暂时还是需要陈竹君这个"备胎"时时出现在自己身边，她就是要和命运赌上一把，越是难以得到的，她偏偏要不惜一切手段得到。肖若妍很想知道冯其中的膝盖和陈竹君的会有何不同之处。肖若妍这样的性格，归根结底不仅仅是一种霸道，更是一种征服欲。在这个荒诞不经的世界里，她为何会如此不可理喻地喜欢上冯其中这样一个男人？肖若妍从少女时代刻骨铭心的记忆深处找不到答案，她便要在眼下是非难分的争斗与煎熬里寻得。

陈竹君并不是个蠢笨迂腐之人，他的求生本领与奋争能力，早已在现实的碾压下锤炼得炉火纯青，他明白自己的种种不堪与狼狈，只限于暴露在肖若妍面前，无论如何他曾是个留洋学生，也曾经是一班之主，他深知弱肉强食的丛林法则是建立在实力之上。肖若妍当然是他眼里最富实力的人，更重要的是他爱她，即使是为了这份无望的爱情，他也可以做到无所顾忌。在心爱的女人面前能够彻底抛弃男人的尊严，还因为陈竹君认定自己这种死缠烂打的求爱方式，未必不能使肖若妍内心有所触动，让肖若妍感觉到彻底摸清他、吃透他，恰恰就是陈竹君最想要的结果。

陈竹君被肖若妍再次接纳后，他每次出现在冯其中面前时，都比以往更加恭敬。从初到长安时对冯其中的感激之情，转变到后来的憎恨之意，陈竹君觉得自己根本不是此人的对手，无论是个人能力还是在面对肖若妍时，他始终是个失败者。

细想之前发生的一切，陈竹君清醒地意识到，冯其中不仅把他的过往历史了解个底朝天，还能时时把他内心所思所想吃透看穿。从冯其中巧妙地利用他对任欣荣的憎恨，以达到排挤和清除任欣荣这件事来看，冯其中的手段确实了得。本想利用别人却反被别人利用，最终和肖若妍一样，沦为人家棋盘上的一粒棋子，自己还浑然不觉，想起来着实可悲。技高一筹的冯其中将自恃过高的陈竹君撞醒了，懊恼和羞愧让他开始对冯其中产生一种天然的畏惧。

再想起前不久，天公助他尾随杨小云，看到她与冯其中密会那一幕，本想着告知肖若妍后，自己可以捞取大大的实惠，没想到最终结果却搞得蛋打鸡飞，沦落到树倒猢狲散的可悲境地。一次又一次的打击让陈竹君深深明白，在他与冯其中追逐肖若妍的这场争斗里，他或许永远不是冯其中的对手，可他就是心有不甘，因为他隐隐察觉到，冯其中的心思，好像并不全在肖若妍身上。正因为如此，陈竹君追求肖若妍的一颗痴心依然在燃烧。可叹他要面对的，偏偏是男女情爱的不可捉摸，还有肖若妍飞扬跋扈的性情，因此陈竹君只能在肖若妍面前扮演一个痴情顺从的角色，以此来区别于冯其中对待肖若妍的那种若即若离的高冷范式。

冯其中在西京筹备委员会待得越来越习惯了。在李震主任及其部属的调教指导下，冯其中从一介伶人迅速转变成公务人员，他的装扮也从以前的长袍短褂变成一身笔挺的西装革履，每天梳理有型的背头配上随手不离的公文包，让人打眼都不敢相认。有天他忽然想起应该去见见杨小云了，于是又让耿超带话过去，没想到杨小云并没有在约定的时间出现在古城茶楼，这让冯其中的心像被撞碎的玻璃散落一地。

他清楚记得这是认识杨小云以来她第一次失约，这样的失约意味着什么，冯其中不敢去想。他在无比沮丧中回忆起往日和杨小云相处的每一幕情景，又想起自己居然狠心要把杨小云推送给李震，尽管这事他最终没能做出，可如果当日不是突然出现的肖若妍搅局，他都不敢保证不把这层意思说出口。现在想来，如果当天将那样的话说出口，估计此刻他连约见杨小云的念头都不会有了。冯其中深感世事无常，许多事情就是这么复杂而又简单，福祸相报也就是睁眼闭眼之间的事情。他亦深知自己义无反顾地倾靠在李震这边，一去不回头地与过往人事刻意隔离，就像把自己从河流的这边扔到了彼岸，可以清楚地望见曾经一起长大的人和经历的事，却再也无法靠近他们，情感的隔阂与内心的错位让冯其中的精神倍受折磨。

这一天，没有约到杨小云的冯其中呆坐茶楼里默不作声，耿超跑前跑后伺候着，并叮嘱下面人不要靠近打扰。直到天黑时，冯其中脱掉西装，换上以前的一身长衫，一语不发地走出茶楼，落寞的背影消失在街头熙熙攘攘的人流中。

第十二章

虽然李震"一树梨花压海棠"的美梦迟迟未能得偿所愿，但他不怨冯其中，因为后来得知了冯其中与杨小云的关系后，他内心反而更加认可冯其中的忠诚。作为西京市实权在握的人物，压根不愁没有其他女人投怀送抱，然而最近唯一令他不悦的是肖玉仁的冷淡，这种感觉令李震甚为不满。按说他把利润如此肥厚的项目给了肖家，肖玉仁应该对他感恩戴德才对，可肖玉仁只知专心操持工厂经营，即使在明面上也不给李震一丝存在感。再想到那晚肖家聚会时，因为自己的酒后失态，夫人不仅不再邀请肖若妍到家里来玩，而且开始对他的行踪多有防范，一股无法言说的愠怒之气瞬间涌上心头。然而无论是肖玉仁对李震不恭不敬惹起的恼火，还是他内心莫名其妙升腾起的失落感，统统被干女儿肖若妍的一颦一笑全部消解，李震比以往任何时候都更加关注肖若妍面对他时的乖巧与可爱。

那是一个风清月朗的秋风之夜，阅人无数、老谋深算的李震和千娇百媚、欲说还休的肖若妍终于倒凤颠鸾在一起。那一夜他们所宿的西京饭店里灯红酒绿、觥筹交错，酒精炽燃着欲望，欲望钩挂着缺月，楼阁台榭上演绎着一幕幕人间荒诞剧。

同样在西京饭店喝酒陪侍的冯其中眼睁睁看着这一切真实上演，又一次恨不得将自己扔进万丈冰湖里再也不要醒来，尽管他内心知道自己并不爱这个女人，可她毕竟苦苦追求他很多年，她怎可当着他的面如此作践自己。只可惜不是每个女人都能像杨小云那样自尊自爱。冯其中宁可将肖若妍走到今天这步理解为完全是酒精在作怪，也不想归咎于她是在报复他。冯其中在自我麻醉的状态下，总能为心中懊恼的事情寻找出合适的理由，哪怕明明知道都是自欺欺人。

自从跨过年龄与身份界河的李震与肖若妍开始肆无忌惮地纠缠在一起之后，冯其中明显感觉到机要秘书李戡比自己更加靠近李震主任。要想在筹委会这样的机构里谋口安逸饭吃，并非常人想象得那般简单，冯其中相信李震不至于因为"九岁红"这件事给自己夹心，更大的可能性就是来自于肖若妍。他清楚此刻的肖若妍在李震跟前说多说少他的任何事情，都足以让他坠入无底深渊，但他只能保持深深地沉默，并从心底里为自己默默祈祷。从进入西京筹委会那天算起，冯其中还是第一次感到绝望与恐惧，可他面对现状却完全无能为力，只好选择用繁忙的公务让自己每天疲惫不堪，以免夜深人静时噩梦不断。

春风得意的肖若妍彻底像脱缰的野马奔跑在自己选择的道路上。当她从李震口中得知，冯其中曾经居然试图把"九岁红"介绍给李主任这个惊天秘密后，她对冯其中本来无比坚固的情感高楼开始从地基处动摇，她惶惑于自己多年来对冯其中的痴心迷爱，更让她内心对本来就将信将疑的所谓爱情产生极度的怀疑。无论是想到父亲对她自始至终的不理解，还是对苦心痴恋的冯其中这份不可依赖的感情，都令她内心有种说不出的忐忑不安，她需要干爹这样的大树依靠，更需要干爹这样的男人保护，每日里看似表面风光无限的肖若妍内心的不安，并不亚于这个时代的任何人。

肖若妍自甘堕落、不顾廉耻的行为很快被肖玉仁知道，他再次暴跳如雷，而此刻的肖若妍更是理直气壮，比以往更加有底气地和父亲争吵。湘子庙街肖家府邸中这对冤家父女，终于在孙静怡无休止的哭啼声中吵出结果来，肖若妍执拗而决绝地搬离出家，盛怒之下的肖玉仁住进了医院。刘妈等一众仆人看着肖府的悲欢变故连连叹息，孙静怡吩咐王福将多余的几个仆人多发些工钱打发走了，寂静的肖家大院再也没有了肖若妍的笑声，哪怕是父女的吵架声也不再响起。看守府邸的刘妈感到孤单，她在夫人的允许下，将自己的老伴从乡下接来陪住，刘妈心里深信肖家老爷和女儿总有和好的那一天，她期盼着肖家人再次团圆的那一刻早点到来。

从家搬离的肖若妍连哭闹带撒娇，给李震倾诉了她从小与父亲冤家路窄的怨气，听得李震是分外怜惜又心存烦扰，他安排肖若妍悄悄住进桥梓口的一处院落，从此这里便成了李震与肖若妍频频幽会的天堂。然而天下没有不透风的墙，李夫人很快知道了这间"金屋藏娇"的房子，寻上门来大闹一场，李震无奈中又换了

一处更为僻静的地方，回到家里又对夫人软硬兼施地说了许多狠话，李夫人果然不再闹腾。

陪伴李震这个贪色无德老公多半辈子的李夫人，尽管心恨丈夫无情无德，但毕竟"一日夫妻百日恩"，况且自己这辈子没能给李震生下一男半女这件事，始终萦绕在她心头，使她深感愧疚。或许就是因为觉得对丈夫有这份亏欠，所以多年里对李震拈花惹草的风流韵事，她总是选择睁只眼闭只眼。

此后的一段时间里，肖若妍也出奇地安静。她只私下里去见了陈竹君，又经常让他出面替自己办很多事情，陈竹君为她打听到许多关于肖玉仁及冯其中的消息，得知父亲早已病愈出院，冯其中依然紧紧追随李震忙前忙后，她的心似乎才稍许放松。

李震从刚开始欣赏冯其中的才干，再到"九岁红"与肖若妍两件事情上冯其中所表现出的忠诚，让他更加欣赏冯其中身上甘愿舍其利益而追随他的坚定意志。李震除了公开场面上担任西京筹备委员会主任以外，还秘密兼任着西京党务调查科科长的职务，也正因为这个职务，才使西京市市长乔峥嵘这样的地方显贵也要忍让三分。为了充分利用冯其中身处梨园行时，在长安城三教九流之中已有的江湖人脉，又考虑到冯其中曾经是长安城秦腔名角这个身份便于掩护的特点，李震决定委任冯其中更重要的职位，将他调入西京党务调查科工作。

冯其中欣喜自己长时间的隐忍终于换来了回报，李震能重用他，当然是对他过去所作所为的最大肯定和信任。他非常清楚党务调查科的来头和背景之深是不可想象的，从今往后唯有拼尽全力去做，才能在自己选定的这条路上走得踏实、走得更远。李震正式任命冯其中为西京党务调查科特务一组组长，负责对赤党在长安城里潜伏人员的调查破获，并对赤党地工人员从事秘密活动进行情报搜集。当李震将此重担交给他时，冯其中硬是把一股从眼眶里涌起的泪水憋了回去，而令他颇感意外的是调查科交给他的首个任务，居然是负责调查潜伏在长安戏曲界里的赤党分子，并将监视重点放在长乐坊大剧院豫剧社社长曹云亭身上。

话说肖玉仁病愈出院后回到家中又静养了一些时日，屡受女儿折腾的悲伤情绪亦平复许多，孙静怡不仅自己时刻注意言语分寸，还暗示下人均不得提起令老爷不高兴的任何话题。肖家各个工厂的生意有条不紊地进行着，每天的经营状况都由王福整理汇总后向老爷和夫人汇报。

尽管肖玉仁的情绪有所稳定，但内心深处经常不由得对女儿离家出走，并和李震这样的龌龊政客沆瀣一气感到自责。无论如何他也想不明白，自己可以把偌大的肖家产业管理得井井有条，却怎么教育不好自己的独生女儿。为此他常常踱步到内室侧房，当着肖家祖宗的牌位掩面长泣，在微微摇曳的烛光里，他祈祷祖宗护佑女儿一切平安。夫人孙静怡见此情景泪如雨下，后悔当年应该给肖家多生下个一男半女，也不至于落得今天如此的痛苦与凄凉。

这天，净一法师忽然派人邀请肖玉仁到妙积寺一叙。肖玉仁按照以往习惯到了寺庙后正要往后山落烟亭去，熟知他的本宏师父却迎他直接进入大雄宝殿后的寺庙内房，肖玉仁看到法师正与一个陌生人相谈甚欢。净一法师热情招呼肖玉仁落座后，给他介绍陌生人是长安豫剧社社长曹云亭。一听又是个戏子，肖玉仁内心瞬间感觉不快，但又不好驳了净一法师的面子，便勉强应承一声。净一法师微微笑道："我知道您向来对戏曲人颇有微词，可这位曹社长是仁义之人，是他请我把您约了过来。我本出家之人，不便多有赘言，今日寺院还有佛法普度之礼，我得去前殿料理，您二位慢慢相叙，就当交个朋友吧。"净一法师始终微笑着说话，声音落定处人已走出内室，并随手将禅门锁紧，只吩咐本宏看紧，闲人不得靠近。

肖玉仁对净一法师的人望一向敬重，法师介绍的人想必定有不凡之处，他稍稍抬头看了眼曹云亭，但见其人颜面俊朗、身姿矫健，神态自信而宽和。多半生与人打交道的肖玉仁觉得此人定有来头，但不知今日约请有何贵干。就在他思量之时，曹云亭为他添上茶水轻声说道："常听净一法师说起肖先生是长安城里不多见的仁义之士，今日冒昧请您前来多有唐突，还请肖先生见谅。"肖玉仁是个性情明快、不喜绕弯的人，便直言不讳地要曹云亭有事直说不必客气。曹云亭见肖玉仁果真是个性格直爽之人，便将自己的真实身份直截了当说给肖玉仁，并言及在现今国家危亡之际，期盼肖先生能以民族大义为先，多为红色革命做些有益之事。肖玉仁听得是目瞪口呆，万没想到长安戏曲界居然有这等不凡人物，他深感往日里对伶人不齿的看法多有偏颇。

长期以来，一个不可言说的秘密深藏于肖玉仁的内心。他早已对眼下动荡不安的国家现状感到忧心忡忡，即使就自家产业而言，如何在纷乱不堪、战云笼罩的时局里寻得发展，亦是他长时间里最揪心的思考，日夜煎熬中的肖玉仁仿佛坠入无边无际的迷雾之中，困闷与彷徨时刻催促他不得不陷入深深的沉思。故此，肖玉仁对多年内乱、军阀践踏的局面愤懑之余，私下里对共产党的主张多有研究，个中道理常常让他感到有如醍醐灌顶，所以他对红色革命并非完全懵懂。从他内心来讲，总想着要和这个国家里真正有道义、有理想的群体为伍，然而当这样的人突然出现在眼前时，心里反而有些说不清的惶惑。曹云亭理解肖玉仁内心此刻的惊诧，在他准备向肖玉仁开诚布公之前，早已对肖玉仁的品行为人做了深入了解，像肖玉仁这样的爱国商人，应尽快争取到支持红色革命队伍中来。

无论是从净一法师对肖玉仁的大加赞许中，还是此刻肖玉仁脸上流露出的神情，曹云亭清楚意识到，争取肖玉仁到自己队伍这件事情终于水到渠成了。上级组织交给长安城地下党支部负责人曹云亭的主要任务，就是要他和魏光华以曾经的戏曲演员身份作为掩护，积极争取和团结一切有民族正义和良知的爱国人士加入红色革命队伍。此时此刻，肖玉仁的内心百感交集，当他起身与曹云亭的双手紧握一起时，浑身有股异样的力量在澎湃。

其实在争取肖玉仁之前，寒梅已加入到红色队伍中来了。早在那个时候，曹云亭与魏光华就已经敏锐察觉到冯其中有投身国府做事的动向，但考虑到陈凤良与沈金书两位老前辈无奈又心伤的悲苦，这才决定不做任何节外生枝的事情，也就没有提前将冯其中的真实面目揭穿。如今的长乐坊大剧院，俨然已经成为曹云亭、魏光华团结众人靠向革命的理想之地，但是对革命前景无比乐观的曹云亭，却已悄悄被李震的党务调查科盯上了。

挖出长乐坊大剧院豫剧社社长曹云亭的真实身份，是冯其中坐上特务一组组长位子后需要完成的首项任务。他顺手把自己豢养多时的任欣荣和铁杆兄弟耿超笼络到身边，有了这两双最得力的眼睛，何愁识不破曹云亭的真实身份。回想起在长乐坊剧院时和曹云亭短暂相处的那段时间，并不觉得此人有何过人之处，但让他想不到的是，曹云亭会是他当前要面对的第一个对手。分析眼下的情势后，冯其中严令任欣荣在这个敏感时刻不得出现在长安城任何剧场，不仅因为他俩曾经的所作所为已使梨园行同仁深为不齿，更重要的是不能打草惊蛇，要想尽快拔掉共产党安插在长乐坊大剧院的这个大人物，一切还得从长计议。

这天晚上，刻意打扮了一番的任欣荣又来到开元寺找晴雯姑娘。站在开元寺门口的他望着长安城东西南北四条大街上灯红酒绿，感慨每天的生活着实像一场场梦境，或许只有及时行乐才是最为实在的。任欣荣已经很久没有光顾这里了，他长时间蛰伏在民乐园小巷里，虽说平日里吃喝不愁，但冯其中并没有给出很多钱财供他寻花问柳，现在他摇身一变，又成为这个城市横竖不挡的人物，心里的得意和自豪感油然而生。

任欣荣意识到现在的自己已然有了场面上的身份，就不能再像从前那样太随性、太放肆。冯其中也一再告诫手下的弟兄们做事要利索、为人要得体，不可再有我行我素、盲流混子的散漫和粗鲁，一旦触犯了这些铁律，后果绝不是丢了饭碗那么简单。所谓"一入宦门深似海"，任欣荣内心清楚把自己捆绑在冯其中这辆战车上既安全也危险，安全来自于乱世之中有人庇护，危险则来自于对未来命运的不可预知。

看到雍容华贵的任欣荣又出现了，老鸨没把他领向晴雯姑娘的闺房，却叽叽喳喳恭迎他到楼上另一间厢房，并略带遗憾地告诉他，今晚已有人早他一步选了晴雯姑娘。心头正在得意处的任欣荣一万个不答应，说话间就要到晴雯房里去，老鸨匆忙阻拦，但任欣荣执拗地往前冲，任谁也拦不住。他从东倒西歪、酒气冲天的客人中间穿过去，一脚踹开晴雯姑娘的房门，惊讶地看到秦腔益民社社长罗增荣紧紧拥抱着晴雯姑娘正在喝花酒，两人四目对视良久，忽然都仰面大笑起来。

那夜从开元寺回来后，任欣荣瞅个机会，把他想争取罗增荣并利用其暗中查探长乐坊大剧院这潭深水的想法告知冯其中。在冯其中脑海里，罗增荣就是一个认钱不仗义的小人，因此他肯定了任欣荣提出的这个绝佳主意，又密语传授了整套收买罗增荣的方法，并交代由任欣荣亲自办理此事。

肖若妍得知李震重用冯其中的消息后，心里像打翻了五味瓶，情绪久久无法平静。她心知今生今世和这个既爱又恨的男人再无可能走到一起了，每每想到此处便懊恼丛生，稍不称心就大发脾气，双手在陈竹君的脸上抓了无数道甲痕，陈

竹君只能点头哈腰地赔着笑脸任她发泄。

肖若妍注定是一个不甘寂寞的女子。有天她和陈竹君吃完晚饭后走在街上，看到很多慷慨激昂的学生演出的抗日救亡话剧吸引来许多人观看，于是脑子灵机一动又冒出个主意。她转身找到李震，一番深埋心机的百媚千娇之后，赤裸裸给李震提出要在阿房宫剧场排演话剧。李震起初不答应，原因自然是心里有鬼，怕有人背地里说闲话，可他却招架不住肖若妍几次三番梨花带雨式地哀求，又改了主意。阿房宫剧场长期闲置在那里，终究也是个浪费，让肖若妍去做她喜欢的事情，总比整日缠绕在自己身边妥帖些。

没过多久，李震唤来文化组长郭宪正，给他大讲言论阵地的重要性，又一再强调剿共大业同样需要宣传，国府亟须培植大批年轻人站在舆论战线的前沿，言语间暗示要将阿房宫剧场交由肖若妍排练话剧的想法。郭宪正心领神会李震的意思，经过他一番装腔作势的运作之后，阿房宫剧场很快重新开张了，郭宪正在讲话中扔下一句"绝不可以排演和政府剿共大政方针相违背的节目"，便再也不来过问此事。

摆脱了家庭束缚，又有着李震的宠爱，肖若妍愈加放任自己的性情。她和陈竹君迅速把阿房宫剧场里里外外装饰得洋派十足，又笼络来一批喜爱话剧的富家子弟。其中最热忱参与的当属西京警察局局长马得水的宝贝女儿马艳，此女五短身材、肥圆臃肿，虽相貌丑陋，却心气颇高，平日里不屑与普通家境的女同学来往，偏偏和拥有美丽与个性的长安富家女肖若妍成为无所不谈的好朋友，同学中间有许多人讥笑马艳丑人多作怪，私下送她外号"女版武大郎"。肖若妍也乐得自己身边有这么个跟屁虫式的所谓"闺密"，心底里亦很是享受马艳衬托出她更加美艳的奇妙感受，于是她娇柔戏谑地称呼马艳是她的贴身"小肉丸"，马艳不仅不怒，似乎还挺享受这个多少带点嘲弄色彩的昵称。

肖若妍肯定不是个有政治头脑的人，她心里只有才子佳人的卿卿我我。当排练好的第一场话剧《海棠美人》上演时，李震亲自前来捧场，沉寂多日的阿房宫剧场再次热闹起来。当晚的话剧情调很对李震的胃口，看着舞台上千娇百媚的肖若妍，再细想这个别具韵味的海棠与美人的故事，李震当年从杨小云这束海棠身上失落的欲望再次被点燃，散场后熙熙攘攘的观众还没有走完，他便抛下所有随从，火急火燎地拉着肖若妍坐上汽车消失在夜色中。

话剧《海棠美人》的演出轰动了长安城内外，很多人纷纷前来开眼界，仿佛是一夜间，肖若妍成为长安城里最摩登的女郎，惹得许多狂浪公子前来送花捧场。每天肖若妍都会带着一大皮箱新衣裳赶到剧场，头发也是天天换着花样，本来就满身狐媚的她，在话剧舞台上又尽情模仿国外明星的表情动作，施展着挑逗妖媚的眼神，惹得舞台上下一片叫好声。

有天正当她尽情享受拥趸们的欢呼和媒体无休止的追捧时，"小肉丸"马艳忽然大喊大叫让她快跑，还没等肖若妍反应过来发生何事，父亲肖玉仁已经从后台冲上来，抬手扇了她一记响亮的耳光。全场瞬间乱成一锅粥，大家为这突如其来的一幕惊呼不断。气恨难忍的肖玉仁放下自己所有的体面与尊严，大声叫嚷着要和女儿彻底决裂。紧跟而来的孙静怡紧紧抱着浑身颤抖的丈夫哭道："咱眼不见心不乱不就行了吗，毕竟是亲生骨肉，这又是何苦啊？"说话间就哭晕过去。当肖玉仁抱着夫人老泪纵横之时，"小肉丸"马艳护送着肖若妍已跑得无影无踪。

冯其中听到满城沸沸扬扬的流言后，独自来到桥梓口找到肖若妍，许久不见的两个人居然相视无言，仿佛陌生人坐到一起。倨傲的肖若妍始终没有开腔，冯其中在极其尴尬的气氛中丢下一句"多保重"便像逃跑一样疾步走出来，不知他是担心撞见自己的上司李震，还是不敢直视肖若妍那张越来越陌生的脸庞。

没过多久，肖若妍又开始排练第二部话剧《蔷薇初开》。她的心情并没有受到报纸上肖玉仁公开与她断绝父女关系声明的影响，一如既往地忘情于她的话剧世界。跟着肖若妍舞动的脚步，有着越剧功底的陈竹君也开始往话剧舞台转型。在李震主任的授意下，拍马溜须的西京筹委会金融组长魏文远，常常暗中在资金上给予肖若妍及时支持。一场场观众爆满的演出，让阿房宫剧场赚得盆满钵满，李震心里乐开花，没想到支持肖若妍演话剧还能赚钱，可叹他明里暗里给肖玉仁产业的投资，至今都没见到一分收益。李震心里非常纳闷，肖家这对父女做事的秉性为何会有如此不同？李震本想着拐弯抹角向肖玉仁索要分红，却又常常碍于自己与肖若妍这层关系，一直张不开嘴、抹不开面子。

就在李震犹疑之际，西京筹委会文化组长郭宪正呈上的一份文件引起他的极大关注。说是从河南洛阳方面传来一则消息，有位长安巨商从盗墓贼手中购得汉

唐碑石多达一百零五方，最近要通过秘密渠道护送回长安，洛阳警察局抓住一个盗墓贼拷问得知，这位巨商的名字叫肖玉仁。

李震得知此消息后甚是愤懑，他不明白肖玉仁此举意欲何为。

经过多番斟酌后，他派冯其中到肖家去探虚实。没想到一向反感冯其中的肖玉仁，这次向冯其中毫不掩饰地承认了，正是他要出资买回这批文物。冯其中便旁敲侧击地诱导肖玉仁，希望他能够想起李震主任这些年的诸多帮助与支持。肖玉仁对冯其中客客气气地说："请你回去告诉李主任，对于他的支持，肖某自是没齿难忘，到时候我定然不会辜负李主任的期许。"冯其中把此话带给李震时，李震心里犯了嘀咕，肖玉仁分明是话里有话，到底是该信还是不该信呢？李震最终决定相信一次肖玉仁所说，哪怕是看在肖若妍的面子上。

《一百零五方汉唐碑石被有民族责任感的巨商抢救性回购到长安城》这则新闻，一时间成为全国百姓热议的话题，人们纷纷赞许肖玉仁的义举，各大媒体称他为"一代义商"。李震本想在这台大戏里露个脸，但他却连文物到长安城的渠道都摸不清楚。他让缉查队长邓贵发一路上设卡查验，又让郭宪正有意靠近肖玉仁探听消息，可是派出去的人纷纷失望而归。直到肖玉仁与长安城文庙碑林在深夜举行文物交接仪式这个消息传到李震的耳朵时，李主任这才知道，整整一百零五方碑石已被完整收藏起来。

如梦方醒的李震正要发泄心底的闷火时，肖玉仁忽然来到他的府上。面对气急败坏、一脸青紫色的李震，肖玉仁风轻云淡地说道："碑石是国家文物，我们都有责任去保护文物免于流失，感谢李主任的财力支持，使肖某人完成了这一桩心愿。"肖玉仁一边说着感谢之词，一边打开随身携带的锦盒，从里面拿出一部碑文拓本，说是让李震留作纪念，随后便一身轻松地走出李府。

李震看着桌上的碑文拓本正在发呆，邓贵发又急急忙忙跑来告诉他一个天大的消息，说是西京剿匪总司令部派往秦岭北坡焦家镇阻击红二十五军的岳福堂民团全军覆没了。李震清楚记得前些天他去"剿总"开会，司令部的张奎参谋还给他自信满满地说红二十五军经过从南到北长途跋涉，已被"剿总"阻击在秦岭北坡一带，经过数次阻击战的红二十五军几乎到了弹尽粮绝的地步，消灭他们指日可待。可今日战况怎会大逆转，变成被红军全歼呢？已陷困境的红军从哪里突然获得那么多枪支弹药？焦家镇阻击战会不会与这次文物回购有关联？一连串的问题，让李震感到后背一阵发凉，豆大的汗珠从他脸上滚落下来。如果这两件如此巧合的事情之间真有瓜葛，对于李震来说，后果不仅仅是不堪设想，而是有人会为此丢掉脑袋。

神经紧绷的李震感觉分秒时间都耽搁不起了，他马上叫来李戡，吩咐他即刻去"剿总"找张奎参谋打探焦家镇战役的详细情况。这个张奎参谋是李震的远房亲戚，凡是他捎出来的消息，李震从来都是深信无疑。李戡去了很久，一直没见回来，李震呆坐在沙发上，脑子丝毫静不下来，他不知道下一刻自己办公室的门会不会突然被"剿总"的人踢开，一种拥抱黑暗与死亡的恐惧感充满他的内心。直到傍晚李戡才匆忙赶回来，他告诉李震"剿总"此刻已乱成一锅粥，张参谋带出来的消息大概意思是，"剿总"轻敌，只派岳福堂的民团去阻击，才落得如此惨败。听到此话后李震浑身发软，瘫坐在沙发上一动不动。

碑石捐赠和焦家镇阻击战两件事彻底激怒了李震，本想着肖玉仁运送碑石得求助于他，这样他或许就能顺便从中私匿一两块，结果一部拓本就打发了他，这让李震感到极大的羞辱，他觉得肖玉仁完全是在戏耍自己。多年扶持的肖玉仁怎能如此恩将仇报，这份奇耻大辱岂能善罢甘休，肖玉仁让他吃了一个大大的哑巴亏，他便要给肖玉仁点颜色看看。与此同时，令李震惊魂未定的焦家镇战役，就像一根芒刺扎在他心底，让他心中充满一股隐隐作痛却又不敢明说的怒火。

当天晚上，盛怒之下的李震命令邓贵发再次关闭查封了阿房宫剧场，还把演出话剧的舞台砸了一个稀巴烂，陈竹君和一众富贵子弟演员们被冠以"涉嫌通匪"的罪名关押起来严加审问。正所谓"城门失火，殃及池鱼"，李震把对肖玉仁的切齿之恨，全部撒在了肖若妍身上。

李震决心忍痛割爱，岂能为了床帏之欢，拎着脑袋和肖玉仁父女在刀刃上跳舞，和自家性命相比，功名利禄又算得了什么！再说裤裆里的那点欢娱，哪里不能随意找到呢，何苦要吊死在肖若妍这棵树上。况且这棵树已经开始让他时时不得安生、处处得严加提防，手握大权却又提心吊胆，这样的日子李震当然无法容忍，他深解"当断不断反受其乱"的道理，故而立即断绝与肖若妍之间的所有瓜葛，似乎只有这样做了，才能让他在极度挫败中寻得一丝安慰。紧接着，李震又

严令冯其中，从此刻开始务必严密监视曹云亭和长乐坊大剧院的动静，且丝毫不能有任何闪失。

第二天，肖若妍在桥梓口居住的院子被人锁起来，她连给李震撒娇央求的机会也没有了。六神无主的她只好找到母亲哭诉，孙静怡清楚这次是丈夫的所作所为给女儿带来的"偏灾"，既然嘴上不能明说，又不忍心看着女儿受苦，便给了肖若妍一笔钱，劝她出去租房住。面对干爹不容商量的绝情，尽管肖若妍疑心是父亲从中作梗，但此时此刻父亲是无论如何也不会见她的，也就打消了当面询问父亲的心思。

从家里出来后，肖若妍忽然想去见见冯其中，于是便冒着大雨一路小跑到西京筹委会大楼门口，门卫却冷面拒绝她进入。肖若妍痛不欲生地站在雨中，任凭雨水浇透浑身的衣裳，她眼巴巴地望着李震办公室那扇紧闭的窗户，又瞥了一眼大雨中站立的警卫，心中多么期盼李震或是冯其中任何一人，此刻能下楼接她进去。她在大雨中站立许久，最终满怀失望地低头离去。冯其中隔窗一直看着雨中的肖若妍，却没有丝毫勇气冲出大楼，因为他知道这座大楼的每扇窗户后面，不知有多少双眼睛无时无刻不在死死地盯着他。

第十三章

在曹云亭和魏光华的周密安排下，"文物回购"义举和给红二十五军运送弹药两项任务圆满完成。碑石是深夜里在长安城南门外交给肖玉仁的，之所以让他带文物回城夜捐后再去见李震，一是要肖玉仁亲自稳妥地将文物连夜送进碑林，第二天的报纸上连篇累牍地开始报道后，保护和收藏碑石这件善举才算"落袋为安"，从而免去被人觊觎或在城内再发生什么意外；二是用拓本稳住李震的同时，连带观察"西京剿总"在焦家镇战役失利后有何异动。身处城外的曹云亭、魏光华随时做好了接应的准备。

等城内一切风平浪静之后，曹云亭将肖玉仁再次约请到城外妙积寺这个他认为最安全的地方。在这里，肖玉仁第一次见到了延安特派员胡善文和洛阳地下党组织负责人陆海，胡特派员非常钦佩肖玉仁这样的爱国商人，他代表上级对肖玉仁给予红色部队的资助深表感谢，一再对他雪中送炭的义举表达了感激之情。肖玉仁首次见到红色革命队伍里的这么多位精英分子，兴奋之情溢于言表，可他还是疑惑这两件事情是怎样悄无声息联系在一起完成的。

曹云亭笑吟吟地对迷惑不解的肖玉仁说："这次由您在明面上回购碑石、深夜义捐，而我们在暗地里还有安排。正所谓'明修栈道，暗度陈仓'，我和魏光华联络洛阳方面的陆海同志，在胡特派员的周密计划下，将弹药全部隐藏在去往洛阳的豫剧戏班马车里，沿着秦岭山脚下的羊肠小道，星夜兼程赶到二十五军的接应点，迅速将弹药顺利交付后，队伍即刻拐上大道继续赶往洛阳。我们从豫剧班挑选了两批精壮小伙子，他们都是一等一的腿脚好功夫，豫剧班刚到洛阳，立刻换马换车换人，迅速装好碑石，又马不停蹄地返回长安，途中又是昼夜不歇脚，按照我们约定好的时间顺利到达长安城外，将碑石交给您带回城内。这趟神速之行，无论是弹药或是碑石，都隐藏在豫剧戏班马车里，没有引起任何人的注意，队伍又专挑小路走，巧妙避开了敌人的重重关卡和搜查，就这样神不知鬼不觉地

从长安到洛阳打了一个来回，就是辛苦了洛阳来的这些年轻人啊。"说到这里，曹云亭轻轻拍了拍陆海的肩膀，大家都欣然而笑。

这时，陆海笑着走到肖玉仁跟前又说："我们在妙积寺已经歇息好几日了，今天就要返回洛阳。曹云亭同志一再提到您为这次行动出钱又出力，事情能办得如此顺利，您是功不可没啊。临别前我就是想见见肖先生，再次对您给予红色革命的支持与帮助表示谢意。"肖玉仁听着曹云亭与陆海说出这些发自肺腑的真挚言语，心底感到从未有过的满足和幸福。

面对如此紧急而重要的行动，胡善文、曹云亭、魏光华和陆海带领大家能够举重若轻地完成，除了周密的计划和各方紧密配合以外，又充分利用了戏班子常年东奔西走这个特点，巧妙地躲过很多麻烦。肖玉仁内心暗暗感慨红色队伍里真可谓人才济济啊。

肖玉仁和大家告别后走出山门时，净一法师和本宏师父又迎面而来。净一法师微微低额垂眉双手合十说道："还望老朋友能常来坐坐啊。"肖玉仁欣然点点头说："感谢法师每一次的指点开示，肖某受教了。"净一法师淡然笑道："令爱的事情，临走前还是再听老朽一劝，佛说'怨与亲同家，无爱也无佛'，无爱无嗔的真意，就是以慈悲心面对别人，帮助别人往上走，更何况是自己的亲生骨肉呢。"净一法师念念不忘地规劝他多以骨肉为念，原谅女儿也就是原谅自己，此番情谊令肖玉仁备受感动。他看着这位身处世外的多年好友，此刻有了一种不同寻常的感觉，妙积寺与净一法师已经不仅仅是普通寺庙里的普通僧侣那般简单，在他与净一法师每次风轻云淡的对话间，肖玉仁都能真切感受到妙积寺的神圣和不凡。一种极为清晰的意识告诉肖玉仁，此后的自己必将与净一法师及妙积寺的关系会愈加紧密。

平常时日里，从曹云亭和魏光华诸多不同寻常的举动中，总能感受到不符合戏曲人的许多味道，前辈沈金书与陈凤良虽早有察觉，但双双以默许的态度暗地支持着。尤其是这次豫剧社全部外出，虽然曹云亭的告假理由是洛阳故友家中老人去世，须送戏捧场以示哀情，但陈凤良心知肚明他们此次远行绝非所说这般简单，在答应他们的请求时，心里已猜出一二。他和沈金书多次在一起对此事交换意见，本想着把赵本斋老板叫来三人一起合计，转眼又想还是不要让太多人知道更为妥当。两位前辈商定，需要更加谨慎地面对剧社里众多来来往往的不同人等，虽然两位前辈不想参与任何党派之争，但也看得懂谁是正道谁是末路。从冯其中和任欣荣双双叛离这件事情中，两位老人看得明白，作为梨园行人，要想在这乱世里独善其身几乎是不可能的。

世道败落、人心不古的残酷现实，让陈凤良不得不对杨元厚和罗增荣多长几个心眼。杨小云最近的变化，倒让他对杨元厚的疑虑减少很多，可对罗增荣就大为不同了，都是秦腔行当里的老哥们，他了解罗增荣向来是根墙头草，之所以当初把他也收拢回来，完全是考虑到益民社众多晚辈不能无故受此牵连的缘故。

冯其中看出李震为文物义捐和焦家镇战事异常震怒，他要紧紧抓住这样的机会给李震好好表现一回，于是他叮嘱任欣荣尽速拿下罗增荣。任欣荣果真没有令他失望，只用了给晴雯姑娘一个月的月钱就把罗增荣哄得开开心心，并答应会把长乐坊剧院有价值的消息不断透露出来。

可叹陈凤良对罗增荣的这份仁慈，让他错以为是信任。罗增荣依照任欣荣的要求，开始仔细打探长乐坊大剧院的风吹草动，观察了很久后，并未发现任何可疑的蛛丝马迹。有天他在剧场后面的走廊里无意中看见寒梅与曹云亭耳语着什么，随后他尾随寒梅走出剧院，只见寒梅先到杨小云家里，两人又同坐一辆人力黄包车来到西京师范学院的大礼堂和学生一起排练抗日话剧。罗增荣一时间脑子转不过弯来，他知道现在赶时髦的年轻人都喜欢看话剧，可令他心中疑惑的是，像寒梅与杨小云两人，都已经是秦腔行里响当当的名角，她俩为何也喜欢上了话剧呢。

躺在开元寺晴雯姑娘的厢房里，罗增荣实在想不出该给任欣荣说些什么，便把那天看到寒梅与杨小云去西京师范学院排练话剧的事情随口说出，未料任欣荣听后狂喜，很快又把消息告知冯其中。冯其中心目中的杨小云从来都是个心智单纯的人，虽说他给国府做事后，两人已有段时间没见面了，但是印象中永远是那么娇弱怜人、心无主见的杨小云，怎会变化如此之大，能够无缘无故和寒梅一起去参与这些敏感的社会活动。冯其中马上意识到此事背后定有高人指使，或许这个高人恰恰就是他要寻找的人。于是他迅速将自己的判断告诉了李震，李震命令他不仅要盯死寒梅、杨小云，还要盯住西京师范学院里的学生骨干分子。

李震关闭了阿房宫剧场,抓了陈竹君等人后,又一脚踢开肖若妍并割断和她的一切来往,这让从小娇生惯养的肖若妍吃尽苦头。稽查队长邓贵发遵照李震的吩咐,让这些富贵子弟的家人必须交纳一大笔保释金后,才可放人回家。许多达官贵人畏惧李震在西京市不可一世的淫威,都本着"多一事不如少一事"的态度纷纷交钱领人,唯有"小肉丸"马艳的父亲马得水觉得自己还算是长安城里的一介人物,便让西京警察局保安大队长李大河向李震捎话,希望看在自己的薄面上,能否不交保释金将自己的宝贝女儿放了,结果李震只回复他两个字"不行",理由是规矩面前人人平等。李震这个软钉子碰得马得水面子上极为难看,最终只好交钱领人。一番折腾过后,只剩下陈竹君一人还关在牢里,李震心知此时的肖若妍已经自顾不暇,哪里还有能力保释陈竹君,于是便暗示邓贵发随便找个理由释放了陈竹君。

陈竹君被放出来以后,四处打探肖若妍的消息,始终没有一丝音讯。他又硬着头皮去求助同学李知章,偏巧去了三趟也没见到人影,报社同事说李知章很早就外出采访去了。陈竹君觉得自己像个丧家之犬已无处可去,最后又鼓起勇气猫在湘子庙街肖家府邸大门外,乘着肖玉仁夫妇不在家,敲开大门问过刘妈后,才得知肖若妍租住的地址。当陈竹君在破烂不堪的背街民巷找到肖若妍时,双方都说不出半句话,只顾着抱头痛哭在一起。

虽然离经叛道的女儿让肖玉仁颜面丢尽,但每每想起李震在给他很多项目时,女儿在其中忙于周旋的作用,虽然有些作用和女儿后来的行为做派令他深感龌龊恶心,但毕竟所有这一切都已经翻页过去,他总不至于和不知世事深浅的叛逆女儿结下死仇。而面对工地或工厂里热火朝天的生产场景,肖玉仁暗暗下定决心,他要将这些来之不易的产业做大做强,尤其想到工厂能为自己所坚守的信仰发挥作用时,他便刻意不再去想女儿带来的诸多痛楚。

肖玉仁终究不忍女儿像断线的风筝飞出自己的视野,他多年来选择睁只眼闭只眼,容许夫人孙静怡悄悄资助女儿的原因只有一个,就是寄希望肖若妍有天能浪子回头、迷途知返,女儿毕竟是自己的亲生骨肉。或许是肖玉仁听进去净一法师的多番劝慰,这次他暗示孙静怡抽空把女儿接回家住。

世间所有美好的愿望未必会结出好的果实。孙静怡这天起了一个大早，她悄悄来到肖若妍租住的杂乱不堪的民巷，寻找到女儿租住的地方时，房东却告诉她租客三天前搬走了。既失望又惊慌的孙静怡只好踉踉跄跄往出走，这时房东追了上来，满脸神秘兮兮地问她是租客的什么人，又用假装关切实则戏弄的口气说那女子来头肯定不小，在这儿租住时，经常有不三不四的男人找上门来，有的甚至在这里打情骂俏、彻夜不归，搅扰得街坊四邻不安生。孙静怡听到房东满嘴污秽、幸灾乐祸的言辞，瞬间怒火中烧，她伫立在路中央，狠狠给了房东一个白眼。房东识趣地把头缩了回去，边走嘴里还边嘟嘟囔囔说道："这算啥人呀？好心当成了驴肝肺。"当孙静怡低头掩面疾步走出民巷时，泪水已经模糊了她的双眼。女儿就这样消失了，心乱如麻的肖玉仁和孙静怡急忙四处托人打探女儿的消息。

　　肖若妍和陈竹君究竟去了哪里呢？事情还得从他们在阿房宫剧场演出话剧时说起。

　　有一天剧院来了位气质儒雅、周身长衫的客人非要见到肖若妍本人，陈竹君以为无非又来个垂涎秀色的富贵闲人，便爱答不理地带他来到后台。只见此人一边用眼睛上下打量肖若妍凸凹有致的身材，一边嘴里不停地赞叹她的美貌。肖若妍询问来人有何贵干，这人将嘴附到她耳边私语数句后，肖若妍立即示意所有人回避。陈竹君鄙夷地望了此人一眼，心里断定不过又是肖若妍的一个倾慕者而已，想着阿房宫剧场终归是自己的地盘，料定来人不敢轻易造次，随之他也悻悻然退出去。

　　众人散去之后，来人这才介绍自己是秦岭深山柞水县秋风寨寨主洪天纵的师爷褚子桥，只因洪寨主万分倾慕肖小姐的美貌与才华，愿付重金邀请她赴秋风寨一聚。肖若妍听后杏眼圆睁不假思索地说道："我以为是哪路神仙大老爷到了，原来是个土财主啊。麻烦转告你家洪大爷，他要是惹得起西京筹委会的李主任，那我就敢去见他。"褚子桥碰了一个软钉子，缄默无语中退出去了。

　　就是褚子桥这样一次硬生生地闯入，让肖若妍恣意荒唐的行径又前进了一步。

　　话说大名鼎鼎的洪天纵，原是民国初年闻名西北的"刀客"军阀。

　　他出生在渭北洪家堡，年少时生长得膀大腰圆、力大无穷，但家境穷困潦倒，

从小随父亲给地主家拉长工，浑身蛮力的他常常苦干一年，手里也落不下几个子儿。有年天遭大旱，赤地千里饿殍遍野，洪天纵被乱世军阀抓了壮丁，等他逮空跑回家时，体衰年迈的父母却因饥饿已经去世，伤心欲绝的洪天纵索性在自家院落里挖出个深坑，卷上破席草草掩埋了父母遗骨。面对饥馑之年的大变乱，他愤然拉上几个儿时伙伴当起了关中刀客，行侠仗义的洪天纵，在渭北地带劫富济贫、除暴安良，很快成为人们眼里赫赫有名的"洪大侠"。

清末民初时，洪天纵率领他的关中刀客武装，先是在陕甘一带屡屡反击清廷，后来归降于陕西军阀王五一，并参与了民国各派混乱不堪的中原大战。本想着经过惨烈鏖战、白刃拼杀之后，自己也能成为独占一方呼风唤雨的土皇帝，未料多年反复搏杀的结果，反倒使他手下人马逐渐被消灭殆尽。赔掉老本的洪天纵，只好带着剩余数十个和他出生入死的兄弟返回关中，本想着率领残部意图东山再起时，未料沧海桑田世事巨变，关中平原已不再是他任意驰骋的地方。加之当年做刀客之时，四方结怨、结仇之人实在太多，洪天纵干脆带着剩余人马龟缩到秦岭深处的柞水县秋风寨躲藏起来。

秋风寨地处秦岭南坡，此处山势陡峭，易守难攻。远道而来的洪天纵滋扰惹怒了当地人多势众的女匪首。此女匪年方二十，性情泼辣，练就一身轻功绝技，江湖人送外号"云中雁"。最开始两股势力之间摩擦不断，为了能与兄弟们在此地站稳脚跟，洪天纵率众多次攻打"云中雁"，秋风寨的弟兄们毕竟经历过行伍训练，几个回合下来，便生擒了"云中雁"。洪天纵好奇，什么样的女子居然能与自己对峙这么久？没承想两人初次见面便对上眼，"云中雁"的美丽瞬间俘获了粗犷豪野的洪天纵，一夜之间两个对手变成"百年好合"。这场离奇而风趣的故事一时间在秦岭山里传为美谈。

自从"云中雁"成为洪天纵的压寨夫人后，秋风寨的势力一时无两。为了图存与发展，洪天纵命令秋风寨周边百姓广种大麻，其间还偷摸种植罂粟用以积蓄财富。在军阀混战、社会衰败、生计凋敝、民不聊生的民国早期，像洪天纵这般啸聚山林割据一方的势力实在太多，国府与地方政府根本无力也无心去剿灭他们。没过几年，洪天纵便积攒下一笔泼天财富，更令洪天纵得意的是夫人"云中雁"还为他生下一个千金，取名洪月娥。自此以后，洪天纵占山为王的日子过得无拘无束、快活无边，他与众兄弟再也没有当年的心气与魄力出山争斗，反倒安心自在地过起了富家翁的日子。

没过几年，夫人"云中雁"又怀上第二胎，洪天纵心中乐开花。未料天有不测风云，"云中雁"生产时遭遇难产，母子双双不幸身亡，洪天纵伤心欲绝，三天三夜里号哭不止，而后将"云中雁"母子一起合葬在秋风寨脚下。之后洪天纵再无心思续弦，他乐得与众兄弟过着大碗喝酒大块吃肉的逍遥日子。

一晃许多年过去了，人过盛年渐入衰境的洪天纵虽然身居深山，却又开始向往山外的花花世界。看似粗莽的洪天纵，其实也是个秦腔迷，他多次装扮成商人模样潜入长安城，先去长乐坊大剧院看秦腔，再到八仙庵烧香拜神，随后数天里，不是泡在开元寺的花楼里，就是醉卧柏树林街的江南书寓，还不忘吩咐褚师爷要把寻常巷陌里的绝色佳人寻访个遍，无论来自大江南北哪里的奇巧玩意儿，都会买上数车带回。有次还是褚师爷给他建议，不妨去长安城阿房宫剧场看场话剧，那可是新鲜玩意儿。谁承想洪天纵第一眼便看中了舞台上顾盼流离、百媚丛生的肖若妍，酒色财气从不离身的他恨不得马上约到肖若妍，可当褚师爷拜会过肖若妍后，这才知道肖若妍与李震的关系非同寻常，洪天纵暂时不敢张狂。

然而色心不死的洪天纵回到秋风寨后仍对肖若妍念念不忘，褚师爷记住了他这个久不熄灭的心思，便常常在进城时刻意留神肖若妍的动静。前不久，当他听到李震抛弃肖若妍这个确切消息后，心里一阵窃喜，等他把消息带回山寨后，惹得洪天纵连夜晚就要出山进城拜会肖大美人。褚师爷连连劝阻说："老爷何必这般辛苦，进城拜会难免会有闪失，再说亲自前往多少也失了您的身份。如今肖大美人正缺钱，咱不妨把她请到秋风寨来，到那时老爷尽可散财风流，岂不快哉。"听到褚师爷这个绝妙建议后，洪天纵更是乐不可支。他一边授命师爷不惜代价尽快进城请人，一边命令兄弟们即刻开始里里外外地收拾，他要把秋风寨装扮得灯火辉煌，不亚于他第一次见到肖若妍时阿房宫剧场的气氛。一时间，山寨里人头攒动，大家都翘首以盼长安城的话剧名角肖若妍。

褚子桥再次进入了长安城。他到阿房宫剧场周边多方打听，始终没有探到肖若妍的确切行踪。说来也巧，这天他正想着再去江南书寓打探消息，结果刚走到门口时，碰巧遇见了陈竹君，于是便将自己的来意先说与他听。刚开始陈竹君有些生气，他觉得自己和肖若妍还不至于如此丢份，得去一个土财主家里捞钱，可

褚子桥硬是坚持要见肖若妍，还说他要亲耳听到肖小姐自己对这次邀请的说法。于是三人隔日约见在江南书寓，等把洪老爷的拜帖递给肖若妍看时，她手捧帖子咯咯大笑起来，不仅满口答应了邀请，还给褚子桥提出一个要求，请他必须在西京各大报馆做个广告，公开她要去秋风寨这条消息。当洪天纵听到肖若妍这个要求时，连连称她是个"奇女子"。

一个刀客军阀出身的土财主邀约西京市的话剧大明星，这条爆炸性新闻随着报纸传开时，孙静怡刚刚从民巷寻找女儿回到家。女仆刘妈胆怯地把当天报纸递到太太手上时，肖夫人脸上的泪水还没有干。当孙静怡看到报纸头版头条的消息后，嘴里连声喊道："造孽啊！造孽啊！"顺手将报纸撕碎狠狠地丢在地上，仰面大哭着上楼而去。刘妈还从未见过如此失态的太太，站在客厅的她被吓得呆若木鸡，她不知道这时该不该给在工厂的老爷打个电话，转念一想老爷或许已经看到今天的报纸了。刘妈正要把一地的报纸碎屑扫起来时，老伴走到她身后轻轻拍了拍她的肩头，示意由他来扫，刘妈这才急忙跑到院子里缓口气平复一下紧张的情绪。

肖玉仁当然看到了报纸上女儿的消息，生气是可想而知的。他对女儿最后的期望已被这个消息彻底吹散得干干净净，现在的肖玉仁心里有着更为重要的事情要做，对于女儿一波更比一波坏的消息，感觉上似乎有些麻木了，他并没有像往常一样发作，该做什么一切照旧，只把王福速速唤来密语数句，王福领会后即刻开车绝尘而去。

倒是冯其中看到报纸后的态度令人玩味，他急忙跑到李震办公室，探问是否需要给洪天纵点压力，让他取消这样的邀请。李震微微笑了一下说："不必了，肖小姐要干什么，那是她的人身自由，这不关我们的事情。"李震冷酷而决绝的口气，倒让冯其中感觉到自己的汇报有点多余。

和往常一样，下班后的冯其中回到古城茶楼。他把耿超和任欣荣叫到一起，询问他们对肖若妍此行的看法，耿超直爽地说可以不去理会她，任欣荣却建议冯其中去劝劝肖若妍不必如此作践自己。可令他们三人未曾想到的是，此刻的肖若妍已经踏上前往秋风寨的路。

第十四章

　　肖若妍既然能当面痛快答应褚师爷的邀请，她岂能不知洪天纵葫芦里卖的什么药。明眼人一看便知道，这是一笔赤裸裸的财色交易。肖若妍心里非常清楚自己当下面临的窘境，自从和李震闹掰以后，她可谓是落架的凤凰不如鸡，心里早就开始惦摸这样的机会，不管是什么人，只要舍得给她花钱，她就肯出场作陪，任凭他人薄嘴厚说什么样的闲言碎语，对于肖若妍而言，统统都是眼前雾水耳旁风，根本就不往心里去。肖若妍也清楚一旦走上这条路，将意味着自己今生今世或许都要背上坏女人的名声，从此休想得到众人理解。别看往日那些富家公子们对她紧追不舍，如果公开走到靠出卖色相赚钱谋生这一步，那些油头粉面的家伙势必作鸟兽散，唯恐对她避之不及。肖若妍也曾想过父母的感受，尽管她始终觉得肖家今天的生意里也有自己的功劳，可那又能怎样，父亲永远都是高高在上的，都是正确的，依附父亲的母亲从来都把她当作小孩看待，他们始终不清楚她内心真正想要什么。

　　肖若妍一直渴望拥有一家属于自己的剧院，幻想自己能够永远站在舞台中央，时刻成为众人目光的焦点，或许到那时候，父母亲才会明白自己。她也想过自己内心最为在意的冯其中，可那个心中最爱的男人始终像谜一般伤害着她，让她永远猜不透、看不清。骄纵高傲的她岂能容得下冯其中心里再装有一个杨小云？每每想到冯其中在她与杨小云之间徘徊的态度，她的内心不是哭泣而是在流血。从痴迷深陷的爱情世界里走出来的那天，肖若妍内心已有了刻骨铭心的感受，那就是宁可找无数个宠爱自己的男人过一辈子，也不再找一个自己深爱的男人相累终身。而选择与父亲同辈的干爹厮混一起，她不觉得这一切仅仅是自己的过错，或许人生本来就是荒唐可笑的。宁可舍弃一切也不愿委曲求全的性格，让肖若妍内心产生一种极度渴望证明给所有人看的疯狂欲望，她感慨天无绝人之路，更知道自己想要什么，或许只有金钱才能实现自己心中所有的梦想。等到所追寻的梦想

实现的那天，她倒想问问身边每个人，究竟是她错了，还是他们错了？

褚子桥引领着迎接肖若妍的车队刚走到秦岭山脚的沣峪口，看见迎面有辆汽车横在路中央，有个人笔挺地站立一旁，肖若妍老远就认出是父亲的贴身侍从王福。褚师爷的人下车去质问，他不搭理，只见他径直上前拉开肖若妍的车门，屁股重重坐在她旁边，劈头盖脸质问肖若妍："你这是要成心气死老爷太太吗？哪有你这样做女儿的，还让你父母在这个城市怎么待下去？老爷说了，你有什么要求他都会答应你，现在跟我回家去。"王福对肖若妍长久以来所作所为累积的气愤，全部忍无可忍地发泄出来，他像下命令一样对肖若妍嘶吼起来。肖若妍惊讶地看着印象中总是和蔼可亲的王福，怎么突然间变成了咆哮的怪兽？她转念又想你不过就是肖家一介雇工，怎敢当着众人面如此呵斥我。极要脸面的肖若妍实在下不了这个台阶，她杏眼圆睁怒斥王福下车。褚子桥见机行事，马上示意手下将王福死拉硬扯下去。

王福眼睁睁看着汽车急速开往深山里去，他绝望而痛苦地跪倒在地，嘴里喃喃低语道："小姐啊，你糊涂哪！"

此时的秋风寨里已是灯火通明、唢呐喧天，热闹非凡，自从听到长安城的著名艳星肖大美人即将造访秋风寨的消息后，不仅是柞水县，甚至长安城有头有脸有财力的浪荡公子、富贵闲人全都早早齐聚秋风寨。有人猜测洪老爷是垂涎美色犯了老糊涂，才会下如此血本玩这一票；也有人说这是肖若妍和洪老爷联手唱的一出戏，洪老爷可是个见过大世面的高级玩家，他是图谋插足长安城梨园行分一杯羹。一时间各种飞短流长传得是神乎其神。长安城大大小小的各路记者这回也没闲着，竞相追逐这一桩稀奇古怪多年难遇的天下奇事。

洪天纵心里明白这回摆下的这个阵仗，无论如何也不能失了面子。晚宴上，他对多年未曾谋面的江湖好友和显门望族的玩家子弟宣布了肖大美人亲临山寨的活动内容：不仅要在秋风寨连续十天举办一场场风格别致、纸醉金迷的晚会，还要在现场开赌局博豪奖，每人一千银圆起价，头等奖是与肖大美人一起共舞齐欢。这个奖项的设置惹得耄耋土财主也罢、浪荡公子也罢，一个个神魂颠倒丑态百出，纷纷一掷千金豪爽跟进。

肖若妍绝不会想到大山深处居然会有个如此迷人的地方。但见远处秦岭的千峰万仞横亘绵延，秋风寨就筑在东西走向的山脊上，正南面是刀劈斧削般的断崖，远望过去令人叹为观止，崖边石阶小道蜿蜒曲折，林木荆棘中路径依稀可见。灯火明灭的远处，依托山势建起的阁楼瓦舍各抱地势，紧紧盘扣的片片屋顶错落有致，乍一看仿佛置身于世外桃源。出身草莽的洪天纵带领众兄弟数十年里刀耕火耘、积草屯粮，早已将此处经营成一方人间乐土。

远处山道上传来阵阵狂浪嬉闹声，让人分不清哪些是当地人哪些是外地客，肖若妍知道这些人多半都是冲她而来的。从小在城里长大的她看到深山老林里这么奇妙而热闹的世界，不禁感到呼吸顺畅心情大好。她有点后悔只带陈竹君来，应该多带些朋友过来，和大家一起在这深山老林里住上几日，好好享受这份城里没有的惬意与自在。

美好时辰即到，当肖若妍盛装走入晚会会场时，只见一个身穿马褂长袍、头戴一顶瓜皮帽子、长相猥琐不堪又满脸坑坑洼洼的肥胖老头从舞台上迎面而来，笑吟吟的大嘴上挂着一缕灰白的胡须，此人就是洪天纵。洪老爷上前牵起肖若妍的纤纤玉指走向舞台中央，全场顿时响起异乎寻常的叫喊声，伴随着阵阵粗野放荡的狂浪与哄笑，肖若妍意识到她和这个老头将是今晚的主角。相比褚师爷的玉树临风，肖若妍感到洪老爷实在是邋遢不堪，可他一开口却让全场气氛更加活跃起来："今天是秋风寨的大好日子，我洪某人非常荣幸地请来了长安城的话剧大明星肖若妍小姐。肖小姐名冠三秦、色艺俱佳，我是早有仰慕之心，渴望一睹芳容啊。"洪天纵冲着肖若妍哈哈大笑，台下一片呐喊声和口哨声。有人大声叫嚷道："洪老爷您这是英雄不减当年哪！洪老爷洪福齐天啊！"在众人起哄打趣声中，满脸涨红的洪天纵更是得意忘形地大喊道："想当年老子带着队伍逐鹿中原、血染沙场时，可真不曾想到会有今日这般大富大贵啊！各位都是远道而来，秋风寨会让大家在此享尽齐人之福，陪我洪某在这深山老林里随意快活一场，也不枉来此一趟哪！"洪天纵的话让台下人群笑得东倒西歪，许多浪荡公子已经把持不住骚动起来。

或许连肖若妍自己都未曾料到，秋风寨会为她的到来安排这么大的场面，她

更想不到慕名而来的各色人等会如此众多。为了应对这么多的客人，洪天纵把城里有的戏耍玩意儿全都请上山来，竟然连开元寺的姑娘们都齐备在场，每人陪着的不是富贾就是土财，老鸨给姑娘们配齐平常日子里少见的粉黛饰物，把姑娘们个个打扮得越发娇艳动人。唯独请来的秦腔班社是柞水县本地的，为此洪天纵还大骂长安城戏曲界不给他面子。

夜夜响彻天宇的呐喊声中，肖若妍唱小曲、演话剧、跳交谊舞，样样表演均赢得最热烈的喝彩声，使其他演员全都相形见绌，她成为秋风寨当之无愧的女王。洪天纵乘机坐庄赌博，此人常以强盗赌法自谓常胜将军，就连每晚的舞票价格也是坐地起价至一百银圆。

洪老爷可不是一盏省油的灯，他早就盘算好肖若妍到来的这十天，从慕名而来的土财富商身上赚的银子，就足够他摆下这个场面的所有花费。出乎他预料的是舞会进行到第三天晚上，一位长安老财主贪杯好色加之熬夜赌博，竟一命呜呼在开元寺姑娘的怀里，随行的仆人顾及老爷的颜面不敢声张，赶在天亮前收拾好灵柩，摸黑跑出秋风寨去。

酒色财气混沌不堪的秋风寨里，肖若妍尽情享受着这份自在。陈竹君屡屡劝她少喝些酒，可她却夜夜灌醉别人而自己全然不见醉倒，自由奔放的肖若妍身上似乎有着洪天纵极为喜欢的东西，他把肖若妍像女皇一般供奉着，尽她意随她心，任由肖若妍率性而为。秋风寨自由的空气和随心所欲的轻松深深暗合了肖若妍的性格，一度让洪天纵误以为他可把肖若妍留下来做自己的压寨夫人，八面玲珑的肖若妍拧着洪天纵肥厚的耳朵，红唇轻启、娇媚柔情却又令他无可奈何。贼心不死的洪天纵多番死缠烂打，肖若妍死活不松口，最终洪天纵的痴心妄想未能得偿所愿，但他内心敬服肖若妍是个不同凡响的奇特女子，索性要与肖若妍结拜为义兄义妹。即便是一份荒诞不经的江湖情谊，或是一场虚情假意的应付，肖若妍亦乐得陪他开心，她要把这场常人眼里的荒唐戏尽量唱得完美无缺。

十天时间一晃而过，洪天纵把各路财主富商身带的钱财搜刮殆尽，又一股脑儿全给了肖若妍。安全返回时的肖若妍已赚得是荷包鼓鼓，从而排场大展，长安城风闻此事的人皆是面面相觑、惊诧不已。再后来，听说秋风寨洪老爷没能留得下肖若妍，却被一位长相玲珑剔透，口衔小曲《照花台》的开元寺梅林玉姑娘迷得是颠三倒四，继而当场花重金替姑娘赎了身，并收留下来做了他的小妾。

回城之后，变得财大气粗的肖若妍乘势买下了城隍庙剧院，以往追随她的"小肉丸"马艳等喜爱话剧的富家少爷小姐们又一夜之间再次聚到一起，他们拉开场子继续排演话剧。这回的肖若妍再也不似以往低三下四看人脸色，她终于实现了拥有自己独立剧院的心愿。而肖若妍起起伏伏的经历也成为小报记者们最好的素材，他们把肖若妍描绘成一个不同于这个时代，几乎是不食烟火的绝妙人物。再随着人们嘴里加盐调醋地口口相传，让肖若妍这个名字比以前更为轰动，城隍庙剧院长时间里一票难求，前来争睹芳容的观众络绎不绝。

有天夜里，寒梅和杨小云把一个学生模样的人带进长乐坊大剧院来见曹云亭。此人名叫康健，是长安城惠民药铺老板康寿夫的大儿子，他积极投身学生运动，在学子中间拥有强大的号召力，现已是西京大学生联合会总负责人，也是寒梅和杨小云去学校后培养的最可信任的学生领袖。青年学生康健见到长安地下党组织的曹云亭、魏光华后分外激动，主动请缨要号召各校大学生组织一次万人参加的九一八事变五周年大会。曹云亭当然欢迎像康健这样的新鲜血液投身到无比艰险的革命活动中来，他内心感到万分欣慰之余，又和大家一起就如何规避危情，如何筹划游行线路，一直挑灯研究到深夜。

长期贪杯好色的罗增荣，台上演出时的气力明显下降很多。这天晚上的演出舞台上，罗增荣主打的一幕戏并不算长，但他从台上下来后，还没来得及卸妆，忽然大汗淋漓，感到气短胸闷，弟子们急忙搀扶他到后台房间休息，疲乏不堪的他居然昏昏沉沉睡着了。

深夜散场后的剧场里空无一人，一个噩梦突然惊醒了罗增荣，他迷迷糊糊地抹了一把脸，全然不记得自己仍是一脸戏妆，结果抹得满脸大花。当他撑着身子歪歪斜斜顺着剧场昏暗的灯光从小门走到后院，看到后院阁楼上一间屋子里烛光摇曳、人影晃动，罗增荣心生疑窦，他蹑手蹑脚地爬上阁楼，双眼好奇地贴着窗户玻璃往里看，模模糊糊看到许多人在一盏油灯下低声细语说着什么，又伸长脖子定耳细听，结果惊出一身冷汗，当他再次瞪大双眼细看里面的人后，吓得他心肺颤抖，一路小跑出了阁楼，跑到剧院大门时差点摔了一个跟头。

独自走在大街上的罗增荣只觉得行人看见他就急忙躲闪，甚至有人望着他尖

叫，他急忙把全身看个遍，发现自己满手油彩，这才反应过来自己只顾着睡觉居然忘记卸妆，便借着街边微弱的光线寻到一家院子的水管前，用冷水胡乱擦洗脸后，这才清醒了许多。回想刚才看到的那一幕和听到的内容，他很清楚这是一个绝佳的发财机会，但内心又极为不忍，他清楚如果将今晚之事告密可能会给长乐坊大剧院带来无尽的灾难，想到自己与杨元厚一起回归后，陈凤良待自己不薄，心里不由得犹豫起来。

快快不乐的罗增荣又到开元寺去找晴雯姑娘。晴雯姑娘自感眼前这位客官长时间以来对自己无限疼惜，又想到青春容颜迟早有年老色衰的那一天，便想试探着询问罗增荣是否愿意为她赎身，并寻思若能在姿容尚好的年华里，有缘嫁于罗增荣，那便是不幸中的万幸了。主意拿定后，晴雯姑娘乘着罗增荣微醺之时，垂眉抹泪说再也不想在这风月场里混迹等衰了，但求往后能有个片瓦陋居日夜伺候报答恩人。心迷目障的罗增荣看着晴雯姑娘梨花带雨的玉人模样，当下动了恻隐之心。可叹自己和益民社兄弟们在长乐坊大剧院维持生计的微薄收入，何年何月才能攒够帮助眼前美人赎身的钱财，又到猴年马月才能过上富贵老爷的日子呢？罗增荣自小学戏就是为了出人头地，什么忠义道德、家国情怀，这些似乎都与他无关，金钱美人才是让他心里唯一觉得踏实的东西。

仰面躺着的罗增荣沉思许久，终于开口询问晴雯姑娘最近任欣荣有没有再找过她。姑娘想了想说自从上次当面相撞后，任欣荣便再也没有来过，倒是老鸨有次特意给她说，有人专门留话说，平常日子里要多关照她一些，晴雯姑娘断定这话肯定是那个威风八面的任欣荣留下的。听到此处，罗增荣心知这是任欣荣对他示好，因为任欣荣曾亲口说过晴雯姑娘往后只属于他一个人。

罗增荣最终还是去见了任欣荣，一股脑将曹云亭、魏光华等人可能会在九一八事变纪念日当天串联聚会之事告知了他。任欣荣听闻后心中大喜，他暗自庆幸在罗增荣身上下的功夫总算没有白费。当冯其中得知这个消息后，即刻意识到长乐坊大剧院里的"狐狸"终于要露出尾巴了，多年来聚在眼前又无法挥去的一团迷雾即将散开，那些长乐坊剧院昔日同行的真实面目，终于隐隐约约地能看清一些了。冯其中不禁感慨万千，难怪自己当年始终感觉到与他们格格不入，原来这些人早已被赤化。尤为欣喜的是曹云亭要原形毕露了，只要揭开这个人的真实面目，不愁捞不到长安城地下党里的"大鱼"，看来特务一组即将有大功可立。

冯其中特别交代任欣荣暗地里对罗增荣再给奖励，让他继续监视随时报告。然而紧接着冯其中又陷入矛盾之中，他对抓住任何人都不觉得意外，唯独对杨小云参与其中感到匪夷所思，这让他不得不做出另外特别的安排。

　　九月十八日拂晓，长安城里弥漫着紧张的气氛，苏醒的城市里突然飘满"反对政府'攘外必先安内'""建立抗日统一战线"的传单。太阳刚刚升起，阳光洒满大街时，从长安城东西南北大街，秘密联合的上万名大学生挥舞着旗帜标语，呐喊着"停止内战，一致抗日"的口号，浩浩荡荡汇聚到钟鼓楼广场。很快广场上围拢起数万人，慷慨激昂的青年学子们登高疾呼，号召民众要团结一心、齐心抗战，爱国游行队伍的热情引来无数百姓参与其中，群情激昂的学生们一致要求国民政府联共抗日、收复失地，振聋发聩的呼号声响彻云霄。

　　冯其中的特务一组会同邓贵发的稽查队早已布下天罗地网，主要目标是从游行队伍中抓住赤化分子的骨干，尤其是冯其中最想抓到的大鱼曹云亭、魏光华、寒梅等人，这样他们就能顺藤摸瓜，继而将长安地下党一网打尽。然而万分蹊跷的是，隐身暗处的冯其中、耿超以及邓贵发稽查队的人几乎同时惊讶地发现，学生游行队伍都是自发组成，即使是站在高处演讲的那些人里，也看不到他们重点要抓的人影。冯其中感觉不对劲，但又一时想不出哪里有纰漏，眼前急迫的形势也容不得他多想。这时，邓贵发率领的稽查队已将东西南北街口堵死，他们不相信在这池被围得水泄不通的浑水里捞不到一条"大鱼"。

　　就在冯其中与邓贵发"围水摸鱼"时，特务二组组长冯宁远派人来告诉他，药王洞十六号院发现有"大鱼"出没。冯其中猛然意识到自己可能中了声东击西之计，他马上交代邓贵发的稽查队继续盯死游行队伍抓捕可疑分子，自己则带上特务一组所有人马以最快速度冲进药王洞十六号院子。只见李震已经静静地站在院落中央，他眯着双眼看着这座院子的二楼围栏，再抬头看看天上灿烂的太阳，就像没看见冯其中他们进来一样低语道："被人当猴耍的滋味不好受啊。"话音未落人已转身离去。

　　特务二组组长冯宁远走到大喘粗气的冯其中身边说："我们的暗线报来消息时，估计他们已经离开这里了。据高层情报说这次来的是延安的一位大人物，他和代号叫'太白山'的特工在这里秘密会面。这个'太白山'长期潜伏在'剿总'

内部，我们一直没能挖出他，看来今天大街上的学生游行，就是为今天这里的大戏作掩护，我们都被骗了。"说完冯宁远也带着自己的兄弟走了。冯其中呆站在院子里摇头叹息不止，等他缓过神后，立即把耿超叫到身边说："马上到稽查队，把今天抓住的所有可疑人员提过来审问。"

过了几天之后，李震把冯其中叫到办公室说："眼下情势非常不好，东北局势大有恶化的倾向，好在延安方面已成强弩之末，南京希望'西京剿总'能一鼓作气，彻底消灭他们，然后腾出双手全力对付小日本，可惜事不由人哪！也不知道究竟是共产党策反功力了得，还是我们中的很多人喜欢吃里爬外？总之，'西京剿总'对延安的暧昧态度让南京方面极为不满。现在有一条最高机密，国府领袖近期会来西京督战，我们调查科的任务是重上加重啊。"听到李震把如此高级别的机密透露给他，冯其中便知道李主任并没有为药王洞十六号的事情真正对自己生气。

就在冯其中刚想把九月十八日的事情再做详细汇报时，李震继续说道："即便那天的学生游行是共产党布置的幌子，我们也有责任即刻到场处置。情报员对药王洞的察觉也是无意间发现的，不怪你们来得晚，再说冯宁远二组比你们先一步赶到，也没能搂住共产党一根汗毛，所以咱得承认我们的情报能力不及对手。不过话说回来，他们也是太猖狂，耍我们还讲究上套路。"

李主任话里话外全是为特务一组和稽查队开脱的意思，这让冯其中更加诚惶诚恐："还是卑职失职，事前过于自信了。"

李震听得冯其中检讨的话语，不无遗憾地说道："我们这份工作最忌讳莽撞蛮干、横冲冒进，要懂得用脑子去跟对手周旋，还得学会忍耐与等待，唯有如此，才能瞅准机会一蹴而就啊。"特工出身的李震不愧是探察人心的高手，他既懂得隐忍沉静，又清楚顺势权变，不追责属下一时之败当是为官之要领。

李震边说边把一份西京筹委会工作清单递给他："你仔细看看这些年来我们筹委会为了陪都建设干了多少实事，光是陇海铁路修到西京这一件事，想他南京方面也不会为了药王洞的事情责罚我们。我也不瞒你说，虽然还有个西京市政府，却只是个样子货，实事还得我们筹委会来干。陪都建设是大事，各处工程项目一天都不能停，这块有工商组长连云飞和金融组长魏文远两人我就足够放心了。但调查科这一块，才是我们工作的重中之重，我把你放到这个位置的用意你应该懂的。我说句大实话，虽然目前国共再次联手抗日的呼声一片高涨，可我们与共党的纠缠由来已久，我就从来不信什么国共合作的鬼话，若有合作可能，怎么会有百万大军的五次围剿？有些怨恨可以随着时间消除，可有些心结却是时间也无法化解的，所以你要在你的位置上给我干出几件漂亮事，也好堵住有些人的那张臭嘴。"

李震这一席推心置腹的话，感动得冯其中不知所言，内心澎湃的他心底暗暗起誓，一定要在调查科位置上有所作为，方能报答李震的知遇之恩。

第十五章

九一八事变纪念游行和药王洞秘密会面两件事情结束后的傍晚，寒梅、曹云亭、魏光华和康健按照计划回到长乐坊大剧院后才发现，杨小云失踪了。

原来，当冯其中得知罗增荣报告的情况后，便预感共产党在九一八事变纪念日当天会有大动作，但听到杨小云也参与其中，他念及旧情于心不忍，于是安排任欣荣先行一步，从当天凌晨就悄悄蹲守在杨宅门口。按照当天游行计划的安排，杨小云要在天亮前赶到西京女子中学动员安排游行事宜，当她乘着夜色刚出家门，就被任欣荣的人蒙在麻袋里，神不知鬼不觉地直接带到古城茶楼关了起来。

曹云亭等人一筹莫展，急速派出四路精干弟子满城寻找，一直到后半夜，先回来的一路弟子并未打探到杨小云的确切下落。无奈之下曹云亭便让他们先回家休息，自己当晚就歇息在长乐坊大剧院，他要等候其他三路弟子带回的消息，随时做好解救杨小云的准备。疲惫不堪的他斜靠在床边刚刚睡着，院外忽然传来杨元厚着急的呼喊声。原来杨元厚见女儿这么晚还没回家，连忙来到剧院寻找，结果找不见女儿后急得大喊大叫。陈凤良这些天静静地看着眼前发生的这些事情，曹云亭和寒梅他们在忙什么，他心里清楚得像明镜似的。听到杨元厚的动静后，陈凤良冷静地出面劝杨元厚回家等候消息，杨元厚说他心慌不已不能在家静等，陈凤良便同意他也带上几名弟子连夜出门去找女儿。

被吵醒的曹云亭走到楼道拐角，隔着栅栏看到陈凤良为他打发走杨元厚，心存感激却无法言明。这时，陈凤良悄然走到他身边，面带微笑轻声说道："别着急，人总会找到的。"说完又轻踩着步子下楼去了。曹云亭望着陈凤良的背影，内心深为感动，他敬重这位秦腔界的老前辈，也知道自己所做之事陈社长不仅知道，而且还经常暗地里替他遮风挡雨，有时甚至是默许之下静静地配合。或许是梨园中人心有默契的兴致相投，又或是自己所作所为让陈老前辈感同身受，因而情愿隐身事后，暗中帮助于他。曹云亭坚信终有一天，无论是陈凤良老前辈或是沈金书会长，都会和自己紧紧站到一起。

曹云亭几乎一夜未合眼，一大清早就静坐在长乐坊大剧院等待各路打探回来的消息。直到午饭时魏光华回来说，西京党务调查科把稽查队昨天在大街上抓的几个学生放了。这是曹云亭早已预料到的，因为他知道对手抓了满腔爱国热血的学生没有任何实质意义，弄不好还会再次点燃更大的学生游行，尤其是在领袖要来西京前夕，李震是绝不愿意看到再有任何骚乱发生。

对于冯其中来说，他现在也没有多余时间在热血青年身上浪费，领袖即将抵达西京，保护和警备的任务此刻比天还大，他当然也惧怕在这个节骨眼上再次激化与学生之间的矛盾。在李震的默许下，冯其中迅速将稽查队抓的几个学生放掉，也好做个样子给曹云亭、寒梅他们看，以便让他们产生杨小云根本就不在他手上的错觉。

曹云亭是绝顶聪明的人，虽然他怀疑是冯其中抓了杨小云，但又暂时还不能确定，直到各路打探均无结果的时候，他的这个怀疑算是可以落定了。因为当日计划是，魏光华、寒梅、杨小云和康健引导带领四路游行队伍汇聚一起之后，他们四人才可脱身前往药王洞十六号院的特定位置，为"密谈"做好外围保护工作。可偏偏杨小云没有按时到达，由于当时时间急迫，容不得曹云亭多想，他猜测杨小云可能有其他事情耽搁了，又或者被游行队伍堵在远处街口赶不过来。

杨小云的失踪，终究是预先周密筹谋的计划中出现的重大失误，可见事前行踪已有所暴露。想到此处，曹云亭心里感到隐隐地担忧，那晚的碰头会是在深夜里召开的，仅仅只有核心五人参加，那个泄密之人会是谁呢？内鬼从来都是地下工作者最为忌惮的，只有彻底将其挖出来，才能在以后工作中避免付出血的代价。曹云亭思前想后也理不出个头绪来，陪伴他的寒梅坐在一旁，安静地看着眉头紧锁的曹云亭，心底不由得生出许多疼惜。寒梅对精明能干、一身正气的曹云亭逐渐产生了爱慕之情，她不忍看到曹云亭为杨小云的事情煎熬，主动提出要去杨宅安慰安慰杨元厚。寒梅的这个建议忽然让曹云亭眼前一亮，一

个解救杨小云的好办法闪现在他的大脑里，于是他便授意寒梅见到杨元厚后依计行事，寒梅欣然前去。

寒梅到了杨宅后，杨元厚的着急已变成恼怒。寒梅将冯其中可能扣押了杨小云的情况娓娓道出，并且断定冯其中念及当年两人的情分，暂时绝不会拿杨小云怎样，只要杨元厚这时站出来问他要人，冯其中必然脸上挂不住。杨元厚纳闷冯其中为何莫名其妙抓了杨小云，寒梅端出了冯其中对杨小云迟迟没有死心的理由，这才让杨元厚深信不疑。其他别有深意的话语，寒梅自然不能说太多，她很清楚见不到女儿的杨元厚一定会去找冯其中。

对于想玩一石二鸟把戏的冯其中来说，此刻最为担心的，不仅是怕被人知道在本次行动中他藏有"私货"，而且在抓了杨小云之后，他一直未给李震透露丝毫，若是李主任听到后追究下来，估计自己又得喝上一壶。冯其中决然不希望任何人知道这件事情，曹云亭和寒梅正是吃透了他的这层心思，这才透露消息给杨元厚，让他直接问冯其中要人，这招果然很快见效。

当冯其中急忙将叫嚷着要见女儿的杨元厚客客气气请进办公室时，李震等人还以为冯其中和这个曾经的准岳丈仍然有着扯不清的恩怨。惊慌之中的冯其中深恨杨元厚居然跑到党务调查科来找自己，但众目睽睽之下他只能对杨元厚好言相劝，希望他赶紧离开这里。经过一番折腾，杨元厚答应随他去古城茶楼细谈，杨元厚做梦也没有想到，自己的女儿就被软禁在这家茶楼的一间厢房内。

自从九一八事变纪念游行当天早晨任欣荣把杨小云悄悄带回古城茶楼后，冯其中居然迟迟没有勇气去见她。杨小云很不待见已被逐出师门的任欣荣，耿超只好出面仔细照料她。见过这两人后，杨小云心里愈发清楚，是冯其中要把她关在此地，可他又为何不肯露面呢？粗人耿超勉为其难地左右周旋解释，既劝杨小云别把冯其中想得那么坏，又劝冯其中既然把人带来了不妨见上一面。冯其中当然很想见杨小云，也很想知道这些年她过得可好，甚至很想去给她解释自己走上这条道路的原因，但他始终犹豫不决。除了碍于内心深处依然存有的难堪，还有他最难以启齿的怀疑，那便是杨小云是否在寒梅影响下已被赤化。如果事实果真如此，那他见到杨小云时该说些什么？他又该如何处置这个自己至今仍深爱的女人？冯其中内心越想越烦乱，故而拖延着迟迟不去相见。耿超自然不能理解冯其中内心的这份为难，只顾着热情招呼到来的杨元厚，并希望他能打破"互不相见"这个僵局。

冯其中看着坐在自己对面的杨元厚，顿感言语是轻不得也重不得，即便是念在当年梨园同行的情分上，他也得给老前辈留上几分面子。怒火中烧的杨元厚连讽带讥地质问昔日自己眼中最中意的"姑爷"早干吗去了，当年女儿寻死觅活地要嫁他，冯姑爷偏偏不冷不热高高在上，如今你冯其中背离同道，走到一条不知黑白的路上去，杨小云好不容易从感情漩涡里爬了出来，你冯其中这时候又后悔了，还采取暗中绑人的卑鄙伎俩，杨元厚自然是瞧不起也不答应。

杨前辈虽然也是个聪明人，但杨小云刚消失没几天，他便直接来调查科一组要人，面对杨元厚的这份"聪明"，冯其中不得不想到在其身后定是有高人指点。经过几个回合争斗，冯其中虽已摸到长乐坊大剧院很多人的尾巴，却迟迟没有抓住有利的把柄，因此张开的大网便不能草草收拢。同时，冯其中断定杨元厚此刻能咋咋呼呼四处找人，肯定还不知道女儿或许已被赤化的实情。对于这个结论冯其中很自信，原因当然来自于他对杨家父女多年的了解。望着眼前怒气冲冲的杨元厚，冯其中又不能马上把杨小云交出来，只好拿出极大耐心好言相劝，岂料杨元厚并非那么好忽悠的人，真是"话不投机半句多"，说话间杨元厚又吼叫起来。

杨元厚这么一闹腾，正好掐住冯其中的软肋，他只怕身边有不怀好意的耳目，若是听到此事后大做文章，那岂不是"偷鸡不成蚀把米"。一番僵持之后，冯其中感到好言相劝对杨元厚毫无作用，只好让耿超悄悄带他上楼去见杨小云。父女相见分外激动，杨元厚急匆匆打量女儿周身，看到毫发未损之后，这才彻底放下心来。

正当杨元厚拉着女儿转身要走时，耿超突然给他跪在地上恳切地说道："前辈啊，作为晚辈我实在有话想说，纵然冯大哥有一万个不对，但我愿拿性命担保，他对您女儿的感情从来都是真的，求您就让小云去见见大哥吧。"

平常看着凶神恶煞的耿超突然来了这么一出，反而让杨元厚愣住了。杨小云轻轻走到窗前把帘子拉开，中午的阳光照在茶社阁楼上，两只小鸟在屋檐上叽叽喳喳欢快地嬉闹着。杨小云对着阳光深深吸口气说："爹，我想见见他，你稍微等我一会儿，咱们一起回家。"杨元厚望着阳光里的女儿，忽然感觉到她再也不似以前那么孱弱、娇气，坚定的神情就像自己老伴当年的样子。他也只能深叹

一口气，而后背着手走了出去。

耿超激动地说道："我去叫大哥。"瞬间像股风般跑出门去。

冯其中当然是用尽力气百般为自己所有的行为辩解，他想让杨小云明白自己爱她的心从未改变。正所谓"人心轻若浮云，事事恍如隔世"，看着眼前这个依然英俊的男人，杨小云再无当年的痴迷深情，她清楚自己已和此人越走越远，纵然心中有千言万语，此刻也难说出口来。在这个纷乱如麻、混乱不堪的年代，似乎所有人的命运随时都会被时局的大风大浪冲击得七零八落，没有人能自保其身浮游到各自想去的彼岸。杨小云之所以要见冯其中，只是想对这份感情彻底画上一个句号，其他任何言语，都是多说无益的了。

"选择为国府做事，做个人上之人"，这条道路是冯其中多年来苦心孤诣所谋求的，双脚一旦踏进去，便很难回头了。杨小云深信这个男人即使亦如往昔般深爱她，也不会为她而放弃眼前的富贵前程，这或许就是她与冯其中这份感情最终的宿命。命运常常在捉弄人的时候，却从不把答案显露于你面前，迷茫中行进的每个人，终将都有自己最后的归宿，杨小云内心曾经渴望的归宿很简单，就是和冯其中双双站立在舞台中央永远地唱下去，可惜这一切已被现实撞得粉碎，那份舍命相随的情感也已变得面目全非。

任凭冯其中说下一大堆理由，杨小云最终没有回应。她缓缓走下楼梯，轻轻搀扶起父亲。此时，古城茶楼的各个角落里早已挤满了冯其中的兄弟们，无数双眼睛巴望着杨小云能留下来，一片寂静安宁中，杨元厚父女缓缓走出了茶楼。

随着东北、华北局势不断恶化，长安城百姓抗日救亡的热情空前高涨，各种爱国运动也是一浪高过一浪。面对这般风云搅动的国情民情，李震感到愈来愈力不从心，他望着自己手下最优秀的两位特工组长，有时踌躇满志，有时又是一筹莫展。领袖马上要莅临西京，自己很快就要坐到火山口上，尽管已对警戒方案筹划很久，又有西京警察局和西京剿匪总司令部的全力配合，但李震知道自己所管辖的党务调查科才是关键之所在，而且南京党务调查处最高层早有密令下达，令他务必保证特殊保护的万无一失。正所谓"明枪易躲，暗箭难防"，调查科的任务就是严查暗箭、阻击暗箭，可是暗箭此刻在哪里呢？对潜伏者的防不胜防恰恰才是令他最为头疼的。尽管乐观预测在如此严密的布控面前，赤色分子不太可能整出大动静，但令人极为烦心的仍然是学生运动的火上浇油。他虽已提前注意到长乐坊大剧院的异动，本想在九一八事变纪念日游行队伍里将赤化分子一网打尽，没想到对方玩了一出"调虎离山"，这使李震大为光火又不能发作。领袖这次来到西京，势必会成为赤色分子的重点目标，他深深意识到自己不能有任何掉以轻心的地方。

冯其中和冯宁远望着一脸愁云的李震不敢多说什么，他俩深知上次药王洞十六号院共产党的密会，不知会在"剿总"内部产生多么可怕的影响，这个影响会不会威胁到此次领袖之行的安全？这些问题当然也是李震的心头之刺。

"大家都说我有你们'二冯'，就是有了'二虎'。这让我想起一九二六年，河南军阀刘镇华带着十万镇嵩军围攻长安城长达八个月之久，那时的国军将领杨虎城和李虎臣率全城军民拼死抵抗，最后惨烈到满城百姓饥寒交迫、野草果腹，连中药铺的药材都吃光了，硬是守住了这座古城，从此留下'二虎守长安'的美名。我希望你们两位也能真正像当年的'二虎'一样，把西京围成个铁桶，我就不信赤色分子能翻起多大浪花。"李震说完狠狠用拳头砸向办公桌。冯其中和冯宁远相视无语，他们比以往任何时候都清楚，这次的安全警卫绝不可等闲视之，若有丝毫差池，大家就得一起吃不完兜着走。

其实曹云亭已经预感到李震与冯其中盯上了长乐坊大剧院。虽然上次药王洞密会任务完成得很顺利，杨小云也是有惊无险地回来了，但他深知冯其中他们绝不会善罢甘休。特别是杨小云失踪后，曹云亭一直想着内鬼的存在，这让他的神经时刻不敢放松警惕。国府领袖这次亲临西京，延安交给长安地下党的核心任务是再次发动爱国学生运动，紧密配合对"西京剿总"高层的策反任务，为最终达成全国抗日统一战线做好外围施压工作。

接此任务后，曹云亭完全可以把西京地下党总联络员与支部骨干分子见面的地点安排到一个更加安全的地方，但他经过深思熟虑，还是决定把这次见面放在长乐坊大剧院。一方面他考虑到"灯下黑"的问题；另一方面可以"引蛇出洞"挖出内鬼，曹云亭要收到"请君入瓮"的效果就必须铤而走险。

　　国府领袖抵达西京市前一天的深夜，作为长安地下党支部负责人的曹云亭，带领戏曲界优秀红色骨干分子魏光华、寒梅、杨小云，以及新近发展的三易社女弟子申湘云、正俗社男弟子王文月，六人一起在长乐坊大剧院见到了长安地下党总联络员柴伯文。他对曹云亭支部这段时间以来取得的成绩大为赞赏，尤其对他们发动学生爱国运动的行为表示肯定，同时他又带来更令大家惊喜的大好消息："药王洞密会后，潜伏在'西京剿总'内部的'太白山'，已经成功策反了'剿总'高层，他们中会有人出面向国府领袖施压以改变国策，促使抗日民族统一战线早日建立。眼前恰逢'一二·九'运动一周年，我们要充分抓住这次纪念活动的机会，乘着社会各界人士汇聚长安的大好时机，再次领导学生走上街头宣传抗日。"柴伯文的这席话听得大家热血沸腾，众人纷纷请缨带领自己分派动员的学校参与这次大集会。正在大家热烈讨论时，学联负责人康健悄悄来到曹云亭身边耳语几声，曹云亭旋即走了出去。

　　当曹云亭来到戏院前楼一间专门存放舞台道具的房间时，看见在灰暗的油灯下，垂头丧气的罗增荣被捆绑在墙角一声不吭，曹云亭走到罗增荣跟前只说了两个字"无耻"。他之所以让康健布控抓内鬼，就是因为康健在剧院里是张陌生面孔，不太会引人注意。罗增荣夜伏剧院再次偷窥后院厢房内的秘密会议后，得意扬扬的他正要出门去给任欣荣告密时，被隐藏暗处的康健逮了个正着。曹云亭让康健派人严密看管好罗增荣，他返回告诉大家抓住了内鬼罗增荣时，众人皆错愕不已。柴伯文授意把罗增荣连夜带到城外，关押在地下党组织一处秘密地方，等到这次大行动结束后再行处置。

　　为了做好对领袖的保卫工作，这些天的长安城可谓防卫森严。西京警察局和"剿总"的人马，还有西京筹委会的稽查大队和党务调查科特工们倾巢出动，从长安城到领袖下榻的华清宫之间的角角落落里，全都布满荷枪实弹的士兵和便衣。自从领袖到了西京后，丝毫不敢懈怠的李震干脆住到调查科。此时正值隆冬季节，调查科大楼里的暖气严重不足，李夫人给他送来新买的棉衣厚被御寒。这天清晨天刚麻麻亮，"剿总"参谋张奎突然给他打来电话，告诉他一个重磅消息，说是昨夜西京剿匪总司令到华清宫向领袖"哭谏"，要求停止内战、一致抗日，未料遭到领袖严厉训斥，今天的司令部气氛异常紧张，大有"山雨欲来风满楼"之势。

李震心头一紧,多年的从政经验告诉他,在这种剑拔弩张的情况下,一定还会有更大的事情发生,他只盼着自己分派各处的手下千万别出任何差错,其他的山呼海啸也罢、黑云压顶也罢,只能是听天由命了。

世间的事情就是这么难测,越怕出事的时候往往还偏偏出事。长安地下党领导的纪念"一二·九"运动一周年万人大集会如期发生了,西京各校学生上万人浩浩荡荡游行到西京剿匪总司令部、西京市政府前请愿。曹云亭估计西京市所有警备力量都已下派,李震的人马现在也是捉襟见肘,应该无暇顾及如此大规模的学生运动了。

当李震听到上万学生又走上街头游行示威时,他的第一反应居然有点发蒙,真是怕什么来什么,他心中默默告诫自己千万不可乱了方寸,无论情况多么复杂都得沉着应对。李震尤其渴望能乘乱抓住共产党一条"大鱼",于是他速令冯宁远小组原地执行任务,又让冯其中小组立即赶赴游行现场,并特别提醒冯其中,只要看到认识或熟悉的面孔立即抓捕。冯其中立刻明白这场在节骨眼上的游行又是曹云亭他们鼓动起来的,他当即命令手下每个人务必要抓个活口,然后抱蔓摘瓜,彻底挖出隐藏在长乐坊大剧院背后的所有秘密。

令冯其中万万没有想到的是,他刚到现场,便在密密麻麻的人群中一眼看见了杨小云,瞬间怒火万丈的他马上挥手示意抓捕杨小云,忽然他又在人群中看到一个熟悉的身影,此人正是他梦寐以求想要抓捕的曹云亭。就在冯其中毫不迟疑命令手下全部出动之时,忽听游行队伍前方传来一串枪声,黑压压的人群瞬间四散奔跑,在一片混乱惊慌的尖叫声中,冯其中的人马被逆向奔跑的人流硬生生堵在外围,等人群稍有空隙,他们拼命扑近目标方向时,曹云亭和杨小云早已没了踪影。任欣荣立马带队又在周围仔细搜查一遍,依然没有找到任何踪迹,曹云亭和杨小云又一次在冯其中眼皮子底下脱逃了。

恼羞成怒的冯其中正寻思那一串枪声从何而来时,耿超气喘吁吁赶过来说:"西京警察局保安队的人开枪打死人了。"气急败坏的冯其中跑到警察队伍前时,看见有个被枪杀的学生满身鲜血躺在地上,周围站满义愤填膺、满腔怒火的学生。这时学生队伍里突然有人喊道:"打倒汉奸卖国贼,严惩杀人凶手,为死难学生报仇。"只见四散跑开的学生又迅速汇聚到一起,此起彼伏的口号声引来周围群众也挥动双手呐喊着捉拿凶手。很多人开始向警察队伍投掷砖头瓦块,大骂军警

惨无人道，上万人的学生队伍转眼间变成数万人的游行队伍，汹涌而出的队伍直接将冯其中的特务小组和警察局保安队强逼到路边。一场因为枪杀学生而引燃怒火的大游行，瞬间变成一座烈焰四射的火山，游行队伍以排山倒海之势向城东方向潮水般涌去。

缓过神来的冯其中心知局面已经不可收拾，这时稽查队长邓贵发也带人赶到了，他见西京警察局保安队长李大河手下居然敢在光天化日之下开枪射杀学生，怒火中烧的邓贵发直接走上前去朝着李大河狠狠扇了一记耳光，怒斥他们成事不足败事有余。

李震得知因为警察开枪打死学生而引发更大规模的游行，急忙将电话打给西京警察局局长马得水，痛骂西京警察局警纪涣散、草菅人命，要他务必想尽一切办法将游行队伍堵在城内。李震清醒地意识到游行队伍一旦出城，势必会一路冲向华清宫向领袖请愿，如果这一切不能得到有效控制，西京今晚将会迎来一场惊世巨变。

第十六章

果真如李震所担心的那样，游行队伍穿过钟鼓楼，直奔东门外朝华清宫方向而去。

曹云亭站在高处向集结成片的游行队伍疾声高呼："我们坚决主张全民抗日，要求国民政府立即停止剿共，组织抗日民族统一战线，全民族枪口一致对外，共同抗日。"全场数万人听后一呼百应，纷纷表示拥护赞成，紧接着队伍高唱着抗日歌曲徒步向华清宫而去。

西京城内爆发学生游行的消息，下榻华清宫的领袖很快知道了。他严令城内军警务必将学生队伍堵截在灞河桥以西，如果学生胆敢越过灞河便"格杀勿论"。听到此令后的李震木然呆坐在沙发上，他知道此刻的局面已非自己可以掌控，局势正朝着不可收拾的境地发展。然而他内心深处却又升起一股莫名的躁动，甚至有点乐见事态失控的不可告人的窃喜，即使到最后是流血收场，起码可以打压共党的嚣张气焰。这时办公桌上的电话突然响起来，张奎来电说，在剿匪总司令带领下，司令部几乎倾巢出动驱车前往灞桥了。这个消息听得李震牙齿差点掉地上，堂堂总司令到现场去做什么呢？

李震一刻不敢迟疑，立即驱车朝灞桥驶去。等他赶到现场时，但见数万人的队伍挺立风雪中，西京市政府和"剿总"以及社会各路头面人物悉数到达，双方对峙的气氛令人感到无比压抑。李震闪身站到一棵柳树后，透过雪雾向远处望去，终于瞧见冯其中和冯宁远带领调查科的便衣们已经布满四周的角角落落。

此时的长安城东郊灞桥边，朔风搅动着鹅毛大雪漫天飞舞，已是傍晚时分，彤云密布下的道路上，黑压压的人群一眼望不到头。西京剿匪总司令部的军警个个腰挺背直站在风雪中，军装上落满了积雪，眉眼上凝固着点点冰粒，嘴巴鼻孔呼出的白气，掩面升起又迅速消失，一股股肃杀之气凝结在每个人脸上。站在远

处的李震，心里不由自主地猜测，那个潜伏在"剿总"内部的"太白山"，此刻应该就在这里，总司令能亲自前来劝阻学生，难说没有这个"太白山"在其中的推动作用。

这时，只见一众护从簇拥着总司令站到一处高台上向学生喊话："鄙人深切理解同学们此刻的心情，抗日不分族群、不分地域、不分性别、不分先后，在民族存亡的危急时刻，炎黄子孙头可破血可流，家不可灭、国不可亡。抗日图存已到最危险的边缘，任何人都不可在国家存亡之际充当历史的罪人，我向同学们承诺，一周之内一定用事实答复你们，请大家相信我。"说罢，总司令弯腰鞠躬，一众随从齐刷刷向游行队伍行军礼。寒风呼啸中的灞河岸边，所有人都像凝固的雕塑一动不动，长时间内全场鸦雀无声，只听得风雪掠过的呼啸声响彻四野。远处人群中开始传出阵阵嘈杂声，忽闻一个高亢激昂的声音从游行队伍中传出来："君子一言驷马难追，我们相信总司令的承诺，一周后再见分晓。"又一阵落雪无声的死寂之后，黑沉沉的人群这才风流云散开去。

风雪灞桥的第二天晚上，曹云亭和柴伯文约聚妙积寺对告密者罗增荣进行了处置，曹云亭怒斥罗增荣不仅有罪于国家民族，也玷污了戏曲人的风骨。无儿无女且在世上亦无任何血亲的罗增荣，在悲苦的抽泣声中给陈凤良老社长写了一封书信，忏悔自己走到今日是咎由自取、罪有应得，盼望陈老社长能对益民社的徒弟们一视同仁，自己所犯之事罪孽深重，但与他人绝无干系。末了，罗增荣又泣血恳请把自己留下的所有金钱悉数拿给开元寺晴雯姑娘用以赎身。

陈凤良看到此信后老泪纵横，罗增荣毕竟是和自己多年行走江湖的老同行，罪孽之外的梨园感情还是有的。他让剧院老板赵本斋算清罗增荣所有账目，又把赵兴怀和胡淑曼叫到一起，三人商定不露实情，对外统一宣称罗增荣突染重病返回老家休养去了。赵兴怀和胡淑曼看着陈老社长凄楚悲凉的表情，再想到罗增荣这辈子的孤情寡恩，不禁长吁短叹哀伤不已。而后，陈凤良又把益民社的徒弟们叫到一起进行安抚劝慰。平常日子里罗增荣已和弟子们若即若离，对于他的突然离开，大家似乎早有心理准备，一番叹息之后，众弟子们反而劝慰陈老社长别太伤感。

随后，陈凤良、赵兴怀和胡淑曼私下托人在长安城外为罗增荣寻来一副上好棺木，悄悄将其埋葬于北郊城外的短松冈上。办好这些事情后，陈凤良这才嘱托胡淑曼悄悄去开元寺为晴雯姑娘赎身，算是替罗增荣了却离世前最后的一桩心愿。

开元寺老鸨看到来了位贵妇人，说是晴雯姑娘的远方亲戚，并提出愿出三倍的银圆为晴雯姑娘赎身。生意难做的老鸨既感惊讶又觉为难，心里经过再三掂量，最终还是答应了。当胡淑曼将晴雯姑娘顺利带出开元寺后，才告诉她罗增荣"病死"的消息，女人哭得是死去活来，言说罗增荣是这世上最把她当人看的大好人，并恳求告知罗增荣身葬何处。晴雯姑娘提出的请求，胡淑曼不能做主，便将她的情形悉数告诉了陈凤良。得知实情的陈凤良唏嘘不已，思忖再三又让胡淑曼悄悄带她去了一趟短松冈，并再三叮嘱胡淑曼只说罗增荣突得暴病而亡，其余一概不提。之所以瞒过实情不说，就是想在晴雯姑娘心里永远留下罗增荣的好人印象，期望往后岁月里，逢年过节能有个晴雯姑娘为罗增荣烧些纸钱，也算他魂魄有依、孤魂不散了。

从灞桥回来的当天晚上，李震受了风寒病倒了，他再三叮嘱冯其中和冯宁远务必时刻竖起耳朵，不求抓住一两个赤色分子，但求领袖在西京的这些天里安全无虞，因为南京党务调查处给他的命令是要万无一失。

李震躺在病床上细细思量最近屡压不止的"骚乱"，令他倍感焦虑的仍是暗藏在西京市内的赤色分子至今一个也没抓住。按说他完全可以对潜伏在长乐坊大剧院的曹云亭这些人收网，但他不愿这样草草了事，在没有掌握有力证据之前，决不能打草惊蛇，更不能让他想捞条"大鱼"的愿望落空。李震将最近发生的每件事情都细细在脑子里过了一遍，自己掌控的党务调查科应该没问题，倒是剿匪总司令部那边的异常让他深感忧心，细想剿匪总司令在灞桥时，他身边的每张面孔似乎都有可疑之处。越是这样想，他越觉得潜伏在剿匪总司令部的"太白山"恐非一个人在行动。可惜此时重任在肩只能顾及眼前，李震暗暗发誓等这段非常时期一过，不管有鱼没鱼他都要撒上几网，好让西京市内有恃无恐的共产党员有所忌惮。

时间又过了三天，凌晨时分的古城还沉浸在酣睡中，病床上的李震被一个噩梦惊醒，心情烦躁的他起身倒了杯开水，刚要喝时，冯其中狂奔到他面前，双眼圆睁嘴巴哆嗦着说："刚才华清宫上空打响一颗信号弹，随之枪声大作、喊杀声

四起。"李震听罢,手中水杯咣当掉到地上,他虽早有心理准备,甚至预感将有大事发生,但绝没想到事情会恶化到如此地步。冯其中拾起地上的水杯,转身给自己倒杯开水,一身寒气的他一饮而尽。

"既然事情已经闹到这个地步,那我们就得做些非常准备,华清宫一定是发生了惊天动地的大事。天要塌下来,有大个子顶着,咱们不必惊慌,你马上把我们的人全部撤回来,没有我的允许,任何人不得外出。"李震的语气没有丝毫商量的余地。冯其中顾不上再喝一口热水急忙出门去了。说话间已到黎明时分,李震撩开窗帘看到街上到处都是荷枪实弹的士兵在来回穿梭,他不知道这些士兵是哪方面派来的,更无法断定这些士兵进城来是为维护秩序还是来抓人。没过一会儿,忽然有辆汽车鸣笛穿过人群,疾驶过后从空中飘下来无数张传单,上面写着西京剿匪总司令部已对领袖实行"兵谏"。

这个消息像炸雷般瞬间让刚刚苏醒的长安城沸腾起来,无数的群众和学生再次走上街头,欢呼声、呐喊声此起彼伏,人们欢呼雀跃奔走相告,抗日救国的呼声响彻云霄。

"华清宫兵谏"的消息令柴伯文、曹云亭两人大感意外,延安特电嘉奖长安地下党所有人员。曹云亭欣喜之余不免感慨万千,假如罗增荣的初次告密,即寒梅、杨小云在西京师范学院策动九一八事变纪念日学生游行之举果真引起李震、冯其中的高度警觉,那么为掩护药王洞密谈所采取的"声东击西"策略恐怕很难实现;如果没有药王洞秘密会谈,也许就不会有策反"剿总"进行"兵谏"的惊天变局发生;如若不是那天晚上引蛇出洞抓住罗增荣,或许也不会有今天的可喜成果。尽管这一连串巧合当中的必然关联,都是经过先期精心准备和计划过的,但曹云亭仍然感到自己或许只是运气好些,时刻提防和警觉才是保证长期战斗下去的永久法宝。

当曹云亭受到了延安嘉奖后,柴伯文又秘密引见他认识了一位气质高雅的妇人,她是"剿总"执行"兵谏"任务的刘伍师长夫人刘云珍。刘夫人一再称赞曹云亭领导的地下党支部为这次"兵谏"做出的卓有成效的工作,并说自己也是个戏迷,她为戏曲界有这么多爱国义士感到由衷高兴,同时她代表司令部邀请延安方面派来代表,共商解决"华清宫兵谏"后出现的波谲云诡之局面,为即将到来的国共抗日统一战线做好积极准备。曹云亭看到，即使在国民党内部依然有这么多具有民族大义的有识之士，使他更加坚定自己的理想信念，他也为自己所喜爱的梨园行中有越来越多的同志与他站到同一条革命战线上深感欣慰。

华清宫的这场惊世巨变所形成的蝴蝶效应迅速波及全国，经过延安与南京共同努力，"兵谏"最终得以和平解决，国共两党抗日统一战线初步达成。为了凝聚全民族有生力量共同抵御外敌，延安答应将红军改编为抗日第八路军，原来的长安地下党组织，遵照延安的指示成立了公开的八路军西京办事处，从此展开光明正大的抗日救亡工作。

"华清宫兵谏"后不久，国民政府裁撤掉西京剿匪总司令部，为民请命的总司令被扣押南京，潜伏在"剿总"高层的"太白山"也被南调。在这个非常时期，"太白山"遵照延安最高指示，不得不暂时选择休眠转入静默状态。然则静水之下却是暗流涌动，南京开始派遣大量的中央军挺进陕西，在和平的面具之下，更大规模的风浪又开始酝酿。柴伯文、曹云亭他们面临的将是更加残酷的敌我较量。

一场引发国共两党重大变局的"兵谏"风波终于过去了。

很长一段时间里，李震一直心有余悸，总是担心南京会降罪下来，谁知鱼潜浑水安然无虞，国府只把剿匪总司令部撤换成西京行营，新来的行营主任顾宽敏和李震不仅是同窗还是同乡。虚惊一场的李震长长舒了一口气，西京筹委会和调查科的实权仍然是他一肩挑。然而新的事态也令他感到恼火不堪，那便是"兵谏"之后，延安委派的八路军西京办事处从此公开化，曾经誓言深挖三尺大地也要抓到的柴伯文、曹云亭等人仍在眼前晃悠。与他们多年的暗地较量中，李震的调查科没能捡到丝毫便宜，而今对手摇身一变，大摇大摆又合理合法地站在他眼前，这让李震倍感屈辱。可他又有什么办法呢，眼下的国共联合抗日无论是真是假，起码得从表面上做到互不侵扰。以往你死我活的争斗终于暂时可以歇口气，但李震心知自己和柴伯文、曹云亭的新一轮较量迟早又得开始。

当冯其中向任欣荣过问"兵谏"后长乐坊大剧院有何动静时，任欣荣猛然意识到很久没见罗增荣了，他急忙跑到开元寺找晴雯姑娘探问，这才知道她已被赎

身离开。任欣荣顿时翻脸不认人，再三拷问老鸨是谁出钱给晴雯姑娘赎的身？谁知贪财怕死的老鸨死活想不起来，只说是晴雯姑娘的一位远房女亲戚。冯其中得此消息后，愈加恼怒最近的接连失败，内心常常生出强烈的挫败感，让他有时候开始怀疑自己的能力，甚至感觉到长乐坊大剧院里有无数双眼睛在耻笑自己，那些耻笑他的人群里还有个令他心碎的身影，那人就是杨小云。

冯其中虽然被李震选拔进党务调查科做事，但他聪明却不心狠。李震向来对自己选拔人才的能力相当自信，但冯其中身上的这个致命缺点，却让他对其有所保留。为了进一步消解"兵谏"留下的恶劣影响，震慑心怀不轨的某些国军将士，国府决定"杀一儆百，以儆效尤"。南京党务调查处向李震秘密下达了一项特殊任务：执行国府最高密令，暗杀执行"兵谏"的原西京剿匪总司令部师长刘伍。李震思考再三，最终将此任务交给了特务二组的冯宁远。

春寒料峭的长安城经过剧烈动荡后稍显平静，大街上经过整夜的风搅雪后，残留下一层硬冷的冰雪。凌晨时分，从原剿匪总司令部方向传来刺耳的汽车鸣笛声，救护车从"剿总"大楼里抬出两具尸体，分别是刘伍师长的副官董孝铭和秘书高智，当晚刘伍师长夜宿兵营侥幸躲过此劫。冯宁远熟知"剿总"内的地形与环境，因此带人顺利潜入刘伍师部大楼，并在悄无声息中完成了刺杀任务。虽然阴差阳错未能刺杀掉核心目标刘伍师长，但李震对冯宁远的信任与欣赏猛进一步，连冯其中自己也明显感觉到李震主任倚重的天平开始倒向冯宁远那边。

国府特工暗杀爱国将领的丑闻，一夜之间又是传遍大江南北。刘伍师长心知，因为"兵谏"自己或已成为某些人的眼中钉、肉中刺，他后悔在"西京剿总"被裁撤后，没有迅速带领部队远离西京这块是非之地。血案的发生惊醒了他，热血豪爽的刘伍师长向全师官兵喊话"死也要死在抗日战场上"，不久后他主动请缨挥师北上抗日。出发前刘夫人代表丈夫再次约见柴伯文和曹云亭，她言辞恳切地说道："倘若有朝一日，我和夫君战死抗日沙场，希望能长眠于长安城。"听得刘夫人的殷切悲愤之言，三人相视无语凝噎。

刘伍大军北上抗日出发的这天，长安城内外人群如山似海。早早赶来相送的人们将南北大街围了个水泄不通，数万长安民众肃立街头，注目相送正义之师北上抗日，直到部队逐渐消失在人们的视野里。

随着南方各省工厂、高校纷纷北迁，越来越多的人涌入西京市，抑扬顿挫的南腔北调逐渐淹没了本土秦腔。经过多年的建设，西京市巍峨壮丽的西洋建筑替代了黑油油门板的老旧土房。自从陇海线修通后，西京俨然成为全国少有的物资集散地，一夜之间冒出数千家商号，各路商贩络绎不绝纷纷涌入，西京市就像是战乱年代一处难得的世外桃源，吸引着五湖四海的人们蜂拥而至。猝然之间的商业繁荣对冲着战争的残酷，即便是普通小商贩，也在街上兜售着漂洋过海而来的丝袜、泡泡糖、巧克力、打火机等外国货，五花八门的生意人以及琳琅满目的外国货充溢着大街小巷，西京市已非昨日的长安城。

李震主任在西京筹委会卓有成效的工作业绩，暂时掩盖了党务调查科的种种狼狈，他很享受这份难得的安宁，甚至心里为自己当年选择从南京到西京感到沾沾自喜。眼前的西京因为战争烽火而形成的繁荣兴旺，让他飘飘然觉得这一切都应该归功于西京筹委会。李震逐渐认定只要维持住西京的安稳，其他都是次要的。他开始在这份难得的宁静里安逸地享受起来，南来北往各色人等只要是求上门来，他一概不拒，李震显然把自己当作了西京的"土皇帝"，每天所能得到的实惠可谓车载斗量。所谓"上梁不正下梁歪"，冯其中、冯宁远和邓贵发等属下见状，也乐得落个逍遥自在，李震吃肉他们喝汤，大家一起赚得盆满钵满。

第十七章

随着绥远战争的爆发，日方不断从关外调运军队进入关内，平津间的日军人数剧增，一切迹象表明日军在积极备战。消息传出来后，西京各界群众为声援抗战自觉行动起来，西京救国联合会、西北教育界抗日救国大同盟等组织纷纷成立，就连全城两千多名人力车夫也成立起人力车夫抗日救国会，大家纷纷通过各种方式募捐，并携带捐款和慰问品奔赴前线慰问抗日将领，一时间西京市掀起支援抗战的爱国高潮。

妥善处理完罗增荣的身后事，陈凤良这才觉得自己已有很长时间没见过沈金书了，此时的他很想给沈会长建议，尽快成立长安戏曲界抗日救国联合会。在此之前，他已早早吩咐赵兴怀和胡淑曼开始编剧和排练了两部抗日秦腔剧《山河破碎》和《淝水之战》。陈凤良还想告诉沈金书会长，他准备带上长安秦腔总社人马，前往北平前线为抗日将士义演。这个想法已在他内心埋藏酝酿了许久。

这一天，陈凤良带着赵兴怀一起去找沈金书，刚进门就看到止园剧场里也正排练着抗日剧目，虽不知具体曲目，但唱腔精准，情感慷慨昂扬。陈凤良暗自思忖，莫非沈会长和自己有着同样的想法？他果然猜对了，在两人未曾见面的这段时日里，沈金书亲自参与了排练抗日京剧《还我河山》。老当益壮、精神焕发的沈会长听到陈凤良也想带队北上的想法后，两人紧紧握住对方的双手，深感在此事上"所见略同"。沈金书随之嘱咐京剧社长赵天佑，让他和赵兴怀共同对剧本和唱词多加斟酌研磨。

望着满怀激情的沈金书，陈凤良不无感慨地说道："前段日子，我处理完罗增荣身后诸事，本想早点来和你聊聊'北上义演'这事，又想着戏还没有排练好，不知道该跟你咋谈，今儿一来看到老弟你也没有闲着，便知道是我自己多虑了。"

沈金书微笑着答道："你要是不来找我，我就找你去。眼下社会各方面都组织力量支援抗日，我们戏曲人当然不能无动于衷。我既然排练了这场戏，肯定是要送去前线义演，不妨你我同去，用咱们的秦腔和京剧，一起为抗日将领们鼓劲加油，也算是我们这些梨园中人为抗战贡献些绵薄之力吧。"陈凤良欣喜自己和沈金书的想法不谋而合，心中甚感欣慰。

话已至此，两人谈话便再无顾虑，于是陈凤良便把曹云亭他们最近的作为低语细说出来。沈金书默默听罢毫不迟疑地赞许道："民族危亡之际，我们梨园行里能有这样的能人，这是我们的骄傲。你我虽然上了岁数，可我们的年轻后生大有出息啊！虽然出了冯其中、任欣荣这样的败类，但也有曹云亭和魏光华这样的正义之士呀。"

而后，陈凤良与沈金书一起在书院门沈宅约见了曹云亭，三人敞开胸怀直抒胸臆，不仅将各自对当下世态的认知和想法统统倾心交流一番，还让他们之间的信任上到新的台阶。沈、陈两位前辈至情至理、推心置腹的话语令曹云亭深为感动，原本心底残存的少许担忧，此时已被前辈的拳拳之心、盈盈之情全部融化而散。既然读懂了两位前辈的真实心意，曹云亭心里一直悬空的石头总算落地了，他看着书房墙壁上"老骥伏枥，志在千里"的字匾，居然不知该如何向两位老前辈表达自己的敬重之情。

北上义演临行前，沈金书主持召开了一次长安城所有梨园班社参加的大会，在会上成立了长安戏曲抗日联合会。听到戏曲界的壮举后，肖玉仁按捺不住自己激动的心情，主动来见曹云亭，请他引见沈金书和陈凤良。肖玉仁对沈、陈两位老艺人说，西京工商界也已成立了抗日救国会，大家捐助了大批物资，他们准备组织专门人员，用卡车将物资运往抗日前线，顺便邀请戏曲界同道一起乘车北上。沈金书和陈凤良听后大为高兴。

随后，陈凤良将长安秦腔总社事务暂时交予曹云亭关照打理。临行前，长乐坊大剧院老板赵本斋给陈凤良多结算出一笔钱，说是自己也想为抗日救国贡献一份绵薄之力。出发那天，京剧崇林社弟子们个个欢呼雀跃，要返回北平了，大家喜不自禁，止园剧场老板叶琦与朝夕相处的众人依依道别。此时的长安城已到春暖花开的季节，城墙内外姹紫嫣红的各色春花和满街新发的翠绿摇曳在春风里，仿佛在为远行的人们送行。各大媒体纷纷报道长安戏曲界北上义演的壮举，一时

间在全国各地传为美谈。

李震得知京剧社和秦腔社几乎倾巢北上，心中不免一喜；又听说曹云亭和魏光华等人留了下来，心头又是一惊。他一面令冯其中继续监视长乐坊大剧院的风吹草动，一面给北平调查科秘密通告京剧崇林社和秦腔社的北平之行，并特别提醒如若发现有共产党员混迹其中，即可在北平收网捞鱼实施抓捕。李震心想，若北平调查科能有所收获，那他在长乐坊大剧院很早以来撒下的罗网也可顺理成章地收起。

冯其中和任欣荣分别得知秦腔社与京剧社一起北上的消息后，两人心中不约而同地生出怅然若失的感觉，这种感觉既包含有背离剧社后离群索居的失落，又有对心中所牵念之人的担忧。冯其中自然是担心杨小云此行的安危，而对任欣荣来说，北平是他魂牵梦绕的地方，那个地方让他时常想起一个人，想到那个人此刻身处战乱边缘，他心底便不由得升起一丝莫名的担忧。任欣荣所挂念的那个人，自然是他的生身母亲——京郊莲溪庵静尘师父。

这次北上演出，寒梅和杨小云最是当仁不让。陈凤良起初想着，此行千里迢迢、歧路遥远，不知她们两人是否受得了一路的辛劳？就在这时，胡淑曼和女弟子申湘云也请愿前往北平，看到她们四人在一起的精气神反而胜过赵兴怀和王文月他们，陈凤良彻底放下心来。杨元厚是临出发前才决定要跟大家一起去，女儿杨小云从来都是他的命根子，陈凤良明白他的心思。于是，陈凤良率领的秦腔社和沈金书、赵天佑率领的京剧社一行数十人风雨同行、甘苦与共。

越往北走天气越发清冷，沿途看见大批北上抗日的部队官兵，黑压压的队伍夜以继日地前行。无数南逃的难民络绎不绝，从他们惊慌失措的眼神里，陈凤良看到的满是饥饿与惊恐，战争的阴影笼罩在每个人的脸上，此时华北大地上的春天还远远没有到来。

押运物资的王福受肖玉仁重托，他得克服一切困难将这批物资安全送到抗日前线。经过三天的日夜兼程，车队已过了保定，北平城抬首在望，但此时却踟蹰难行，路面上全是中央军的部队，物资车队半个晌午也没能开出一里地。

王福打探到通往前线还有一条北平西边的公路可走，为了不耽误时间，沈金书和陈凤良商量后决定，让王福和物资车辆绕道北平西边的公路先行一步。正当王福担忧两社人员从这里如何前往北平城时，只见赵兴怀、杨元厚和王文月他们分头找来十多个人力脚夫，赵天佑带着崇林社兄弟又寻来六辆马车。两社所有人员坐上马车后，赵兴怀自告奋勇留了下来，他和搬运演出行头的人力脚夫走在最后边。王福看着他们一行继续北上后，这才带着车队往北平城西边而去。

沈金书和陈凤良带领大家先到达了北平城，赵兴怀搬运行头的队伍晚了两天后也安全到达。终归是北平京剧界曾经响当当的老班社、老前辈回归了，当年崇林社驻场演出的朝阳剧院老板黄兴梅最先得知了消息，他早早就派人前往城门口迎接。遥想当年崇林社在北平城的悲惨遭遇，多年来黄兴梅一直对崇林社老社长章云飞怀有深切的愧疚之意。

再次走进熟悉而又陌生的北平城，又重新步入朝阳剧院，沈金书内心百感交集。等把一切收拾停当后，沈金书带领崇林社所有人员来到北平燕岭脚下，众人望着章云飞早已荒草萋萋的坟头，齐刷刷跪倒在地热泪长流。

"师父啊，金书总算没有辜负您的托付，又把崇林社重新给您带回来了。今天众弟子都来看望您，您老若是地下有知，也可瞑目了。"

随后他又来到师弟任少山墓前低语道："只怪我没有管教好欣荣，如今他脱离了梨园行，去给国府做事了，师哥不敢草率断定他的所作所为是对还是不对。所谓'儿孙长大不由亲'，欣荣如今已是大人了，他有了自己的想法和主张，但愿有朝一日，他能亲自来这里给你说说自己的事情。"

沈金书一番恳切的言辞，竟惹得众弟子潸然泪下，赵天佑上前搀扶起师父时，只见荒草丛生的地面上压了两道深深的膝痕。

沈金书从燕岭祭拜回来后，得知陈凤良带着秦腔社安顿在城西的玉渊潭剧场，顿时心里对秦腔社的这一举动有些难以理解，按说大家住在一起，平常也好有个照应。等到两人再次见面时，陈凤良看出了沈金书心中的疑惑，便直言不讳地说道："寒梅年幼时在长安戏班学戏，有个师姐名叫上官虹，后来学戏不成便随了父亲来北平做买卖，如今家里小有些钱财。也不知她从哪里得知我们到了北平，今天早晨派人来非要请大伙过去，说她和玉渊潭剧场那边人熟，早已做好了所有

准备。我想着大家都在朝阳剧院这边，未免有点拥挤，再说咱们相距也不是很远，来回联系也方便，我便答应了过去。"

沈金书白了陈凤良一眼说："我和你在长安这么多年，咋就不知道你在北平还有个做生意的女弟子？"

陈凤良嘿嘿一笑道："咱老哥俩谁还瞒谁呀，我就是这么一说，你也权当那么一听。再说京剧和秦腔混在同一家剧院里，终归也不是个办法。既然有人热忱相请，咱又何乐不为呢？至于其他的原因，即便我不说，您老弟心里也明白。我们在长安时，眼睛看到、耳朵听到的也不少了，曹云亭和魏光华他们做的事情只要仁义，咱老哥俩可从来都是支持的。如今这世道很不明朗，面带微笑而背后插刀的人不在少数，所谓'知人知面不知心'，毕竟我们人在外地，选择和仁义的人在一起，心里总是踏实一些。"

陈凤良这番坦露心迹的实话，终于打消了沈金书心中疑虑，他也不再加以阻拦，只是一味嘱托要密切联系，多加保重。

陈凤良带着秦腔社众人入住玉渊潭剧场，上官虹热情而周密的安排让所有人都感到满意。早在陈凤良和沈金书商议带队北上义演之时，曹云亭已经通过秘密渠道请求北平党组织多加照顾长安戏曲界一行，并一再叮嘱寒梅、杨小云、申湘云和王文月，到了北平后，一定要积极配合组织的安排，而上官虹，正是中共北平党组织派来接头的。寒梅深知此行所担负的重任，北平党组织之所以派上官虹一位女同志前来接洽工作，也是考虑到这样便于沟通，毕竟她们四人要时刻面对秦腔社众人。为了避免节外生枝，以便顺利完成这次的义演，寒梅她们四人的特殊身份万万不可暴露，只有如此，才能确保大家顺利到达抗战前线。

日寇不断蚕食百姓家园的野蛮行径，让北平民众深感切肤之痛，尤其是从东北逃难到北平的人群，他们胸中的愤怒像火药桶一样随时都有可能爆燃。玉渊潭剧场将"长安秦腔社远赴北平城义演"的布告一经贴出，瞬间刮起一场旋风，北平城内来自全国各地热爱秦腔的戏迷把剧场围了个水泄不通，第一天的演出整整持续到次日凌晨。陈凤良被戏迷的热情深深感动了，他让赵兴怀和杨元厚披挂上台，分别表演最拿手的秦腔名剧《长坂坡》和《哭长城》。因为是爱国义演，各界群众纷纷涌到玉渊潭剧场观戏捐资，场面十分热烈感人。

演出结束后，陈凤良代表长安秦腔总社，当场将演出所得悉数捐给抗日军队，各大报社连续报道长安秦腔社的爱国壮举，而连续三天的演出也让秦腔艺术再次名动北平。

在玉渊潭剧场演出结束后的第二天晚上，寒梅带着上官虹来见师父陈凤良，说前往抗日前线慰问演出之事已经联系妥当，要去慰问的这支部队，正是挥舞着大刀砍向鬼子头颅、创造抗战奇迹的二十九军。陈凤良早在长安时便听说过二十九军"宁为战死鬼，不作亡国奴"的铮铮誓言，二十九军大刀队的杀敌精神，还有那首悲壮豪迈的《大刀进行曲》"大刀大刀，雪舞风飘，杀敌头颅，壮我英豪"似乎还在耳边回响。

陈凤良带领大家到达二十九军驻地时，天色已近傍晚时分，战地四处都是官兵们紧张操练的身影，远处传来的喊杀声此起彼伏。大家第一次亲眼看见大刀队官兵挥舞着寒光闪烁的大刀，时而飞身跃起，时而拆挡腾挪，声声呐喊伴着势不可挡的杀敌气势回荡在战地四野。是夜，月光皎洁，凉风习习，陈凤良亲自披挂上台，他和弟子们满怀激情地登上临时搭建的戏台，为官兵们献上精心编练的《山河破碎》和《淝水之战》两个剧目，精湛的演出赢得全场官兵阵阵热烈的叫好声。

年近古稀的陈凤良望着台上慷慨演唱的弟子，再看看台下一个个精神抖擞、舍生忘死的官兵，一股热血升腾在老而不衰的胸怀间，有生之年，能在这样一个特殊时刻，来到这处被战云笼罩的地方演出，他的内心激动之余又感慨万千。一生颠沛流离、遍尝人间疾苦的陈凤良，望着抗战官兵一张张年轻的面孔，又想到寒梅与曹云亭他们悄然所做的事情，顿时为有这多将生死置之度外的年轻晚辈感到由衷的自豪和欣慰。

话说李震给北平调查科科长佟维三打过招呼后，佟科长判断沈金书的崇林社曾在北平有着盘根错节的关系，如果说从长安来的这支义演队伍中有"鱼"，估计也是在崇林社里潜游着，于是他把过多的目光盯在了沈金书身边。沈金书重返北平后自然是见了许多往日老友，一些京戏票友接连把他约出去热情相聚，沈金书也乐得如此，他心里明白自己这边动静越大，陈凤良那里就越安全。这对心有默契的老哥俩，在可以想象到的危险境地里巧妙周旋着。

朝阳剧院的黄兴梅老板虽然年龄比沈金书大不了多少，却在辈分上是沈金

书的长辈。他常常悔恨自己当年迫于压力屈服于权势，眼睁睁看着老社长章云飞抱憾而终，自己却作了壁上观。崇林社远走他乡之后的这些年里，黄兴梅无时无刻不在自责，愧疚与悔恨如影随形，噩梦也常常不请自来，日夜不得安宁的同时，心底始终难以得到释怀和解脱。这回机会终于来了，望着器宇轩昂的沈金书，仿佛看到了章云飞老社长当年的风采。他下定决心这次要好好关照重回北平的崇林社，似乎只有这样他才能赎罪，才能在无数个辗转难眠的深夜里救赎自己的灵魂。

沈金书故意将新排练的抗日京剧《还我河山》往后推了些时日才上演，这样做的目的，就是要给陈凤良他们争取更多的演出时间。而为了将北平所有不怀好意的耳目吸引到自己这边来，沈金书亲自登台演唱拿手好戏《卧薪尝胆》。当天的朝阳剧院座无虚席，沈金书生动而形象地演绎了一场十年生聚十年教训、君臣一心报仇雪恨的故事，又一次激起大家同仇敌忾的抗日怒火。他当场在一张纸上写出"毋忘东北"四个醒目大字展示给观众，台下顿时爆发出振聋发聩的呐喊声："赶走东洋鬼，还我河山。"京剧老艺人技艺高超、出神入化的完美演出，令众多票友纷纷赞叹沈金书潇洒的名角风采不减当年。

有一位布店老板的女儿，被沈金书的舞台风姿深深吸引，一连多日，她每天带着家里的伙计，用箩筐和铁桶装满米饭、馒头、肉烩白菜等食物，送到朝阳剧院后台慰劳崇林社所有演艺人员。当她每次看到从台上谢幕下来的沈金书时，都会情不自禁冲上前去泪流不止。

演出结束的第二天，沈金书独自来到北平《大公报》馆，委托报馆将他个人积蓄的一万块钱转交给抗日队伍，并请求不署名将自己写给抗战官兵的一封书信公开发表。他在信中激励抗战将士们为国为民奋勇杀敌，呼吁全国百姓全力支持抗战大业，坚信最后的胜利一定属于中国人民。沈金书的书信深深感动了报馆，一经发表引起无数人的共鸣。

此后，沈金书又四处奔走，积极联络北平城里更多的梨园名流，组织声援抗日前线的募捐义演。为了团结艺人们齐心协力做成这件事情，沈金书不顾年迈，甘愿屈尊纡贵为后起之秀配戏，去往北平各个剧院演出，哪怕只是扮演配角，沈金书也欣然登台。无论去哪家剧院演出，他始终只有一个要求，就是把演出所得全部捐赠给抗日队伍。

　　连轴演出让逐渐力不从心的沈金书跌倒在台上，赵天佑和众弟子抱着师父泪雨纷纷。沈金书却只是微笑着说道："我们是为了声援前方将士抗击日军侵略，只要把戏演好，就是为抗战效力。"沈金书竭尽全力的义演产生了强大的感召力，之后的募捐越来越成功。坚守抗战一线的士兵听闻老艺人的壮举后备受鼓舞，也在《大公报》刊登了一封回信表示：誓死与东洋鬼子血战到底，不惜杀身成仁、舍生取义，以求誓死报国。

　　陈凤良是在离开前线之前看到报纸的，他心中猜测这一定是沈金书所为。等他回到北平城后，头件事情就是去朝阳剧院看望沈金书，两位老友紧握双手热泪簌簌而下，万语千言尽在不言中。

　　沈金书的义举还彻底感动了另外一个人，他就是和朝阳剧院老板黄兴梅一样，对崇林社怀有深深愧疚的北平京剧总社长田千秋。年老体衰、腿脚不便的他，挂着拐杖执意主动来见沈金书，看着两鬓霜白的沈金书，田千秋老泪纵横，万千滋味在老人心中流淌着。田老社长道尽千言万语无比真诚地挽留沈金书和崇林社能留下来，并愿意让出总社长位子给沈金书。沈金书拉着田千秋苍老的双手，望着盛情挽留他的各位同行语重心长地说道："天下梨园中人，无论走到天涯海角，都是一家人。崇林社无论将来走到哪里，都是咱京剧界的血脉，北平永远都是我的家，我的根永远在北平，大家即使不劝我，我也愿意留下来和大家一起守护我们京剧这个国粹。"众人听到沈金书愿意留下来，一个个高兴万分。沈金书又对田老社长说道："您老永远都是我们的京剧总社长。"话音刚落，四周响起热烈的掌声。

　　从二十九军驻地演出结束回来的当晚，受了野外风寒的陈凤良病倒了，当赵兴怀把沈金书有可能留在北平这个消息告诉给高烧不退的他时，陈凤良很平静地点了点头。对此他不是没有心理准备，所以对沈金书的这个决定他一点都不感到惊讶。毕竟北平是京剧的命根，就像长安是秦腔的命根一样。可当两人再次见面时，陈凤良心里还是涌出阵阵酸楚，两人毕竟在长安城有着深厚的交情，真到分离时难免生出无数的不舍之情。沈金书又何尝不是呢？然而沈金书深深明白，无

论前路多么的不可预知，但有一样他却看得清清楚楚，那便是北平是崇林社的家，也是他灵魂得以安宁的地方。面对此情此景，两位老人长吁短叹。

即将分别的老哥俩坐在裕泰茶馆里似乎有说不尽的话。陈凤良支撑着病体，面含微笑一再安慰沈金书："你就放心在北平，长安的院落有我替你守护着，哪天若想再回来，我会到潼关接你去。"陈凤良至真至诚的话语，深深打动着沈金书的心。两人正说话间，赵兴怀带着王福忽然走进来，两位前辈再次见到王福分外激动，急忙问他物资可否送到前线。王福喝口香茶，说他已将长安城拉来的物资全部安全送到目的地，然后又跑了一趟天津口岸，老爷的南洋华侨朋友也捐助了一批物资，委托他再次送往抗战前线，直到昨天夜里他才回到北平。王福又说老爷特别嘱咐他，一定要找到两位前辈，等义演结束后，邀请大家再次同乘肖家车队返回长安。陈凤良和沈金书感谢不已，并约定两日后返程。

在上官虹的周密安排下，长安秦腔社远赴抗战前线义演顺利完成。寒梅与杨小云在上官虹的带领下秘密见到了北平地下党支部负责人曾世平，他连连称赞几位巾帼英雄难得的胆识。寒梅心知秦腔社北上义演之所以如此顺利，在上官虹背后一定还有很多自己人在暗中相助，能在遥远的北平城和志同道合者见面叙谈，两人浑身的疲惫感荡然无存。

再有两天就要返回长安了，杨小云央求寒梅带大家逛逛北平城，毕竟来一场北平很不容易。寒梅很不情愿地给病中的师父说起这件事情，陈凤良内心亦觉不妥，在这兵荒马乱、鱼龙混杂的北平城里，还是多一事不如少一事；可又想着弟子们大都没有来过北平，不让大家出去转转，似乎有点不近人情。最终，陈凤良答应只给大家一天时间，并约定好逛街时间，傍晚时分务必全部赶回来。

寒梅带着杨小云和申湘云刚要出发时，杨元厚挡住她们的去路说，要么别去，要么他也去，并询问胡淑曼为何不去。寒梅猜想杨元厚肯定又在担心女儿的安全，想到这里，她心里也打了退堂鼓。虽说是杨小云的再三央求才为大家争取到难能可贵的逛街机会，但在这人生地不熟的北平城里，万一有个闪失，她不仅无法向师父交代，更无法向曹云亭交代。于是寒梅便顺着杨元厚的意思劝说杨小云，可杨小云执拗的性子又开始发作，不让出去她就偏要出去，生生与父亲僵在一起。万般无奈的杨元厚去找陈老社长，陈凤良看看一脸难色的寒梅，又看看气鼓鼓的杨元厚父女，微笑着示意让申湘云带着杨小云速去速回。听到陈老社长的意思后，两人开心地笑着跑出了玉渊潭剧院。

全社弟子都出去逛街了，赵兴怀、胡淑曼和杨元厚陪着不断咳嗽的陈凤良。寒梅为师父熬好汤药侍奉着喝下，咳嗽不止的陈凤良详细安排着回去前的准备工作，并说这次来北平演出之所以这般顺利，多亏了上官虹的周全安排与帮助。四人正商议如何感谢她时，忽然上官虹急急忙忙走进来说："杨小云和申湘云在街上被陌生人抓走了。"

申湘云和杨小云出门后，就像两只飞出笼子的小鸟一样在北平城的街巷胡同里四处闲逛，先是看完巍峨高大、气势恢宏的紫禁城，又来到人声鼎沸、热闹非凡的前门大街上。只见宽大的交易市场门前，摆满了堆叠如小山一样的柳条筐，各式各样的北平老布鞋和五颜六色的衣物在大街两侧的摊位上摆放得满满当当，旁边的小吃摊上卖着卤煮火烧等北平小吃，吆喝声、叫卖声此起彼伏，熙熙攘攘的街道两边开设着许多赌馆和大烟馆，一个个腾云驾雾的烟客进进出出。

杨小云好奇油炸蚂蚱的滋味，便到一处赌馆外的小摊上买了一小串，刚要品尝，忽然被人从身后拍了拍肩膀，回头看到一个身穿白色西装、油头粉面的公子哥站在眼前。只见他叼着一根雪茄两眼放着污秽的光，嘴里不干不净地说着浪言戏语，伸手就要摸杨小云的脸蛋。申湘云知道碰上地痞流氓了，赶忙拉着杨小云要离开，可这公子哥不仅不答应，还猛然朝赌馆大喊一声"来人"，话音刚落，只见从赌馆里闪出一排伙计站在杨小云身后。带头的伙计心领神会白衣公子的意思，摇头晃腰走上前说："这家赌馆就是我家公子开的，公子邀请二位小姐进去玩玩，可别不赏光啊。"杨小云听出对方言语里透出的若不答应便不相容的霸道，她气呼呼说道："大路朝天各走一边，我们又不赌博，去赌馆干什么？"杨小云一脸不屑的神情，让白衣公子哥脸上挂不住，只见他一挥手，伙计们一哄而上，直接将杨小云和申湘云裹挟进赌馆。

这一切，都被上官虹派去暗地里照看她俩的于敏珍看见，当上官虹得知消息后，急忙找到曾世平共同商议解救办法。曾世平指出，"北上义演"已经顺利结束，在长安秦腔社马上就要返回的这个档口上，如果再生出任何意外，实在太不值当。再说北平党务调查科佟维三的眼睛正在暗处死死盯着他们，就等

着他们露出水面后，坐收渔翁之利，所以他深知此时万万不可鲁莽行事。曾世平稍作思考后，马上让上官虹将此消息尽快告知陈凤良他们，好让大家一起来想办法。

第十八章

　　抓走杨小云与申湘云的这家吴记大世界赌馆，就是当年杀害任少山、逼死章云飞、逼走沈金书的北平恶霸吴德岭开办的，那个白衣公子哥正是吴德岭的三少爷吴三宝。此公子年岁不大却恶名远播，常常仗势欺人的他号称"京城五少"之一，尽干些缺德下作的勾当。这天，待在自家赌馆的吴三宝瞄见在赌馆门外买油炸蚂蚱的杨小云后，一时间春心荡漾不可把持。本想着凭借自己这副富贵模样定能轻松搞定，未料到两位女子"不识抬举"，让他在自家赌馆门口、众伙计面前下不了台阶，于是搭讪变成了"霸王硬上弓"。似乎天下事在吴三宝眼里就没有他惧怕的。

　　陈凤良听到这个消息后，猛然间咳嗽不止喘不上气来，他懊悔不该让杨小云和申湘云出去。杨元厚更是着急万分，他眼巴巴望着上官虹，希望她能有办法将女儿救出来。陈凤良意识到在这件事情上，不可过分为难上官虹他们，因为他内心很清楚上官虹的特殊身份，如果因为这件事情而暴露了她的身份，可能会付出意想不到的代价。他想起沈金书以前讲过的崇林社与吴德岭之间的诸多往事，在这个敏感而特殊的时刻，陈凤良只能去找沈金书了。

　　沈金书紧握着陈凤良冰凉的双手不停劝慰他先别着急动气，自己一定想办法解决好此事，又吩咐赵天佑去请更好的大夫来为陈老社长看病。随后沈金书连忙找到北平京剧总社田千秋老社长，田总社长自然对当年崇林社章老社长及弟子任少山与吴德岭之间的过节了然于胸，他亦清楚吴德岭此人在北平的低劣品行，所以处理这件事情既不能硬碰硬，又不能让吴德岭知道沈金书参与其中，不然定会勾起他对过去事情的记恨。

　　田老社长毫不迟疑即刻来到吴德岭府上，向吴德岭说明三公子所扣之人是长安秦腔总社来北平义演的女弟子，恳请看在自己的薄面上能否把人放了。吴德岭

听到儿子的胡作非为后大喊"大水冲了龙王庙，一家人不认识一家人"，立即吩咐手下马上去赌馆放人。田千秋万万没想到吴德岭答应得这么爽快，揖手告别之际还一再感谢吴德岭能给他面子。吴德岭嬉笑之间说他永远是田老先生忠实的票友，还望老前辈多多保重，来日再去剧院给田老先生捧场。

田千秋回来后把情况说与沈金书时，沈金书却觉得此事没那么简单。当年和他打过交道的吴德岭是个薄情寡义、心毒手辣之人，而今日却这般爽快，莫不是这些年吴德岭吃斋念佛修炼出一副菩萨心肠？果不其然，到了第二天仍不见杨小云与申湘云回来，看着病情愈加沉重的陈凤良和愁眉苦脸的秦腔社众弟子，沈金书决意单刀赴会，去会会这个自己多年未见的冤家仇人吴德岭。

吴德岭要的就是沈金书前来找他。最近一段时间里，沈金书返回北平后的所有举动，他都密切关注着，因为当年对崇林社作孽深重欠下血仇，故而担心沈金书这次回来再为往事向他寻仇。正所谓"君子坦荡荡，小人长戚戚"，像吴德岭这种大半辈子在江湖闯荡之人，早已形成在这个时代下自我生存的特有准则，当儿子告诉他杨小云和申湘云是长安秦腔社女弟子那一刻起，他多少已猜到她们应该与沈金书有着千丝万缕的联系。五毒俱全的吴德岭想利用此事和沈金书再过过招，探探他是否还对当年的事情怀恨在心。尤其是手下人探听到田千秋挽留沈金书成功后，吴德岭更是铁了心要逼出沈金书和自己见面，可谓是"做贼心虚，理亏不安"。

当沈金书见到吴德岭时，两人都看到对方苍老了许多，彼此并没有"仇人相见分外眼红"的感觉。内心百味杂陈的沈金书不想对当年的事情再说起一个字，只是缓缓地说两位女子是自己在长安城好友的女弟子，希望不要为难从千里之外奔波至北平义演的这些艺人。吴德岭以为，沈金书一定会因新仇旧恨狠狠责骂他一顿，却没想到沈金书会用如此超脱的口吻对他说话，内心反而有点不自在。但他还是直言不讳地说道："听说你这次回来不走了，我吴某人就想讨你一句明白话，咱们当年的事情究竟该怎么个了结法？说明白'昨天'的事情，今天的事情也就好说喽。"

沈金书从吴德岭的语气里分明听到了一丝威胁，他淡淡笑道："当年和现在的事情，一码归一码，我今天登门造访，绝不是为了过去的事情而来。"

吴德岭听得沈金书话意绵软，急忙接着说道："我也不是不讲情面的人，既然你不想再提当年的事情，咱们那一页就算是彻底翻过去了。不知沈先生可否认同我的意思？"

沈金书听明白吴德岭话中的意思，他清楚自己纵有天大的冤仇，此刻也不能和吴德岭这样的地痞流氓去讲道理，只有委曲求全继续弯腰躬背下来，才能满足吴德岭骄横自满的邪恶欲望。救人才是此行的最终目的，往日深仇大恨不是不报，只是时候未到。于是，沈金书对吴德岭坦然表示自己对当年的事情早已淡忘，今天大家都不要再提那些令人不愉快的往事。

吴德岭听后哈哈大笑，当场叫人去放两位女子回家。当沈金书要走出吴府时，吴德岭突然又提出一个要求，说他家老爷子平生素爱秦腔，如今巧遇秦腔名角陈凤良老先生来到北平，点名想听陈老社长誉满西北的拿手好戏《斩单童》。沈金书看着虽也一把年纪却仍旧满脸无赖相的吴德岭，又想到着急万分的陈凤良和杨元厚他们，心里合计还是救人要紧，便随口答应了吴德岭的无理要求。

杨小云和申湘云终于回来了，杨元厚握着沈金书的双手道谢不止。陈凤良看到两位女弟子已然安全回来，心中懊悔消去许多。陈凤良蜡黄的脸上难得泛起的潮红，让沈金书稍感欣慰，但看着陈凤良愈发虚弱的身体又让他心痛不已，他不忍说出吴德岭的无理要求，脸上挂满了苦涩的神情。

赵兴怀不经意间注意到沈金书一脸的难色，心里便开始琢磨杨小云和申湘云能够顺利被放回来，背后的原因定然不简单。想到此处，他猜测莫非沈金书答应了对方什么，于是他私下来见沈金书。

沈金书既为赵兴怀的细心感动，更为陈凤良身边有这样的忠义之人感到欣慰。在赵兴怀再三询问下，沈金书便将答应吴德岭的事情说了一遍，赵兴怀听后亦感忧虑。陈老社长自从身染风寒病倒后，病势沉重迟迟不见转好，如果此时让他登台唱戏，不仅体力难支，而且于病情大为不利。因此，无论如何得重新想出个解决办法。赵兴怀劝慰沈金书别太心急，他想到了肖玉仁先生派来的王福，或许他会有更好的解决办法。

王福听得此事后，即刻电报请示老爷。摒弃半生误解开始敬重陈凤良的肖玉仁让王福迅速找到中央银行北平分行行长段景民，从他那里取出肖玉仁珍藏多年

的一尊玉佛准备送给吴德岭，想以此让吴德玲取消陈凤良的这场演出。王福将老爷的想法告诉赵兴怀后，赵兴怀十分感动，他为长安秦腔社终于能躲过这场灾祸感到高兴。未料赵兴怀迥异往日的欣喜神情被陈凤良看到眼里，他问赵兴怀有何喜事发生，赵兴怀一高兴说漏了嘴，陈凤良这才知道有这么回事。他埋怨赵兴怀糊涂，怎么能欠下肖玉仁这么大的人情，又怎能将如此珍贵的玉佛送给一个地痞流氓，即使佛陀有知也不会答应的。

经过慎重考虑之后，陈凤良吩咐赵兴怀转告吴府，三日后必登府献戏。他的这个决定让众人甚感心酸，先不说重恙在身，仅就吴德岭那张无耻相逼的嘴脸，就足够让陈老社长断然拒绝。然而身处兵荒马乱的北平城，对手又是个根深皮厚的恶霸，眼下又是"请不出正义，躲不开欺凌"的肮脏世道，为了搭救自己的徒儿，陈凤良只能举夺由人，其余的事情，他已无暇去想了。

赵兴怀心有不悦，迟迟不愿去传话，寒梅也是揣摩不透师父的心思。这时，一筹莫展的沈金书又来看望老伙计，劝说不必如此任人摆布，可以再想想其他办法，相信事情总会有转圜余地。结果陈凤良情真意切地说道："祖师爷留下'高风峻节'四个字，就是要我们世世代代的梨园人记得，做人做事要讲究个风骨节气，而这四个字后面，还有四字紧随着，那就是'戏比天大'。我用一辈子时间体悟这四个字里的深意，想得时间越久，越是对咱们的梨园艺术产生敬畏之心。你们京剧行里有句行话说'不疯魔不成活'，这话也是照应着'戏比天大'四个字，说出的道理都是咱这身技艺不仅要有态度，还得掂量出它沉甸甸的分量。所以只要入了梨园行，每个人就得为戏、为这技艺舍命相投，万万不可被个人的声誉名望所羁绊，这应该才是老祖宗说出'戏比天大'的真正含义啊！"

听罢陈凤良这番鞭辟入里的话，沈金书更是对陈老社长肃然起敬。为了躲开眼前这场灾祸，陈凤良可以放下体面、自尊，甚至不顾及个人声誉，哪怕被人嘲笑是"人在屋檐下，不得不低头"的怯懦，他宁可选择低下自己高贵的头颅，也不愿让"戏比天大"的精神受到半点玷污。沈金书赞叹之余又唏嘘不已，而后反劝赵兴怀抛开心结尽早把话捎过去。这时杨元厚也拉长个脸，嘴里嘀咕着老陈是不是病糊涂了？沈金书愠怒地瞧了他一眼，然后不再言语半句。

去往吴府的路上，赵兴怀郁郁寡欢，虽然心有不甘，但陈老社长的脾气他是了解的，自己力所能及的事情，从来不会相欠他人，想必老社长能做此决定，必有他的道理，所以自己也不能再固执己见。其后，心事重重的赵兴怀又婉拒了王福和肖玉仁的深情厚谊，只恳求王福能晚些天走，等吴府演出结束后，大家再一起乘车返回。

眼看三天时间要到了，陈凤良的病情不仅不见好转，咳嗽还越发严重了，连请了好几位北平名医瞧病，天天服药，病情仍令人揪心。心急如焚的沈金书、赵兴怀和杨元厚时时守候在陈凤良身边，他们无不为此忧虑，这样的病体怎能登台唱戏呢？赵兴怀避开所有人，乘着去吴府收拾舞台的机会，再次恳求吴德岭可否考虑由他来演，吴德岭装作听不懂的样子回避话题，赵兴怀心恨不已却又无可奈何。看着满面愁云的赵兴怀他们，陈凤良强忍着咳嗽硬撑出舒展的神态表明自己身体尚好，并一再强调哪怕去演个半场，也算是对这件事情有个交代。等到第三天要进吴府时，陈凤良自感气息不再那么局促，一脸笑容的他反劝大家安心。

这一夜的吴府上下张灯结彩、人声鼎沸，吴老爷子带着全家近百口人，乌泱泱坐满观众席。即将开场前，又有许多和吴府相熟的人也来了，整个吴家大院被挤得满满当当。陈凤良临走前要求所有女弟子歇息玉渊潭剧院严禁外出，他只带数名男弟子前去，赵兴怀最担心陈凤良体力支撑不下来，便把自己随时替换老社长的曲目行头也一并带上。开戏前，吴老爷子终于见到这位名震西北的老派秦腔名角，内心激动之情实难自抑，忍不住上下打量起来，嘴里啧啧称叹陈凤良果然是风雅清奇之人，举杯相诉仰慕之意自是难免，身处旁边的赵兴怀连连替陈凤良挡酒应付。

《斩单童》在秦腔中是一出百年传唱、经久不衰、堪为经典的传统曲目。此剧为花脸唱腔唱功并作，尽显秦腔的慷慨激昂与悲壮之风。陈凤良在台上的唱念做打精妙绝伦，毕其一生功力练就的悲怆苍凉之唱腔，令人有三日绕梁不绝于耳之感，直把吴老爷子听得是老泪婆娑、激动万分，八十多岁的老人忽然起身学着台上陈凤良的做派提衫蹬袍小跑起来，而台下的喝彩声早已是叫开了花。此时的赵兴怀和杨元厚却一点也高兴不起来，他俩双眼直勾勾盯着陈凤良的腿脚和面容，只见陈凤良把后背四面靠旗舞动得虎虎生风，猎猎飘扬的靠旗像燃烧的太阳在戏台中央舞动着，倏然之间又像无与伦比的灿烂烟花消失在舞台深处。突然，只听

得一声沉闷的声响，陈凤良重重跌落在地，一口鲜血染红了地面。

陈凤良苏醒过来时，沈金书、赵兴怀、胡淑曼、杨元厚、寒梅等人簇拥四周，身旁的杨小云、申湘云哭得像个泪人一般，王福也站在旁边无限伤感地看着陈老前辈。请来会诊的医生一个个摇头而去，陈凤良心知这一生留给自己的时间已经不多了，他叮嘱众弟子尽速返回长安不得片刻耽搁。

当王福将北平城发生的事情告知肖玉仁后，他念及陈凤良病势沉重，万万不可再乘长途卡车颠簸返回，于是又做出仁义之举。他一边吩咐王福将运输物资的卡车全部捐赠给抗战部队，一边疏通关系购买了全部人马返回长安的火车票，并特意给陈凤良买了张卧铺票，好让陈老社长躺着返回家乡。

和沈金书、赵天佑道别那天，北平城仍处在料峭春寒中，飒飒北风吹动着树枝四散摇摆，彤云密布的天空似乎要塌陷下来一般。沈金书紧握着陈凤良的双手，再三宽慰老伙计要平安回去，老泪纵横的陈凤良望着鬓发花白的沈金书微微含笑点头。难以割舍的两人互道珍重之后，火车徐徐开出北平车站，孤独的沈金书在站台上向远方眺望着，久久不忍离去，他那颀长而清瘦的身影，此刻愈发显得单薄而凄凉。

傍晚时分，开往长安的火车经过卢沟桥时，赵兴怀和王福等人惊讶地发现，车窗外有无数荷枪实弹的日本兵伏卧于桥桩两侧。众人见状心中不免吃紧，一种难以名状的不测之感涌上心头，大家开始在心中默默祈祷，只求火车能早点到达长安城。

陈凤良终于回到了甜水井大街二十二号付家大院。

病势逐日加重的他望着窗外艳阳天下碧绿的树叶，心知长安城已到初夏时节。曹云亭和魏光华想尽各种办法在长安城遍访名医接来瞧病，肖玉仁还专门从上海请来一位沪上名医进行医治，但一切努力都无法使陈老社长的病情有所好转。

这天的长乐坊大剧院里气氛极其凝重，五大班社齐聚一起，陈凤良也苦撑着病体来到剧院，他要将长安秦腔总社长一职从今日起正式交予赵兴怀。议事厅里传出弟子们的阵阵啜泣声，剧烈的咳嗽已让陈凤良的气息甚是微弱。赵兴怀双手接过那块温热尚存的蓝田玉佩，看着玉佩上清晰可见的"高风峻节"四个字，泪如泉涌。

他俯身紧贴到陈凤良面前哽咽道:"老伙计啊,你叫我往后当如何自处啊!"

陈凤良安然微笑道:"秦腔是咱们的命根子,揣好玉佩,把它代代传下去。"

众人闻之,无不感怀涕零。杨元厚自知陈凤良是为搭救他的女儿杨小云才入吴府唱戏致使病情加重,此时除了感佩之外,再无心思去争夺社长之位了。

七月七日夜,陈凤良又将寒梅叫到床前,心怀遗憾地嘱咐她,但凡有一丁点可能也要力劝师弟冯其中回头是岸。寒梅听罢泪流满面,她知道冯其中注定是师父今生今世最痛的心结,可叹如今的师弟越走越远,师父善良的心愿仿佛镜花水月般遥不可及。深夜,熟睡中的陈凤良溘然长逝。

就在陈凤良病故的当晚,震惊中外的"卢沟桥事变"爆发了。

秦腔总社北平义演结束回到长安后,冯其中一直想瞅个机会去看望病重的师父,却碍于面子迟迟犹豫着。就在卢沟桥巨变的当晚,冯其中又得知师父也已溘然病逝,接踵而至的这两条消息,不啻两声炸雷震得他耳朵嗡嗡作响。顾此失彼的冯其中瘫坐在沙发上,漫天的痛楚撕扯着内心,他一脸木然地望着墙上悬挂的时钟在左右摇摆,脑子里清楚意识到,或许自己今生今世都没脸再踏进甜水井二十二号付家大院了。

在曹云亭和赵兴怀的共同操持下,一代秦腔名家陈凤良永远长眠在距离妙积寺不远的观山坡上。山花烂漫的观山坡上,夏日的微风拂动着薄雾淡烟,轻轻袅袅地飘向旷远幽静的终南山深处,从远处寺院里传来的一阵阵诵经声,给这里的寂静空旷平添了一份冷清与惆怅。倏然间到了"头七",前来祭奠的曹云亭和寒梅看到师父的坟前摆了许多鲜花和香烛,他俩心里猜想,应该是冯其中来过。

远在北平的沈金书是从赵兴怀的来信中得知陈凤良去世的消息,无限悲伤的他数日里粟米未进,只是一味地低首哀叹,赵天佑每天悉心照顾着师父。与此同时,崇林社几乎昼夜不停地进行演出,而演出的收入遵照师父的意愿几乎全部捐赠给抗战部队。没过多久,日军用武力撬开了北平城门,面对来势汹汹的日本兵,全城百姓人心惶惶,人们纷纷四处逃亡,北平城顿时陷入民不聊生的艰难境地。面对日本人的淫威,城内所有戏曲班社再也不能像以往那样演出抗日剧目了。

偏偏在这个时候，吴德岭乘着日本人进城后的混乱局面，又干出许多敲骨吸髓的坏事来。他先是囤积居奇，大量收购、储存市场稀缺物资，然后散播谣言、制造恐慌，继而肆意抬高物价，大发灾难财。

这天吴记大世界赌馆来了位喜欢赌博的日本军官，此人正是日军华北司令部宫田太郎大佐，喜眉乐眼会来事的吴德岭前后左右地巴结伺候着，他那副阿谀献媚的汉奸嘴脸给宫田大佐留下很深的印象。不久之后，卑躬屈膝的吴德岭偷偷溜到北平城铁狮子胡同，这里是日军华北司令部总部，他用手里赚来的黑心钱孝敬给宫田太郎，谋得一份为日军筹措物资的美差。自从有了日本人这个靠山，吴德岭在北平城里比以前任何时候都更加耀武扬威。

再说这位宫田大佐，正是宫田奈美的亲兄长。日军开进北平后，他四处打听探访，无时无刻不想着找到自己的亲妹妹。在残酷而混乱的战争年代，家破人亡、亲人离散的悲剧，中日两国之内比比皆是。

漫长而残酷的战争让宫田太郎逐渐迷失了人性，他和无数的日本士兵一样，仿佛只有沉醉在烧杀抢掠中，方能换得心灵的片刻安宁。宫田太郎在日本时也是个戏迷，到了北平以后，他对声名鹊起的京剧青衣名角柳青芳甚是钦慕，吴德岭吃透了宫田太郎垂涎美色的心思后，即刻让三少爷吴三宝捎话给朝阳剧院。

当吴三宝扬扬得意地来找田千秋老社长说宫田大佐要来看柳青芳的演出时，旁边所有的京剧艺人都望着他咬牙切齿，大家对吴德岭父子的汉奸行径愈发恨之入骨。田老社长自然明白吴德岭这回定是"黄鼠狼给鸡拜年——没安好心"。过去无数次经历告诉田千秋，和吴家父子硬碰硬无异于鸡蛋碰石头，于是他微笑着嘴上答应了吴三宝，并让他捎话给宫田大佐，两日后请他们一起到朝阳剧院欣赏柳青芳的京戏。

打发走吴三宝后，田千秋急忙来见沈金书，两人正在商议对策时，赵天佑带来一位熟人，她就是不久前全力照顾秦腔社北平义演的上官虹。上官虹说他们已经知道陈老社长谢世的消息，这次来是专门帮助京剧社应对吴德岭的无礼之举。两位老人面面相觑，既惊讶于他们消息之灵通，又感觉心里踏实许多。当上官虹将他们的行动计划和盘托出后，田千秋和沈金书悬着的心终于落地了。

陈凤良在离世之前，曾和曹云亭有过一次深谈，作为同道中人，陈老社长直抒胸臆，既对曹云亭所做诸事深表赞同，又拜托他在往后日子里能多多关照秦腔社众弟子，还有北平城那些朝夕相处过的京剧同行，曹云亭全都答应了他。此后，曹云亭通过秘密渠道，特别嘱托已转入敌后抗日的北平地下党负责人曾世平，务必要多多关照北平城的京剧艺人们，以不辜负陈老社长的临终之托。所以当曾世平、上官虹他们获知吴德岭和宫田大佐相互勾结并刁难京剧青衣名角柳青芳的消息后，又联想到吴德岭为日军筹措物资、搜刮民财所犯下的种种恶行，北平地下党组织决心甘冒巨大风险不惜一切代价，要在日本人占领的地盘上除掉汉奸吴德岭父子。

话说日本人占领北平城后，很多有钱人被吓得四散逃离，吴记大世界赌馆的生意也大受影响，可吴德岭却不敢有半句怨言。这天晚上赌场里稀稀拉拉只有三五个客人，虽然距离午夜还早，却只得关门打烊，看管赌场的吴三宝终于可以早早歇业了，他要乘着夜色去看望深藏在三甲胡同里的牛二小姐。

这位牛二小姐的来历说来复杂。她是沈阳华阳山几座山头的当家人牛三省的独苗女儿，芳名牛玉仙。啸聚山林的牛三省本来有两个闺女，大闺女早夭后，他视二闺女为掌上明珠，谁也没想到这牛二闺女长大后出落得如花似玉、仙气十足，但偏偏性格强势又大大咧咧，远近靠山屯里有点实力的人家慕名前来说亲，牛二小姐从不拿正眼瞧人家。

早年的吴德岭有一次带着两个兄弟去东北贩卖烟土，走到华阳山时被牛三省的人马劫了道，失魂落魄的吴德岭连人带货被押上山。那时的吴德岭长得可算是仪表堂堂，不似今日这般肥头大耳。牛三省洗劫完他们身上所带财物后，命令手下将三人推出山门做掉，其他两人吓得屁滚尿流，唯独吴德岭梗着脖子大骂牛三省是无恶不作的土匪，牛三省气愤难当，刚要亲手宰了他，却被身旁的牛二小姐挡了回去。大难不死的吴德岭时来运转，牛二小姐偏偏看上了这个满身江湖习气的烟土贩子，还非要下山嫁给他当小老婆。吴德岭因祸得福，远从东北娶了这么一个小老婆，还带回来牛三省给女儿的一笔价值不菲的嫁妆。看着大有来头的牛二小姐，家道中落的正房太太张大红不敢嫉恨打闹，反而很识趣地要让出大太太位置给她，未料牛二小姐偏又不答应，只给正房张太太提出将三少爷过继给自己

当儿子。

　　说来也奇怪，牛二小姐嫁给吴德岭后的很多年里，肚子从来不见有任何动静，却把三少爷当自己亲生儿子一般宠爱。三少爷要拜她为干娘，她不答应，反倒要求三少爷和大家一样叫她二小姐，这样的叫法常常惹得众人大笑不止。目睹性格不羁的牛二小姐的种种荒诞举动，吴德岭甚感郁闷，张大红更是暗中恼火，但她既管不住自己的小儿子，也不敢得罪牛二小姐，只能睁只眼闭只眼。几年之后，吴德岭又觅得新欢，便逐渐疏远了牛二小姐，但她依然和往常一样，永远是一副随随便便满不在乎的样子，就像个没心没肺的人，整天不是打麻将就是逛街看戏。

　　此后不久，牛二小姐破天荒迷上了崇林社风流倜傥的京剧名角任少山，两人眉来眼去之间，很快便厮混一起，等到街坊邻里间已传得沸沸扬扬之时，吴德岭这才得知被人戴了绿帽子。盛怒之下的吴德岭先施以黑手做掉任少山，又想一纸休书踢开牛二小姐，但他心里多少忌惮于牛三省在关外的势力，思前想后别无他法，便悄悄在三甲胡同寻了院房子让她住下。

　　吴德岭的三少爷与这位牛二小姐之间的特殊关系向来都是人们茶余饭后的谈资，有人说两人关系暧昧，也有人说吴三宝有恋母情结。渐渐地有些闲话就传到吴德岭的耳朵，他严斥儿子不许再去三甲胡同看望牛二小姐，为此事吴三宝没少挨父亲的暴揍，但从小被牛二小姐照顾长大的吴三宝，几天不见她似乎就像丢了魂，吃不香睡不着的他总是瞅准一切机会跑去三甲胡同。

　　这天赌场人少关门早，吴三宝想着父亲最近正忙于宫田看戏的事情，便从赌场带了两个平常最要好、口风最严实的伙计做保镖，开车偷偷去看望牛二小姐。掩隐在市井小街里的三甲胡同深处路面狭窄，汽车难以掉头，每次只能停靠在距离牛二小姐院子近百米的地方。当三人下车时，有两个白衣女子轻颦浅笑着从吴三宝身边飘过，一股女人身上特有的香气吸引着吴三宝情不自禁上前搭讪，借着昏黄的路灯，只见夜色里两位女子姿色不同凡人。看着同样身着白色衣装的热情公子哥，其中一位女子面带微笑大方地往前一指，说自己家就在前面不远的拐弯处。色迷心痴的吴三宝边走边笑着说要送女子到家门口，正在摆弄汽车的两个保镖还没反应过来，吴三宝已随着女子走到胡同拐弯处。倏然间没了吴三宝的身影，两个保镖意识到不对劲，便小跑着赶了上来，刚到拐弯处，从黑暗中突然窜出几个壮汉将两个保镖击倒在地。

最近的赌场生意不好，吴德岭认为只是暂时现象，他乐观估计只要时局稳定下来，好生意定会重来。快到午夜时分，还不见三少爷回家，吴德岭心里不免怀疑他又去找牛二小姐了，想到此处，心里的火苗"噌"地就往出冒。吴德岭刚要派人去找三少爷，忽听大门外汽车声响起，只听吴三宝在车里大喊道："快叫老爷出来，有急事。"不等门房老头叫他，吴德岭已穿着睡衣急忙从内屋往外跑，坐在车里的吴三宝一脸惊恐而又无比沮丧地冲着他吼叫道："二小姐病得快不行了，你赶紧过去看看吧。"站在车旁的吴德岭一下愣了神，嘴里嘟囔着说，牛二小姐一向好好的，怎么就突然不行了？吴三宝又是一通大喊大叫："快点啊，牛二小姐要死了，你快上车呀。"就在吴德岭将信将疑犹豫之间，突然从车后闪出一人，猛地将吴德岭推进车内，汽车一声怒吼疾驶而去。

吴德岭自知作孽多端，平常在家豢养有十多名保镖，每次出门时前呼后拥心里也踏实。此刻已到午夜，保镖们已在后院歇息，没有一人随他走出大门。门房老头眼见情形不妙，急忙跑到后院叫人，等一众保镖跑到大门外时，汽车早已没了踪影。正当大家一头雾水时，正房太太张大红跑了出来，说是刚才听到三少爷大喊牛二小姐不行了，大家急忙开车赶往三甲胡同。

等到张大红带着保镖赶过来时，只见牛二小姐被人堵住嘴巴捆绑在门柱上昏迷不醒。夜色中身穿睡衣的吴德岭趴在地上，脚上的拖鞋已没了踪影，身下是一大摊血迹。保镖赶紧上前给牛二小姐松绑，丢了魂似的张大红这才想起三少爷，等她跟跟跄跄冲进屋里时，只见吴三宝已横尸在床，张大红惨叫一声昏死过去。

第十九章

　　吴德岭和儿子吴三宝一夜之间双双毙命，刚刚进城的日本人顾及社会影响，严令不许走漏任何风声。凶手来无影去无踪，居然连一点蛛丝马迹也没留下。北平警察局前后来了两位探长轮番询问苏醒过来的牛二小姐，惊魂未定的牛二小姐打着哆嗦嘴里不断念叨着有鬼，披头散发的她全无往日的活力。宫田大佐带着日本宪兵也来到三甲胡同凶案现场，但这里民舍林立、人员复杂，一时间也找不出任何作案线索。回到司令部后，宫田把这些天发生的事情细细思量了一遍，认定唯一值得怀疑的就是朝阳剧院了。于是，到了第二天晚上，宫田太郎带着全副武装的日本宪兵，按照约定时间气势汹汹地来到朝阳剧院观看柳青芳的演出。

　　当晚的朝阳剧院一切的布置和往常一样，只是因为日本人来看戏，全场没有一个中国人在座。田千秋客客气气陪坐在宫田身边，剧场四周站满荷枪实弹的日本兵。就在全场鸦雀无声之际，台上骤然响起优美缠绵的乐曲，幕布轻启，婀娜多姿的柳青芳已站在舞台中央，一身绝美装扮的青衣女子，在台上一嗔、一喜、一笑、一怒，间或顾盼流转之间那一抹娇羞、一丝伤感、一份柔媚、一声幽怨，直让台下的宫田太郎魂消魄断、心意绵长。

　　一折戏刚完，宫田摆手示意停下来，全场演员屏住呼吸不知所措。

　　田千秋起身问道："不知这曲《桑园会》宫田先生可否喜欢？"

　　宫田太郎转头疑惑地看着田千秋说："你怎么知道我喜欢罗敷女这个角色？"

　　田千秋似乎早有准备，不紧不慢答道："这是吴德岭先生三天前告诉我的，他说宫田先生最喜欢这出《桑园会》的。"

　　宫田用狐疑的眼神从上到下把田千秋打量个遍，他渴望在彼此问答之间能发现些什么。"那你怎么不问问吴德岭先生今晚怎么没有来？"

　　田千秋依然不紧不慢地答道："我等艺人只管把戏唱好，客人来与不来，那是人家的事情。"

田千秋滴水不漏的回答，让宫田的目光又转向台上的柳青芳。

没见过如此阵仗的柳青芳已吓得瑟瑟发抖，宫田伸手一挥，两个日本兵冲上台就要将柳青芳带走。只见田老社长往前一站，用自己的身子挡住去路，一脸淡定地问道："不知宫田先生要把老朽的徒儿带去哪里呢？"

宫田毫不掩饰地说："柳小姐才艺俱佳，我要带她回司令部唱给大家听。"

"这恐怕不行，剧场每天都排有她的戏，而且票也卖出去很多，我们这京剧社里有数百号人，可就指望着她唱戏吃饭。"说话间田千秋看了一眼站在身旁的剧院老板黄兴梅，黄老板也赶忙迎上来搭腔："是的，是的，柳小姐是我们朝阳剧院的台柱子，点名看她戏的人每天都很多，她的戏票都已卖到三天以外了。"

看着低头哈腰的黄老板，又看看吓得浑身发抖的柳青芳，宫田也许是动了恻隐之心，又或许觉得抓个小女子对找出杀人凶手并没多大用处，便对在场的所有人阴阳怪气地说道："告诉你们一个好消息，约我今晚来看戏的吴德岭先生，连同他的儿子吴三宝，昨晚统统被人暗杀了，我怀疑是你们剧院人干的，所以，柳小姐可以不去，但田老先生必须跟我走一趟。"

众人听闻此言一片哗然。田千秋猛然抬手止住大家的喧哗，用冷静而从容的口吻说："宫田先生既然怀疑凶手是我们剧院的人，那我自然应该配合调查，大家莫要惊慌。"田千秋望着宫田太郎一脸冷酷无情的表情，心知今天他是非去不可了，其实他的内心早已做好了应对今晚所有不测的准备。"我去可以，但请宫田先生别再为难我的弟子们。"说罢田千秋撩起衣袍毅然决然地向外走去。

沈金书上前高喊一声："老社长留步啊！"已走到剧院大门口的田千秋回头看了一眼沈金书，嘴角露出一丝不易觉察的笑容。

田千秋被日本人带走后，沈金书心急如焚，他回到朝阳剧院的住处，想起前些天上官虹所说的话，心里逐渐清楚在暗中帮助京剧社脱难、决然除掉吴德岭父子的人定是上官虹他们。就在沈金书心里想着怎样才能找到上官虹时，猛然发现地上有封信，打开一看，方知是田千秋老社长留下的。

金书老弟：

眼下时局艰险，北平已然沦丧，京剧社前途未卜。昨夜上官虹已派人告知于

我，除掉吴德岭父子既为消今日之灾，亦为崇林社报了旧日之仇，我想章老社长和任少山的在天之灵可以安息了。今日宫田必会前来看戏，定然不会善罢甘休，我已做好舍生取义之准备。万望你能速速带上柳青芳等众弟子，远赴长安避难，以保我京剧社曲脉延绵。

我走之后，京剧总社长的重担就交给你了，值此危难之际，望你能勇担重任。待它日河山收归、家国安宁，老弟若能焚香相告，我在九泉之下亦可瞑目矣。

见信如晤。

田千秋拜上

读罢此信，沈金书心如刀割，他再也无法控制自己的情绪，深深低下头哭倒在椅子上。

田千秋老社长的良苦用心，是要用自己的性命换得柳青芳的清白。面对眼前危险，沈金书一刻也不敢耽搁，连夜召集众弟子做好准备，愿意逃离的速速随他再赴长安，不愿前往的，亦可留在北平自谋生路。随后他又去见了朝阳剧院老板黄兴梅，对黄老板这段时日里的关照再三感谢，并给他看了田千秋的书信。

多年来和田老社长休戚与共的黄老板流泪说道："柳青芳还是个孩子，我和夫人早已把她认了干闺女，今天遭此大难，北平城看来是万万不能待了。既然田老社长已将柳姑娘拜托于你，黄某感激涕零，大恩不言谢！"黄兴梅还说自己定会看管好朝阳剧院，静待沈金书带着崇林社和柳青芳再次归来的那一天。

黄兴梅与沈金书分开后，急忙跑回家里将田千秋信中所言告诉柳青芳。惊魂未定的柳青芳啼哭着不愿离开北平，黄兴梅厉声呵斥道："若想活命就赶快走，不想活就留下。"夫人罗英见丈夫这次是真的急了，连忙为柳青芳收拾行装。她将收拾好的行囊塞到柳青芳手里说："留得青山在，不怕没柴烧，跟上沈老社长出去躲躲再回来。"柳青芳见干娘也是态度坚决，便不敢再执拗下去。第二天黎明时分，沈金书、赵天佑带着柳青芳与崇林社众弟子快速逃出北平城去。

宫田太郎把田千秋带回司令部后足足折腾了一夜，也没能审出半点头绪来，看着老迈的田千秋再也经不起一丝折腾，于是第二天一大早，他又带着一队日本兵到朝阳剧院抓捕沈金书和柳青芳等人，未料朝阳剧院已是人去楼空，只有剧院老板黄兴梅急急忙忙赶来招呼他。宫田太郎望着空空如也的剧院，瞬间恼羞成怒杀心骤起，当场拔枪射杀了黄老板。而决意舍生取义的田老社长，不吃不喝七日后也气绝身亡，一代京戏名伶便这样湮没于燕岭脚下的萧瑟风声中。

跟随沈金书仓皇逃离北平城的弟子只剩下二十多号人，火车疾驶到陕西地界时，沈金书才发现一路上大家谁也没有说话。他望着窗外连绵起伏的潼关山脉，忽然又想起陈凤良临走前与他的约定："哪天若再回长安，我会到潼关来接你。"如今斯人已去，沈金书空留满怀悲切。

火车终于到达西京站，沈金书、赵天佑他们刚走下火车，便看见赵兴怀、胡淑曼、寒梅等秦腔社一众人员，还有曹云亭、魏光华以及止园剧院老板叶琦等人，早已守候在站台上迎接他们，沈金书与弟子们顿时热泪盈眶。

等到沈金书和崇林社众弟子惊魂初定后，曹云亭这才带着他们来到观山坡陈凤良墓前。沈金书含泪抚摸着墓碑，脑海里徐徐浮现出与陈凤良相交相知半辈子所经历的一幕幕悲欢离合，不禁悲从中来怅然涕下。眼望坟头渐已长高的野草，沈金书知道他与陈凤良将永远阴阳两隔了。

沈金书很快从曹云亭那里得知崇林社逃离北平城后接连发生的惨剧。田老社长绝食自尽了，黄兴梅被宫田杀害了，留下来的弟子中，有的重新走进其他小班社，有的干脆离开了梨园行，一时间北平城里的戏曲艺人们陷入群龙无首、七零八落的境地。在日军铁蹄占领的地方，百姓生活饥寒交迫难以为继，哪里还有梨园人生存的土壤。国破家亡百业停滞的悲惨景象让沈金书痛心疾首，他郑重拉起曹云亭的手说："陈老社长走了，往后你若有需要的地方，就来找我。"随后，沈金书将田老社长留给自己的书信拿给曹云亭看，曹云亭看后亦是黯然神伤，沈金书又特别嘱托曹云亭捎话到北平，感谢上官虹他们舍生相救。不久，上官虹捎回话来，言说未能搭救出田老社长心中倍感内疚。沈金书心知田千秋是从一开始便怀着必死的念头挺身而出，加之事发突然，又被关进警备森严的北平日军司令部里，营救他的难度是可想而知的。从此之后，沈金书每月都会给被宫田枪杀的剧院老板黄兴梅的妻儿寄一些钱，聊表寸心。

知道沈金书他们又回到长安，还带回来京剧青衣名伶柳青芳和二十多个徒弟后，冯其中特意告知了任欣荣，并提醒他抽空可以去看看师父沈金书。任欣荣若有所思地"嗯"了一声，便再也没有吭声。

北平城被日本人占领后发生的一系列变故，李震主任都详细告诉了冯其中，针对吴家父子被暗杀一事，李震判断说这是共党特有的"闪电杀"，这种手法他曾在南京遇见过，是一种令敌人闻风丧胆的"绝杀"。为此，李震当着冯其中的面，难得一见地赞赏了共党高超的手段，毕竟除掉的是国共两党共同的敌人。

已经转入地下潜伏的北平原党务调查科科长佟维三专门给李震发电报说了此事，还说吴德岭和儿子被杀后不久，吴家老爷子一气之下也病死了，六神无主的正房太太张大红哭天抹泪地唤回在上海做生意的吴二宝，可惜这吴家老二在十里洋场的上海滩吸烟狎妓，早已不成个人样。情急之中的张大红又急忙联系早年下南洋做生意的大儿子吴大宝，可惜路途遥远，迟迟没有音讯。与此同时，吴家父子被杀的消息已经传遍大街小巷，人们纷纷痛斥这对汉奸父子是罪有应得，时不时有人乘着夜色给吴家大院丢石块、扔粪便，吴德岭父子的卖国行径已然臭了大街。看来这北平城实在是待不下去了，火烧火燎的张大红急忙做主将吴家大院贱卖给一个叫荆耀祖的山西商人，随后灰溜溜拖着抽大烟的吴家老二跑回天津娘家躲了起来。最可怜的要数那牛二小姐，不仅一分钱家产没分到，还被吓成了疯子，传闻她流落街头成了乞丐。后来又有人传言，东北老家当土匪的牛三省偷偷来北平城接女儿回家，没料想在回东北的路上，父女俩双双被日本人打死了。总之，自此之后北平城里再也没人见过这个充满传奇色彩的牛二小姐。

李震最后无限感慨地叹口气说："家大业大，罪孽也大啊！看来给鬼子做事，即使上天不收你，也自会有其他人收哪。"李震吐出的这句话，听得冯其中脊背直发凉。

"卢沟桥事变"发生后，抗日战争全面爆发，日军已经占领山西大部，距离陕西只剩下一河之隔，汹涌咆哮的黄河天堑暂时阻挡了日军的脚步，他们又转向河南进发，而河南与陕西又仅仅只是隔潼关相望，日军随时都有可能掉头西进。此时的西京市内风声鹤唳，日军要强渡黄河打进潼关的传言此起彼伏。日寇铁蹄虽然还未踏入陕西半步，但其飞机却频频飞临西京上空进行空袭，敌机排成梯形对准目标投弹，震耳欲聋的爆炸声中西京大地升腾起滚滚浓烟，烈焰腾空处，砖头瓦片四处飞溅，城内变成一片火海，西京仿佛陷入天崩地裂的境地，整座城市被末日来临的恐怖笼罩着。

在如此严峻的抗战形势面前，国共虽已统一战线，但国府"防共、限共"策略却丝毫没有放松，双方在敌后或国统区的摩擦与日俱增。为了应对抗战时局的总体需要，国府决定将李震的党务调查科重编为西京行营第三科。第三科的威名依然令人恐惧，他们与八路军西京办事处的较量也正式拉开了帷幕。

这天早晨，李震给冯其中打电话，说自己的专车要去车站接一个老家亲戚，让冯其中开车绕道来接他去行营开会。汽车正顺着城墙根行驶着，突然间刺耳的空袭警报声刺破苍穹，满城百姓开始抱头奔跑分散隐蔽，敌机飞到西京上空，瞬间炸弹声、呼救声混乱不堪。李震与冯其中远望西京行营方向火光四起，心知躲到行营防空洞已是来不及了，两人急忙下车抱头跟着恐慌的人群就近钻进了城墙脚下的防空洞里。

日寇飞机的轰鸣声逐渐远去，爆炸声也渐渐停下来，涌入防空洞内浓烈而刺鼻的烟尘味，呛得人们鼻涕眼泪直往下流。待烟尘散尽时，在防空洞中冯其中和曹云亭几乎同时惊讶地发现了近在咫尺的对方，神情愕然的两人又同时看到对方身边还站有一人，惊诧之余互相都怔了几秒钟，也就是这短短的数秒时间里，李震与柴伯文都警觉到对方的不正常。

四人就这样尴尬地沉默着，空气像凝固了一样，仿佛时间也停止下来。很快防空洞里拥挤的人群逐渐疏散而去，李震刚走出防空洞就厉声问道："刚才那两个人是谁？"

冯其中半点都不敢含糊地答道："我认识其中一个，就是我们一直想抓的曹云亭。"

"那另外一个呢？"

冯其中不敢妄加猜测，但却和李震同时想到一个人，他就是深藏不露的西京地下党总联络员柴伯文。

李震和冯其中谁也料想不到多年来想抓到的人，居然会以这种方式突然出现在他们眼前，而且还是近在咫尺。这种造化弄人的感觉，让李震内心瞬间升腾起一股像被黄蜂蜇了一下却又无法伸手掐死它的憋屈感。

对于柴伯文和曹云亭来说，这次巧遇也是万万没有料到的，他俩也意识到站

在冯其中身边的那个人就是李震。好在他们曾经的地下身份已经转为八路军西京办事处的公开身份，所以并不感到面子难为，但心里却很明白，他们与李震的角力已彻底从地下走到桌面上了。

再说肖若妍用秋风寨赚来的"风流钱"买下城隍庙剧院后，一如既往地和陈竹君、"小肉丸"马艳等人排练他们喜欢的才子佳人话剧，一时间风头无两。可惜好景不长，来看话剧的人越来越少，尤其是日本飞机不断轰炸而引起满街的抗日游行，经常会把剧院门口拥堵得水泄不通，甚至有些游行的学生会冲进剧场，冲到正在演出的舞台上呵斥肖若妍他们在家国存亡之际的麻木不仁。肖若妍起初并不把这些放在心上，她觉得外面世界的打打杀杀与己无关。但现实情况的发展完全出乎她的预料，自以为关起门来与世无争，灾祸便不会找到她的门上，谁料日机投下的一颗炸弹，偏偏落到城隍庙剧院的西墙根，不仅墙体被炸了个大窟窿，还当场炸伤三名演员。

面对修缮剧院和支付受伤演员医药费这两笔不小的开支，肖若妍犯了愁。按说剧院为她也没少赚钱，但她和陈竹君平日里大手大脚挥霍无度，奢侈浪费常常让她陷入"寅吃卯粮"的尴尬中。再加上肖若妍聚赌博、摆豪宴样样都来，经常是提前卖出的票款，还没等话剧上演就被她拿去挥霍一空，有时候实在难以为继，她又让陈竹君出门去借高利贷，这套"拆西墙补东墙"的玩法很快让肖若妍捉襟见肘，索性她又向银行抵押剧院房产贷款。这次的灾祸她是无论如何也躲不过去了，于是又想故伎重演，让陈竹君私底下悄悄放出话风，想再踅摸个像洪天纵那样愿意拜倒在她石榴裙下的有钱色鬼，来帮助她渡过眼前难关。

肖若妍想寻找的这个人出现在城隍庙剧场已有些时日了。此人名叫吴雪山，自称是家在南洋的归国华侨，父母双亡后，他继承了祖业，就想回国闯荡一番，本来是混迹于十里洋场的上海滩，却发觉日本人要打过来，慌不择路中又到了西京。这里毕竟是国府重点建设的未来陪都，又是战争的大后方，无论从哪方面来讲都比在东南沿海安全很多。一身西装革履的吴雪山做派优雅、洋味十足，近来经常萦绕在肖若妍的身旁，他不仅知道她眼下遇到的困境，更晓得肖若妍过去的风流韵事。可当他约见肖若妍后，却并不像洪天纵那般急于和她颠鸾倒凤，而是直接提出要和肖若妍做笔生意，如果肖若妍答应了，他会马上出钱替她还上所有的烂账。

吴雪山要和肖若妍做的这笔生意，是要她去往兰州城一趟，使用她擅长的色诱手段将中央银行兰州分行行长段景民拉下水。自从北平沦陷后，段景民又被国府中央银行委任为兰州分行行长。如果肖若妍能成功勾引段景民拜倒在她的裙摆下，还会再有一笔数目可观的奖赏。勾引男人从来都是肖若妍的拿手好戏，再想到自己已经在西京声名狼藉，话剧表演也难以维持下去，现在终于有人愿意出面，不仅替她还账，还有大把钞票可赚，自己何乐而不为呢？肖若妍答应吴雪山以后，又把此事说与陈竹君，并劝他一起去兰州谋生。陈竹君先是劝说肖若妍不要轻易前去，并说自己隐约感觉此事恐怕没有吴雪山说的那般简单，担心这件事情背后会有更大阴谋。相比随性贪玩的肖若妍，陈竹君算是个聪明人，他的担心和疑虑是对的，乘着肖若妍陷入困境之际用重金诱惑她去兰州，正是吴雪山和他背后支持者精心设计的一个阴险棋局。

自从李震的党务调查科改编为西京行营第三科以后，虽说名号发生了改变，但实权倒是没受到半点影响。然而不久之后，国府将西京筹委会的业务全部收归到了西京行营的建设科。面对陪都建设这桌肥美豪宴，李震知道顾宽敏迟早会插上一脚，可他万没想到这个笑里藏刀的同学加老乡下手会如此之快。李震掌控的调查科和筹委会能在这么短时间内全部改编进西京行营，很难说顾宽敏没有在南京上层下功夫，而且他隐约感觉顾宽敏这次绝不仅仅是不给自己留面子，恐怕是要釜底抽薪，彻底折了他在西京的威风。

李震意识到面对顾宽敏这位比自己更加精明的老同学时，最好别耍太多的心眼。李震常常在汇报工作中大倒苦水，尤其说到这些年对肖玉仁的诸多支持时，忍不住破口大骂肖玉仁不识抬举、毫无商界人物该有的格局。因为肖玉仁这个西京商会会长的所作所为，直接影响着许多参与陪都建设商人的态度，有些商人想私下靠近李震时，却往往心有忌惮，这种忌惮来自于对肖玉仁和李震之间关系的不可捉摸，同时又忌讳李震与肖若妍两人曾有的这层特殊关系。正因如此，李震这些年在陪都建设项目上还真没捞到多少好处，为此李震很是苦恼了一段时间，他曾让冯其中秘密去查西京各大银行里肖玉仁的账目，不查不知道，一查吓一跳，肖玉仁居然在西京各大银行没有任何账户，更没有存下一分钱。就在李震无比抓

狂的时候，北平党务调查科佟维三秘密告诉他，说肖玉仁的侍从王福曾在中央银行北平分行段景民处取出了一尊价值连城的玉佛。也就是这件事情，让李震恍然大悟，他断定段景民一定掌握着肖玉仁所有的资金往来。

李震的猜测是对的，多年以来，肖玉仁的确将公司大量资金往来，几乎全部委托给段景民来打理，这完全是出于他对段景民的绝对信任，两人的这份深情厚谊是多年里肝胆相照凝结而成，但他俩这层隐秘而深厚的关系，却很少有人知晓。

其实顾宽敏还在南京时，就已听说了李震与肖若妍的那些事，他表面上佯装不知，内心却很是厌恶，作为国府委派到西京的要员，色胆包天的李震居然能如此毫无顾忌地猎艳江湖，这完全是搬起石头砸自己的脚。如今陪都筹建工作正式归属行营，顾宽敏当然不想错过这个赚钱的大好机会，于是他心生一计，极力建议李震使用肖若妍施以"美人计"，以此击溃肖玉仁与段景民之间铁板一块的关系，再从段景民嘴里撬出肖玉仁所有的资金所在。顾宽敏认为这个"一石二鸟"的计划既敲打了李震，又能在悄无声息中夺过李震手中实权，或许还能顺手牵羊扒拉出肖玉仁的资金流向。他在谋划此事之前，早已经做了一番精心准备。顾宽敏先把一个名叫吴雪山的南洋华侨青年介绍给李震，并全权委托吴雪山出面去完成这个计划。

顾宽敏拿出的这个计划令李震极为难堪，他吃不准这个老同学是不是揣着明白装糊涂，摆明要和自己过不去？既然顾宽敏知道他当年与肖若妍的那点风流事，为何还要让肖若妍去兰州将自己父亲的朋友拉下水？李震断定这个计划中的荒唐之处顾宽敏不可能看不出来，顾宽敏明显是故意摆下这盘棋局，目的或许就是要李震前去说破计划中的难堪之处，逼李震亲口承认过去的那段不堪历史，进而撕下他的整张脸面，借机夺了他手中的权力。

李震想到这里，心中不寒而栗，他意识到自己遇上老狐狸了。三天三夜里，李震没有睡一个囫囵觉，轻易不肯服输的他还想做最后一搏，他不信顾宽敏能有洞晓天意的神机妙算，更不信自己多年来苦心经营起的权势堡垒，会因为一介女色而轻易坍塌。他决心要与顾宽敏将这个手腕继续掰下去，究竟鹿死谁手，只能走一步看一步了。

第二十章

　　日寇飞机接连不断地进行大轰炸，每次都会造成大量的平民伤亡。肖玉仁不断出资修建更多的防空洞，全力以赴帮助全城百姓减少伤亡，他的义举得到很多爱国商人的支持与配合。这天他正在工地上查看，夫人孙静怡派人捎话让他尽快回家。肖玉仁回到家后听到消停没多久的不孝女儿又要去兰州折腾，他立马黑下脸要夺门而去，孙静怡拦住他劝说道："难得女儿临走前还能给咱俩说一声，我们管不了她，但你在兰州朋友多，打个招呼关照她一些总该可以吧。"满脸铁青的肖玉仁面对这个想教教不会、想甩甩不掉，时不时还要跳出来玩一套又一套别出心裁的花样的不孝逆子，再次无法控制自己的情绪。他把大腿一拍喊道："我巴不得她赶紧从我眼前消失，我也不想让任何人知道她是我肖玉仁的女儿。难道我们还嫌丢人丢得不够远吗？在长安城话剧演不下去，跑到兰州就能演下去吗？你要明明白白问清楚，小祖宗到底要去兰州做什么？从来都是满嘴跑火车，鬼才信她说的话。"丈夫怒吼出的每句话，仿佛像箭一样射向孙静怡的心窝，她不知道这对冤家父女一遍又一遍地折腾，何时才是尽头。难道至亲的一对父女，今世今生非要搞成永远的仇人吗？

　　肖若妍当然不会将兰州之行的实情告诉母亲，她只是以西京每天都被日机空袭，没有一处清净之地进行话剧演出为由，搪塞和掩饰她此行真正的目的。在离开之前，肖若妍之所以能告诉母亲一声，还是陈竹君再三相劝的结果，要不然以她的脾气和眼下与父亲的关系，她才懒得回家打声招呼。

　　就在肖若妍收拾停当准备出发前，陈竹君突然来找她，说自己不想随她去兰州了。肖若妍惊叹之余又生出满怀惆怅："连你都不愿意陪着我了，这个世界上我还能再指望谁啊？"肖若妍说着眼泪便流了下来，可惜现在她的眼泪在陈竹君眼里已经变得太廉价。曾经深爱肖若妍的陈竹君，感觉这些年里，自己活脱脱像个奴才一样守护着这份感情，其中既有身不由己的缘由，更是幻想着哪天肖若妍

能被他这份生死相随的真情打动，可惜一路走来他看到的全是肮脏与丑陋。陈竹君觉得自己对肖若妍的那颗心已经彻底死了，它是被肖若妍一天天凌迟处死的，死得是那么悲苦而残忍。

肖若妍走的那天，只有闻讯赶来的"小肉丸"马艳为她送行。满脸泪水的马艳说家人早已不许她俩来往了，这次是偷偷跑出来的。马艳很难搞懂自己眼中的女神，为何时而高在云端，时而又落荒而逃。这么美丽又高傲的女子究竟得罪了谁，竟能忍心让她这样凄清孤独地远走他乡。肖若妍缓缓推开抱着她啼哭不止的马艳强作欢颜道："我先去兰州办完事，回来后第一个去找你。"泪水涟涟的马艳将一包东西塞到肖若妍手里说："我爹已安排我到西京银行上班了，这是第一个月的工资，你拿着路上用。"肖若妍差点没能抑制住自己的泪水，她急忙伸开胳膊将马艳揽在怀里说："现在我有钱，等我哪天没钱花了再问你要。"此刻，前路未卜带给肖若妍无边无际的迷茫与恐惧丛生在她忐忑不安的内心深处，不知难以预测的西行之路上等待自己的会是什么？倔强执拗的肖若妍有着一颗强烈的自尊心，她在马艳跟前尽量装出一副坦然放松的样子，以此掩饰她早已慌乱不堪的内心。

火车开动了，刺耳的鸣笛声划破天际，腾空而起的水蒸气湮没了站台。肖若妍隔着车窗望着站台上已经哭得像泪人般朝她挥手告别的马艳，再也无法忍住心中巨大的伤悲，两行清泪潸然而下。

陈竹君之所以拒绝跟随肖若妍去兰州，是因为他心中很清楚此路行不通。吴雪山和他背后的人即使利用肖若妍把段景民成功拉下水，也绝不会轻易付出许诺给肖若妍的那笔数额不菲的佣金，他们一定会有更多的要求提出来，所以肖若妍此行的路子注定将越走越窄。就这样，他和追求多年的肖若妍分道扬镳了。

落魄失意、无所事事的陈竹君走在大街上，不知道偌大的长安城，哪里才是他的落脚处。陈竹君回想这些年来，自己从堂堂一介留日大学生，混到学业荒废而追求宫田奈美又一败涂地的失意青年，再到加入桐庐越剧班后从南到北的颠沛流离，直到后来忍辱负重、仰人鼻息和肖若妍经营话剧，一路走来，屈尊降贵也罢，摇尾乞怜也罢，无非是想混个出人头地，该吃的苦他都吃了，可是上天为何偏偏对他如此苛刻，不仅让他的爱情次次无望，还让他诸事不成。细想这些年身边走过的每张面孔，对他而言似乎都是熟悉而又陌生的，以至于此刻他居然想不起该去投靠谁，就连曾经和他大学同窗的李知章，他都不好意思再去寻找，因为他和肖若妍这些年所做的那些荒诞不经的事情，身在报馆的李知章不可能不知道。他也不能去找冯其中，尽管此人曾经对他有所帮助，但冯其中收留了他最憎恨的任欣荣，彼此之间早已没有了交集。陈竹君甚至认定冯其中当年脚踩两只船，游弋周旋于杨小云和肖若妍之间，间接破坏了他和肖若妍的好事，所以冯其中是个令人不齿的伪君子。

陈竹君深深陷入孤苦而绝望的情绪之中不可自拔。长安城已经没有他留恋的任何人和事了，偌大的世界他该往哪里去呢？难道要以现在落魄的样子重新回到杭州老家去吗？答案自然是否定的。他再次想起在日本留学时和宫田奈美那些美好而快乐的往事，借酒浇愁的陈竹君忽然生出想见宫田奈美的念头。一晃这么多年过去了，不知静修在北平莲溪庵的奈美可否安好？而且，自己在北平城毕竟还有些大学同学，也许通过他们会重新找到属于自己的位置。想到这里，陈竹君开始觉得身体渐渐恢复了温度，一双在酒精刺激下迷离惆怅的眼睛渐渐睁开了，他没有半刻迟疑地动身前往北平。

陈竹君到达北平后，恍然间发现这座城市已非当年他印象中的样子，街上行人稀少，店铺多半关闭，随处可见挎刀扛枪的日军士兵。他思量自己绝不能以现在这副模样去找奈美，于是先来到燕京大学校园，希望能在这里遇到某个同学，或者打听到他们某个人的联系方式，他好去找找老同学谋个差事。两天时间过去了，陈竹君在校园里找不到任何熟人，也几乎看不到一个中国模样的人，校舍绝大部分已经人去楼空大门紧锁，只有个别教室里住着很多日本人。此时，只求安身活命的陈竹君望着一个个匆匆身影，每天从校园里出出进进，整个人开始陷入浑浑噩噩的绝望之中。

整整两个晚上，陈竹君只能蜷缩在校园树丛中一张废弃的椅子上，又冷又饿的他在清晨醒来时觉得自己似乎被整个世界抛弃了，脑海里居然冒出就此死去的念头。正当他万念俱灰之时，耳畔忽然传来在日本留学时宫田奈美经常唱的日本歌谣《红蜻蜓》，这首歌谣曲调优美令人难以忘怀。记得那时奈美经常说起，每当她听到这首歌时，仿佛看见了晚霞中飞舞的红蜻蜓，会把人拉回童年时光的美

好记忆里。

晚霞中的红蜻蜓

你在哪里啊

童年时代遇到你啊

那是哪一天

提起小篮来到山上

桑树绿如荫

采到桑果放进小篮

难道是梦影

十五岁的小姐姐

嫁到远方

别了故乡久久不能回

音信也渺茫

晚霞中的红蜻蜓啊

你在哪里啊

停歇在那竹竿尖上

是那红蜻蜓

陈竹君顺着歌声传来的方向寻找过去，他走到一间教室外透过窗户往里张望，只见一群穿戴整齐的日本学生正在合唱这首歌谣，伴奏音乐是讲台边的日本军官弹奏的。早晨的一缕阳光轻轻滑过钢琴的台面，照在那个弹奏钢琴的军官身上，尽管音乐的旋律跌宕起伏，但从他苍白清瘦的脸上却看不到一丝情绪波动。窗外的陈竹君细瞧那张脸时，心中不由得"咕咚"一声，那是多么熟悉而又陌生的脸庞啊，陈竹君激动地刚要喊出声时，忽然一个日本士兵闪了出来，朝他厉声吼叫着"滚开"。慌乱之中的陈竹君用娴熟的日语朝教室里大喊："宫田先生！宫田太郎！"陈竹君的喊叫让歌声与钢琴的伴奏戛然而止。宫田太郎走出了教室，他惊讶地看着久未谋面的陈竹君，脸上闪现出难以自抑的惊喜。

世间的巧合或许都是冥冥之中注定的，就是宫田太郎恰逢其时伸出的一只手，让犹似坠身大海已然绝望的陈竹君，重新又觅得一线生机。

寻姐心切的宫田太郎，很快被陈竹君带到京郊莲溪庵，终于见到了朝思暮想的姐姐，姐弟俩顿时泪如泉涌。陈竹君看着破败不堪的莲溪庵，又想起这些年种种不堪回首的经历，不禁垂首叹息、感慨万千。当他终于见到宫田奈美时，却有股心酸奔涌而出，曾经多么光彩照人的女子，已然在青灯静修中消磨得憔悴不堪。同时，他亦从宫田奈美看到他时那惊愕发呆的眼神里读懂了一个事实，他也已落魄衰微得不成样子了。

连年世事的翻覆与无常，致使看破红尘、宫观清修的出家人日子也变得越发艰难。宫田太郎只要有时间便会去往莲溪庵，每次都会苦口婆心相劝姐姐返回日本，哪怕回到日本再去庵院禅修也行。宫田奈美从起初的沉默不语到后来只顾暗自垂泪，莲溪庵住持清莲法师目睹了静尘身上发生的所有变化，亦对这双兄妹的遭遇深感同情。面对静尘起伏不定的情绪变化，她平和安然地劝说道："未断我爱，不如洁净，爱恨恩仇皆是情障。当你知道迷惑时，并不可怜，当你不知道迷惑时，才是最可怜的。人之所以痛苦，在于追求错误的东西，今日的执着，可能会造成明日的后悔。如果你不给自己烦恼，别人永远也不可能给你烦恼，一切皆因你自己的内心放不下强求的欲望。只要你心中有佛即与佛永世有缘，而不在于你身处何方。如今乱世纷扰，你不妨回家乡继续禅修。我与东京都外正觉庵的延慧师父早年相识，你可带我的书信前去，她自会收留你的。"静尘感念师父对她心中迷障的拆解，一双饱含热泪的眼睛望着佛龛上升起的袅袅青烟，许久说不出一句话来。

陈竹君和宫田奈美在日本相恋时，曾去过宫田家，那时的宫田太郎还是个中学生。后来，宫田太郎开始痴迷日本武士道精神，并入伍成为一名军人，战争爆发后，日本穷兵黩武，他也被战争机器裹挟来到中国。宫田太郎至今不能忘记当年姐姐毅然决然跟随陈竹君来中国时，父母那双伤心而绝望的泪眼。

在北平上学期间，宫田奈美一直和家人保持着联系，但后来她与任少山之间的系列事情发生后，她自觉无颜面对家人，甚至连返回家乡也丧失了勇气。也就是从陈竹君当年被赶出北平那一刻起，宫田奈美也彻底割断了与家人的联系。身在遥远中国的女儿失去了联系，奈美的父母每日只能以泪洗面，所以当宫田太郎

前往中国参战之前，父母再三叮嘱他，无论希望多么渺茫，也要想尽办法找到姐姐，并送她回日本。

　　宫田太郎从陈竹君嘴里知道了当年发生的一切，心知是姐姐对不起陈竹君；再加上如同大海捞针般找到姐姐，还要感激陈竹君能够不计前嫌指引他顺顺利利找到莲溪庵。故而，心中略带苦涩的宫田太郎代表姐姐向陈竹君郑重致歉。看着记忆中还是中学生模样，如今已摇身变为北平日军华北司令部大佐的宫田太郎，陈竹君一时间有点诚惶诚恐。他当然不能让宫田大佐知道自己已到穷途末路的实情，既然与宫田奈美的感情已翻过页，那么紧紧抓住宫田太郎对自己的这份好感，寻得命运重新翻牌的又一把梯子，又何乐而不为呢？

　　宫田奈美在弟弟那里住了将近半个月后，气色神情渐渐有所好转，她看着每天陪护在身边的陈竹君，屡屡感觉自己仿佛在梦中，眼前发生的一切让她感到是那么的不真实。有天，她终于决定要回日本了，这才无限伤感地提起任欣荣并渴望能见上他一面。宫田太郎无比震惊地看着姐姐，复杂的神情下隐忍着难以明说的尴尬，他该如何答复姐姐突然提出的这个请求呢？一则时光已过经年，从小都不曾喂养的任欣荣能见她吗？二则以任欣荣如今的身份怎肯轻易来到北平呢？陈竹君也不敢答应什么，因为他是那么憎恨此人，多年来蓄积满满而挥之不去的仇恨，使他在宫田奈美跟前，无论如何也说不出什么。

　　最终宫田奈美没有等到任欣荣。她回日本的那天，北平城下着大雨，宫田太郎和陈竹君送她在天津港登上轮船，浊浪滔天的大海上黑茫茫一片。望着轮船逐渐消失在远处，陈竹君黯然神伤，这个自己曾经深爱过的女人像昙花一现般匆匆结束了青春时代的所有梦想，从哪里来又回到哪里去了。他不知道今生今世是否还能再见到宫田奈美。

　　不知道为什么，宫田奈美刚刚返回日本，陈竹君便明显感觉到宫田太郎本来还算温和舒展的面容忽然变得生硬起来，面对自己时，似乎总有种说不清楚的冷漠感。陈竹君不是一个不识趣的人，他隐隐约约感到，宫田太郎未必觉得姐姐有负于他，也未必觉得找到姐姐是他的功劳，很多事情或许只是自己内心自作多情罢了。望着已被日本人完全占领的北平城，寂寥无比的陈竹君再次生出别走他乡的想法。可令他没想到的是，宫田太郎忽然给了他很大一笔钱，要求他再去长安，想尽一切办法说服任欣荣，或来北平，或答应东渡日本去见母亲宫田奈美。看着这笔大钱，再看看宫田那张不容拒绝的冷酷脸庞，陈竹君不知道前面是祸还是福，只好勉为其难答应下来。

深夜，陈竹君辗转反侧久不能寐，他觉得自己的人生完全变成一幕荒诞剧，尤为滑稽可笑的是，任欣荣居然成了他眼下谋生的一个选项。如果不答应或者离开宫田太郎，偌大的世界里，他能去哪里谋生呢，难道要再次回到燕京大学树丛中那张残破凄冷的椅子上去吗？想到此处，陈竹君浑身开始颤抖发冷，莫大的求生欲望催逼他无论如何也得活下去，因为只有活着，一切才有变好的可能与希望。

半个月后，陈竹君怏怏不乐地回到了长安城。

此时的长安城，依然笼罩在日机不断轰炸的恐怖中，很多重新建好的楼堂馆舍被炸得遍体鳞伤，只要警报声响起，人们就像训练有素的士兵一般，迅速钻入遍布城区的防空洞里。警报解除后，人们又纷纷走出防空洞，齐心合力修整废墟，在支离破碎的残垣断壁里继续着日常生活。日机隔三岔五就会飞来轰炸，看到许多人抱着不幸罹难的亲人仰面哭泣的场景，人人对小日本恨得咬牙切齿。

对于完成说服任欣荣这个任务，陈竹君除了内心没有把握而感到无比煎熬以外，他都不知道该从何处下手。他不可能直面任欣荣谈及此事，那样冯其中会第一个跳出来随便找个理由收拾他。他又想到去找老同学李知章，可是茫茫人海中该去哪里寻得？左思右想，陈竹君决定厚着脸皮去找肖若妍的母亲孙静怡碰碰运气，想着肖夫人能否看在他和肖若妍往日的情分上帮帮忙。陈竹君驾轻就熟地来到湘子庙街肖家府邸，孙静怡再次看见这个陪着女儿干尽坏事的无耻男人时，二话不说对他一顿臭骂，将他赶出门去。

万般无奈之下陈竹君只好去找吴雪山。吴雪山不齿于和这个被女人都瞧不上的男人有牵扯，一直躲起来不肯见他。身上有钱的陈竹君专门在长安饭庄设宴，像条哈巴狗一样屡屡相邀，吴雪山这才悻悻然和他坐在一起。吴雪山很诧异，这个曾经靠着肖若妍吃软饭的男人，怎么会一夜之间有钱摆宴？

陈竹君早在劝说肖若妍别去兰州时就猜到吴雪山的来头不小，因此他想着靠近吴雪山或许能为下一步接近任欣荣寻找到突破口，这才低三下四地求见吴雪山，并不断地降低身段，谎说自己从杭州老家弄来笔钱，只想着追随吴雪山在长安城

能做点生意。他又说误入梨园行很多年，终于发现做生意赚钱才是眼下这个世道里最聪明的人该干的事情。吴雪山听到他把生意人抬得如此之高，心中不免又生出几分欢喜。虽然陈竹君人品糟糕，但他终究还算是个机灵敏捷见过世面的人，吴雪山又想到自己身边也缺人手，便在酒精的驱使下答应将他带在自己身边。陈竹君心头暗喜，他终于找到一条接近任欣荣的路径。

日军飞机的轰炸，摧毁了肖玉仁设在长安城内的华丰面粉厂、秦川机械厂和长泰印染厂的许多设施，工厂生产经常停摆，好在肖家的火柴厂和新建的医药厂都设在城外，暂未受到严重影响。为了躲避日机轰炸，肖玉仁决定把面粉厂、印染厂先搬出城去。王福接到这个任务后，立即组织人员连夜搬迁。肖玉仁工厂动迁的消息传到曹云亭、赵兴怀他们的耳朵后，秦腔总社的兄弟们全部前来帮忙，很快在长安城南郊徐家庄搭建起简陋的厂房恢复了生产。

这天夜里，一身疲惫的曹云亭等人刚从南郊肖家工厂返回长乐坊大剧院，柴伯文匆匆赶来带给他一个令人无比悲恸的消息，北上抗日的刘伍师长在与日军血战中壮烈牺牲。听到这一噩耗，曹云亭想起刘师长出征前夕，刘夫人给他和柴伯文说过的那句话：如果有朝一日她和丈夫不幸血染抗日沙场，希望能长眠于长安城下。刘师长的壮举和拳拳之心，让曹云亭和柴伯文双双陷入无底的悲伤之中。

刘伍师长战死沙场的消息通过报纸传开后，悲痛笼罩在长安城百姓的心头，各界人士纷纷向西京行营请愿，要求将刘伍师长的灵柩迎回长安安葬。顾宽敏和李震深知刘师长在"兵谏"那年留给长安百姓的记忆实在太深刻，人们对刘师长这份弥足珍贵的情感是他用自己的鲜血与生命换来的，百姓爱戴这样有民族气节的英雄，顾宽敏和李震不敢在这样的特殊时刻做出任何有违民意的举动，只能顺应人们的无边哀思。

抗日英雄刘师长的灵柩迎回长安城的这天，大街上人山人海，人们肃立街头悲痛欲绝，这一幕像极了当初刘伍师长率兵北上抗日那天的情景。无数的人仰望灵柩跪街长泣，满城哭声四起，悲鸣哀伤至极，还有人作挽联向刘伍师长致敬：绝塞扫犯夷，百万雄师奋越石；大风思猛士，九边毅魂拟睢阳。肖玉仁代表西京商会拿出重金为刘伍师长做了一副纯金人头与遗体合葬于西京烈士陵园，并在一旁修建"忠烈祠"。

　　安葬完刘伍师长的当天晚上，长安城各界人士在止园剧场又举行了隆重的公祭仪式。祭奠活动结束后，刘师长的夫人刘云珍在参谋长卢先声的陪同下秘密来到西贤庄七号，这是"八办"在长安城的又一处秘密联络点。刘夫人再次见到柴伯文和曹云亭时，伤心欲绝的她痛哭不止，甚是悲戚。

　　卢先声给柴、曹二人述说刘伍师长率兵北上后，其部被国府编为抗日挺进军骑兵六师，在与日军的一场场恶仗中，刘师长率领骑六师迎头痛击日军，取得一连串重大胜利。在一次护卫挺进军总部撤离时，骑六师与日军的一个装甲联队发生惨烈的遭遇战，刘师长率部奋力阻击，硬是将敌人压在山道上，两天两夜时间里不能前进寸步。

　　日军追击挺进军总部失败，便把怒火全部撒在骑六师身上。他们从后方调兵遣将，以多出骑六师数倍兵力掩杀过来，骑六师完全陷入昏天黑地的激战中，子弹一颗颗射光，战士们一个个倒下，直到刘伍师长也不幸中弹殉国之后，日军这才占领了骑六师的阵地。惨胜的日军残忍地割下刘伍师长首级发泄愤怒，刚刚突围出去的战士们看见日军这个惨绝人寰的举动，一个个怒吼着拼杀过来，为夺回刘伍师长的无头尸体，双方展开惨烈的白刃战，情急之下官兵只能暂时将刘师长的遗体仓促掩藏在河岸附近的巨石后。

　　身在后方听闻丈夫已然血洒疆场的刘夫人没流一滴眼泪，即刻纵身上马一路驰骋飞奔到河岸旁，只见她铠里藏身将刘伍师长的遗体抢上马。刘夫人出其不意的英勇举动，惊呆了阵地上所有的日军，他们眼睁睁看着刘夫人带着丈夫的遗体绝尘而去。随后敌我双方再次陷入惨烈的白刃战，直杀得天昏地暗、血肉横飞。此役毙敌千余，击毁敌人装甲车二十余辆，刘师长的骑六师也几近全部壮烈牺牲。

　　刘夫人单枪匹马抢回丈夫遗体返回军营后抚尸痛哭。望着数次昏迷过去的刘夫人，骑六师幸存将士们齐声悲号，仰望大青山长唤刘师长的英名，顿时间马嘶人哀、烈风怒号，悲鸣之声震彻山野。

　　听完卢参谋长的讲述，柴伯文和曹云亭既震撼于刘伍师长壮烈殉国的抗日精神，又钦佩刘夫人不愧为女中豪杰。两人郑重地将延安写给刘伍师长的挽联"遽报沉星丧战友，待收失地奠忠魂"交给刘夫人。油灯下，刘夫人看到延安方面对

刘师长饱含深情的缅怀之词，连声道谢后满含热泪说道："刘师长生前一再给我说过，值此国难当头，早已将个人生死置之度外。他在前线与日军战斗中，深切感受到国军之间派系林立，矛盾丛生，互相倾轧，这种尔虞我诈、钩心斗角的军阀做派，怎么能战胜日本人？他在忧国忧民之际经常对我讲，八路军才是真正意义上全心全意抗日的一支队伍，从八路军身上能看到中国的希望。这也是他在残酷战场上亲眼所见、亲身感受到的，所以他曾多次给我说，如果有天自己不幸战死，希望能将追随他多年的骑六师幸存将士送到八路军队伍中去，这将是他今生今世最后的心愿。"

卢先声亦饱含悲愤地说道："刘师长这个心愿也曾给我说过。一场场恶仗下来，骑六师幸存下来的官兵已所剩无几，士兵当中有的失散、有的伤残，还有的心灰意冷解甲归田回了老家，而军官里一些人被重新补进其他队伍。这次随刘师长灵柩回到长安的七名旅团将领，在送别刘师长最后一程后，纷纷表示渴望到延安去，到八路军的队伍中继续打鬼子。我和夫人今夜约见二位，就是想把刘师长这个心愿告诉你们，希望你们能接纳这七位爱国将领，他们一个个可都是从枪林弹雨中杀出来的铁血英雄哪。"

柴伯文和曹云亭听其所言后，内心甚是激动又感慨万千，柴伯文对刘夫人和卢参谋长说道："我们一定把你们的心愿尽快上报延安。刘师长的骑六师是好样的，愿去延安的七名将领更是好样的，延安一定会欢迎大家。"

不久之后，延安就有了答复，不仅欢迎骑六师的爱国将领前往延安，还特别叮嘱柴伯文和曹云亭，务必尽快制定一个万无一失的转移方案，确保将七名爱国将领安全送出国统区。

第二十一章

　　跟随刘伍师长灵柩回到长安城的骑六师七名将领，个个都是铮铮铁骨的军人，他们早已给参谋长卢先声表达了向往延安的心愿。但要把这七名将领和他们的家眷安全送到根据地，却不是一件简单的事情。

　　长安城北部的北山山脉是国共统治区的分界线。北山以北的世界，便是骑六师七名将领梦想前往的地方，那里虽然距长安城仅有百公里之路，却是国共双方重兵部署严防死守的一段距离。柴伯文和曹云亭深知这个计划不仅要突破国军的一道道关卡，还得从李震、冯其中等人的眼皮子底下悄然滑过，没有一整套胆识非凡、周全完备的策略，这个任务几乎是不可能完成的。

　　骑六师近乎全军覆没后，国府随之取消了该部番号，为刘伍师长在西京举行盛大安葬仪式的同时，又把骑六师的高级指挥员全部分化拆离。为了防范意外发生，国府电令李震严密监视身在西京的骑六师七名高级将领，务必督促他们尽快去往第二战区司令官阎锡山的部队报到。李震将国府从重庆发来的密电给冯其中看后，说："眼下东三省的伪满洲国建立了，长城会战我们败了，日本人叫嚣着要'三月亡华'，国府定下'以空间换时间，积小胜为大胜'的大方针来应对时局。现在淞沪会战战事正酣，太原会战也开始了，如果这样步步败退下去，后果真是不堪设想啊。"

　　冯其中对数月以来的抗战形势也是深感忧虑，从国府撤离南京迁移重庆的举动来判断，往后的局势或许会愈发艰难。日军已到了黄河东岸的山西，对河南已呈逼近之势，如果这两省双双失陷，那么日军进入陕西恐怕也就是迟早的事情。想到未来不知会怎样时，冯其中思绪纷飞，他觉得一个人在现实面前的力量真是孱弱得不值一提，这让他常常会在内心深处不自觉地对过去的选择不断掂量。如果他选择的不是眼前这条道路，如果他至今依然在舞台上念唱做打，他还会不会

有这些不由自主又莫名其妙的烦忧呢？

冯其中把手中电文轻轻放在桌子上说："对于目前的局面，属下和您一样感到担心，可是我们这么大一个国家，日本人再是狮子大张口，岂能三个月吞掉？他们这是痴人说梦。"

李震听着冯其中的话呵呵笑道："还是你们年轻人说话攒劲啊！你说得对，就让日本人好好做个美梦吧。"随之李震又满脸严肃地说道："咱们言归正传，上面的意思是让骑六师这些回到西京的将领，最好能一个不落地到第二战区去，而且是越快越好。前方战事日见吃紧，正需要骑六师这些能征善战的将领。虽然收到调令的骑六师将领们纷纷表态会尽快前往新部队报到，可是人心隔肚皮，我们不得不防啊。眼下共党的八路军已经东渡黄河，开进了华北抗日前线。此时人心浮动，我们不得不多长个心眼，要密切防范刘伍手下的这些人反水。"李震说到此处时，手指狠狠敲击着桌子，冯其中感觉这沉闷的"咚咚"声仿佛敲在自己的脑门上。

"最可怕的是咱们的情报科刚刚获知消息，说那个刘夫人和参谋长卢先声最近很是活跃，频频和'八办'的柴伯文、曹云亭他们见面。他们这是想做什么？"李震站起身来，背着双手挺直腰杆，声音恼怒地继续说道，"虽说如今国共合作了，咱们似乎过上了舒坦日子，可人家八路军西京办事处却没吃闲饭。我们要严防骑六师某些人生出异心，被他们策反到延安那边去，绝不能任由他们在我们眼皮子底下想做什么就做什么。以前他们像个偷鸡摸狗的，现在倒是光明正大，真是越来越不像话了。"

李震虽然在痛斥共产党，冯其中却偏偏从他的话意里听出许多对自己工作的不满。想想这些年和曹云亭他们的多次较量中，特务组总是占不到便宜。虽说失手的原因很复杂，可总是让共产党一次次得手，特务组的颜面何存呢？

李震接着又说："我让冯宁远去做一件同样重要的事情，所以特务二组就不插手这件事情了。至于怎么催促骑六师将领尽快前往第二战区这件事情，全权交由你们特务一组去办，进展情况要随时向我报告。"

这一天，寒梅忽然来找冯其中，说是师父陈凤良的师弟、山西富家翁赵世诚的小儿子赵渊来到长安城，专程来请秦腔总社前去给他老父亲唱戏庆贺七十大寿。

赵老爷子还特意点名要请到陈凤良的得意门徒冯其中和寒梅，并捎来书信说自从师兄陈凤良仙逝后，十分想念锦绣班的徒子徒孙们，希望在自己有生之年能再见大家一面，言辞恳切，情意浓浓。

寒梅询问冯其中愿不愿去，只讨他一个答复即可。自从冯其中委身于李震做事后，他和这个最为熟悉的师姐已有很长时间没来往了，尤其在师父陈凤良过世后，他俩对许多事情彼此心知肚明却缄口无言，两人从曾经的舞台黄金搭档到今日的各奔东西，只叹人生之造化弄人、命运之荒诞不经。在冯其中多次与寒梅、曹云亭等人的暗斗中，他和这位师姐之间的窗户纸只差一点就破了，多年来想抓又不能抓，能抓却又抓不住的煎熬，曾经令冯其中异常苦闷。现在寒梅居然跑上门来，只是为了件私事要请他一起去山西，他猜想这背后肯定有着不可告人的秘密。

寒梅所说的这位山西富家翁赵世诚老爷，少年时代也曾是锦绣班晋长隆老班主的得意弟子，他比师哥陈凤良只小一岁。赵世诚天资聪颖、戏功绝伦，长大后和师哥陈凤良一度名噪梨园行，两个英俊青年曾经号称是西北秦腔的"日月合璧"。可惜赵世诚随锦绣班在北平的一次演出中不小心失手断了条腿，就在他寻死觅活苦苦挣扎时，一位随父到北平做生意的富家闺秀龙宝婵鬼使神差地爱上了他。龙老爷最初死活不答应这门亲事，但却拗不过宝贝女儿的死缠烂打不断恳求，万般无奈之下，龙老爷要求赵世诚必须彻底脱离梨园行，才可认他做女婿。晋长隆老班主清晰地意识到，一条腿残缺的赵世诚今生今世恐怕再也无法登台演出了，为了徒儿能有个好的归宿，便咬牙答应了龙老爷的要求。谁知赵世诚却死活不同意，晋长隆苦口婆心讲道理，师徒二人僵持了大半年后，赵世诚这才理解了师父的一片苦心。此后，他告别锦绣班远走山西运城，最终和富商龙老爷的独苗小姐龙宝婵喜结良缘。

一直以来，无论是晋长隆老班主或者陈凤良，始终把这个远在山西运城的赵世诚当作锦绣班的亲人。而每当锦绣班遇到困难之际，赵世诚也总会慷慨解囊加以资助。多少秦腔班社在长期的颠沛流离中消失没落，但是在多年战乱中锦绣班却能在长安城固若磐石，除了陈凤良带领锦绣班苦心经营和不懈努力之外，还和赵世诚无所不在的帮助是决然分不开的。

冯其中清楚记得自己在锦绣班的时候，曾经多次随师父去往运城看望前辈赵世诚。记忆中的赵世诚是位富贵沉稳却又极懂世故人情的长者。师父在世时经常给锦绣班弟子们念叨，赵老先生是锦绣班的前辈，也是你们永远的师长，大家要像尊敬我一样去尊敬他。那时的赵世诚虽已是富甲一方的财主，可他却实实在在地偏爱"赵师父"这个称呼。

人情练达的赵世诚不仅和龙宝婵相亲相爱不离不弃，还把龙家生意做得越来越好。就在龙老爷临近去世前，他居然罕见地吐露出一个想法，允许赵世诚将自己的小儿子龙长福改名为赵渊，也算是为赵家续上了一脉香火。冯其中至今记得最后一次去龙家大院，还是在大少爷龙长生大婚的那年，一晃这么多年过去了，忙于为国府做事的冯其中对运城赵世诚家的事情知道得越来越少了。

对于寒梅今天的突然造访，还有运城梨园老前辈赵世诚的邀请，心机敏锐的冯其中下意识生出几丝怀疑当是很自然的。因为眼下潼关以外、黄河以东的地界上已经是战火纷飞，尤其是太原会战迫在眉睫，此时要去山西那边，除非是有迫不得已的事情，一般人是不会冒着战争的危险过河的。看着眼前神情淡定的寒梅，再想着多年来锦绣班和赵世诚的这份渊源，冯其中心中有了主意，但他却不想立刻给寒梅答复。寒梅只说赵渊已到长乐坊大剧院等候着，希望冯其中能尽快拿个主意。

寒梅走后，冯其中坐在沙发上，脑海里不自觉地将运城赵世诚过寿演出的邀请和骑六师将领归队这两件事联系起来。虽然他了解锦绣班和赵世诚的这层关系，但却担心寒梅他们打着去山西祝寿唱戏的旗号，暗地里又做出其他的鬼把戏，虽然他暂时还不能看出这两件事情之间有何关联，但他本能的感觉是不能不防。

第二天清晨，冯其中让任欣荣找到寒梅，说他因公务缠身不能同行，寒梅可同胡淑曼带上申湘云等一众女艺人前往运城给赵老爷子祝寿，但杨小云除外，为了能凑成一台小戏，只允许带几位男徒前去，还说眼下长安城进出门禁森严，为了避免大家彼此误会，曹云亭、赵兴怀、魏光华、杨元厚四人不得前往。同时又不无宽和地说，老夫人龙宝婵向来喜欢京剧，可以带上京剧社的柳青芳助兴，并格外提出此去山西运城一路上多盗匪、流民，所以让任欣荣一路陪同前去，一来护送大家尽速到达，二来任欣荣可以和柳青芳同台搭戏，也算是他冯其中不能亲自给赵老爷子贺寿所留缺憾给予的一份补偿。

听完任欣荣带来的这席话，寒梅心里清楚得明镜似的。既然让秦腔社一众女艺人带几位男徒前往，却不许杨小云同去，说明冯其中心里肯定在忌惮着什么。并且他还让任欣荣随行，看着是为了和柳青芳搭伴凑成一台京戏，其实是给这次出行队伍里安插上他的眼线。寒梅答应了冯其中所有的安排，因为曹云亭对此给她早有交代，只要能顺利成行，无论冯其中提出什么要求，都可悉数答应于他。

冯其中心里盘算的是，只要盯死曹云亭等人，就不怕"八办"那边再耍出什么新花招；去山西运城祝寿的队伍中只要有任欣荣随行，便不用担心路上会出岔子。与此同时，他又让耿超盯死刘夫人和骑六师参谋长卢先声，只要这些人都在自己的眼皮子底下，那么山西运城之行应该不会藏有什么阴谋了。

将所有部署安排再三斟酌周密细致之后，冯其中这才将整个方案报给李震。李震不假思索地对冯其中说："刘伍师长的'三七'忌日马上要到了，国府高层再三来电，催促我们加紧安排骑六师将领尽速前往新部队报到。至于你怀疑秦腔社去山西唱戏有猫腻，那是你分内的事情，这些个鸡零狗碎的事情我不管，我要的是什么，你应该很清楚。"

李震冷冰冰的口吻，让冯其中越来越觉得两人的关系在逐渐疏远。对此他能想到的原因除了自己工作的屡屡失误以外，只能猜测李震是把与西京行营主任顾宽敏之间的矛盾所憋的火气撒在自己身上，如果真是那样，自己反而安心了。

就在刘伍师长的"三七"忌日到来的前两天，赵渊终于从东门外凑齐了六辆马车。他嘴里抱怨这一切都是小日本给害的，以往从长安去运城只需坐个火车，要不了两天就到家了，现在不仅铁路全被国军运输战备物资占用，而且连长途客车也被战时征用。因为四处兵荒马乱，长安城本地很多从事马车营运的人不愿意出远门，他们说去往山西的路上既有日本人还有土匪，要是运气差，为了赚钱再把小命搭上实在不值。赵渊无奈之下，只好喊出比别人高出两倍的价钱，这才雇来足够拉运行李和人员的马车。

当日午后阳光灿烂，天空万里无云，长安秦腔总社所有去往运城的人马收拾齐备准备出发时，杨小云忽然拦住车队质问任欣荣，既然是女艺人同行，为何偏

偏不让她去。杨元厚见此情形急忙在身后拉拽女儿回家去，可怒气冲冲的杨小云不听众人劝告非要同行，弄得任欣荣满脸尴尬不知如何是好。这时寒梅下车把杨小云拉到路边，在她耳边私语几句，杨小云这才气呼呼地转身回了家。

当任欣荣跟随寒梅一行出发后，冯其中才将死盯长乐坊大剧院的目光转而集中在骑六师七位将领身上。刘伍师长"三七"忌日结束后，冯其中终于长长舒了口气，然后径直来找卢先声参谋长，说自己将亲自护送卢先声及七位将领去第二战区报到。卢先声表示感谢之后说大家早已准备妥当，只等着出发那刻早些到来。冯其中听后心中暗喜，立即用电报与第二战区约定好出发时间与交接地点，同时他挑选出耿超及特务一组共十名兄弟护送着骑六师将领，当天夜里秘密搭乘火车前往黄河北岸的风陵渡，在那里将会有第二战区的人前来接应。

因为战事吃紧，当晚开往风陵渡方向的火车多加了一节车厢，专门用来运送骑六师将领。之所以马不停蹄一刻都不能耽搁，是因为冯其中不想夜长梦多，他想着只要连夜出发，明日午时即可抵达风陵渡，这样便可以神不知鬼不觉地完成此次任务。就在冯其中和卢先声以及所有随行人员上了火车后，早先安插在西京火车站的眼线立刻把这个消息告知曹云亭，曹云亭当即命令整装待发的魏光华出发。魏光华独身单骑，一溜烟朝着黄河南岸的老白渔村驰骋而去。

寒梅等一众戏曲演艺人员同任欣荣出发后，冯其中和耿超也护送卢先声他们出发了。就在这时，陈竹君从吴雪山那里偶然得此消息，他心中思量，既然任欣荣已赶往山西运城，自己何不去那里想方设法劝说他。一者在异地他乡的运城去说服任欣荣比在长安城内方便许多；二者运城毕竟距离北平近些，如果能够说服任欣荣，即可尽速到达北平。于是拿定主意的陈竹君雇了辆马车，也快马加鞭朝运城方向赶了过去。

寒梅的车队刚出潼关，走到距离风陵渡不到十公里的地方时，马车队伍忽然驶离大道，走入靠近黄河滩的一条乡野小道。坐在车上的任欣荣发觉路线不对，立即呵斥车夫走错了道，但无人应他，情急之下任欣荣跳下车小跑到寒梅和胡淑曼的马车跟前，他大声叫嚷着，再往前走就要走到荒无人烟的黄河滩了。胡淑曼也很纳闷，却见寒梅一脸漠然地看着任欣荣，此时的任欣荣内心不免生出一丝不妙的感觉。就在这时，赵渊叫停了所有马车，只见六位车夫已齐刷刷站在赵渊身后。寒梅走到申湘云和柳青芳的马车前，将柳青芳接到自己车上，并让胡淑曼好生照看着她。胡淑曼看着异常冷静的寒梅这一举动，她纵有满腹疑惑，此刻也难以启口，只对着寒梅淡淡说道："你要做什么，想做什么，尽管放手去做，我信你。"寒梅欣然答道："你和柳青芳在车上坐好别下来，我自有主张。"寒梅相信与自己从小一起长大的胡淑曼社长，定然不会给自己想做的事情生乱。

安顿好柳青芳后，寒梅带着申湘云及其他人走到任欣荣面前，看到这么多人把自己团团围住，任欣荣心知大事不妙。赵渊看着任欣荣那张布满惊恐神色的苍白脸庞说道："我们是八路军芮城县武工队的，奉命护送大家安全渡过黄河，你要老实配合我们，不然就对你不客气。"赵渊的话音刚落，他身后的两个车夫上前用绳索将任欣荣捆绑得结结实实，随即又用一个破麻袋套住他的头，直接丢上了马车。惊慌失措的任欣荣感觉马车队伍又向前走了大概不到两公里的路程，忽然又停了下来，随后他被重重地丢到一处房屋内，马车夫将头套给他掀开，又用一张破布堵住他的嘴，将他五花大绑在房间的柱子上，任欣荣不敢有任何挣扎，死死捆绑的绳索勒得他浑身筋骨作痛。

其实早在寒梅一行出发前，曹云亭已秘密告知她赵渊的真实身份，以及赵渊雇来的六位车夫，都是芮城县武工队队员。按照整个计划的安排，他们今晚住宿在黄河南岸的老白渔村。这里是黄河从北往东流的一个弯道处，虽然水流湍急，但南北两岸距离最短，加之正值黄河枯水期，渔船过河相对容易很多。接应他们的是老白渔村的谷三，小伙子不到三十岁，长得精壮有力，他早已是赵渊的武工队在黄河风陵渡南岸一个秘密联络点的负责人。黄河边上的老白渔村成为晋陕两省我党的秘密运输通道已有多年，自小在黄河边长大的谷三，平日里以渔夫身份作为掩护，带领年轻的武工队员们在此地已经驻扎了整整三个年头。

寒梅知道赵渊他们明早会去潼关车站截杀冯其中，她担心人手不够，恳请赵渊能让自己同行。赵渊给她吃了颗定心丸，说谷三早已集结了二十多号人马，再加上他带来的六位武工队员，总共有三十多号人，应付冯其中的十几个人绰绰有余。赵渊还交给她一项重要的任务，即盯死关在草料房里的任欣荣。寒梅考虑到随行的胡淑曼和柳青芳毕竟是局外人，她便也不好多说什么，只好留了下来。

不觉已到后半夜，寒梅辗转难眠，忽听窗外传来一阵急促的马蹄声，快马加

鞭的魏光华终于赶到了老白渔村。赵渊他们急忙迎上去，魏光华告诉赵渊骑六师将领从西京火车站出发的准确时间，赵渊确信一切尽在计划之中。等到人疲马乏的魏光华缓过劲后，他提出也要参加潼关车站的行动，赵渊念及魏光华长途奔波疲惫不堪，建议他留在渔村歇息，以储存体力为过河做准备。但无论大家怎样劝说，魏光华还是执意要去，并说多个人便多份把握，赵渊被他的坚定打动，只好答应了。

离天亮还有两个多小时，赵渊、魏光华和谷三带领大家已经到了潼关车站站台上，他们分别装扮成脚夫、车夫和小贩，在不同位置四下散开。按照魏光华带来的情报计算，冯其中他们乘坐的火车应该在黎明时分到达。

不知不觉间，东方已露鱼肚白，火车伴随着轰隆隆的声响进站了。从长安开往三晋的夜间火车，都会于天亮时分在潼关车站稍事休整后再开过风陵渡铁路桥。过了大桥就到了山西地界，火车驶离潼关站后，一直到山西风陵渡车站才会停下，所以要想圆满完成护送骑六师将领到达延安根据地的艰巨任务，火车暂停潼关车站将是赵渊他们唯一拦截的机会。

冯其中靠在狭小的列车员休息室里眯了一会儿，几个小时的颠簸中，大家都没有睡好觉。而此刻的卢先声却全然没有半点睡意，虽然他和其余将领们一起躺在车厢简易的木床上，但他时刻警惕着车厢内外的动静。也许是太过疲惫，神经紧绷的卢先声感到一阵倦意袭来，他终于有些撑不住了，眼睛开始迷糊，却突然被车窗外掠过的一道亮光惊醒，他彻底没有了丝毫睡意，大脑里有根弦绷得更紧了。早在长安时，曹云亭已事先告知他，潼关车站将会有人前来接应他们。

火车停了，冯其中走出车厢，仰面呼吸着早晨清新的空气，耿超过来给冯其中端上一杯热茶。在这样天高云淡、空旷寂静的地方喝杯热茶真是一种别样的享受，看着最为信任的耿超兄弟对自己无微不至的关心，冯其中无比感慨地说道："整日在城里钩心斗角、打打杀杀，真不如在这荒郊野外置上几亩良田，过着世外桃源般的生活该有多好啊。"耿超知晓大哥心中多有块垒，便说等这次任务结束后，他会操心去长安城外为冯其中买处僻静院子，也好在不忙的时候有个清静的地方放松放松。冯其中听后甚感欣慰，却打趣他不愧为大户人家的子孙就是懂得享受生活，直说得耿超脸红心跳、满脸憨态。就在两人踱着步子谈笑时，只见有两三个小贩推着热气腾腾的吃食在车厢外叫卖，引得卢先声等人纷纷下车来买早餐吃。冯其中在远处看到后甚为恼火，他令耿超带人过去阻止，心想即使肚子再饿，也只有一两个小时便到风陵渡车站，到达那里后再吃饭，他心里才是踏实的。

耿超带着十几个弟兄上前挡在小贩和卢先声他们中间。卢先声对耿超说这样做太不近人情，可以让大家随便吃点再上车不迟，耿超执意不许，说话间还要将小贩赶出车站。双方正在叫嚷之际，突然窜出一群头戴斗笠的人来，他们以迅雷不及掩耳之势把卢先声等人拉下站台后，十多个彪形大汉排成一堵人墙挡在前面，耿超的人马与对方几乎同时拔枪相对。就在双方剑拔弩张一触即发之际，耿超忽听背后的冯其中喊了一声："不许开枪。"等他回头看时，只见魏光华和另外两人已将冯其中控制起来，耿超顿时怒火中烧，持枪对准魏光华冲了过去，只听得两声清脆的枪响，魏光华与耿超双双倒地。

枪声惊动了车站的值班人员，混乱中双方展开激烈的枪战。赵渊所带人马兵分两路，一路掩藏在站台底下射击敌人，一路冒着枪林弹雨抢回魏光华的遗体，不一会儿工夫，完全暴露在枪口下的特务一组成员像站台上的活靶子一样统统被击毙。赵渊的两路人马迅速会合，三十多号兄弟保护卢先声等人坐上马车，绝尘而去。在混战中迅速躲进车厢的冯其中，隔着窗户看到自己的兄弟们寡不敌众一个个倒下，他挣脱绑缚冲出车站追着马车跑了数百米玩命地开枪，当他喘着粗气半步也跑不动时，只能眼睁睁看着卢先声他们坐的马车消失在远处。

回过神来的冯其中气喘吁吁地冲进车站值班室拨通了李震的电话，说自己在潼关车站遇到突袭，一定是柴伯文和曹云亭的人干的，现在就可以下令逮捕他们。李震听着冯其中在电话里气急败坏的吼叫，反倒冷静地问道："你有什么证据吗？是不是抓到他们的人了？"冯其中这才猛然意识到自己唯一认识的魏光华，虽然中弹倒地，却也被对方抢了回去，他有何证据能证明这件事情和"八办"有牵连呢？冯其中放下电话哭丧着脸走到站台上，伸手为躺在地上已经死去的耿超轻抚上圆睁的双眼，又站起身绕着倒下的兄弟们的尸体走了几圈，忽然双腿瘫软倒在地上，他仰望着天空中已经升起的太阳，两行清泪顺着脸颊缓缓而下。几个车站值班人员远望着痴痴发呆的冯其中也无计可施，惊慌失措的火车司机连忙上前问他现在该怎么办，垂头丧气的冯其中用手势示意继续前进。火车向风陵渡方向疾驶而去，站台上只留下冯其中孤独的身影。

　　赵渊的马车队伍以最快的速度回到老白渔村，所有人顾不上失去队友的悲痛，立刻安排卢先声他们上了谷三早已准备好的渔船向黄河北岸划去。随后，赵渊及其他兄弟与寒梅一行也乘船驶离，就在上船的时候，赵渊这才发现被绑缚的任欣荣一瘸一拐的，寒梅说他黎明时试图逃跑，结果掉进土沟里摔断了一条腿。

　　此时的黄河风平浪静，大家都没有说话。寒梅远远望见前面一艘船上卢先声参谋长的背影，她知道行动成功了。很快渔船纷纷划到黄河北岸一处名叫黄石湾的小码头，前来接应的山西八路军特派员谭宇带领的人马已在此恭候多时，卢先声及骑六师的七位将领终于见到了八路军的人，心里别提有多么高兴，他们来不及与谭宇多寒暄几句，便每人骑上一匹八路军带来的高头骏马奔驰而去。

　　骑六师的人刚走，黄石湾路边又出现了六辆马车，赵渊笑呵呵地走过来给寒梅说："这下我们可以轻松地回家祝寿喽！"寒梅关切地问魏光华去了哪里，赵渊淡淡地说车站行动结束后，魏光华直接返回长安城了。寒梅也没多想便上了马车，赵渊带着大家以及拖着伤腿的任欣荣继续朝运城老家而去。这时身后传来一声声嘹亮而欢快的船工号子，谷三他们划船返回南岸了，寒梅觉得这支队伍里全然不缺能力超凡的大英雄们，像曹云亭、魏光华、赵渊，还有谷三，他们都是。

第二十二章

　　失魂落魄的冯其中孤身一人蜷缩在潼关车站等待李震派冯宁远来为他收拾残局。直到第二天中午，特务二组的人马方才到达，看着一直守在耿超尸体旁木然发呆的冯其中，冯宁远亦觉神伤不已，他安慰冯其中别太伤心，只要"留得青山在，不愁没柴烧"，事情既然已经发生了，便只能往前看。随后，特务二组带着耿超及特务一组兄弟们的尸首即刻准备返回长安。离开潼关车站前，冯其中再次抬眼望着四周连绵起伏的山脉，心中全然没有了昨日清晨漫步车站的风轻云淡与清爽从容，反而感到周边崎岖的沟沟坎坎里獠牙丛生，到处都充满着令人心悸的杀机与阴谋。

　　冯其中回城后，李震怒斥他自以为是、轻敌冒进，无论是情报搜集核查，还是行动计划的布置，统统粗疏大意、破绽百出，直接导致"赔了夫人又折兵"。潼关车站损兵折将，冯其中现在成了光杆司令。此次护送骑六师将领前往第二战区任务的失败，不仅让李震颜面尽扫，顾宽敏亦大为光火，于是特务二组冯宁远的副手陆铭义被火速提拔为特务一组组长，等待冯其中的自然是严厉处置。

　　此刻在李震的心里，已经将精心培养多年的冯其中彻底放弃了。不过他又想到，冯其中终归是自己曾经亲自选拔的亲信，又鞍前马后这么多年，向来实心做事不敢有丝毫懈怠，如果因为这次任务失败，任凭上级发落，或许会寒了其他下属的心，尤其是当下，明眼人都能看得出来他与顾宽敏明暗之间的较量，所以属下犯错时该保还得保，绝不可任人宰割、痛下杀手。

　　耿超死了，派往运城的任欣荣恐怕也是凶多吉少，被停职待查的冯其中陷入巨大的惊恐之中。在去往长安城北郊短松冈安葬耿超的路上，冯其中泪如泉涌，他的眼泪或许是为死去的每位兄弟而流，又或许是为自己的愚蠢和自负而悔恨。望着短松冈一夜之间堆起那么多的坟茔，冯其中呆坐在一棵树下久久不肯离去。

再说赵渊带着寒梅等人一路奔波，终于在傍晚时分回到运城龙家祖宅。

寒梅放眼望去，但见威严气派的龙家大宅处处雕梁画栋、古色古香，错落有致的楼阁比她记忆中的更加雄伟而精致。从大门往里看去，只见院中灯笼高挂、灯火通明，宽阔的走廊和精致的栏杆外是意境清幽的小桥流水，青灰拙朴的砖雕壁画墙上挂满了各式祝寿的楹联及牌匾。走进龙家这座宅院，仿佛走进另一个世界，这里才是真正的世外桃源。

已到古稀之年的赵世诚终于再次见到朝思暮想的长安秦腔社众人。寒梅一行不远千里到龙府为赵世诚祝寿，老人激动地领着夫人龙宝婵走到院子里迎接，正在里屋忙着的大儿子龙长生和儿媳林萍，还有赵老爷子唯一的宝贝女儿龙如玉也都笑吟吟出来相迎，寒梅带着胡淑曼、申湘云、柳青芳和一众秦腔演员连忙给两位老人请安，整个院落里充满了欢声笑语，四处高挂的大红灯笼照耀着一张张喜气洋洋的笑脸。赵老爷子把寒梅拉到一边，低声询问其中怎么没来？寒梅谎称冯其中出远门唱戏去了。老人连连念叨着不巧，忽然嘴里又喃喃自语，说看见这些徒子徒孙们，心里又想念起师哥陈凤良了，说话间婆娑老泪已挂在两颊。

赵渊急忙上前缓解尴尬的气氛，他给父亲介绍说："陈老社长的徒弟们几乎都来给爹祝寿了，这位是您的同辈师妹胡淑曼，她可是长安城赫赫有名的角儿，还有她的高徒申湘云，以及秦腔总社新收的好多男女弟子都来啦。"赵渊又把柳青芳介绍给母亲："这位姑娘名叫柳青芳，是北平城里的青衣名旦，其中大哥知道您爱听京戏，专门请柳姑娘过来为您唱的。"和蔼可亲的龙老夫人疼惜地抚摸着柳青芳的小手，连声夸赞姑娘长得俊俏。就在大家寒暄期间，寒梅注意到跟随赵渊一同回来的六位车夫已换成便装，扮成仆人的模样在院子里忙乎着，而被捆绑蒙头的任欣荣却已不知去向。

当天夜里，众人早已歇息，赵渊把寒梅和申湘云叫到后院马房，寒梅看到任欣荣依旧被紧紧捆绑着四肢。赵渊面有难色地对寒梅说："任欣荣毕竟是你们梨园行的人，也是个从小没爹娘的苦命人，临走前曹云亭给我说过任欣荣与老会长沈金书的关系，虽然此人已被京剧社清理出门，可他毕竟是沈金书会长一手养大的义子。我想听听你的意见，我们该如何处置这小子？"寒梅听得懂赵渊的言外之意，他是不想以武工队的名义来处理这件事情，而是希望她出面以梨园行的规矩进行处置。

寒梅拿定主意后，便和申湘云一起站到任欣荣面前，赵渊让人摘掉他的头套，灰头土脸的任欣荣满眼惊恐地看着眼前的每个人，额头不断渗出颗颗冷汗，往日的趾高气扬已变成一脸的灰心丧气。寒梅直截了当地对他说："你我心里其实都明白，冯其中让你和我们一起来的意思无非就是想让你监视我们，我这个师弟最大的毛病就是太自信，他以为自己所谋划的事情总能十拿九稳，可惜这回他又失算了。但我猜测他有一点肯定预估到了，那就是即便我们几个女流之辈识破你们的阴谋诡计，也不会把你怎样，因为冯其中比谁都清楚，咱梨园行人讲究的就是'情义'二字。你可曾想过，你毕竟是沈会长曾经悉心栽培的人，如今你辜负了沈会长不说，还和我师弟冯其中投靠外人，联手对付养你教你的梨园行人，我寒梅作为一介女流，也瞧不起你们这两个趋炎附势的软骨头。"寒梅义愤填膺地教训任欣荣，让站在一旁的赵渊甚是钦佩，他在心底里为曹云亭能遇到这样有情有义的女子感到由衷的高兴。

接着赵渊也对任欣荣说道："我现在能告诉你的是，我们已将骑六师所有人员安全送到了八路军的地面上，冯其中要和我们下的这盘棋他全输了，估计他现在已是'泥菩萨过河自身难保'了，你也好自为之吧。若你能在这里好好待着，我们回去时会带上你；如果你要瞎闹腾，小心我把你扔进黄河喂了鱼。"

任欣荣嘴唇哆嗦着说："我全听你们的，我得回长安去。"

寒梅鄙夷地看了一眼任欣荣后，就和申湘云退了出来。

走出马房后，寒梅再次对赵渊一路上的帮助表示感谢，并说自己必会尽全力带领大家给赵老爷子唱好寿戏。寒梅虽然只字未提如何处置任欣荣，但她心里清楚，赵渊威胁任欣荣的一席话只是吓唬吓唬他罢了，既然将来还得带其返回长安，那就得找来大夫给他医腿，因为无论如何也得让任欣荣活着回到长安。

第二天清晨，龙家大院里人声鼎沸热闹非凡，各路老少爷们纷至沓来给赵世诚拜寿。寿星赵世诚和老伴龙宝婵端坐院落中央，如痴如醉地欣赏着寒梅、胡淑曼专门准备的秦腔名剧《三回头》。不知不觉中时间已到正午时分，龙家大宅里里外外坐满了宾客，大家循序排队依照贺寿礼节起身道贺，直把个古稀之年的赵世诚高兴得合不拢嘴。

当天夜里的戏，是柳青芳专门为老夫人表演的京剧青衣戏，台上精彩的表演

赢得台下掌声不断。夜色渐浓，赵世诚忽然把赵渊叫到书房，老人一边呷巴着嘴里的烟管，一边手里盘玩着两颗又黑又亮的老核桃，问道："后院马房里关的是个什么人？"赵渊没想到老父亲的眼睛依旧敏锐，他刚要向父亲说清这件事情的来龙去脉时，小妹龙如玉匆忙跑进书房来找他，看见父亲也在，她涨红着脸抿嘴不言语，赵渊便把她拉到屋外，小妹这才说门外来了个人，嚷嚷着要找任欣荣。听到这话赵渊瞬间警觉起来，在这个时候、这个地方会有什么人认识任欣荣，而且还偏偏跑到他家里来寻找？赵渊一时理不清头绪，便耳语小妹："此刻院里看戏的人多，绝不能惊扰了大家，不管来人是谁，先把他带到后院去。"

夜里来找任欣荣的人正是陈竹君。虽然龙家大院在山西运城大名鼎鼎，但他还是绕了很多冤枉路，经过四下打听这才寻找过来。赵渊第一眼看见陈竹君的时候，猛然感觉此人似乎在哪里见过。这时龙如玉把寒梅也叫了过来，寒梅惊讶地问陈竹君怎么会出现在这个地方。

尽管陈竹君如实说出自己的来意，但是寒梅和赵渊心里还是将信将疑。寒梅知道任欣荣的苦难出身，也曾多少听到过师父讲起沈金书与任欣荣的父亲任少山在北平城里的坎坷遭遇，但陈竹君说，此次寻找任欣荣，是为了带他去北平与亲生母亲相见，对于这段故事，寒梅的确不是很清楚。眼下陈竹君和任欣荣都在运城龙宅，又不能从沈金书会长那里讨到主意，自然难以判断陈竹君来意之善恶。看着寒梅为难的神色，赵渊心里有了主张，他故意允许陈竹君见到了任欣荣，想从两人的对话里捕捉到一些信息，结果任欣荣看见陈竹君后，神情先是一愣，紧接着就冲他怒喊"滚出去"，整个人瞬间像受到某种刺激般癫狂不止。

后院马房里发生的这一切都没能躲过赵世诚的眼睛。

数年前，他便已猜知小儿子赵渊带着女儿龙如玉加入了共产党，为了避人耳目，平常外人问起时，赵世诚咬定家中两子一女全是常年在外做生意。好在龙家生意做得大，隔三岔五兄妹三人你回我走，倒也没有引起旁人在意。这些年里，小儿子与女儿的身份是老人心里最大的秘密，赵渊每次从黄河西岸回家总会带来许多随从，仅从这点上便可看出端倪。按说像他这样的地主老财应该感到惧怕，但赵世诚心中不仅不惧，还暗中支持儿子，因为运城百姓口里经常传说着许多关于共产党为穷人打天下的故事。他常常给老伴说起自己当年的穷苦日子，因此老百姓的日子只要过好了，即使散尽家财他也在所不惜，平常日子里，十里八乡只要有穷人上门求助，他都会慷慨解囊，运城远近百姓口里都称赞他是个大善人。

赵世诚让人将赵渊、寒梅和陈竹君叫到书房里，亲自询问过陈竹君后，说道："归根结底，天下梨园人是一家人，虽说如今天下不太平，江湖艺人日子过得都不容易，但是江湖道义永远不能忘记。你既然替他在北平找到了生身母亲，而且答应人家要带他回去母子相见，那就该去见见，人非草木孰能无情啊！况且做人要讲诚信，轻易不能辜负别人的嘱托。"

陈竹君听到赵老爷子的这番话后，心里暗自庆幸老人明白事理，赵渊和寒梅对赵老爷子的决定也无话可说。于是，陈竹君便住在了赵世诚家里，只等任欣荣腿伤痊愈之后再去北平。

三天的祝寿很快结束了，寒梅等人也该返回长安了，不舍之情顿时涌上赵老爷子心头。年迈衰微的赵世诚再三嘱托寒梅，回去后替他给师哥陈凤良多烧些纸钱，又哀伤言及或许他也很快会去黄泉之下与师哥团聚。一席悲切之语惹得大家无限伤感。临走前，赵世诚又特意给赵渊说："你带着妹妹要凭良心做人、凭本事活人，要细心照顾好她，别忘了常回家来看看。"赵渊听出父亲话中有话，但却从不点破，他除了一再安慰父亲放心以外也不便多说什么。

赵渊与寒梅带领大家告别赵老爷子后，径直奔到黄河岸边，谷三他们早已等候在渡口。赵渊对众人说："千里送行终有一别，我就送大家到这里了，咱们后会有期。"寒梅、胡淑曼、申湘云等人与赵渊依依惜别。望着渔船划过了黄河中央，赵渊这才带上自己的武工队员们消失在天高地阔的黄河北岸。

寒梅一行安全回到长安后，方才知道曹云亭早已通过红色队伍的秘密渠道，将骑六师将领的家眷顺利送达革命根据地，寒梅对曹云亭的这招"调虎离山"深为敬佩。但当她同时得知魏光华已经牺牲，并已被带回陕北安葬的消息时，伤心地流下了眼泪。曹云亭特别解释说，去运城的路上赵渊之所以隐瞒消息，就是不想让她太过伤心而影响了众人的情绪。其实在曹云亭内心，比任何人都怀念这位和自己并肩战斗多年的生死战友。

　　柳青芳回来后，立刻将任欣荣此行的所作所为告诉了沈金书。当听到陈竹君赶到龙宅要带任欣荣去北平与母亲相见时，沈金书坐不住了，他转身找到曹云亭，详细讲述了当年任欣荣父亲任少山与陈竹君以及日本女学生宫田奈美之间的那段尘缘往事，他心中疑惑这么多年已经过去，宫田奈美为何在这个时候突然要母子相见，而且是在北平城完全被日本人侵占之时。沈金书担心这是个圈套，曹云亭劝慰他放下心来，并说他会让北平的上官虹他们多从暗处加以关照，沈金书内心这才安然许多。

　　回到家里后，沈金书静坐椅子上心中暗想，这么多年过去了，不知道在莲溪庵清修的宫田奈美如今怎么样了？陈竹君毕竟曾经深爱过奈美一场，谅他也不敢拿此事开玩笑，如果陈竹君所言是真，谁又能忍心阻止任欣荣和宫田奈美母子相见呢？就在沈金书暗自思量时，赵兴怀急匆匆从外面进来说：“今儿早晨，在南郊烈士陵园为夫守墓的刘夫人溘然长逝了。”

　　原来，自从刘伍师长在西京烈士陵园下葬的那一天起，刘夫人便搭起座草棚为夫守灵。将卢先声等七名将领安全送达延安，是刘伍师长生前交给她的最后一项任务，如今这一切都已完成，人世间亦别无牵挂，她便凄然选择自戕，追随夫君奔赴黄泉。刘夫人的故事迅速传遍长安城的角角落落，人们长吁短叹中自发前来为刘夫人送行，有人还写了一副挽联哀悼刘夫人的至真之情。

　　人生如旅，亦哭亦歌，多少真情泪，羽化成蝶横天飞。
　　曲终人散，荣光谢后，一杯相思酒，逆流成河断天涯。

　　赵兴怀十分钦佩刘伍师长与夫人刘云珍的抗日壮举，又深深被两人至诚至深的感情所打动，他带领秦腔总社弟子们在烈士陵园旁边搭建起临时舞台，用高亢而悲凉的戏曲送刘夫人最后一程，一声声慷慨悲泣、荡气回肠的秦腔响彻墓园四方，哀婉的曲调让前来为刘夫人送行的人们悲痛欲绝。

第二十三章

被停职后无所事事的冯其中整日在古城茶楼里喝着闷酒，夜里还常常做噩梦，一会儿梦见满脸是血的耿超唤他给自己报仇，一会儿又梦见有把冷森森的枪正对着他的太阳穴。从噩梦中惊醒的他不断地在房间里踱步，时而撩开窗帘看看外面的街道，黑夜里的街灯昏黄而孤独，时而又坐下来猛抽几口烟，浓烈的烟味呛得他咳嗽不断。多年的唱戏生涯不允许抽烟喝酒，但现在他的嗓子已被折腾得开始沙哑。

冯其中心里痛苦不堪，他开始深刻反思当初决然舍弃梨园行，拼命爬进国府做事究竟是为了什么？在那个尔虞我诈、钩心斗角的环境里，面对那些有头有脸有背景的同僚，冯其中经常觉得自己就是个另类，没有任何背景，只能趋炎附势讨好巴结，终了却沦为别人升官发财的工具，即使拼上性命去做事，成绩永远都是上司的，而错误和过失永远都得自己背负着。就拿眼前的遭遇来说，冯其中觉得自己的命运还不如舞台上演员饰演的王侯将相，明明是忠心耿耿、舍命做事，最终却落得如今这般众叛亲离、遭人唾弃的下场。可叹这一切都是咎由自取，又怨得了何人呢？陷入无尽痛苦的冯其中突然很想念师父，想念在锦绣班时快乐无忧的时光，尤其是想到杨小云，他的心就像被撞碎的玻璃哗啦啦掉了一地。这时候的冯其中是多么渴望见到杨小云，但他知道，杨小云的心里一定对他恨之入骨。尽管他痛恨自己曾经面对这份感情时的刚愎自用，然而内心难以抑制的痛楚让冯其中清楚感觉到，若见不到杨小云，他整个人的魂魄似乎就要散了。

日夜无休止思念杨小云的煎熬，令冯其中寝食难安，于是他瞅准一个杨小云独自在家的机会，鼓足勇气上门去找她。杨小云睁大双眼不敢相信这个曾经令她既爱又恨的男人，活生生地再次出现在自家院落里。可惜此时的杨小云已非彼时的杨小云，她淡然平静地看着冯其中那张熟悉而又陌生、曾经让自己寻死觅活的脸庞，内心激不起一丝涟漪。她静等他会说出些什么，她更不知道自己又能说些

什么。就在两人欲言又止时，康健忽然从外面兴冲冲走了进来，满脸喜悦的他无论如何也想不到会在杨小云家里碰见冯其中。冯其中一眼就认出了康健，这个人正是自己一直想抓捕却屡屡漏网的学联头目。冯其中看着眼前这两个人，心里瞬间明白了一切，他觉得自己在这里站着的每一秒都是多余的，羞愤而懊恼的他转身就往外走，结果和回家的杨元厚撞个满怀。杨元厚看到冯其中，瞬间火气蹿到脑门上，他冲着脚步匆匆有点东倒西歪的冯其中大喊道："冯其中，你这个混账东西，还有脸来我家，你不得好死的。"

从杨小云家出来，冯其中的大脑被一股血气蒙住了意识，一时间迷迷糊糊不知该往何处去，一束炫目的阳光刺得他睁不开眼睛。这时一个算命先生站在他面前说："先生相貌堂堂，端庄威严，双目清亮如辉，额骨神气高扬，真可谓富贵之相啊！"冯其中挺直腰身给了算命先生一个银圆。他刚要抬腿走时，算命先生急忙挡在他面前又说："先生额角似有缺陷，看您面色焦红，走路歪斜，似有败退之相，先生可想知晓化解之策吗？"冯其中听闻此言后，又从算命先生手里轻轻拿回刚刚给的一块银圆，嘴角微微上扬，嗓子轻轻哼了一声就走开了，算命先生愣在那里，脸上露出尴尬的苦笑。

第二天一大早，寒梅听到杨元厚在剧院里不加掩饰地责骂冯其中无耻时，她方知冯其中去找杨小云了。想到如今落魄失意的冯其中，寒梅深恨他当初贪慕荣华富贵不顾礼义廉耻的丑恶行径，但他毕竟是自己的师弟，每每念及和他一起在锦绣班长大的这份感情，还有师父临终前希望他回头是岸的嘱托，让寒梅的内心无比矛盾。曹云亭理解寒梅对冯其中这份复杂的感情，虽然他将魏光华牺牲的这笔账算在了冯其中头上，但此时的冯其中已经沦为人见人恨的过街老鼠，看在寒梅与他姐弟一场的份上，除掉他已经不是最紧要的事情。曹云亭相信作恶多端的人迟早会遭报应，此时不报，只是时候未到。

从山西回来以后，寒梅一直想给杨小云解释为何阻止她一同前往运城。这天傍晚时分，她把杨小云从家里约出来，两人走在静静的护城河边，寒梅和盘端出不让她同去运城，就是因为赵渊他们会在潼关车站截杀冯其中，担忧杨小云心里无法接受，进而影响到整个行动的安全。

杨小云叹息道："我明白曹大哥和你对我的关心，当着姐姐的面，我不想有任何隐瞒。对他我真的已经没有任何感情可言了，他做了那么多坏事，只求报应不要对他太狠。我承认自己当年是那么爱他，可这一切都已经过去了。不瞒姐姐你，我心里已经另有一个人了。”

听得此言，寒梅心里深感欣喜，她对杨小云的这份担心终于可以放下了。于是，寒梅不无关切地询问杨小云心里那个人是谁？杨小云将头深深地低了下去，羞涩地说出康健的名字。寒梅心里豁然开朗，她既为杨小云走出对冯其中的苦恋感到欣慰，更为她重新遇见爱情由衷的高兴。寒梅回到长乐坊大剧院后，只把杨小云的这个秘密说给曹云亭，曹云亭亦为杨小云感到高兴，同时他更加欣赏寒梅身上与生俱来的勇敢和善良。

赵兴怀是个忠厚仁义之人，他也知道这个曾经倍受陈老社长器重却偏又误入歧途的小同行落难了，如今破败潦倒无人问津，真是“落架的凤凰不如鸡”，善良的赵兴怀瞒着所有人独自来找冯其中。看到赵社长在这个时候还能来看自己，冯其中感激不已，也让很久没和长安秦腔剧社来往的他倍感温暖。赵兴怀开口就邀请冯其中再回秦腔总社，并说冯其中定能将秦腔总社再度发扬光大。冯其中满面苦涩地看着这位忠厚的长者，心中明白他的邀请是诚心实意的，可惜自己背离秦腔总社已经太久太远，即使这时候有脸回去，恐怕全社上下没有一个人会待见自己。赵兴怀便又劝他可以凭借自己的技艺，拉起一干人马组社重来。未料赵兴怀的这句话，让冯其中眼前一亮，他下意识觉得自己重回梨园行有望了。

赵兴怀回到剧院后，得空把自己与冯其中的谈话说给了曹云亭，曹云亭不便多说什么，只说如果再次见到冯其中，还需告诫他，国府向来讲究的是非我族类必无同心，因此难以融入或被接纳是很正常的事情，愿他能从内心真正觉醒过来。

听了赵兴怀的建言，果然没过几天，冯其中便召集来一拨曾经他教授过，如今又散落江湖的年轻弟子，并复用了原来的“长安锦绣班”秦腔剧社名号。寒梅等一众从锦绣班出来的兄弟姐妹们听到冯其中又拉起“锦绣班”这面旗帜，内心百感交集。只是不论新组建的锦绣班如何卖力演唱，始终无人前来捧场，还常常遭到长安城很多心存道义的秦腔戏迷的责骂和唾弃，冯其中往日所作所为的恶劣影响，很快扑灭了他一厢情愿的想法。

冯其中知道长安城他是无论如何也待不下去了。

　　心灰意冷、备受打击的冯其中窝身古城茶楼里数日不出，万般思绪像黑云压顶，令他感到窒息。再为国府做事这条路肯定是走不通了，因此除了继续端起半生所练的秦腔技艺这碗饭，自己还能做什么呢？不管怎样，既然聚拢起最为亲切、最为熟悉的"锦绣班"，就绝不能再次轻易抛下，倘若继续三心二意，这山望着那山高，恐怕真会落得死无葬身之地了。经过一番深刻思谋之后，冯其中决计远走兰州，因为潼关以外的世界战火纷飞，只有再往西北辗转，或许才可能寻得一线生机。想到此处，他的眼前总算瞧见些许光亮，内心有了希望在涌动，仿佛立刻感到某种无形的力量已经开始在兰州招引他。临行前，冯其中将古城茶楼委托给耿超的侄子李泉来打理，毕竟耿超兄弟是为自己挡的子弹，这样做也算是给自己心理上一些安慰。

　　出发前有天晚上，茶楼忽然来了个陌生人，留给冯其中一封信后便匆匆离去。冯其中打开一看是李震写给他的："楚水清若空，遥将碧海通。人分千里外，兴在一杯中。悲莫悲兮，乐莫乐兮，全在一个'隐'字。"这是李白的《江夏别宋之悌》的前四句，意思是说，清澈的长江水在遥远的地方与大海相通，你我从此虽天各一方，也祝友人再得辉煌。然则最后三句，把悲与乐全部落在一个"隐"字上，这令冯其中内心暗生寒意，知道这是李震在非常含蓄地警示他，你可以远走高飞，但你得永远闭嘴消隐，因为我可以随时随地找到你。与其说这是朋友相别时的赠言，还不如说这是一份恩断义绝的诀别书。看着这几行刺眼的诗句，李震那狡诈虚伪、冷血无情的表情又浮现在冯其中的眼前，他又一次反省自己当年所有的自信，又何尝不是一份自负呢？

　　很快就要离开长安城了，心潮涌动的冯其中不禁想起师父来，他冒着凄然冷风，独自来到终南山下观山坡师父的墓前祭拜。望着长满凄凄荒草的坟茔，抚摸着冰凉坚硬的墓碑，冯其中泪水滂沱，此刻他多么希望师父就在自己身前，好让他将痛悔之意尽情诉说，可惜斯人已去，阴阳两隔，茫茫旷野万籁俱寂，只有不远处干裂的虬枝在萧萧冷风中瑟瑟颤抖着。

　　冬日的西京火车站人流略显稀少，随着车头发出一声怒吼般的响声，火车缓缓驶离了站台。长乐坊大剧院没人前来送他，李震那边也没有一个人出现在站台，孤寂落寞的冯其中缩在车厢一处不起眼的角落里怅然若失。他觉得自己就是这个世界上最愚蠢的人，曾经总以为可以两脚不沾泥地站在岸边看着别人演戏，到头来却发现自己才是那个坠落泥潭的可笑之人，冯其中向来自信的头颅无限伤感地低了又低。

俗话说"伤筋动骨一百天"，经过长时间的休养，在运城龙家大院医治腿伤的任欣荣，已经可以下床走动了。自从赵渊和寒梅走后，龙家大少爷龙长生也前往洛阳打理龙家生意去了，家里只剩下赵世诚和老伴龙宝婵以及老大媳妇，老两口每天乐乐呵呵地出门会友、打麻将……怡然自得地享受着晚年的自在生活。大儿媳林萍是个能干之人，平常日子里全家上下都由她张罗打理着，龙家大小仆人对这个大儿媳是既怕又服，怕的是她为人处世的精细明察，敬服的是她料理大宅院的不凡能力。

这个龙家大媳妇祖籍是江南苏州，世代经商，后因她父亲这一支脉在山西的生意越做越大，于是举家迁至太原，林父更是太原商界的头面人物。当年，在一次商界人士的聚会上，林萍偶遇青年才俊龙长生便一见钟情。林萍嫁到龙家的那天，可是给赵世诚长足了脸面，十里八乡的故交亲友都说赵老爷子福大如海，儿子能娶到这般知书达礼的富贵人家的小姐，以后龙家的生意岂不更是锦上添花。然而美中不足的是，两人结婚多年却不见生个一男半女，为此赵世诚私底下建议大儿子考虑纳妾，可是龙家四处的生意都得龙长生来打理，他常年奔波在外，难有机会细谈此事，虽说口头上答应了老爷子，却迟迟给林萍张不开嘴。赵世诚也不是不明事理之人，看到大儿子夫妻感情尚好，他虽有此念头却也不便催促。

腿伤几乎痊愈的任欣荣依然对陈竹君不理不睬，陈竹君很长时间里是一点儿办法也没有。心中焦急的他时常在院子里郁闷地低头徘徊，有时遇见林萍便有三没四地搭腔，彼此闲聊中林萍得知陈竹君原来是名越剧演员，这对于喜爱苏浙越剧的林萍来说可谓是一份意外的惊喜，在北方遥远的黄土高坡能遇见会唱家乡戏曲的人实属不易。于是闲暇之时，两人便经常在一起切磋交流，从越剧的剧目曲调聊到妆容服饰，又从流派渊源说到舞台技巧，而且经常能听到陈竹君和林萍咿咿呀呀的唱腔从室内飘荡出来。看着眼前玉树临风的陈竹君，林萍第一次发现此人不仅曲风潇洒又知情识趣，陈竹君也愈发觉得龙家大媳妇生长得玲珑剔透姿容出众，并且与自己还有着相同的戏曲爱好，渐渐地两人因戏生出许多言语不清的情愫。

　　有一天，陈竹君突然央求林萍帮他劝说任欣荣能回心转意。林萍本来就对绝情冷漠的任欣荣不愿与母亲相见的做法看不顺眼，现在听到陈竹君的恳求，不仅答应了他，更是对他倾其所能成全他人骨肉重逢的举动徒增莫大的好感，不过林萍的条件是陈竹君要教会她更多的越曲唱段。

　　这天陈竹君故意出门闲逛去了，家里只剩下林萍与任欣荣，她将换敷的药膏从仆人手里要来，径直来到任欣荣的床前，任欣荣见大少奶奶前来为自己敷药，心头既惊又喜。毕竟在龙家已经住了很久，龙家上下的人也逐渐熟悉了，对于既能干又能说的大少奶奶林萍，任欣荣的印象还是不错的。只见林萍笑吟吟对他说道："其实每个人都有一些说不出口的痛楚，就说我自己吧，人人看着我出身望族，嫁到龙家后更是有享不尽的福，夫妻相敬如宾，家庭和睦，好像日子里全是花团锦簇，完全是个掉进蜜罐里的人，而这样的人，怎会有不如意的地方呢？可是上天就是要捉弄我，嫁给龙长生这么多年，偏偏没能为龙家生个一男半女。按理说这该是我最大的缺憾了，可惜大家都猜错了，在我心里最大的伤痛并非没有生个孩子，而是在我六岁那年，因为父亲在外面有了别的女人，我那死心眼的娘亲脑子转不过弯，自私地抛下我上吊自杀了。一夜之间亲娘走了，对于一个小女孩来说，意味着整个天都塌了下来。后来父亲把我寄养在外婆家，我是天天哭着要娘亲，年迈的外婆伤心欲绝，结果一病不起，刚过六十岁便撒手而去。在外婆的葬礼上，父亲大骂我是克星下凡，从此以后，我下定决心绝不再哭，因为我认定就是由于自己每天的哭哭啼啼，才惹得外婆日日神伤而早早离世。说来也是奇怪，自从我发誓不哭之后，我的命运果真出奇地好起来。现在想来，如果上天能再给我一次重新选择的机会，我一定想办法和我的娘亲还有我的外婆开开心心去面对生活里的七灾八难，不要总是意气用事，或者在哭泣和怨恨中自寻烦恼。所以至今我总放不下一个心愿，那就是希望自己多做梦、做好梦，在梦里和母亲外婆多见面，也只有在梦里才能见得到她俩啊。"林萍一口气说完后连连叹息起来，两行清泪已然挂在脸上，她转过身将泪水擦拭干净，又是一张灿烂的笑脸。

　　任欣荣自然听得出大少奶奶这番话的言外之意。从内心来讲，他当然渴望能尽快见到自己的母亲，这也是他多年以来梦寐以求的心愿。可是每次想到这个像风像雾一般存在的母亲，就不由得心生怨恨，天下哪有这般狠心的母亲，二十多年来从不寻找自己的亲生骨肉。从小到大，但凡有机会他都会向师父沈金书打探关于父母亲的事情，师父每次都是支支吾吾、语焉不详，等他长大懂事之后，师父终于架不住他的连番追问，这才愿意说出一些片段，但总是闪烁其词，给他的感觉仍是模棱两可。

后来，冯其中给他"完整"地讲出一个"师兄弟争抢日本女人"的荒唐故事，再后来又夹杂进来陈竹君这个处处陷害为难他的阴险家伙，自此他的内心开始对父母、师父及陈竹君这段混乱不堪的红尘往事心生憎恶，既恨父亲任少山的轻浮，又恨母亲的多情，更恨师父沈金书在这件事情上的不清不楚。在这种无边无际又不可言明的憎恨中，他曾数次恳求师父告知母亲的下落，师父总是默不作声，他又恳求师父带自己去见母亲，师父始终态度暧昧。

沈金书深藏满腹难言之隐的良苦用心，却得不到任欣荣对他的半点理解，他越是坚定地向任欣荣表示自己所说的就是真相，任欣荣越是满腹狐疑。心里的暗鼓敲得时间久了，师徒两人的情分开始被日积月累的误解逐渐吞噬，彼此之间的隔阂越来越远，以至于到了任欣荣仇视师父的地步。特别是陈竹君出现后，任欣荣心中方寸大乱，他认为师父为了维护个人清誉，故意向他隐瞒事实，而冯其中为了破坏"五社合一"，实现自己不可告人的目的，又来回不停地撺掇怂恿他务必认清师父沈金书的真实面目。那时，已经热血上头，是非分辨能力欠缺的任欣荣，甚至认为师父恐怕才是造成自己孤苦命运的始作俑者，否则怎会待自己视如己出，又对关于自己身世的问题万般躲闪？到底是怎样难以启齿的往事，让师父二十多年来守口如瓶？为了寻得自己的身世真相，任欣荣逐渐走火入魔，不仅选择信任冯其中的诡诈安排，还鬼使神差般开始思谋取代师父沈金书的会长职位，哪怕自己真的是沈金书的亲生儿子，他也在所不惜了。

面对内心深处混乱不堪又迟迟得不到正解的困惑，任欣荣的心态一天天扭曲变形，他开始仇恨自己生命中的至亲之人，甚至觉得每个人都在欺瞒自己，尤其是那个宁可出家也不要自己的绝情母亲。为何这么多年母亲都不来找他？他认为自己来到这个世界上本身就是个大笑话，可是倔强自尊的性格又让他固执地坚守着自己的信念，他发誓迟早有一天要见到母亲问个明白，他要看清所有人的真实面目，好让那个几乎夜夜袭击他的噩梦早点灰飞烟灭。

可怜又可悲的任欣荣不是不想见到母亲，而是不想与这个卑鄙无耻的陈竹君

一起去见，那样他或许永远得不到真正的答案。尽管陈竹君极其真诚地给任欣荣不断起誓发愿，说这次真是宫田奈美专门委托他前来的，可惜怀疑的种子一旦种下，便很难让任欣荣再信任他。不过听到大少奶奶刚才说出的那番话，任欣荣觉得一个局外人能以自己的亲身经历，来启示他应该去见见母亲，以免留下终身遗憾，这份劝说里应该没有私欲与阴谋，显然任欣荣被林萍这席话打动了。然而可悲的是，林萍找他所说的这些话，正是和陈竹君谋划好的，尽管林萍话语里充满了自我人生的真实经历，但她只是为了让任欣荣去往北平。

任欣荣的腿伤愈合得差不多了，坚持不去北平见母亲的执拗心劲也松散了很多，林萍隔三岔五过来嘘寒问暖，令任欣荣感受到许久未有的幸福和温暖。心中摇摆不定的任欣荣，这时又想起赵渊给他说过的潼关车站冯其中的失败，他预感自己即使回到长安城，恐怕也是一堆烂摊子在等着他，倒不如乘着这份难得的闲散心境去趟北平，就算给自己内心多年的煎熬作个了断。拿定主意后，任欣荣出了后厢房往前院走来，这才发现龙家大宅居然这般宽阔精致。当他顺着长廊走到前院拐角时，忽然听到前面传来婉转的越曲唱段，他思忖一定是陈竹君在演唱，于是放慢脚步转过墙去，果然是陈竹君在练声，但却紧紧揽着大少奶奶的腰身，两人忘情地缠绵于曲调当中，全然没有发觉任欣荣的到来。任欣荣毕竟是梨园行出身，他从两人的动作细节里察觉到很不寻常的味道，这种感觉或许只有像他这样多愁善感而又机敏细致的人才能感受到。

想到赵老爷子这段时间给自己的教诲和照顾，还有大少奶奶对自己推心置腹的谈话，任欣荣不能容忍陈竹君这只披着羊皮的狼乘着大少爷不在家诱惑沾染大少奶奶。任欣荣敏感而脆弱的神经催促自己要赶紧远离这里，他对自己不好的预感总是无比坚信，每次看到陈竹君轻佻而暧昧的姿态，还有大少奶奶怅然若失的神情，任欣荣真想抬脚踹死陈竹君这个处处留情的害人精。

任欣荣即刻决定要去北平。在龙家老宅养伤近三个月，赵世诚和老伴对他多少也有了些感情，两位老人特意出门为他送行，并一再叮咛他见到生母要懂得礼让宽容，任欣荣不断点头答应着。当他再次回头远望龙宅大门两侧矗立的两只健壮硕大的石狮时，心底里不免感慨龙家真可谓卧虎藏龙。如今自己人身已获自由，而且知晓了赵渊和寒梅等人身份的秘密，但他不能恩将仇报，他要将这一路上所有知道的秘密深藏于心，从此他要远离过去无边无际的人世纷扰，更要和过去的人生轨迹一刀两断。任欣荣彻底意识到自己终究还是个戏曲人，梨园行才是真正适合他的地方。

第二十四章

陈竹君和任欣荣一路北上，只见沿途到处是部队在调动，从太原到石家庄以及大同方向的宽窄道路上全是各路北上抗日的军队。而拖家带口往南逃散的老百姓，熙熙攘攘地形成一股衣衫褴褛的乞讨大军，逶迤延伸到几十里开外，一眼望不到头，大家纷纷传言雁门关外都打开了花。任欣荣心事重重地坐在马车里，他无法预知前面等待自己的会是什么。

一路避道绕行经过多番折腾后，马车终于来到距离北平城还有五里地的村庄歇脚。一身疲惫的两人粗略吃了点东西，不知不觉中都睡着了，等醒来后太阳已快下山，他俩几乎同时发现雇来的马车已不见踪影，又听村里人说凡是北上的马车，无论载人还是载货，都会在这一带返程，因为再往北走害怕遇上日本兵，那些闲散游勇有时候会上路抢劫，许多过往客商都被抢得财货两空，所以赶马车的人大多只会走到这里便再也不愿前行。任欣荣不停抱怨陈竹君不该把车钱提前付清，陈竹君让自己尽量忍住脾气不发作，因为他的唯一目的就是把任欣荣顺利带到宫田太郎跟前，到那个时候自己的厄运就算彻底结束了。

陈竹君和任欣荣终于走进了北平城，饥肠辘辘的两人总算吃上了一顿饱饭。一路上少言寡语的任欣荣这时问陈竹君到哪里才能见到母亲，陈竹君说不要着急，先住下洗个澡换身衣裳打扮清爽了再见不迟，任欣荣心想也是，总不能灰头土脸一身脏兮兮的样子出现在母亲面前。于是两人来到一家客栈住下，夜色刚刚降临时，任欣荣忽然发现住在外间的陈竹君不见了，他心里一阵吃紧，猜不透陈竹君葫芦里究竟卖的什么药。

正在他纳闷之际，忽听窗外传来一连串急促的脚步声，他迅速走近窗户掀开窗帘一角往外偷瞄，只见走在最前面的陈竹君身后跟着几个别枪挎刀的日本兵，正往客栈楼上走来。任欣荣瞬间警觉起来，毕竟跟随冯其中有过一段特务经历，本能反应加上敏感机警的性格令他立刻意识到情况不妙，于是他顾不上拿任何东西，一个鹞子翻身撞破后窗跳了下去。双脚落地时，只听到腿伤处一声清脆的响声传来，他知道刚刚愈合的腿骨又裂了，一股钻心的疼痛让他浑身打了一个激灵，他咬牙硬撑着残腿，急忙一瘸一拐跑到一处破草房里躲了起来。

陈竹君惊讶地发现任欣荣不见了，当他抬头看见破碎的后窗后心里全明白了。他趴在窗口往外大喊："任欣荣，你给我回来。"等他转身看着宫田太郎时，只见对方的脸上满是狐疑的神色。陈竹君急忙拍着胸口给宫田太郎发誓，他确实把任欣荣带来了。宫田太郎将信将疑地命令士兵四处寻找，藏身在草房里的任欣荣憋住呼吸一动不动，竖起耳朵静听着外面的动静。没有找到任欣荣的踪影，宫田太郎明显感到很失望，不过他确信陈竹君是把一个人带到了北平，因为他看到了任欣荣留在床上的衣物，还有没顾得上带走的挎包。宫田太郎最终没有为难陈竹君，只是让他尽快再想办法，找到任欣荣后随时来报。陈竹君心中忐忑至极，这么大的四方城里人海茫茫，他究竟该到哪里才能找到任欣荣呢？

忍着剧痛窝在草房里的任欣荣一直躲到深夜，判断陈竹君和日本人离开后，这才拖着伤腿用尽浑身力气爬到大街上。此刻豆大的汗珠已经浸湿了他的衣衫，一阵天旋地转的眩晕过后，任欣荣昏死在一家粮油店门口。

说来也巧，北平莲溪庵主持清莲法师当晚正好带着两名尼姑，想乘着夜色到城里来买些粮食杂货，她们之所以选择在夜晚进城买货，无非是为了躲开白天的兵灾，晚上出门终归安全许多。当看到昏死街头的任欣荣后，慈悲心怀的清莲法师赶忙让弟子将任欣荣抬上板车拉回莲溪庵。等到任欣荣再次苏醒过来时，发现自己躺在尼姑庵里，不远处全是焚香膜拜的信男善女。清莲法师请来一位老中医为他疗伤，为了方便照顾，老中医暂住在莲溪庵，每日为他悉心治疗，得见任欣荣终于苏醒过来，老中医便去向清莲法师辞别。任欣荣心想这里人生地不熟，又想到陈竹君此时肯定在北平城到处寻找自己，因此不能随意说出自己的名字，他索性装起了哑巴。清莲法师见他不会说话，只是微微一笑就离开了。慈眉善目的老中医笑呵呵对任欣荣说道："你腿上有老伤，平常须得多加注意，万万不可再有损伤，只要安心敷药，好生静养数月定会痊愈的。"装作哑巴的任欣荣连连稽首道谢。

陈竹君在北平城里整整转悠了三天，愣是没有发现任欣荣的丝毫踪迹，心慌意乱的他心里开始胡乱寻思，莫非任欣荣偷偷跑回了长安城不成？转眼又想到任欣荣那一瘸一拐的腿脚，心里的担忧落了下来，本已垂头丧气的陈竹君心底暗暗鼓劲，自己历经千辛万苦下长安、奔运城，好一番折腾，这才把任欣荣带到北平，眼看着这只足以让自己时来运转的"熟鸭"就要上桌，岂能让他就这么轻而易举地飞掉。心有不甘的陈竹君断定任欣荣只要不是人间蒸发，便一定能在这四方城里找到他。重拾信心的陈竹君又想，不妨先去庙里求支签算算卦，听听大师的指点该去哪里寻找。这个念头刚冒出来，他就想到京郊的莲溪庵，何不去请教清莲师父？莲溪庵是宫田奈美曾经清修的地方，陈竹君对那里有着一种说不清道不明的好感，于是他便急匆匆往莲溪庵而来。

看到许久未曾谋面的故人又出现在眼前，清莲法师感叹与陈竹君多有佛缘。她曾经帮助陈竹君劝说静尘回到家乡日本修行，本想着这桩善事了却之后，从此两人将相忘于江湖，谁知这份佛缘依然绵绵不尽。陈竹君说他正在找寻一个人，并将此人模样仔细描述给清莲法师时，法师心里便已清楚此人正是自己救治的伤者，不禁再次感叹与陈竹君这般因缘际会，于是便把他领到任欣荣跟前。

任欣荣看到陈竹君又出现在自己眼前，气急败坏的他不再假装哑巴，扯着脖子怒吼道："你这个阴魂不散的混蛋，你究竟想干什么？"听到任欣荣大喊大叫起来，老中医与清莲法师微笑着走出厢房。

任凭任欣荣在床上如何撒泼、如何大声怒骂，陈竹君充耳不闻只管不停地讲述事情的真相，老中医隔窗看着两位各说各话的样子，心中不免觉得好笑。陈竹君终于说完了，任欣荣也不吼叫了，两人四目相对喘着粗气，陈竹君看到任欣荣再次摔伤的残腿，心里料定他这回想跑也跑不掉了，于是逮空便飞奔而去向宫田太郎报告。

任欣荣猜测陈竹君定是又去找帮手过来加害自己，惊恼之下想起身跑掉时，一阵钻心的疼痛让他丝毫也站不起来。老中医看着他呵呵笑道："老朽一生行走江湖，没料到竟被你这个后生蒙骗，我差点真以为你是个哑人。"任欣荣全然顾不上老中医的戏谑之语，他拖着哭腔哀求能否帮自己藏身起来，日后必将涌泉相报，但老中医只是浅笑不语。情急之中任欣荣口吐脏字，责骂老中医见死不救坏了良心。结果被门外经过的清莲法师听到耳朵里，法师连连哀叹说："老中医是慈悲之人，为了医好你的腿，专门留居草庵为你疗伤，给了贫尼莫大的面子，你怎可如此出言不敬？"

原来这位老中医是北平有名的中医世家"史墨林"第七代传人史南山，年逾古稀的史老中医是位虔诚的佛教徒，碰巧这天带着老伴来莲溪庵敬香拜佛，看见伤势严重的任欣荣便大发善心，又在清莲法师的诚恳挽留之下，小住尼庵为任欣荣疗伤。当史老中医听了清莲法师讲起任欣荣从小到大的许多故事后，老人感慨万千，他情深意切地对任欣荣说："你我能在这里相识也算是有缘，我和老伴今生今世最大的心愿，就是想再见一面我们那苦命早夭的女儿，可惜阴阳两隔空留遗憾。可怜天下父母心，都是为儿女千般操心万般劳神，但又有多少儿女能明白父母的这份牵念之苦啊。"任欣荣看着刚才还笑呵呵的老人，在说起自己早夭的女儿时，像触及他内心深处最薄弱的地方，一种难以掩饰的伤感挂上他的脸庞。

很快，宫田太郎便派人随陈竹君来到莲溪庵，径直将任欣荣送到北平日军医院继续治疗。

无论出了多少岔子，陈竹君总算把任欣荣带到了宫田太郎面前。宫田太郎脸上露出难得的笑容，他不仅给了陈竹君一笔钱表示感谢，还说希望陈竹君能留在自己身边做事。求之不得的陈竹君点头哈腰立刻答应了。他心里很清楚，此时的自己若不跟随日本人讨口饭吃，还有谁会愿意收留他这个落魄之人呢。不久之后，宫田太郎安排陈竹君去日本人扶持的北平临时政府工作，给了他一个议政委员会委员的位置，陈竹君觉得自己终于活得像个人了。

任欣荣腿伤痊愈之后，宫田太郎不仅亲口说出已将其生母送回日本的实情，还明确告知他，是自己让陈竹君去长安寻找任欣荣的。这时任欣荣才逐渐相信陈竹君所说的有些话是真实的，可他内心依然无法原谅陈竹君对自己屡次的欺骗和迫害，就像这次被蒙骗来北平，终归还是没有见到生身母亲，却平白无故多出一个日本娘舅。他断定陈竹君还是对自己隐瞒了许多事情，因此心中依然盼望有天能见到母亲，一定要亲耳听到母亲说说那些往事，只有那样他才能知道所有事情的真相。

宫田太郎很是希望能尽快将任欣荣送到姐姐面前，借此或许能唤醒心灰意冷而遁入空门的姐姐得以还俗，也能给伤心欲绝的父母亲一个交代。可是太原会战

已拉开序幕，宫田太郎实在没有时间抽身陪同任欣荣东渡日本回到家乡，又想到任欣荣已完全处于自己掌控之下，因此宫田太郎决定等到战事不再吃紧，再带任欣荣返回日本不迟。

宫田太郎安排任欣荣住在自己的居所，并暗中安排人全天候监视着他。宫田太郎的住处是一座晚清王爷的府邸，日本人进入北平城后便将这些像样的院落全部侵占自用。平常日子里，任欣荣闲来无事，便嚷嚷着要到四方城各处走走，监管他的是两名日伪军，他们知道任欣荣与宫田大佐的关系，也不敢过分限制他的自由。这一天，任欣荣偶然来到朝阳剧院门口，听到里面传来阵阵喝彩声，走进剧场一看，但见舞台上一个头戴黑素罗帽，身穿青箭衣，腰挂绿鲨鱼皮宝剑、绦子大带，足蹬薄底快靴的武生正唱得热闹，任欣荣看到精彩处也不由得大声喝彩。

舞台上这位戏功了得的小生名叫黄家燕，正是被宫田太郎射杀的朝阳剧院老板黄兴梅的独生子，自小禀赋奇高的他现已成为蜚声北平的名角。演出结束以后，任欣荣悄然来到后台见到正在卸妆的黄家燕，他吃惊地发现黄家燕和自己竟长得十分相似，心中不免生出一种异乎寻常的好感。黄家燕起初以为任欣荣只是一个普通的戏迷，未料想任欣荣将他刚刚在舞台上声腔曲调的配合与角色感情变化呼应之间的不妥之处指正出来，这是只有深具功力的梨园行家才能看出的纰漏，黄家燕意识到站在眼前的这个人非同小可，两个身形清瘦、脸庞俊美，又都带着淡淡忧郁气质的年轻人颇有相见恨晚之感。此后只要每天得空，任欣荣便来朝阳剧院找黄家燕切磋技艺，时日久了，两人居然成为莫逆之交。

从任欣荣住进宫田太郎居所，再到他在朝阳剧院露面，这些都没能逃过北平地下党上官虹的眼睛。她将任欣荣与宫田太郎的关系，以及他频繁出入朝阳剧院的前后情况，悉数由曹云亭告知沈金书。沈金书听后既惊又喜，他既担心宫田太郎的出现不知是祸是福，又欣喜于任欣荣与黄兴梅老板的儿子相处在一起。而得知任欣荣又投身梨园行后心中涌出的踏实感，让他长长舒了口气，起初对任欣荣回到北平后人身安全的担忧，也总算稍微有所放下。

有天黄家燕偶染风寒感冒在家，便让剧院伙计将任欣荣领到家里。就在两人相谈甚欢之际，黄家燕的母亲罗英从寺庙烧香回来。她看着最近儿子口里赞许有加的任欣荣，感觉此人虽然面冷，却也不像是个混世闲人，便关切地询问任欣荣所学京戏师从何人，如今在哪家剧社谋生？任欣荣心中思量，虽然自己已经被逐出师门，但一身技艺都是师父所授，如今难得遇到黄家燕这样合乎秉性的知己，故而心里放弃了虚与委蛇，随之报出自己是长安京剧崇林社沈金书的弟子。任欣荣话音刚落，罗英和儿子黄家燕双双惊讶地看着他说不出话来。

任欣荣终于从罗英母子口中得知师父沈金书是如何被逼离北平，以及北平义演的种种遭遇，他心中的愧疚之感愈来愈浓。罗英又将一大沓收款票据拿给任欣荣看，言说这是多年来沈金书会长给他们母子的资助，正是依靠这些接济，让他们度过了最艰难的时日。黄家母子面对恩人的弟子，感激之情溢于言表，而此时的任欣荣满脸尴尬地受用着师父行善积德所修来的福报，让无地自容的他恨不得钻进地洞里。

罗英母子把任欣荣当作自家亲人般看待，使他感受到从未有过的家庭温暖。而任欣荣毕竟曾是沈金书的高徒、京剧崇林社的名角，他也将平生所学毫无保留地传授给黄家燕。任欣荣意识到这份温暖或许是短暂的，虽然黄家母子从不询问他是如何到的北平，自己也畏惧谈此话题，但罗英定然会向远在长安的沈金书询问他的相关情况。不知到那时，黄家母子还能否像今天这般对待自己？多想无益，该来的总是要来，谁让自己做下那些令人不齿的蠢事。任欣荣越是觉得缘分难得，越是从心底里倍加珍惜现在的美好时光，一颗冷漠之心在黄家母子面前开始慢慢有了温度。

其实罗英早已通过书信从沈金书那里知道了任欣荣前来北平寻母的经过。沈金书还把一个天大的秘密和盘托出，那便是枪杀黄兴梅的宫田太郎，恰恰就是任欣荣的日本亲娘舅。对于这笔深仇大恨，沈金书明确表示，不要因为顾及自己的薄面而委曲求全，并声明任欣荣已被京剧崇林社清理出户。黄家母子接到信后深感震惊，心如刀割般疼痛不已，娘儿俩整整三天里没有说话，一种仇恨与感恩交织、缘分与遗憾相融的煎熬让母子俩倍感痛楚。如果任欣荣和日本人没有这层关系该有多好啊，可惜这一切都事与愿违，面对这个仇人的亲外甥、恩人的义子，罗英和儿子很长时间里拿不定主意。

　　目睹母亲的为难，回想父亲的悲剧，黄家燕告诉母亲，他尊重母亲的一切决定。黄家燕是个孝子，他让母亲不必太在意自己与任欣荣的这份交情。任欣荣也隐约感觉到罗英母子近来心绪的变化，这让他心里很是不安。

　　在这段相处的日子里，黄家母子也察觉出任欣荣时常流露出惴惴不安的神情，每每想到任欣荣北平寻母所遭之罪，罗英便一阵心软，她无论如何也想不到自己会和杀夫仇人的外甥有瓜葛，或许这一切都是宿命吧。罗英是个皈依佛门的俗家弟子，她想到任欣荣生母虽是日本女人，但曾出家莲溪庵，彼此也算是同道中人。再说寻母不成的任欣荣眼下依然是个孤儿，黄家的血海深仇与他又有多少干系呢？每日吃斋念佛的罗英又念及任欣荣毕竟还是梨园中人，她最终决定接纳他，并将沈金书的书信深藏起来。

第二十五章

　　很长时间过去了，任欣荣并没有感觉出黄家母子对自己的态度生出大变化，于是便试探着提出想搬到黄家来住，未料到罗英竟爽快地答应了。任欣荣在激动和不安中悄然搬离了宫田太郎的居所，他不敢肯定黄家母子是否知道自己和日本人住在一起，并且还有个日本娘舅？搬到黄家的第二天，黄家燕去剧场演出，罗英去了庙里，一身轻松的任欣荣在黄家院子里转悠，不知不觉中来到后院草房，让他惊愕不已的是，他认出这就是自己来北平当晚跳窗逃跑后躲藏的那间草房。任欣荣心里开始琢磨，难道世上真的有机缘巧合、善恶有报这些冥冥之中已经安排好的因果吗？想到此处，他感到后背一阵发凉。

　　宫田太郎知道任欣荣又和戏子混在一起后，对他的担心反而减少很多，于是默许他搬出去住，但依然派人暗中监视。自从黄家母子跨过心里那道高坎之后，任欣荣与黄家燕的关系更近了一步，两人双剑合璧醉心于京戏。时间久了，一扫往日阴郁的任欣荣也变得精神焕发，活脱脱像换了个人，每天与黄家燕朝夕相处、形影不离，他俩一起登台唱戏，共同打理剧场，一时间把朝阳剧院经营得红红火火。

　　看到两个孩子如今的精神状态，罗英的心情也舒缓了许多，她暗自庆幸当初得知任欣荣与宫田太郎的关系后，自己所做的正确决定，上一代人的恩怨何必要让孩子来承受，毕竟孩子是无辜的。她又到佛龛前焚香跪拜，祈愿丈夫的灵魂能在九泉之下得以安宁。

　　话说日军占领北平后兵分两路，一路南下河南山东，一路西进山西，宫田太郎要随军去山西督战，临走前他令陈竹君暗地里看管好任欣荣，静等他从战场回来。陈竹君自然是满口答应，但他知道任欣荣不愿看见自己，便遵照宫田太郎的吩咐暗地里派人监视着。

　　这天任欣荣和黄家燕难得空闲，两人便陪母亲罗英一起去庙里烧香，刚要出

门时，门外进来了一个便衣，身后还站着两个背枪的日本兵。便衣开门见山介绍自己是北平临时政府治安部田汉民，并说清水和夫少将倾慕黄家燕的京戏，邀请他明晚七时到位于北平铁狮子胡同的日军华北司令部唱堂会。黄家母子只要见到日本人，心中的仇恨便像烈火一样往上蹿，哪里还有心思去给日本人唱戏，母子俩瞬间拉下脸转身回了屋。情急之下，任欣荣对着一脸尴尬的田汉民和两个听不懂中国话的日本兵，急忙赔着笑脸先答应下来，他心里清楚日本人向来招惹不起，更明白若不答应的后果会是什么。田汉民见状撂下狠话说："日本人的邀请，别给脸不要脸。如若不去，后果自负。"说完三人扬长而去。

黄家母子听到任欣荣答应了日本人，心中开始对他生出些许恼怒。与日本人有着杀父之仇的黄家燕，暗自揣测任欣荣也许是无法理解这份不共戴天的仇恨；罗英也觉得任欣荣对日本人低眉折腰，辱没了国人的气节。可任欣荣知道日本人的手段，他好不容易在黄家找到了家的感觉，就不能眼睁睁看着这个家又被毁了，于是他极力劝说黄家母子，还说唱完戏回来后照样过日子，又少不了半根毫毛。罗英实在听不下去，厉声斥责任欣荣说："你知道我们孤儿寡母这些年是怎么过来的吗？你知道我为何天天到寺庙烧香拜佛吗？家燕的父亲从来都是守规矩的老实艺人，他哪里招惹得罪日本人了，偏偏就被小鬼子夺了性命。日本鬼子嘴里说喜欢我们的京戏，又假仁假义地上门邀请，可杀起我们的人来却为何如此心狠手辣？他们本就是一群披着人皮的恶狼，现在你要劝家燕去给一群狼唱戏，究竟安的什么心思？"听到罗英斥责他的话，任欣荣生怕她脱口说出自己与日本人那些扯不清的关系，这样会使他更加尴尬，于是再不敢多言半句。可叹任欣荣哪里知道，黄家燕的父亲黄兴梅当年就死在宫田太郎的枪下，黄家母子能够接受他已实属不易，现在怎么会在日本人的淫威之下屈从顺服去唱堂会呢？

任欣荣闷闷不乐地走在大街上，他苦思冥想却始终想不出一个好办法来避开眼前这场灾祸。垂首叹息中他走到一户高宅大院前，但见门里门外熙熙攘攘、人头攒动，大门上方悬挂着一块书有"中医世家"四个鎏金大字的匾额。任欣荣心想莫非这里正是在莲溪庵给自己治过伤的那位老中医的宅邸？好奇心驱使他走了进去，只见求医问诊的病人挤满了诊厅，四处弥漫着浓郁的中草药味，而端坐厅堂应诊的是位气定神闲、器宇轩昂的中年人。当他报上姓名向伙计打探史南山老中医时，从内室走出一人，躬身含笑领他来到后院，顺着回廊走到一间供奉佛像的殿房门口，任欣荣看到史老先生和清莲法师端坐八仙桌旁，双双对着他额首微笑，好像两人在此专门等候他的来访。

三人再次见面分外欣喜，史老先生依旧是一副慈眉善目、笑容满面的样子，见面先不问他如何寻访到此，而是不紧不慢地问他腿伤如何了，平时是怎样调养的。焦躁不安的任欣荣此刻哪有心情应对史南山的风轻云淡，他只是心不在焉地附和着。清莲法师看着这对有缘人又在一起打趣，只在一旁浅笑不语。童心未泯的史南山之所以喜欢上阴郁内敛的任欣荣，除了因佛结缘的巧合以外，更为他装聋作哑千里寻亲的行为而感动，素来宅心仁厚的史南山同情疼惜任欣荣从小到大所经历的人生之不幸。

当任欣荣说了他和黄家母子之间的事情，以及眼前遇到的困难后，史老先生面露难色，不知如何才能帮助任欣荣化解眼前这场灾祸。看着沉思不语的史南山，清莲法师起身在佛前香炉里敬上三炷线香，嘴里轻声说道："一花一世界，一叶一如来。菩提心为因，大悲为根本，方便为究竟。从来都是莲花种在坚壳之中，莲果隐于叶藏之内，老施主既然晓得佛家莲花的普度之恩，自然也知道佛家曼陀罗的化解之意。"清莲法师说完便向二人告辞，史南山虽已听出法师这番话的隐意，仍面有难色地送法师离开。

史南山回到屋子后静坐在椅子上思谋良久，起身走进旁边一间内室。任欣荣忍不住好奇透过门缝往里看，只见史南山打开了一个斗柜，里面放满了密密麻麻大小不同颜色各异的小瓶子，他从中挑出一红一白两个小药瓶，又紧紧将斗柜锁上。而后史南山走出内室对任欣荣说道："这个红瓶里装的是迷药，只需往水里滴一滴，喝下可使人昏迷三天。三天后将白瓶里的解药同样朝水里滴一滴喂其喝下，服药的人就会自然苏醒，无论昏迷或是苏醒都不会伤及身子。此药是我耗一生心血研制而成，不到万不得已我不会示人，你我有缘，又有清莲法师的劝勉，我便将它拿出为你所用，算是帮你消灾免祸。"欣喜万分的任欣荣感念史老先生对自己的恩德，随即跪地三拜，以表心中感激之情。两人正说话间诊厅的伙计进来传话，说是北平大善人那三爷已到堂屋，少东家请史老爷过去。任欣荣猜想刚才进门看见的那个正在坐诊的中年男子，应该就是史老先生的儿子了。

　　内心高兴脚步轻松的任欣荣一溜烟回到黄家，他将自己如何认得史南山，又如何从他那里求得迷药的过程说给罗英与黄家燕。母子俩立刻明白了任欣荣的意思，他是想让黄家燕喝了这迷药，从而躲过清水和夫的邀请。罗英对北平中医世家史南山老先生的大名早有耳闻，再想想眼下也没别的办法可行，便只好同意了任欣荣这个计策。

　　第二天中午刚过，任欣荣急匆匆找到北平临时政府治安部田汉民，说黄家燕午饭时突然晕倒昏迷不醒，晚上去给清水和夫少将唱戏的计划可能要泡汤了。田汉民将信将疑地迅速来到黄家，只见黄家燕气息虚弱、昏迷不醒，一时间他也没了主意。罗英在一旁满脸悲戚地说黄家是有遗传病史的，此病儿子幼时曾犯过几次，当时请了很多大夫都束手无策。田汉民询问究竟何时能苏醒过来，罗英在连连叹息之余言说谁也无法预知。田汉民很快将此情况报告给清水和夫，心有不甘的清水和夫派了日军陆军医院的医生前来诊断，日军医生忙乎半天也不能说出个所以然，又悻悻然地回去了。

　　任欣荣眼见日本军医对此病束手无策，内心暗暗讥笑之余，更加钦佩史老中医高超的医术。就在他以为计策得逞，终于帮黄家燕躲过这一关时，田汉民又来传话："清水先生会一直等黄老板苏醒过来后，再去唱戏不迟。"听到此话，任欣荣和罗英再次陷入愁苦之中。

　　面对清水和夫不达目的誓不罢休的姿态，又看到黄家燕宁死也不给日本人唱堂会的坚定决心，任欣荣觉得自己从一开始就把事情做错了。他应该想到，服用迷药只能解一时之忧，却并不能彻底断绝清水和夫对黄家燕的纠缠。虽说黄家燕随时可以服了解药苏醒过来，但自己不能坐视不管，他要尽全力保护被自己视为知己的好友，想尽一切办法也要化解平生第一次让他感受到家的温暖的黄家母子的灾祸。

　　任欣荣最终还是想出了办法，他极其不情愿地来到北平临时政府找到陈竹君。看到任欣荣终于有求于自己，陈竹君心中暗喜，但碍于宫田太郎的面子，他也不敢有所刁难。当任欣荣提出请他恳求清水少将，由自己去给日本人唱堂会的要求后，陈竹君毫不犹豫地答应了下来，毕竟这是任欣荣第一次请他办事。更为重要的是，陈竹君深刻意识到，只要能和任欣荣一起给日本人做事，不仅能让自己的内心世界安宁许多，也会让时不时从内心深处窜出的汉奸罪恶感稍有减轻。

陈竹君果然很快以议政委员的身份找到清水和夫，给他详细陈述了任欣荣京剧造诣的高超和功力之深厚，并推荐由任欣荣唱堂会，担保一定会让日军将领们大饱耳福。同时，他又含蓄地透露了黄家燕父亲黄兴梅死于宫田太郎枪下这件事情，心领神会的清水和夫口风终于软下来。凭借三寸不烂之舌，陈竹君居然说动了清水和夫。

任欣荣很快将罗家燕可以不用去给日本人唱戏的事情告诉了罗英，当然，他隐瞒了化解此事的真实方法。听到儿子终于躲过一劫，罗英连声感谢任欣荣从史老中医处求来神药，这才让他们母子得以解脱。

任欣荣深知，给日本人唱堂会必定会让自己背上汉奸的骂名，但他却别无选择，看来自己今生今世算是和日本人纠扯不清了，或许这一切都是命中注定的。披挂登台的任欣荣，无视台下坐的是谁，他拿出多年积蓄的京戏激情和功力，唱得日军司令部里喝彩声此起彼伏。任欣荣技惊四座的演出也让陈竹君很有面子，清水和夫为此还专门电话感谢他推荐了一位更好的京剧行家，乘着清水和夫高兴之际，陈竹君顺嘴说出任欣荣和宫田太郎之间的关系时，清水和夫突然陷入了沉默，随后只是轻轻地"哦"了一声就挂断了电话。陈竹君思索良久，也想不出自己脱口说出这层关系来有何不妥。

黄家母子很快知道了任欣荣去给日本人唱堂会这件事情，他们心中也很清楚，任欣荣此举定是为了给黄家燕解围，才舍弃了自己的清白。黄家母子本来应该感激于他，但给日本人唱堂会，不仅是向日本人妥协低头，而且是彻头彻尾令人不齿的汉奸做派。再想到黄兴梅被杀的旧仇未报，如今又添新恨，母子俩内心一时间转不过弯来。这天晚饭时，三人静静地坐在餐桌上，罗英将最好的菜往任欣荣跟前挪了挪，黄家燕却淡淡地对他说："以后你如果忙，就不用经常来剧场张罗了，凭着兄长一身的京戏好功夫，无论去哪家剧社都会博得好彩头。"黄家燕这番话里有话的言辞，让任欣荣无比伤心地感觉到，这个刚刚寻找到的梦中家园又将消失了。任欣荣意识到，黄家母子终究还是生了他的气。

任欣荣和黄家母子很别扭地沉默了几天后，他觉得自己应该知趣地搬离黄家。拿定这个主意的当天傍晚，黄家燕忽然前来邀他一起吃顿饭。这让任欣荣心里犯了嘀咕，三人沉默无言已有些时日了，不知今日相请会是何意？

　　当心情忐忑的任欣荣刚走进黄家堂屋，便看到罗英跪拜在丈夫黄兴梅灵位前默默诵念，任欣荣也急忙跪在罗英身后给逝者磕头。祭拜结束后，三人来到饭厅，只见偌大的餐桌上已经摆满了饭菜，桌子上还多摆了双筷子和一只空碗。罗英深深叹口气后对任欣荣说："今天是家燕父亲的生日，今晚叫你来，就是有些话想当着家燕和他爸的面对你说说。"

　　任欣荣心里不禁怔了一下，思忖着黄家母子是不是要赶他走？罗英似乎看出了任欣荣慌乱的心绪，她反倒笑吟吟地端起桌上的酒杯说："这些日以来，你和家燕相处得很投机，我也很高兴你把我们家当作自己的家，既然如此，想必你对我所说的话应该还是信任的。"随之，罗英便将自己早已想好要说的话和盘端出。她详细讲述了当年任少山与宫田奈美的爱情故事，并将田千秋老社长与丈夫黄兴梅为营救干女儿柳青芳双双殒命，以及沈金书第二次被迫离开北平的经过全部说了一遍。

　　"我知道这些年有很多人给你说了许多不实之词，让你无法辨别真相、是非不分，可沈老会长给你说的那些话却绝无虚言。我也相信今晚我说的话应该不会让你心生怀疑，这才把以前发生的事情一股脑全部说给你，终有一天你们母子会相见，到那时你便知道，我今天给你所说都是真话。"罗英情真意切的这一席话，让任欣荣甚为感动。在他心中，早已把黄家母子看作至亲，怎么会怀疑罗英所说之事呢？但令他纳闷的是，罗英说了这么多他知道的或是不知道的，却唯独没有提到他最担心的事情。

　　这时，只见罗英和黄家燕一起站起身走到他跟前，双双举杯面对着墙上黄兴梅的相片，罗英继续说道："家燕父亲是被你的亲娘舅宫田太郎杀害的，这是我们一直以来最大的心结。"任欣荣听到此言，身体猛然像被雷电击中。"说实话，当初你来我家的时候，我和家燕犹豫了很久，到底该不该接受你这个仇人的亲外甥？直到后来我和家燕接纳了你，就表明我们不把这件仇事牵连到你身上。我们母子不是不通情理的人，你去给日本人唱堂会，说破天也是为救家燕不得已而为之。只希望从今往后，你和日本人能少些纠缠，那些丧失节操的事情咱们宁死也不做，这个家，便永远是你的家。"罗英说完这些话心中释然很多，反倒是站在一旁的任欣荣早已呆若木鸡。逐渐缓过神来的任欣荣不由自主地"扑通"一声跪倒在地，哭声湮没了他磕头的"咚咚"声。

　　罗英和黄家燕将任欣荣心中最大的疙瘩解开了，他终于可以放下心事畅快地呼吸了。自此以后，任欣荣便将黄家当作自己的家，更将罗英和黄家燕当作自己的母亲和弟弟对待。而知晓了许多事情的来龙去脉，任欣荣内心深处对师父沈金书的愧疚之情亦在与日俱增。

第二十六章

　　肖若妍到兰州火车站刚下车，一个叫吕明的人前来接她，此人是吴雪山早先一步安插在兰州的眼线。吴雪山已替肖若妍还了她在长安城欠下的一屁股烂账，自然不能容许肖若妍从自己的视线里溜走。吕明安排肖若妍住在贡院巷一处不起眼的院落里，这里紧靠着兰州市区最繁华的货物交易市场，而在市场不远的拐角处就是中央银行兰州支行的办公大楼。

　　地处大西北的兰州，并不像长安城那般繁华，每当夜幕降临时城内愈显冷清。一切收拾停当后，肖若妍便去寻找适合自己的地方，几天下来倒是找到几家剧社，却都是些学生组织的抗日话剧社，最后还是在吕明的帮助下，才在兰州新派话剧社谋了一个差事。这个新派话剧社是一些达官显贵的夫人们聚会消遣的地方，肖若妍知道自己此行的真正目的并非演戏，所以把新派剧社的演出看得很淡，她只想尽快找到靠近和认识段景民的机会，其他一切对她来说都无关紧要。

　　自从女儿肖若妍远走兰州后，孙静怡整天默默流着眼泪，打理家里生意时都显得心不在焉。女儿身在长安城时，她还能不断得知女儿的状况，也能随时去关照她，女儿终归是自己身上掉下来的肉，无论多么顽劣不堪，当娘的哪能袖手不管。看着夫人抑郁的神情，肖玉仁感同身受，他和女儿这么些年来虽然总是无休止地吵架、冷战，甚至高调宣布断绝父女关系，但都无法抹杀掉这份天然的骨肉情感。同天下父母一样，肖玉仁内心对女儿"爱之深恨之切"的痛苦并不比夫人孙静怡少，只是他更懂得加以掩饰或故作冷漠罢了。

　　虽然肖玉仁无从知晓女儿去兰州的真正目的，但他认定女儿毅然决然奔赴兰州，其中必有蹊跷，所以他很早就在电话里给段景民说了此事。段行长对肖玉仁这个女儿荒诞不经的做派早有耳闻，他心里也很清楚肖玉仁给自己打招呼的意思，所以在吕明给肖若妍提供帮助的过程中，始终有另外一双眼睛在暗处看着。

肖若妍极不情愿自己只是混迹在新派剧社打发日子，有一天她突然来了兴致，便上台表演了早前跟随陈竹君学的越剧片段，结果引得台下一片叫好，肖若妍妩媚动人的舞台风姿更是吸引了站在台下的一位小青年。忽然出现个西装革履的陌生青年来剧社找她，肖若妍错以为是自己在兰州城的首个戏迷。这时剧社一众贵夫人中有个长舌妇，打眼认出此人是中央银行兰州支行段行长的公子段西林，于是一群人便围坐一起挑眉斗眼叽叽喳喳说三道四起来。去找肖若妍的青年人正是段行长的公子段西林，当段景民安排的人报告了肖若妍的行踪后，他便让儿子悄悄寻找并请她到家里小坐。

肖若妍做梦也没想到会和段行长以这样的方式见面，她所看到的段景民是位和父亲极其相似的长者，儒雅的外表下是沉稳与干练的谈吐。段景民出于缓解肖若妍与父亲关系的想法，对肖若妍像亲生女儿般热情关照，聊天中肖若妍方才知道段行长与父亲是多年至交，想到自己此行的目的，肖若妍内心感到极为难堪。面对段行长一家人热情周到的照顾，肖若妍立马猜到这一切肯定又是父亲暗中安排的。在这个遥远而陌生的兰州城里，自己除了认识那个不知心怀何种鬼胎的吕明以外，可以说是举目无亲，肖若妍不仅感到从未有过的孤独和无助，并为自己在毫不知情的情况下，贸然答应吴雪山的这桩肮脏交易感到羞愧不已。

吕明经常鬼鬼祟祟地出现在肖若妍的左右，肖若妍便猜到他是吴雪山派来监视自己的，这让她内心感到一种从未有过的恐慌。吕明越是迫切地想知道她是如何做到在这么短时间内就认识了段景民，肖若妍越发不想告诉他半句。一头雾水的吕明将事情的进展秘密告知了吴雪山，说肖若妍不知从哪儿来的神通，已经顺利认识了段景民。吴雪山心里思量，这个肖若妍即使魅惑能力再不一般，也断然不可能如此之快地接近段景民，其中原因一定是肖玉仁与段景民之间有着密切联系。

早在肖若妍出发之前，吴雪山也曾想到肖玉仁如果依然关心自己的女儿，不排除会给段景民打招呼。吴雪山和李震之所以屈从顾宽敏的淫威，甘愿去冒这个险，都是因为内心存有一丝侥幸，除了赌定肖若妍不会将自己此行的目的告诉别人之外，最重要的是他们寄望于重金诱惑。凭着对肖若妍心性的判断，他们认为这个贪婪的女人一定会想尽办法完成任务，因为她缺钱，她太渴望用很多的金钱

来证明自己。而且，对于这样一个风骚无比的女人，曾与其有过露水情缘的李震，始终觉得她留在西京对自己来说是个麻烦，既然顾宽敏想玩"借力打牛"，李震只能被动接招，借此机会，他恩威并施让肖若妍远走他乡，也解了他的后顾之忧。就在这样混乱如麻又无可奈何的情势下，各怀鬼胎的李震与吴雪山都只能选择与运气赌上一把。于是，吴雪山告诉吕明要继续盯紧肖若妍，自己只要结果，不在乎过程。

段景民觉得肖若妍毕竟是自己好友的女儿，便与夫人商量后让肖若妍搬到家里住。肖若妍表面欣喜内心却犯了难，她该如何给吕明一个合理解释并逃脱此人的监控呢？肖若妍的心事被段西林看在眼里，便试探着询问肖若妍有何困难，他或许可以帮到她。阅人无数的肖若妍看出来段西林还是个简单的大男孩，并对她有着普通人难以察觉的好感。肖若妍不愧是男人堆里混出来的玩家，她对段西林的感觉是极其精准的。

作为段行长独子的段西林，早年被父亲送往美国留学，获得经济学博士之后刚刚回国，段景民正准备给儿子找份工作。段西林虽然满脑子学问却少不更事，对险恶人心亦缺乏最基本的防范意识，这些天他的脑海里始终飘荡着那天在新派剧场第一眼看见肖若妍时，她那卓尔不群的风姿，除了欣赏肖若妍身上的艺术天分以外，段西林还觉得她是一位难得的浪漫女子。

肖若妍期盼着能尽快搬到段景民家里来住，这样她才能睡个安稳觉，也才能摆脱吕明那双幽灵般的眼睛。当她拿定主意后，便对一心帮助自己的段西林说，她来到兰州的真正原因是为了躲债，现在有个债主已追到兰州，死缠烂打要自己还钱。段公子听后心中瞬间生出一股"英雄救美"的豪情，他不问肖若妍如何欠的债，欠了有多少，便满口答应帮助肖若妍筹钱。看到段西林真诚而善良的脸庞，肖若妍有一种欺负好人的罪恶感，无论她在李震身边，还是在洪天纵那里，这种感觉都是从未有过的。

段西林很快就筹到一大笔钱交给了肖若妍，而她转身就将这笔钱交给吕明，并让他明确转告吴雪山，老娘现在已经不欠他一丝一毫的人情，他所交办的事情老娘做不到。看着眼前怒气冲冲的肖若妍，吕明一时间不知所措。他不知道自己究竟哪一步走错了，事情怎么会发展到这种地步？等吕明缓过神来明白了肖若妍的意思后，只能干着急，毕竟他也是从外地而来，要想在兰州招惹段行长这样的人，自己肯定不会有好果子吃。

吴雪山在电话里大骂吕明办事不力，又给他教了些软硬兼施的办法试图降服肖若妍。然而肖若妍搬进段景民家里后，从此深居简出不见人影，干耗在兰州无所事事的吕明几乎天天请示吴雪山该怎么办，恼羞成怒的吴雪山只好让吕明带上钱返回了长安城。

能为肖若妍做些事情，对段西林来说不仅是心甘情愿，也是乐此不疲的。两人闭门在家互相交流、互相学习，肖若妍讲述的那些社会上纷扰离奇的故事，听得段西林时而开怀大笑、时而沉醉静思。段景民隐约感觉到这两人有点不太对劲，便把他的疑虑说与夫人，段夫人笑段景民不要胡思乱想，说这两个孩子年岁相差很多，顶多算是个异姓姐弟关系，还说自家儿子自己了解，也就是因为常年留学国外，对国内的事情知之甚少，等他在国内生活时间长一些了解的多了，便不会再有这么多稀罕的感觉。段景民也不相信儿子会有如此荒唐的心思，他觉得当务之急是尽快给儿子找到一份工作。

肖若妍感受着段行长一家其乐融融的氛围，再回想自己家里的离合纷争，心里常常无端生出许多酸楚的滋味。平常日子里难得有这样具体而现实的对比呈现在自己眼前，更难得有这样逃离生活琐事而躲避在一方静室思考体悟的机会，面对这家人自然相处中流露出的和谐与温情，肖若妍心知这绝非作秀表演故意摆设出来的，这也是她内心真正羡慕和渴望的。这样的体会和感受越多，肖若妍越是感觉到自己内心那些龌龊与肮脏的想法是多么令人厌恶，或许这才是她长期以来颠沛流离夜不能寐的根源。想到此处，肖若妍意识到断然不可让段西林对自己这份懵懂的情愫泛滥成灾，那样她会感到羞愧难当，甚至让她有犯罪的感觉。

以肖若妍对男女情事的把控能力，只要她不心生邪念，任谁也别想靠近她。肖若妍在段家闷了十多天后，便想着出门走走，段西林也如影相随跟着她，好在他俩年龄悬殊，倒也没生出什么流言蜚语。

游玩中两人来到兰州城北的庄严寺，只见寺庙里里外外到处都是香客游人，山门匾额上"敕大庄严禅院"六个大字遒劲威严。肖若妍走到正殿后墙的观音壁画前默默端详，眼前的菩萨仪态端庄、神情安详，手执插着翠色柳枝的净瓶慈祥地微笑着，似乎向她诉说着什么。再往后殿照壁上看去，宋代诗人贺铸游览庄严寺写的一首诗文吸引了肖若妍的目光，她口里默默念道："石楠花落小池清，独下平桥弄扉行；蔽日绿荫无觅处，不如归去两三声。"读罢，肖若妍若有所思地向寺院前门走去，她正要唤段西林回去，却听得寺庙西侧忽然响起激昂豪迈的秦腔声，她难以抑制自己内心的激动，三步并作两步朝声音传来的方向走去。只见寺院西侧偌大的场子正南方搭起一个戏台，顶部拉开一条横幅，上面写道："长安锦绣班恭贺庄严寺壁画楼落成典礼。"肖若妍看到熟悉的"锦绣班"三个字，一股酸楚的热泪瞬间涌上眼眶，她穿过熙熙攘攘的人群径直来到后台，看见有个熟悉的背影正在给演员们说着什么，她冲着此人大喊一声："其中哥！"冯其中蓦然回首看到站在眼前的肖若妍，惊愕的他怔立原地久久没有反应，一旁的段西林满脸迷惑地看着肖若妍，只见两行热泪哗啦啦从她的脸庞流了下来。

冯其中知道肖若妍身在兰州，但他做梦也没想到会在这个地方遇见她。一对故人相逢在这遥远的异地他乡，往日所有的恩怨情仇瞬间抛在脑后，肖若妍紧紧抱着冯其中，在他的肩头失声痛哭起来。冯其中面有难堪地推开她，一个劲问她在兰州是否安好。此时的肖若妍已经哭得是梨花带雨、气喘吁吁，无法回答冯其中。站在旁边的段西林猜想肖若妍应该是遇到长安故人了，便将肖若妍兰州躲债、暂居他家的过程大概说了一遍，冯其中这才放下心来。

戏台边人声鼎沸，不是说话的地方，三人来到寺庙旁的一家茶馆。

肖若妍拖着哭腔说："你本来就是个好演员，最该去唱戏，我就喜欢看你演戏的样子。"

冯其中一脸苦涩地笑了笑说："咱俩都不提那些烦心的往事了，一切往前看吧。"肖若妍娇媚而乖巧地点了点头。

看着肖若妍见到这个男人后变得语无伦次而又无比顺从的样子，段西林心中便猜到一二。冯其中告诉他俩，锦绣班能接下庄严寺壁画楼落成典礼这场演出，还是班社里一个兄弟的亲戚给介绍的，唱完这场以后，接下来还真不知道该往哪里去呢。说话间茶楼里的人渐渐多了起来，冯其中又急着上台演出，三人便约好第二天再到庄严寺见面。

肖若妍站在人群中望着戏台，一直等到英姿飒爽、装扮威武的冯其中登场后，痴痴看了一会儿，便急忙拉着段西林赶回家里。晚饭前肖若妍一直待在自己房间里没有出来，段西林也不像往日那般欢快，闷声闷气地在书房里踱步打转。

　　段景民和夫人在餐桌上同时发现两个孩子情绪异样，便想着等到吃完晚饭再问问发生了什么事，不料肖若妍却先开了口："我要谢谢段叔叔与阿姨这段时间里对我的照顾和关心，今天我与西林出门去玩儿，遇上了以前长安城里一个老朋友，他现在是长安秦腔锦绣班班主，现在正带着班社给庄严寺唱戏。我一直很喜欢戏曲，想和梨园行里的人相处一起，彼此也有个照应。我知道我很冒昧，可我还是想搬到戏班去住，还望你们能理解我。"肖若妍鼓足勇气语句凌乱地说完这段话，她都不敢抬头去看段景民的脸色。这对于走南闯北一贯骄纵自傲的肖若妍来说，她自己都无法明白为何面对段家人偏偏会有这般难堪的心境。

　　段景民和夫人从肖玉仁那里多少知道些这个叛逆女儿的一些往事，也了解肖若妍是拿定主意就不会轻易更改的脾气，既然她执意要搬走，就像她执意要搬来一样，任谁也是阻挡不住的。等肖若妍进了自己房间关上门后，段景民在客厅拨通了肖玉仁的电话，将肖若妍要搬走的事情告诉了他。肖玉仁在电话里连连叹息说自己今生无福，没有一个像段公子那样争气的儿女，并说锦绣班主他也认识，是肖若妍曾经痴迷的一个戏子。气愤之中的肖玉仁让段景民放手由她去吧，末了在电话那头又狠狠骂了句"狗改不了吃屎"。段景民无奈地放下电话，他深切感受到这对冤家父女之间尖锐而不可调和的矛盾。

　　第二天，段西林送肖若妍到庄严寺门口，一脸落寞的神情令肖若妍心生怜爱，她不知道有些话如何才能对段西林说明白，或者当真说明白的时候，自己在段西林心中那座幻想的高塔可能会瞬间坍塌，这样的结果是肖若妍不想看到的。段西林是个如此简单而又纯情的大男孩，即使看在段家短暂收留自己的这份情谊上，肖若妍也不忍心伤害到段西林，这也是她再三思量后毅然要搬走的主要原因，只不过这份难以说出口的理由只能深埋于心罢了。昨天面对庄严寺的菩萨时，她心里就是这样许愿的，既然知道她与段西林之间绝无可能，为何还要继续这样暧昧下去，最终结果只会伤害到段西林，无论段西林心里怎样想，她顶多只能视他如自己的亲弟弟。

　　肖若妍看着无精打采的段西林含蓄而又委婉地说："我从来都把你当亲弟弟一样看待，在你家住的这段日子，是我最开心的时候，如果你不嫌弃，以后就叫我姐姐吧，无论以后走到天涯海角，我都会记挂着你这个弟弟的。"肖若妍的话

稍稍给心情郁闷的段西林一丝安慰。她接着又说道："谢谢你为我筹钱还债，等姐姐哪天手头方便的时候，一定要还给你的。"段西林听罢急着要打断肖若妍，可肖若妍依然非常坚定地说："我知道这笔钱是你瞒着父母从朋友处借的，你帮了我那么大的忙，我怎么能让你背债，姐姐是一定要还给你的。等你以后自己赚了钱，别忘了请姐姐喝酒就是。"

段西林听后微微苦笑着说："我可能很快就要工作了，无论将来你走到哪里，都别忘记和我联系。"

肖若妍听到段西林此言，急忙将头转到一边去，她怕段西林看到自己眼中的泪花，更怕他看到自己真情流露之时的脆弱，她清楚自己那无比不堪的过去，怎能配得上眼前这位既有教养又有真情的俊美男子。

肖玉仁从段景民口里得知女儿最终还是去找冯其中了。女儿身在长安时，自己就无法管教得住，何况她现在远在兰州，不管怎么说，女儿能和熟悉的人在一起，也总算让夫人孙静怡放下心来，即便他对冯其中有再多的看法，这个时候也已经无暇顾及了。

第二十七章

日军飞机现在几乎每天都会掠过长安城上空，伴随着巨大的轰鸣声，机枪的扫射声、炸弹的爆炸声混合在一起从天而降，大地在剧烈的声响中震颤着。惊慌失措的人们拼命往有防空洞的地方奔跑，轰炸过后腾起的滚滚浓烟混杂着刺鼻的沙土尘灰弥漫在大街小巷，举目四望长安城一片残垣断壁，每天都有大量的平民伤亡。

肖玉仁不断出资，在长安城修建了很多防空洞、防空地道，便于老百姓能在最短距离内逃生。同时，肖玉仁和曹云亭等人在南院门搭起一座抗战献金台，每天都会有许多爱国学子上台宣讲抗日，进一步激发了各界民众支援前线保家卫国的激情，无论是劳苦大众还是贤达富商，大家纷纷慷慨解囊踊跃捐赠，甚至有些家庭妇女带着孩子来到现场捐献，人民群众同仇敌忾，都想早日将日本侵略者赶出中国。这些募捐到的钱物在柴伯文和曹云亭的安排下，通过秘密渠道全部送往八路军抗日前线。

肖玉仁和曹云亭他们的举动，都没有逃过顾宽敏和李震的眼睛。

这一天，肖玉仁被顾宽敏请到西京行营办公室，他满脸堆笑给肖玉仁说了很多客套话，随后话锋一转："以前筹委会的工作由李震主任负责，现如今归到了行营，我不管你俩以前有多少恩恩怨怨，但眼下我希望您这位长安城的大财神，能帮我打理好陪都筹建这件事，也好让我给国府有个交代啊。"

肖玉仁自然听得出顾宽敏绵里藏针的话意，当初李震把诸多建设项目交给他来做，一则长安城里论实力，无人可与肖家竞争；二则李震也是看中肖家在工商界的影响力，希望他能带个好头，好让陪都筹建工作顺利开展。到了现在，筹委会的工作全部由西京行营建设科接管后，肖玉仁不是没有考虑过为政府分忧解难，他自愿出资修建那么多防空洞就是例证，顾主任应该看在眼里。至于当初李震心

中生出的那些小算盘，肖玉仁这些年之所以没有满足他，那是因为肖玉仁有自己为商做人的原则与底线，他不想在肮脏的交易中做大自家产业，虽然在商言商，但商亦有道，何况做人做事得讲个天地良心。后来李震与肖若妍扯上不清不楚的关系，这令肖玉仁更加排斥李震。如今国共合作抗日，尽管摩擦不断，但面对抗日之民族大义，肖玉仁自然愿意多做些力所能及的事情。

就在顾宽敏与肖玉仁谈笑风生之时，被顾宽敏新近提拔为建设科科长的连云飞和经济金融科科长魏文远也被请了过来。他们代表西京行营提出要在临潼尽快建起一座抗日伤兵疗养院，专为抗日受伤的将士们医伤疗养所用，但目前西京行营建设资金短缺，希望肖玉仁能给予资助。顾宽敏认为提出这个为抗日服务的项目，肖玉仁不会不答应，这样一来，他就可以把筹委会当年支持肖玉仁兴办产业所赚的钱，名正言顺地要回来。对于顾主任的心思，肖玉仁心知肚明，但这毕竟是为抗日将士服务的一个项目，他没有理由拒绝。顾宽敏看到肖玉仁爽快地答应了，他非常高兴地对肖玉仁大加赞赏，并将双方之间的这次合作，交给连云飞科长具体负责。

从西京行营回来后，肖玉仁很快约见了曹云亭，他将合办伤兵疗养院的事情说了以后，曹云亭也表示支持，但他提醒肖玉仁一定要争取到工程建设权，哪怕争取到一半的建设权也行，这样才能防止某些人从工程建设中中饱私囊，也能避免可能会出现的资金黑洞。肖玉仁明白其中的利害关系，他随即将自己要参与工程建设的要求报给了顾宽敏，对方给他的回话是两个字"好说"。

按照双方商议的时间，肖玉仁将第一笔款项汇给此项目设定的专用账户，并让王福从魏文远处取来收款凭证，伤兵疗养院第一期工程便紧锣密鼓地开建了。这样一个为抗战前线排忧解难的好项目，吸引来长安城里各大媒体竞相报道，这让顾宽敏着实风光了一阵子，他频频接受各路记者采访并夸下海口说："只要日本人不打进关中，类似这样利国利军的抗战服务项目，西京行营即使财政资金再紧张，也会一个接着一个做下去。"肖玉仁看出了这些报道里的猫腻，就是自始至终没有提及社会力量的资助。他倒不是要和顾宽敏争功，而是在他的影响下，有很多工商界爱国商人都捐助了资金，交由他与西京行营具体操办。面对工商界数额不菲的捐款，肖玉仁怎可辜负或湮没这些抗日义商的一颗爱国之心呢？

顾宽敏最近的心情大好，媒体铺天盖地的宣传让他在国府高层中捞足了面子，但却让肖玉仁的心一天天清冷起来。按照双方合作约定，肖玉仁负责建设的第二期工程也该进行了，但魏文远迟迟没有拨来专用资金，这让肖玉仁异常纳闷，在他再三追问下，魏文远支支吾吾不知所云，最后给出的答复是希望肖玉仁先垫资开工。肖玉仁虽然隐约感到事情不妙，但毕竟是为抗战伤兵服务的项目，他不忍心看着工程迟滞或延期，更不能对不住正在抗日战场上抛头洒热血的战士们。

肖玉仁忍气吞声自筹资金开建自己负责的第二期工程，两方工程建设不自觉地掀起了比赛，很快肖玉仁这边的进度就超过了对方。顾宽敏大骂连云飞办事不力，连云飞推说是肖玉仁该给的建设资金迟迟没有到位。肖玉仁给出的答复是，自己资助的资金已经全部拨付，眼下第二期工程款项还是自己先行垫付的，如果让他另外再拿出一笔工程资金，就得先将第二期工程款划拨给他。顾宽敏听到各方解释后盛怒不已，他责成连云飞和魏文远无论采取什么手段必须保证工期按时完成，连云飞嘴上答应着，心里却倍感委屈。

要建设一座一次性可容纳上千人的伤兵疗养院，所需资金额度是巨大的，西京行营究竟有多少财力可以用来做这件事情，其实肖玉仁心中一直持怀疑态度。肖玉仁甚至觉得顾宽敏根本就没有为此项目准备出一分钱，他只是想用工程建设让自己吐血罢了，不过建设这样合乎人心的工程，倒是让顾宽敏意外收获了一次沽名钓誉的机会。而顾宽敏葫芦里到底卖的什么药，连云飞和魏文远再清楚不过了，这个项目的真实目的，就是要让肖玉仁吐出大量的真金白银。毫无疑问，这是个彻头彻尾的阴谋，只是这样的算计一旦出错，往往会演化成"搬起石头砸自己的脚"，顾宽敏就在犯这样的错误。

临潼伤兵疗养院整体项目最终没有按期完成，但肖玉仁负责的二期工程却顺利竣工，并起名叫"伤兵休养所"。一件本来皆大欢喜、各方均有面子的好事情，最终办成一个半拉子工程，顾宽敏的脸上实在挂不住。这时从抗日战场上陆续送来很多伤兵，都安置在肖玉仁刚刚建起的伤兵休养所里疗养。这样一个"虎头蛇尾"的项目自然引来媒体的不断诘问，顾宽敏闭门不谈，肖玉仁在这时候站了出来，他接受了红色报纸《新华日报》的采访，将工程从前到后所有的内幕全部揭露出来。而采写这篇文章的记者，正是肖玉仁从《西京日报》挖到自己所负责的《西京工商时报》的李知章。这个文笔老道的燕京大学高才生，早已在肖玉仁的

影响下，以笔名"农夫"秘密为《新华日报》撰写了诸多揭露国府高层腐败的文章，然而读者只知"农夫"神通广大，却全然不知此人就是李知章。

看到"农夫"发表在《新华日报》上的文章后，顾宽敏被彻底激怒了。他感到自己的面子被人当着西京全城百姓的面赤裸裸地给扒拉下来了，即便像李震这样的自己人，此刻估计也正站在阴暗的角落看他的笑话。

顾宽敏想起李震曾给自己提醒过要仔细提防肖玉仁，然而自己实在大意，这才出现眼前这般无比尴尬的局面。顾宽敏正思索着李震曾经给他说过的话，结果"说曹操，曹操到"，李震来到了他的办公室，两人刚落座，顾宽敏便惭愧地说自己太小瞧肖玉仁了。李震当然不能在这个敏感时刻在老同学面前卖弄能耐，只能宽慰他说："这些年我和肖玉仁打交道，感觉他在做生意上固然是一把好手，但其终归是个商人，为人处世过于自我，人情世故很是缺乏啊。"顾宽敏自然领会李震数落肖玉仁的品行，完全是为自己在"伤兵疗养院"这件事上遭受媒体诋毁铺垫可以走下来的台阶。这番美意令顾宽敏很是受用，他不无感慨地询问李震对处理此事有何高见？

李震用一颗长期做党务调查工作的老牌特工的头脑给顾宽敏分析说："从以往和肖玉仁打交道的很多事情里，我体察到肖玉仁不是以一个人的力量在和我们作对，虽然他是西京工商界的领头人物，但此人的人脉关系却错综复杂。从早年他回购一百零五方汉唐碑石，再到后来'华清宫兵谏'前夕的学生大游行，件件事情里我都能感觉到有个人的影子始终在肖玉仁的身边围绕，这人就是曹云亭。"

顾宽敏听到李震说出曹云亭这个名字，整个人突然一愣，此人不正是八路军西京办事处党支部负责人么，难道肖玉仁与共党之间有了瓜葛？

李震不无玩味地接着说道："曹云亭这个人背景很复杂，明面上是长安豫剧社社长，但真实身份其实是共党早期地下党员。为了识别他的真实身份，我们确实花费了一番功夫，为此我还把冯其中和任欣荣发展成我们的人，目的也是为了揭开他的真实面目。"

顾宽敏急忙插话道："既然早就查实此人身份，为何不抓捕？"

李震低叹一声说："我本想放长线钓大鱼，充分利用冯其中在戏曲界的资源，将潜伏在西京戏曲界的地下党一网打尽，没想到在后来的多次较量中，我们的对手不是脱逃，就是抓不到确凿有力的把柄。现在看来我的想法是错的，既让他们败坏了我们很多的事情，还让共党的势力不断坐大。"听到李震这席恳切的自责之语后，顾宽敏很想知道李震下一步会有什么样的想法。

李震喝了口茶，拉长那张本来就阴沉诡秘的脸说："不瞒老兄您说，我俩的对手本来应该是八路军西京办事处总联络人柴伯文，但此人是共党在西京市的高级代表，动他不仅影响大，弄不好你我还会背上破坏国共合作的罪名。所以我仍然认为应该将目标继续锁定曹云亭，这个人的能量实在不可小觑，他是西京市文化艺术界、工商实业界连接共党的一个重要纽带人物，只要除掉他，散落一城的共党地下党员就会成为断线的风筝，而且对工商界里类似肖玉仁这样的赤色嫌疑分子，也会起到杀一儆百的效果，所以只有想办法除掉此人，你我在西京的很多工作才能顺利开展。就拿这次伤兵疗养院来说，肖玉仁真的有那么大胆量和您老兄对着干吗？又是谁在背后操纵着那张所谓披露真相的报纸呢？我敢说肖玉仁没有这样的能量，他也没有这个胆，可他偏偏就跟您较上劲了，还不是因为背后有曹云亭势力的支持。"

顾宽敏静静地听完李震分析的每句话，他将深埋在沙发里的身躯微微往上挺了一下，老谋深算的眼睛与李震对视了片刻，随即说道："你打算怎么除掉此人，说说你的计划。"

李震看着顾宽敏被他说动的神情，趁热打铁说道："据我们第三科得到的情报，足以证明曹云亭就是肖玉仁背后的支持者。就拿最近肖玉仁在南院门搭起的抗战献金台来说，他们扯虎皮做大旗，打着支援抗日的旗号，每天收到那么多物资，我们却没能见到这些献金的丝毫影子，而这些东西其实全都通过曹云亭的秘密渠道运到北边去了。"

听到此处，顾宽敏不由得将手重重地拍在沙发扶手上："马上想办法除掉此人，务必要干净利索，别留下任何痕迹。事成之后，我来向国府高层汇报说明情况，若有什么破坏国共合作的罪责，由我担着，你尽管放手去干。"

李震听到顾宽敏此言后，终于安静地将茶杯里剩余的水喝得干干净净。

顾宽敏本想在临潼抗日伤兵疗养院项目中名利双收，未料到最终却落得竹篮打水一场空不说，还让上下同人看了笑话，作为权倾一方的区域长官，他的脸面自然是挂不住的，所以这次即便冒着巨大风险他也要除掉曹云亭。李震对顾宽敏

做出暗杀曹云亭这个决定深感快慰，这个决定让他一解多年来积存于胸的块垒。

　　顾宽敏在做出暗杀曹云亭的决定之后，又激起他预谋攫取肖玉仁财富的欲望。在一个月黑风高的夜晚，顾宽敏在自家私宅秘密约见了吴雪山。虽然他指使吴雪山遥控肖若妍从段景民处找到肖玉仁公司资金踪迹的计划失败了，但他相信吴雪山替父报仇的杀心依然可用。

　　话说吴雪山此人，正是北平汉奸吴德岭的大儿子吴大宝，早年拿着父亲给的重金到南洋去做船运生意。那时候吴德岭便已自知罪孽深重，迟早有天会遭报应，他让吴大宝远赴南洋就是要给自己留条后路。这个吴大宝倒没有辜负父亲的期望，在南洋把船运生意做得风生水起。顾宽敏的儿子顾书文在生意场上也是把好手，因为背后依靠着顾宽敏这棵大树，做起生意来自然也是顺风顺水。一个偶然的机会，吴大宝认识了顾书文，两人不仅一见如故还拜了把兄弟，成为南洋生意场上的后起之秀。

　　北平吴家变故之时，吴大宝正在公海商船上花天酒地，吴家发生的惊天血变，还是顾书文借助父亲的官方渠道得知。因为日本人已经全面占领了北平，即便顾宽敏的势力想插入或搅局也多有不便，加之事发突然，当吴大宝知晓这一切时，事情已成定局。吴大宝伤心欲绝，当即要回国查找凶手报仇雪恨，却被顾书文死死拦住，顾书文一面苦口婆心地给吴大宝分析眼下的情势，一面劝他不要鲁莽行事。吴大宝最终听从了顾书文的劝告，但他发誓一定要回国复仇，顾宽敏便做了个顺水人情，让他先回到长安，以后再伺机待变。

　　吴德岭的正房太太张大红惊慌失措中联系大儿子时，吴大宝乘坐的回国轮船正漂浮在茫茫大海上。到长安后，他听从顾宽敏的要求和安排，将名字改为吴雪山，暂时不与幽居天津的母亲兄弟联系，并化身南洋归国商人出入于公众场合。吴雪山知道报仇之事需要从长计议，更明白自己要想做成这件事情，必然不能缺少顾宽敏的帮助。

　　顾宽敏此人爱财如命，他将李震曾掌管的西京筹委会收归西京行营，冠冕堂皇的理由是为国民政府西京陪都筹建的大局考虑，其实私底下却早为自己发大财想好了路数。他认为天下没有不贪的官员，李震之所以从肖玉仁那里没捞到任何好处，既是因为他们的关系一直都很疏浅，又因为李震没有管住自己的下半身，睡着人家的女儿还要人家帮你赚钱，世上哪有这样的傻瓜？所以他从心底里，其实是瞧不起这个同乡加同学的。既然现在权力收了回来，那就得物色几个自己信任的商人一起做事，这样才能光明正大地满足私欲。就在这个节骨眼上，吴大宝进入了他的视线，一是因为吴大宝与顾书文在南洋多年彼此熟悉，二是吴家势力坍塌失去威胁，这样的吴大宝自然用起来听话，搁在身边放心。

吴大宝到达长安后，顾宽敏将能赚钱的项目拆分打包，明里暗里都流向吴大宝的公司。这一切看起来是那么的正常和妥帖，但却没有逃过李震安插在西京行营里的眼线张奎的眼睛。所谓"官大一级压死人"，虽然张奎将所掌握的证据悉数告诉了李震，但李震只能睁一只眼闭一只眼，因为自己也有很多把柄掌握在顾宽敏手里。苦闷惆怅又无计可施的李震大多数时间流连于江南书寓和开元寺的楚馆秦楼里，他始终无法容忍顾宽敏来到长安后"鸠占鹊巢"的一系列举动，自己毕竟在这里苦心经营多年，任谁也不愿就这么窝囊地被人釜底抽薪，故而李震密令西京行营的老眼线张奎继续多留心眼，暗地里大量搜集顾宽敏官商勾结、贪财腐败的详细证据。

随着抗日战争全面打响，特别是华北、山西战区惨烈的厮杀，造成国军将士大量死伤。顾宽敏在这个时候提出要与肖玉仁共建一座"抗日伤兵疗养院"，就是要在政治上为自己营造影响力，经济上做到公私兼顾，更重要的是他要亲自试探肖玉仁此人可用还是不可用。经过一番折腾后，顾宽敏认识到不识抬举的肖玉仁绝非自己可用之人，而《新华日报》"农夫"那篇赤裸裸要撕破他老脸的文章，最终让顾宽敏产生了对肖玉仁财富的掠夺之心。既然想要霸占肖玉仁的产业，那么对肖玉仁背后的曹云亭自然就不能放手，顾宽敏信奉斩草务必除根的信条，所以当李震提出应该除掉曹云亭时，他毫不犹豫地答应了。

送往临潼伤兵休养所的受伤将士越来越多，绝大部分都是从山西第二战区送来的，里面既有国军、晋绥军，还有为数不少的八路军。鉴于当下的抗战形势，曹云亭建议肖玉仁将顾宽敏所建的烂尾工程重新建起来，以备日后伤兵的需求。只要是为抗日做事，肖玉仁从来都是不吝钱财，此后不久，他再次投入大量财力物力重新修建伤兵疗养院。这个消息传到顾宽敏耳朵时，他心里喜忧参半，一股难言的滋味涌上心头。

　　这天早晨肖玉仁坐在办公桌前，看着眼前摆放的肖家各公司月底报表的数字感到忧心忡忡。连续数月公司效益下滑，愈发让他感到时日维艰，乱世之中要想把公司做好，还不能受到战争影响和市场动荡的干扰，这对每一位生意人来说都是极其困难的。就在肖玉仁刚想靠在椅子上闭目养神一会儿时，秦川机械厂厂长闫光明急匆匆走进来说："今天早晨刚上班，西京行营建设科科长连云飞给我们下了文书，说是要拆分咱们的机械修理业务，归他们独自管理经营，还说这是行营根据目前战事需要所做出的决定，要求我们必须马上执行。"听到气喘吁吁的闫光明带来的这个消息，肖玉仁一点都不觉得奇怪。自从伤兵疗养院事件之后，他早在内心做好了准备，顾宽敏一定会逐步收回李震当年与他合作的各项业务，只不过这个消息来得比他预想的还要快。

　　肖玉仁叮嘱闫光明按照当初的合作协议与对方谈判分解事宜即是。闫光明看到肖先生心平气和的样子，不免感到困惑，他闷闷不乐地走到院子，恰好碰见王福，便将肖先生刚才的意思说给他。王福听后淡淡一笑说："今天是你的秦川机械厂，明天或许又轮到咱们其他厂子，以后这样的情况只会越来越多，所以越到这个时候，你越要替肖先生顶住。咱们秦川机械厂原来就是个农用器具生产厂，大不了我们退回以前的样子。"闫光明听到王福的话，心想这其中必定大有缘由，自己也不便多问什么，只让王福和肖先生放心，他一定会协调处理好此事。

　　由于敌机连续不断地轰炸，肖玉仁在秦腔总社的帮助下，将长泰印染厂和华丰面粉厂紧急搬迁到城郊后，生意上受到的影响明显降低，还有秦岭山中的利秦火柴厂，这三家工厂均关系到民生供应，肖玉仁判断一时半会儿应该还不会受到西京行营的滋扰。但顾宽敏开始对合作经营的秦川机械厂下手，标志着他已经拉开了逐步蚕食、侵吞直到逼垮肖家产业的序幕，肖玉仁判定顾宽敏的下一个目标，恐怕将是秦华化工医药厂了。

　　肖玉仁将自己的判断说给曹云亭与柴伯文后，三人商议尽量与心怀鬼胎的顾宽敏多多纠缠周旋，以此为尽快转移资产争取更多时间。秦华化工医药厂这些年生产的药品，除了绝大部分送往抗日前线之外，还有小部分秘密送往了延安，这些少量药品对于长期遭受国府锁禁的陕北来说是弥足珍贵的。尽管如今处于国共合作的大局之下，但双方之间貌合神离的关系，反而让很多本来明朗的事情平添了几分晦暗。双方虽处于共同抗战的旗帜下，但国军却连弹药物资都不能与八路军共享共用，这样的国共合作有没有前途，答案是可想而知的。对于长期潜伏国统区的曹云亭来说，他早已预感到这一切。

顾宽敏的行事风格与李震迥然不同，他既有军人的独断专横，又有特工的狡诈阴险。当初李震来到这里时，长安城处于百废待兴的状态，而顾宽敏到来的时候，情势却是大为不同。一则国府已为退往武汉做着积极准备，同时又将重庆纳入陪都建设的棋盘里，精明的顾宽敏从地理位置判断长安没有重庆的战略位置优越，因此未来能不能作为陪都继续建设，已处于两可之间。二则随着日军步步推进，国军正面战场连连败退，所谓"一夫当关万夫莫开"的潼关能否抵挡住日军的铁蹄更是难以预料，所以他要在战争还未肆虐这里的时候做他想做的一切事情，不再犯下类似李震那样该做时不做或者顾此失彼的错误。

果然没过几天，连云飞又找到肖玉仁，要求他退出秦华化工医药厂的经营，理由是有人能投入更多的资本，可以让医药厂的生产规模增加一倍。肖玉仁心知在战火纷飞的时局下，许多拥有资本的商人都是小心谨慎地投资，哪里还会有人在这时冒险掷重金向秦岭山里的一个医药厂注资。顾宽敏给出的这个不是理由的理由，恐怕连他自己都会觉得可笑，但他摸准了肖玉仁已将大量资金投入修建伤兵疗养院，这时应该没有更多资本来与他抗衡，顾宽敏想要霸占医药厂的举动粗暴又简单。顾宽敏的判断显然是正确的，肖玉仁的资本深度已经延伸到对红色革命队伍的支持，多年来他的大量资金通过不同渠道进入了红色革命组织掌握的秘密账户。

顾宽敏逼迫肖玉仁退出秦华医药厂，这对于负责给延安输送紧缺医药物资的曹云亭是个不小的打击。他和柴伯文心里非常清楚，即使此刻从其他渠道弄来资金支持肖玉仁，顾宽敏也不会善罢甘休，因为他的最终目的是想从根子上压垮肖玉仁。连日以来，顾、肖双方经过多次激烈地商谈之后，肖玉仁一方还是迟迟不肯撤离，因为他得到的补偿数目与投资额度严重不对等。这时，西京警察局局长马得水跳了出来，他直接让保安队长李大河带人进厂布控，硬是将肖玉仁的人给逼了出来。

这个西京警察局局长马得水，早就投靠了顾宽敏。"华清宫兵谏"前夕，学生游行纪念"一二·九"运动时，因为保安队长李大河的手下开枪射杀学生，惹得李震在电话里对马得水一通臭骂，由此马得水便知道自己和李震是不对胃口的。那时候的李震在西京市权势熏天，他身边又有最为信任的、现为西京行营第三科行动队长的邓贵发，对西京警察局当然是不会放在眼里的。然而风水轮流转，西京行营成立后，马得水很快抱上西京行营主任顾宽敏的大腿，对顾主任的意思他从来都是俯首帖耳、唯命是从。

面对秦川机械厂和秦华医药厂接连被霸占，肖玉仁陷入了深深的郁闷之中，尽管这两个厂子是李震当年扶持建起的，可自己毕竟付出过巨大心血，如今就像养大的孩子被别人抢了去，心中滋味必然不好受。这时，又是一篇以"农夫"署名的揭露西京行营建设科强取豪夺民营公司资产的文章横空出世，引得民众纷纷指责西京行营的无耻行径。顾宽敏已被隐藏在暗处的"农夫"刺伤过一回，这回岂能善罢甘休，他当即责令李震的第三科从速调查，挖出这个"农夫"究竟为何方神圣，不能任由他给西京行营猛泼脏水。幸灾乐祸的李震怎会随其所愿去查此人，他心底在暗自讥笑的同时，还有一种莫名的舒畅感升腾于胸。他将此任务交给了冯宁远，又意味深长地说了一句："要慢慢查！"冯宁远心领神会地笑了。

曹云亭看到李知章的文章后，深解肖玉仁内心之痛苦，他向组织汇报了肖玉仁目前所遭遇的情况后，代表组织一再安慰并鼓励他："组织上对您这些年为革命事业提供的帮助已经非常满意，肖家产业毕竟都在国统区，现在我们会和您一起想尽办法来保护它。顾宽敏的这些丑恶行径，充分暴露出他们寡廉鲜耻的贪腐面目，这个事件正好是唤起民众意识觉醒的最佳案例。同时，延安方面郑重向您发出真诚邀请，请您前往红色革命根据地继续发挥您的才能，那里非常需要像您这样的商业大才。"

听得这番赤诚相邀之后，肖玉仁郁闷的心情清爽了很多，他觉得似乎有一种无形的力量在牵引着自己前行。肖玉仁决心继续努力到最后一刻，直到不得不走的那一刻来临之时，他定会奔向内心期盼与向往的地方。

第二十八章

李震看到"农夫"发表的文章后，马上意识到顾宽敏已经向肖玉仁宣战，而自己为曹云亭织就的一张大网也正在徐徐拉开。但眼下毕竟是在国共合作时期，曹云亭现已是八路军西京办事处的高级参谋，对他下手的难度和影响是李震必须要面对的风险。好在顾宽敏当着他的面拍胸脯愿为此事担责，但李震也不能肆无忌惮地去做这件见不得人的事情，毕竟自己的第三科和西京行营是一条线上的蚂蚱，如果到了顾宽敏担负不起的时候，自己岂能脱身事外。

长期在国统区工作的曹云亭，能从豫剧演员成长为一名优秀的共产党员，期间经历过无数的历练和挑战。他以优秀的组织能力，不仅将肖玉仁这样有民族正义感的爱国商人争取到革命队伍中来，还把像寒梅、杨小云、王文月和申湘云这样的戏曲界年轻一代也发展过来，同时又将许多来自全国各地有志于革命的热血青年，依托"八办"为中转站秘密送往延安。对于曹云亭优秀的领导能力和所做出的突出成绩，延安方面给予了充分肯定，不仅将他在内部树立为地下工作者的典范，还任命他为八路军西京办事处参谋，成为"八办"总联络人柴伯文最为依赖和信任的战友。

投入到忘我工作中的曹云亭，用自己的人格魅力获得了寒梅对他的一份挚爱，在这个危机四伏的战乱年代，这份从惊心动魄的生死战斗中成长起来的爱情显得尤为珍贵。无论在抗日救亡团体文艺宣传演出的平台上，还是各界人士活跃在广场街头为抗战呐喊助威中，都能见到曹云亭忙碌的身影，他积极引导学联主席康健组织爱国学子们排演抗日话剧，又指导长安城内工、农、商、学各种团体以不同的方式支援抗日。一时间，上海救亡演出队、难民孩子剧团、青年文艺工作者协会等社团纷纷成立起来，长安城的四面八方，每日都上演着不同的抗日剧目，这一切的背后都渗透着曹云亭的心血。

对于曹云亭来说，眼下接到来自延安最重要的任务，就是迎接西北战地服务团的到来。这个服务团共有四十余人，是延安派出的一个综合性文艺宣传团体，他们由一批有社会影响力的表演艺术家、作家和记者组成，目的就是要走到各地去接近群众、宣传政策、扩大共产党的影响力。他们排练了十多部独幕剧，还编排了秧歌舞、大鼓、歌曲、相声等百姓喜闻乐见的节目，一路上打着红旗、唱着抗日歌曲，用小毛驴驮着行李和演出装备，浩浩荡荡徒步前行。他们先是东渡黄河到达山西抗日前线，慰问浴血奋战的抗日将士，并以前线将士艰苦卓绝的战斗精神创作了大量文艺作品。这支精干的文艺队伍夏日顶着烈日、冬季冒着严寒，跋山涉水活动在中国大地上，用各种形式的文艺节目发动群众、宣传抗日，成为鼓舞军民一心抗日不可忽视的精神力量。

按照西北战地服务团的行动路线，他们下一站就要到达长安城了，全城老百姓早已热切期盼这支蜚声战地的文艺团体的到来，各大媒体也纷纷跟进报道。曹云亭接到的上级命令就是周密安排服务团在长安城的一切活动，保障服务团演出、演讲和辩论会等的正常、安全进行。

对于媒体上大肆报道的这支西北战地服务团，顾宽敏、李震他们早有耳闻。对于他们来说，长安城在曹云亭等人的鼓动下就已经相当不安宁，这时又要来这么一个影响力更大的文艺团体，顾宽敏内心完全是抵触的。他提前给马得水下了死命令，让他务必严控城内治安，并设法阻止战地服务团进城，同时又吩咐李震的第三科要严防密布，堵死城内城外联系的各种渠道。

顾宽敏对于延安方面派来的任何人或任何团体所表现出的草木皆兵的态度，完全是他心虚胆怯的心理原因所致，因为服务团里有更多像"农夫"那样厉害的笔杆子，如果放任他们进城，并在城内四处访问采写，难免会将自己更多的丑事抖搂出来，这才是他内心最为忌惮的。然而令他万万没有想到的是，曹云亭以八路军西京办事处参谋的身份来到他办公室，专门与他商讨迎接西北战地服务团事宜。面对彬彬有礼、言辞有据的曹云亭，顾宽敏有些乱了分寸，他言不由衷的态度早被曹云亭看在眼里。顾宽敏话里话外以城防治安为理由，反劝曹云亭要理解他的苦衷，同时礼让性感谢服务团的好意。曹云亭从顾宽敏的话里听出了他抗拒服务团到来的真实意图，可是在眼下国共合作的大局面前，这样一个宣传抗日、鼓舞民心的文艺团体来到西京，怎会给城防治安带来危害呢？

顾宽敏早已习惯了自己说话下属领会的谈话方式，但现在对于他如此明显的拒绝态度，曹云亭居然装傻卖乖，这让他感到自己的尊严受到某种挑战。他清楚曹云亭从来就不是个善茬，这点他和李震已经有过多次分析，但曹云亭据理力争的态度，最终还是激怒了他。两人的谈话不欢而散，顾宽敏立即叫来李震，对他说："曹云亭此人很不简单哪，和我争辩那也是寸步不让、毫不客气，张口闭口全是抗日，好像只有他们在抗日，我们倒成了袖手旁观。曹云亭到处散播流言、煽动民众情绪，说我们歧视八路军，我看这些言论已经不是简单的捣乱，而是在破坏抗战，不把他除掉，西京城非出乱子不可。"

顾宽敏斩钉截铁的话锋刚落，李震立即将早已预谋好刺杀曹云亭的计划和盘端出。顾宽敏听后嘴边露出一丝微笑，说："还是那句话，要做就做干净。"

由著名作家丁玲率领的西北战地服务团，经过一路颠簸，终于从山西前线来到西京，他们的到来受到西京各界人士的热烈欢迎和关注，柴伯文与曹云亭以最高礼节欢迎来自延安的革命同仁。西京学联主席康健早已准备好西北师范大学的大礼堂作为他们演讲和演出的主阵地，大礼堂里里外外每天都是人山人海，服务团精彩的演讲引来阵阵雷鸣般的掌声，莘莘学子和台上演讲者彼此呼应，"驱除日寇，还我河山"的呐喊声响彻云霄。

在曹云亭的周密安排下，赵本斋的长乐坊大剧院和叶琦的止园剧场也腾出空间和时间，全部安排了服务团带来的各类节目。西北战地服务团室内演出结束后，又走上街头开展抗日宣传活动。在此期间，曹云亭曾多次试图说服顾宽敏，请他出面接见服务团并举行座谈会或让服务团与西京行营各个部门联谊联欢，但顾宽敏不是避而不见就是委婉拒绝，只撂下一句"具体事宜与文宣科长郭宪正联系"的话。

顾宽敏对战地服务团的冷淡态度，曹云亭其实早有心理准备，但他没有料到的是李震那双狠毒的眼睛正在死死盯着他。李震秘密派出陆铭乂特务一组和冯宁远特务二组的所有便衣，他们每天混杂于观看演出的群众队伍中寻找机会。西京警察局局长马得水安排自己的所有人手，表面上执行保护服务团的任务，暗地里却在监视服务团每位成员的行动。而直接听命于第三科的行动队长邓贵发，早在

数月前遵照李震的命令,将自己的人马悄悄撒落全城,专为摸清曹云亭的生活规律,并每天向李震汇报。李震通过邓贵发探知来的细节,制定了周密的暗杀计划,又将此计划交予冯宁远来执行。

西北战地服务团在西京的工作要结束了,柴伯文、曹云亭决定在莲湖公园为他们举行一个隆重的欢送仪式。缘于西北战地服务团近段时间的热烈演出、演讲,当天的欢送活动吸引来近万人,公园的广场容纳不下,很多人便爬上四周的树木、围墙、房顶等高处观看欢送仪式。偌大的莲湖公园里古木参天、林深叶茂,翠光碧影的莲叶与波光粼粼的湖面交相辉映,八路军西京办事处以及社会各界代表纷纷表示,服务团此行为西京人民带来了宝贵的精神食粮,各界人士必将众志成城不遗余力地支援抗战,尽早将日本侵略者赶出中国。欢送仪式结束了,围观的民众依然群情激昂,久久不愿离去,莲湖公园西北角的波光亭里微风习习,柴伯文、曹云亭与丁玲等人在此依依话别。

看着西北战地服务团一行渐渐走远,围观的人群才逐渐散去,喧闹的莲湖公园又恢复了往日的安宁。所有事情结束后,曹云亭正要骑自行车离开,突然从树丛里闪出四个特务给他戴上了头套,随后架着他强行推进一辆汽车里,其中一个特务骑上倒地的自行车迅速离开现场。绑架行动在瞬间完成,过往路人甚至没来得及看清发生什么事,现场就又恢复了平静。

汽车开出长安城东门往白鹿原方向驶去,坐在车上的曹云亭异常镇定地意识到自己被绑架了。从参加革命的那天开始,他早已将个人生死置之度外,只是这一切来得太早,遗憾的是还有很多事情没有做完。透过乌黑的头套,曹云亭能清晰闻到旷野间传来的清新味道,他又想到自己与寒梅这份在特殊年代建立起来的革命情感,却最终将无尽的悲伤留给了寒梅,这使他心中倍感无奈与不忍。想到此处,曹云亭感到眼睛里涌出一股热流。

看着不喊不骂、淡定从容静坐车里的曹云亭,连绑架他的特务都感到惊诧。汽车疾驶上白鹿原,曹云亭依然安静地坐着,谁也不知道他内心在人生最后的时刻到底想着什么。汽车终于停在白鹿原一处荒僻而隐秘的坡下,冯宁远带着另外两名特务已经等在这里。他遵从李震的严令,在绑架曹云亭的行动中尽量做到用人少、动静小,之所以要施行难度最大的秘密抓捕,他们所顾忌的就是曹云亭在长安城里的影响力，所以冯宁远从特务组专门挑选出六名最得力的特务来执行这项任务。

曹云亭的头套被打开后，看见熟悉的冯宁远站在眼前，他心里的猜测完全落了地。冯宁远阴阳怪气地说："如果冯其中还在调查科的话，或许今天应该是他来为你送行，可惜他和你斗，总是欠那么一点火候，注定成不了大事，所以才在潼关车站被你收拾得人仰马翻、狼狈不堪。"

曹云亭看着扬扬自得的冯宁远，不屑地说："他来还是现在的你来，对我来说还有什么区别吗？"

"当然有区别，区别就是'戏子无义'啊。"

曹云亭听出冯宁远的话外之意，他依然平静地说："戏子有义，还是无义，也不是你能断定的。成得了或成不了大事，现在说还为时过早。不过冯其中有一点比你聪明，他知道有些路最终是走不通的，所以他还能够做到知进知退、幡然醒悟，而你却是一条道走到黑，前面是万丈悬崖也不自知啊。"

冯宁远轻蔑一笑说："是你此时此刻站在悬崖边，而不是我。"

曹云亭用被铐着的双手拍了拍衣角的尘土，抬头望着远方说："我的眼前不是悬崖，而是坦途。你当然看不清自己已经站在悬崖边上，因为你听不懂我说的话，但你可以把我这句话带给李震，或者是顾宽敏，他俩应该明白我的意思。"

冯宁远强烈感觉到曹云亭对自己的嗤之以鼻，这让他内心感到异常的恼怒。在来白鹿原的路上，冯宁远还在想象着曹云亭或许会跪倒在他面前，求他饶下自己一条性命，未料到已走近黄泉路的曹云亭，却没有丝毫的懦弱和胆怯，反而还淡定自如地说些在他看来完全算作"疯言疯语"的话。

曹云亭望着远方迷蒙之中的长安城，淡淡地吐出一句"动手吧"，便再也不说话了。

枪响了，清脆的声音划破天际，惊起一群肃立的麻雀，曹云亭背身倒在血泊中。冯宁远命令手下将曹云亭的遗体装进准备好的麻袋，草草掩埋在他们早已挖好的土坑里。白鹿原上依旧清风飒爽，草长莺飞，仿佛没有发生过任何事情一样。

当李震听完冯宁远秘密枪决曹云亭的汇报后，他一刻没敢迟疑地来到顾宽敏的办公室里，将事情发生的经过详细告诉了他。顾宽敏静立良久没有说话，随后转过身来，又一再强调此事保密的重要性，并要求李震立刻加派人员，在曹云亭

遇害处暗中看守三日,以防有人发现这个秘密。

　　当天傍晚时分,从舞台下来的寒梅这才发现不见曹云亭的身影,以往这个时候他总会准时出现在剧场,常常会陪她出去散步,或者去吃夜宵。今天的曹云亭去了哪里呢?寒梅心中涌出一丝不祥之感,她急忙唤来申湘云与王文月,三人一起到莲湖公园寻找。只见幽暗的湖面上莲叶四散、摇曳不停,仿佛在诉说着不为人知的悲伤,偌大的公园里空空荡荡,不见一个人影。

　　深感事态不妙的寒梅让申湘云马上返回长乐坊大剧院带上众弟子分头去找,又让王文月去告知沈金书,请求沈会长也派出人手帮忙寻找,她则立即找到柴伯文,告诉他曹云亭失踪的消息。心急如焚的柴伯文马上派人去长安城各处寻找打探,他断定,如果曹云亭遭遇不测,一定是西京行营的顾宽敏和李震所为,于是柴伯文一刻不停地来见顾宽敏。到了西京行营时已过下班时间,顾宽敏正若有所思地坐在办公室里喝茶,平常时日里,每天都需要处理各种繁重的公文要务,这让他常常感到疲惫不堪,然则今日稍有不同,他的心情既说不上轻松也说不上沉重。

　　顾宽敏预料到柴伯文一定会来找他,于是装出一脸无辜的表情,对上门要人的柴伯文说:"眼下正是国共合作、一致对外的时候,我们怎么会动你们共产党的人呢?"对于曹云亭的失踪,顾宽敏表现出十分着急的样子,并当着柴伯文的面给西京警察局局长马得水打电话,命令警察全体出动,在整个长安城以"清查户口"为名寻找曹云亭的下落。顾宽敏之所以如此大动干戈,不惜出动警力全城找人,其实他是担心曹云亭被暗杀的真相暴露。他一再严令李震除了严守口风之外,而且绝不能留下任何破绽,就是怕此事一旦暴露,可能会导致国共双方产生严重的政治摩擦。如果到了那样一个不堪收拾的地步,国府高层岂能不对此事追查到底?岂能对他主导下的西京行营工作不产生疑问?

　　送走柴伯文后,顾宽敏忽然又想起另外一个细节,马上将李震叫了过来,特别提醒务必要将曹云亭的那辆自行车连夜拆成零件弃之荒野。只有彻底消除任何可能存在的蛛丝马迹,顾宽敏似乎才有心思回家睡个安稳觉。

　　一番大张旗鼓地折腾之后,曹云亭彻底"失踪"了。在寒梅心里,她宁愿相信曹云亭是失踪，而不是被害。很多天里寒梅都伤心不已，常常躲起来暗自垂泪，杨小云和申湘云经常来陪她说话散心，以期能抚慰她内心的伤痛。沈金书也让柳青芳过来陪伴寒梅，而对于寒梅近期无法登台演出所留下的空缺，则由胡淑曼代替她出场，大家纷纷想尽一切办法安慰和帮助寒梅渡过眼前的难关。其实大家心里都明白曹大哥可能凶多吉少，但现在是毕竟没有确切的消息，因此谁也不想把希望的火苗摁灭。

曹云亭失踪案发生之后，延安方面深感震惊并高度重视，连续数次通过函电表达严正立场并催促破案，但西京行营和警察局迟迟不能作出答复。针对眼下的局面柴伯文写信给延安，除了陈述自己对曹云亭失踪一事的判断之外，还请求上级能再派人手来长安，以免对工作造成影响，延安很快派来了胡善文作为柴伯文在"八办"的副手。义愤填膺的胡善文见到寒梅后，严厉谴责并痛斥国府可能施以黑手的卑鄙行径，且郑重表明延安对曹云亭失踪一事的高度关切之意，继而宣读了组织对曹云亭的肯定和高度评价，还让寒梅暂时代替曹云亭以前在戏曲界所担负的工作。寒梅看着胡善文带来的电文，眼含热泪点头答应并深深感谢组织对她的信任。眼下曹云亭生死未卜，他所留下来的工作寒梅决心替他继续做下去，她相信自己与曹大哥心有灵犀，无论曹大哥身处何方，一定会知道自己在长安城里永远等着他。

第二十九章

　　太原保卫战最终失败了。在惨烈的天镇战役、平型关战役、忻口战役中，国军与日本侵略者进行了抗战初期华北战场上规模最大、战斗最为激烈、持续时间最长的大厮杀，但由于娘子关方面防范的疏漏，乘虚而入的日军撕开了攻入太原城的第一道口子。日军进入太原城后，又相继向南占领了平遥古城，直至国军退守临汾后，太原会战暂时宣告结束。

　　宫田太郎从山西督战结束回到北平后，看到任欣荣每日依然优哉游哉流连于戏楼班社之间，心里对他的担忧减轻很多。又听说自己不在北平的这段时间里，任欣荣曾给同样喜欢京戏的清水和夫少将唱过堂会，使他内心稍有恼怒却又不便发作。

　　太原会战结束后，日寇在山西成立了推行侵略政令的行政机关伪"山西省公署"，日本人任命的第一任"省长"为苏体仁，此人原系山西省财政厅厅长，太原失陷后投靠日本人当了汉奸。就职当天，投靠日军的伪政府汉奸们在太原街头张灯结彩举行盛大游行，苏体仁发表了《抱残守缺 为民请命》的"省长就职词"，极力为自己的汉奸行为寻找借口。成立之初的伪"山西省公署"各机关单位，全部塞满了汉奸们的亲朋好友等各种社会裙带关系，一时间连很多社会渣滓都堂而皇之立于庙堂之上。

　　虽然日寇通过伪政权对山西百姓进行殖民统治，但真正的军政大权却由"山西省公署顾问室"掌控。这个由日本特务机关派出的"顾问室"不仅不受省公署领导，反而公署的一切行动都得听命于顾问室。而这个位高权重的顾问室主任，由日军华北司令部派来的新任太原陆军特务机关长清水和夫担任。

　　清水和夫被任命为"山西省公署顾问室"主任的消息传到陈竹君耳朵后，他的内心不禁一阵狂喜，谁都知道这个顾问室主任的职权几乎涵盖了山西所有的政治、经济和文教实权，可谓是"山西省公署"这个傀儡政权的太上皇。陈竹君借着曾经为清水和夫推荐任欣荣唱堂会的一面之缘，觍着脸找到清水和夫，低三下四地恳求他，说自己想追随他去山西谋份差事，没想到新官到任急需用人的清水和夫居然答应了他。于是，陈竹君由北平临时政府的议政委员会委员，摇身一变成为"山西省公署高级参议员"。当他从苏体仁"省长"手里接过公署的委任状后，欣喜若狂的陈竹君跑到酒馆里喝得酩酊大醉。不久之后，北平临时政府治安部的田汉民来拜会陈竹君，请求他将自己推荐给苏体仁，陈竹君爽快地答应了。"苏省长"知道这个陈竹君参议员与顾问室主任清水和夫的关系非同一般，因此当田汉民明里暗里塞给陈竹君和苏体仁很多好处后，便很顺利地被任命为"山西省公署保安司令部第二大队副队长"。这个职位让田汉民甚为喜悦，自此以后他和陈竹君便成为狼狈为奸、沆瀣一气的汉奸密友。

　　得意扬扬的陈竹君在太原城里开始混得滋润惬意，他背靠着清水和夫的势力，又操着一口流利的日语，逐渐成为清水和夫与山西省公署之间的纽带人物。这样重要的位置让陈竹君常常把公署里一些厅处长都不放在眼里，反之则有许多达官显贵上门巴结他。陈竹君利用自己特殊的能力在选拔任命、替人消灾等事情中大发横财，他常常看着自己银行账户不断增长的数字痴迷发呆，"饱暖思淫欲"的陈竹君亦整天逍遥于红楼粉巷间玩得不亦乐乎。

　　陈竹君到山西省公署任职后，身在北平的宫田太郎又委托北平临时政府议政委员梁惠生照理任欣荣。陈竹君的离开，让任欣荣感到久违的轻松，那个让他十分厌恶的幽魂终于消失了，他可以酣畅淋漓地沉浸在对京戏的痴迷中。任欣荣每天奔走于北平各个剧社，不仅教人技艺，还经常登台演出，迷恋他的老戏迷们常在背后念叨："当年的京城名角任少山老板的风采又回来啦。"时间久了，这些言语自然就传到了任欣荣的耳朵里，这让他内心多少不是个滋味。

　　这一天，吃完花酒的陈竹君刚从太原城星月楼出来，迷离的眼睛倏然间瞥见一个熟悉的背影，他急忙走上前一看，原来是运城龙家少掌柜龙长生带着媳妇林萍来太原打理生意，他俩也很惊讶在这里巧遇上陈竹君。三人说笑间落座茶社，精明的龙长生看到陈竹君神采飞扬的样子，便猜到他如今定是混得不差。林萍惊讶地看着曾经在龙家老宅落魄潦倒，还给自己手把手教戏的陈竹君，心中思忖他

怎么摇身一变成为官家模样的人？攀谈中，林萍关切地询问，任欣荣是否和母亲相见？如今是否也在太原城？他的腿伤如何了？陈竹君都一一作答。他当然是连答复带欺瞒，只说任欣荣在北平见了母亲欣喜不已，便留在北平并重新走进梨园行，如今也混得有模有样。说到自己时，得意扬扬的陈竹君脱口说道："我这算是运气好，当年认识的一个熟人介绍我进了山西省公署谋了个差事。"但刚说完他马上后悔了，从龙长生眉头一皱的细微神情里他察觉到，龙长生是在怀疑他给日本人当差做汉奸。

龙长生果然顿时失去刚见面时的热情劲，只是用不冷不淡的口气给他说一些模棱两可的话，倒是心思简单的林萍还在叽叽喳喳说个不停。龙长生瞅准一个谈话的空隙，托词自己还有重要事情需要打理，便拉起林萍就要告别，林萍有口无心地告诉陈竹君，日后若有事情可到太原城迎泽门龙记客栈来找他们。话音刚落龙长生便拉着林萍匆匆离开，到了僻静的地方，龙长生口不择言地数落道："你怎么见了他就跟见了自家人似的。我给你说实话，这个人已经不是龙家老宅的陈竹君了，如今他给日本人做事，那就是汉奸，你怎么能把咱们的住址告诉他呢？我们不能和这样的人来往，会遭殃的。"林萍见丈夫如此气急败坏地给自己说话，心里寻思丈夫是不是吃醋了，于是她好声说："只是故人相见分外欣喜而已，你也别多想，以后不见就是。"

就在龙长生不再理会陈竹君时，陈竹君心里却偏偏泛起阵阵微澜。和龙长生夫妇巧遇后的几天里，陈竹君眼前不时浮现出林萍楚楚可人的笑容。他也想到过，龙家毕竟有恩于自己，因此他告诫自己不可心生邪念，但越是这样抑制自我，大脑越是不听使唤，林萍临走前留给他的"迎泽门龙记客栈"七个字就像翻滚的招魂幡一样，让他心底里荡起层层涟漪。

从宫田奈美背叛自己，到像狗一般低微地爱着肖若妍，再到如今混迹在买笑追欢的风月场所，陈竹君在爱情世界里没有得到过半点自我肯定，他甚至一度觉得男欢女爱不仅是这世上最不可靠的关系，而且是最伤人心的恶魔。可叹让他一直以来躲犹不及的恶魔偏偏这时又变得可爱起来，他想起龙家大院里与林萍手执手眼对眼的情景；又想到林萍对他的每一个笑容和动作，似乎都在暗示着什么；他还想到曾和林萍把手言戏时，林萍投向自己的眼神，那是他第一次从一个女人的眼睛里看到她对自己的崇拜，这样的眼神令他终身难以忘记。

蛰伏于卑微之中的那颗心，一旦冲破长期的自我压抑喷涌而出，往往会变成一只戾气十足的怪兽，任谁也别想收拢得住。陈竹君再也无法控制欲望带给他的冲动，经过一番精心打扮后，他无所顾忌地来到迎泽门龙记客栈。这天龙长生恰好外出，林萍见到陈竹君后心花怒放，早已将丈夫的提醒抛之脑后，急忙吩咐伙计热情伺候陈竹君吃好喝好。酒足饭饱之后，两人上到二楼厢房内，陈竹君像只发情的野猫毫无顾忌地在林萍跟前搔首弄姿摆弄他的戏子身段，直惹得林萍嬉笑不止。

林萍本就是个不太安分守己的富家女子。远在山西运城时，虽然家公赵世诚将家里诸多事务交予她料理，那是看中她办事干脆利落，但对她口无遮拦、不拘小节这点却并不欣赏。这些年里林萍没能给龙家生下一男半女，导致延续香火成为龙家人心里最大的烦恼，虽然公婆从不在明面上提说此事，但他们私下商量让儿子纳妾的举动，着实让林萍紧张了很久。因为长久不能生育，林萍曾独自一人悄悄到太原府看医生，大夫说她可能患有不孕不育之症，需要和丈夫一起长期调理医治。从医院回来的路上，林萍陷入痛苦而复杂的情绪中，她清楚这次在医院做检查的单据如若被丈夫看到，势必对她极为不利，或许还会促使丈夫纳妾的步伐走得更快。林萍在焦灼和慌乱中最终做出决定，她将手里的检验单撕得粉碎，并暗下决心要和命运赌上一把。林萍相信总有一天，命运终会垂青于她，或许自己注意调理身子，说不定哪天就会怀上孩子。

忌惮于龙记客栈里人熟眼杂，林萍和陈竹君来到一家西点咖啡馆坐了下来。两人像一对相见恨晚的挚友攀谈起来，陈竹君专挑自己在日本、北平及长安时的精彩往事说给林萍听，却将自己狼狈不堪的经历以及眼下给日本人做事的实情闭口不谈。林萍痴眼看着口若悬河、神采飞扬的陈竹君，偷偷在心里把他与全身心扑在生意上、生活情趣寡淡无味的丈夫做着比较，不免从内心深处对陈竹君生出一种别样的情愫。夜幕很快降临了，林萍纷乱不堪的内心深处，依然拿捏不准此刻面对的这份迷情，脑海中的理智与翻腾的欲望紧紧纠缠在一起。最终，林萍怀着无比煎熬的心情回到龙记客栈。

龙长生忙了一天，很晚才回到客栈，他见林萍早早睡了，便没去打扰她。这一夜，林萍辗转反侧，她数次想把丈夫推醒，很想和他好好说说心里话，可最终

没能鼓起勇气。她不知道该给丈夫说些什么。毕竟他们曾经深爱过，所以在面对陈竹君的诱惑时，林萍总是从心底里生出一种天然的抵抗，这种抵抗其实是和陷入迷离中的自己在不断地较量。

窗外的天色变得麻麻亮，龙长生起床洗漱后，先走到林萍跟前伸手摸了摸她的额头，然后又走到桌前提笔留下一张字条后，这才轻手轻脚闭上房门走了出去。早已等候他的龙记客栈掌柜周强迎上来说："少东家，马车已给您套好了。"龙长生压低声音对他说："我最多去一个礼拜就回来了，你让伙计们每天早晨干活时声音小点，别吵醒了少奶奶。"周掌柜连连点头说知道了。

其实林萍早在丈夫窸窸窣窣的起床声中就醒来了，她是故意装作睡得很沉的样子，刚才丈夫伸手摸她额头的那一瞬间，她差点起身抱住他。听到窗外马车声渐行渐远，林萍心里又泛起淡淡的后悔，她起身看到龙长生留给自己的字条上说，他要去山西榆次打理生意，需要一个礼拜才能回来。林萍放下字条又重新躺回床上，眼睛干巴巴地望着窗外发呆。

陈竹君倚仗着清水和夫的势力狐假虎威，山西省公署长官也不敢拿他怎样。整日里无所事事的他四下逍遥快活着，同时他满脑子都是林萍的婉转笑容，和林萍分开后的这些天里，他感觉时间仿佛凝固了一样。一天过去了，林萍没有约他；两天过去了，林萍还没有约他；漫长的一周时间过去了，林萍那边还是没有动静。陈竹君再也无法控制内心的躁动，急匆匆再次来到龙记客栈找林萍，周掌柜告知少奶奶她那个古怪的朋友又出现了，林萍匆匆下楼，二话没说便拉着陈竹君离开客栈，一头雾水的周强看着两人走远的身影暗自纳闷。

这一天，林萍跟着陈竹君走街串巷四处游荡，两人玩得好不痛快。傍晚时分他们又走进一家日本人开的居酒屋，一直喝酒到后半夜，在酒精的刺激下，炙热的欲望像烈焰燃烧着，林萍半推半就从了陈竹君。当激情过后，稍微清醒的林萍一把推开陈竹君跑出居酒屋，坐上一辆黄包车飞奔回龙记客栈，此时的陈竹君依然像个醉鬼，嘴里哼着越剧小曲向家走去。

自此之后，林萍与陈竹君频频密会于太原府多家客栈，颠鸾倒凤的滋味令林萍痴迷神往，而屡屡失意的陈竹君也终于活得像个男人了，对林萍这份不切实际的痴迷狂恋，让他常常幻想自己才是她真正的丈夫，继而两人由原本的偷偷摸摸变得不再小心翼翼起来。

迷醉在欲望潮水中的林萍误以为眼下便是自己最想要的生活，然而每当夜深人静时，心底又不断泛出对丈夫无边无际的愧疚之感。与此同时，她的内心也无比矛盾，时而是出轨后深深的自责，时而又忍不住焦渴的欲望，两种截然不同的心绪让她每天都活在提心吊胆之中。林萍想找个人倾诉，可惜自己的娘家虽在太原城，然而林老爷续弦后生的两个儿子，从来不待见她这个同父异母的姐姐。以前每次随丈夫来到太原，她还会想着回林府看望父亲与两位弟弟，但屡次遭遇的冷落让林萍再也不想回到那个从小长大的林家。虽然如今父亲老了，身子骨也不如以前硬朗，但她即使再想念父亲，也不愿轻易登门探望，除了不想自取其辱之外，也怕给父亲惹来一肚子闲气。现在自己背叛了龙家，背叛了一往情深的丈夫，不敢想象这样的事情如果传到年迈体衰的父亲耳朵里，他该有多么地伤心痛苦。

就这样，林萍一直和陈竹君私密地往来着，但偷情带来的短暂欢愉却无法替代她内心长时间的惴惴不安。事到如今，她知道自己已经无法回头，可她也不想破罐子破摔，于是脑海里开始出现诸多幻想，她想着有朝一日丈夫知晓了这件事，或许会看在往日的夫妻情分上原谅自己的背叛；或许因为自己不能生育，无儿无女，龙家会放自己一马。每天无数的幻觉和烦恼混合一起在林萍的脑海里翻滚，然而越想越没有主张，越想越感到无助，在这些思绪无穷无尽地折磨下，林萍选择将自己未来的命运和满腔的爱恋全部寄托在陈竹君身上。

毫无防范之心的林萍把当初讲给任欣荣的那些陈年往事以及她在龙家所看到的一切，每次见面时像拉家常一样说给陈竹君听。但陈竹君却将自己曾经追求肖若妍、出入烟花粉巷、在北平城的落魄不堪，以及如何向日本人卖主求荣等等羞于启齿的往事全部闭口不提。而林萍在毫无保留的倾诉中，最不该将丈夫曾经给她说起过"疑心弟弟赵渊、小妹龙如玉参加了共产党"这样敏感的话也说与陈竹君。林萍无论如何也想不到，就是她这句口无遮拦说出的话，差点给龙家招惹来一场血光之灾。

第三十章

按照冯其中最初的想法，他仅仅希望锦绣班能够先在兰州城站稳脚跟。经过这么多年纷乱不堪的是是非非后，他的内心充满了难以名状的疲惫感，毕竟再次将锦绣班的大旗拉起来不容易，所以冯其中不想带着大家一直在露天剧场演出。

正当他费心思量出路时，庄严寺明镜方丈带着一人来见他，说："这位孔施主是庄严寺多年的香客，也是兰州城东坡剧场的主人，这些天来寺庙看了你们锦绣班的演出后，孔施主甚是喜欢，特意让老衲领他前来认识一下从长安来的新朋友。"

站在方丈身边的孔老板连忙含笑说："鄙人孔思泰，是专程来请长安秦腔锦绣班去我的东坡剧场驻场演出，唯恐冒昧打扰，这才特意让明镜师父从中牵个线，不知冯老板意下如何？"

冯其中听后内心自然万分欣喜，真是"踏破铁鞋无觅处，得来全不费工夫"，看来这是上天在给锦绣班赏饭吃。

当锦绣班搬到孔思泰老板的东坡剧场时，冯其中才发现这个剧场实在太小太破旧，舞台上出将入相的门像两个老鼠洞，两根撑顶木柱在昏暗的灯光里裂开三指宽的缝隙，在圆柱孱弱的支撑下，屋顶似乎随时都会垮塌下来，而舞台下长短不一、缺胳膊少腿的条凳散落四周，像刚刚遭人打劫过。望着眼前恓惶的样子，冯其中终于明白为何孔老板要明镜师父引荐，因为这样的剧场条件实在连演戏的基本标准都达不到。

就在冯其中为难之际，站在一旁看出他心思的肖若妍说："这里是破旧了一些，可毕竟也算是个唱戏的场子，我们可以帮着孔老板修缮一下，只要剧场安全没问题，凳子椅子这些物件，等咱们赚了钱慢慢添置也不迟。"肖若妍随即便将自己身上的金银首饰悉数拿下来，包在一方手绢里递给冯其中，说："这些首饰现在对我来说也没啥大用场，你暂且拿去使用，如果不够，我可以向段公子去借。"

听完肖若妍的话，冯其中心中百感交集，他急忙将身体转到一边去，肖若妍清楚地看到冯其中的身体在微微颤抖着。

冯其中最终决定留下来，并且他还愿意出钱帮助修缮剧场，这令孔思泰极为感动。这家东坡剧场之所以如此破败，是因为曾经发生过一段离奇故事。孔家原本是兰州城的书香门第，孔老爷膝下育有孔思泰和孔幼兰两个儿子，本指望他们日后能以读书立命，不料小儿子孔幼兰自小迷上了秦腔。一介戏痴孔幼兰不爱读书写字，却整日喜欢和兰州城秦腔丰德班的戏子们相处一起，天赋异禀又聪明善思的他练就了一身精妙绝伦的秦腔技艺，并在兰州城唱成响当当的名角。孔老爷子尽管心存烦忧，但看到幼子已经取得的戏曲成就，便也不再多说什么。然而一波未平一波又起，清秀俊朗的孔幼兰竟然不可救药地喜欢上了自己的师哥马杰，丰德班班主马乃德不得不"挥泪斩马谡"，将痴情异变的孔幼兰赶出了班社。这个在兰州城轰动一时的"断袖"丑闻，让年老体衰、极要面子的孔老爷子一病不起，老人临终前将自家祖传宅院一分为二分给两个儿子，并含泪叮嘱孔思泰要善待自己的亲弟弟。

孔老爷子撒手西去后不久，叛逆痴迷的孔幼兰再次做出惊人之举，他执意要将分给自己的那部分宅院改建成剧场。孔思泰拼死相劝，言称天下哪有将自家院落改成公共剧场的道理？但孔幼兰一丝劝告也听不进去，最终耗尽所蓄钱财，硬是将居家宅院改建成低矮狭小的剧场，并给剧场起名为"东坡"。在这之后，执拗而孤独的孔幼兰将大门紧锁，每日里男扮女装，身穿一袭华丽无比的戏服，日夜守在剧场里再不外出，兄长孔思泰每日里三番五次拍门呼喊，也不见孔幼兰应上一声，面对弟弟我行我素的怪异行径，万般无奈的孔思泰只好让家人做好饭食每天从门缝里塞进去，街坊邻里窃窃私语说孔幼兰可能已经疯掉了。

在没有司乐、没有伴唱的东坡剧场里，孔幼兰不分昼夜站在舞台上清唱着所有会唱的剧目，半疯半痴的孔幼兰在孤独中等待着师哥马杰回心转意。马杰听闻人们对师弟的各种流言蜚语后，多次向班主马乃德恳求，说自己想去探望师弟，但马班主执意不许。丰德班已经失去了孔幼兰，如若再失去马杰这个台柱子，恐怕班社所有人员吃饭都会成为问题。为了丰德班能在兰州城继续生存下去，也为

了给九泉之下丰德班历代班主一个交代，在马乃德的一手操办下，弟子马杰很快和兰州城一个姑娘结了婚。

那一夜，师哥马杰结婚的消息传来后，孔幼兰反倒显得异常平静，他将多年置办的砌末行头全部搬到舞台上，然后静静地躺在舞台中央。当浓烟裹挟着火光从房顶冲天而出时，人们才意识到孔幼兰要自焚，惊慌失措的孔思泰召集众人破门而入，这才救下弟弟一命。

本想着犯了癔症的弟弟终有一天会清醒过来，谁知又是一个风清月高之夜，孔幼兰最终还是选择了上吊自杀。惊恐的人们将他从东坡剧场的横梁上放下来的时候，身穿一袭白袍的孔幼兰手里紧捏着一条白绫，上面写着一首唐婉的词《钗头凤》：

世情薄，人情恶，雨送黄昏花易落。

晓风干，泪痕残，欲笺心事，独语斜阑。

难，难，难！

人成各，今非昨，病魂常似秋千索。

角声寒，夜阑珊，怕人寻问，咽泪装欢。

瞒，瞒，瞒！

伤心欲绝的孔思泰手捧白绫哭倒在孔家列祖列宗的牌位前久久站不起来。丰德班班主马乃德听到孔幼兰的死讯后，嘴里连连说："罢罢罢，走吧，走了倒安生了。"送葬的路上，丰德班一众师兄弟无不潸然泪下，偏偏只有师哥马杰一脸漠然。

弟弟孔幼兰离世后，是该将东坡剧场保留，还是恢复成原先宅院的样子，孔思泰迟迟拿不定主意。随着时间的流逝，闲置已久的东坡剧场日渐破败，孔思泰始终觉得这是自己无法逃避的心结，于是他去庄严寺向明镜方丈求教。明镜方丈劝他说："初祖达摩有言'不谋期前，不虑其后，不念当今'，人才会行也安然、坐也安然，凡事只要自然处之，便没有俗世那么多的忧烦。"听了明镜方丈的点化之语，孔思泰从庄严寺回来的路上，便下定决心要留下东坡剧场，也算是留下对弟弟的一份念想。再到后来，孔思泰去庄严寺看过长安锦绣班的秦腔戏后，心中忽然生出请锦绣班来东坡剧场驻演的念头，但又有所顾虑，毕竟东坡剧场是弟弟殒命的地方，他担心冯其中心里厌嫌，所以这才烦请明镜方丈从中牵线。

从来不信鬼神的冯其中知道了这段让孔思泰难以启齿的往事后，反倒坚定了他留下来的决心。他从孔幼兰的故事里似乎感受到某种心灵的召唤，那便是他不仅应该留下来，还要把东坡剧场唱得红火起来，这样既能让锦绣班在兰州城立稳站牢，也算对得起孔幼兰短暂人生里悲情的戏曲情怀。

兰州城和长安城同处西北地区，无论是生活习惯还是文化传统都有着很多相似的地方，人们对秦腔的喜爱也甚为一致。冯其中和孔思泰将东坡剧场很快收拾停当，冯其中凭借一出尽显秦腔功力的拿手好戏《赵氏孤儿》，让东坡剧场和锦绣班在兰州城一炮而红。曾经长时间孤寂冷清的东坡剧场终于迎来了人山人海的戏迷，孔思泰内心悲喜交加，他独自来到弟弟孔幼兰的坟前低声诉说了东坡剧场发生的改变，弟弟若地下有知现在足可瞑目了。

锦绣班在东坡剧场的演出步入正轨后，笃信佛缘的孔思泰要跟随明镜方丈前往甘肃天水的麦积山做法事。临行前他腾出自家老宅后厢房请锦绣班众人住了进去，并将老宅的钥匙全部交到冯其中手里，言辞恳切地说，没有长安锦绣班的到来，就没有东坡剧场的今天。孔思泰的信任让冯其中颇为感动。

冯其中带领锦绣班总算在兰州城落地扎根了。现在到东坡剧场看戏的人一天比一天多，锦绣班的兄弟们也都渐渐安心下来，尤其是肖若妍的内心感受到很久未有的安宁。多年以来还从未有过这样长时间和冯其中相处一起的机会，虽然肖若妍知道今生今世两人情缘已尽，但每每看到冯其中的身影，她的心里依然会生出难以名状的苦涩滋味。她能感受到冯其中一直在刻意保持着两人之间的距离，就连她舍出金银首饰帮助修缮东坡剧场这样的举动，冯其中除了表示感谢之外，再无其他情愫流出。

在这个动荡不安的战乱岁月里，无论你身处何方，安宁的日子总是那么美好而短暂。有天晚上东坡剧场里《赵氏孤儿》的演出正在进行中，忽然冲进来十几个匪气十足、腰挎刀枪的彪形大汉左右站成两排人墙，这时从大门外缓缓走进来一位羽扇纶巾、面带微笑的英俊少年，从人墙形成的通道中飘然走到舞台前。还

没等冯其中缓过神来，便听见观众里有人喊了一声"是马上飘来了，快走"。

只见这位白衣少年手握羽扇绕着冯其中上下打量了一番，这才轻声慢语地说："冯老板果然是一副好身板，也只有您这样的秦腔好把式，才敢在这出戏里分饰陈婴和赵武两角儿。在下想请教冯老板，您说在这个被人称作'悲剧之首'的复仇故事里，究竟是'道'多一些，还是'义'多一些呢？"

冯其中看着这位谈吐不俗的少年说："不知这位小爷来意为何，恐怕不单单是为了和我谈戏吧？"

少年轻轻一笑，依然不紧不慢地说："我是谁？来意为何？这些都不重要，重要的是我们都是梨园中人，既然是同行，见面说戏就是再自然不过的事情了，冯老板您说是不是？"

少年话锋中暗藏不容拒绝的锐利像把利剑掠过冯其中的心头，他预感到眼前这位小爷恐怕大有来头。冯其中望着排列整齐的彪形大汉反问道："既然这位小爷是来与冯某说戏，为何又要如此兴师动众，搅了我的演出呢？"

听到冯其中这句反问，白衣少年瞬间拉下脸来，再次围着冯其中转了一圈，然后阴阳不定地说："既然冯老板不愿与我谈戏，那你和你的锦绣班就不能待在兰州城，给你三日时间，许你返回长安去。"话音刚落，少年羽扇一挥，两排人墙跟随其后扬长而去。

就在白衣少年一进一出之间，东坡剧场里看戏的人早已一哄而散。冯其中、肖若妍和锦绣班众人对这些人的来意一头雾水，不过冯其中预感白衣少年大有来头很快就有了答案。就在大家收拾剧场即将结束时，突然又来了一位意气风发的青年人。此人进来先不说话，只是仔细打量着剧场上下左右，冯其中见状也懒得理会，只顾着和大家收拾桌凳。这时青年人很客气地走上前来说："我是兰州城丰德班的马杰，也是孔幼兰的师哥。"冯其中诧异地看着他，急忙请他到里屋说话。不久前才从孔思泰口里听说了马杰与孔幼兰的往事，没想到马杰会登门造访。两人落座后，马杰称赞道："其实你们锦绣班第一天在东坡剧场演出时，丰德班兄弟中便有人来欣赏你们的戏，冯老板不愧是长安城的名角，仅仅两三场戏，就把锦绣班的威名给唱出去了，同为梨园行人，我马杰自愧不如啊。"

听着马杰的溢美之词，冯其中微微笑道："锦绣班初来乍到，还望兰州城的同行们能多多关照啊。"

马杰对冯其中带领的锦绣班自然是心怀好感的，仅凭冯其中毫不忌讳东坡剧场是孔幼兰的殒没之地，而带班在此驻场演出，就已经让丰德班同行深感敬佩。"不瞒你说，我是听到马上飘刚才到你这里来了，生怕你一个外乡人不知道兰州城梨园行里的潜规矩，吃了马上飘的亏，这才急忙赶过来。"

冯其中听得此话，心里的戒备这才松懈下来。

冯其中当然很想知道那位白衣少年的底细，但马杰的讲述比他预想的更为复杂。

"马上飘此人，真名叫马步青，长得一副北人南相，实际年龄三十有余。冯老板你一定知道如今大西北几乎都是'西北三马'的天下，这三家地方军阀不仅占取了西北的人力物力，甚至连戏曲行当也被他们独霸着。这个马步青从小也是个戏痴，此人不仅会唱秦腔，还练就一身轻功，因此江湖人送外号'马上飘'。他凭着自己与甘肃'马家'是亲戚的这点背景，早把兰州城的梨园行看作是自己家的戏园子，无论全国各地哪里来的戏班子，没有马步青点头，谁也别想在这兰州城待下去。"

冯其中满脸疑惑地看着马杰，问他丰德班怎么就能待在兰州城？

马杰一脸苦涩地说："早年兰州城有着数十家秦腔班社，自从马上飘来了以后，迫使这些班社纷纷关门解散，那么多秦腔演员敢怒不敢言，无奈之下，他们中但凡有点本事而且还想继续吃秦腔这碗饭的，大都投靠了马步青办起的'马家剧社'。有些实在不愿与其同流合污的就到了丰德班，马上飘之所以能够让丰德班存在，他自己对外的说法是丰德班里大部分艺人都姓马，算是他们马家的旁亲，真实原因却是丰德班每季要从收入里提出六成供奉给马上飘，我们丰德班不过就是他的赚钱机器而已。"马杰说完连连叹息不止。

冯其中深切理解手无寸铁的梨园人无论如何也碰撞不过地方恶势力，他现在终于明白了马上飘忽然而至的意图是什么。摆在他面前的只有两条路：一条就是投靠马上飘的马家剧社，或者加入丰德班成为马上飘攫取钱财的机器；另外一条路就是离开兰州城远走他乡。冯其中想到此处，感到自己的呼吸都困难起来。马杰好心好意地劝他，如果想留下来就到他们的丰德班来，他随时恭候锦绣班的加入，这样才能避免马上飘的无端骚扰。马杰对同行的惺惺相惜之情令冯其中动容，

但他并没有立即答复马杰，只说容自己再细细想想。

自从马上飘出现的那一夜之后，东坡剧场就关门了。冯其中闷在孔家宅院里三天三夜没有出门，戏班里没人敢去打扰他，只有肖若妍怯怯地靠近他说："俗话说'强龙不压地头蛇'，要不咱们就答应了丰德班？"听着肖若妍以探询的口吻提出的建议，冯其中若有所思地看着肖若妍。眼前这个女子曾经是那么的不可一世，又是多么的荒诞自负，抛开他与她之间错综复杂又误解重重的关系不说，这些年来她的变化不可谓不大，面对眼前困局，肖若妍居然能够委曲求全、忍气吞声地反劝他，让冯其中感慨不已。

生活中每个人的人生际遇多有不同，但生命的最终结果却是殊途同归。不论你是志存高远、不食人间烟火的高傲天仙，或是一无是处、低微到尘埃里的泥虫丸蝇，只要你违逆或辜负了人间正途，都会像明日黄花般落得一地衰败。

想到此处，情绪低落的冯其中并没有随着肖若妍的话说下去，只是意味深长地劝她说："我俩都曾想做出些大事来，谁知最终却流落他乡，或许这就是我们的命运。有时候仔细想想，无论怎样你都要比我好出许多，毕竟还有疼爱你牵挂你的父母，而像我这样无父无母的人，心中纵有万千想法，也只能是镜花水月般的痴心妄想罢了。所以我劝你一句，回到长安后，还是回家吧。"

肖若妍看着低头哀叹的冯其中，一种难以理解的陌生感从心底生出，曾经的冯其中绝不是个轻易服输的人，然而在残酷的现实面前，也变得如此消沉。看着冯其中那张充满迷茫神情的脸庞，肖若妍轻轻地问道："难道……你决定要回长安了吗？"

冯其中没有立即回答她，只是站起身来轻轻掸掉裤子上的尘土，转身走进了里屋，随手将门重重地合上。

肖若妍抬头望着天空中飞过的一只孤雁，两行清泪已挂在脸庞。她心里非常清楚地意识到，她与冯其中有着那么多的相同之处，又有着那么多的不同，这层说远不远、说近不近的关系如今已是破碎不堪，尽管有时她幻想着能像个匠人般将破镜重圆，可惜所有的一切都已是昨日尘烟。她与冯其中的距离已经越走越远，彼此的心与心之间再也没有丝毫牵引。面对心中这份渴望找到答案却又难以解释清楚的复杂情结，挣扎中的肖若妍认为，所有这一切也许都是命中注定的。

　　等到孔思泰从麦积山回来后，冯其中这才撂下三个字"回长安"。惊诧不已的孔思泰极力挽留，但冯其中铁了心要走。失落至极的孔思泰来到弟弟孔幼兰的牌位前，嘴里喃喃自语道："我这做哥哥的已经是尽了全力了，连冯老板这么有能耐的人，在兰州城都待不下去，看来弟弟你选择身赴黄泉路，或许是对的。"

第三十一章

暗杀曹云亭后，顾宽敏和李震又将所有精力和目光对准了肖玉仁。

自从秦川机械厂和秦华化工医药厂被顾宽敏以手中权势抢占之后，肖家产业的营收便直线下滑，而临潼伤兵疗养院每日大量的开支，让肖玉仁的财务状况更是雪上加霜。曹云亭的"失踪"，让肖玉仁失掉了最为有力的一条臂膀，尽管有新来的胡善文继续支持他，但此刻的肖玉仁只能依靠火柴厂、面粉厂和印染厂作为最后的支撑。在这兵荒马乱的岁月里，肖玉仁是决然不会拿这些民生产业来赚钱的，有着一颗济世善心的他常常会送出大量面粉、布匹、火柴等生活物资，分批散发给长安街头的难民。时间久了，即便肖玉仁再是家大业大，也顶不住长期的入不敷出。

为了维系临潼伤兵疗养院的开支，肖玉仁私下已将自己珍藏多年的珍贵字画拿到黑市变卖，就连工厂生产必备的汽车全都抵押了出去。王福将这些事情悄悄说给赵兴怀后，赵社长召集来杨元厚、胡淑曼、寒梅以及长乐坊大剧院老板赵本斋，大家决定一起凑钱帮助肖玉仁。这个消息很快又被沈金书知道了，为此沈会长怪罪赵兴怀把京剧社当外人，赵兴怀解释说长安城里看秦腔的人毕竟比看京剧的人多，演出收入自然也能多一些。沈金书虽然明白忠厚老实的赵兴怀心中好意，但他还是埋怨赵兴怀，说陈凤良老社长在世时，就不会把秦腔社和京剧社分别对待。赵兴怀亦明白沈金书的话里没有任何恶意，这件事情过后，赵兴怀心里再也不把秦腔社和京剧社当作两家人看待。

令沈金书和赵兴怀意想不到的是，肖玉仁拒绝了他们的好意，并专门派王福前来表达谢意，王福自然不能言明两社所筹集的资金量，对于肖家目前的开支来说只能算作杯水车薪的残酷事实。对于肖玉仁遇到的困难，柴伯文和胡善文也是看在眼里急在心上，但残酷的现实是，这一时期延安的财力一直都是捉襟见肘，往往还要依靠像肖玉仁这样千千万万拥护革命的爱国商人支持，更遑论清贫守廉的"八办"了。

柴伯文和胡善文没有财力支持肖玉仁，也不愿看到肖玉仁的产业一天天陷入困顿，于是他俩见到肖玉仁，劝他将临潼伤兵疗养院转交给顾宽敏，让西京行营继续办下去。肖玉仁清楚，如果自己这样做正好满足了顾宽敏贪婪的胃口，可是如果不移交，难道要眼睁睁看着疗养院关闭？果真到了那时，对伤残流血、随时都可能牺牲的抗战士兵生命的拯救就得停止下来，如果这一切真的发生了，将是任何人都不愿看到的局面。

万般无奈的肖玉仁，最终决定将临潼伤兵疗养院移交给西京行营。顾宽敏的心里自然是乐开了花，他为自己步步为营、围追堵截肖玉仁产业而形成的结局颇为得意，李震亦从心底里感觉到自己的智谋远远不及这位老同学。在当天的交接仪式上，顾宽敏大谈特谈西京行营支持抗日是分内之事，并再三表明自己愿意联合共产党和一切社会有生力量为抗战奋斗到底的决心。第二天，长安城的各大媒体纷纷报道西京行营和顾宽敏坚定抗日的爱国情怀，顾宽敏终于把之前"农夫"那些揭批文章令他丧失掉的自尊和面子找了回来。

看到肖玉仁给他送来这么一份大礼，顾宽敏陷害肖玉仁的心劲渐渐松弛下来，他不断地暗示李震对肖玉仁的相关动作可以暂时停止了。李震自然心知肚明，自己的第三科终归隶属于西京行营，顾宽敏的意思他不得不经常去揣摩着执行，但李震始终难以咽下这口气，他时刻在寻找着机会，想再给肖玉仁一记痛击，以报这些年肖玉仁戏耍自己而结下的这份仇恨。李震清楚自己若想砸出这一拳头，首先不能拂了顾宽敏的脸面，再者想要实现自己的想法必须在恰当的时刻用恰当的手法完成，还不能被人发现可疑的痕迹，以便自己和下面的兄弟们能全身而退。

日机的轰炸越来越猛烈，西京城菊花园附近再次响起密集的爆炸声，又有上百人在炸塌的防空洞中不幸罹难。很多百姓实在不堪日机的狂轰滥炸，干脆在距城五里外的徐家庄搭起窝棚住下，白天去城里工作谋生，晚上出城躲在窝棚里起码能睡个安稳觉。渐渐地到徐家庄搭建窝棚的人愈来愈多，很快形成一个聚集区。寒梅看着晚上去徐家庄躲避轰炸的人越来越多，便给赵兴怀建议在徐家庄搭建一个临时舞台，可以为住在那里的老百姓演出抗日剧目，赵兴怀觉得这是个好主意，就从秦腔社里选拔出些精干的年轻演员，自己亲自带队过去。长安秦腔总社将抗

日秦腔剧送到百姓窝棚边的义举，赢得大家一致的喝彩声。机动灵活的演出时间和随时可以移动的临时舞台，总能在大家都认为安全的时候出现，有时候只要听到城里响起警报声，演出就马上终止，所有窝棚的灯光也即刻熄灭，整个徐家庄瞬间陷入一片漆黑。人们躺在黑暗的窝棚里听到日机从头顶飞过的轰鸣声，紧接着城墙内定会响起一连串的爆炸声，等到飞机远去后大家纷纷走出窝棚，抬头远望着城里升腾起的滚滚浓烟，有人唉声叹气，有人跺脚骂娘。

赵兴怀在演出间隙，只身来到搬迁至徐家庄附近的华丰面粉厂。每天在厂子里忙碌的王福看到赵兴怀到来非常高兴，便带着他在面粉厂四处参观，但见近百台磨面机在临时建起的简陋厂房里紧张运转着，工人们接连不断地将麻袋里的小麦或玉米倒进机器，隆隆的机器声中，一袋袋洁白或淡黄色的面粉被装袋打包后运走。赵兴怀望着堆积成山的面粉，内心顿时觉得肖玉仁和王福他们，才是长安城老百姓真正的衣食父母。

王福和赵兴怀坐在面粉厂的办公室里喝着茶，两人一起回想起在北平城里惊心动魄的一幕幕往事，双双感慨造化弄人。"眼下肖家的产业只剩下这面粉厂和印染厂效益还能维持运转。由于战时物资管控越来越严，火柴厂需要的化工原料极为短缺，即使出高价，市场上也难以买到，所以肖家在秦岭山里的火柴厂基本处于半停产状态。老爷派我来亲自料理面粉厂，可见他心里真是犯急了。"王福边说边摇头叹息。赵兴怀还是第一次见到王福这般苦恼，他也无限伤感地说："想当初，面粉厂从城内搬到这里的时候，还是曹云亭和我带着弟子们过来帮忙，可惜到今天都不知道曹云亭究竟去了哪里。"两人就这样你一句我一句地闲聊着，不觉中时间已过午夜，王福挽留赵兴怀晚上演出结束后，可以常来面粉厂宿舍过夜，赵兴怀也没觉得有何不妥，便答应下来。

这段时间里，赵兴怀常常是白天在长乐坊剧院忙碌，晚上又到徐家庄安排夜里演出，寒梅觉得赵社长毕竟年龄大了，劝他别总两头跑这样太辛苦。赵兴怀苦涩地说："这不算啥，如果陈老社长在世，他肯定也会这么做。"寒梅劝不住赵兴怀，但听说赵社长晚上会到肖家面粉厂宿舍歇息，这才对他的人身安全放心了些。为了减轻赵兴怀白天黑夜两头忙碌的辛苦，寒梅又找到杨小云，让她出面劝说父亲杨元厚，白天里在长乐坊剧院能多为赵社长操心分劳一些，杨元厚听懂女儿的意思后，毫不迟疑地搬到剧场里住了下来。

地处西北的长安城气候多变，几场大风过后，时令已到初秋。这天的秋风从早晨刮起，一直到傍晚也没有停下来，气温渐渐转凉了，有些人已拆了窝棚回到城内，当晚准备的一场折子戏还没演完，阴冷的西北风越刮越大，大风过处扬起层层尘土，行人纷纷低头护着眼睛四处遁去，这时台下看戏的人也全都散了，赵兴怀只好招呼大家收拾行装，准备第二天天亮后就搬回长乐坊剧院去。

拆装收拾完简易舞台上所有的器物后，徒弟们三三两两去徐家庄歇息了，赵兴怀这才迎着大风往华丰面粉厂走去。还没等他走出多远，冷风夹杂着粒粒黄沙掠过街巷席卷而去，浓烈刺鼻的土腥味直呛得赵兴怀咳嗽不止，尘土遮蔽了他的双眼，赵兴怀脱下外套盖在头顶，一路小跑到了面粉厂。他使劲敲开大门，夜间值守的老李头给他说："王经理中午给您留了话，他去西城货运站收货，晚上就不回来住了，让我把他办公室的钥匙给您，若您有什么需要的东西直接去他办公室里找。"赵兴怀从老李头手里接过冰凉的钥匙，再次用外套蒙住口鼻顶着迎面吹来的冷风朝宿舍方向跑去。

王福给赵兴怀安排的住所紧挨着面粉厂工人们的宿舍，也许是刮大风天黑得早，又或是阴沉天里不用再担心日机轰炸的缘故，忙碌了一整天的工人们齐刷刷早都睡觉了，虽然隔着一堵墙，赵兴怀仍能清晰地听到隔壁传来一阵阵的鼾声。这些天城里城外不间断地奔波让他也觉得累了，想到城外的演出可以暂告一段落时，赵兴怀感到身心终于松弛了一点。他刚要和衣躺下休息，忽然又感到一阵口渴，他摇了摇放在桌子上的暖水瓶，里面没有了热水，于是又穿上外套，冒着大风跑到王福办公室来找水喝。当他刚打开瓶塞倒水时，面粉厂车间高处悬吊的照明灯全都熄灭了，紧接着又听到窗外一阵乱糟糟的脚步声，好像有群人正从门前往后院跑去，赵兴怀瞬间警觉起来。一时间找不着手电筒，他便用手摸索着墙壁快速走到门口，扭头冲着后院大喊一声："谁呀？"就在他喊声刚落之际，突然空中又传来日机飞临的轰鸣声，赵兴怀心底里狠狠地骂了句"狗日的小日本，大风天也不让人消停"，转身在一片漆黑中往后院走去。

刚走过办公区的拐角，忽然冲上来两个壮汉将他堵嘴绑手后死死按到地上。黑暗中只听得一个声音说："把他捆在宿舍窗户上，把嘴堵严实了。"赵兴怀被两个浑身蛮力的壮汉从地上拖起来，他拼命地挣扎着，突然迎面被人猛击一拳，

他只觉得眼前金星直冒，一股温热的鲜血从鼻腔里流下来。双手被缚的赵兴怀心里猜想，这些人恐怕是冲着面粉厂和王福来的，正思量着，他已被牢牢地捆绑到窗边。一个帽檐压低的黑衣人走到他跟前恶狠狠地说："这就是你和你的老板最终的下场。"赵兴怀知道他们错把自己当作王福了。这时又有一人从黑暗中跑来给戴帽人说："炸药已经全部放好了。"戴帽黑衣人压低嗓子说了一声"撤"，四个人立即消失在黑夜中。

赵兴怀听到"炸药"二字后，心中急火猛蹿，他拼尽全身力量将嘴蹭向砖墙，硬生生将堵嘴布顶了出去，顾不上嘴唇流血，便向工人宿舍连声大喊："快跑，有炸弹。"赵兴怀声嘶力竭的狂叫声惊醒了宿舍工人，大家顾不上穿好衣服全都跑到院子里。这时夜间值守的老李头也跑了过来冲着他大喊："赵社长，您这是怎么啦？"赵兴怀顾不上解释，只是上气不接下气地朝着大家狂喊："快跑，厂里有炸弹。"数十名工人惊恐中纷纷迎着大风朝工厂大门口跑去。赵兴怀的喊叫声还没落下，只听得城内方向爆炸声已成一片，老李头哆嗦着双手给赵兴怀松绑，赵兴怀喘着粗气只说了一句："有人要害王福，让他小心。"话音未落，只见一道白光从眼前升起，赵兴怀本能地将自己的身体压向老李头。

华丰面粉厂剧烈的爆炸声伴随着日机的炸弹声响起时，整日吹起的狂风卷积而至的乌云已经密布长安城上空。这时候，一道闪电刺穿乌云，紧接着一声声炸雷从天际响起，顷刻间如瀑布般垂落的倾盆大雨从天而降，身处滚滚浓烟中的长安城风雨交加、大雨如注。身在西城货运站的王福在夜雨中依稀望见城外徐家庄方向烟尘四起，心里顿时感觉不妙，等他领着接货的伙计们冒雨赶回面粉厂时，黑暗中的厂房几乎全部被夷为平地，赵兴怀和六名没来得及跑出的工人当场被炸身亡，身受重伤的老李头被紧急送往医院抢救。看着眼前惨烈的场景，抱头痛哭的王福双膝跪在泥水里，仰面朝天发出一声声长啸，而后挥舞着拳头疯狂地朝着地面砸出一个个水坑。

肖玉仁是后半夜才知道面粉厂被炸了，他给王福说了一声"救人要紧"便默不作声。肖玉仁心里很清楚，日寇飞机通常是轰炸完西南重镇重庆，在返回途中将剩余的炸弹顺便投向长安城，而且从来都是选择人口稠密店铺众多的城区轰炸，目的就是要在全国各地不断制造人心惶惶的局面。在这样的风雨交加之夜，日机是万万不会冒着大雨专程前来轰炸的，即便是从重庆返回途中扔炸弹，偏巧遇上长安城疾风骤雨，也只能瞬时呼啸而过匆匆扔下炸弹了事，又怎会摸黑冒雨将炸弹准确无误地扔进漆黑一片的面粉厂内呢？他怀疑面粉厂爆炸定然是人为制造的，那么这个如此狠毒的人究竟是谁呢？肖玉仁心里想到的第一个人便是李震。

赵兴怀死了，他死在肖家的面粉厂里，长安秦腔总社再次失去了一位好社长，众弟子伤心欲绝。王福陪伴着肖玉仁站在赵兴怀的灵堂前泪眼婆娑，他内心极为愧疚没有保护好这位相识多年的老朋友，沈金书、寒梅等人纷纷上前劝他不要太自责了。秋雾弥漫中，赵兴怀下葬于观山坡陈凤良老社长的墓地旁。

王福是后来从伤愈的老李头口里知道爆炸当晚的真实情形的，尤其是听到赵兴怀留给他的最后一句话时，王福便知道赵社长是替他而死的。

又是个绵绵秋雨天，王福独自来到观山坡默默地站在赵兴怀墓前。秋雨拍打在他的脸上，浑身的衣裳已被雨水淋透，天空中深灰色的乌云湿沉沉地压着大地，远处山坡上的老树在雨雾中阴郁而寂静，一声声乌鸦的哀鸣在观山坡深谷中回荡着。

第三十二章

　　西京行营第三科行动队长邓贵发为自己能瞅准一个既逢日机轰炸又遇倾盆大雨的绝佳时机炸毁面粉厂，自鸣得意地在李震跟前自吹了一番。李震看着这个对自己忠心耿耿的老属下，当然不会说他碰上下雨天只是走了狗屎运这样败兴的话，而是对邓贵发能如此彻底地炸毁面粉厂连连夸赞干得漂亮。多年来因为肖玉仁而在他胸中郁结的块垒终于消解许多。

　　李震向顾宽敏汇报说肖玉仁的华丰面粉厂是日机夜袭中误炸的，顾宽敏一脸不可捉摸的表情中，看不出半点赞同李震言辞的意思。用"误炸"这个不是理由的理由来给上司汇报，连李震自己都不相信，所以他早已在心中做好了挨批的准备。顾宽敏心里已经猜到李震会以类似这样的理由来敷衍自己，他微微伸手示意李震坐下，然后手拿一叠文件坐在沙发另一头，用一双深不可测的眼睛死盯着沙发那头的李震，嘴里不说一句话。

　　李震故作坦然的火候毕竟还没有修炼到能隐瞒过顾宽敏的境界，他看着顾主任的样子，顿时慌了神："顾主任，如果这件事情用'误炸'说不过去的话，您就让肖玉仁来找我们第三科，我自会给他解释说明。西京行营每天有那么多公务需要处理，您哪有闲工夫和他们费口舌。"

　　"你放屁。"李震本想拍拍马屁蒙混过关，没料到被顾宽敏一句粗骂打住，"整整七条人命放在眼前，你让我这时候置身事外。你来教教我，我该如何置身事外？"顾宽敏恼怒地将手中拿的文件甩到李震面前。李震拿起来粗看一眼，全是国府高层相关部门对此事的来电询问函，李震这才意识到把祸事惹大了。

　　震怒中的顾宽敏继续厉声呵斥道："肖玉仁是什么人，他毕竟是长安工商界的头面人物，把他彻底整垮了，让其他商人怎么看我们西京行营，谁还有胆量和西京行营合作呢？我们若想要长安城太平稳定，没有这些富商巨贾们的支持，你有本事将全城数百万人口的吃饭穿衣问题解决了吗？"顾宽敏劈头盖脸的一连串发问，让坐在沙发上的李震脑袋发蒙，看来顾宽敏对他炸毁面粉厂这件事情可不是普通地发火。"我早就给你暗示过，对肖玉仁要适可而止，你是真不明白我的意思，还是给我装糊涂？人家将临潼伤兵疗养院那么大的产业移交给西京行营，咱们的脸上刚刚好看了一回，你可倒好，翻过来自己给自己添乱。你派人炸个面粉厂算什么本事，那面粉厂可是长安城数百万百姓的粮仓啊！老百姓明天没饭吃，就会上街去游行，就会跳脚骂你我的祖宗！这件事说你愚蠢至极都不为过，我看你这完全就是挟私报复。"顾宽敏骂完起身坐到旁边的沙发上。

惴惴不安的李震走到顾宽敏跟前低眉顺眼地说："属下知错了，这件事情做的是有点欠考虑了。"

顾宽敏一脸不屑地抬眼看着他说："你我是老同乡、老同学，你不能一味地为泄私愤，把我放到火上去烤吧？"

李震听出顾宽敏语气转软，急忙从茶几上端起热茶递到顾宽敏手里，嘴里连连说："错了就是错了，属下认罪认罚，还望主任多费心，能给李某指点一个解脱的万全之策啊。"

其实，对华丰面粉厂爆炸案，顾宽敏早就想好了一个给社会公众解释的理由，李震一意孤行已经造成无法挽回的恶果，该擦的屁股还是得擦。此时他恰好能借用此事，打压李震的锐气，并将这个可以控制李震的把柄牢牢掌握在手里。顾宽敏没有当场给李震端出他的想法，只让第三科暂时蛰伏起来，做出与这件事情毫无关联的姿态。

面粉厂爆炸案发生后，王福代表肖玉仁给顾宽敏递上了请求侦破此案的书面材料，顾宽敏为了不授人口实，立即授意西京警察局局长马得水组织精干人员限期破案，马得水得令后，亲自带领侦查和爆破方面的专家，大摇大摆地来到华丰面粉厂的废墟上开始折腾起来。就在这时，那个神秘的作者"农夫"再次出现，他在《新华日报》上接连发表文章，对华丰面粉厂的爆炸悬疑进行有理有据地剖析，这些文章迅速传遍长安城内外，尤其激起了西京工商界大批爱国商人的不满，他们纷纷集会请愿，并派出商界代表与西京行营不断交涉。

屡屡伤及顾宽敏脸面的这个"农夫"，再次以爆炸案的系列文章刺痛顾宽敏的自尊，他命令李震的第三科想尽一切办法尽快揭开这个神秘"农夫"的真实面

目。这回李震下达给冯宁远的命令不再是"慢慢查"，而是"从速查出"，其中缘由不言自明。

经过西京警察局一番装模作样的侦查，马得水局长按照顾宽敏的授意，递交上一份貌似翔实的结案报告，将华丰面粉厂爆炸案最终定性为"粉尘爆炸"。报告中重点提到华丰面粉厂在长期生产过程中，车间积蓄了大量的细末粉尘，当这些悬浮于空中的粉尘颗粒达到极高浓度时，一旦遇到明火，瞬间就会燃烧起来，继而形成猛烈爆炸，其威力不亚于日机携带的炸弹。顾宽敏对这份报告很是满意，还特别指示由西京行营文宣科科长郭宪正组织了一场新闻发布会，专门向社会各界澄清爆炸案带来的各种怀疑和谣言。

马得水呈交给顾宽敏的这份结案报告还未公之于众，就被张奎参谋密送给李震一份。看着似乎滴水不漏的结案报告，被要求置身事外的李震更加佩服顾宽敏的老谋深算与炉火纯青的表演技能，他让带队炸毁面粉厂的邓贵发告诉底下的兄弟们可以松口气了，并暗地里给了邓贵发一笔巨额奖金，让他分发给参与这次行动的三名队员丁山、徐英和郭荣良。

就在顾宽敏和李震打着他们的如意算盘，以为这件事情就这么过去了时，以《新华日报》为主的一大批媒体对爆炸案公开的结案报告进行了逐条剖析，肖玉仁主办的工商界行业报纸《西京工商时报》也参与进来，爆炸案的很多疑点再次浮出水面。例如四面透风、简陋不堪的厂房里怎么会聚集出高浓度的粉尘？当夜疾风怒号，爆炸又发生在断电之后，哪里来的静电明火？粉尘爆炸的威力可以摧毁整个面粉厂的判定依据是什么？这些主要疑点经过媒体连篇累牍地披露以后，抢购面粉的恐慌气氛像梦魇般弥漫全城，许多人连夜排队购买面粉，长安城的面粉储备很快出现危机，几乎所有粮油店都被抢购一空。与此同时，很多黑心商人开始囤积面粉，并故意抬高价格从中大捞一把，一时间全城百姓人心惶惶谣言四起，眼看着社会秩序就要出现失控的迹象。报纸揭批出"面粉厂爆炸案"背后隐藏的阴谋，再次点燃了社会各界，尤其是爱国学生蓄积已久的满腔怒火，他们纷纷走上街头，打着"揪出面粉厂爆炸案幕后黑手"的横幅，高喊着"反对破坏民生，严惩贪官污吏"的口号向西京行营和市政府施压。一些地痞流氓也乘机四处打砸抢偷，严重的骚乱使整个长安城的社会秩序极为动荡。

李震怎么也没有想到事态会发展到如此地步，学生游行引起的混乱局面如猛火烈焰般炙烤着他的内心，"树欲静而风不止"，一切皆已陷入风雨飘摇中，此刻的李震像热锅里的蚂蚁，他日夜盼望着这场噩梦能够早点结束。这时的顾宽敏对眼前局势反而表现出非常值得玩味的态度，他就是想让李震明白，违背他的意志做事，后果必然会很严重，甚至会恶化到不可收拾的地步。他更要让李震清醒地认识到长安城如果没有他掌舵，很多事情不是别人能够控制的。正因为如此，面对学生游行和各处的打砸抢偷，顾宽敏迟迟不让马得水的警察局出手，也不让西京行营所辖的军警势力介入。退避三舍但此时已火烧眉毛的李震实在按捺不住心中焦虑，不得不放下最后的自尊再次求见顾宽敏，低三下四地向老同学求救。假装镇定的顾宽敏当着他的面给马得水电话指示："全力镇压，该抓就抓。"心惊胆战的李震这才稍稍放松了一些。

　　领导学生大游行的学联主席康健和杨小云等人全被抓了。柴伯文多次出面与顾宽敏交涉请求放人，并再度提出对面粉厂爆炸案进行彻查，但顾宽敏的态度始终暧昧不清、不置可否，只是一味搪塞："查清案情，自会放人。"就在各方坚持己见陷入胶着状态之时，一件节外生枝的事情，彻底改变了整个事件的风向。

　　这件事情的起因还得从李震发给邓贵发的那笔巨额奖金说起。第三科行动队长邓贵发在发放这笔奖金时动了私心，他发给跟随自己多年的铁杆兄弟丁山和徐英的奖金，远远超过入职不久人微言轻的郭荣良，并叮嘱他俩切莫声张一定要瞒着郭荣良。而从警校刚毕业的郭荣良要养活远在秦岭山中的全家老少，每月的开支时不时就让他捉襟见肘，为了能多赚些外快，他瞅准队长眼中的第一红人丁山可劲地巴结。丁山此人好色又酗酒成瘾，他仗着邓贵发的信任，从不把行动队的小兄弟们放在眼里。郭荣良参与炸毁面粉厂任务后得了些奖金，便约丁山喝酒。嘴巴乖巧会说话的郭荣良在席间把丁山恭维得满心欢喜，结果酩酊大醉的丁山连吹带显摆地说道："以后我就是你大哥，有大哥罩着谁也不敢欺负你，兄弟得了这么一点奖金，还有心请大哥喝酒，你这小兄弟可真够意思。改日大哥做东请你去高档的地方喝酒，这次分给大哥的奖金，都够你半年的薪水了。"得意扬扬的丁山仰面大笑着推门而去。本想着巴结别人，无意中却得知这么一个让人无比窝气的真相，郭荣良的身子像被钉在椅子上，望着满桌残羹剩饭许久地发着呆。

　　出了餐馆后郭荣良发现天空又飘起绵绵秋雨，他走在大街上思绪万千。他不

明白同样是去冒风险卖命，为何自己就被人低看一等？何况在炸毁面粉厂的行动中，布置炸药这项最危险的任务是他亲手完成的，邓贵发为何偏偏对他另眼相待，难道他们的命比自己值钱吗？正在他愤愤不平之时，恰巧遇上警校同学孙亮，此人现在是西京警察局保安队长李大河手下的红人，他见郭荣良闷闷不乐，硬拉着他又走进一家餐馆去喝酒，老同学见面分外欢喜，两人之间似有说不完的话。酒过三巡，两人之间更是言无不尽，血气方刚的郭荣良乘着酒劲将队长邓贵发如何坑他的事情一股脑全说了出来，之后又是骂个不停。正所谓"说者无心，听者有意"，孙亮转身就将郭荣良骂出的是非话传给了李大河。李大河永远忘不掉当年在镇压西京学生纪念"一二·九"运动游行中，自己的手下打死了一名学生，邓贵发当街扇给自己的那一记耳光。

　　西京警察局和李震的第三科之间的宿怨由来已久，从李震始终不待见马得水，到邓贵发与李大河的不对付，双方的暗斗与较量从未停止过。马得水本就是个趋炎附势的粗人，从来都唯顾宽敏马首是瞻，此次奉命侦查面粉厂爆炸案时，表面看上去他带领着属下倾力而为，但那都是在得到顾宽敏授意后的表演，爆炸的真正原因没有查清，他也不想查清，因为顾宽敏早已多次暗示他可以按照"粉尘爆炸"这个思路寻踪觅迹，因此他只需要顺着这个思路整出一份结案报告即可。而眼下的情况却大为不同，当他从李大河嘴里知晓邓贵发带人炸毁华丰面粉厂这个惊天秘密后，心里惊喜万分，他觉得自己总算捉住了李震露出的尾巴，终于可以向顾宽敏邀功请赏了。于是，他立刻吩咐李大河让孙亮想尽一切办法，哪怕给郭荣良塞钱许官，也要把他拉拢到西京警察局这边来。

　　贪财喜利的郭荣良得了孙亮的许多好处后便心甘情愿为马得水卖命，他将炸毁面粉厂的过程一五一十全部写了下来。大喜过望的马得水看着这个天上掉下来的馅饼后，一边让李大河即刻将此内幕透露给媒体记者，一边亲自将郭荣良的供述送到顾宽敏的案头。

　　面对城内的骚乱，身心憔悴的顾宽敏抱定了"息事宁人"的态度，他认为百姓情绪发泄后就能很快平息下来，谁知事态越来越失去控制。这时候又有个不长眼色大脑简单的马得水跑来拱火，还将事情越闹越大，让长安城这个烂摊子愈发难以收拾。他清楚像马得水这样的粗人，怎会明白他心中敲打的算盘。看着马得水那张横肉乱颤的肥脸，他真恨不得上去抽上一巴掌。马得水当然看不出顾宽敏心中的怒火，还得意扬扬地说他已将此内幕透露给媒体记者。顾宽敏望着像头蠢猪般的马得水，瞬间气得胸腔似乎都要炸裂，虽然怒火中烧，又不得不硬忍回去，因为他深知这时候做什么都已经太晚了。长期以来，马得水和李震矛盾重重、争斗不断，这回他终于抓住了对方的把柄，可以好好出口恶气，但马得水这个自以为是的想法，可是害苦了本想息事宁人的顾宽敏。

此时的抗日战场上，淞沪会战失利后上海已经全部沦陷，国府被迫宣布将"首都"和所有政府机构由南京迁往陪都重庆。身在长安的柴伯文见顾宽敏迟迟不释放康健、杨小云等人，便向延安作了详细的情况汇报，延安方面立即电令设在重庆红岩村十三号的八路军重庆办事处，想办法让国府高层给远在西京行营的顾宽敏施压放人。国府高层不仅知道了"华丰面粉厂爆炸案"在长安引发的社会骚乱，而且从抗战的严峻形势以及国共合作的大局出发，训诫顾宽敏从速查清此案真相，并释放抓捕的学生领袖和社会贤达。

当马得水递上郭荣良这份供述时，顾宽敏刚好接到重庆电令。忍住怒火没有发作的他背过身面朝窗外，一句低沉而无奈的命令传到马得水的耳朵里："你立即回去将抓捕的所有人员全部释放，其他事情不用你管。"满脑子疑惑的马得水得令后悻悻然退出来，他不明白为何在这么好的消息面前，顾主任看起来似乎并不像他预料的那般兴奋。粗人马得水当然永远无法明白这里面的玄机。

媒体铺天盖地报道了郭荣良的陈词，"面粉厂爆炸案"像薄纸包不住的一团火焰，真相终于大白于天下。为了尽快制止长安城的骚乱继续燃烧，平息老百姓心中怒火，并给国共合作大局做出高姿态，国府上层下令将参与行动的邓贵发与丁山、徐英三人全部收监查办，唯独赦免了告密有功的郭荣良，并正式将他调入西京警察局保安大队工作。对爆炸案负有主责的西京行营第三科科长李震被免职待用，同时调原北平党务调查科科长佟维三接任第三科科长。顾宽敏代表西京行营向肖玉仁表达了深切歉意，并给予华丰面粉厂一定数额的赔偿金，对爆炸中死去的六位工人和受伤的老李头也给予经济补偿，却唯独对赵兴怀的身亡不闻不问，理由是赵兴怀遇难是他误闯误撞所致。这个荒诞可笑的理由让秦腔总社众弟子愤怒不已，为此沈金书和寒梅又多次出面与顾宽敏交涉，但最终无果。

康健和杨小云被释放回来的第二天，柴伯文和胡善文一起来到长乐坊大剧院慰问大家。寒梅再次问起可否有曹云亭的消息，黯然神伤的柴伯文摇了摇头，他

想避开这个令大家都无比伤心的话题。其实和寒梅一样，对往日战友的思念让柴伯文内心伤感不已，他无时不在祈祷不知身处何方的曹云亭能一切安好。

第三十三章

赵兴怀罹难后，长安秦腔总社接连失去两位社长。按照长幼尊卑接替的顺序，只有老字辈的杨元厚和胡淑曼最有资格担任新社长，但现在两人开始相互谦让，双双婉言拒绝，这让沈金书会长左右为难。胡淑曼推辞的理由堪为真诚，她多次表明自己虽然忝居老辈，但终归年轻艺薄，比不得杨元厚的资格与人望；再者秦腔总社里有个男当家，更有利于社团发展。就这样，多半辈子拼着老命争取社长位子的杨元厚，此刻没有费吹灰之力，便轻而易举、顺理成章地坐上新一任总社长的位子。吃到了这块从天上意外掉下来的馅饼的杨元厚并没有感到什么香甜的滋味，老泪纵横的他跪拜在长安秦腔班社列位前辈灵位前，心中悲喜交加。

这年冬天的长安城天干气燥，或许是入秋以来的雨水太多，反倒让冰冻干裂的冬天不见一片雪花飘下。抗战前线击穿人心的坏消息屡屡传来，日军已经占领南京，灭绝人性的大屠杀激起每个国人满腔的怒火，长安城的茶社、饭馆、酒肆、弄堂里人人都在义愤填膺地议论着这场浩劫，有人气急败坏地痛骂国府腐败、国军无能、官兵怕死，更多的骂声是在诅咒丧尽天良、惨绝人寰的日本人早晚要遭报应。

入冬以来，接连遭受打击的肖玉仁已经很少出门，日渐衰微的肖家产业让他忧心如焚却又无力挽回，西京工商界组织的许多活动他都没有参加，而且他还将自己辞去西京商会会长一职的辞呈让王福交商会研议，许多商界名流纷纷到肖家看望老会长，各自用不同方式安慰情绪跌入谷底的肖玉仁。这天的天气极好，午后的阳光透过寒风照射到房顶的琉璃瓦上，折射出团团刺眼的光晕，肖玉仁难得好心情，他执意让夫人搬来一把靠椅躺在院子里，身上盖着厚厚的羊毛毯子。孙静怡不停劝他天冷还是回屋里歇息，肖玉仁不胜烦扰夫人的劝解声，猛地将旁边方凳上的茶杯掀翻，孙静怡见状再不敢言语，转身到前院找刘妈去了，不知不觉

中，肖玉仁昏昏沉沉睡着了。

　　一阵嘈杂声将睡意蒙眬的肖玉仁惊醒，他不知道自己睡了有多久，睁开眼睛看见孙静怡正将王福使劲往大门外面推，肖玉仁喊了一声"王福"，孙静怡应声回过头来，她没有察觉到丈夫已经醒来。王福喘着粗气跑到老爷跟前欲言又止，肖玉仁看着大冬天里王福脸上挂满的汗珠子，心里猜测肯定又出大事了。他不慌不忙伸手去拿茶杯，孙静怡急忙给他续上温热的茶水，肖玉仁平静地喝了口热茶后对王福说："你跟着我这些年，咱什么样的大风大浪没见过，人常说'人活七十古来稀'，可我距离七十还早着呢，你们就别把我当老人一样对待，我身体还硬朗着，有事尽管说吧。"王福这才吞吞吐吐地说："今年冬天天气寒冷又干旱，咱们长泰印染厂为了应对市场紧缺，便加大了布匹织染产量，因为厂院太小晾晒不了那么多新染的布匹，我便自作主张，让工人们在厂房外的空地上搭建临时架子晾晒，没想到今天中午一些流落城外的难民烧柴做饭时，大风带着火星点燃了布匹。"话刚说到此处，肖玉仁猛烈咳嗽起来，王福连忙跪倒在肖玉仁跟前大喊一声："老爷，王福对不起你啊。"肖玉仁忍住咳嗽急忙问他："你先说，伤着人没有？损失有多少？"王福抬头拉着哭腔回答说："大火乘着风势烧过厂墙，将场内晾晒的布匹全烧了，我们救得及时，没有伤到咱们的人，就是下月布匹的供应全部黄了。"

　　肖玉仁听完后长长舒口气，他让王福站起身来："这就叫天灾人祸、祸不单行，没有人受伤就是万幸。布匹烧了，咱们再织染，供应违约了，就按合同给人家赔偿，只是可怜全城老百姓在这寒冬腊月里，不仅不能吃口饱饭，还得缺衣少穿，这才是大事啊。"孙静怡听着丈夫菩萨心肠般的言语，赶紧和王福将肖玉仁搀扶进屋里去。

　　太阳快要下山时，古城茶楼的李泉忽然到肖家捎话说，今晚八点小姐会随冯其中的锦绣班回到长安城，希望肖老爷能派车去火车站接她回家。当老仆刘妈进屋告诉给孙静怡这个消息时，她欣喜地哽咽了。孙静怡低声央求肖玉仁和她一起去接女儿，肖玉仁难得地"嗯"了一声，这让眼含泪花的孙静怡扑簌簌流下了泪水，她急忙吩咐刘妈晚上多做些菜，等接回小姐后全家一起吃晚饭，刘妈更是高兴地赶紧去忙活了。其实肖若妍跟随冯其中他们从兰州回来之前，段景民就已经电话通知了肖玉仁，他只是不知道女儿具体到达的时间罢了。去不去接这个令他多半辈子伤透心的叛逆女儿，着实让肖玉仁想了很久，他最终决定与女儿化干戈为玉帛，是与段景民在电话里的多番劝慰有很大关系，因为肖玉仁比谁都羡慕段景民与儿子段西林和谐的父子关系，既然他认为段景民教子有方，那段景民的话他自然也容易听进去。

孙静怡兴冲冲地给肖玉仁换了一身笔挺暖和的呢子大衣，自己也穿上很久没有心情拉出衣柜的裘皮大衣，两人穿戴整齐后坐在客厅沙发上等待王福开车过来。刚坐下不久，就听到了大门外汽车的发动机声，孙静怡兴奋地说："车来了，咱们走吧。"正当孙静怡转身从衣架上给老爷拿帽子时，忽听身后"咕咚"一声，原来是刚要起身的肖玉仁突然身子一软，一头栽倒在沙发上人事不省，嘴里流出一大摊白沫，吓得孙静怡大声呼喊"快来人哪"。

肖玉仁突发脑溢血住进了医院，恐慌心焦的孙静怡守护在病床前寸步不离。王福独自开车去火车站接小姐，刚下火车的肖若妍听到父亲病重的消息后，匆忙给冯其中打了个招呼，便急匆匆往医院奔去，当肖若妍看到躺在病床上昏迷不醒的父亲时，她抱住母亲孙静怡放声大哭。

肖玉仁昏迷不醒，女儿肖若妍每天都会早早去医院陪护，有时给病床上的父亲轻声慢语地读报说话，有时给父亲精心按摩身体，心中时刻盼望父亲能从昏迷中苏醒。看到女儿与父亲的浓浓亲情，孙静怡流下了欣喜而又遗憾的眼泪，她常常在佛龛前焚香祷告，祈愿丈夫能早日苏醒过来，亲眼看看女儿如今的变化，好让肖家拥有正常家庭里该有的欢声笑语。

再说冯其中带领锦绣班返回长安，最不高兴的要数杨元厚。从冯其中当年在背后指使肖若妍和陈竹君唱双簧，将青衣社排挤出阿房宫剧场；再到后来冯其中不顾礼义廉耻，一味追逐李震的脚步起舞，屡屡伤害和无视自己的女儿杨小云。多年来，杨元厚将件件往事桩桩怨恨牢记心间，如今他岂能容得冯其中这个败类又回来。而对于冯其中的归来，寒梅表现得非常平静。最终还是沈金书打破了尴尬的局面，他劝杨元厚少安毋躁，冯其中的锦绣班正因为之前在长安城无人捧场，所以才远走兰州，现如今谁又能料定这样的状况不会再次发生呢？杨元厚觉得沈金书言之有理，加之再也不用担心女儿杨小云与他旧情复燃，这才逐渐心平气静下来。

回到长安后冯其中听说了李震被免职的消息，心里怪不是滋味，他曾多次到李府拜访，但屡次被身藏暗处的特务便衣逼迫离开。赋闲在家的李震从楼上窗户里看到来求见自己而屡屡碰壁的冯其中，这才知道他又回到了长安。

如今的李震已是光杆司令，自从落势以后，接替他第三科科长的佟维三居然从未来看望过他，曾经多年作为他左膀右臂的冯宁远与陆铭义，也很快改换门庭认了新主子，当年意气风发的李震入陕时所带的"五虎"，如今只剩下秘书李戡相随。原来的西京筹委会工商组长连云飞、金融组长魏文远、文化组长郭宪正不仅投靠了顾宽敏，还被提拔升官，而一直对李震忠心耿耿的行动队长邓贵发，因为"面粉厂爆炸案"被关进监狱，现如今唯有这个他一手培养的冯其中，还算有点良心知道来看望老上级，这让他心里多少有点安慰。但是对于冯其中的探望，李震真实的内心是充满担忧的，他担心潼关车站那次惨败后，自己暗逼冯其中远离长安的做法，还有那封警告其严守秘密的书信，会不会让冯其中依然怀恨在心？所以他不敢肯定冯其中究竟是来看望他，还是来看他的笑话。

尽管李震对冯其中前来探望自己的举动充满疑问，但还是渴望见到他。人在高处时常常冷眼观人事，而在人生走下坡路的时候，往往又能有限度地放下架子、低下身段考虑问题。然而更为残酷的事实是李震已被软禁了，冯其中多次拜访他而遭阻拦的情况，只是将这个事实彻底暴露出来而已。李震觉得自己应该早点想到这一点，虽说上级的处罚是免职待用，可他毕竟曾经身居高位要职，知道和参与了那么多不可告人的秘密与行动，难说重庆方面有些人不盼望着他彻底消失。李震的猜测无疑是对的，当年"华清宫兵谏"之后他执行上级密令刺杀骑六师师长刘伍，导致刘师长的副官董孝铭与秘书高智丧命，以及如今依旧不可告人的对曹云亭的暗杀，仅这两点，无论是重庆高层或西京的某些人岂能轻易放过他？

对婚姻无比愚忠的李震夫人深知"一荣俱荣，一损俱损"的道理，当年她能将流传全城的李震与干女儿肖若妍的风流韵事忍受下来，现在眼看着丈夫有生命危险，岂能有不去伸手相救的道理。李夫人家是苏州城名门望族，她利用自己家族的关系，花重金在重庆打通关节。很快，顾宽敏便接到重庆上层一位显赫人物的电话，以"李震在西京陪都建设上有功"为理由，要求将他移送重庆待查。顾宽敏感慨李震"瘦死的骆驼比马大"，其实他本意上也不想将自己这个老同学老同乡赶尽杀绝，再说"暗杀曹云亭"这件事情，让他始终觉得是埋在身边的火药桶，如今知情人李震要远走高飞，便是带走这件事情一半的秘密，这总比险象环生的危机时时浮现在自己眼前强得多。

　　既然知道李震迟早是要走的，处事圆滑的顾宽敏自然不想与他结下今生今世都难以化解的仇恨，不管此时李震心中怎么想，顾宽敏最终决定低下身段，亲自到李府看望他。顾宽敏这个时候突然造访，着实让李震吃惊不小，同时他心中清楚自己终于安全了。两人看似坦诚的谈话，却处处暗藏着提防与警觉，顾宽敏尽其所言想表明自己在"面粉厂爆炸案"真相败露中是无辜的，并当着李震的面再次大骂马得水的无脑和蠢笨。李震虽然嘴上表示理解，其实心里早就对此事有了定论，他难以相信在这件事上，马得水捅破秘密将事态无限扩大的举动，不是顾宽敏在背后授意或默许的。李震绝不会想到，其实从某种意义上来说，正是他暗地里发给邓贵发的那笔奖金，才是真正陷他于今日之困境的罪魁祸首。如今这一切虽然都已经过去，长安城的骚乱也已尘埃落定，但顾宽敏与李震两人之间的心结，在阴差阳错之间却结结实实地捆绑在一起了。

　　李震终于可以安下心来准备离开了，门外的特务也都陆续撤离，这时候反倒有很多故交跳出来要为他送行，这些人里包括让他记恨的佟维三、冯宁远、陆铭义，还有连云飞、魏文远和郭宪正，李震全部以身体欠佳为由拒绝了。他不想再次看见那一张张虚伪不堪的面孔，只想清清爽爽地尽快离开这个曾经让他意气风发，如今又使他灰头土脸的长安城。

　　在李震看来，顾宽敏之所以开释他绝非心甘情愿，完全是迫于夫人家里在重庆打通高层关系后的压力所致，顾宽敏更是担心自己的官声会留下污名，这才不想与他结下死仇。临走的前一天，李震不知是感念于自己在危困之时冯其中尚能前来探望的举动，还是出于对冯其中心有愧疚的原因，他心底忽然冒出要和冯其中见上一面的想法，主意拿定后，他立即让李裁去传话。虽然在顾宽敏看望他之后，许多见风使舵的宵小之徒也跳将出来，看似他已被解绑，但在李震眼里，此时的长安城仍然是杀机四伏，多行不义的他心里总觉得不安，而动身前和冯其中见上一面，更是他经过再三权衡之后才做出的决定。

　　想起自己当初来长安城时，看到的舞台上那个俊美潇洒的秦腔名角，再看看眼前冯其中沧桑的脸庞，李震感叹不已。两个曾经彼此欣赏、相互看中的聪明人一起经历过那么多事情，如今坐到一起时，却发现竟无话可说。在尴尬的气氛中，李震觉得自己临行前约见冯其中的想法明显是多余的，因此他只是客气地感谢冯其中能来见他，并在闲聊中说自己会先到汉中小住几日，在那里约见几位故人之后再出发去重庆，但愿往后的岁月里与冯其中能再相见。了解李震心性的冯其中此时此刻看到，在仓皇落跑之际，李震仍然摆出一副虚假而自矜的姿态，失落至极的他只好点头应和着，随后悻悻然离开李府。

从李震那里出来后，被一种复杂情绪缠绕的冯其中忽然想去师父的墓地看看，他随即雇了辆停在街边的人力黄包车，朝观山坡方向而去。出城后的土路上寒风四起，落叶裹挟着尘埃飘荡在暗沉沉的天地间，冯其中无限伤感地陷入沉思中，自己背叛师父、逃离天下人口中"下九流"的梨园行，去追寻自己想要的那种高高在上的生活，未料到招引他并教会他过那种生活的李震，如今也落得仓皇而逃的下场。人世间悲欢离合中的黑色与荒诞，让冯其中自负又自卑的内心世界所尊崇的信念彻底坍塌了。

冯其中刚走到观山坡前，老远便看见寒梅也静立在师父的墓旁，两人相对无言又双双跪在师父墓碑前。冯其中多年来淤积在胸的复杂情感，此刻一股脑用哭声发泄出来，他有太多的话想对师父诉说，亦有太多的误解渴望给师父解释，如今师徒两人阴阳相隔，连个释怀的机会也没有了。寒梅没有劝慰痛哭的冯其中，她静静地望着师父的墓碑沉默不语。

寒梅今天是来妙积寺为曹云亭祈福的。思念的痛苦令她彻夜难眠，因此她来妙积寺把心中苦闷说与净一法师，听了法师的诸多善解，多少让寒梅得以心安。下山途中，心有所念的寒梅不由自主又来到师父墓前，未料与冯其中不期而遇，似乎这一切都是冥冥之中的安排。

冯其中终于收住了哭声，他看着师姐平静的面庞不知道该说些什么。望着师父坟头的萋萋野草，冯其中转身轻轻地说："师姐，我还能叫你一声师姐吗？"

寒梅淡淡地回答道："你问师父吧。"

"师姐你变了。"

"不是师姐变了，是师弟变了。"

两人一问一答，仿佛要向九泉之下的师父说些什么。

　　"我知道自己把路走错了，对不起师父和师姐，更对不起师父对我的养育之恩……"

　　"够了！你把这些话带到地下去给师父说吧。"寒梅突然厉声阻止了冯其中的忏悔。她不想听到眼前这个和她一起长大一起学艺的师弟，此刻跪在师父墓前流露出的软弱与善变。"如果你想赎罪，想让师父原谅你，想让秦腔社的兄弟们重新瞧得起你，你就去做对得起师父、对得起你良心的事情，总比你在这里哭天抹泪强得多。"

　　寒梅的训斥似乎激发出冯其中内心原生的自尊，他站起身来背对着寒梅低声说："李震明天要离开长安回重庆了，或许……"话未说完，他就匆匆向停在路边的人力黄包车走去。

　　寒梅冲着他的背影大喊一声："你把话说清楚。"

　　冯其中猛然停住脚步，然后微微侧身说："他会驱车先去汉中一趟。"说完便大步流星地离开了。

第三十四章

冯其中有意给寒梅透露李震要远离长安的事情，但他欲言又止，是因为内心多有不忍，毕竟自己追随李震那么多年，虽然彼此之间多有芥蒂，但这样做终归是恩将仇报。他不清楚在师父墓前将李震的行踪透露给寒梅，究竟是出于什么样复杂的心绪。

寒梅当然不会放过这个除掉李震的绝佳机会。长久以来，她就怀疑曹云亭的失踪与李震有着莫大关系，这份猜疑像影子般时时缠绕着她，每个长夜的噩梦里都是李震举枪射杀曹云亭的情景，使她常常在惊恐中哭醒。虽然她不肯相信噩梦是真的，但对李震的仇恨却与日俱增，在"面粉厂爆炸案"中，对于不幸遇难的赵兴怀社长，李震连半点抚恤的意思也没有，这种冷血的特务做派，不仅使寒梅仇恨不已，而且不由自主地联想到夜夜噩梦里的情景。怀着对曹云亭的漫天思念，以及赵兴怀社长无辜身亡而对李震进一步加深的仇恨，最终让寒梅决定独自去刺杀李震。

既然决定冒着巨大的风险去做这件事，寒梅便不想将这次的行动告知柴伯文他们。一则她担心柴伯文或许会从大局考虑加以阻挠；二则即使有天事情败露了，她愿一身承担，以免他人遭受牵连，更不能将这趟浑水引到八路军西京办事处门前。

回到长乐坊大剧院后，寒梅前思后想，觉得仅靠自己的力量很难百分百完成刺杀计划，她得寻找一个得力的帮手。在保证此次行动决然不可泄露的前提下，她首先想到了自己一手发展过来的学联主席康健最为可靠。当她将自己的计划说给血气方刚的康健时，他毫不迟疑地答应了。康健对引领自己加入革命队伍的寒梅和曹云亭，心中始终充满了无限的崇敬之情，此刻寒梅大姐终于给他分派了行动任务，康健内心充满豪情与激动。

　　长乐坊大剧院的阁楼里，一盏昏黄的油灯彻夜亮着，寒梅拿出珍藏多年的夺命飞叶刀仔细擦拭着，这套薄如蝉翼的飞叶神刀，还是幼时爷爷留给她的宝贝。

　　寒梅本名白小凤，是渭北高原上曾经威震一方的白门镖局总镖主白浪的嫡孙女。白浪年轻时是关中一带的侠义刀客，身怀飞叶神刀的独门绝技，此人尚武，性情豪爽，喜欢劫富济贫，是方圆百里之内有声望的大好人。闯荡江湖的白浪后来金盆洗手，依靠自己的人望和威名组建起白门镖局，成为走南闯北护命押货的镖师。白浪有一独子名叫白涛，自小性情柔弱，喜欢舞文弄墨，对千里走镖的生意没有丝毫兴趣，白涛也只生有独女，便是白小凤。白小凤的性格与父亲迥然不同，她从小就是个大大咧咧喜欢刀枪斧钺的假小子，这个性格却深得爷爷白浪的喜爱，于是白浪便将白门镖局的未来全部寄托在孙女身上，除了悉心传授她武学心得，还将自己的独门绝技飞叶神刀秘传于她。

　　民国初年，军阀混战烽烟四起，盗匪横行的社会乱象令镖局生意日渐萎缩。白浪晚年时，镖局的生意已经难以为继，他去世之后，白门镖局彻底散伙。这时候的白涛依然整日痴迷于诗词歌赋、文玩古董，后来又染上烟瘾，白家的日子开始靠变卖家当维系着，母亲为了能给白小凤一个好的成长环境，无奈之下将她送到舅舅家进了那里的学堂，不久之后母亲也染上烟瘾，白家算是彻底垮掉了。

　　白小凤九岁那年的冬天，父母亲一前一后双双离世。那年冬天的大雪整月不停，临近过年的时候，村里来了一个唱秦腔的戏班子，舅舅带她去看戏，白小凤站在台下看着舞台上威风英勇的武生打斗，仿佛又回到了当年热闹非凡的白门镖局里。少不更事的白小凤乘着舅舅沉醉于热闹场面的时候，疯跑到后台叫嚷着自己也要学唱戏，戏班班主陈凤良眼见跑进来个聪明伶俐的小姑娘，当即无比怜爱地问她会些什么。白小凤眼珠子顽皮一转，立刻当着众人面舞出一套干净利落的拳脚功夫，陈凤良当下看出这个小女孩是唱戏的好苗子，心里便生出想收她为徒的念头。舅舅家里人口多，本来日子就过得紧巴，他见有戏班子肯收留外甥女，便满口答应了下来。白小凤和师兄师姐们在一起过了个无比开心的春节，从此她便将锦绣班当作自己的家，而班主陈凤良也成为白小凤心中最亲的人。

　　隆冬时节的渭北高原上，整夜未停的鹅毛大雪让千峰万岭穿上了银色外衣，极目四望远处皆是白茫茫一片，柔美的雪花还在纷纷扬扬地飘洒着，天地间早已变成晶莹剔透的童话世界。这日晨起，陈凤良身着一袭灰纹棉袍，脚蹬青布白底

棉靴，手牵着身穿红色夹袄的白小凤来到大雪覆盖的练功场边，风雪中琼装玉裹的空旷山野间点缀着一灰一红两个点，远望过去像一幅清新淡逸的水墨画。白雪映照下，陈凤良面如圆月清朗、目若秋水流长，再看脸颊绯红乖巧伶俐的白小凤，看到这纷飞大雪早已喜上眉梢，童稚十足的她按捺不住心中的兴奋之情，在雪地里蹦蹦跳跳，那一行行稚嫩的脚印像雪野间荡起的涟漪。陈凤良疼爱地俯身捂着白小凤冻得又红又紫的小手给她说："师父给你起个艺名吧。"白小凤忽闪着两只大眼睛天真地点了点头，陈凤良望着远处山坡上一株株在皑皑白雪中绽放的梅花，笑吟吟地对她说："你以后就叫寒梅吧。"

李震要离开的这天，长安城的天空分外晴朗，清晨的太阳早早照射在清冷的街面上，整座城市像是还没有睡醒，只有三三两两的流浪狗摇着尾巴，慵懒地抻开身子，不时地抖一抖浑身脏乱的毛，游荡在城市街角的垃圾堆里寻找吃食。

李戬一大早就将车开到李府门口，帮着李夫人将行李装到车后厢内。穿戴整齐的李震戴着一顶黑色皮绒礼帽走到院落里抬眼望望东边的朝阳，又刻意将帽檐压低下来，直到能遮住自己的半张脸，这才迅速走出大门上了汽车。李震清楚大清早不会有任何人来送他，他也不想让任何人知道自己是何时离开的。夫妇俩坐上车后，李戬猛踩一脚油门，汽车便快速向城南秦岭方向开去。

坐在车里的李震一言不发，他从夫人怀里拿过来一个黑色公文包，紧紧抱在自己胸前，包里装的是他在西京行营的眼线张奎多年来暗中收集的顾宽敏与神秘商人吴雪山之间诸多利益输送的证据。昨天深夜，张奎悄悄将这些证据交给李震，直到今天早晨临走之前，李震才将这些秘密材料交给夫人保管，并一再告诉她，在还没有离开长安之前，这些材料可以用来保命。

从长安越过秦岭去重庆，沣峪是必经之路。这里山大沟深道路崎岖，李震之所以选择这条山中道路，是因为这条路距离重庆最近，只要钻进大山，一路翻过秦岭，便会有李夫人在重庆的亲属前来接应他们。他选择突然悄无声息地离开，又决定轻车简从进大山，是因为大家都猜定他会乘火车离开，所以他偏偏要反其道而行，既要迅速又不留痕迹。李震这样处心积虑安排行程匆忙而走，当然是出于对自身安全的考虑。

　　汽车很快开进了沣峪口，身后的长安城渐渐模糊起来，拐过几个弯，大山便彻底阻挡了李震的视线。他终于舒缓地松了口气，又将紧抱胸前的公文包交还给夫人，并用手掌轻轻地拍了拍，同时给夫人一个意味深长的眼神。李夫人自然心领神会，这是在叮嘱她千万要保管好这些东西。

　　汽车在公路上转过一个大弯，终于开到一片开阔地带，再往前开了不到百米，忽然看见前面路中间散落着大堆石块，一个头戴斗笠的黑脸人正在费力地将石块扒开，在他身旁停着辆简易板车，看上去像深山里的农人。李戡没有熄火，他望着那人的背影对李震说："我要不要下去看看？"李震扫视着车窗外的开阔地带，既没有巨石遮挡，也没有大树掩蔽，四周都是藤蔓植物和枯叶杂草，心里不由得犹豫了一下。正当李震迟疑之际，只见那个黑脸斗笠人直起腰身，用手指着山顶朝他们大喊道："山上滚下来的石头太大，帮忙搭手挪一下。"李震这才用眼神示意李戡下车帮忙，但汽车依然没有熄火。李戡下车后朝斗笠人走去，李震掏出手枪紧张地望着车窗外，一双像猎人般机警的眼睛四处观察着，李夫人本能地缩了缩身子，把空间尽量让给李震。李戡过去和黑脸斗笠人铆足劲儿将几块石头推开，就在要搬移最后一块石头时，李戡突然"啊呀"一声惨叫，只见一把红缨飞刀已扎在他的左臂上，鲜血瞬间冒出来，黑脸斗笠人不由分说从背后将受伤的李戡压倒在地。李震见状立刻从车上下来，用枪对准黑脸斗笠人大吼道："不许动，再动我就打死你。"斗笠人默不作声，只用眼睛死盯着李震，双方一动不动。"把他放开！"李震再次向黑脸斗笠人嘶吼着，身体却朝车头挪了过去。就在他靠着车头随时要扣动扳机之际，但见头顶闪过一道白光，一把刺破天幕斜投而下的飞刀深深扎进他的脖子里，汩汩鲜血瞬间流淌出来，忍着剧痛的李震刚想转身逃窜，又一把红缨飞刀像一道闪电插向他的左胸口，李震只觉得眼前白茫茫一片，随即靠着车头倒毙在地。

　　李戡见状大喊一声，想要从黑脸斗笠人的身下挣脱出来，却感到一阵剧痛从左小腿蔓延到全身，他想使劲站起来，但一点力气也没有。等他低头看时，只见一把锋利无比的飞刀扎在自己的小腿肚上，一阵阵钻心的疼痛令他号叫不止。此时斗笠人说道："我要的是李震的命，与你无关，你如果再动，下场和他一样。"斗笠人不容商量的口吻，让李戡不敢再动丝毫。这时斗笠人放开李戡，大摇大摆地走到汽车跟前，轻蔑地看了眼死不瞑目的李震，又瞧了瞧车里已经吓晕过去的

李夫人，这才弯腰捡起李震的手枪，随手扔到山谷里。随之又从李震的脖子和左胸口拔出飞刀，转身走到李戡跟前从怀里掏出一瓶军用止血粉，说："自己涂上吧。"话音刚落，又从李戡的左臂和小腿上拔出飞刀，直疼得李戡躺在地上哇哇大叫。

等到李戡缓过神来，黑脸斗笠人已经顺着山脊边一条小道急速离去，很快便消失在他的视线里。李戡忍着疼痛连忙将止血粉涂在自己的伤口上，又将已经死去的李震使劲塞进车里，汽车在狭窄的山道上掉了个头，像只疯狂逃窜的老鼠一样又往长安城驶去。

顾宽敏第一时间知道了李震被飞刀暗杀的消息，当马得水在电话里报告此事时，他简直不敢相信自己的耳朵。顾宽敏急忙赶到医院，刚从惊恐昏迷中苏醒过来的李夫人哭得死去活来，左臂左腿皆受伤的李戡拉着哭腔给顾宽敏详细诉说了事情发生的经过，最后才将止血粉瓶子悄悄塞到顾宽敏手里，低声说是凶手留下来的。从凶案现场赶来的马得水只带回那辆破旧不堪的农用板车，数十名警察从山沟搜到山顶，愣是没有找到李震那把被刺客扔下山谷的手枪。

顾宽敏仔细端详着放在桌子上的这瓶军用外敷止血粉，脑海里浮现出无数的遐想。这瓶止血粉是自己刚刚从肖玉仁手里夺回的秦华化工医药厂生产的，产品批号和编码清晰表明是军需品。按理说这种管制严格、编码密运的军用药品，都是专号专用，怎么会落到凶犯手里呢？李戡终归是国府里久经历练之员，当然十分清楚这瓶药的分量，这才会偷偷塞给他，倘若让更多人知道止血粉这个线索，或许会引起重庆方面追查西京行营对军需药品管制不严的严重失职行为，如果真到那个地步，作为西京行营的主任可得吃不完兜着走了。顾宽敏的脑海里左右思量着这瓶止血粉的蹊跷之处，现在究竟是该拿出来追查凶手，还是故意将此线索隐瞒淡化下去呢？左右矛盾、难以权衡的思绪让他倍受煎熬。顾宽敏再次回头盯着那瓶止血粉，心里将凡能怀疑到的人全部过滤了一遍又一遍，也没能发现任何蛛丝马迹，气恼不已的他将这瓶作为唯一破案线索的止血粉重重地放进保险柜里紧锁起来。

寒梅和康健回到城里后，装作什么都没有发生过一样各行其是。杨元厚兴冲冲地跑来给寒梅说："李震被暗杀了，全城都传遍了。"寒梅问他是怎么知道的，杨元厚说消息是从医院传出来的，现在还有很多警察在山里搜索凶手。"这回好了，终于有人为赵社长报了仇，大快人心啊"。寒梅望着杨元厚难得一见的笑脸，自己也淡然一笑。

李震被暗杀的消息惊动了国府高层，重庆方面除了严令顾宽敏尽快查出凶手之外，还专门为此事派来一名刘督察员。马得水从警察局抽调了精干人员组成专案组，根据李戡的记忆描摹出的黑脸斗笠人的通缉令贴满全城，但拉网式遍山搜寻的警察在案发现场十里之内的大山里，居然找不到一户人家，凶手像人间蒸发般消失得无影无踪，整整一个月过去了，案件侦办始终没有任何进展。

第三十五章

　　手执"尚方宝剑"的刘督察员刚到长安城，便从李戡嘴里知道了止血粉这个线索，但他不动声色，只是在暗中静静观察案件的走向。尽管看到顾宽敏和下属在尽力破案，但他心存疑惑，为何顾宽敏将如此重要的线索一直隐瞒于他，难道李震被杀案和顾宽敏之间有什么牵连？但他又想到李震已是被革职待查之人，顾宽敏有什么理由要对他下黑手呢？案件查了很久依然没有线索，这让刘督察员感到非常头大，他不知道自己该如何向重庆交代。

　　老奸巨猾的顾宽敏当然意识到军用止血粉这个线索对下面人隐瞒可以，但对重庆来的刘督察员却是万万不可，因为长安的城墙并没有外界人们传说的那般严丝合缝、密不透风，这里鱼龙混杂的复杂程度并不比上海、南京、重庆这样的大城市简单多少，要想事事都能蒙混过去，并非想象得那般容易。虽说他贵为一方"诸侯"，但仍得时时警惕、刻刻提防，脑后也得长双眼睛，顾宽敏从来都是信奉'小心驶得万年船'这句话的。

　　顾宽敏看着眼前若有所思又烦恼不休的刘督察员，这才拿出保险柜里的那瓶止血粉。刘督察员明知故问地问他这是从哪里来的东西。顾宽敏堆出一脸无辜的表情说："这是李戡在医院里悄悄塞给我的，说是凶手用飞镖扎伤他以后，又给了这瓶止血粉让他止血。"

　　"狗屁话，天下哪有这样的杀手？"刘督察员故作姿态地骂道，脸上漾起诡秘莫测的神情。

　　顾宽敏心知此人不是善茬，于是说话便更加谨慎仔细："我也觉得奇怪呀，即便是杀手只对着李主任下手，那也得有个目的，但是车上财物分文没动，还好心好意让李戡敷药止血再开车回来，那只能有一种可能，就是谋杀。"

　　刘督察员听到此处轻叹一声说："干李主任这行的，仇家多了去了，我们怎么判断是谋杀还是仇杀呢？"

顾宽敏继续分析道："这瓶止血粉是西京行营一家药厂生产的，凶手故意拿出这药来，无非是想把视线引到我们的人身上。政府对于军用药品的管制您是知道的，那可谓是严之又严，但是从生产厂家到前线医院之间，转运、拆装、分发、保管等环节数不胜数，我们又怎能确定这药到底是从哪个环节流出去的呢？"

刘督察员终于听出一丝顾宽敏为自己的失职做着解释的味道，他依然不动声色地问道："顾主任的意思是说，这些军用药品在西京市到处都能买到哦？"

听到刘督察员这句阴阳怪气的话，顾宽敏故作镇定地哈哈大笑起来："面对您刘督察员我是明人不说暗话，之所以将此线索迟迟没有拿出来给您看，是我有私心啊。"

听得此言，一直笼罩在刘督察员心头的阴云开始渐渐消散。顾宽敏终于说出了刘督察员一直渴望听到的话，彼此都从对方细微的表情里读懂了某种无法言说但都渴望揭开的谜底。

顾宽敏很敏锐地意识到自己步步为营后发制人的策略是对的。面对坐在沙发上肢体明显放松的刘督察员，他深叹口气继续说："我的私心，既是为我自己，也是为了您啊。"刘督察员意味深长地用眼神询问他此话怎讲？

老谋深算的顾宽敏终于说出了真心话："在这个案子里，我是害怕有人揪住这瓶药来追查我的失职，可我最大的担心是怕这瓶药被一些别有用心的人利用。我顾宽敏是这里的地方长官，不得不面对和处理这个烫手山芋，可您刘督察员千里迢迢亲自来到西京监督此案的进展，无疑将自己也置身于这个泥潭里，所以从某种意义上来讲，你我反倒成了一条绳子上的蚂蚱，我就不得不考虑这件事对我们俩有何利害。此案发生已有些时日，凭良心说我是真想查到凶手，也好让李主任死能瞑目，但此案本身牵涉太多不可捉摸又难以估量的后果，如果真要彻查下去，我担心凶手不一定能找到，反倒会激起各派势力的敌视，还有对你我的仇恨，到那时，我和你就是想跳出这泥潭，恐怕也是泥菩萨过河自身难保喽。"

刘督察员听出了顾宽敏的弦外之音。长期在国府做事的他，何尝不知道地方关系的错综复杂形成的政治派别和贪墨腐败，如果真像顾宽敏所说的'捉鹰不成反被老鹰啄了眼'，这样的结果肯定不是自己想要的。

"照您这么说，这案子就没法查清了？"刘督察员问道。

顾宽敏欠了欠身子，尽量靠近刘督察员压低声音说："李震既是我的老同学，

又是我的同乡，我比任何人都想从速揪出凶手为他报仇，可就目前这个案子的侦办情况来看，凶手一定是有备而来，但来了几个人，目前谁都不知道，因为人家在暗处，李主任在明处。这瓶止血粉不拿出来倒好，一旦拿出来，问题反倒复杂了。"刘督察员紧锁眉头一字不落地听着顾宽敏继续分析。"因为这瓶止血粉，直接指向的是我们内部，很容易让人想到谋杀，既然是内部人谋杀，那就与李主任在工作上结下的外仇无关。因为如果是外仇，又哪里来的军用药品？又怎么会不斩草除根，还留下李戡和李夫人活命回来？凶手这样做的目的，其实就是欲盖弥彰，在给我们放烟幕弹，让我们怀疑是内部人干的，这样我们就会把侦查的注意力全部放到自己人身上，如果我们这样做了，正中了作案人设下的圈套。"

刘督察员听完顾宽敏的话后说道："我听明白你的意思了，你是说仇杀的可能性更大。"刘督察员听懂了顾宽敏颇费口舌的话外之意，顾宽敏是在好心相劝，既然凶手是向李震寻仇的外人，就别死盯住止血粉不放，此案如果将这个线索无限放大，国府上层真要深究下去，西京势必会有很多官员被牵连进来。本来是一起谋杀案，如果处理的方向掌握不好，极有可能演化成一场反腐大案，得罪一大片人不说，最后还不一定能查出真凶，这样出力不讨好的蠢事顾宽敏不会干，他刘督察员当然也不会干。

若有所思的刘督察员又问："凶手为何不用枪却用飞刀杀人？"

顾宽敏神秘一笑，说："督察员终于问到这个关键问题上了，到今天为止，你见过那把飞刀，还是我见过呢？大家都没见过，只有李戡说是飞刀杀人。有飞刀却见不着飞刀，即便按照李戡的说法，凶手离开之前将飞刀从死伤者身上拔走了，那这个凶手想干什么？不难看出，凶手的目的还是想掩盖自己的真实身份，因为我们知道用刀的肯定是外面的人寻仇，自己人作案十有八九会用枪。所以说这个案子最大的麻烦，就是凶手用军用止血粉与飞刀给我们布下了一个迷魂阵，案发现场没有飞刀，但李震主任偏偏是死于飞刀之下；止血粉活生生摆放在你我眼前，我们却不能深究细查。因此我得出的最终结论是，我不得不怀疑这是内部有人雇凶杀人，因为百步穿杨的飞刀绝技难找，而持枪杀人的痕迹易查，这个道理你我都懂，凶手也懂啊。"

刘督察员听完顾宽敏的全盘分析，思路终于开始清楚了，他继而问道："那我该如何向重庆汇报此案呢？"

顾宽敏不无遗憾地说："这件案子，估计将会成为千古悬案，因为飞刀线索指向深远江湖，止血粉这一线索又欲盖弥彰，目前的情况就是一个线索在否定另一个线索，而另一个线索又在暗中指向下一个线索，这种环环相扣玄而又玄的指引，恐怕只有在侦探小说里才会看到。所以我的意见是，该查的我们还得查，但要有个自圆其说的说法，即便是漏洞百出，也得有个基本说得过去的结论出来。"

刘督察员终于明白了顾宽敏的意思，他虽为重庆派来的督察员，但想要顺利结案，自然需要地方大员顾宽敏的支持与配合，这样的官场规则刘督察员自然懂得。既有可能是仇杀，也不能排除谋杀，那么这个案子究竟该拿出什么样的结论呢？熟知李震秉性的顾宽敏适时给刘督察员抛出了一个方向："李主任最大的缺点，就是不能洁身自好，处处风流处处留情，长安城里有名的江南书寓、开元寺等花街柳巷他都是常客。不知刘督察员可曾听说过老李当年与长安名媛肖若妍的风流韵事啊？"刘督察员摇了摇头苦涩地说："是人，都会有缺点，我明白顾主任的意思了。"顾宽敏看着刘督察员微微笑道："按说斯人已去，咱俩坐在这里说这些，既不文明，也不高雅，更不仁义，甚至还有点阴损下作，但是谁又能排除因为风流债欠得太多而送了性命这个说法呢？这样的结论恐怕也是能说得过去的吧？"刘督察员望着老谋深算的顾宽敏点了点头，两人四目相对咧嘴笑了。

最终，刘督察员上报给重庆的案件侦查结论大致是：案发荒山野岭，凶手遍查不得，既有江湖匪徒寻仇作案的可能——飞刀杀人为据，又有内部谋杀的指向——军用止血粉为证。根据李震其人性格特点、生活作风分析判断，亦不排除风流情债致使飞刀索命的可能。

这样一个不是结论的结论呈报上去以后，重庆方面电令刘督察员停止查办择日返回。顾宽敏与刘督察员之所以将李震好色的缺点拿出来说事，就是因为他俩深知要想在官场厮混，个人操守的污点是一个永远绕不开的硬伤。政府机构里的一位大员被人暗杀，不查不足以服人心，但李震之死若偏偏又与桃红柳绿挂上钩，这样的侦查结果假如大张旗鼓地宣扬出去，只能惹得百姓嘲笑国府官员的花猫嘴脸，到时各方脸上都不会好看。

于是，李震被刺杀的案子便这样不了了之。刘督察员返回重庆的那天，顾宽敏亲自为他送行，汽车刚出长安城，刘督察员突然发现自己的随身行李箱里多了一个精致的金属盒子，他打开一看，盒子里整整齐齐摆放着十根亮灿灿的金条。

　　马得水局长撤回了所有还在搜山的警察，顾宽敏将那瓶军用止血粉又重新锁进保险柜里。随后，顾宽敏和佟维三为李震举行了一个隆重的葬礼。看着丈夫的棺柩缓缓放入短松冈的墓坑中，又看着一个个在丈夫生前没有出现，此刻却装模作样前来送葬的虚伪嘴脸，李夫人心恨不已，特别是看到顾宽敏那张阴冷诡诈的脸，让她感到浑身凉意泛起。李夫人快速处理完丈夫的后事，紧紧护着那个黑色公文包回了重庆。大难不死的李戡伤好之后，继续回到西京行营第三科上班，然而佟维三对他左右不待见，李戡一怒之下写了辞呈也去了重庆。

　　冯其中心里很清楚李震是被谁杀死的，因为在这个世界上，知道寒梅会使飞刀绝技的人除了师父陈凤良，便只有他了。当他在观山坡师父墓前有意将李震离开的时间及路线透露给寒梅时，便料到会有今天这个结果。他以为曾经位高权重的李震死后会极尽哀荣，然而一切都不过如此罢了。

　　李震被杀事件之所以成为人们在街头巷尾热议的离奇故事，不仅因为寒梅多年来深藏不露的飞刀神技，还在于化装成黑面斗笠人的康健故意留在现场的那瓶军用止血粉，这两个极能混淆人们视线和判断的线索，是寒梅冒着自己身份可能会暴露的危险，在最短时间内苦心想出来的一个迷魂阵。从山里回来后，她和康健一直没有任何联系，在事情尘埃落定之前，寒梅时刻提醒自己不可掉以轻心。现在风声终于过去了，她想着该和康健见见面了。

　　这天夜里，长乐坊大剧院的夜戏已经结束，寒梅刚要休息，胡善文忽然派车来接她，寒梅以为又有新任务了。汽车没有开往八路军西京办事处方向，却七拐八拐来到长安城下马陵街口的惠民药铺前。寒梅知道这是康健的家，胡善文怎么会约自己在这里见面呢？当疑惑不解的寒梅走进药铺后厢房时，只见柴伯文、胡善文以及惠民药铺老板康寿夫都在座。寒梅坐下后，柴伯文开口说："本来想早点找你谈这件事，但考虑到风声太紧，所以才拖到今天。我想你应该能猜到我要说的事情。"寒梅很少见到柴伯文如此严肃说话的神情，以前他和曹云亭一起与大家见面时，都是和颜悦色的样子。"组织上对你私自带着康健刺杀李震的行动提出了严厉批评。眼下是国共合作共同抗日的紧要关头，你俩这种自由散漫、无组织无纪律的行为，极易使我党在白区的工作变得很被动。好在你俩的行动暂时还没有暴露，但隐患已经留下了，为了保证你们的安全，组织已经决定让你和康健同志马上转移去延安。"

柴伯文话音刚落，康健从另外一间屋里走出来，他用无辜的眼神看了寒梅一眼，寒梅心知康健肯定已经被谈过话。"康健同志已经同意去延安了，你也准备一下早点动身吧。其他事情由胡善文同志和你谈，我先走一步。"柴伯文说完便起身戴上帽子头也不回地走出去了。

胡善文微笑着对寒梅说："延安方面针对你俩的自由行动，批评柴伯文同志负有不可推卸的领导责任，而且话说得很重，所以我们要理解他今晚的火气。我先给你介绍一下，这位是惠民药铺的老板康寿夫，想必你们早就认识吧？"寒梅难堪地看着康老板。她以前曾多次来惠民药铺找康健，经常会遇到康老板，没想到他也是同道中人。胡善文继续说："康老板的惠民药铺是我党在长安城的一个秘密联络点，很多物资和药品都是从这里运往延安的。"

寒梅听完后满面欣喜，她语气十分敬重地对康寿夫说："以前我们和康健联系时，还总怕被您发现后加以阻拦，原来前辈早已是自己人了。"

康寿夫淡然笑道："感谢你们这些年对康健的帮助和培养。像我这样身份特殊的人，只能在暗中为你们年轻人加油鼓劲了。"

胡善文紧接着又说："康健从惠民药铺拿走的那瓶军用止血粉，始终是个祸害。我们估计顾宽敏为了继续打击肖玉仁，一定会派第三科的人秘密查找这瓶止血粉流失的渠道，虽说暂时还不会查到我们这里，但敌人的鼻子也不是摆设，因此我们要有所防范，做地下工作容不得任何疏漏，所以我们不得不做两手准备。"寒梅听到此处，惭愧、内疚之感涌上心头。"寒梅同志，其实你要刺杀李震，完全应该给我和柴先生汇报一声，我们会有更好的办法来解决这件事情。虽然你的计划进行得很顺利，但风险实在太大，组织上考虑到你俩的安全问题，也是避免夜长梦多，这才坚决要将你和康健转往延安。"

听完胡善文的话，寒梅完全明白了柴伯文刚才生气的原因。如果这次行动出现重大纰漏，那将会给组织在长安城明面上或地下的工作均造成不可挽回的损失，想到这里，寒梅愈发为自己意气用事的鲁莽行为感到后怕。她转身给康健说："得知李震要离开西京的消息后，我当时还没想到更为周全的计划便带你一起冒这么大风险，现在想来是我太自私。"

"寒梅大姐，自从第一天与你和曹大哥共事开始，我便从心底里将你俩认定

为最信任的人，所以我从没后悔过和你一起去做任何事，你更不必内疚。"康健摇摇头，一边将油灯挑得更亮一些一边说，"我也是刚从我爸嘴里得知，原来这些年从秦华医药厂秘密运往延安的药品，都是从我家药铺送走的，而且是我爸和曹大哥还有肖先生三人相互配合运送的。"

这时，康寿夫手里捧着厚厚一叠文本资料走到寒梅跟前说："这些用剧本形式秘密记录的单据，是曹云亭以前留在我这里的，每张单据都是他亲自所写。本来这些文档是应该销毁的，我们请示上级后，组织上决定交由你来处理，所以……"

寒梅一把将所有文档抱在怀里，急忙打开本子看着密密麻麻熟悉的字迹，双眼顿时噙满了泪水，嘴里连连说着"谢谢，谢谢"。

寒梅回到住处，将曹云亭所写的单据全部铺开在油灯下，看着一行行熟悉的文字，仿佛曹云亭此刻就坐在桌边写着什么。如今曹云亭生死未卜，两人天各一方，见字却不见人的悲伤直惹得寒梅将头埋进被子里伤心欲绝地低声哭泣着。

经过一番思考，寒梅执意要留在长乐坊大剧院，理由是她要在这里等待曹云亭归来，并恳请柴伯文能够理解她这层心意。柴伯文自然了解寒梅与曹云亭在多年战斗中建立起的这份生死感情，他不仅没有强行要求寒梅北上延安，还为她能留下来向上级积极请示争取，因为柴伯文和寒梅一样，也为失去曹云亭这么一位优秀的战友而时时感到难过。

不久之后，上级组织经过慎重考虑，亦为保护革命新生力量，最终决定让康健和杨小云前往延安。这个决定一时令许多人感到诧异，但细想之后又觉得在情理之中。于是在一个风清月朗之夜，杨小云依依不舍地站在长安城外，满脸泪水的她面朝长乐坊大剧院方向久久不愿离开，直到康健多次劝慰催促，两人这才毅然决然地消失在茫茫夜色中。

第三十六章

　　杨小云和康健离开长安城后，管不住自己急躁脾气的杨元厚四处闹腾着寻找女儿。眼见寒梅等人对他的叫嚷不动声色，便猜到他们一定知道女儿的去向，于是就跑到寒梅跟前大喊大叫地询问女儿去了哪里。忍无可忍的寒梅冲着他也喊叫道："虽说小云是你的女儿，但她也是个独立的人，要去哪里是她自己的选择，你没有权利干涉和阻挠。"杨元厚很少见到贤淑温婉的寒梅这么不客气地对自己说话，脾气反倒软了下来："我就是想知道她在外面安全不安全，会不会饿肚子？就是要走，也该给我说一声，毕竟我是他爹呀。"寒梅看着情绪失落的杨元厚说："你的担心小云都给我说过，我也理解你的心情，可你也得为小云着想啊。我能告诉你的就是她现在很好，而且身边还有康健，你就不要再整日琢磨操心了。小云临走前说她会经常给你写信的，你就等着她的信吧。"

　　不久之后，杨元厚果然收到了女儿的书信。杨小云在信中告诉父亲，往后自己不能再登台唱戏了，如今她随康健来江南做生意，一切都很顺利，并说自己和康健相爱了，希望父亲能祝福他们，等到再回长安时，即是他们结婚的日子，愿父亲能养好身子，等待这一天的到来。杨小云最终还是没有告诉父亲，她和康健去往延安的实情。而看完信的杨元厚，像个孩子般哇哇大哭起来。

　　冯其中的锦绣班回到长安后，正像沈金书给杨元厚预料的那样，他们的演出一直不温不火，反倒是古城茶楼的生意日见好转，无论白天黑夜来来往往的客人川流不息。无奈之下，冯其中将锦绣班无戏可唱的兄弟，临时安排到茶楼来帮忙。锦绣班的生意本就惨淡，杨元厚还跑去捣乱，大骂冯其中不顾脸面，死乞白赖在梨园行里讨饭吃，既然有志气往外跑，为何又狼狈不堪地回来。杨元厚这些气话说多了便不招人待见，沈金书多次找到他冷颜厉色地相劝，他这才有所收敛。对于杨元厚隔三岔五地闹腾，冯其中心里很不是滋味，他脸上实在挂不住，便在古

城茶楼大堂中央搭起一个小舞台，干脆让锦绣班在茶楼演出。李泉觉得舞台太小撑不开场面，冯其中苦涩地说："这总比兰州东坡剧场的舞台好多了。"

随着锦绣班的进入，古城茶楼的生意更加兴隆，这里俨然成为各路客人休闲话事的最佳地方，也成为长安城各种消息热议传播的集散地。这些天大家都在纷纷议论西北马家军派遣两个骑兵师去河南前线抗日的事情，说是马彪、马禄率领的骑兵一师和骑兵二师浩浩荡荡从西宁经兰州、平凉，一路马不停蹄穿过陕西到达河南境内，士气高昂的骑兵师受到沿途各地百姓的热烈迎送，部队官兵精神抖擞，准备在中原一带与日寇决一死战。马彪的骑一师驻扎在潼关以东、郑州以西的地面上，西京行营主任顾宽敏还亲临潼关一线慰问远道而来的马家军；而马禄率领的骑二师已突进到开封以东的地界上，现与日军在前线形成对峙态势。

听到客人们对马家军啧啧称赞的议论声，冯其中心里怪不是滋味，想到自己在兰州城遇见的那个仗势欺人的马上飘，他很难想象马家居然还会有如此彪悍有血性的部队。这天冯其中正在茶楼里忙活，李泉忽然进来说有兰州来的朋友要见他，冯其中来到大堂一看原来是兰州丰德班的马杰，大喜过望的冯其中连忙将马杰迎到楼上的包厢内。兰州一别两人有些时日没见面了，看到气宇轩昂的冯其中，再看看这人声鼎沸生意兴隆的茶楼，马杰连声夸赞道："冯兄在兰州时，既不愿加入马上飘的马家剧社，也不愿来我们丰德班，原来你在长安城有这么好的营生，任凭谁也不愿留下啊。"冯其中听完哈哈大笑道："不瞒你说，以前这茶楼生意极其清淡，顶多维持个台面。我从兰州回来后，这茶社生意才一天天好起来，要我说啊，这或许还是沾了你老弟的福分哪。"冯其中几句热乎话，说得马杰也是仰面大笑。许久未见的两个同道中人尽情地开怀畅饮起来。

马杰给冯其中说："想必你已听说了马家军有两个骑兵师已到达河南战场，我们丰德班就是要去前线给抗日战士们唱戏鼓劲去的。"冯其中问他是不是碍于马上飘的淫威才远赴河南的。马杰说这次还真是自己心甘情愿的，班主马乃德很支持，丰德班的兄弟们也都纷纷请缨要去前线演出，自己便带了精干小伙子二十三人奔赴河南，路经长安便想着来看看冯其中，这才寻到古城茶楼来。冯其中深为马杰的这份英勇气概所感动，连声称赞他与丰德班有民族大义精神，是梨园行的榜样与楷模。这些溢美之词听得马杰脸红不已，他急忙一边摆手一边说："不值一提，冯兄过奖啦。"李泉将马杰带领的丰德班二十三号兄弟全部安排在茶楼住下，并招呼大家吃好喝好，只等明日天亮后再行出发。

第二天上午，马杰与兄弟们整装待发时，李泉发现冯其中不见了，他在院子内外到处寻找，最后在茶楼楼顶找到了他。一身晨凉的冯其中伫立在栏杆前似乎陷入了沉思，听到李泉的声音后他轻轻叹息一声，说："我要带锦绣班去河南前线义演，还得你看管好茶楼等我回来。"李泉惊讶得下巴都快掉到地上，等他反应过来时，冯其中已经走下楼去。

马杰听到冯其中也想带领锦绣班与丰德班一起奔赴河南劳军义演，他激动地握住冯其中的双手久久不愿松开。为了让锦绣班有充足的时间收拾行装器具，马杰告诉冯其中可以晚走一天。李泉不断恳求冯其中，他也要一同去河南，但冯其中坚决不允，因为他不想看到耿超的悲剧再次发生。无奈之下李泉只好再三嘱咐锦绣班的小兄弟付兴华，让他一路上多照顾冯其中的生活。当天夜里，冯其中找到师姐寒梅，说了他要去河南的事情，寒梅没有阻拦也没有表示支持，只说了一句"多加小心"。冯其中悻悻地从寒梅处离开时又说："我会一路上留心打听曹云亭的消息。"寒梅又只是轻轻一声"谢谢"便不再说话。

二十三名丰德班兄弟和锦绣班选出的十二名成员，组成一支小有气候的演出小分队，在马杰和冯其中的带领下义无反顾地朝河南而去。经过一路颠簸，当他们一行三十多人到达骑一师驻地时，恰巧碰上骑一师全体将士正在为首战大捷举行庆功会。白天里骑一师刚刚将一支由日本浪人和伪军组成的数百名匪徒全部消灭，丰德班与锦绣班给庆功会带来的秦腔演出，真可谓锦上添花。高亢激昂的秦腔戏不仅赢得官兵们雷鸣般的掌声，而且激发起全师将士更加昂扬的战斗意志，骑一师师长马彪特意找到马杰和冯其中表示感谢。

通过此次演出，冯其中强烈感受到秦腔艺术潜在的力量以及作为戏曲人存在的意义。他想起师父陈凤良当年远赴北平，站在二十九军大刀队驻地的演出，一定比此时此刻的自己更加激情而豪迈。

不久之后，骑一师再次奇袭了山西运城的日军，彻底肃清了陇海铁路沿线的威胁，确保了中原战备物资的安全运输，对此国府委托西京行营主任顾宽敏传令嘉奖骑一师取得的辉煌战绩。

有天夜里，骑一师师长马彪将马杰和冯其中叫到师部说："骑一师取得的战

绩，也有你们二位的功劳啊，你们在舞台上唢呐一吹，鼓乐一响，仿佛有十万天兵下凡哪！"马彪这番话引得大家哈哈大笑。他接着说："刚刚接到骑二师马禄师长发来的电报，说他们在开封一线与日寇连续厮杀，激烈战斗，仗打得非常辛苦，官兵们疲惫不堪。而日军现在依靠精良的武器装备，想要强渡黄河进取郑州的气焰十分嚣张，我除了从骑一师增派人手援助以外，实在想不出更好的办法。今晚忽然想到你们秦腔艺术的能量可谓超乎想象，这次你们在骑一师的演唱威力我可是亲眼所见，所以想请你们带着自己的兄弟们，明天跟随我们的增援部队去给骑二师加加油、鼓鼓劲，不知二位意下如何呢？"马彪用殷切期望的目光看着马杰和冯其中，他们两人连半刻的犹豫都没有便答应下来。性情豪爽的马彪立即让副官端出两盘银圆送给二位，并说这是西京行营给全体将士的犒赏，理应有你们一份。马杰与冯其中坚辞不受，但马彪硬是塞到他们手里不容拒绝。

说来也怪，当马杰与冯其中的秦腔班在骑二师驻地只唱完一场戏后，骑二师的两个团便向一支西犯的敌伪军展开猛烈攻势，伪军死伤数百人，一举收复了很多村寨，士气高涨的部队官兵乘胜追击，结果伪军一半被歼灭，一半跳河逃亡时溺毙，无一生还。当骑二师大获全胜的喜讯传到郑州、洛阳后，一度人心惶惶的防区内各县百姓，箪食壶浆犒军慰问胜利之师，并给马禄师长赠送"万民伞"，以表达对抗日将士的崇敬之情。

马家军的骑一师与骑二师在正面战场上的节节胜利，给全国抗日战场带来欢欣与鼓舞。河南战区选择在一处名为"水寨"的小村庄里，为骑一师、骑二师举行了隆重的嘉奖仪式，战区司令官亲自为马彪和马禄两位英雄师长佩戴上抗战勋章。在人山人海的庆功宴上，冯其中惊讶地看见马上飘竟然就坐在自己旁边的桌子上，马杰这时才对冯其中说："我早就知道马上飘也来到了战场上，没给你说这事，是怕你不悦。"两人正在嘀咕间，马上飘已走到冯其中身边，他双手捧起一小碗酒毕恭毕敬地对冯其中说："万万没想到我们在这里又见面了，冯老板能不远万里、不惧危险来到前线，为我们马家军加油助威，就凭这一点，我马上飘敬您一杯。"马上飘话音刚落，旁边桌上他的随从们便一声声喝彩起来。

原来马上飘带着马家剧社的兄弟们，最先跟随马禄的骑二师到达开封东部防线，他们既能下马唱戏，又能上马作战，平常与普通战士并无两样。看着记忆中那个白衣少年模样的马上飘转身变成一身戏装的抗日战士，冯其中对他的憎恶之感瞬间散去许多，心底反倒生出些许好感来，随即说道："我是随丰德班马杰他们一起来的，能为官兵们唱戏，也算是鄙人与锦绣班为抗战尽些绵薄之力罢了。"

马上飘听着冯其中的谦虚之言低头笑了笑说："冯老板就不用给我客套了，战场形势险恶，还望你和马老板及大家伙多多保重。还是那句话，等这场仗打完了，我还是要向马老板请教的。"冯其中听罢此言默不作声地笑了。

水寨嘉奖大会结束后，马杰和冯其中的兄弟们就地歇息在水寨村里。水寨村座落在一条土沟里，东西两侧是高约百米的土坡，冯其中他们夜里摸黑爬上土坡前去给从战场换防下来的士兵们唱戏，白天就窝在水寨村歇息，时日久了，便和水寨村的乡亲们混熟了，谁家有个红白喜事需要秦腔助兴，他们也会在白天里去给老乡捧个场。

转眼到了六月初，地面上升腾起初夏的热浪。日军为了彻底占领中原大地，再次发起了强大的夏季攻势。面对日军一波又一波的进攻，为了保卫开封，国军也开始从四面八方增派援兵，一时间在骑二师重点防守的塔山一带，敌我双方投入近二十万兵力，展开长时间惨烈的拉锯战。

这天晌午，晴空中的太阳炙烤着大地，水寨村有户人家正在办喜事，新郎迎娶了邻村的新娘，在清脆的唢呐声中，娶亲回来的花轿正沿着东侧土坡上的小道朝水寨村走去，后面紧跟着迎亲的队伍，他们抬着嫁妆喜笑颜开地跟着花轿走下坡去，这时候的村口上已经站满了看热闹的村民。马杰和冯其中今天刚好要提早赶往稍远的军营准备夜场演出，他俩带着戏班所有人正往坡上走去，当大伙和迎亲队伍擦肩而过时，冯其中还半开玩笑地对徒弟付兴华说："你也老大不小的人了，等仗打完后，也该娶个媳妇了。"付兴华笑吟吟回答说："我不急，我还小，倒是师父该抓紧些。"付兴华青涩的回答引得大家哈哈大笑。

冯其中他们一口气爬上土坡站到了高处，他抬头看看天空中的太阳，心想今晚的夜空必定是繁星闪烁。这时付兴华突然指着远处大声喊叫："师父，你快看。"冯其中闻声朝付兴华手指的方向望去，只见从水寨村北部漫天涌来一股浑浊的黄水，仿佛在地面拼命爬行的长蛇一样快速前行，紧接着隐约听到闷雷般的响声由远及近，震得人头皮发麻，脚下的大地也开始微微颤抖起来。冯其中和马杰人这

才反应过来，急忙朝沟底的乡亲们大声呐喊："洪水来啦，快跑啊。"这时迎亲队伍刚走到村口，唢呐声戛然而止，听到坡上呐喊声的老百姓顿时乱作一团，惊慌失措的人们纷纷朝土坡上跑来。此时洪水已经涌进村子，抬轿的两个壮汉十分艰难地想从黄泥汤里走出来，还不到一分钟时间，水就涨到齐腰深，两人将花轿高高举过头顶，踉踉跄跄地抬着新娘子走了没多久，大水呼啸着冲下来，几米高的黄汤浊浪卷跳着漫过水寨村，只见村民的土坯房子瞬间被淹没，刚刚还在水中挣扎的两位壮汉连同花轿转眼间被水浪冲得无影无踪。

许多奔跑到土坡上的村民眼睁睁看着整个村落瞬间被淹没，惊魂未定的人们连叫带喊着哭成一团。而那些还没来得及离开就被洪水围困的村民，他们的哭喊声更是凄惨，只见大人抱着小孩爬上了屋顶，很快屋子轰隆一声倒塌在水里；还有很多人拼命爬到了树上，大水又把树淹没了……突如其来的洪水像恐怖的怪兽呼啸而过，所到之处皆已变成浑汤黄泥的汪洋大海，肆虐的洪水冲散了骨肉至亲，大家纷纷各自逃命，谁也顾不上谁了。

之前还人声鼎沸的村庄转瞬之间就消失了，蓬勃生长的庄稼颗粒不留，无论是远处高地或是近处平川，都被黄河水覆盖殆尽。侥幸活下来的人们，此刻只能选择远走他乡，无数遭难的百姓望着身后越来越遥远的家乡，哭了一场又一场，一群群缺衣少食、忍饥挨饿、流离失所的灾民扶老携幼落荒行走在逃难的路上，每天还得躲避日寇飞机的连番轰炸。广袤而苍茫的中原大地变成了一眼望不到头的"黄泛区"，方圆数百里出现了亘古未有的"无人区"。

第三十七章

冯其中和马杰他们赶往军营的路上，到处都是惊慌失措、痛哭流涕的难民。有人咒骂说是日本人的飞机炸开了黄河大堤，也有流言说是国军为了抵挡日军的凌厉攻势，万不得已之下以水代兵，下令扒开了河南花园口和赵口黄河大堤，形成一道天然的"军事分界线"，不惜一切代价要将日军机械化部队堵死在黄泛区东岸，这才制造了这起震惊世界的空前灾难。

黄河决堤之后，已经突入豫东地区的马家军骑二师被动陷入困境，迫不得已的马禄师长只能接受上级的命令撤出战场，他将部队迅速后撤到黄泛区东岸，一边坚壁清野，一边开始准备西渡黄泛区。这时的日军也瞅准了骑二师的被动局面，决计要将马家军骑二师消灭在黄泛区东岸。由于豫东地势平坦不易隐蔽，骑二师在连续撤退作战中虽然行动敏捷，但骑兵目标过大，兵马伤亡惨重。

部队撤到黄泛区边界时，只见茫茫黄河水浊浪滔天，一眼望不到尽头，沿岸所有村落已经人去屋空，很难找出大船用以撤离，最后只找来不到十只小船日夜不停送部队西渡，马禄师长见此状况心急如焚。恼羞成怒的日军发现骑二师已经开始西渡撤离，他们为了全歼骑二师，快速抽调来大股配备精良武器的重兵，在坦克掩护下，发疯般向骑二师猛扑过来。为了掩护大部队撤离，骑二师组织起来的敢死队在且战且退中付出了惨烈代价，直到大部队安全西渡后，仍有上百名敢死队战士没能顺利渡河，他们被日军团团围困在黄泛区东岸，经过几天殊死抵抗，已经弹尽粮绝的战士们不愿被俘受辱，全部投水自溺，壮烈殉国。

日军终于冲到黄泛区东岸边，却发现没有一个战士一条枪留下来，只有两百多匹战马齐刷刷望着滔滔黄河水悲鸣嘶叫，仿佛在呼唤投水而去的敢死队勇士们逝而复还。暴跳如雷的日军用机枪扫射战马，一匹匹剽悍精骑倒毙身亡，鲜红的马血染红了大地。

黄泛区西岸边，将士们列队东望，整齐的枪声响起，那是向英勇殉国的战士

们致敬。马彪、马禄师长热泪洒地、悲愤不已，河南战区司令部送来的"民族至上"牌匾，高高悬挂在用木头与砖块垒砌的简易纪念碑上，全军将士歃血盟誓定要杀敌复仇，誓死与日寇血战到底。当夜，冯其中与马杰率领全体兄弟，酣畅淋漓地演唱了一出《战河东》，月明星稀的黄河岸边，悲愤沙哑、哀婉凄凉的唱腔响彻夜空。

黄河决堤后，日寇机械化部队无法穿越黄泛区，便将进攻重点转向武汉方面。随着战局的变化，马家军的布防力量移至洛阳一带，郑州以西的战局暂时得已缓解，潼关以西关中地区的战争威胁也得以消解。

冯其中和马杰他们要回家了。返回长安的路上，闷闷不乐的马杰给冯其中吞吞吐吐地说："马上飘牺牲了。"冯其中听后浑身打了一个冷战，急问是什么时候的事情。马杰说就在掩护部队西渡前夕的激战中，马上飘率领自己的兄弟们突围时被日军打散了，寻找他们的战士回来说，他们被敌人围困在一个川道里，弟兄们全部战死了。后来因为骑二师要拼力西渡，只好将他们就地草草掩埋了。黯然神伤的冯其中一路上低头不语，他知道今生今世再也没有机会和马上飘谈戏了，他想起在兰州时的一幕幕往事，又想到和马上飘在水寨村嘉奖大会上的匆匆一见，他心中顿时涌出无限的痛楚。

冯其中一行返回长安的火车再次经过潼关车站时，他默默地望着远处熟悉又陌生的连绵山脉，而后又将头深埋在怀里默默抽泣起来。谁也不知道他的眼泪是为何人而流，或许是为仅仅见过两次的马上飘，又或许是想起潼关车站死去的耿超兄弟。

李泉看到冯其中和马杰他们安全回来了，内心十分高兴，他对冯其中说："长安城里都传遍了，大家都说马家军在河南和日军打得十分惨烈，气急败坏的日本人把黄河堤坝都给炸毁了，但是也有人说扒开花园口黄河堤坝是国军干的。无论是谁干的，河南老百姓这回可是遭了大殃，很多人都往陕西这边逃难来了，这都是天杀的日本鬼子造的孽啊。"

冯其中说："你说得对，黄河堤坝不管是谁扒开的，都是被日本人逼的，这笔血债就应该由日本人来偿还。如果没有他们发动这场十恶不赦的侵略战争，怎会有这兵荒马乱的年月？如今天下连年不太平，都是拜小鬼子所赐啊。"

李泉听完狠狠地点点头说："大哥说得对,这笔账就应该记在日本鬼子头上。"

马杰和他的丰德班弟兄们在冯其中的古城茶楼歇息了几日后便要回兰州了,冯其中再三挽留他们多住些时日,马杰说离开兰州很长时间了,班主马乃德日夜牵挂着弟子们,众兄弟的家人肯定也是日夜惦念,是该早点赶回去报个平安了。听到马杰婉拒他的理由后,冯其中也不便多说什么,他亲自送丰德班到了长安火车站。依依惜别之际,冯其中又拜托马杰回到兰州后,代他向东坡剧场的孔思泰还有庄严寺的明镜师父问个好,马杰悉数应允下来。

肖玉仁的华丰面粉厂被炸后,肖家的长泰印染厂也因为一场大火关闭停产。顾宽敏不能眼看着长安城出现民生危机而袖手旁观,于是他决定再建一个面粉厂和印染厂,他将这个想法告诉了工商科长连云飞,并示意他去找吴雪山合作。连云飞早从金融科长魏文远嘴里知道了西京行营的财政捉襟见肘,类似这样大规模的民生工厂建设,如果没有商人的资助,确实难以在最短时间内完成。另外,随着时间的推移,无论是连云飞或是魏文远,他们都心知顾主任与这个神秘商人吴雪山之间有着说不清道不明的关系。

肖府上下悉心照料着病中的肖玉仁,日夜期盼着老爷能早日苏醒过来。病势沉重的肖玉仁迟迟不见苏醒,致使西京商会的工作很难开展,于是在工商界的一次内部会议上,顾宽敏终于向大家摊出底牌。他假仁假义表明,为不辜负西京市黎民百姓之重托,眼下亟须推选出新一任会长来主持商会工作,并说一时半刻很难寻到像肖玉仁这样资历与威望均合适的人选,所以提议由西京行营工商科长连云飞暂时代理商会会长职务,只待肖玉仁大病痊愈后,再议换届选举之事。许多与肖玉仁历经多年商海沉浮的商人都清醒意识到,这是贪财腐败的顾宽敏第一次明目张胆地将脚赤裸裸伸进商界里来。

连云飞代理会长职务后,顾宽敏又令文化科长郭宪正发了一纸公函,彻底裁撤了名义上由西京商会主办,其实一直以来由肖玉仁承办的《西京工商时报》。顾宽敏之所以要坚决取缔这份报纸,是因为他隐隐约约感觉到自己掘地三尺想要找到的那个"农夫",就隐藏在这些自己无法掌控的报纸背后,乘着肖玉仁病倒的契机,拿掉这份报纸就等于除掉自己心中的一份担忧。

顾宽敏的怀疑是准确的,"农夫"李知章就是《西京工商时报》的总编,面

对顾宽敏的流氓行径，他不能有任何冲动的举措，这是肖玉仁曾经多次给他交代过的。肖玉仁希望李知章永远站在暗处，像把潜藏的利刃，每到关键时刻就刺进敌人的心脏。其实肖玉仁早就为李知章安排好了退路，在《西京工商时报》被取缔的第二天，李知章悄悄来到与柴伯文约定的见面地点将报社的突变和内情全部汇报给柴伯文，而柴伯文带来了《新华日报》盛情邀请李知章的书信，并真诚希望他能将报社的优秀人员一并带过来。对于柴伯文来说，他更为看重对李知章"农夫"身份的保护，这也是曹云亭以前对他数次提说过的。就这样，在与敌人长期的暗战与明斗之中，类似肖玉仁、李知章这样具有爱国情怀的有识之士纷纷加入到革命队伍中来。

吴雪山在顾宽敏和连云飞等人明里暗里的支持下，很快建起了面粉厂和印染厂并投入生产，在如此艰难的时局之下，顾宽敏与吴雪山联手大赚民生财。从对秦川机械厂的拆分，到对秦华化工医药厂的霸权介入，再到今天光明正大地重建面粉厂和印染厂，这个从南洋漂到长安城的复仇之人"吴大宝"，终于实现了依靠顾宽敏手中权势大发横财的梦想，他除了给顾宽敏巨额的利益输送以外，另一个重要目标就是复仇。当吴雪山从南洋来到长安，又从顾宽敏嘴里得知北平吴家发生惊天变故所有细节的那一刻起，他便认定长安城止园剧场京剧崇林社的沈金书，就是吴家一夜之间分崩离析的幕后罪人，也是沈金书在暗中搅动着崇林社与吴家两代人之间扯不断理还乱的是非与仇恨。他发誓要让沈金书落得和他师弟任少山当年同样的下场，只有这样才能一解他的心头之恨。于是，吴雪山走出了向沈金书寻仇报复的第一步。

自从沈金书从北平回来后，全国各地又有很多京剧班社长途跋涉来到长安谋生。沈金书作为长安曲艺工会的会长，自然成为大家仰仗的精神领袖，平常日子里，沈金书也将更多精力放在了曲艺工会的事务上，而京剧崇林社在赵天佑社长的操持下，在止园剧院的演出不仅一切顺利，而且成为长安城所有京剧班社的领头羊。长安城有很多达官贵人对京戏有着超乎寻常的喜爱，尤其是北平青衣名角柳青芳的青衣戏地道而醇美，不仅吸引来有头有脸的社会显贵，还惹得全城的狂蜂浪蝶常来闹场子，这点让沈金书一直心存忧虑，他时常提醒赵天佑要多多看护柳青芳，还说这是北平京剧总社田千秋老社长生前留给他的最重嘱托。

长安京剧崇林社的人数愈来愈多，赵天佑管理起来也越发吃力，尤其是长安崇林社的原班人马和沈金书从北平带来的京剧演艺人员之间，不断发生矛盾和摩擦。为了替师父照顾好柳青芳，赵天佑特意将柳青芳的住所安排在止园剧场后院最隐蔽的一处地方，但最近一段时间，他偶尔会看到有个以帽遮面的陌生人从后院闪进闪出，心有疑虑的他便多长了个心眼。这天午后，太阳火辣辣地照射着大地，众弟子全都午休了，从后院如厕返回的赵天佑又看见那个陌生人快步穿过剧场朝后院走去，赵天佑悄悄尾随而来，眼睁睁看着此人进了柳青芳的房间，就在那人摘掉帽子转身关门的一瞬间，赵天佑清楚地看到这个人居然是常来戏院捧场的长安富商吴雪山。

当赵天佑将此秘密告知沈金书时，沈金书吃惊不小，转而又埋怨赵天佑为何没有早点发现。他立即差人将柳青芳唤到书院门的家里，三人沉默许久之后，赵天佑率先开腔对柳青芳痛心地说："我做梦也没想到你会和吴雪山厮混一起，你和他在一起多久了？你了解这个人吗？你知道他的身世和过去吗？此人的品行为人你清楚多少呢？"

气冲冲的赵天佑将一连串问题抛给柳青芳，而柳青芳杏眼圆睁望着赵天佑说道："我就猜到你会到沈会长这里来告我的黑状，我和吴雪山在一起，不知妨碍到你什么事？依我看呀，倒是你赵社长真该替自己的终身大事考虑考虑了。"

柳青芳怪声怪气地戏言赵天佑，令沈金书实在听不下去，他猛然呵斥住两人："当着我的面你们都能吵起来，我真不知道你赵天佑这个社长平常是怎么当的？崇林社从北平来的弟子和长安的弟子，说破天也是一家人，怎么会闹得水火不容呢？你得有一颗'公心'，一碗水得端平喽。"

他又对柳青芳说："田千秋老社长曾对我有过嘱托，让我要关心照顾你。当年情急之下带你来到长安，是为了躲避宫田太郎带来的那场灾祸，这些往事你都是知道的。你是田老社长一手栽培的得意弟子，也是北平城有声望的名角，可惜造化弄人，日本人占领了北平，我们又和日本人发生了矛盾，这才不得已到了长安。再说了，长安京剧崇林社就是当年的北平崇林社，你到这里来演出并没有辱没于你，而且如今你又成为名噪长安的名角，长安崇林社便是你的家了。咱们梨园行的人，本事当然要有，这是谋生吃饭的手艺，但我们更应该懂得做人要讲究

仁义礼智，要懂得尊长厚幼。所以，尽管赵社长不是你在北平时的班社头领，但他毕竟是长安崇林社的社长，你应该尊重他才对。"沈金书语重心长的一席话，说得柳青芳低下了头。

沈金书接着说："吴雪山此人，我们对他还是有些了解的。他与国府官员走得很近，是个不折不扣的官商，这样的人一定有着特殊的背景和来历，现在你与他有了感情来往，难免让人担心忧虑。自古以来富家公子追逐梨园名伶的悲情故事难道我们在舞台上演绎得还少吗？既然今生今世走进了梨园行，'戏大如天'四个字就得牢记心间，无论走到哪里，无论和谁搭班结社，都是为了把戏唱好，但是眼下你俩有什么说不开的过节，非要闹出这么多矛盾，这能谈得上是一家人吗？还能把戏唱好吗？又如何给师兄弟们做好表率？"

沈金书气愤不已的一连串诘问，让赵天佑甚感尴尬，师父这番苦口婆心的训诫，又何尝不是在责怪他管理京剧社不力。这时，柳青芳缓缓抬起头不无委屈地对沈金书说："前辈教训的是，在我心里从来没有把您和长安崇林社当过外人，这才随您来到长安。可我毕竟长大了，田老社长活着的时候，我的事情由他老人家定夺，如今他老人家去了，我的终身大事自然是要听沈会长您的意见，可我还没想好该如何给您说这件事情，赵社长就来告状，我心里自然是不痛快的。"

柳青芳的一番辩解让沈金书多少听出来，她与吴雪山的交往已经有些时日了。既然事情已到了这等地步，沈金书感觉有些话已经不能继续往下说了，于是他让柳青芳先回止园剧场去了。

满怀委屈的柳青芳刚走，赵天佑"噌"地站起来说："我们崇林社的弟子们早就看不惯这帮从北平来的，既然大家心怀芥蒂，还不如分开过算了。"

沈金书听得此言，怒斥道："天佑啊，天佑，你这样意气用事，如何对得起死去的田老前辈？当年我将任欣荣清理出崇林社后，让你来接手社长职位，就是看重你厚道仁慈，但你也不能任由他人牵着你厚道的鼻子往前走，踩着你仁慈的脾气想咋样就咋样。班社既需要你辛勤管理，更需要你的人望与威信啊。"

赵天佑听着师父的声声教诲惭愧地低下头说："弟子一定再三努力，誓将两社人员团结一起，以不辜负师父的期望。"

柳青芳与吴雪山的事情，让沈金书心里生出许多不安。他在北平时就听说柳青芳是田千秋老社长早年收养的一个弃婴，其父母早已无从查寻，田千秋抱回她的时候，只在襁褓里发现了一条红绸带，除此之外，再也没有任何可以判断其身世的物件。那条红绸带上绣着一首唐代诗人刘禹锡的诗："杨柳青青江水平，闻郎江上踏歌声；东边日出西边雨，道是无晴却有晴。"于是田千秋便从优美的诗句里给孩子取名柳青芳，期望这个女孩能有个美好的未来。长大后的柳青芳明眸皓齿、姿容美丽，人长得娇小玲珑，性情却内敛忧郁，再到后来愈发变得孤傲不合群，她的外表往往让人误以为是个性情乖巧的女子，其实却多愁善感心思偏重。沈金书也是在柳青芳来到长安很长一段时间后，才了解到她是这样一种性情。

身为长者，又是师父的角色，沈金书不好畅言女儿家的心事，但他对柳青芳与吴雪山交往的担心却是实实在在的。于是沈金书想到了到寒梅，让她去劝说柳青芳会更为妥帖，毕竟女儿家在一起好沟通。寒梅领会了沈会长的意思后，便直言不讳地劝说柳青芳不要再和吴雪山这样来路不明的人厮混一起。柳青芳猜测寒梅一定是沈会长派来的说客，心里很不是滋味，尽管寒梅好言相劝，柳青芳却是一副置若罔闻的神态，她那孤傲而又清冷的性格，让所有人很难将她与舞台上那个千娇百媚、仙气飘飘的青衣女子相提并论。

第三十八章

吴雪山狂热追求柳青芳之前，既摸准了她的性格，也了解清楚她的身世。吴雪山除了用重金铺路以外，还将自己包装成一个与柳青芳有着相似命运的孤儿，他用同病相怜的话题叩开了柳青芳的心扉。心机深重的吴雪山应对忧郁自矜的柳青芳自然是绰绰有余，而他处心积虑地靠近柳青芳，当然有着不可告人的秘密。

止园剧场的老板叶琦也越来越感觉到柳青芳身上的傲气。她常常在后台要起脾气时，别人都不敢靠近，尤其是她和吴雪山混在一起后，愈发显得不可一世。有次台下已坐满观众，台上锣鼓也已响起，柳青芳突然提出要换装，原来吴雪山刚送了她一套精美绝伦的青衣服饰，白天里她不允许任何人靠近碰触，把这套衣服像一尊佛像一样整齐供奉起来，夜里的演出已经开场了，她却突然嚷嚷着要换上这套服装才肯上台，把剧院老板叶琦急得满脑门全是汗珠，等到众人手忙脚乱地给她换完装再上台时，台下已是嘘声四起。

叶琦忍受不了这份熬煎，多次跑来给沈金书诉苦，他说照此情形下去，迟早有一天柳青芳会弃演离场。面对骄纵孤傲的柳青芳，沈金书也感到无能为力，柳青芳长期压抑在胸的情感像座积蓄已久的火山在此时猛然喷发了，而且一发不可收拾。世上那个唯一能管教柳青芳的田老社长已经驾鹤西去，此刻谁也无法劝服或掌控恃才傲物的她。柳青芳觉得自己终于可以活得像个自由自在的人了，她再也不需要看任何人的脸色。与此同时，当柳青芳第一次意识到别人需要瞧着她的脸色行事时，她的自尊心得到了前所未有的满足。

不久之后，柳青芳又开始在后台拉帮结派，她将许多原来北平京剧社的师兄弟们聚集在身边，摆出一副与赵天佑社长叫板的样子。柳青芳之所以在羽翼丰满的时候非要这样执拗地大变脸，除了吴雪山在背后给她撑腰蛊惑以外，还在于她心底里始终有个解不开的疙瘩，那便是当年在北平发生的一系列事情，看似由于有人暗杀了吴德岭父子所引发，但她却一直心疑是因为沈金书而起。如果不是他们崇林社招惹来灾祸，哪里会有那一场惊天变故？如果没有那场大变故，师父田千秋和朝阳剧院老板黄兴梅怎么会白白丧命？自己和二十多号师兄弟怎么会流落到长安？就是在这些无法释怀的误会丛林中，柳青芳变得越来越不把长安京剧崇林社放在眼里，似乎沈金书和赵天佑对她的好，都是他们相欠已久早该归还的良心债。

这一天，柳青芳忽然找到赵天佑说，以后不必按照止园剧场的演出时间给她安排登台场次了，如果她有心情演出，自然会来找赵社长的。赵天佑将柳青芳的原话说给沈金书听后，直气得他半天没说一句话。

吴雪山觉得自己终于拢住了柳青芳的一颗心，这对沈金书来说肯定是个不小的打击，但对于时刻不忘复仇的吴雪山来说，这个小小的胜利根本无法满足于他。先用感情牌极力收拢住柳青芳这个台柱子，再利用柳青芳将崇林社彻底搞垮，从而让沈金书无颜身居曲艺工会会长的位置，以及无法向已经故去的田千秋交代等等，这些才是他苦思冥想要达到的目的。

扬扬得意的吴雪山觉得不用很长时间，自己心中所想的结果都会一一实现。就在他耗费所有精力与时间，全力展开打击沈金书的节骨眼上，顾宽敏突然将他叫到办公室，皮笑肉不笑地拿出几张文件副本扔在茶几上，说："你看看这都是些什么。"吴雪山看着顾宽敏那张阴森诡谲不可捉摸的面孔，急忙拿起文件一看，瞬间脑壳里开始"嗡嗡"作响，热血仿佛要冲破头顶喷涌出来。这些纸上详细记录着吴雪山这些年来以各种方式给顾宽敏输送财物的数字、日期和内容，还有很多张银行过账单据的手抄件。吴雪山清楚记得自己每次都会将所有相关单据和账册销毁，而且从来都是在小心翼翼中亲手而为，这些曾经是他亲眼看着销毁的票据，怎么又"复活"了呢？吴雪山嘴唇哆嗦着问道："顾主任，这些东西都是从哪里来的？"顾宽敏坐在距离吴雪山远远的椅子上阴阳怪气地说："我也想知道这些东西是从哪儿冒出来的，你能给我一个合理的解释吗？"一头雾水的吴雪山看着这些从未经手他人，而今要给自己惹来泼天祸事的账册票据，实在难以想起究竟是哪个环节出了问题，一时间恐惧的阴云压向他的心头，屋子里的空气仿佛凝固了，陷入长久沉默中的吴雪山，额头渗出黄豆大的汗珠子滴落在手中的文件上。

　　望着背光而坐的顾宽敏，无比委屈的吴雪山拉着哭腔说："我是您亲自从南洋叫回来的，也是在您的帮助下，才有了我吴雪山的今天，就连我的名字，也是您给起的，您就是我的再生父母，我怎么会做出这般忘恩负义的事情呢？顾主任您一定要相信我。"

　　听着吴雪山近乎哀求的声音，顾宽敏的身子这才稍微动了一下，说："这些东西，可谓是你我之间的'秘密'，只有你知我知、天知地知。你是怎么保管和销毁的，我不知道，但我肯定不会给自己挖坑，如果别人想要给我挖坑，我又能奈何啊？"

　　顾宽敏的冷言冷语，让吴雪山欲哭无泪："我以我死去的父亲和三弟的在天之灵给您发誓，这绝对不是从我手里出去的，您一定要相信我，我这就去细查这件事情。"

　　吴雪山已经把话说到这个份儿上了，顾宽敏便不再威逼他："不用你去查了，可能你根本也查不到。再说了，即使查到也来不及了，因为有人现在正拿着这些证据在重庆四处告我。幸亏我顾某人在重庆还有几个过命的朋友，冒着天大的风险把这些告状材料透露给我，要不然，刀子已经架到你我的脖子上，我们还被蒙在鼓里。看来，隐藏在这件事情背后的这个人，是想要我的命啊。"

　　吴雪山心里实在猜不出，顾宽敏嘴里那个要他命的人，究竟指的是谁？但他隐约觉得在重庆折腾此事的人，一定与顾宽敏有着切齿之恨。顾宽敏当然知道那个"要他命"的人是谁，当他第一眼看到这些材料时，心里便猜到这一切肯定是李震的夫人在重庆所为。他深恨秦岭深山中的那个刺客，为何不将李震夫妇一起做掉？如果真是那样，也就不会有今天这样的威胁存在。尽管吴雪山给他赌誓发愿，但仍然难消他心底对吴雪山的怀疑，李震夫人又是如何得到这些秘密材料的呢？吴雪山瞒着自己有没有彻底地销毁所有票据呢？怀疑的种子一旦埋入人心，便像打开的潘多拉魔盒，任谁也别想关上。

　　吴雪山明显感觉到这段时间以来顾宽敏对自己的冷淡，顾主任再也没有像以往那样隔三岔五将他叫到家里，或者在外面偏僻幽静的地方喝茶吃饭。顾宽敏明显流露出的这种疏离，让吴雪山感到一阵后怕，那些所谓要命的材料毕竟是只有他才知道的，尽管他对这些材料的流失原因作了无数种假设与辩解，却统统都无法阻挡从重庆射向顾宽敏的致命箭矢。吴雪山开始懊悔自己这么多年来，知道和参与顾宽敏的秘密实在太多了，这会不会给自己的生命带来威胁呢？吴雪山心里越是这样想，就越觉得自己该留一手。重庆那个想整倒顾宽敏的人的做法反倒提醒了他，自此以后，吴雪山再也没有销毁贿赂顾宽敏的任何一页证据，反而将所有证据小都心翼翼地秘藏起来。

随着广州、武汉的失守，全国抗日战争进入战略相持阶段，作为国民政府第二号人物的汪精卫公开向日本投降，随后又在日本人的保护下前往南京，以"还都"的名义成立了汪伪政府。重庆国民政府为了应对这一新的抗战形势，立即发布《国民政府令》，"明定重庆为陪都"。这个消息传到长安城后，舆论一片哗然，人们纷纷议论：西京陪都建设还会不会继续下去？重庆国民政府是否取消了对长安城的"死保"方针？一个个疑问就像天上飞下的日寇炸弹一样，在全城百姓中间炸开锅。顾宽敏遵照国府的要求，连续数周在《西京日报》发表公开声明稳定人心，清楚言明重庆是因为四面环山易守难攻的特殊地理优势，尤其是有长江三峡这样的天然屏障，才最终被国府确定为战时陪都。同时又特别强调，国府永不放弃曾经所发出的"一寸河山一寸土""誓死抵抗外来欺辱""不让日寇踏进关内半步"等誓言，西京建设工作一切照常。这些通过报纸传递的信息，暂时稳住了急剧波动的人心，长安城逐渐又恢复到以往舞照跳、歌照唱的秩序中。

虽然顾宽敏的西京行营暂时将"明定重庆为陪都"这个消息所引发的社会波动压了下来，但却无法将此消息在吴雪山心中激荡起来的涟漪平复下去。吴雪山认为，既然国府放弃了西京作为战时陪都的计划，那么取消陪都筹备建设工作将是迟早的事情，到那一天，自己在顾宽敏支持下的很多产业还能不能继续存在，将是一个未知数。此刻的吴雪山强烈体会到一种"江河日落人不古，世风沉沦风萧条"的悲鸣之感，他根据自己对时局的了解和判断，经过一番周密盘算之后，心中认定日本人迟早会彻底占领全中国，这个结果可能只是时间问题了。

基于对顾宽敏"贪财忘义，睚眦必报"性格的了解，又有李震被抛弃遭暗杀的教训摆在眼前，吴雪山终于狠下心来决计暗中实施"金蝉脱壳"的计划。他先是迅速将自己的财产悄悄转移到北平日本人所办的银行，又与幽居天津的母亲张大红秘密取得联系。吴雪山最终决定要回到北平投靠日本人，因为那里不仅是自己的家乡，更因为父亲曾经与日本人交情匪浅，他觉得回到北平应该是眼下最安

全、最有前瞻性的决定。当他将一切准备就绪后，这才给柳青芳透露了自己的真实想法。柳青芳似乎早就盼望这一天的到来，她激动地拉住吴雪山的手说："北平是咱俩的老家，我早就想回去了，你我从小都是孤儿，等我们回去后，一定要找到自己的父母。"吴雪山看着沉浸在爱情中的柳青芳，既觉得可怜又感到可悲。他心里非常清楚，如果自己不带柳青芳一起回北平，以柳青芳的聪明伶俐，一定会察觉到他的异常举动，难免会将他的秘密嚷嚷出去，这样最终谁也别想逃脱，倒不如干脆带上她，这样也能对整个计划起到掩饰作用。唯独让他不死心的是，把柳青芳带离长安城后，自己对沈金书的报复计划就只能暂时搁浅了。

河南花园口黄河大决堤，不仅形成大片的黄泛区，而且还造成连续数年的大旱灾，并由此引发了惨绝人寰的"河南大饥荒"，数千万人失去家园沦为难民。浩浩荡荡的难民大军，其中一路进入潼关向陕西关中平原而来，另一路渡过黄河朝山西而去。在一个月黑风高的夜晚，吴雪山和柳青芳化装成难民模样，巧妙地躲过眼线，坐上一辆早先花重金雇来的马车，朝风陵渡方向飞奔而去。他们沿途看到有很多人饿死在路上，大批面黄肌瘦、有气无力的流民用绝望的眼神望着他们的马车，而且不断有人扑上来讨要吃食。吴雪山暗自庆幸有难民队伍打掩护，自己装扮成难民逃离长安这个计划是对的，要不然他不会如此顺利地逃脱顾宽敏遍布全城的耳目。

这个时期，中条山战役刚刚结束不久，黄河以北的山西已经被日本人完全占领。当吴雪山和柳青芳到达风陵渡南岸时，渡口也已被日伪军封锁。按照早前书信里的约定，张大红白日里便和司机开车到了风陵渡北口，她找到天津娘家熟人介绍的一位守卫风陵渡的伪警卫连长，一边给他塞钱一边热络攀亲，想尽一切办法躲过日本兵的眼睛。经过一番打点后，吴雪山带着柳青芳终于坐上一艘伪军运送物资的货船，这才乘着夜色渡过了黄河。吴雪山终于见到多年未见的母亲，两人抱在一起呜呜大哭，而站在一旁的柳青芳心里很不是滋味，虽然她也抹着眼泪，但对吴雪山已经心生疑窦。吴雪山曾经无数次给她说他俩是一对同病相怜的孤儿，这时候怎么会平地里冒出一个母亲呢？奔逃在路上，柳青芳没有机会将心中的疑问立即吐出。当天夜里，吴家司机开着车就一刻不停地向北平方向狂奔而去。

吴雪山离开长安的第二天，顾宽敏这才发现不对劲，他马上命令马得水和佟维三带上人四处寻找，最终没有找到吴雪山。懊恼不已的顾宽敏在办公室惴惴不安地踱来踱去，他曾经想到过吴雪山或许有天会悄然离开，但这个念头只是在脑海里一闪而过，未料到对方的动作竟会如此之快。再想到上次自己当面质问吴雪山的那一幕，顾宽敏心里猜度应该是从那天后，吴雪山就开始暗地里寻找出逃机会了。西京行营每天有大量的事务需要处理，顾宽敏怎么会时刻注意到吴雪山起了坏心思。长久以来，吴雪山于顾宽敏而言，是个每天都会想到又经常需要警惕的人，现在看来，之前不该把过多的注意力放在吴雪山的钱财上，而应该放在这个人上。事情已经不可改变地发生了，顾宽敏叹息连连，他把自己在办公室里关了整整一宿，苦苦琢磨着吴雪山的离开可能给他带来的所有危险。

吴雪山的突然消失，令熟知他的连云飞和魏文远也倍感诧异。这些年来，吴雪山与顾主任之间微妙的关系，早已是人尽皆知的"秘密"，不过要想在西京行营继续混下去，甚至还想着有所发展的人，谁也不会捅破这层窗户纸。如今吴雪山宁肯放弃所有在西京的生意而选择离去，可见他与顾主任之间，一定是有大矛盾发生了。

没过多久，顾宽敏先将连云飞约到自家府邸，示意他将吴雪山留下的产业和股权，全部以西京行营的名义加以没收。连云飞猜想顾宽敏这是在试探他的看法和态度，他连忙将早已想好的主意和盘端出："鉴于吴雪山经营能力欠佳，造成大量产业亏损严重，很多厂子已到了资不抵债的程度，因此为稳定西京工商业市场秩序，西京行营有责任、有义务更有能力对吴雪山遗留的产业进行重新调整和规划。"顾宽敏望着连云飞那张微笑逢迎的脸庞，心里嘀咕着："揣摩我的心思能如此到位，他该不会是下一个吴雪山吧？"

随后，顾宽敏又约见了魏文远，同样含蓄地表达了没收吴雪山资产的想法。魏文远不无遗憾地说："能撂下这么一大摊子产业转身走人，不是心里有鬼就是做了什么见不得人的事情，这才跑路了，可惜顾主任您这么多年对他的栽培了。"听着魏文远的话，顾宽敏发出一声深深的叹息。

在西京行营内部召开的城市建设会议上，顾宽敏完整表达了对"吴雪山事件"遗留问题的处理意见："吴雪山不能洁身自好，吸毒成瘾，又与京剧女旦纠缠不清，且在社会上欠下巨额高利贷，这才仓皇跑路。西京行营为了保障民生产业不

受影响，将尽快拿出处理方案对吴雪山在西京的产业及遗留问题加以解决，以不辜负西京市数百万国民之重托。"

很快，吴雪山留下的所有官商勾结的痕迹，便以顾宽敏这样的处理意见为基调进行了消除；同时顾宽敏将吴雪山留在西京的资产与股权以西京行营的名义全部收归"国有"，却又暗地里将部分资产转移到马得水、连云飞、魏文远和郭宪正名下。顾宽敏宁肯让自己的利益受些损失，也要将西京行营关键位置上深得他信任的四位同人拉下水。他之所以如此大费周章，一则能彻底掩埋掉以前自己与吴雪山之间所有的黑幕交易，二则可将腐败的危险后果转嫁到大家身上共同分担，三则马得水、连云飞、魏文远和郭宪正还会对他感恩戴德，以后会更加对他唯命是从。顾宽敏这番看似有理有据的腾挪转移，的确达到了"一石三鸟"的效果，偌大的西京行营就此彻底沦为他大贪特贪的温床，然而顾宽敏阴险而霸道的做法却激起一个人极大的不满，此人便是郁郁不得志的冯宁远。

当年追随李震的冯其中早已远离了险恶的官场，忠心耿耿的行动队长邓贵发落得锒铛入狱的下场，李震又这样不明不白地死去，一系列的变故令冯宁远的情绪跌落到谷底。

冯宁远原本指望顾宽敏能看在他这么多年为国府出生入死的份儿上，或许会在李震之后的第三科科长一职上向重庆重点推荐他，为此他绝情绝义地抛弃了李震，私下数次去找顾宽敏表达誓死追随之心，虽然顾宽敏每次都会满脸笑容地勉励和肯定他，但最终结果却是调来北平的佟维三接任第三科科长。这样出乎意料的结局，不仅让冯宁远颜面扫地，更让他的心理天平严重失去平衡，自尊心倍受打击的他常常给自己扶持起来的特务一组组长陆铭义狂发牢骚，抱怨顾宽敏此人只认钱不认人。这次他又风闻，吴雪山留下的资产大多都流进了西京行营几位高官的腰包里，更加令他怨恨丛生。他对陆铭义不止一次地说："这样的上司，让人心寒哪。"

第三十九章

　　柳青芳跟着吴雪山一起消失后，止园剧场反倒平静下来，从北平来的京剧演员们似乎一夜之间失去了主心骨，全都变得默不作声。赵天佑再三叮嘱长安崇林社弟子，在这个特殊时刻不要对北平的兄弟姐妹们另眼相待，仍然要像家人一样和睦共处。沈金书还特意来到崇林社和大家谈天说地，始终没人再提起柳青芳的话题，以往跟着柳青芳跳腾的几个人此刻面带愧色，再也没有往日的飞扬跋扈。赵天佑终于明白了师父常常讲的义字为先的道理，也深切体会到"人生如戏，戏如人生"的个中滋味。

　　话说吴雪山并没有直接进北平城，而是先去了一趟天津。在母亲张大红的老家，他看到被母亲安置于此的吴家列祖列宗的牌位，他焚香跪拜，发誓要重现吴家往日的辉煌，并且又给吸毒的吴二宝请了专科医生治疗，之后才带着母亲和柳青芳回到北平。吴雪山回到北平后，立即改回自己的原名吴大宝，又把当年张大红贱卖掉的吴家大院，强行从山西商人荆耀祖手里低价购回。荆耀祖起初死活不答应，吴大宝不断软硬兼施，还派人在黑夜里将他蒙头痛打一顿。商人荆耀祖实在扛不住吴大宝的流氓手段，不仅答应了这桩亏本买卖，事后立即带着一家老小回山西老家去了。吴大宝敢于心狠手辣做出这一切事情的背后，自然少不了宫田太郎的支持。

　　吴大宝能在很短时间内就和宫田太郎打得火热，都是因为父亲吴德岭活着的时候和宫田结交的那层关系，同时又有他在长安城时积累下来的财富铺路，因此吴大宝很快成为宫田太郎手下得力的汉奸走狗。重新得势的吴大宝要做的第一件事情便是恢复吴家赌馆。经过一番紧锣密鼓地筹备，关闭多年的"吴记大世界"摇身变成"吴记新世界"，重新在北平城前门里大街上开张。对赌馆的经营，吴大宝没有沿袭以前那样照单抓药。为了迎合新时期新客人的新需求，他不仅仅只

在一楼开设了赌场，还在二楼建起个新世界大舞台，每天请来北平城各个剧场的曲艺相声演员轮番登台演出，夜晚又有形形色色的勾栏美人和旧院女子吟唱小曲、卖弄色相，而三楼则被收拾成一间间暗室，专供客人嫖娼宿妓之用。那些平常隐没于胡同深处的暗娼，也干脆搬住在吴记新世界旁边长期站街拉客。赌博和色情生意吸引来大批赌棍、色鬼和捐客，他们如果赢钱了或者玩累了，便上到三楼来，整宿搂着姑娘吸着大烟好不快活。一时间吴记新世界的生意红红火火日进百斗，名扬北平城内外。

回到北平后，柳青芳明显感觉到吴大宝对她的态度起了大变化，吴家老太太张大红也好像忽然间变了个人似的，平常日子里总是对她横眉冷对爱答不理。张大红当然不能相容这个当年害得吴家家破人亡的狐狸精出现在自己的生活里，更遑论接受柳青芳做自己的大儿媳妇，只是碍于儿子的面子，才对柳青芳隐忍不言罢了。

因为赌馆生意的缘故，吴大宝开始很少回家了，柳青芳多次去赌馆找他，想和他坐下来好好谈谈，可吴大宝像是故意躲着不见。从小尝遍人间冷暖、看尽旁人脸色的柳青芳，意识到吴大宝对自己变了心。这时她又想起在长安时，沈金书和赵天佑苦苦相劝她的那些话，懊悔与酸楚一时堆积心头。面对冰若寒霜的吴家，知趣的柳青芳生出了离开的心思。但偌大的北平城，她能去哪里呢？柳青芳想到了朝阳剧院，那里曾是她最熟悉又最伤心的地方。

这天傍晚，任欣荣去了剧场，罗英和儿子黄家燕在家正吃晚饭，忽然传来敲门声。黄家燕开门一看是柳青芳，惊喜不已的他急忙请柳青芳进来，又朝屋里喊着："妈，你猜谁来啦？是柳姐姐回来了。"罗英连忙从屋里走出来，当她看见柳青芳时，眼眶已经蓄满了泪水。柳青芳是田千秋老社长最得意的弟子，又是朝阳剧院走出去的青衣名角，更是丈夫当年最为欣赏的台柱子，那时候的柳青芳可是黄家的常客，她还私下拜认了罗英做干娘，每天和黄家燕就像亲姐弟一样开心相处。罗英心中从来都视她为自己的亲生闺女，只是后来发生的一连串变故，让曾经熟悉的一家人，要么阴阳两隔，要么各奔天涯。

欣喜之余的罗英从柜子里拿出一封信对柳青芳说："沈老先生的信早就到了，这些天我一直琢磨你怎么还不回家来？本来是想找你去的，可又不知道你住在哪里，沈老先生在信里只说让我在家静等，今天可算把你给盼回来了。"罗英边说着又将另一封没有拆的信放在柳青芳手上，说这是沈老先生在信中附给她的信。

柳青芳尽量压制着自己慌乱的气息打开了信。"青芳姑娘：猜你回到北平后定会来黄家看到此信的。现在能有黄家母子照顾你，我心大安。当年事出突然，带你远赴长安，是应田老社长生前重托。原谅沈某年迈又能力有限，对你在长安的照顾多有不周。时至今日，你为感情决绝而走，我与崇林社弟子们深感遗憾。你走后，两拨弟子消除误解已然是一家至亲。遥祝你在北平一切顺利，别无他念。"柳青芳看罢信，眼泪哗哗地流了下来。

罗英将柳青芳揽入怀里，轻声说："其实你在长安的事情，沈老先生多次在信中提起，他之所以反对你和那个姓吴的在一起，是因为那个商人的来历不清不楚，他怕你被人骗了，更不忍心看到你被人欺负。沈老先生猜想，在你心里，或许至今认为当年那场灾祸是因他而起。如果你这样想，那真是冤枉沈老先生了。当年无论是什么人暗杀了吴德岭父子这对狗汉奸，都是替咱中国人出了口恶气，而宫田太郎一直想招惹你，才是那场灾祸的起因。说到底，大家都是为了保护你不受伤害才导致后来的事情越闹越大。田老社长早就认准沈老先生是个正人君子，那天晚上他被宫田抓走之前，专门留下一封书信，将北平京剧总社长的位子交予了沈老先生。家燕父亲生前也曾给我说过，沈老先生回长安前，让他看过田老社长的信，只是后来大家为了逃命四散奔离，这才遗留下一个个没能来得及解释的误会。"

罗英说出的这些真相，柳青芳还是第一次听说，她的脑海里思潮起伏，心中纵有万般滋味，此刻也难以说出口。想起自己在长安时对沈金书会长和赵天佑社长的种种不敬言辞，还有那么多不尊重他们的举止，顿时让她感到羞愧难当。而自己所选择的吴大宝，为了骗取她的感情撒下的弥天谎言，即使此刻面对干娘罗英，柳青芳也深感无法言说的痛苦与尴尬。柳青芳只顾着倒在罗英怀里一味地啼哭不止，仿佛内心积压多年的伤痛，只有用哭声才能宣泄殆尽。

这个伪装成"吴雪山"的吴大宝，从刚开始认识柳青芳，就没安什么好心，柳青芳自始至终只是他报复沈金书的一枚棋子。柳青芳离开吴家住到黄家燕家里的举动，吴大宝早已派人盯得一清二楚。他很清楚返回北平的柳青芳，已然成为

瓮中之鳖，丝毫不担心她会逃离自己的手掌心。而为了继续巴结宫田太郎，吴大宝早已将柳青芳又回到北平的消息告诉了他，看着宫田似笑非笑的神情，吴大宝读出了一种邪恶欲望再次迸发的得意。

住进黄家后，柳青芳很长时间都难以平复凌乱不堪的心情。她连续给沈金书写了两封信，除了致以深深的歉意之外，还对自己跟着吴雪山这样的骗子给周围人造成的伤害深感不安，并对自己在长安崇林社时的种种幼稚与荒唐言行向赵天佑社长道歉。柳青芳在信中毕恭毕敬地称呼沈金书为"沈总社长"，并期盼沈社长再次回归北平的那一天能早点到来。沈金书很快给她回了信，不仅接受了她的道歉，还嘱托她多多珍重，并希望她对过去所有发生的事情能够全然放下。罗英看着柳青芳的心情一天天好起来，她也感到从未有过的舒心与畅快。

一段时间过去了，柳青芳和任欣荣也逐渐熟络起来。论年龄，任欣荣最大，柳青芳居中，黄家燕最小，三人都是血气方刚的京剧新秀，又有着共同的话题与兴趣，很快便打成一片。罗英看着三个年轻人和谐共处，心里生出很久未有的幸福感，她常常想，如果丈夫黄兴梅还在世，这么一大家人一起生活该有多么开心。每日里，三个年轻人切磋、交流戏曲技艺，黄家燕还多次诚恳地邀请柳青芳到朝阳剧院登台演出，柳青芳最终欣然答应了。

青衣名角柳青芳重新回归朝阳剧院的消息，很快在北平城京剧票友们之间传开了。无论是老票友，还是新戏迷，都纷纷买票进场争睹已多年未见的柳氏青衣容姿。摆脱了吴雪山的阴影，柳青芳再次焕发出光彩照人的名角风采，她一连登台演唱了三晚三场三出剧目，直唱得朝阳剧院人满为患，喝彩声不绝于耳。

柳青芳再一次名震北平，自然吸引来一个人，他便是一直对柳青芳避而不见的吴大宝。当吴大宝突然出现在后台，令柳青芳尴尬不已。他将柳青芳强行拉到一边阴声问道："你欠宫田先生的戏，什么时候还上呢？"柳青芳惊讶而恐惧地望着吴大宝，突然像受到什么刺激一样朝着他的脸上重重扇去一记耳光，随后大哭着跑出剧场。这一幕被躲在暗处的任欣荣全部看在眼里。

柳青芳哭着跑回了家，正向干娘诉说着吴大宝又来纠缠她时，一路暗中护送柳青芳的任欣荣也到了黄家。他对神情复杂的罗英说："前些日子，吴大宝强迫山西商人荆耀祖搬出吴家大院时，大家都纷纷猜测是吴德岭的大儿子回来了。可我难以明白的是，为何吴家两代人都非要纠缠柳青芳呢？"既然大家已经将话说透了，罗英也不想再掩饰什么，便将当年宫田太郎如何预谋霸占柳青芳，吴家父子如何胁迫田千秋老社长，丈夫黄兴梅如何殒命于宫田枪下的往事详细讲给柳青芳和任欣荣。气愤难当的罗英边说边骂吴家满门汉奸走狗，终将不得好报。罗英咒骂吴家的每句话，都像在任欣荣心里投下一枚炸弹，他终于明白了这些年发生的很多事情背后的真相和根由，原来眼前的吴大宝正是杀父仇人的儿子，自己那个所谓的日本娘舅恰是所有悲剧的真正源头。

紧接着，柳青芳又将吴大宝如何在长安城里化名南洋华商"吴雪山"欺骗她的感情，并将她怎样从长安带到北平的过程全都说了出来。任欣荣听罢陷入了沉思中，当他转身要出门时，黄家燕也回来了，他刚刚在剧院听说了柳青芳被吴大宝纠缠一事，便匆忙赶了回来。瞧见任欣荣一脸凝重的表情，黄家燕问他这么晚了要去哪里，任欣荣说他出去办点事情，并让黄家燕最近多费些精力照看好柳青芳，还说自己有办法不让柳青芳给日本人去唱戏。

自从吴大宝赶走荆耀祖强占了吴家老宅，并重新经营起"吴记新世界"，惹得市井街巷里很多人议论纷纷，更有那些知晓吴家根底的人，已经猜定他便是吴德岭的大儿子。罗英也在写给沈金书的信中说了这个猜测，沈金书看信后错愕不已，他在回信中叮嘱罗英一定要保护好柳青芳，别让她再受吴大宝的祸害。然而此时身处北平的柳青芳无异于弱羊落入虎狼之口，她的凶险处境令所有知晓真相的人感到阵阵揪心。

当沈金书知道吴雪山的真实面目后，他第一时间找到寒梅，将北平传来的消息告知于她。寒梅也感到不可思议，急忙又将此消息告诉了柴伯文与胡善文，他们二位也惊讶不已，本以为在长安城呼风唤雨的吴雪山，仅仅只是西京行营主任顾宽敏敛财的工具而已，万万没料到他竟是汉奸吴德岭的大儿子。沈金书与柴伯文他们一致认为，投靠了日本人的吴大宝绝不会轻易放过柳青芳，而已经知晓吴德岭就是杀父凶手的任欣荣也绝对不会轻易放过吴大宝，这三人之间随时可能生出难以预料的激变。意识到情况十分危急的柴伯文，迅速给北平地下党曾世平电报告知了此事，请他们务必保护好任欣荣和柳青芳，并寻机将此二人安全送回长安来。

　　沈金书心急如焚，他不仅仅为柳青芳的安全担心，也为北平寻母的任欣荣着急。沈金书内心充满了极度的不安，他预感到遥远的北平又有一场关乎自己人的危机正在悄悄逼近，但他无法预知危险会在哪一刻发生，或许是明天，或许就在当下已经发生了。沈金书感到从未有过的担忧与无助，他在心里默默为两个弟子祈祷，即使他们曾经犯下多么荒唐和不可饶恕的错误，他也祈愿两人能在这个乱世中平安无事。

　　任欣荣从黄家出来后，心里就拿定了主意，无论当年吴家父子是被谁暗杀的，都无法改变自己要为父亲任少山报仇的决心，他要做一件既能为师父排忧解难，又能保护柳青芳，还能为自己和黄家母子报仇雪恨的大事。就在任欣荣苦思冥想如何为父亲报仇时，北平的上官虹在黄家宅院附近找到了他，一个替父报仇、剪除汉奸的计划徐徐拉开了帷幕。

　　心中想法坚定的任欣荣径直来到老中医史南山的府邸，史老先生正在后院的内室配制药丸，见到面带愁云的任欣荣，便随口笑问是不是又遇到什么难事了。任欣荣只是义愤填膺地对吴大宝给日本人当了走狗，并逼迫山西商人荆耀祖搬出吴家老宅的卑鄙行为痛骂不休。关于北平吴家的往事，作为老北平人的史南山当然是知晓的，他也清楚当年吴德岭与京剧崇林社的恩怨情仇。自古医者，从来都是选择远离这些俗世纷争的，但只要是个中国人，都会唾弃无耻汉奸的行径，这次吴大宝回来后的所作所为已经传遍了北平城，无人不对他恨之入骨，因此对任欣荣满嘴发出的牢骚，史老先生并不觉得奇怪。

　　自从上次任欣荣毅然决然代替黄家燕去给日本人唱堂会之后，史南山对任欣荣这个忘年之交，心里既存有对其坎坷命运的同情，又有着说不清道不明的敬重之情。两人在闲聊中，史南山故意将话题岔开，说自己最近戏瘾犯了，询问任欣荣最近在哪家剧社有演出，到时候别忘了告知他一声。任欣荣心中此刻也有自己的盘算，便附和着史老先生的话题谈起京戏来，史南山听得是津津有味，心里暗暗赞叹不愧是北平名角任少山的儿子。正当两人谈天说地之时，诊厅伙计走进来说那三爷来了，史南山让任欣荣稍坐片刻，嘴里又给他念叨说那三爷是个大孝子，母亲卧病在床，每次都是那三爷亲自来取丸药。说话间史南山走进旁边一扇小门里，拿了一盒新制丸药便出去了。

等史老先生的身影消失在走廊后，任欣荣感到自己浑身的汗毛都竖起来了。他蹑手蹑脚地走进旁边那扇小门，只见偌大的案几上，摆满了各种中药，堆砌得像一座小山，那个放在屋角的斗柜没有上锁，他轻轻拉开柜门，眼睛像明灯一样扫过那些摆放整齐的小瓶子，看见放在最里面的一个小瓶上写着"砒霜"二字，他毫不迟疑地将它捏在手里，又关上柜门走了出来。

任欣荣继续坐在椅子上等着史老先生回来，他尽量让自己狂跳的心平复下来。很长时间过去了，仍然不见老先生的身影，于是他起身往前厅走去，只见大厅站满了前来问诊的病人，史南山被慕名而来的患者团团围住丝毫不能脱身。任欣荣心中暗喜，他向面熟的史家伙计告个别，便急匆匆走出了史家大院。

从史南山处偷得砒霜的当天晚上，任欣荣来到吴家大院拜访吴大宝。面对登门造访的任欣荣，吴大宝脑子一时有点发蒙，他早就听说过任欣荣与宫田太郎的特殊关系，没想到任欣荣居然前来拜访自己，他心中既惊又喜，连忙吩咐厨房好酒好菜招呼。席间，两人互相吹捧又彼此谦让，很快便相处得像多年好友。吴大宝拍着胸脯向任欣荣保证能带着他发大财，任欣荣连声称赞吴大宝在柳青芳这件事上忍痛割爱的举动令他佩服不已。两人相谈甚欢直至深夜。

夜深人静，酒过三巡，这时任欣荣说："我初来北平时，便认识了黄家母子，如今都是不能再熟的熟人，而柳青芳眼下也住在黄家。你虽与她有过一段感情，但她现在是恨你入骨，倒不如我们先找个好地方，你去邀请宫田先生，由我出面去约柳青芳，她对我可是没有防范之心的，这样我们四人才能坐到一起，也算是你为宫田先生的这桩陈年旧事尽心尽力了。"吴大宝觉得任欣荣的这番安排很有道理，自己骗柳青芳来到北平后，为了讨好宫田太郎，又把她像邀功请赏的物品一样抛了出去。虽然他曾硬着头皮到朝阳剧院后台胁迫柳青芳就范，但是这个粗鲁蛮横的方法，当然不如任欣荣这个请君入瓮的妙招高明。

任欣荣走后，张大红心中觉得有些蹊跷，与吴家素昧平生、毫无瓜葛的任欣荣为何突然对吴大宝的事情如此上心，难道就因为宫田太郎是他的娘舅这么简单吗？吴大宝当然也感觉到任欣荣的造访很突兀，他与此人之间从没有过交往，任欣荣的这份热心里会不会埋有不可告人的秘密？吴大宝心中最为忌惮的当然是任欣荣会不会是为报杀父之仇而来，可是父亲吴德岭当年打死任少山毕竟是老辈人之间的故事，而且那时候任欣荣还没有出生，就算长大成年后养父沈金书告诉了

他此事，但如今的任欣荣早已被沈金书清理出崇林社，不知两人之间今时今日还有多少感情，更难说任欣荣对沈金书的话会相信多少。吴大宝暂时难以确定任欣荣是否是为寻仇而来，但他心中更倾向于任欣荣不会这么做。支撑他内心倾向的理由便是任欣荣与宫田太郎的舅甥关系，难道任欣荣能当着自己娘舅的面向他寻仇吗？

吴大宝和母亲一直攀谈到天亮，分析了各种可能性，虽然有着雾里看花般的疑虑，却一时也想不出一个拒绝任欣荣的借口。既然已经答应了任欣荣，吴大宝决定去冒这个险。如果到时候任欣荣约不来柳青芳，宫田便不能再责怪自己无能，以后大不了继续用软硬兼施的办法逼柳青芳就范；如果任欣荣真约请来柳青芳，那么吴家一直要为宫田办的这件事情就算是有了个结果，自己也能解脱了。从这个角度细想着，吴大宝感到心里轻松了很多。

第四十章

罗英听到任欣荣要带柳青芳去与宫田太郎和吴大宝见面，当即气得浑身发抖。她不解任欣荣葫芦里究竟卖的什么药，为何不歇气地要戳自己心中最痛的伤。任欣荣心平气静地说："我知道您关心柳青芳的人身安全，但我也很清楚自己在干什么。咱们一家人在一起这么久，我是无论如何不会胡来的。您把柳青芳视为亲生女儿，我也早把她当作亲妹妹一样看待，现在带她去见宫田和吴大宝，我心中自有主张。等把这一切事情处理完后，我保证将她安全带回来交到您手上，您就信我这一回吧。"

罗英继续追问任欣荣到底想要干什么，可任欣荣死活不愿多说。站在一旁的黄家燕虽然感觉母亲与任欣荣各有道理，但他最终还是选择相信任欣荣，反劝母亲不要心慌意乱。柳青芳心里也琢磨着"解铃还须系铃人"，自己倒想去见见吴大宝，看看他能耍出什么花招，再说宫田毕竟是任欣荣的亲娘舅，她不相信宫田会当着任欣荣的面将自己怎样。想到这一点，她对这个一直对自己贼心不死的日本人，从刚开始的胆战心惊变得不再惧怕。除此之外，柳青芳深信现在的任欣荣绝不会加害于她。

这天晚上，北平城东交民巷的六国饭店里歌舞升平、花团锦簇。这座西洋风格的饭店是八国联军攻占北平时，由英、法、美、德、日、俄六国合资兴建，故名六国饭店。从清末到民国，这里一直是北平城第一社交场所，党政要人、军商名流等各色人等在这里勾兑权力、狩猎刺探，谋划了一幕幕闻名海内外的大事件。如今日军占领了北平，窗外虽是兵荒马乱，六国饭店里却是一派祥和。

为了让宫田尽快见到柳青芳，吴大宝早早预订了一间豪华包房。这里的西餐是北平城最正宗的，菜品口味丝毫不迁就中国人的习惯，完全按照英式、法式的烹饪手法，并冠以英式菜名推出。吴大宝深谙宫田太郎对西餐的喜爱，他安排用

如此奢华而正宗的西餐与柳青芳见面，果然赢得了宫田的赞许，三杯两盏觥筹交错之间，四人很快便进入各自的角色。

宫田太郎刚开始见到柳青芳时还正襟危坐，一副拒人千里之外的冷淡表情。他没想到几年不见的柳青芳出落得越发妩媚动人，本想着她见到自己时肯定会吓得哆哆嗦嗦，未料到今日的柳青芳不仅不害怕，反而落落大方地与他对话交谈，这让宫田心里多少有些失落。但他望着眼前这三个中国人屈弱的神情，心理上还是得到了极大满足，再加上酒纵色心，使他全然不顾亲外甥任欣荣在场，不断用语言挑逗柳青芳，他的放浪行径，激起任欣荣内心憎恨的怒火猛烈燃烧。

当吴大宝第一眼看见任欣荣果真把柳青芳约请到场时，长久紧绷的心总算松弛下来。不过他毕竟与柳青芳有过一段感情，故人相见又是在这种场合，着实让他尴尬了许久。看着比他还要自然淡定的柳青芳，吴大宝心里也犯了嘀咕，这个女人已不像先前和他在一起时的样子，这才分开没有几日，怎会有如此大的变化？回想父亲与兄弟因为这个女人莫名其妙地命丧黄泉，实难想象吴家血案背后究竟有着怎样复杂的情形。那时在长安追求柳青芳，除了向沈金书复仇，吴大宝压根儿没想过会迎娶这个女人，而眼下更是"吾为刀俎，尔为鱼肉"的情势，他岂能由着她兴风作浪。吴大宝心想，若不是宫田对此女一往情深，他早就想抓住柳青芳顺藤摸瓜，找出当年杀害父亲与弟弟的幕后真凶。一切只能从长计议了，现在的北平终归是日本人的天下，他不可心浮气躁，亦不能只为了报仇而坏了其他谋划，只要维护好与宫田太郎的这种关系，吴家大仇得报只是早晚的事情而已。

柳青芳让自己尽量保持镇定，可是见到宫田太郎和吴大宝这两只想吃掉自己的恶狼时，内心深处还是免不了忐忑不安。虽然在来之前任欣荣给她说了很多宽心话，并当着干娘和黄家燕的面保证她安全无虞，但柳青芳仍然感觉到浑身上下极为不舒服。她之所以答应跟着任欣荣前来赴约，一则要让宫田在亲外甥面前绝灭了多年来阴魂不散算计她的念头；二则她要亲眼看看那个曾经满嘴爱她的吴大宝再见面时会呈现出一副何等无耻的嘴脸。此刻她全部感受到了。宫田太郎像只恶心的苍蝇围着她嗡嗡叫，那张逐渐被酒精扭曲的脸上一双充斥着丑恶欲望的眼睛让人不敢直视。吴大宝则灰暗了许多，只是一味地低头喝酒，好像有点理亏心虚的样子，很少抬头用正眼看她。柳青芳用余光扫视着这个卑鄙而残忍的男人，她不明白当初在长安时那个整天围着自己甜言蜜语，不断给她精心编织爱情童话故事，让她误以为找到了真爱的这个男人，他的内心该有多么的龌龊与肮脏。

任欣荣此刻是最活跃的，他一改往日冷傲的姿态，嘴里絮絮叨叨地说个不停。任欣荣先是给宫田连番敬酒感谢他对自己无微不至的照顾，而后又极为稀罕地叫了宫田一声"舅舅"，这声称呼把宫田直叫得东倒西歪乐不可支。吴大宝和柳青芳都注意到任欣荣今日异乎寻常的举止，他们不知任欣荣的葫芦里到底装着什么药，只能看着他喋喋不休地说个没完。

酒过三巡，吴大宝像哈巴狗一样陪着宫田出去如厕方便，唯独任欣荣清醒如初，他用舞台上多年练就的手法，娴熟地将藏在身上的砒霜分别倒进宫田太郎和吴大宝的酒杯。当然，这一切都是在柳青芳的眼前完成的，她猜到任欣荣今天会有更深的目的，却万万没想到他会这么做。旋即，任欣荣转身盯着柳青芳，以不容商量的口吻对她说："等他俩进来后，你马上说也去方便一下。宫田带的人已把楼梯口盯死了，你得尽量坦然地走出去，女厕旁有个小门，进去后就是楼梯，你直接从三楼下去，便是饭店的后门，那里有辆汽车在等你，跟着他们迅速离开，你就可保命。"柳青芳低声急切地问这里怎么办。任欣荣只说了一句："这里有我，你尽可放心。"柳青芳明白他想干什么，她还想多说几句，却被任欣荣狠狠地用眼神阻止了。这时门外传来沉重而凌乱的脚步声，并伴随着宫田太郎和吴大宝放肆的喧哗声。

包房的门被推开了，只有吴大宝一人进来，任欣荣便问宫田去了哪里。吴大宝打了一个饱嗝，说："遇上个熟人，正在外面打招呼。"听完吴大宝的话，柳青芳说也要去方便一下，吴大宝起身拉开房门给外面的便衣使了一个眼色。柳青芳尽量压住自己的呼吸，放缓脚步装作不经意地往四周瞟了几眼，只觉得所有眼睛似乎都在朝自己看，但她不敢有丝毫惊慌的神情。转过回廊便看见了女厕，在女厕的右边果真有一个不起眼的小门，柳青芳没有半点迟疑，迅速闪进小门。惊魂未定的她大口喘着粗气一路小跑下了三楼，推开一道黑乎乎的厚门帘，刺眼的街灯下停着一辆黑色小汽车，还没等她走到车跟前，车门已从里面打开，柳青芳毫不犹豫地上了车后，汽车平缓地驶离六国饭店略显破旧的后院。

柳青芳走出包房后，任欣荣本想着等宫田进来后一起举杯，未料到吴大宝率先开腔说："乘着他俩不在，我只想对老弟你说一句，感谢你能邀请来柳小姐，卸掉了我肩上的负担啊。"说着吴大宝已举起酒杯要与任欣荣碰杯以示感谢。任

欣荣无比艰涩地应声说："不谢……不谢……"话音未落，只见吴大宝已将杯中毒酒一饮而尽。

应付完外面的熟人后，宫田太郎步履蹒跚地走了进来，等他刚关上门，任欣荣从身后猛扑上来，单臂勒住宫田的脖子，使他喊不出声来，另一只手端着毒酒，拼命往宫田嘴里送，宫田使出浑身力气阻挡，酒水在两人的挣扎中洒落一地。孔武有力的宫田太郎硬是将身后的任欣荣甩过肩头，但见身手敏捷的任欣荣一个鹞子翻身，稳稳当当站在宫田面前，两人像杀红眼的敌人一样再次扭打在一起。包房里剧烈的厮打声惊动了门外的守卫，他们一拥而进将任欣荣压在地上。宫田太郎这才发现躺在墙角的吴大宝口吐鲜血已气绝身亡，盛怒中的宫田冲着守卫怒喊快去寻找柳青芳，歌舞祥和的六国饭店里顿时乱成一锅粥。

宫田太郎做梦也没有想到有着血缘关系的任欣荣会对他下如此黑手。毒死吴大宝尚可以理解，却为何还要同时取了自己的性命？宫田想到这些年里，他辛辛苦苦费尽心思，像大海捞针般找到姐姐宫田奈美和任欣荣，就是想着有朝一日一家人能在故乡团聚，既能对父母有所交代，也对姐姐是个安慰，谁知这满腔好意换来的只是任欣荣的一杯毒酒。他亲自施刑拷问任欣荣这样做的原因，任欣荣吐出嘴里的鲜血，任凭竹杠压得筋骨吱吱作响，也不见他说出半个字，只是低头嘿嘿笑着。

原来这一切是任欣荣和上官虹商定的，专门准备给宫田太郎这个"亲娘舅"的一杯无法下咽更无从下手的"断肠毒药"，这杯宫田太郎没能喝下的毒药的药性，远远胜过吴大宝喝的那杯绝命毒酒。话说那天上官虹找到任欣荣并将沈金书的一封亲笔信交给他时，任欣荣便认定来人可信，并愿意和她一起实施"毒杀计划"。师父在信中并没有透露上官虹的真实身份，只是言辞恳切地表达了对任欣荣和柳青芳在北平人身安全的担忧，叮嘱他往后凡事要多听上官女士的意见。早已对师父心怀愧疚的任欣荣深信师父所说的每句话，更对上官虹提出的行动方案深表赞同。从任欣荣去史家"偷药"再到吴大宝毙命六国饭店，整个过程都在上官虹他们的掌控之中，唯独失算的是宫田太郎没有喝下那杯毒酒。现在宫田太郎将任欣荣抓进日军华北司令部关押，但上官虹却料定，宫田太郎不会拿自己亲外甥的性命怎样。

曾世平、上官虹用此险计，也是迫不得已而为之。眼下北平城内遍布日伪军和日本人的眼线，稍不留心便会置北平地下组织于危险境地，因此想要想铲除吴大宝这个人人恨之入骨的汉奸，毒杀宫田太郎这个惨无人道的日军大佐，唯有利用任欣荣的特殊身份靠近宫田与吴大宝从而实施计划，这虽然危险但又是最稳妥的选择。

拜托上官虹他们暗中保护任欣荣和柳青芳这件事情，沈金书在给罗英的书信中只字未提，这样做的目的也是为罗英母子的安全着想。但突然不见了柳青芳和任欣荣，罗英母子焦急不堪，不知去哪里寻找。正当母子俩火急火燎之时，上官虹派装扮成农妇的于敏珍捎来沈金书的一封信，罗英急忙拆开来看，心中疑虑全都消散了。虽然知道有人暗中保护着干女儿和任欣荣，但家里忽然热闹又忽然安静的冷热变化依然令罗英神伤不已。

宫田太郎亲自审问任欣荣数日，也没能从他嘴里撬出任何有价值的信息，想要再施重刑拷问，又怕打坏了任欣荣单薄的身子，难以向远在日本的父母与姐姐交代。黔驴技穷的宫田太郎只好将任欣荣囚禁在自家私宅严密监控起来，并继续委托自己培养起来的眼线、“北平临时政府议政委员”梁惠生照管他的吃喝拉撒。

对于吴大宝的死，宫田当然感到可惜，日军华北司令部正需要像吴家父子这般忠心耿耿的“良民”。同时，吴家最后的希望也破灭了，吴大宝的死彻底完结了吴家在北平城的势力。宫田顺手将“吴记新世界”的生意让梁惠生出面接管，人们只知道“新世界”换了新老板，但狎妓抽大烟的赌场经营一切照旧。

刚刚再一次兴盛起来的吴家大院，像昙花一现般瞬间又凋零殆尽。在宫田太郎的授意下，失去儿子吴大宝的张大红拖着行将就木的身板，又孤苦伶仃地回到天津老家。她白日里总是失魂落魄地发呆，夜里又常常守在依然还未戒除毒瘾的吴二宝身旁撕心裂胆地号哭着，凄厉而绝望的哭声飘荡在黑沉沉的夜色里。

遵照宫田太郎的安排，梁惠生让人用一把巨大的铁锁将吴家大院的铁门紧紧锁死，大门上贴着一张售卖告示。很长时间过去了，没有人愿意购买这处院落，那张售卖告示也在风吹雨打中消失了。一时间，北平城里传遍了人们的私语声，大家都说吴家大院是座凶宅，任谁住进去都不得好报。甚至有人传言，曾经在吴

家大院短暂居住过的山西商人荆耀祖，回到老家后很快就得怪病而亡。满城的风言风语吸引来很多人在吴家大院门口驻足观望，末了又会踮着脚口吐唾沫咒骂吴德岭父子三人当汉奸就该有这样的报应，熙熙攘攘东来西往的人群中也有罗英母子的身影。

天长日久，风吹雨打，不知从哪天开始，吴家院门上的铁锁被人砸烂，许多流民、乞丐和逃荒者住了进去，他们在里面吃喝拉撒、游戏打闹，无所顾忌。直到某天晚上的后半夜，一场大火突然从后院燃烧起来，住在院子里面的人们鬼哭狼嚎着四散逃离，大火整整烧了两天两夜，吴家大院只剩下一片废墟。

第四十一章

在曾世平、上官虹与柴伯文、寒梅的周密安排下，由芮城武工队队长赵渊亲自带领小分队护送柳青芳脱离虎口。他们一路上昼伏夜出，先后穿越河北、山西敌占区，经过一番险象环生的长途跋涉后，终于坐上老白渔村谷三划来的渔船，乘着夜色从黄石湾渡过黄河安全回到了长安。

当柳青芳再次见到沈金书和赵天佑时，顷刻间泪如雨下。沈金书轻拍着她的肩头不停地安慰说："回来就好，回来就好。"想到往日对两位前辈的种种不敬，再想到任欣荣为了帮助自己逃脱宫田的魔掌而今深陷囹圄，柳青芳"扑通"一声跪倒在沈金书面前泣不成声。

赵渊千辛万苦将柳青芳安全送回长安，令寒梅感激不尽，便留赵渊和他的队友在长安城多住了些时日。赵渊向柴伯文、胡善文和寒梅详细讲述了山西战场的严峻局面，并说日寇已经越过中条山一线，估计占领山西南部的运城是迟早的事情了，虽然晋西南还有数十万晋绥军和国民党中央军，但日寇企图彻底占领山西，向南进攻河南洛阳，向西打进陕西潼关的狼子野心已经昭然若揭。如今处在三晋地界的所有红色抗日力量已经全部划归山西八路军领导，他所在的芮城武工队也已改编进运城游击队。如果战局继续恶化下去，他们会奉命长期坚守于山西的山川沟壑间，在敌后与日寇展开艰苦的游击战争。听到赵渊带来的不利消息，柴伯文和胡善文预感到更加严峻的战争还在后面。

赵渊要走的那天，寒梅亲自送他们到长安城外的灞河边。不难想象赵渊他们在敌后进行游击斗争的环境往后会更加残酷，也难以预估与他今日分别后何时才能再次相见，故而寒梅向赵渊建议，是否应该尽早将运城老家的父母以及哥嫂送到长安来，由她照顾会更为安全些。赵渊心里感激不已，他看着寒梅清秀而落寞的脸庞，再次想起潼关车站上自己和曹云亭、寒梅等人并肩战斗，将骑六师七位爱国将领从冯其中的眼皮子底下安全送往陕北的那次惊心动魄的经历，心中顿时

感慨万千。可叹曹云亭至今杳无踪迹，一时间赵渊也不知道该如何安慰寒梅，他低头思忖片刻，最终没有把心头所想说出来，赵渊深知即便说了不仅于事无补，还会徒然惹得寒梅更加伤感，所以最终还是选择了沉默。两人在清风习习的灞桥边依依话别，寒梅静静地站在柳林旁，一直望着赵渊的马车消失在远方。

话说肖玉仁长时间病重不起，连云飞在顾宽敏的支持下，乘机全面接管了西京商会的所有事务。自此之后，长安城的政治、经济大权全部落在西京行营顾宽敏手里，现在他终于可以投入所有精力对付一直被他视为"眼中钉、肉中刺"的八路军西京办事处了。

在顾宽敏的授意下，长安城稍有头脸的大小老板们，统统被连云飞召集在一起开会，这是连云飞上任以来召开的第一次西京工商界大会，他当然不会放过这个立威扬名的绝佳机会。前半场他还满脸堆笑着和大家套近乎，后半场便拉下脸宣布了一条令人诧异的决定："自今日起，严禁西京商界给八路军西京办事处出售商品，不许与'八办'产生任何商业来往，违者不仅以'资敌'论处，还将彻底查封商号。"这条决定像闷雷般在会场炸响，令全场的大小老板们目瞪口呆，众人纷纷疑惑此意为何。然而，老板们毕竟都与西京建设有着千丝万缕的利益交织，一阵乱糟糟的议论过后，会场逐渐又恢复了平静，整个工商界在失去肖玉仁之后已成一盘散沙。柴伯文与胡善文听到此项禁令后，反倒非常平静，自从失去曹云亭与肖玉仁这两条紧密联系的黄金线路之后，他俩早已做好迎接更大挫折的心理准备。

此刻，如愿以偿的顾宽敏觉得整个西京市已是他的天下了。多年来他巧妙利用各种矛盾与机会，先后剪除所有横在眼前阻挡自己前行的"刺儿头"，在他看来从此天下太平了。可惜这只是顾宽敏的一厢情愿，他眼前的静水深处早已是暗流涌动。

自从佟维三接任第三科科长以后，冯宁远的心态严重失去平衡，数次的失望与打击让他的性情愈发扭曲起来。他负责的特务二组纪律涣散、行动敷衍，而且推诿扯皮的事情时有发生，佟维三多次找他谈话，劝他摆好心态以待来日，但冯宁远对这些虚与委蛇的劝慰之言半句也听不进耳朵，佟维三只好将许多重要任务交给陆铭义的特务一组去完成。自从李震深山殒命之后，无论是出于同病相怜，或是为了报团取暖，总之陆铭义与冯宁远相比往日走得更近了，多年的战友情谊让他俩成为彼此没有秘密的好兄弟，每当冯宁远情绪跌入低谷的时候，陆铭义总想搭把手拉老哥一把。

为了消解内心丛生的苦闷与烦恼，冯宁远出人意外地让陆铭义去古城茶楼约请冯其中。这天柏树林街巷深处的江南书寓里依然是风韵流动、人来人往，已经许久未曾谋面的冯宁远、陆铭义与冯其中坐在一起借酒消愁。三人无比怀念往日追随李震时的威风八面，历历往事仿佛就在昨天上演，如今兄弟们死的死、散的散，不禁让人心中悲戚、泪眼婆娑，一顿酒直喝到月上中天。这时，从江南书寓庭廊深处传来一阵轻柔舒缓、抑扬顿挫的苏州评弹琵琶声，弦琶琮铮中清丽婉转的吴侬软语唱出的歌词直教人心伤不已。

长安古道马迟迟，高柳乱蝉嘶。
夕阳鸟外，秋风原上，目断四天垂。
归云一去无踪迹，何处是前期？
狎兴生疏，酒徒萧索，不似去年时。

又一首：
缺月挂疏桐，漏断人初静。
谁见幽人独往来，缥缈孤鸿影。
惊起却回头，有恨无人省。
拣尽寒枝不肯栖，寂寞沙洲冷。

酒喝深处人孤独的冯宁远，眼神迷离地望着已经远离险恶江湖的冯其中，心中涌出千般酸楚与感慨，脑海中忽然浮现出那日在白鹿原上曹云亭被枪决时说的那句话，"我的眼前不是悬崖，而是坦途"。如今看来此话真是讽刺，现在谁的脚下踩的是条光明大道，似乎愈来愈清晰。尽管当年冯其中是那么狼狈不堪地离开党务调查科，但今日看来，似乎又是"因祸得福"。酒精刺激下的冯宁远不禁对冯其中感慨道："老兄因为潼关车站失职离开调查科的时候，我还替你感到惋

惜，觉得你走了背运。如今看来，正应了曹云亭当年劝我的那句话，非要一条道走到黑才能明白吗？我他妈这条道还没走到黑，就被人给抛弃了。咱是猪脑子啊，真应该像你老兄一样早点醒悟过来哪！"听着冯宁远嘴里吐出的声声抱怨，冯其中心里不禁大吃一惊，难道曹云亭失踪与冯宁远有关联吗？冯其中急忙给冯宁远把酒再斟满，随之顺着他的话意说："真没想到你老弟和曹云亭之间还有交情，虽说我和他都是戏园子出来的，但我却从没和他交过心、谈过话啊。"此时此刻，酒精浸泡下的冯宁远已经开始飘飘然，摇头晃脑的他看了眼也是喝得晕晕乎乎的陆铭义，干脆把手中酒杯放下，说："这事本来是瞒着老兄的，看在咱们多年出生入死的份上，老弟今儿个就给你透个风。"于是乎，冯宁远用已经被酒精麻醉得不够灵便的口舌哼哼唧唧将杀害曹云亭的过程简单说了一遍，冯其中听后像木头般呆坐一旁。这时远处又传来悠扬哀婉的琵琶声。

> 郁孤台下清江水，中间多少行人泪？
> 西北望长安，可怜无数山。
> 青山遮不住，毕竟东流去。
> 江晚正愁余，山深闻鹧鸪。

　　酒后的冯宁远口吐真言，着实令冯其中大惊失色，他牢牢记住了冯宁远说的每个字，激荡的内心犹如巨浪翻滚，久久不能平息。多年来无数人想尽一切办法寻找曹云亭，未料他早已魂归白鹿原。此后不久，经不住冯其中的再三恳求，冯宁远默许陆铭义不无遗憾地说出了曹云亭的具体蒙难处，并说这是他多年以来的一块心病，如今吐出去反倒轻松多了，还说这笔账不应该只算在李震一人头上，谁才是真正的幕后总指挥，想必冯其中也能猜得到。冯其中知道了这个惊天秘密，却不知如何开口向寒梅说。人人都知道寒梅这些年来静处长乐坊大剧院，唯一期盼的便是曹云亭哪天能突然回来，这份寄托和期望实在太久太重了。

　　于是，冯其中决定先不声张，他有意避开冯宁远，转而恳求陆铭义指派了一名当年参与行动知晓内情的特务，悄无声息地与其一起来到白鹿原上。经过数番仔细查找，终于将曹云亭掩埋在黄土中的尸骨找到，冯其中顿时无法抑制自己崩溃的情绪，猛然仰天长啸继而双膝跪地。等他情绪平复下来，不禁心中感叹，没有提前将此秘密说给寒梅，无疑是正确的决定，否则绝难想象此时此刻如五雷轰顶般的寒梅将要承受怎样肝肠寸断的剧痛。

冯其中怀着复杂的心情，收敛了曹云亭的遗骨。看着手里捧着的这个灰白不清、略显粗糙的松木箱子，冯其中感慨万千，就是这个人让他一步步走向身败名裂，也是这个人让他在潼关火车站一败涂地，更是这个人杀死了忠心不二的耿超兄弟。虽然一幕幕不堪回首的往事已经翻页，但此刻想起时，依旧令冯其中黯然神伤、心痛不已。经过一番激烈的思想斗争，冯其中最终决定让李泉在一个风清月朗的夜晚，将曹云亭的遗骨悄悄送到柴伯文手里。

终于有了曹云亭的下落，却是这般令人五内如焚的结果。尽管长久以来柴伯文心中一直隐隐感觉不祥，但当残酷的事实摆在眼前时，依然让他忍不住泪雨纷飞。在向延安方面秘密报告了曹云亭牺牲的不幸消息后，延安很快电告"八办"：追认曹云亭同志为革命烈士，妥善安置烈士忠骨。随后，柴伯文瞅了一个恰当的时机，专门和胡善文、沈金书聚在一起向寒梅说出了真相，寒梅紧紧抱着曹云亭的遗骨久久不能言语，而后昏倒在地。

曹云亭生前曾给寒梅有过交代，如果自己不幸牺牲，希望能将他葬于观山坡上，虽然他投身革命，但也永远是梨园行人。柴伯文最终答应了寒梅的请求。送葬的那天，长安的天空分外晴朗，火红的太阳炙烤着大地，翠绿如洗的观山坡上郁郁葱葱的大树在清风中飒飒作响。长安戏曲界数百人前来送行，放眼望去幡帐飘扬、挽联莽莽，人们默默伫立在观山坡前送河南豫剧社社长曹云亭最后一程。棺椁放下的瞬间，忽听人群中豫剧社众弟子仰望莽莽秦岭齐声高唱，腔调悲愤而又苍凉。

一生思破红尘路，剑藏庐轩影迷踪。

万战自称不提刃，生来双眼篾群雄。

春日逢君君如梦，笑无痕，语无踪。

雾蒙关山雾蒙风。

安葬完曹云亭后不久，沈金书代表长安曲艺工会在观山坡前修建了一座纪念亭，并亲笔题写"云亭"二字镌刻于纪念亭门楣，亭内整齐供奉着陈凤良、康茂

忠、赵兴怀、曹云亭以及魏光华的牌位。从此，妙积寺的落烟亭与观山坡上的云亭遥遥相望，仿佛在寂静的旷野里互相为伴。寒梅经常会来曹云亭的墓前静坐，每次痴痴望着亭子上方的"云亭"二字，脸上常常流露出会意的笑容。

得知寒梅隔三差五常去观山坡，柴伯文心中多有不忍，于是便和沈金书商量，还是应该尽快让寒梅去往延安。寒梅既没拒绝也没答应，直到有天她主动来找沈金书说："云亭在哪里，我就在哪里，今生今世我和他一样，生死都是咱梨园行的人。"沈金书把寒梅所言说与柴伯文，两人都懂得寒梅的话中之意，双双嗟叹不已。这时，杨元厚给沈金书提出愿意让出长安秦腔总社社长位子给寒梅。寒梅没有表态，却恳请杨元厚同意让她带着柳青芳住进杨家，杨元厚既诧异又激动地连连点头答应，他将女儿杨小云的闺房以及另外一间空房打扫得干干净净。寒梅和柳青芳住进去之后，长乐坊大剧院所有人惊奇地发现，平常火爆脾气的杨元厚整日里脸上挂满着微笑，仿佛变了个人一样。

第四十二章

华北沦陷、太原失守后，地处晋陕豫三省交会处的运城成为华北的最后防线，这里是山西通往豫陕两省的南大门，奔腾而过的黄河和高耸境内的中条山成为拱卫中原和西北、西南的天然屏障。一九四一年五月，日军为了消灭山西南部的国民党中央军，决定发动中原会战，日军集结了六个师团约十万人马，分四路向中条山进犯。面对这一生死决战，国军错误迷信自然天险对日军机械化部队的阻力，未经认真备战，疏忽大意，加之指挥失当，致使日军铁蹄所向之处，国军皆是溃败不可收拾。这一仗打了整整二十多天，国军付出惨烈代价之后，背靠中条山天险的运城各区县全部失陷。

根据日军大本营的对华作战方案，日寇占领运城后，迅速展开"肃正讨伐""治安强化"政策，日伪河东道尹公署和山西保安司令部河东道指挥部相继在运城成立，又在运城二十三县成立伪县公署、保甲自卫团等机构，他们招募了大量特务、汉奸，利用保甲制度对占领区百姓进行严苛的殖民统治。

话说身处太原城的陈竹君最近心情甚是郁闷，他痴心迷恋的林萍跟随丈夫龙长生回运城已经很久了，在两人约好的时间里，林萍并没有按时返回太原，这让陷入相思苦海的陈竹君心烦意乱。而当日军占领运城的消息传来后又令他大喜过望，陈竹君一溜烟跑去拜见山西公署顾问室主任清水和夫，向他表明了自己期望去运城河东道尹公署继续为皇军效命的心愿。清水和夫很清楚日军新近占领运城后，非常需要像陈竹君这样对日军高度忠诚的中国人来帮助实行区域管理，于是便非常爽快地答应了陈竹君。心中分外欣喜的陈竹君知道这些年自己效忠清水和夫的付出没有白费，他相当顺利地被清水和夫委任为运城河东道尹公署情报室主任，成为清水和夫在运城最直接的眼线。

第一时间听到陈竹君被提拔的消息后，已是山西公署保安司令部第二大队副

大队长的田汉民急忙跑上门来求见陈竹君。陈竹君猜想到田汉民迟早会来找他，只是没想到竟会如此之快。经过陈竹君在清水和夫跟前的再一次推荐，田汉民被委任为河东道尹公署保安指挥部大队长，两个沆瀣一气、臭味相投的铁杆兄弟再次各遂心愿地走到了一起。官升一级的两人甭提心中有多高兴，虽然运城没有太原那般繁华热闹，但因迷恋权力而产生的陶醉感完全麻木了他们的心智。此二人与清水和夫不同寻常的关系在河东道尹公署里无人不知、无人不晓，因此就连河东道尹王毅对他俩也是格外尊重，而在陈竹君和田汉民心里，运城这片土地就是他俩的掌中之物。

这一天，陈竹君身穿一袭长衫，头戴一顶礼帽，装扮成一介读书人的模样，迫不及待地来到运城西街口的龙家老宅。赵世诚和老伴龙宝婵再次见到陈竹君后格外欣喜，急忙询问任欣荣北平寻母的情况，陈竹君便用早在心中琢磨好的谎言应付，说任欣荣与母亲相见后分外欣喜，母子二人亲昵得时刻不可分离。又说自己在北平巧遇了一位老家也在运城的好朋友，这次返回长安途中，顺道陪朋友在运城老家小住些日子，这才有机会前来拜访龙宅二老。陈竹君杜撰的这些虚假之事使不明真相的赵老爷子和老伴甚感欣慰，嘴里连连说："他们母子得以相见，这是积德行善之举，你也算没有白费一番工夫啊。"听着老人的赞许之词，陈竹君一边面带尴尬地笑着，一边用眼睛瞟着从屋里走出走进的每个人，但却迟迟没有发现林萍的身影，于是他又旁敲侧击探问家里人都去了哪里。赵世诚毫无戒心地说，小儿赵渊和女儿龙如玉自从上次祝寿后跟随寒梅的秦腔班去了长安，便再也没有回来过，大儿龙长生和媳妇林萍从太原回来后又去了三门峡，估摸着今天该回来了。听罢此言，陈竹君这才松了口气，原来林萍随丈夫去了三门峡，怪不得这么久不和自己联系。现在自己常住运城，再也不用发愁见不到林萍了。

陈竹君抑制不住内心的喜悦，他对赵世诚说："我在朋友家小住的这些日子里，难免还会来打扰您老人家的。"

赵世诚不无关切地说："如果朋友家里住着不方便，可来咱家里住，这里院子大、房间多。现在运城全被日本人占领了，来来去去可得多加小心哦。"

陈竹君急忙附和道："我在北平也听说了，现在从运城去长安的风陵渡也被日本人把守着，所以我和朋友要等风声松一些的时候，再过黄河去。"

正当陈竹君与两位老人在院中闲聊之际，大门外传来了马车声，龙长生和林萍坐着马车从三门峡收账回来了。刚进家门的龙长生看见陈竹君后，一种不祥之感迅速弥漫上心头，虽然陈竹君很客气地跟他打招呼，但龙长生只是不冷不热地哼了一声，便黑着脸走进里屋去了。陈竹君的突然出现，使林萍的心口突突乱跳，眼睛都不知道该往哪里看，她尽量压住自己的气息，客客气气地向陈竹君问候一声后，也匆匆走进里屋去了。被晾在院子里的陈竹君满脸尴尬的神情没能逃过赵世诚的眼睛，老人低头寻思半天，也琢磨不出这三人之间究竟有着怎样的误会。

陈竹君甚为礼貌地拜别了赵老爷子出门去了。赵世诚正要招呼仆人们开饭，忽听屋里传来一声林萍的尖叫声，紧接着龙长生气呼呼地走出来站在院子里。赵世诚很是纳闷，两人刚刚走进家门，怎么就开始闹起来，是不是三门峡的生意出了什么问题？他问龙长生是不是生意上出了问题，大儿子满脸苦笑着说和生意无关。龙宝婵听得此话后，心里猜测是不是又为生养孩子的事情吵嘴了？她去厨房端了碗鸡汤刀削面出来，用眼睛挤了老伴一眼，说："我去给萍儿送吃的，你们去厨房吃饭别等我。"赵世诚会意地点点头，便拉着儿子去了厨房。

龙宝婵走进林萍的卧室，看见她正埋头低声哭泣，便好心好意相劝道："我和你公公还是以前那句老话，要孩子的事情咱不能着急，先得把身子养好喽。"林萍急忙接过婆婆手里的饭碗，虽然满腹的惊慌与痛苦，却在婆婆面前无法说出半个字来。

早在太原时，龙长生就已经开始厌恶陈竹君那副汉奸嘴脸。上次从榆次打理完生意回到太原后，龙记客栈的周掌柜悄悄给他说了陈竹君来找林萍的那一幕，龙长生听后心里顿时感到无比窝火，脑海里隐隐约约感到当年在龙家宅院里帮助过的陈竹君活脱脱就是一条毒蛇。为了尽快躲开陈竹君这个晦气的家伙，他将太原的生意快速处理完后，旋即带着林萍返回了运城，为了让自己不再悬心，他去三门峡收账也带上了林萍。看到丈夫时刻不离她身边，林萍心里开始感到害怕，她日夜揣摩丈夫的神情与心思，不敢想象丈夫若知道了她与陈竹君的这段露水情缘后会如何发落自己。龙长生心恨妻子与陈竹君纠缠不清，现在阴魂不散的陈竹君居然又追到运城老家来，这让他气不打一处来。林萍虽然心里发虚，嘴上却不停为自己辩解，龙长生盛怒中将茶杯摔碎在地。

走出龙家的陈竹君心里甚感欣慰，他终于见到了朝思暮想的林萍。尽管林萍

和他四目相对时慌乱不堪，但长时间以来，陈竹君被欲望煎熬的痛苦暂时消失殆尽，他心里对林萍久不露面的担心也烟消云散了。回到河东道尹公署情报室时，恰好田汉民来找他闲聊，看到陈竹君神情既轻松又感伤，田汉民说："老兄有何烦心事，一定要给兄弟说，兄弟我今天的一切都是老兄你给的，所以你的事便是我田汉民的事。"陈竹君素知田汉民有着口吐莲花的口才，心想给他说说倒也无妨，或许他还能给自己出出主意。陈竹君讲完自己和林萍的故事后，田汉民心里嘀咕着这世上的事情看来真是无风不起浪。早在太原时，田汉民便风闻陈竹君与一个有夫之妇有染，当时也没有多想，因为像陈竹君这般整日流连于烟花柳巷的红尘客，关于他的风流韵事的流言蜚语实在是太多了。现在看来，陈竹君对这个有夫之妇似乎动了真心，眼前神伤不已的陈竹君所流露出的痴迷情愫让田汉民深感意外。

在这个世界上，像陈竹君与田汉民这样的酒肉朋友，当他们有了抱团取暖的共同目的，而且彼此间还有着互相利用的价值，那么即使是龌龊不堪、虚情假意的友谊，亦能像两张腥臭的狗皮般紧紧粘在一起。

回想自己从北平临时政府治安部籍籍无名的一个小人物，在陈竹君的不断帮助下，由山西公署保安司令部的副大队长摇身变为运城河东道尹公署保安大队长，田汉民始终觉得陈竹君对他有知遇之恩。如今他已身居保安大队长之高位，方圆数百里的运城都是他的势力范围，凭借手中的权势帮陈竹君弄来个把女人，实在是件轻而易举的事情。当田汉民心中拿定主意要用此事来报答陈竹君后，便马不停蹄地开始了他的"报恩之旅"。

对于林萍来说，陈竹君在运城的突然出现，让她彻底陷入慌乱之中。本想着与陈竹君在太原的荒诞行径能够随着时间的流逝逐渐淡去，未料到陈竹君这把火点燃后竟然丝毫没有熄灭的迹象，而且大有越烧越旺的势头。林萍惊惧这把火会烧毁自己所拥有的一切，不知将来的命运会坠落入怎样的深渊，这是她连想都不敢想的。三天过去了，一切太平；一周过去了，依然相安无事。林萍这才稍微松口气，心想着出门去逛逛。

日本人占领运城后，大街小巷的人流明显稀少很多，因为生意不景气，大小商铺十有八九都紧闭大门。林萍走在大街上随意转悠着，满腹心事的她也没多大心思闲逛，最近一直随丈夫去各处料理生意，她想着该买些牙粉和梳头油，于是径直走到以前常去的玉堂春店。当她刚拿起一瓶自己最喜欢的上海生产的无敌牌牙粉仔细端详时，忽听有人在身后低声叫她的名字，回头一看是张陌生面孔。来人正是田汉民，这些天里他派人一直蹲守在龙宅外盯着林萍的动向，得知林萍独自一人出来逛街时，他便跟了过来。被堵在店里的林萍感觉此人来意不善，便要闪身出门去，却在门口被两个便衣挡回去。心慌意乱的林萍大声质问对方想干什么。田汉民微笑不语，他将林萍从玉堂春后门带出，走过一段曲里拐弯的巷道后，来到一处清静的茶社里。林萍老远便瞧见陈竹君端坐在茶桌边朝她微笑着，心里的惊恐暂时消退了，她噘着嘴巴皱着眉头气呼呼坐下来，站在门口的田汉民给陈竹君递个眼色便退身出去。

懂得怜香惜玉的陈竹君急忙给林萍倒了一杯上等龙井茶，随之想要握着林萍的手说话时，林萍极不情愿地将手背到身后，说："这里是我家门口，你怎可有如此大的胆子。先说说你是如何到的运城？"自从在龙宅见到林萍之后的这一周里，陈竹君几乎夜夜难以入眠，心里有太多的话想给林萍说，他也估计林萍定会有许多疑问如鲠在喉，于是便将自己如何前来河东道尹公署做事的过程大概说了一遍。林萍听罢轻轻叹息道："我是个不问世事的普通女人，既看不清眼前这乱糟糟的世道，更不明白你跟着日本人走的这条路到底有没有前途。但我知道龙家人极其反感你给日本人做事，你以后还是别来找我了，就当我俩之间是一场梦吧。"陈竹君听到林萍的话，心里一阵着急，他刚要辩解时，田汉民走了进来，手里拿着两盒牙粉和梳头油。他将东西摆在林萍面前，然后笑眯眯地说："咱们初次见面，就算我送你的见面礼吧。"林萍急忙推辞，陈竹君连声打圆场说："这是我兄弟田汉民，他现在是河东道尹公署保安大队长。"左右为难的林萍还是一再相推，田汉民硬是不让，并嬉笑着说："陈主任这些日子里总是念叨你，往后咱们都是一家人了，先叫你声嫂子可别见怪啊。"说完田汉民放肆地哈哈大笑。林萍明显脸色不悦，陈竹君见状赶忙使眼色将田汉民支了出去。田汉民的这声"嫂子"叫得陈竹君心中也是一惊。

一时间陈竹君和林萍坐在茶桌前愣怔不语。此刻，林萍的心里七上八下，她暗中思量着，这份孽缘究竟该如何收场？林萍很清楚，眼前的这个男人足可以毁掉她半生的幸福，但这个男人偏偏又是那么一往情深。这个气质忧郁略带书卷气的男人，完全符合林萍对男性的审美，但她已是有家室的女人，在这样兵荒马乱

的岁月里，人人都为活命在挣扎着，她在龙家却吃喝不愁，而且和龙长生的夫妻感情尚好，因此若再和陈竹君这般厮混下去，怎能对得起龙家的老老少少呢？林萍的心里虽然这么想着，但情欲像条毒蛇般紧紧缠绕住她的心，越想逃离就越感到痛苦不堪，沉重的压抑感像黑色乌云般笼罩在心头令她感到快要窒息。"让我好好想想我们的事情，你千万不能再去龙家找我。"撂下这句话后，林萍匆忙走了。陈竹君不仅没有感到失落，反而有一种踏实感涌上心头，他心里明白，林萍终归是不舍他的。

一晃半个月时间过去了，又是没有林萍的一点消息，陈竹君实在按捺不住，便让田汉民去龙宅探探虚实。没想到田汉民刚一进龙家，就和要出门的龙长生撞个满怀，龙长生眼见又一个陌生男人来寻林萍，压抑已久的怒火再次冒将出来，他直接冲上去揪住田汉民的衣领质问起来。听到儿子怒不可遏的叫骂声，赵世诚和老伴急忙来到院子连问这又是为何事发火。这时院子里站满了家里的男女仆从，大家直愣愣望着大少爷和一个陌生男人纠缠在一起，不知所为何事。

躲在屋里惊恐不安的林萍，眼看今天的阵仗是薄纸包不住火了，她索性走出来斜靠在走廊柱子上，睁大一双眼睛冲着龙长生数落道："千错万错都是我的错，你又何必发这么大火？大家有话好好说，别动手动脚失了斯文。"

听到林萍阴阳怪气的腔调，龙长生松开撕扯在一起的田汉民，冲着林萍恶狠狠地说："我以为你还能装多久，终于憋不住了吧？"

此时的林萍口气反而强硬起来："我早就想着给你说一些事情，可你每天从早到晚忙个不停，给我说话的机会了吗？今天当着老人的面，你想知道什么直接问吧。"

龙长生怒眼盯着林萍，他不敢相信曾经和自己情投意合的媳妇，何时变成今天这副嘴脸，大庭广众之下居然敢用这样的语气给自己说话。他再次无法压制满腔的怒火，猛然转身重拳挥向身旁的田汉民，没有丝毫防备的田汉民脸上挨了重重一拳，惨叫一声跌倒在地。眼冒金星的田汉民正要发作，林萍急忙上前拉住他的胳膊，故意拉高声调说："田队长，我对不住你，让你跟着吃苦了。你先回去告诉陈竹君，今晚上玉堂春茶社见面，这里有我，你快走吧。"田汉民吃了一个哑巴亏，再看看现场剑拔弩张的气氛，他只好忍住脾气夺门而去。

赵世诚被眼前这幕气得浑身发抖，他怒斥儿子儿媳不要当众出丑，有事进屋商谈。当龙家四人回到屋内，颤颤巍巍的赵世诚发出一阵喘不上气来的咳嗽声，龙宝婵连忙用手掌给他抚摸着后背，龙长生气呼呼地坐在对面的椅子上，林萍则低头斜靠着墙壁一语不发。

咳嗽声终于停止了，屋里的空气像凝固了一般，赵世诚拿出烟壶要抽时，被龙宝婵一把夺过去，她用恼怒的眼神看了他一眼，又瞟了瞟眼前的儿子儿媳，嘴角闪过一丝难以形容的苦涩。赵世诚何尝没有察觉到儿子儿媳的矛盾，他们从太原回来后又一起去了三门峡，那时他便觉得不大对劲。多年来都是儿子出门打理生意，林萍照顾家里，现如今儿子出远门料理生意总要与林萍同出同入，面对这样不同往常的变化，虽然老两口有所嘀咕，但心里也没多想，谁知道他们两人的矛盾竟积攒到如此严重的程度。

赵世诚缓缓地说："这些年来，你俩聚少离多，我都是看在眼里的，可是当初你俩是自由恋爱的，咋就处到今天这般地步？即便彼此心有嫌隙，也该好说好商量，口舌生毒、不顾体面地闹腾，岂是解决问题的办法？"

龙长生接过父亲的话吼起来："还不是那个阴魂不散的陈竹君捣的鬼，整天和他去鬼混，还以为我不知道？"

赵世诚这才想起前些日子陈竹君来拜访时，他们三人见面后彼此爱答不理的尴尬模样，怪不得儿子去三门峡也要林萍一起去，原来儿子心里早就有了提防。赵世诚转头问林萍可有此事。

林萍坦然答道："自从我嫁到龙家，多数时间独守空房，家里生意做得大，需要龙长生长年累月在外打理，所以我不敢有任何怨言，只能尽我的本分，照顾好龙家上上下下。按说我该知足了，可惜老天爷不眷顾我，偏偏不让我生个一男半女，这些年你们背地里想给儿子纳妾，这个想法我早就知道。我是不会生，可有谁理解过我的心情，有谁关心过我的感受？从太原回来后，我一直在想怎样了断与陈竹君的事情，每天夜里睡不着觉，心里感到愧疚，是我先对不住长生，都是我的错……"林萍说着说着便大声啼哭起来。"这些天我一直想给你说这件事，却不知道该如何张这个口。我害怕啊！"说到此处，林萍已泣不成声。

但龙长生不吃她这套，扯着嗓门厉声质问道："你想给我说什么？难道你想要离婚？"

　　林萍像被针刺了一下，猛然抬起头来止住了哭声，异常冷静地说："是的，我想和你离婚。"

　　坐在椅子上的龙长生"噌"地跳到林萍跟前，赤红的双眼盯着林萍咬牙切齿地说："你敢再说一遍？"

　　赵世诚大声呵斥儿子退回去，他迈着沉重的脚步在屋里边踱步边说："咱们龙家和你们林家都是要脸面的门户，即使要离，也得体面地分开，何必这样大吵大闹，不嫌丢人吗？"

　　龙长生听到父亲的态度，急忙阻止道："您有所不知，勾引她的陈竹君现在给日本人做事，那就是个狗汉奸，让林萍跟了这样的人，就是把她往火坑里推。"

　　龙长生此言一出，赵世诚也怔住了，他万万没想到与龙家曾有数面之缘的陈竹君会堕落到这般田地。老人仰面长叹："想当初我留下陈竹君，支持他带任欣荣去北平寻母，那是因为陈竹君毕竟是梨园行人，我认定他做人做事终会讲究个道义。可如今他置礼义廉耻于不顾，心甘情愿当汉奸，萍儿呀，你就不能和这样的人在一起啊。"

　　听着公公语重心长的劝告，林萍依然不依不饶地说："我不管他是给谁效力，或者是干什么，只要他对我好，我就跟他走。"

　　龙宝婵实在听不下去，气愤地插话道："龙家哪里对不住你了，你非要这样作践自己？我们是商量过要给长生纳妾，可长生压根儿就没同意。现在你却要跟个汉奸去过日子，即便不为龙家着想，我们也得拦着你，娃呀，那是一条不归路啊。"听着龙宝婵的苦劝，林萍再次掩面啼哭起来。

　　赵世诚叹息不止，随之喃喃细语道："即便你死活也要离婚，总得让你父亲知道。"

　　唉声叹气的赵世诚和龙宝婵示意儿子先退出屋子，随手用锁子将林萍锁在屋内。三人来到堂屋，赵世诚劝解儿子说："人心一旦走了，任谁也别想拽回来，你俩貌合神离这么多年，折腾得也够多了，依我看还是分开吧。"

　　赵世诚的话听得龙宝婵心里阵阵酸楚，她流着眼泪给儿子说："我们龙家从来不曾亏待她，现在是萍儿要离开这个家，无论如何，我们得让太原的林家知道你们离婚的实情，然后再做定夺。"听完母亲的话，龙长生哀伤地瘫坐在椅子上埋头叹息。

赵世诚走过来拍拍儿子的肩膀说："走就走吧，强扭的瓜不甜。我和你妈这些年一直等着抱孙子，说句强势的话，想给我龙家做媳妇的女子多得是。"说罢此番伤心话后，赵世诚便决定近日就启程，领着儿子儿媳去太原林家决断此事。

晚上，等候在茶社的陈竹君和田汉民迟迟不见林萍前来，心里不免有些焦急。看着焦躁不安的陈竹君，田汉民气狠狠地说："要不是看在嫂子的面子上，我今天非让他龙长生好好喝上一壶。"陈竹君连连叹息道："估计今晚林萍是出不来了，既然这件事情已经捅开了，我也就不怕别人笑话了。还得烦劳兄弟让龙家将林萍交出来。"田汉民听到陈竹君终于有求于他，心里舒坦许多，同时他很轻狂地说："我早说过，兄弟今天所有这一切都是大哥给的，大哥的事就是我的事。要我说，您在这事上手软了，若是我的话，早把人从龙家给抢过来了。"陈竹君苦笑着看了田汉民一眼，他心中清楚田汉民这句话不过是在虚张声势而已。

按说仗着他俩眼下在运城的权势，抢个女人算得了什么呢？只要伺候好太原的清水和夫这棵大树，他们就敢这么干。但是林萍曾多次给他说过，龙家都是明事理讲道理的人，她是被明媒正娶进的龙家，她也要名正言顺地走出龙家。所以田汉民想用的强硬办法，陈竹君是不会答应的。他在林萍跟前已经隐藏了太多自己过往的不堪，如果这次再违背她的意愿去做事，林萍一定会怀疑他所说的海誓山盟究竟是真是假，甚至会消除林萍对他的信任。一旦这份信任被打破了，他一定会失去林萍，而他又是如此鬼使神差地深爱着这个女人。

第四十三章

　　中条山战役失败后，日寇占领了三晋全境，赵渊所在的运城游击队暂时转入敌后隐蔽。他始终没有忘记上次离开长安城时，寒梅交代他尽快将父母及哥嫂送去长安的话。此时的赵渊心里非常清楚，眼下运城已是日本人的地盘，他担心天下没有不透风的墙，毕竟自己和妹妹加入共产党这么多年，一旦有叛徒卖主求荣向日军告密，一定会给父母和哥嫂带来灭顶之灾。现在战场硝烟已散，运城也已安静了许多，赵渊决定亲自护送父母哥嫂去长安避难，但小妹龙如玉认为这样目标太大，很容易引起敌人怀疑，并建议由自己孤身回家布置最为安全。赵渊深思熟虑后同意了小妹的想法，为了方便行事，又给她派了朱平和赵龙两位机敏精干的游击队员，三人化装成生意人模样，乘着夜色从中条山腹地回到运城龙宅。

　　龙如玉回到家里的当晚，正是赵世诚准备动身去太原府林家的前夜。当他从女儿嘴里知道儿子赵渊的担忧时，赵世诚恍然感觉到自己真的是老了，日本人占领运城这么长时间以来，他居然丝毫没有意识到龙家已经深陷危险之中，想到此处，赵世诚连连拍着大腿说自己大意了。为了不打草惊蛇，龙长生连夜晚和父母小妹商定"兵分两路"行事，小妹龙如玉带着父母先去长安，然后自己和林萍北上太原见林父。赵世诚想到大儿子多年行走生意场，处理问题应该会有分寸，儿媳林萍也不至于陷害自己的丈夫，儿女之事毕竟还得他们自己解决，绝不能为了大儿子龙长生与儿媳林萍这桩名存实亡的婚姻，让女儿龙如玉和她的战友处于危险境地，于是，赵世诚同意了儿子的安排。第二天天刚亮，赵世诚和老伴收拾好行李，坐上女儿带来的马车，悄无声息地出城去了。

　　这一切都被林萍从窗户里看到，当她望见龙如玉回来的身影时，心里不免感到一阵吃紧，丈夫以前与她闲聊时，曾多次提及对小妹龙如玉和兄弟赵渊可能参加共产党的猜疑。平常时日里，这两人总是神出鬼没，如今日本人占领了运城，她却光明正大地回家来，敢冒这样大的风险，肯定会有异常的举动。天亮时分林萍又看见龙如玉搀着父母拿着行李急匆匆出门而去,她当时心里便犯了嘀咕。

龙如玉带着父母离开后,龙长生将龙家多年的老管家叫来,吩咐他陆续辞退掉多余的仆从,并将看护宅院的重任委托给他,老管家流着眼泪答应了。被关在内屋的林萍听到丈夫给老管家的交代,心中的疑问更加深重了,她预感到龙家必定是发生了什么大事。就在她思量之际,龙长生忽然打开锁子走进屋里给她说:"你去找陈竹君吧,直接告诉他,我和你明天就回太原林家。你我夫妻一场,我也不想把这事弄得沸沸扬扬,毕竟我们往后还得活人。他陈竹君要是个聪明人,也请他闭嘴。等咱俩到太原把事情处理完毕,我就成全你们。"听了龙长生的话,林萍难堪至极,她还想多说两句,龙长生却转身走了出去。

迈出龙家大门的林萍心中涌出一种说不清的滋味。她现在自由了,从此就要和陈竹君这个男人生活在一起,前途是喜是悲只有上苍知道了。心情忐忑的林萍径直来到河东道尹公署找陈竹君,田汉民瞥见林萍的身影后,也急忙跑了过来,林萍当着此二人的面,说出龙长生已经答应离婚的事情,陈竹君听后分外欣喜。紧接着,林萍又心存疑惑地将龙如玉昨夜突然回家今晨带着父母匆忙离开,以及龙长生还辞退了仆人的事情说了一遍,陈竹君听后急忙打住林萍的话,然后含蓄地将田汉民支开。尴尬地离开陈竹君情报室的田汉民,走在楼道里心中极为纳闷,林萍已经带来龙家答应离婚的好消息了,这个时候陈竹君还有什么要对他隐瞒呢?心有不甘又非常好奇的田汉民转身悄悄趴在情报室门口偷听起来。

林萍见陈竹君支走了田汉民,这才将她对龙如玉的怀疑全都说了出来。陈竹君听后若有所思地说:"如今运城是日本人的天下,赵渊和龙如玉绝不敢随意造次,现在他们身后的运城游击队也已经消失得无影无踪,想必他们往后也翻不起多大的浪花了。"林萍又问:"龙如玉会带父母去哪里?"陈竹君略加思索后说:"或许他们感觉待在运城不安全,现在大家都纷纷跑去长安,赵世诚又是长安秦腔锦绣班的老人,估计他们也是去长安城了。"林萍听了陈竹君的分析判断,又想起上次寒梅带队前来给赵世诚祝寿的情景,心里也断定他们一定是去往陕西了。屋里的陈竹君和林萍全然不觉隔门有耳。田汉民偷听完他俩的话后,急忙回到自己的保安大队,他强烈意识到眼前是一个升官发财的绝佳机会,如果自己顺势逮住赵渊和龙如玉他们,无论是河东道尹王毅,还是远在太原的大靠山清水和夫,

一定会对自己刮目相看的。唯独让他犹豫不决的是，如果自己这样做了，肯定会彻底得罪陈竹君。思考再三，利欲熏心的田汉民最终决定来个"先斩后奏"，他不容许自己再生迟疑，因为时间就是胜利，龙如玉一行上路已经有半天工夫了，田汉民立即抽调十名精干的保安队员挎刀别枪，顺着去往风陵渡方向的道路纵马疾驰而去。

　　龙如玉带着父母出了运城后，马车走上一条偏僻小道，游击队员朱平是个驾驭马车的好把式，他知道车上坐的是两位老人，提早便用破旧的棉布将车轮包裹起来，这样不仅可以减弱颠簸，还可以消除马车轮子的声响。朱平与赵龙都曾是赵渊率领的芮城武工队的老队员，而赵龙的绝活是练得一手百步穿杨的好枪法，他亦是运城游击队里有名的"神枪手"。奔波了一上午，当太阳偏西时，他们赶到了黄石湾上游的陈家驿。赵渊已早早派人通知了老白渔村的谷三，这日一大清早谷三就和游击队员韩波渡过黄河，两人悄悄将渔船隐藏在芦苇荡里，然后来到了陈家驿酒馆，静候龙如玉他们的到来。

　　龙如玉一行按照约定时间来到了陈家驿酒馆，看到谷三与韩波就坐在离门不远的桌子上。此时的酒馆里三三两两坐着一些等待渡河的过路客，还有几个在酒馆门口摆摊的黄河沿岸以捕鱼为生的渔夫，正忙着给客人兜售刚刚打捞上来的黄河鲤鱼。为了掩人耳目，龙如玉与谷三装作互不相识的过路客，在另外一张桌子坐下，要了茶水吃食。谷三看到他们吃饱了饭也歇息得差不多了，这才给龙如玉使个眼色，随即起身与韩波出了酒馆往陈家驿西边走去，龙如玉他们又稍稍多坐了一会儿，五人这才坐上马车也往陈家驿西边而去。黄河岸边的茂密芦苇随风摇摆却不见一个人影，正当龙如玉迟疑之际，只见一大丛芦苇轻悠悠飘荡到眼前，从苇草里钻出两个人来，头顶树叶的谷三和韩波正笑着朝她招手。

　　两队人马终于汇合在渔船上，谷三神色镇定地对大家说："黄河北岸的日伪巡逻队大约一个小时过来一次，没有安排大家从黄石湾渡河，就是为了躲过沿途的巡逻队以保证大家的安全。陈家驿这个地方位于黄河芦苇荡的尽头，位置不仅荒僻，还经常有野狼出没，巡逻队经常到不了这里。现在已过了下午五点，只要太阳掉进南岸山头，天色灰暗下来，我们马上划船渡河。"龙如玉听到谷三的安排后，回身给朱平说："等我们开船后，你乘着夜色将马车赶回运城去。"龙如玉又低声给父母介绍了谷三和韩波。赵世诚望着谷三和韩波，满脸慈祥地问道："你们都是咱山西人吧？"谷三笑了笑答道："我俩原是咱芮城晋剧团唱戏的，后来，您的儿子，也就是我们的赵渊队长领着我们一起闹的革命，说起来，您儿子和女儿还是我们的革命领路人咧。"赵世诚无比赞赏地看着龙如玉，笑呵呵地说："你哥带着你参加八路军，其实我早就知道了。"龙如玉挽着母亲的胳膊笑着说："我爹我娘不仅是个明白人，还是个聪明人，啥事能躲过您二老的眼睛呀。"听着龙如玉的话，一船的人全笑了。

正在大家闲聊静等太阳下山时，忽听远处传来一阵急促的马蹄声，谷三心里一惊，顿感大事不妙。按照巡逻队以往的时间规律，这个时候他们是绝不该出现在这里的，今天怎么突然到了这儿？他急忙让朱平下船，赶快将马车掩藏在芦苇丛里。与朱平分开后，众人齐齐伏身船舱里，谷三立刻将芦苇密盖的渔船轻轻划到芦苇荡深处。

谷三万万没有料到，循着黄河岸边而来的队伍，不是平常日子里的日伪巡逻队，而是运城保安大队长田汉民率领的十骑人马赶到了。狡猾的田汉民判断龙如玉的马车绝不会去往风陵渡方向的大路，而是会在黄河北岸某个渡口悄悄渡河，于是他命令手下马不停蹄地顺着黄河滩头一路巡查上来，等走到陈家驿询问过酒馆老板后，才知道陈家驿再往西已经无路可走，而是一望无际的芦苇荡了。失望的田汉民让队员下马在陈家驿酒馆吃饭歇脚，正要步入酒馆之际，门外一坨马粪引起了田汉民的怀疑，在他的厉声逼问下，酒馆老板惊慌失措地说有辆马车和五个人刚刚往西边芦苇荡去了。田汉民像条嗅觉灵敏的猎犬，马上带领人马一路巡查到芦苇荡深处，直到无路可走时，也没发现一丝可疑的痕迹。

眼看着太阳要落山了，田汉民他们只好返回到陈家驿酒馆歇脚用餐。暮色四合，酒馆亮起了灰暗的油灯，所有人酒足饭饱，失望透顶的田汉民准备离开时，酒馆老板怯生生跑出来央求结算饭钱。恼羞成怒的田汉民瞬间疑心四起，寻思这个小老板怎么会在如此荒无人烟的地方开酒馆？他怀疑这家酒馆或许还是龙如玉他们的一处联络点，盛怒之中的田汉民不由分说拔枪射杀了酒馆老板。清脆刺耳的枪声惊吓到朱平隐藏在芦苇丛中的马匹，任凭朱平使出浑身力量也按压不住。忽闻芦苇荡里传出的一声声马匹嘶鸣声让田汉民大喜过望，他立即命令所有人围拢过去。

朱平与他的马车完全暴露了，藏在暗处的谷三和龙如玉借着清浅的月光眼睁睁看着朱平被捕了。得意扬扬的田汉民死命拷打朱平，逼他说出龙如玉的下落，直到朱平晕死过去，田汉民也没能从他口中掏出半句话来。无计可施的田汉民命人将朱平抬上马车，十只长枪向芦苇荡深处胡乱射击一阵儿之后，这才骑上马、赶着马车，慢慢悠悠消失在夜色里。

田汉民带领的小分队彻底消失后，隐藏在芦苇深处的谷三这才悄悄划船渡河。一轮弯月初上东天，波光粼粼的黄河水面闪烁着祥和而安宁的辉光，此时只听得到船桨划过水面的哗哗声。直到渔船划过河中央，抬头已能望见黄河南岸影影绰绰的山影时，赵世诚终于憋不住心中苦闷，气恨地骂道："我要是早知道这个田汉民是个坏种，就该在他来咱家那天掐死他。"龙如玉听到父亲的咒骂声，也忍不住将头深埋在怀里哭起来。眼含热泪的谷三也无限伤感，但他心里明白这是没有办法的事情。他当然不忍眼睁睁看着朱平被敌人抓走，当时差点按捺不住胸中怒火，想要挺身拔枪从芦苇荡中杀出，可是只有忍耐，也许才是那一刻最好的选择。朱平的被捕，从此成为谷三和龙如玉他们心中挥之不去的痛楚。

龙如玉带着父母远赴长安后，龙长生与林萍也随即启程北上太原办理离婚手续。当年两人相识相爱以至大婚，曾是太原小有轰动的一段佳话，如今走到了"一别两宽，各生欢喜"的地步，总得让林家老爷子知晓此事。可是到了太原后，林萍心里却开始打退堂鼓，离婚毕竟是件不光彩的事情，父亲如今已然年迈，加之身体又不大好，而且那两个同父异母的弟弟不仅依靠不上，肯定还会袖手旁观看她的笑话。林萍左思右想，不知道此行回家的意义何在？无论是让老父亲伤心一场，还是招来两位兄弟一番讥笑，都不是林萍想要看到的。经过一番煎熬，林萍心想干脆罢了，自己的命运不如自己做主。于是她与龙长生在龙记客栈老板周强的见证下，签订了一份离婚协议书。正文写道：

夫：龙长生

妻：林 萍

兹因昔年娶林氏为妻以来，聚少离多、不生不育，近来夫妻意见不合，感情破裂，观此情形，殊难偕老。为此，双方协议离婚，割切根蒂，从此脱离夫妻关系。嗣后男婚女嫁，各享自由，两不干涉。

此据两愿，各无异言。立此离异据为证，存照。

林萍双手捧着离婚字据身体微微颤抖着，心中酸楚像决堤的洪水涌泄而出，满脸泪水的她看着身旁的龙长生，脑海里再次浮现出两人第一次在太原相遇时的情景，那时的她是那样地爱他、敬他，本想着自己会和这个男人今生今世白头到老，可惜造化弄人，到头来终落得各奔东西的伤心结局。林萍心中清楚，她所犯下的过错，任凭世上哪个男人都万难接受，回想他们夫妻一场的经历，林萍感觉仿佛做了场美梦，此刻梦醒了，那些曾经美好的往事已注定成为记忆，往后的日子里只愿彼此珍重了。随后，两人又来到太原市政府扯了张正式离婚证书，这段一度被无数人羡慕看好的姻缘，就这样悄悄画上了句号。

林萍孤独地走在大街上，清风吹乱了她的头发，无助的内心仿佛被人掏空了一般。这时一个人悄悄走到她身边，林萍抬头看时，只见陈竹君那张清瘦苍白的脸庞上挂着丝丝怜爱，林萍顿时忍不住扑将过去，双臂紧紧搂住陈竹君的脖子，两只拳头像雨点般捶打着他的脊背，一声声的啼哭里隐含着太多的不甘与无奈。

当一切尘埃落定之后，陈竹君兴冲冲去山西公署顾问室求见清水和夫，但见往日那些对他低头哈腰的同人们纷纷闪躲着，悉数站在不远处的走廊里看着他窃窃私语。陈竹君本想着会有很多人上前为他道贺，然而眼前的这一幕让他摸不着头脑，直到看见清水和夫那张铁青的脸时，他才感到大事不妙。果然，清水和夫不仅没有为他和林萍走到一起送上祝福，反而很不客气地说："你对帝国的忠心远远比不上田汉民啊，他能为皇军的圣战纵马飞奔上百里去抓共产党游击队员，你却在家里谈情说爱。"愤懑气恼的清水和夫说完此话后转身走出了办公室，满头雾水的陈竹君心中顿时惶恐不安。

这时，田汉民忽然从门外走进来，面带微笑的他正襟危坐在陈竹君身边，用不无遗憾的口吻对陈竹君说："老兄你犯的最大错误就是，明明知道龙家兄妹是共产党游击队员，却为了私情而不去抓捕。兄弟我本是为了咱俩能在日本人面前立上一功，这才带队去抓人，虽然运气不好让大鱼给跑了，但却抓住个小虾米，也算是没有白跑一趟。本想着抓到共产党就算是咱俩的功劳，没承想清水将军不

这样想，他让我告诉你，看在往日你对帝国事业忠心耿耿的份上，不再追究你的失职，你的相好林萍既然已经离婚脱离了龙家，也就不予追究她的连带责任了。"

陈竹君听完田汉民的这番话，这才明白清水和夫给他变脸的原因，原来田汉民瞒着他循着龙如玉的足迹去抓人了。他尽力克制住心中的怒火说："不追究！你的意思是我还得感谢你的大恩大德？"

田汉民堆起僵硬的笑容用手摩挲着鼻子继续说："我没这个意思，我只是想说，日本人的心思实在难以捉摸。"

田汉民话音刚落，陈竹君"噌"地站起身来，嘴里骂出一句粗话，转身便往外走。田汉民急忙叫他止步，但陈竹君头也不回地向院子走去，田汉民见状随即跟了出来在院子里将他拦住，此时的陈竹君发现，刚才还随处可以看到工作人员的院子四周已站满一排排荷枪实弹的日本宪兵。他心有迟疑地停住脚步，看着脸色难堪的田汉民说："你还有什么屁，尽管放出来。"田汉民把头一低轻声说："还是清水先生的意思，他让我告诉你，往后你不必再为皇军做事了。"陈竹君听完此言反倒笑了，他用眼睛死死盯着田汉民那张变形扭曲的脸狠狠地说道："田汉民啊田汉民，我本以为我是这世上最卑鄙的小人，没想到你比我还卑鄙。"说完这句话，陈竹君大步流星地走出山西公署大院。

气愤难当的陈竹君回到与林萍暂时栖身的客栈后，嘴里大骂田汉民过河拆桥、恩将仇报。林萍听罢事情经过，两人寻思田汉民一定是偷听到他们在河东道尹公署办公室里的谈话，这才兴师动众去抓龙如玉，好在龙如玉他们顺利逃脱，没有落在田汉民这个卑鄙小人的手里。林萍不敢想象如果田汉民抓住了龙如玉，她还有何脸面面对曾经的夫家？龙家老老少少将会遭遇怎样的劫难？龙长生又怎么会顺顺当当与她一起来到太原？想到这里，林萍只感觉后背阵阵发麻，谢天谢地这一切终归没有发生。

陈竹君在清水和夫身边彻底失宠了，田汉民不仅出卖了他，还将他取而代之，刚刚还扬扬得意的陈竹君再次陷入一无所有的境地，好在他身边现在还有林萍相伴。这个倔强而简单的女人对他一往情深，为了来到他身边可谓奋不顾身、不惜代价，陈竹君心想无论如何也不能辜负了林萍的这份感情。可是天高地阔、前路茫茫，哪里才是他真正的落脚处呢？

三天三夜过去了，陈竹君每天都喝得酩酊大醉，他时而躺在客栈的小床上大呼小叫，时而抱着林萍唉声叹气，林萍望着心爱的男人成了这副模样，一向性格要强的她也不免流下泪来。眼看着暂居客栈已经快一周时间了，林萍实在不忍心看着陈竹君再这样消沉下去，乘着他的情绪稍微好点时，她劝慰道："不给日本人做事，不见得是件坏事，我倒觉得你解脱了。你本来就是个文人，又有那么高的越剧天赋，为啥不能再组起班子唱戏去呢？"情绪已经跌落到谷底的陈竹君听得此言，眼睛里的光亮逐渐恢复过来，他深情地望着林萍，轻轻叹息道："你，或许就是上苍送到我身边唯一真正关心我的那个人。"说完他紧紧抱住林萍，又对她耳语道："我们去北平吧。"

第四十四章

    话说谷三与韩波划着渔船躲过田汉民的追捕安全渡过了黄河，龙如玉一行又坐上谷三早已给他们备好的马车。分别前，谷三安慰心情沉重的龙如玉说："你先安心去长安吧，我会派人将朱平被抓的消息尽快捎给赵渊队长，相信赵队长一定会想办法营救他的。"龙如玉听罢心里好受了许多，她殷切叮嘱谷三他们也要多多保重。随后，韩波驾车，赵龙稳坐车尾断后，龙如玉陪护着父母，五人快马加鞭往长安城疾驶而去。

    这天清晨，寒梅和柳青芳正在对镜梳妆，王文月匆匆跑来说，山西运城的赵世诚老先生到长安了。欣喜万分的寒梅连忙赶到长乐坊大剧院，看到一路颠簸而来的赵世诚和龙宝婵老人，三人紧紧相拥而笑。早在灞桥边赵渊答应要将父母送来长安，寒梅便心知这个约定迟早会实现。她先前征得沈金书会长同意后，早已将甜水井大街二十二号付家大院收拾得干干净净，专门等候着赵老前辈回来居住。当赵世诚与龙宝婵走进青砖灰瓦的付家大院，看到师父晋长隆与师哥陈凤良的牌位时，赵老爷子跪在地上放声大哭，嘴里喃喃自语："师父啊，师哥啊，锦绣班弟子赵世诚回来看你们来啦。"站在付家大院的秦腔众弟子都被老人的哭声惹得泪水涟涟。

    当天夜里，沈金书请来杨元厚、胡淑曼和寒梅一起在长安城德发长饭庄设宴为赵世诚夫妇接风洗尘。在此之前，寒梅已给沈会长说过赵世诚大儿子离婚的不快之事，以及老人在来长安的路上惊心动魄的经历，故而席间沈金书闭口不谈已经过去的那些糟心事儿，只把长安城里的许多逸闻趣事讲给赵世诚夫妇听。胡淑曼也借机提起在运城为赵老爷子祝寿的情景，又一次和大家谈论分享了那次寿宴的热闹与欢乐。觥筹交错之间，大家从戏曲之道忆及故人往事，从时局国运谈到战乱纷争，时而欢声笑语，时而感慨万千，不知不觉天色已晚。宴席结束后，赵世诚告诉沈金书明日他想去观山坡祭拜师哥陈凤良，沈金书叮嘱寒梅要妥善安排祭拜之事，并说自己因事务缠身就不能相陪了，既然赵老先生常住长安城了，以后便有的是时间相聚。就在大家握手分别时，寒梅忽然发现，杨元厚今晚不知因何原因，一直闷闷不乐地坐在一旁默不作声。

第二天一大早，寒梅陪着赵世诚去观山坡了。心事重重的杨元厚来到书院门找沈金书，他开门见山地说想把秦腔总社长的位置让给赵世诚老先生。沈金书听后呵呵笑道："你我共事这么多年，你这个人我多少还算了解。说你聪明吧，却常常因为你的脾气办错事；说你糊涂吧，每每遇见事情的时候就你心眼最多。我看你这个人呀，身上最大的优点也是你最大的缺点。"这一席感慨之言听得杨元厚一头雾水，当他再要讲明自己的理由时，沈金书又接着说："我明白你心里怎么想的。当年你与陈老社长争位子，心里夹杂了太多私心。如今你想要将位子让与赵世诚，你觉得老先生会接受吗？"

杨元厚不无惭愧地说："我这心里啊，时常觉得这辈子欠老陈一个道歉。他在世的时候，我还有机会弥补，如今人不在了，我上哪里偿还去？现在把这总社长的位子让给赵世诚，就算是我想讨个心安吧。"

沈金书默默地看着低头叹息的杨元厚，心想如果陈凤良还在世，一定会为杨元厚如今的改变而高兴。他对杨元厚说："不要总是陷在自己的心病中出不来，只要你把长安秦腔总社带好，就是给老陈在天之灵最大的安慰。再说了，赵世诚早年离开梨园行是事出有因，他早已是退隐江湖的老人了，而且身有残疾，怎么会再接手你身上这个重担呢？寒梅曾给我说过，赵世诚和老伴只是在长安城暂住，等躲过日本人这场灾祸，他们还是要回运城去的。"

尽管沈金书的话让杨元厚稍感轻松，但萦绕在他心头的阴云迟迟不能消散。为了彻底消除杨元厚多年来难以放下的这块心病，沈金书赞成寒梅的提议，并征得柳青芳的同意后，正式向杨元厚提出让柳青芳拜他为义父的想法。这个突如其来的提议，就像一场久旱之后的甘霖泼洒在杨元厚日渐干枯的心田里。

命运多舛的柳青芳，被北平京剧总社社长田千秋收养长大后，虽然拜了朝阳剧场老板黄兴梅夫妇为干亲，但在长安城里她却一直形单影孤。杨元厚是个爱女如命之人，杨小云离开长安后，虽然他毫无心理准备地接过了长安秦腔总社社长的职位，但其心中始终闷闷不乐，每天从剧院回到家，偌大的杨家宅院空无一人，

他常常望着女儿杨小云的房间发呆。苦闷时他经常借酒消愁，有很多次他因为烂醉如泥而耽误了剧场的演出，这一切都被心细如发的寒梅看在眼里。柳青芳为追逐爱情从北平铩羽而归后，寒梅不失时机地陪伴柳青芳住进了杨宅，既是为了给柳青芳一个安稳的住所，也是为了填补杨元厚空落落的内心。寒梅这样安排无疑是正确的，经过一段时间的接触，杨元厚与柳青芳熟络起来，并逐渐建立起如同父女般的感情。因此，当杨元厚因秦腔总社长之位内心深感愧疚而向沈金书提出退让之时，寒梅顺势提出的这个建议，果然收到了前所未有的抚慰效果。

  龙如玉陪着父母在付家大院住了三天后，她遵照二哥赵渊临别前的交代，孤身来找八路军西京办事处总联络人柴伯文，等她详细汇报完工作后，柴伯文正式宣读了上级对她工作进行调整的决定。龙如玉心中大惑不解，眼下在敌后战斗的运城游击队正是需要人手的时候，上级怎么会在这个时候决定将自己留在长安做交通联络员呢？柴伯文只说这是上级根据工作需要做出的调整，希望她能严格执行。看着柴伯文坚决的态度，龙如玉先是赌气不答应，然后又百般央求要返回运城游击队，但自始至终柴伯文不肯对该决定有丝毫通融。龙如玉闷闷不乐地离开了"八办"，柴伯文静静望着她的背影无限感慨，而后挥笔写下一纸电文，立即将龙如玉已留长安的消息告知远在山西中条山深处战斗的赵渊。在这样残酷而漫长的战争岁月里，柴伯文理解赵渊向上级提出调整龙如玉工作的请求，因为敌后游击队常年战斗在异常艰苦、十分危险的残酷环境里，组织上也不忍兄妹两个人都为此付出常人难以想象的代价。龙如玉依依不舍地和赵龙及韩波作别，并万般叮嘱他们一路上多多保重，此二人再次驾起马车朝运城方向折返而去。

  住到甜水井付家大院已经一月有余，该见的人赵世诚全都见了，唯独不见冯其中的身影，心中纳闷的他便去询问从杨宅搬回付家大院的寒梅。寒梅闪烁其词、语无伦次的样子终于让老人起了疑心，回想上次寒梅一行去运城为他祝寿时，冯其中就没有来，如今他已身在长安，而且住进了付家大院，冯其中为何至今还迟迟不来见他？寒梅知道再也无法掩饰了，她亲自去了趟古城茶楼，将赵世诚的意思说与冯其中。

  当天晚上，冯其中来到付家大院时，赵世诚刚刚吃完晚饭。望着和师父陈凤良年龄相仿的赵世诚，冯其中恍惚之间仿佛又回到当年的情境之中。赵世诚紧紧拉着他的手关切地询问近况，又无比怜惜地说："其中啊，其中，你也有白头发喽。"说话间又心生酸楚，抬袖拂泪。寒梅站在一旁欲言又止，她不想再提说过去那些不堪回首的纷纷扰扰，该发生的已经发生了，任谁也无法改变，此时若旧事重提，只能让赵世诚夫妇徒增无尽的伤心。冯其中心中何尝不是这样想的，他见到赵世诚时，仿佛就像看见了师父陈凤良，巨大的内疚与悔恨涌动在他的心头，再也无法抑制内心悲伤的冯其中跪在赵世诚面前痛哭流涕。冯其中的失态，让不明就里的赵世诚以为他想念师父了，于是不断摩挲着冯其中的肩背加以安慰。寒梅见状连忙打着圆场对赵世诚说："师弟看见您，又想念师父了。"

从此之后，冯其中只要得空，就会来付家大院看望赵世诚和龙宝婵，他为两位老人端茶倒水打扫院子，每次来手脚都忙个不停。寒梅目睹此情此景，恍若有师父依然在世的错觉。

时光荏苒、岁月如梭，在国际战场上，随着苏德战争的爆发，日军又偷袭了珍珠港，日本的战略重心开始从中国转向美国。自从美国被拉入第二次世界大战以后，中国的抗日战争形势由令人无比煎熬的战略相持转向有利的战略反攻。战场形势的不断逆转，极大地刺激了全民族抗战胜利的更大决心。

西京行营会议室的气氛，从来没有像今天这样轻松活泼。顾宽敏将自己最为信任的连云飞、魏文远、郭宪正以及西京警察局局长马得水召集到一起，说："我们的远征军进入缅甸后，协同英国、缅甸军队对日作战，使日军遭受到沉重打击。现在看来，日寇想从东到南包围我们的计划基本瓦解了，抗战局面已经发生了实质性的转变，重庆方面已经为全面战略反攻在做准备。眼下重庆命令我们要将工作重点全面放在'溶共''防共'和'限共'方面，虽说目前仍然处于国共合作的大气候下，但对共产党的防范之心不可一日放松啊。"

连云飞表态说："我们工商组已经查封了九家商号，吊销了有资敌嫌疑的六家公司的营业执照。本想让咱们的第三科出动人马将这些涉嫌'染红'、不听劝阻，依然跟八路军西京办事处拉拉扯扯的顽固分子抓上几个'杀鸡儆猴'，可是……"连云飞说到此处欲言又止。

没等顾宽敏张嘴询问，马得水便叫嚷道："连兄啊，你这堂堂的工商科长也太软弱了，往后有这样的事情不必找别人，直接来找我，你说抓谁咱就抓谁，还

能让这帮不识抬举的家伙翻了天不成。"

顾宽敏知道连云飞这个新上任的西京商会会长不好当，特别是以前与肖玉仁走得很近的许多商界大佬，都视连云飞如空气。最近查封吊销经营执照的那些商户，他私下让魏文远去做过了解，多数都是跟连云飞鼻子不通的。工商科长有权查封，但要抓人却是第三科佟维三的职权。佟维三在这些事情上不积极不配合的态度由来已久，顾宽敏曾找他多次谈过话，佟维三总拿"维护国共合作大局"这个冠冕堂皇的理由搪塞敷衍。这让顾宽敏甚至一度怀疑这个从北平远调而来的第三科科长是否已被赤化，或者他是对先前处理李震被杀案件仍有怨恨。

其实，佟维三除了心底蔑视顾宽敏处理李震被杀案时无所不用其极的卑劣手段，更大的原因是第三科特务二组组长冯宁远向他透露，顾宽敏与连云飞等五人暗中串通，以股权分配的方式私分掉吴雪山遗留的资产。虽说他到长安城任职较晚，但第三科毕竟也算是西京行营的核心部门，顾宽敏在做这件事情的时候，压根就没有考虑到他。顾宽敏决然没有意识到自己的这个举动，无异于给兴致勃勃前来任职的佟维三当头泼了一盆冷水，彻底让佟维三的满腔热血凉了下来。

多年在北平深耕攀缘的佟维三当然不是一盏省油的灯，他敏锐地把握时机并借力打力，想尽办法将冯宁远和陆铭义两位特务组长竭力团结在自己身边。三人结盟后的第一件事情，便是四处查找顾宽敏贪夫徇财的证据，以待有朝一日扳倒他并取而代之。冯宁远本来对捷足先登攫取了自己预谋的第三科科长之位的佟维三有怨气，但在共同扳倒顾宽敏这件事上，他们却有着异乎寻常的高度共识。

既然顾宽敏意识到佟维三暗地里在和他唱对台戏，那就不能再继续无动于衷。西京行营第三科实权曾经长期把持在李震手里，或许是上苍在冥冥之中帮助顾宽敏，那个一直对他阳奉阴违的李震被人暗杀了。如今国府调来了继任者佟维三，他没有理由不去团结此人，因为第三科对他来说就像自己的眼睛一样重要。

顾宽敏从保险柜里拿出那瓶一直令他如坐针毡的止血粉对佟维三说："这是李震科长的秘书李戬从案发现场带回来的，说是凶手当时留给他的。如今李震的案子已经有了结论，我也知道你与李震曾是多年的同道好友，可惜人死如灯灭，我们再去折腾细究这件案子似乎已经没有什么意义。按说这瓶药我不该拿出来示人，因为它对我来说就像一把双刃剑，但我今天把它拿了出来，就是没把你当外人看。"

佟维三静静地望着桌上的那瓶止血粉，听着顾宽敏貌似语重心长的话语，一时有点脑子转不过弯："顾主任您太客气了，我是您的属下，有事您尽管吩咐，第三科绝对遵照执行。"

阴险狡猾的顾宽敏似有若无地在不经意间打量着佟维三的神态，他像个老猎人一般按照自己对人性的判断，悄然中一步步向佟维三的内心深处走去："这是瓶军用止血粉，有着严格的保管措施，但它却流落到案发现场，这其中有两种可能，一种可能是从我们内部流出的，我曾顺着这个线索长久地暗自查找，案发以后从重庆来的刘督察员，也是按这个思路查找了一通，但都一无所获。那么第二种可能，便是此药是从秦华化工医药厂流向另外一个秘密的地方。但我们在案发以后，立即封锁了全城所有可能流出药品的渠道，可以说从长安城飞出一只鸟，我们都能分辨出雌雄。所以我敢判定，如果真的是有药品流失出去，绝对不会是一瓶两瓶，而是一大批！而且这么一大批军用药品，一定还藏在长安城某个不为人知的角落里。"

佟维三听着顾宽敏绕了一个大弯讲出这件事情，一定是想让第三科去查找这批流失药品的去向，他连忙答应道："顾主任分析得极对，卑职有责任顺着您讲的第二条思路去查找这批药品。"

顾宽敏欣慰地站起身来说："连云飞他们以资敌的理由，有权进入全城任何一家商铺检查，你可以与他紧密配合，若发现可疑之人先抓几个审问。虽然此事像大海捞针，但你不妨'有枣没枣，先打几竿子试试'，或许还能让你发现一些蛛丝马迹出来，那你接手后的第三科，可是立了一大功啊。"顾宽敏说完后哈哈大笑起来。

佟维三是何等精明之人，岂能看不透顾宽敏给他摆下的这盘棋，看似给了他一个立功受奖的大好机会，可是想要拿到此功谈何容易。顾宽敏既是在拉拢他，又是在为自己的心病解套。佟维三早就从李戡嘴里知道了止血粉这件事情，他之所以后来不待见李戡，就是怨恨李戡为何那么着急地将止血粉这条无比重要的线索交给顾宽敏，这让整个侦查行动的主动权全部掌握在顾宽敏手里。当他听闻重庆将派人前来督察此案时，又多次暗示李戡不妨想办法从顾宽敏处索要此药，他还当面给李戡打包票，第三科一定能侦破此案为李震报仇。然而当时的李戡顾忌于自己与李夫人在长安城的人身安全，且暂时不能摸清初来乍到的佟维三的真实

意图，尤其考虑到李震临死前交到李夫人手中材料的安全，所以他没有轻举妄动。佟维三看到李戡不能听命于他，让他一连失掉了乘势揭开顾宽敏的渎职之罪、自己可以荣立大功、为老朋友李震报仇的三个如意算盘，这才一怒之下对李戡下了逐客令。

佟维三最终决定听命于顾宽敏从而见机行事，是因为这样做，既可以不和顾宽敏形成当面冲突，亦可使自己在西京行营的工作免受刁难，还可以做出一个高姿态，让顾宽敏打消对自己的猜疑和顾虑。因为佟维三心中非常清楚，如若按照顾宽敏的第二条思路侦查下去，即使能够坐实药品就是从肖玉仁的秦华化工医药厂流落出去的，可惜肖玉仁现在已是植物人，他不能张口说话，便意味着线索查到此处只能戛然而止，肖玉仁背后究竟有没有更大的人物或阴谋，就只有上天知道了。到那个时候，自己的第三科忙前忙后，只能落个竹篮打水一场空的结果。

正所谓"你有你的张良计，我有我的过墙梯"，佟维三决计和老奸巨猾的顾宽敏玩上一出"双城记"。为了拿到顾宽敏渎职贪腐的可靠证据，他一边密令冯宁远秘密联系远在重庆的李震夫人和秘书李戡，一边让特务一组陆铭义全力配合工商科科长连云飞清查所有"通共染红"的商户。一连几天过去了，陆铭义他们抓捕了十多个有嫌疑的小老板，连云飞眼见没有"大鱼"落网，实在心有不甘，又连续派人三次前往八路军西京办事处突击搜查，不仅查封了所有物资和书刊，还以没有办理电台使用登记手续为名，将"八办"合法使用的电台也查封了。至此，共产党在长安合法存在和活动的空间急剧压缩，威胁柴伯文他们人身安全的形势愈加严峻，不幸中的万幸是，新近调任的交通联络员龙如玉因为在长安城里人生面不熟，便顺理成章地成为"八办"对外联络的唯一人选。

第四十五章

近半年的时间里，肖玉仁一直躺在医院的病床上昏迷不醒。

满怀愧疚的肖若妍寸步不离地守在病床边为父亲擦擦洗洗，她对父亲态度的转变就像一个幡然醒悟的罪人对过往所犯下的深重罪责在深深地忏悔，有着一种心灵赎罪般的虔诚。女儿的迷途知返最初让孙静怡欣喜不已，然则丈夫长久的重病不醒，又像给她日夜期盼阖家团圆的内心撒了一把盐，让心痛不已的孙静怡在长时强忍的酸楚中，反而对回心转意的女儿生出一股莫名的气恼与怨恨。与丈夫有着深情厚爱的孙静怡日夜期盼肖玉仁能从昏迷中苏醒过来，每天早晚她都会在佛龛前焚香许愿，祈祷丈夫病情早日好转。柴伯文和胡善文经常到医院探望，并诚意劝慰孙静怡是否考虑将肖玉仁送往延进行安休养治疗。孙静怡念及重病的肖玉仁无论如何也无法承受几百公里路程的颠簸，况且还得冲破国军在这一路上设下的重重关卡，所以她婉言谢绝了。与肖玉仁在支持革命事业中建立起道义之交的沈金书，以及长乐坊大剧院和止园剧场老板赵本斋、叶琦等人也常去医院探望问候，长安戏曲界情深义重的举动让孙静怡备受感动。看着老爷久病不醒，王福又给孙静怡建议可否去肖家建起的临潼伤兵疗养院进行疗养，毕竟那里山清水秀、空气清爽。孙静怡考虑之后依然拒绝了。

孙静怡的拒绝都是有理由的，她是丈夫当年所做每件事情的亲历者，无论是肖玉仁散尽财富兴建伤兵疗养院，或是为了抗战大业屡屡秘密资助红色队伍，他至诚至真的所作所为，都不是为了将来自身有何回报，而是发自肺腑的心甘情愿。孙静怡相信即使丈夫现在苏醒过来，也绝不会随意接受这些好心好意的帮助，因为她和丈夫深知，在这个兵荒马乱的年月里，肖家的财力终究要比其他人好出很多，若现在接受当年肖家帮助过的人给予的回报，无异于违背了肖玉仁当年所做之事的初衷。孙静怡对丈夫这个土生土长的长安汉子的秉性是了解的，肖家虽然历代经商，但从未有过任何违背信弃义泯灭良知的行径，肖家人在这片土地上积

攒的德望，值得孙静怡用后半生去坚守，但残酷的现实却像漫天铺开的黑云压在她的头顶。

　　长安盛夏的雷雨说来就来，豆大的雨滴敲打着瓦砾，仿佛击打着孙静怡此刻孱弱而疲惫的身心。为了应付眼前的情形，她已经苦苦支撑到心力的极致，孙静怡无时无刻不在心里呼唤丈夫能尽早醒来，好让自己几近窒息的呼吸得以喘息。王福已经不止一次给她提说起肖家经济陷入困境的实情，孙静怡何尝不知道肖家这座大厦已到了岌岌可危的境地。想当初，肖玉仁仅靠一家之财力建设起临潼伤兵疗养院，担负近千名抗日伤兵疗养费用的时候，肖家的财力就已经捉襟见肘，万般无奈中的肖玉仁这才听从了柴伯文的建议，将伤兵疗养院忍痛交割给西京行营。还有肖家的秦川机械厂被顾宽敏强行逼退，秦华化工医药厂又被顾宽敏用野蛮资本取代，以及华丰面粉厂的爆炸和长泰印染厂的那场大火，早已将肖家的底子都掏空了。为了不影响丈夫的治疗，孙静怡将家里值钱的物件要么变卖要么典当，得来的钱财除了医院所用，还对面粉厂爆炸中死去的六名工人的家属，以及被大火烧伤的老李头给予了许多补偿。孙静怡悉心去做这些事情并非心血来潮，而是肖玉仁病倒前早就有所交代。

　　寒梅早就知道肖家的窘境，她感念肖先生当年对曹云亭无所保留地帮助，因此每月都从自己微薄的薪水中抽出一些交给王福。她想尽己所能帮助肖家渡过难关，直到有天王福不再接受她的钱物，原因是相比肖玉仁巨额的治疗费用，寒梅以及其他人明里暗里的资助只是杯水车薪，肖家必须要重新想个办法出来，才能彻底解决医疗支出这个难题。

　　肖若妍从母亲每次来医院缴纳医疗费用时的满脸难堪里看懂了家中钱财的窘迫，她每天除了贴心服侍父亲以外，还会悄悄跑到医院的洗涤房里为病人清洗床单赚钱，直到有天被王福发现，这才阻止她歇手不干。王福看着满脸汗水、一身狼藉的肖若妍，心里虽怨她"早知今日，何必当初"，但还是诚恳地劝她要另外想个办法，如果将自己的身子累坏了，谁来照顾老爷。再说，如果让夫人看见了，这无异于给她伤痛至极的心上再插把刀子。听着王福的话，肖若妍靠在医院的窗户边悲泣不止，她痛恨自己曾经的穷奢极欲，没能攒下来一分半厘，在父母此刻急需用钱之时，她却丝毫不能替母亲分忧。

　　有天夜里，心绪烦乱的王福正在家里独自喝着闷酒，忽然肖若妍找上门给他说："我想出个办法，或许能纾解家里的困难。现在肖家的产业只剩下秦岭山里的利秦火柴厂，我也知道这个火柴厂一直是王叔您在亲自打理，所以前来先和您商量一下。"

　　王福听到肖若妍开始打起火柴厂的主意，心底不免打了个冷战。远在深山里的火柴厂虽然生产大量的民用火柴，但肖玉仁早已将火柴利润降到最低点。更为重要的是，利秦火柴厂生产所需的硫黄、石蜡等紧缺化学物资，大部分都通过秘密渠道悄悄输送到了革命根据地，这一切都是肖玉仁早年的安排。那时的肖家根本不需要火柴厂来赚钱，在肖玉仁与曹云亭的密切配合下，由王福亲自料理此事，利秦火柴厂多年里秘密输送到根据地的化学物资，已成为红色队伍军工制造的重要材料。如今肖若妍突然提起此事，让王福心中感到一惊，难道肖若妍听到了什么？王福决计一探究竟，他将语气尽量放得和缓，好让肖若妍把话讲清楚。

　　看着满面愁容的王福挤出一丝宽和的神色，肖若妍急忙将心中所想和盘端出："我不清楚您和我爸是怎样料理火柴厂的，我只知道现在我爸需要钱治病，所以我的主意是卖掉火柴厂。但依眼下肖家的处境，长安城里肯定很难找到愿意出钱的买主，您肯定也不愿将火柴厂卖给西京行营，如果王叔能说服我妈卖掉火柴厂，我可以找到一个买主，而且能出个好价钱。"

　　王福看着自信满满的肖若妍，刚才心里泛出的疑虑打消了。面对病重的父亲和肖家的窘境，肖若妍有这样的本能反应是很正常的。王福看着站在他眼前的肖若妍，仿佛看到一个游戏人生的浮游浪子逐渐回归了。

　　肖若妍提出卖掉火柴厂以解肖家困境的想法，王福不是没有想过，他之所以没有向孙静怡提起，一则考虑到老爷曾经安排好的事情，夫人一定不会轻易同意去改变；二则利秦火柴厂秘密送往根据地的物资不可中断，不能给寒梅接手曹云亭的工作后带来人为影响。然而依照眼前的情势，谁又有更好的办法拯救濒临崩溃的肖家，能让老爷在医院里的治疗继续下去呢？思前想后的王福决定去找寒梅，勉为其难的他将考虑卖掉火柴厂的意思说出口后，寒梅深以为然地表示赞同，并对他说肖家即使不这样做，她也会抽空去给孙静怡建议。欣喜之余的王福马上和寒梅一起去见夫人，沉迷于吃斋念佛的孙静怡只给王福递出一句话："既然老爷

一直将火柴厂交给你打理，那一切事务就由你定夺。"王福判定孙静怡的态度是赞许的，于是他迅速将肖家售卖利秦火柴厂的口风悄悄放了出去，肖若妍当然第一时间就知道了这个消息。

柴伯文和胡善文也很快听到此消息，他们询问寒梅这件事情的缘由，寒梅说肖玉仁是曹云亭当年发展的爱国商人，她不能眼睁睁看着肖家有难却袖手旁观，如果曹云亭还活着，他一定会理解自己这样做的。胡善文起先还想反驳寒梅，却被柴伯文用眼神挡了回去。他对寒梅说："我们共产党人又不是冷冰冰的机器，既然你决定这么做，我表示理解，我会向延安说明此事的原委，但也希望你能理解延安的难处。现在的顾宽敏就像条疯狗，几乎天天派人全城搜查，不仅查禁破坏了我们很多的秘密联络点和地下渠道，还将我们八路军西京办事处的公开电台查封，导致我们送往北边的很多物资都无法出城，现在发生的这一切都不是什么好兆头。我们与日本人已经打了快十二年，眼看着日本人就要被赶回老家了，国民党又跳出来大喊什么'防共、限共'，未来日子里要想和平共处看来是绝无可能了，我们与国民党更大的较量才刚刚开始，所以不必过分在意眼前得失，万事还得从长计议啊。"柴伯文的这番话，说得寒梅心里既温暖，又感到兴奋。

王福将出售火柴厂的消息已经放出去一周了，长安城里果然没有任何商户愿意接手，这让王福倍感烦忧，万般无奈又心急如焚的他只好再找肖若妍商量。其实肖若妍早在一周前便为此事发出一封书信，收信人是柞水县秋风寨寨主洪天纵。

肖若妍发出书信没过多久，秋风寨的师爷褚子桥便在长安城露面了。他望着一脸落寞、面色苍白的肖若妍，实在无法将她与当年秋风寨里那个八面玲珑、顾盼生辉的话剧女王相提并论。褚子桥不无遗憾地说："我与洪寨主虽然远在秋风寨，但也多少听说了你们家的一些事情。洪老爷之所以让我先来拜访，就是让我捎话给你，他既已与你结拜为义兄义妹，这次你有了难处，他出面帮衬便是义不容辞。至于你信中提到收购肖家火柴厂的事情，洪老爷说一切都好商量。"

肖若妍腼腆又尴尬地问道："洪老爷既然有这般言辞，为何不能从速出面前来？须知我父亲的病，一天都是耽搁不起的。"

看着低声细语的肖若妍，褚子桥心中不免生出一丝怜悯，他弯腰从桌下拉出随身带来的一个皮箱说："这是洪老爷让我先带给你的五千大洋，你父亲治病先用着。"

　　肖若妍望着慢条斯理抽着旱烟的褚子桥又问道："洪老爷他……没再说些别的什么？"

　　褚子桥将旱烟锅重重地磕在凳子腿上，换了一个前倾的姿势满脸堆笑地说："洪老爷还说呀，你是他的命中贵人。你应该还记得上次留在秋风寨做了洪老爷小妾的梅林玉姑娘吧，现如今她已是老爷的如夫人了，去年生了个大胖小子，可把老爷高兴坏了。洪老爷给儿子起名叫洪天宝，说他年近七十再得贵子，洪家的香火总算续上了，这是上天赐予的富贵，还说这份福气是你给他带来的。"肖若妍听到这个好消息，心中不由得生出一种难为情，嘴里连连说着恭贺洪老爷老来得贵子的吉祥话。

　　喜眉笑眼的褚子桥接着说："以往老爷下山，总是乔装打扮偷偷摸摸的，这次接到你的书信后，老爷说他决定光明正大地来一趟长安城，如夫人梅林玉也总是嚷嚷着要进城买稀罕玩意儿，乘此机会刚好也能带着宝贝儿子见见亲朋旧友。我已替老爷寻得长安城的福宝阁，准备在那里宴请长安城里的新朋故友，这次下山来，我还得分头去发请帖，日子就定在三天后。另外洪老爷特意让我拜托你，能否帮他邀请来长安城的秦腔班子助助兴？"肖若妍稍作迟疑便答应了下来。

　　褚子桥四处散发请帖去了，肖若妍却陷入左右为难之中，她与洪天纵当年的风流韵事早已传遍了长安城，此刻自己还有何脸面约请城里的秦腔班子，那样岂不是又会惹来众人的耻笑？肖若妍再三思量后认定，像声名远播的长乐坊大剧院的高门槛，她是绝不好意思再踏进半步，于是她只好硬着头皮来找冯其中商量。自从和冯其中一起从兰州回到长安后，他俩也没有再见过面，冯其中知晓肖若妍的脾性，事情不到万不得已的地步，她是轻易不会给人下话的。听完肖若妍的难处后，冯其中不仅爽快答应会亲自带领锦绣班前去助兴，还让肖若妍给洪老爷建议，何不考虑到他的古城茶楼摆下这场宴席，这里既有现成的锦绣戏班，又处在热闹无比的菊花园里，洪老爷的事情肯定能办得喜庆排场。肖若妍听罢心中欢喜不已，感觉冯其中提出的这个主意甚为妥帖，既能让她有了面子，还能将洪老爷的事情办得体面。于是肖若妍找到褚子桥详说了这层意思，褚师爷当然是满脸欣喜地点头答应了，嘴里还不停称赞肖若妍不愧是长安城里的大名人，不仅面子大，而且本事也大。

　　善于察言观色的冯其中何尝看不出肖若妍找上门来的尴尬之情，他比任何人

都清楚肖若妍是个极要面子的人，所以这才满口应承下洪天纵这场宴席。冯其中的建言可以避免让肖若妍出面张罗此事，恰好暗合了她的心思，肖若妍既碍于以往的荒唐行径不便出面，更无法向王福张口提说此事，但又得尽快让肖家的火柴厂寻得买主，所以这时冯其中能够站出来，替她大包大揽这摊事情，肖若妍心中自然极为感动。而冯其中内心的想法更为纯粹，他只是想为处于困境中的肖家提供一些力所能及的帮助，以期消解自己的罪孽，告慰师父的在天之灵。

三天时间很快过去了，洪天纵带着如夫人和孩子，褚师爷领着秋风寨保甲队二十多号人马，还有拜帖请来的三十多位故友新朋云集古城茶楼。冯其中早已将茶楼装扮得焕然一新，洪天纵刚步入茶楼，宾朋满座的大厅里顿时响起一片热烈的掌声，只见大厅前端有一方装扮精美的小舞台，舞台两侧黑漆圆柱上挂着一副楹联"一曲骚人心内史，千秋才子意中书"，花团锦簇的舞台上方有一块遒劲有力、龙飞凤舞的匾额，上书"愿如所求"四个大字。古城茶楼里这番热闹盛大的场面，直乐得洪天纵嘴里连连夸赞道："还是你们城里人有文化，这四个字可是说出了我的心里话呀。"全场宾朋听后开怀大笑，纷纷走上前来要瞧瞧洪家小少爷，并给孩子送上各式祝福。就在嘉宾给洪老爷一一道贺言欢之际，戏台上已经响起热闹的器乐声，冯其中为洪老爷精心准备的秦腔大戏《三娘教子》开始上演了，偌大的茶楼沉浸在欢笑声与喝彩声中。

古城茶楼张罗的这场宴席令洪天纵甚为满意，当晚他便与冯其中、肖若妍一起商量利秦火柴厂收购之事。财大气粗的洪天纵让肖若妍直接出价不必客气，还说无论肖家喊出多高的价位他都会买。望着财大气粗、举止豪迈的洪天纵，冯其中心里甚感纳闷，一介土财主究竟是从哪里来的这么多钱财？洪天纵豪爽的态度反倒让肖若妍心里直犯嘀咕，她担心洪天纵对自己仍有非分之想，才会如此大方地出价。

洪天纵多少看出了肖若妍的顾虑，他将肥胖臃肿的身躯从椅子上直起来，用一双粗鲁不堪的眼睛盯着肖若妍说："我洪某人虽是个粗人，但也懂得不能乘人之危，今天当着冯老板的面我就打开天窗说亮话，我会用高价买下火柴厂，但火柴厂仍属于肖家，咱们之间既不变更政府登记手续，我也不会派人去厂子干涉经营。总之一句话，我出钱买，但我不去经营，火柴厂还是你们肖家的火柴厂，一切就当没有发生过。"

听完洪老爷的话，冯其中和肖若妍均感错愕不已，满脸疑惑的两人双双望着洪天纵不知如何是好。缓过神来的肖若妍启齿询问洪天纵为何要这么做。

洪天纵仰面哈哈大笑，说："肖小姐啊，咱们虽然分别的时间不长，但我发现你变了很多。现在的我，就像当年的你，心里咋想就咋做，还需要什么理由吗？再说了，没有你肖大小姐当年光临我的秋风寨，哪里来的我这个宝贝儿子呢？这就叫缘分吧。如果你还是不明白我的意思，那就当作你我义兄义妹一场我对你的帮助吧。我的话就说到这里，余下的事情，明天褚师爷会给你交代的。"肖若妍终于听明白了洪天纵的话意，她带着无比尴尬的笑容放下了心中所有疑虑。

吃了定心丸的肖若妍当晚睡了一个踏实觉，醒来的时候已经日上三竿。她洗漱完毕后径直来到医院，王福正好从老爷的病房走出来，他将肖若妍拉到僻静处询问事情进展如何。肖若妍也正想找王福详说此事，于是两人约好正午时分同去古城茶楼，那里有个神秘商人正等着他们。

一番热闹过后，古城茶楼暂时恢复了安静。翌日清晨，在秋风寨的人马护送下，洪天纵与如夫人抱着儿子到西京照相馆拍照留影去了，褚子桥遵照老爷的吩咐一直在茶楼等待肖若妍的到来。他当着肖若妍、王福和冯其中的面，拿出两大一小三个木箱说："这两个大箱子里合计装有十万块大洋，小箱子里是一百根金条。洪老爷说了，肖家火柴厂他只购买，但不接手，往后还是由你们肖家来管理经营，如果这些钱不够，随后他再给你们补上。"褚子桥边说边随手打开三个箱子，白花花的银圆和金灿灿的"大黄鱼"折射出诱人的光泽。王福听到褚子桥刚才嘴里吐出的"洪老爷"三个字，立马意识到肖若妍找的买主，原来是秋风寨的洪天纵，他压住心中的火气抬脚就往外走去。

冯其中见状急忙追到大门外，他拦住王福如实解释道："这笔买卖其实昨晚就已谈妥，我当时也在场，洪老爷说得很清楚，他就是想帮肖家一把，除此之外别无他图。"王福斜眼看着冯其中质问道："小姐能叫你去谈买卖，为何不肯叫我去？"冯其中继续解释道："肖若妍曾给我说过，如果让你知道她找的买家是洪天纵，你肯定不会答应，所以这才瞒着你。现在洪老爷正在高兴头上，咱和他做成这笔买卖，一点儿也不吃亏。"王福听完后一声不吭，他白了冯其中一眼，便头也不回地走远了。

王福迟迟对这笔交易不表态，无奈之下的肖若妍又找到寒梅说清事情的来龙去脉，央求她去再探探王福的口风。寒梅知道王福对利秦火柴厂有着难以割舍的深厚情感，这里既寄托着肖玉仁对他的无限信任，也倾注了王福数十年的心血，他岂能心甘情愿将厂子卖给一个曾和肖若妍鬼混的老土匪？这样做无异于给肖家祖宗脸上抹黑，如果让已经沉寂的流言蜚语再次传到孙静怡的耳朵里，他的良心怎能得以安宁？

面对顾虑重重的王福，寒梅入情入理地劝导他："看来若妍这次为了给父亲治病，真的是心急了。以前她对家里的事情从来都不上心，如今改过了，你应该感到高兴才对。何况人家洪老爷说了，对于火柴厂他只购买而不接手，也不变更登记手续，这明摆着是想帮助肖家。至于其中缘由，毕竟都是些翻过去的旧事，你总不能老攥在手心不放，这会让若妍越来越难堪的。"

王福听出来寒梅是在劝他抛弃前嫌，接受肖若妍如今的转变。他不无伤感地说："老爷这病估计要好起来难了，她这时候才知道爱惜这个家，晚啦！"王福一边说着，一边叹息不止。

寒梅知晓王福的心思，虽然她受肖若妍之托前来劝说王福能接受这笔迫不得已的买卖，但她明白王福绝不会像肖若妍和冯其中那样情愿接过洪天纵伸出的橄榄枝，所谓"志者不饮盗泉之水，廉者不受嗟来之食"，说的就是王福这种秉性之人。所以她不仅理解王福拒绝与洪天纵做这笔买卖的举动，而且还劝他不必刻意强求将火柴厂物资运往革命根据地的计划继续实施，因为眼下西京行营严控城内治安，物资暂时很难运出城去，如果火柴厂的经营实在难以为继，寒梅建议他可以考虑先把火柴厂关掉，等以后情势有所好转再开张不迟。寒梅这一番善解人意的劝导终于说服了王福，他又和驻守火柴厂负责经营的闫光明经过慎重考量，一周过后，秦岭深处的利秦火柴厂正式停产了。

王福最终没有答应与洪天纵去做这笔买卖，肖若妍也不敢给母亲提说此事，无奈之下她只好给褚子桥写了张借款五千大洋的欠条，所借之钱全部用来为父亲治病。而后，肖若妍又要将十万大洋和一百根"大黄鱼"原封不动地退还给洪老爷，褚子桥见状却犯了难，他说老爷还得带着如夫人回渭北老家一趟，他必须讨得老爷的主意后再定夺此事。于是三人商定将三箱钱财暂时存放在冯其中的古城茶楼里。

第四十六章

且说洪天纵带着梅林玉抱着自己的宝贝儿子，在一众随从保护下，前往长安城繁华热闹的街市四处游逛着。一位臃肿衰微的糟老头子，手挽着一个如花似玉的小媳妇，怀里还抱着个大胖儿子，出手阔绰地在长安城四处招摇、奢华豪购，这一幕自然引得街上行人无不争相视之，越来越多的人围上来瞧热闹，他们像看一出秦腔戏般起哄嬉闹着。心情大好的洪天纵全然不顾众人的窃窃私语，反而让随从买了许多瓜果糖豆分撒给沿街的流民乞丐。

正当洪天纵越逛越起劲时，忽然从熙熙攘攘的人群中挤出两位花枝招展的女子，当着众人的面大喊梅姑娘当年的花名。梅林玉一眼便认出此二人是自己当年在开元寺时的旧相识，这让她瞬间陷入无比难堪之中，当下便没了逛街的心情，她硬是撑起浑身的矜持劲，满脸装出一副互不相识的冷淡神态，随之用手扯了扯洪天纵的袖子，噘了嘴巴嘟囔着要回家。不明就里的洪老爷正逛得起劲，忽见梅林玉花容失色、一脸恼怒，便只好顺着她的意往人群外面走去。身后那两位开元寺的姑娘，此时更是肆无忌惮地大声叫嚷着："哎呦呦！这真是母鸡变凤凰，不认识自家窝啦，装哪门子的大尾巴狼啊？"

几天时间，洪天纵从长安城整整购买了三车礼物，随后便马不停蹄回到渭北洪家堡。乡亲们纷纷聚集在村头缩头缩脑地观望着这队人马，仿佛看见"天外来客"般惊奇而畏惧。"少小离家老大回"的洪天纵望着一个个衣衫褴褛、面黄肌瘦的陌生面孔，心里甚为难受。经过数番打探，洪天纵终于从破落村庄里找见一位已至风烛残年的儿时玩伴，意识已经模糊的老人认了半天，这才反应过来是洪天纵回来了，未等寒暄已是泪流满面，他紧紧攥着洪天纵的胳膊死不撒手。

洪天纵的老宅，早已不能称其为家，颓败破烂的院落里荒草丛生、荆棘密布，只有几面坍塌殆尽的土墙痕迹依稀显现出这里曾经是一户人家。褚子桥命人将这个所谓的院落大概收拾出来，又按照老爷的吩咐，找到当年掩埋父母尸骨的地方，

堆土攒起一座的土冢，众人又从远处寻来一块巨石矗立在土冢前面，算是让孤魂游鬼的父母灵魂有个归宿。院子外面，洪天纵带来的三车礼物还未等发放，早已被饥寒交迫的老乡抢个精光，混乱的场面吓得梅林玉怀里的洪天宝哇哇大哭。洪天纵见状仰天长叹，他没有和乡亲们告别，便急匆匆要赶回秋风寨。

　　褚子桥在处理完长安城的事情后，快马简行向渭北疾驰而去与先行一步的洪老爷会合，快到洪家堡时赶上了洪老爷的大队人马，但没有合适的机会向洪老爷细说收购火柴厂的结果。此时，洪天纵的车队临近长安城，褚子桥向他详细诉说了肖若妍退回购厂钱款的事情。洪天纵听后低声哀叹道："这次回老家，本想着能衣锦还乡、荣归故里，谁知洪家堡已经不是以前的老家喽，人生地不熟不说，乡亲们的日子竟然会过得如此穷苦。等回到秋风寨后，你多多筹措些钱粮，将来再回洪家堡一趟，能让乡亲们有口饱饭吃，也算我洪天纵为祖上积攒些阴德。"褚子桥听完洪天纵的话后，依然用询问的眼神望着老爷，洪天纵这才不紧不慢地说："如果肖家执意不要这笔钱，等你下次去洪家堡，就把这些钱一并带上，分发给乡亲们算了。"褚子桥点头称是。这时梅林玉又说想进城再买些东西，被洪天纵断然拒绝了。这次冒险下山露脸周游，还陪她在城里招摇过市，已经让洪天纵心里开始感到隐隐不安。最终，洪天纵一行绕过长安城回到了秋风寨。

　　放在古城茶楼里的三箱钱财令冯其中感到心中不安，一时又等不到褚子桥传来消息，冯其中便建议肖若妍不妨将这笔钱先存放到银行去。肖若妍思量之后，转身找到了在西京银行上班的闺密"小肉丸"马艳。当马艳看到心中"女神"突然出现在面前时，无比惊喜的她还以为自己在做梦。听到肖若妍要在银行存放一大笔金钱，惊讶之余的"小肉丸"很快又恢复了往日的嬉笑活泼，她用神秘而戏谑的口吻询问肖若妍是不是在兰州又钓得"金龟"了。马艳的俏皮话惹得肖若妍既尴尬又郁闷，她连忙解释说只是个普通朋友暂时将这些钱存放在自己身边罢了。

　　第二天早晨，冯其中让李泉带着伙计抬上三个木箱，陪着肖若妍一起来到中央银行西京分行。看到来了个大客户，银行上下自然是无比殷勤，又有马艳从中协调，很快便办妥了存放事宜。李泉带着伙计返回古城茶楼了，肖若妍为感谢马艳的帮忙想约请她吃午饭，马艳面露难色地说："今天中午恐怕不行，我昨天就已经约人了。"话刚说完，脸上居然不由自主地泛红起来，经验告诉肖若妍，"小肉丸"恋爱了。肖若妍心里既为她感到高兴,又很好奇什么样的男人会爱上这个绒球般的女子。

原来,追求马艳的人,正是从李震那里投奔到马得水的西京警察局保安大队的郭荣良。郭荣良出身于秦岭深山里的贫苦人家,前些年从"华丰面粉厂爆炸案"劫难中脱身时,他清醒地认识到,对于他这样出身寒微的人来说,要想在这个尔虞我诈、相互利用的人世间生存,除了练就一身拍马溜须的本事以外,还得有个真正的大靠山来做支撑。虽然警察局局长马得水的女儿马艳长相实在磕碜,但他为了在西京警察局能攀缘爬升、出人头地,最终决定使出浑身解数去追求马艳。最初马艳根本瞧不上这个无名鼠辈,而马得水听闻此事后,更是严斥女儿少跟这种穷小子来往。马家父女的态度让同行们常常暗地里讥笑郭荣良为了趋炎附势竟然"饥不择食",但打定主意的郭荣良毫不气馁,经过多番死缠烂打式的不懈追求后,"小肉丸"瞒着他爹逐渐和郭荣良或多或少地偷偷接触起来,毕竟被人追求是件体面而又舒坦的美事,马艳当然很享受这种感觉。

马艳之所以拒绝了肖若妍的午餐邀请,因为今天是郭荣良的生日,两人约好一起到西京饭店西餐厅小聚。席间口无遮拦的马艳叽叽喳喳说起了肖若妍今早在银行存下一笔巨款的事,把郭荣良听得目瞪口呆又想入非非,当下心里便寻思自己何年才能拥有这样一笔大财,又何日才能不看人脸色地过上随心所欲的生活。

感慨万千的郭荣良回到保安大队后,漫不经心地给队长李大河提起肖若妍去银行存放巨款这件事,并不无嫉妒地说:"前些天满城疯传的糟老头子洪天纵,人家蜷窝在深山里当土匪,也能娶上美人逛长安。他的那个秋风寨其实就在我老家的山南边,同样都是从深山老林里走出来的,命运却有着天壤之别啊。"郭荣良这番无心而发的牢骚话,偏偏让李大河心中生出别样的想法。

最近一段日子里,长安城最惹眼的新闻莫过于秋风寨寨主洪天纵带着小媳妇招摇过市这桩新鲜事。开元寺当年远近闻名的梅姑娘摇身变成如夫人,还能为近乎七十岁的糟老头子生下个儿子,这些足够火爆的花边话题,成为人们茶余饭后最饱满的谈资。有人佩服洪大老爷老当益壮、老蚌生珠,还有人编出梅林玉姑娘早已红杏出墙与别人珠胎暗结,给洪老爷戴上大绿帽的离奇传闻,这些闲言碎语

一时间在长安城里满天飞。其实洪天纵在冯其中的古城茶楼宴请宾朋那天，就有眼线向李大河汇报了关于洪天纵的各种传闻逸事，当时他也没多想，只觉得无非是一介土财主的轻狂之举罢了，但今日听得郭荣良无意间的这句牢骚话，李大河马上联想到这笔钱财很有可能是洪天纵留下的。

当李大河将自己的判断报告给马局长后，马得水心里也吃了一惊。随后，另有盘算的马得水立即去见顾宽敏，并将事情的来龙去脉和自己的想法统统告诉了他。老奸巨猾的顾宽敏阴煞煞地说道："这才真是'灯下黑'啊！我们面前放着这么一大块肥肉却没看见。前些日子我是听说败落的肖家要变卖火柴厂，估计那是肖玉仁最后的一点家底，我也没起啥念头，现在看来，这火柴厂倒给咱引出个更肥的土老财。"马得水憨态可掬地笑道："要不，我们就吃了这块肥肉？"顾宽敏用令人玩味的眼神看着马得水说："一头猪，养肥了就该宰了吃掉。这些年，洪天纵和他的秋风寨为匪一方，自认为没人敢惹敢动他，所以才胆敢在长安城里如此嚣张、招摇，在他眼里，似乎压根儿就没把我们这些吃官饭的人当回事呀。"马得水万万没有料到顾宽敏提起这事竟然会越说越生气。"多年来，咱们只顾着和共产党斗来斗去，反倒把洪天纵这样的土匪流氓纵容得不知天高地厚了，最近我也听说了关于此人的一些风言风语，想着无非就是个乡下土财主，谁能想到他身上的肥膘居然会有这么厚。眼下日本人的气数已快到尽头，咱们多灾多难的国民政府岂能容忍洪天纵这样的匪徒继续为非作歹？所以这次只要剿灭了他，你马局长便是首功一件啊。"说到这里，顾宽敏和马得水两人四目相对，心有默契地仰头大笑起来。

马得水得到顾宽敏的支持后，便紧锣密鼓地开始准备攻打秋风寨的任务。

这天，李大河罕见地带着郭荣良来到马得水的办公室，马局长很是热情地询问郭荣良和马艳最近感情相处得如何。马局长态度的转变让郭荣良一头雾水，还没等他缓过神，马得水又问他："听李队长说，你的老家距离秋风寨不远？"

受宠若惊的郭荣良连连点头答道："是的，是的，我老家就在秋风寨北坡下，小时候还经常爬到秋风寨采草药贴补家用。"

听完郭荣良的回答，马得水用眼神示意李大河继续问他。"马局长的意思是，这件事情上不能把你当外人，即使看在你和马艳这层关系上，我们也不能瞒你。秋风寨寨主洪天纵盘踞深山老林已有多年，此人在秦岭山里兴风作浪、无恶不作，尤为可恨的是，他竟然逼迫当地百姓种植罂粟、大麻，大赚黑心不义之财，将当地老百姓祸害得不轻哪！这次咱们西京警察局接到上级命令，准备下大力气拔掉这颗钉子，彻底扫清这帮顽匪，还老百姓一个清净太平的日子。"

郭荣良猛然听到要剿灭秋风寨的消息，惊吓得他嘴巴半天不能合拢。正在这时，桌上的电话忽然响起，马得水接完后即说："我有急事要出去一下，由李队长好好跟你谈谈。"马得水满脸堆着笑容走出去了，办公室里只留下李大河和郭荣良两个人。

马局长离开后，郭荣良拘谨的腿脚放松了许多，他不无惊惧地对李大河说："既然是上司决定的事情，我们执行就是了，不知您叫我来是……"

李大河拍拍郭荣良的肩头哈哈笑道："你小子的好运来啦。马局长准备近期联合柞水县保安大队一起剿灭秋风寨，在此之前，他要交给你一项特殊任务，要是把此事办成了，估计你成为马家的乘龙快婿便为时不远喽。"一脸迷惑的郭荣良继续听着李大河天花乱坠地说道："你的老家在秋风寨北坡下，马局长命令你立即回去一趟，摸清从北坡爬上秋风寨，也就是你常给我们讲起的，小时候攀山采药的那条猎户小路还在不在？你要准确无误地摸清这个情况，然后马上回来向我报告。只要你完成了这个任务，还没等咱们的行动开始，你就已立了一大功。"郭荣良听后长长舒了口气，他稍加思量后满口答应了。李大河又非常严肃地说："这次行动到目前为止，咱们西京警察局只有马局长、我和你知道，此事千万要保密，绝不可走漏半点风声。你要悄悄回去，尽快摸清情况后再悄悄地返回，万万不可因为疏忽大意而打草惊蛇，那咱们所有的苦心谋划便前功尽弃了，马局长对你刚刚产生的好感也会丧失掉的。"李队长软硬兼施的话语，郭荣良完全听得明白。

按照李大河关于保密的要求，第二天天麻麻亮，郭荣良便匆匆出城进了秦岭大山。

等到郭荣良翻山越岭回到老家时已是半夜时分，山里的月亮正悬当头。年迈的父母见儿子半夜回家，心里不免慌乱，郭荣良谎称自己是去柞水县执行任务结束后顺道回家来看看，父母将信将疑地点点头，便不再多问什么。这时弟弟郭荣善也从睡梦中醒了，他看到哥哥回家来分外欣喜，连忙帮着母亲做饭端给哥哥吃。在这个贫困的庄户人家里，郭荣良不仅是全家人的骄傲，更是他们人生希望的寄

托。直到鸡叫三遍之时，郭荣良才和衣躺下睡着了。

日上三竿时，郭荣良猛然惊醒过来，他连忙叫上弟弟郭荣善说是要上山打猪草。望着兄弟俩急匆匆远去的身影，老两口狐疑而神伤地摇头不止。兄弟两人顺着秋风寨北坡山路径直爬到半山腰，这才找到那条已被灌木丛覆盖、斜插往山顶的猎户小道，两人又顺着小道小心翼翼地连走带爬盘旋而上，直到太阳偏西时，浑身已被汗水浸透的他们终于攀爬到距离秋风寨后门不足百米的陡坡上。这时候，郭荣良能清楚地看到秋风寨后山门木栅栏上插满的旗子在山风中猎猎飘扬，他仔细环绕四周察看地形，又在心里详细估算着山势坡度和小径长短之后，这才准备要下山去。等到郭荣良转过身子时，脑袋猛然一阵眩晕，只见眼前是临空万丈的悬崖峭壁，小鸟从他脚下扑棱棱飞过，郭荣良庆幸带着弟弟郭荣善一起爬上来，不然他连下山的勇气和气力都没有了。

郭荣善拽着兄长的一只手，用弯刃猎刀扎进小径旁的荆棘中，半退半拖着往山下挪移，兄弟俩费了九牛二虎之力，终于从猎户小道上走下来。回家的路上，弟弟郭荣善心有疑惑地问道："不知哥哥这次回来，为何要带我来这么危险的地方？"郭荣良看着已近成年的弟弟若有所思地回答说："等会儿回家后，你千万不要给爹娘提起咱俩来过这里，更不能让附近村民知道我回来过。"郭荣良没有直接回答弟弟的提问，心事重重的他无精打采地和弟弟走下山梁。

太阳快要下山了，郭荣良和弟弟坐在山坡边一片开阔的地方，此时金黄色的夕阳照在幽静平缓的斜坡上，黄澄澄的光线给郁郁葱葱的树木丛林披上一层神秘的圣光。郭荣良望着眼前清亮刺目的光芒嘴里喃喃自语道："真美啊！只有家乡的天才是最亮的。"等他回过神看见痴痴望着自己发呆的弟弟时，他怅然若失地笑了笑说："这次回来，我把在城里赚的钱全都带回来了，昨晚已将它放在你的床毡下面，你已长成大人了，爹娘也老了，你要多替哥哥照顾他们。如果哥哥福大命大，有朝一日我定要给家里赚笔大钱，到那个时候，我要带上你和爹娘，咱们去长安城里安家落户。"郭荣善听到哥哥描绘的未来日子，瞬间忘了刚才心里的疑惑，他兴奋地对郭荣良说："我知道哥哥你是最有本事的人。"

太阳下山后，天很快黑下来，郭荣良没有随弟弟回家，兄弟俩从半道上分手后，他便急匆匆赶回长安城去了。老实巴交的父母看见小儿子独自回来，便问起哥哥去了哪里。郭荣善照着哥哥吩咐的话说："他回城上班了。"老父亲呼噜呼噜吸着水烟袋，嘴里念叨说："也好，也好。"

郭荣良赶了一夜的路回到长安城，他将探查的情况向李大河做了详细汇报，李队长听后大喜过望："马局长已有言在先，你这次回老家摸查路径功不可没，等这次行动全部结束后，马上提拔你为保安大队第二分队长，老弟以后若有了这层身份，追求马千金的时候底气会更足啊。"李大河看似加油打气的话，却让郭荣良听起来稍稍有些别扭。

剿灭秋风寨的行动现在可谓"万事俱备，只欠东风"了，李大河按照马得水的安排，速速派人拿着西京警察局手令与柞水县保安队队长汪洋海取得联系，要求他们当地保安队全力配合这次行动。马得水制定的剿灭计划是兵分两路：第一路是主攻队，由李大河亲自率领西京警察局数百名警力，再由柞水县保安队出动人马数十名，两股力量合拢后，从秋风寨南边发起正面攻击；第二路是突击队，由李大河的得力干将孙亮与郭荣良带领五十名最为精干的突击队员，携带轻武器，沿着先前勘察好的秋风寨北坡的密林小道，埋伏到秋风寨的后山门。两路人马出发前约定好，看见正面进攻部队发射信号弹升空后，突击队立即对秋风寨后山门发起突然袭击。

两队人马出发前，马得水叫来李大河秘密吩咐道："当初郭荣良背叛李震与邓贵发，跑来投奔我们，无非是为讨个活路，但他卖主求荣的行径实在令人不齿，所谓'非我族类，必有异心'，我对他是从来都不放心，现在又纠缠我女儿不松手，摆出一副'癞蛤蟆想吃天鹅肉'的架势，实在令人感到厌恶。此人居心叵测、阴险狡诈，为了往上爬可以不择手段，我怎会答应将女儿嫁给这样的无德之辈，所以你得在这次清剿行动中为我除掉这块心病。"李大河在大队人马出发前听到马得水的心底之言，他马上领会了局座的意思，马局长分明是要他在这次行动中找到一个机会神不知鬼不觉地干掉郭荣良。为此，李大河特意将自己的心腹爱将孙亮安排与郭荣良同行，并秘密交代了马局长的特殊指令。剿灭秋风寨的两路人马出发后，沾沾自喜、胜券在握的马得水静坐西京警察局，专等前方传来好消息后，他要即刻报告给同样焦急等待的西京行营主任顾宽敏。

再说洪天纵从长安城游逛一番回到秋风寨后，始终高兴不起来，夜里还常常

噩梦连连，并且咳嗽不止。褚子桥以为老爷是在洪家堡触景生情、偶染风寒，有点虚火在身。秋风寨里的大夫诊治了一周，洪天纵的病情非但不见好转，反而愈加沉重。如夫人梅林玉有点心慌，建议褚师爷速速派人下山，去请柞水县城知名的大夫上山瞧病。褚子桥不敢耽搁，急忙挑选个腿脚功夫好、人又精明的手下准备下山去请大夫，突然山下岗哨来人急报，说是山外正南方向发现了数百名官兵正向秋风寨而来。褚子桥脑子里顿时"嗡嗡"作响，心里意识到大事不妙，他曾为老爷在长安城留下的影响忧心过，但又心存侥幸地觉得如今世道混乱、日患急紧，官家不会有精力盯着秋风寨，现在看来这样的想法实在太大意。所谓"来者不善，善者不来"，既然危险已经来临，现实又退无可退，那就只有拼力应对了。褚子桥有心将实情告知老爷，又怕洪天纵急火攻心病情加重，于是他尽力稳住神情、沉住心气，冷静发令召集山寨各路头领汇聚议事堂商议对策。

秋风寨东南西北四个卡口的头领乔润年、毛三、鲁大牛和洪彪各自率领兄弟们齐刷刷聚集议事堂，有的骂骂咧咧说要与山下官兵决一死战，有的已经哆哆嗦嗦吓破了胆。褚子桥刚要开口说话，洪天纵硬撑着病体从议事堂后庭走出来，他挥手示意大家坐定后，忍住喉咙里的咳嗽说道："兄弟们莫要惊慌，官兵攻打咱们秋风寨，这是迟早的事情。可我们在此已经住了近乎二十年时间，这里早已变成我们这些人的家园，不管山下现在来的是哪路神仙，我们誓死也要与他们决一死战。"说到此处，连续不断的咳嗽从洪天纵粗壮的脖子里往外直冒，他大喘着粗气说："我虽……虽有病在身，但我们誓死要与山寨共存亡，从现在起大家务必要听从褚师爷统一调遣，共同抵抗……外敌……"剧烈的咳嗽让洪天纵实在说不下去，只好被人搀扶着走出议事堂。

这时神态淡定的褚子桥再次站到议事堂中央，镇定自若地对大伙说道："正如老爷刚才所说，这里已经是我们的家园，我们退无可退，大家唯有拼尽全力舍命退敌，除此之外，我们别无选择。"东卡口头领乔润年最为年长，此人早年间便追随洪天纵东争西斗，是四个头领中资格最老的，他率先表态让褚师爷放心，自己定会率领东卡口众兄弟与敌人决一死战，说完便匆匆回去做准备了。南卡口头领鲁大牛忧心忡忡地说："官兵全从正南方向而来，南卡口的压力实在太大，我怕心有余而力不足啊，顶不住敌人进攻可咋办？"褚子桥马上回答说："我会让乔头领随时带人支援你。"鲁大牛听罢抱拳道："大不了就是一死，老子不怕，兄弟们跟我走。"鲁大牛一声令下，手下众兄弟随即跟他返回南卡口去了。北卡口头领洪彪是洪天纵本家兄弟的儿子，之所以让年轻气盛、血气方刚的洪彪镇守万仞之高的秋风寨后山门，是因为这个位置至关重要，它是秋风寨的命门，如果到了最后的紧要关头，这里是秋风寨向秦岭深山突围的唯一求生通道。现在只有守卫西卡口的毛三态度暧昧，他对褚子桥说："全寨能扛枪的兄弟全部加起来，不过区区两百人，其余都是妇孺老幼和草民百姓，如何能顶得住数百名官兵的攻击？要我看，必须重新想办法应对。"褚子桥质问毛三有何良策尽管说出来，毛三哼唧了半天也没说出个所以然来。褚子桥怒道："时间紧迫，我们没有时间在这里磨嘴皮子，你毛三要真是吃秋风寨的饭长大的汉子，就不该在这个时候还犹豫不决。"毛三见一贯温文尔雅的褚子桥发火了，这才快快不乐地扭身走了。

等褚子桥安排好所有应对计划，去向洪天纵汇报时，山下岗哨又来报，说已探明来犯之敌是西京警察局与柞水县保安队的警察。洪天纵挣扎着坐起来，将头斜靠在床边对褚子桥说："我估摸这场灾祸，全是因为进长安城引来的。近二十年来，我之所以夹着尾巴蜷缩在这秋风寨，两耳不闻窗外事，就是不想引起任何人的注意，如今看来，安宁的日子到头了。敌人能出动那么多人马前来，不剿灭秋风寨、不抓住我洪天纵，估计他们一定不会善罢甘休的。"梅林玉听完老爷说的话，当场吓得花容失色，她拉着哭腔说道："老爷，是我对不住你啊，我不该天天嚷嚷着非要进城，现在我们可咋办呀？"悲愤激昂的洪天纵轻搂着啼哭不止的如夫人继续说："躲无可躲、藏无可藏，而离开这秋风寨，更没有我们的活路。要是当年随我一起闯荡江湖的老哥们都还在人世，收拾这帮鸡零狗碎的警察是绰绰有余。现在全靠后辈孩子们支撑着秋风寨这片天，他们再也没有当年追随王大帅逐鹿中原的威风，也没有了当年擒获'云中雁'的豪气。毛三刚才的话也不是全无道理，后辈们没有吃过苦，这些年在秋风寨享乐惯了，我岂能不知道凭借山寨现有的力量，根本无法对抗任何外来强敌。但只要我洪天纵还活着，就要为秋风寨的老少爷们拼到最后一口气，不然咋去见我那些死去的兄弟们哪！"这时他费力地从枕头下取出一个小木匣子，郑重其事地交到褚子桥手里，说："子桥啊，我老洪活到快七十岁时，才有了这个宝贝儿子，天宝是我们洪家的单传香火，也是我的命根子啊。你跟了我半辈子，我就信你老伙计一个人，这是打开黑木崖暗道的钥匙，里面还有我存放在长安城的财物票据，你赶快拿上它，带着如夫人和

天宝，还有我的月娥姑娘，现在就从暗道逃走吧。"褚子桥伸手颤巍巍接过木匣，忙问洪老爷自己怎么办。洪天纵语气低沉地说道："不必操心我，等到全寨老小突围出去后，我自有打算。无论情况怎样，你也不要回头，如果老天眷顾，我能活着出去，我会在九九重阳节当夜，在长安城外的玉门楼等你们。"褚子桥看着老爷毅然决然地将全家性命托付于自己，顿感肩头责任重大，褚师爷了解洪天纵的脾气，在此危难时刻，他是决然不会离开秋风寨半步的。

　　褚子桥深知眼前危局已经是无力回天，遵照洪天纵的安排或许是最好的做法。这时如夫人和已长大的洪月娥围坐在洪天纵病床前哭成一团，襁褓中的洪天宝被吓得哇哇大哭。望着眼前这幕生离死别，褚子桥心中无比酸楚，两行清泪扑簌簌流淌下来。

第四十七章

秋风寨黑木崖暗道的秘密只有洪天纵和褚子桥两人知道。当褚子桥领着如夫人、洪月娥和洪天宝钻进暗道要逃离时，秋风寨南山脚下已经是枪声一片。

李大河和汪洋海率领的数百杆长枪向秋风寨密集射击，洪天纵他们依靠陡峭山势和"一夫当关，万夫莫开"的地形优势，硬是把李大河的队伍压在南卡口下不敢抬头，双方激战了整整一天，各自死伤了十几条人命，李大河却没能再靠近秋风寨半步。消息传到马得水耳朵里，他异常恼怒，怒斥李大河无能，连个毛匪都解决不了，当夜马得水紧急调派两门火炮前来支援。第二天天刚亮，李大河立即命令架起火炮朝秋风寨连续猛轰，洪天纵拖着病体指挥寨中所有妇孺躲进早已掘凿好的山洞里，而山上的栈道、屋舍、寨楼等多为竹木搭建，炮火轰炸中燃起熊熊大火，直烧得浓烟滚滚吱呀作响。

炮声停了，李大河命人向秋风寨喊话，只要洪天纵愿意投降，可以放其他人一条生路。这时重新聚集一起的几位头领已乱作一团，毛三首先发难说不能再硬拼了，要求和山下敌人和谈。东卡口头领乔润年怒斥其胡说八道，他认为这时与敌人和谈，无异于与虎谋皮。鲁大牛已被山下炮火轰蒙了头脑，一屁股坐在岩石上只顾着唉声叹气。固守北大门的洪彪建议，如果实在顶不住，乘着今晚夜色可先让妇孺老幼从北山门撤到秦岭深处。吵吵闹闹中太阳已经偏西，洪天纵喘着粗气说道："大家暂且各守其位，容我稍想片刻再做定夺。"其实洪彪提出的办法，洪天纵早已想过，本来北山门下的猎户小道就是山寨应急所用，但他知道此刻行不通。北山门下是万丈深渊，隐藏在茂密树丛中的猎户小道崎岖陡峭常年无人行走，腿脚矫健的山寨弟兄想要从那里安全下山，也得在白天光线好的时候，若想让山寨全部妇孺在漆黑一片的深夜里从猎户小道悄悄下去，完全是不可行的。黑木崖密道或许是个办法，但密道绵长、洞孔狭小、空气稀薄，根本无法使大队人马迅速撤离，所以即使献出密道，不仅救不了大家性命，还可能会暴露褚子桥和

如夫人的行踪，给自己的一对宝贝儿女带来灭顶之灾。

山下李大河命令停止炮击而进行喊话，就是等着从秋风寨背后猎户小道上来的突击小分队到位。在郭荣良的引导下，孙亮带领五十名突击队员悄悄潜入秋风寨北坡口，如履薄冰般摸上猎户小道，像蜗牛般匍匐攀爬，终于在第二天傍晚时分爬到预定位置。天色终于暗了下来，李大河估摸着孙亮他们应该已经埋伏在北山门下，焦急万分的他不能再等待下去，便立即拔出信号枪朝夜空中发射，高强度的信号弹将整个夜空照亮，孙亮见山前信号弹升空，即刻命令埋伏在草丛中的突击队员向秋风寨北山门发起突袭。密集的枪声让洪彪万分吃惊，他万万没料到敌人会乘着夜色从山崖陡峭的北坡爬上来，洪彪命令兄弟们向黑暗中的敌人猛烈射击，听到枪声的乔润年急忙带人赶来支援。

在子弹乱飞中，处在秋风寨最高处的北山门被密集的子弹打成筛子，孙亮带领伏身暗处的五十杆枪铆足劲儿瞄准北山门晃动的人影扫射。混战中，孙亮瞅准个绝佳机会，向匍匐在自己前方的郭荣良射出几发子弹，浑然不知的郭荣良没来得及吭上一声，便无声无息地倒在血泊中，黑暗中已经打红眼的队友们居然没有一人察觉。洪彪和乔润年两路人马发疯般向漆黑中的敌人发起连续不断的猛烈攻击，浓烟升腾的北山门下，秋风寨弟兄们一个个倒下去，很快尸体在狭窄的山道上堆出一道人肉掩体，数番短距离厮杀、高强度拼力鏖战后，敌人的火力总算暂时被逼压下去，乔润年这才发现洪彪已中弹身亡。

乔润年将洪彪的尸体抬到洪天纵面前，伤心欲绝的洪天纵从椅子上硬撑起肥胖的身躯，步履蹒跚地走到洪彪身边，轻轻为他擦去满脸的鲜血，随手将洪彪巨睁的眼睛抹上，然后冷静异常地对乔润年说："马上……马上派人下山，向敌人摇……摇白旗投降。"乔润年大喊不行，洪天纵站起身来，绷着腿脚、梗着脖子像头狮子般怒吼道："快去！"

秋风寨被剿灭了。

洪天纵连同三个关卡头领乔润年、鲁大牛和毛三均被关押在柞水县保安队大牢里。依照双方谈妥的投降条件，李大河和汪洋海释放了秋风寨所有的妇孺草民。本来他们剿灭秋风寨的真实目的，并非是为了还当地百姓一个太平日子，而是洪天纵口袋里的金银。

柞水县保安队大院里总共躺着二十三名队员的尸体，郭荣良便是其中一具。李大河清点完枪支弹药后，又给五花大绑的洪天纵戴上手铐脚镣拖上卡车准备带队返回城里，这时心有余悸的孙亮将李队长拉到一边悄声问道，可否由他带上两名队员将郭荣良的尸首送回山后的老家安葬。李大河用不容商量的口吻恶狠狠斥责他"胡闹"，又压低声音咬牙切齿地说："所有死伤人员，均由西京警察局统一处理。"孙亮知趣地躲到一边。随后，李大河命令汪洋海务必做好善后处理，并严加看管秋风寨被抓的三位头领，等候马局长最后的发落。

端掉了秋风寨，欣喜若狂的马得水即刻向顾宽敏汇报邀功，虽然付出了二十多名警察的生命，但顾宽敏对结果还是满意的。他甚为关切地提醒马得水别忘了这次行动的终极目标，马得水心领神会，在做好参战死伤人员的抚恤后，他把注意力全部集中在搜罗秋风寨的财物上，让押解到长安城的大土匪洪天纵乖乖吐出这些年囤积的所有金银财宝，这样才不枉剿灭秋风寨此行的牺牲与辛劳。

让马得水没有预料到的是，跌出他这盘棋局的意外情况，竟然出现在自己的宝贝女儿身上。马艳见郭荣良没有随队归来，便去质问李大河，看着支支吾吾的李队长，骄纵而肆无忌惮的马艳号啕大哭，随手将李大河的办公室砸了个稀巴烂，直到父亲闻讯赶来后，她才被人硬扯回家关起来。

西京警察局血洗秋风寨的事情在长安城传得沸沸扬扬，各路报纸连篇累牍竞相报道秋风寨的惨剧。褚子桥手里拿着报纸，望着哭得死去活来的梅林玉及洪老爷的一双儿女，只好去找肖若妍帮忙打听洪老爷的下落。从黑木崖密道逃到长安城后，他便知道与老爷约定的九九重阳节长安城外玉门楼见面几无可能。很快，肖若妍从哭得像泪人般的"小肉丸"马艳嘴里得知洪天纵已被关押进西京警察局大牢的确切消息。

褚子桥是聪明人，他看清了马得水给他摆出的"等鱼上钩"的把戏，这让他带着梅林玉和两个孩子反倒感到安全。在西京警察局保安大队的办公室里，得意扬扬的李大河看着寻上门来的褚师爷开门见山说道："马局长也不是铁石心肠，非要治你们洪老爷死罪，只怪洪天纵他为匪一方作恶多端，作为政府怎么能坐视不管哪？"褚子桥听出李大河话中藏软，他立即表态愿意付出任何代价搭救洪老爷和三位头领性命，万望李队长能指点迷津。李大河见褚子桥终于"上钩"了，

便直言不讳地说："这次剿灭秋风寨动静实在太大，又死了那么多弟兄，我们总得向上面有个说得过去的交代。明说了吧，或许只有银子才能救你家老爷的命。"褚子桥早料到对方会张口要钱，他答应李大河，只要能释放洪老爷和三位头领，要多少钱都行。李大河意味深长地伸出五根指头，对着褚子桥说："如若四个人都免罪释放，最少五十万大洋。"褚子桥听到这个数字后惊愕不已，他连忙恳求道："洪老爷向来为人豪爽、仗义疏财，又养活着秋风寨数百口人，无论如何，他也没有这么大的家业呀。"李大河没有搭理褚子桥的哀求，只是淡淡补上一句话："如果褚先生答应了这个数，你现在马上就可以见到洪天纵。"褚子桥听后眼前一亮，他明知李大河玩的是诱鱼上钩，可为了能尽快见到洪老爷，他毫不犹疑地先答应了对方。

在阴暗潮湿的大牢里，褚子桥终于见到了老爷。一直咳嗽不停的洪天纵已经喘不上气来，肥胖的身躯像泄气的皮球瘫软在地上，一身污垢散发出刺鼻的恶臭。披头散发的洪天纵抬头看到褚子桥忽然出现在眼前，浑浊不堪的眼睛里露出一丝光亮，他急忙拉着褚子桥的手急问如夫人与儿女的安全。褚子桥一边替老爷托起冰冷而沉重的铁镣，一边照顾他喝了一碗热水，嘴里连连给他说夫人与儿女都好，洪天纵剧烈的咳嗽这才稍好了些。看着病体难支的洪天纵，褚子桥心如刀绞，他宽慰老爷一定要撑住，自己会尽快想办法救他出来，洪天纵听后再次猛烈地咳嗽起来。

褚子桥央求李大河允许他请来大夫给老爷瞧病，李大河却不紧不慢地表示，只要钱到位一切都好说。从西京警察局出来后，褚子桥的内心火急火燎，洪老爷病势危重已经耽搁不起，要尽速想办法筹钱救老爷，他预想到李大河他们肯定会张嘴要钱，但未料到对方会如此狮子大张口。老爷交给他的木匣里所有票据存单加起来，总共只有三十万大洋，缺的这二十万让他开始犯难。心急如焚的褚子桥找到冯其中、肖若妍求助，冯、肖两人没有半刻迟疑，立即将先前存放在西京银行的十万大洋和一百根"大黄鱼"全部取出来，但所有金银加在一起也没能凑够五十万大洋。当褚子桥将四十万大洋和一百根"大黄鱼"带到李大河面前时，一脸淡漠神态的李大河显得不是很满意，他没有给褚子桥说任何松口的话，只是让他等候消息。内心焦急的褚子桥念及老爷病重，不断恳求李队长能尽快给个回话。

马得水将李大河这些天忙碌的成果报告给顾宽敏后，顾宽敏哈哈大笑说："果然不出我所料，洪天纵这个土老财，可是比你我肥多喽。"

马得水点头应和道："洪天纵现在病得不轻，我估计放出去也活不了几天了。"

顾宽敏闭上眼睛稍加思索后说："那就通知下面放人吧，咱们要得饶人处且饶人么。"

马得水领会了顾主任的意思后，又顺便提说起柞水县保安队队长汪洋海在这次行动中很卖力，曾托他拜托顾主任，希望能有所提拔。

顾宽敏故作为难地说道："哎呀，眼下咱们西京行营上上下下的位置都满着，等以后有机会再说吧。"马得水听得出顾宽敏在婉言拒绝，便知趣地不再提说此事。

洪天纵、乔润年、鲁大牛和毛三全部被释放了。已经气若游丝的洪天纵如愿以偿地见到了梅林玉和宝贝儿女，全家人拥抱一起抱头痛哭。褚子桥请来长安城名医赶紧给老爷治病，洪天纵喝完汤药后沉沉入睡了，本以为洪老爷福大命大，未料熟睡后的洪天纵再也没能醒过来。马得水得知洪天纵的死讯后，心里更加钦佩顾宽敏料事如神，清剿秋风寨不出所料地让他俩大发一笔横财，而今随着这笔横财主人的去世，顾宽敏和马得水心中存有的那点担心也彻底烟消云散了。

褚子桥和梅林玉商议后，最终决定将洪天纵下葬在秋风寨南坡下。乔润年、鲁大牛和毛三带领全寨上百号人齐刷刷跪倒在老爷墓碑前放声大哭，震撼山野的哭声伴随着秦岭的风一起回荡在山谷间。在洪天纵坟茔的后面，还堆起数十座坟包，里面埋葬着洪彪和战死的山寨兄弟们。褚子桥望着远处已被大火化为废墟的山寨，此时只剩下"火烧连营"后被烟火熏烤成一片漆黑的石梁，不禁凄然泪下，这里毕竟是他生活多年的地方，秋风寨往日的欢声笑语似乎还在他耳边回响。距离洪天纵坟墓不远处，还有一座孤零零的墓碑矗立着，那是洪老爷大夫人"云中雁"杜巧枝的茔冢。

血洗秋风寨之后不久，柞水县保安队队长汪洋海被调任为西京警察局保安大队副大队长。许多参加了秋风寨清剿行动的队员们对他的迅速升迁很是不屑，大家愤愤不平地跳脚骂娘，更有甚者在背后指指戳戳私语说，此人的职位是用一万块大洋换来的。

抚恤嘉奖完所有死伤立功人员之后，孙亮带着郭荣良的抚恤金，独身一人找到秋风寨北边山谷中的郭家。郭荣善听到哥哥殉职的消息后没有掉下一滴眼泪，

年迈的双亲佝偻着腰身只顾着干活，这家人异乎寻常的平静让孙亮感到不适。做贼心虚的孙亮仓皇离开后，郭荣善站在家门口一处高地上，抬头远望秦岭深处莽莽苍苍、幽深诡谲的地方，心里默念着，哥哥没有死，他正往秦岭深处最高最远的山顶爬行着。

料理完洪天纵和秋风寨所有死难人员的后事，幸存下来的兄弟们依依泪别，各自带着家人远走天涯寻找活路去了。褚子桥带着梅林玉和两个孩子暂居在冯其中的古城茶楼，住得时间久了，褚子桥感到很是难为情，便总想着能为冯其中的茶楼帮忙做点事情。梅林玉也觉得不能这样白吃白住下去，她拿出些曾经佩戴过的金银首饰偷偷典当了，给两个孩子买些生活必需品。

一天夜里，褚子桥来到冯其中房间里，两个年龄相仿的中年人端坐在昏暗的灯光下小酌良久。面带失落的褚子桥对冯其中说："人生如戏啊！想我褚子桥付诸半生为洪老爷出谋划策，忝居师爷之位，最终秋风寨却落得个蛋打鸡飞、落花流水的悲惨结局。有时候细想，当年我要是冻死在雪地里倒还干净了。"冯其中看着比自己年岁稍长的褚子桥，仿佛看到了当年同样处在迷茫中的自己，他恳切劝慰褚兄淡看眼前的一切，权当是做了一场梦。他又饶有兴趣地问及褚子桥与洪天纵的这段缘分因何而起。听着略带醉意的褚子桥侃侃谈起的陈年往事，冯其中惊讶地发现，原来褚子桥也算是半个梨园中人。

褚子桥出生于关中东府华州的书香门第，自幼极为喜爱经史歌赋，九岁那年夏季的某一天，天降冰雹大如鸡蛋，褚子桥观此异象随即作诗一首："夏日结冰凌，空中下鸡蛋；天公本难测，人说妖精遭。"人们听闻这首诗后，纷纷称他是"神童"。十九岁那年，关中时疫流行，父亲不幸染疫身亡，此后家道中衰，褚子桥辍学务农，但在春耕夏作的间隙，时时不忘勤学苦读，后来缘于他的博学声望，被华州初小请去做了先生。

连年累月的军阀混战，致使天下民不聊生，褚子桥毅然拿起笔，撰写出许多针砭时弊、讥讽官员腐败的文章发表出来，尤其是他写的大量鞭挞现实、讴歌英雄的秦腔剧本很快在陕甘两省传唱开来，这让东府的地方官员脸上挂不住，干脆将他抓进牢狱关起来。其后，孤苦无助、为儿日夜忧心的母亲也溘然长逝。褚子桥被关了整整一年后，在一个纷飞大雪整月不停的隆冬早晨，一介穷书生被赶出大牢放逐荒野，体弱衣单的褚子桥身卧雪地几近僵死，恰遇从中原战场败退陕西的洪天纵路过华州，心怀怜悯之心的他搭救下褚子桥这条命，从此以后，褚子桥视洪天纵为救命恩人，心中发愿今生今世至死相随绝不相负。

"刀客"出身、历经多次军阀混战，早被碾压掉雄心壮志的半百草莽英雄洪天纵，十分喜欢褚子桥身上独特的文人气质和他挥洒写就秦腔剧本的才华，很快两人成为莫逆之交。随后，手无缚鸡之力的落魄文人褚子桥，又被洪天纵拜为自己身边形影不离的师爷。两人都在兵荒马乱的颠沛流离中产生了离群索居、退避三舍的强烈愿望，于是在褚子桥的建议下，洪天纵带领自己的残兵败将落草秋风寨，彻底结束了东奔西走乱世求生的狼狈日子。褚子桥帮助洪天纵将秋风寨的事务打理得井井有条，尤其在与女匪"云中雁"的数次较量中，褚子桥表现出如诸葛孔明般的足智多谋，不仅生擒了"云中雁"，还让洪天纵得了一个心服口服的压寨夫人，英姿飒爽的"云中雁"事后也对褚子桥尊敬有加，并诚恳将他请为宝贝女儿洪月娥的教书先生。

冯其中听完褚子桥离奇曲折的身世后越发感到其人之艰辛与不易，尤其对他写的秦腔剧本很感兴趣。转天夜里，冯其中来到褚子桥屋里，未等半杯清茶落肚，褚子桥便从床下拉出个皮箱，打开一看，里面放满了书稿，粗略看去有十多部秦腔剧本静卧在箱底，有些纸张已经发黄破损。褚子桥说这些年里这箱剧本就像他的命根子，无论走到哪里都如影相随。昏黄的油灯下，冯其中瞪大眼睛用手指轻轻摩挲着厚厚的剧本，他万万没有想到土匪窝里居然隐藏着才华横溢的剧本创作大才，不幸中的万幸是，褚子桥虽曾隐于乱世，但如今又出现在众人眼前，这对于因战乱而导致剧本创作人才断代、秦腔剧本创新更是乏善可陈的现状来说，无疑是天大的好事。冯其中迅速将此大好消息告知沈金书会长，抑制不住内心喜悦的沈会长挑出两部秦腔剧本连夜挑灯读完后称赞道："真是位剧本创作奇才，妙不可言哪！"

褚子桥剧本创作的才华深深吸引了沈金书、寒梅、杨元厚和冯其中等人，大家本想盛意邀请褚子桥留在长安梨园行，未料孤寡自处的梅林玉整日哭哭啼啼，叫嚷着要离开长安城。洪天纵的死，让她内心充满了时时有人要加害他们母子三

人的恐惧，隔三岔五梅林玉就给褚子桥哭诉，说她每日心神不宁，还说老爷临走前的恓惶模样夜夜出现在她的梦里。

望着失魂落魄的梅林玉，褚子桥心里犯了难，他该带着梅林玉母子三人往哪里去呢？虽然人们纷纷传言说日本人马上要完蛋了，可是潼关以外的世界还是被他们霸占着，东出潼关显然是不可能了，褚子桥只能选择西赴兰州。当冯其中得知褚子桥的决定后，心里很不是滋味，他再三力劝褚子桥能留在长安城共谋秦腔发展，沈金书亦以长安曲艺工会会长的名义多番挽留，但褚子桥觉得久居古城茶楼毕竟不是长远之计，再说洪天纵对自己有救命之恩、知遇之情，他决然不会撂下恩人的遗孀和一双儿女不管。沈金书、冯其中他们看出褚子桥是个重情重义的汉子，便也不好再多说什么。

第四十八章

　　历史永远不会忘记一九四五年八月十五日这一天，日本天皇通过电台播出《终战诏书》，宣布无条件投降，这也标志着中国人民艰苦卓绝的十四年抗日战争取得胜利。

　　这天，长城内外、大江南北的中国人民全都沸腾了。欢欣鼓舞的长安城被狂喜笼罩着，无比激动的人们奔走相告，全城的百姓敲锣打鼓汇聚在城市的大街小巷，"日本投降了""我们胜利了"的欢呼声此起彼伏、震彻云霄。这是一场来之不易的胜利，在这样一个特殊时刻，有谁能不热泪长流、悲喜交集呢？

　　是夜，在西京医院的病床边，孙静怡高兴地给肖玉仁念着当天报纸上日本投降的消息，肖若妍坐在一旁不停为父亲按摩着稍有萎缩的双手。这时王福带着柴伯文、胡善文和寒梅又来看望肖先生，大家多么渴望肖玉仁能从昏迷中醒过来，亲耳听到抗战胜利这个激动人心的消息。然则苍天有意、流水无情，昏迷多年的肖玉仁最终未能苏醒过来，午夜刚过，长安城一代爱国商人肖玉仁撒手人寰。

　　当工商科科长连云飞将肖玉仁病逝的消息报告给顾宽敏后，他静坐在椅子上，内心忽然生出巨大的空旷感与失落感，这种感觉压得他喘不上气来。他半晌没有说话，直到连云飞在电话里急切地呼唤才把他的神思拉了回来。顾宽敏故作洒脱地说："斯人一去不复返，我建议你以西京商会的名义，为肖先生举行一个隆重的追悼会，到时候我是要去的。"连云飞急忙应承下来。

　　盛夏的终南山下绿荫遮蔽、幽静清凉，肖玉仁下葬在妙积寺后山脚下，这里诵经礼佛、檀香缭绕的清幽，是肖玉仁生前最为钟爱的。葬礼结束后，孙静怡与肖若妍没有回城，母子俩径直来到妙积寺，净一法师已吩咐本宏师父做好为肖玉仁亡灵进行超度法事的一切准备。望着满脸泪水、双眼无神的孙静怡母女，净一法师甚是感慨地说道："逝者已去，生者已矣，两位施主礼佛祈祷，这是过世亡

人的大福报，亦是逝者得往生善道的因缘。我已在妙积寺为肖施主立下牌位，可让他的亡灵在寺院中听经闻法、修行轮回。"孙静怡听罢暗泪长流不止，她心知远在天堂的丈夫要给她说的话，定是在这袅袅烟尘中的木鱼声声里。

沈金书参加完肖玉仁的葬礼刚回到书院门家里，邮差忽然送来北平城罗英的一封急电，电文写道："弟子欣荣被北平政府以汉奸罪名逮捕，望速来救之。"这行电文像针刺般让沈金书的心猛然紧缩在一起，他断然没能想到这个令他气愤难当的不肖逆子，竟会落到今天这步田地。无论如何救人要紧，沈金书不敢有半刻迟疑，他准备带上赵天佑一起去北平，柳青芳闻之心痛，死活也要跟着去，还说任欣荣是她的救命恩人，她没有理由此刻袖手旁观。沈金书见她态度坚决，情急之下只好答应了她，于是三人一起匆匆出发北上了。

抗战胜利后的北平城同样笼罩在喜庆的气氛中，沈金书刚到北平，便看到大街小巷到处都是"庆祝胜利"和"严惩汉奸"的大字报。当他们三人见到罗英母子时，为任欣荣之事熬红了双眼的罗英说道："事发突然，抗战胜利了，还没等日本人撤离，国军十一战区的军队就已开进北平城，将日军华北司令部和北平临时政府的人全抓起来了。自从上次为救柳青芳，任欣荣下药毒死吴大宝后，他一直被宫田太郎软禁在家里，没想到这次反倒让国军当汉奸给逮捕了。"沈金书连忙宽慰罗英心里别太着急："人是被抓了，但国家有法律，总还得有个审判以后才能定罪的。先说说，你是如何知道任欣荣被当成汉奸给抓了？"

罗英得知任欣荣被抓的消息纯属偶然。那是八月十五日当天，日本人投降的消息让整个北平城一片沸腾，罗英心想既然日本人都已经投降了，她便想将任欣荣接回家来住，当他们母子俩挤过熙熙攘攘的人群，到了宫田住所时才发现，整个宅院已经空无一人。正当她焦急万分之时，史南山老先生到朝阳剧院将任欣荣被当成汉奸逮捕的消息告诉了黄家燕，束手无策的罗英情急之下这才赶忙给远在长安的沈金书发了电报。

当天夜里，顾不上长途劳累的沈金书和罗英一起来到中医世家"史墨林"。史南山老先生见到老派京剧名伶沈金书后十分热情，他对沈金书说："沈先生的声望，老朽早有耳闻，前些年你回北平城为抗战义演募捐时，我本准备去朝阳剧院看你的戏，皆因每日求诊者络绎不绝，实难脱身，之后又听说朝阳剧院生出许多变故，我们便错过了认识的机会。"

沈金书看着慈眉善目的史南山微笑着说道："我得感谢史老先生长期以来对我那个忤逆弟子的谆谆教诲啊。"

史南山不无感慨地说："说来真是有缘，想当年我还是你们崇林社忠实的老票友，那时候我最爱看你和你师弟任少山的演出。时光荏苒，这么多年过去，又发生了那么多坎坎坷坷的事情，未料到在城郊莲溪庵让我巧遇任欣荣，还是莲溪庵的清莲法师给我说起任欣荣是你师弟任少山的遗腹子那些往事。你还别说，任欣荣身上还真有任老板当年的风采与气质啊。"说到此处，史南山高兴地笑了起来，沈金书和罗英方才明白史老先生为何能与任欣荣成为忘年之交的个中缘由。

说起史老先生又是如何知晓任欣荣被逮捕的事情，就不能不提起一个人，此人便是常来"史墨林"替母抓药的那三爷。那三爷本名那文澜，祖上是满族贵胄正白旗叶赫那拉氏后人，早年留学日本早稻田大学法学院，是国民政府法制界有名望的人，抗日战争爆发前曾任职北平高等法院。日本人占领北平城后，曾多次慕名邀请那三爷"出山"就职北平临时政府，但铮铮铁骨的他面对日本人的威逼利诱坚拒不从，每日里只是提笼遛鸟，摆出一副不问世事的样子。那三爷在家排行老三，两位兄长在日本人侵略中国初期便已先后故去，家中又有高堂老母常年卧病不起，贤德孝顺的他自此两耳不闻窗外事，只顾着守护在母亲身边伺候照应，成为北平城里最有风骨气节的"大闲人"。眼下日本人被打败了，北平市政府第一时间盛邀那文澜出任北平市高等法院大法官，专门负责审理日占时期为了个人利益认敌为友，丧失国格、人格，充当侵华日军工具与帮凶的汉奸走狗。

缘于给母亲多年治病的因由，那文澜一向敬重医术高超的史老先生。日本人投降后，他二人乘着抗战胜利的喜悦之情约聚茶楼，闲聊中史老先生这才得知任欣荣被捕的事情，史南山当即便替这个忘年之交说好话，并给那文澜委婉提醒说："京剧名角任欣荣头上的这顶'汉奸'帽子，您老务必要慎重啊。"那文澜心中纳闷，史南山为何要给一个涉嫌汉奸罪名、人人得而诛之的人说好话？史老先生救人心切，便将当年任少山老板被汉奸吴德岭杀害，以及他的遗腹子任欣荣的所有过往旧事全部说了出来。那文澜听后十分诧异，他要史南山尽快搜集证据，这样才能在众目睽睽的法庭上救下任欣荣。时间紧迫，史南山没有耽搁片刻，急匆匆寻到朝阳剧院将事情告诉了黄家燕。

　　沈金书终于知道了事情的来龙去脉。史南山也看出沈金书搭救弟子心切，两人约好第二天一起去拜访那三爷。从史老先生家里出来时，皎洁月光下的北平城依然有阵阵喧闹声四处响起，很多人仍旧处在打败日本侵略者的激动情绪中。这天夜里，沈金书几乎彻夜未眠，赵天佑劝慰他多多放宽心，说有史南山老先生从中周旋，一定能搭救出任欣荣。

　　第二天，按照约定的时间，史南山带着沈金书来到那三爷的府邸。这是一座典型的清朝王爷居住的四合院，从屋顶到庭院随处可见的珍贵饰材和精美雕刻，即可看出主人曾经的富贵荣华。走进堂屋，但见一巨幅山水画像瀑布般从高处直泄而下，画中崇山叠岭、山高水长，气象不凡，墨画两侧是如椽之笔写就的一副楹联："诉尽平生云水事，尽是春花秋月语。"看到京戏泰斗沈金书来到府上，那文澜喜出望外，三言两语之间，说的全是京戏念白的技巧之词，沈金书方知那三爷也是个痴迷京戏之人。寒暄过后，那文澜不无为难地分析了任欣荣汉奸罪的核心点，即在于他曾给日军华北司令部清水和夫少将唱过堂会，如果能消除这一点，那么任欣荣才可能判决无罪。

　　沈金书对任欣荣当年给日本人唱堂会的事情记忆犹新，那是为了帮助黄家燕躲过清水和夫的无端纠缠，这才挺身而出的。沈金书将他知道的此事原委说给那文澜后，那三爷面有难色地说："看来此案的关键是任欣荣究竟是心甘情愿去给日本人唱堂会，还是在别人胁迫下去的？只要在这点上得到有利的人证物证，他便可以避免牢狱之灾。"

　　回到黄家后，沈金书给罗英、黄家燕、赵天佑和柳青芳说明了消除任欣荣汉奸罪名的关键点，即如何证明当年这场堂会并非他自愿而为。就在大家陷入迷茫之时，黄家燕突然说道："我们何不恳求那三爷从清水和夫本人的口供里找证据呢？"黄家燕的这句话让大家眼前为之一亮，沈金书心里总算有了主张。

　　在那文澜的艰难周旋下，北平高等法院从军事法庭拿到了战犯日军少将清水和夫的相关供词，在这些繁杂无序的笔录中，终于找到对任欣荣案件有利的几句供词。清水和夫在审讯中言及："北平京戏名伶任欣荣曾到日军华北司令部唱堂会，是由陈竹君推荐而来的。"沈金书看到这句话，仿佛抓住了一根解救任欣荣逃离火海的绳索，而当务之急是先要见到陈竹君，于是他又万分恳切地请求那文澜能让他进到监牢与陈竹君见上一面。那三爷对沈金书搭救弟子的急迫心情极为理解，他想尽办法疏通各方关系，终于让沈金书见到了陈竹君。

当身陷囹圄的陈竹君在牢狱里看见沈金书时，他居然惊讶地误以为沈会长是来搭救他的。然而当沈金书说出要他出庭为任欣荣给日本人唱堂会一事作证时，一股绝望而孤独的痛苦涌上心头，他坐在牢房的角落，将头深埋在两膝之间，一句话也不说。

焦急而无奈的沈金书说道："当年我师弟任少山与你争抢宫田奈美这件事情，即使全部罪责都是任少山一人造成，他也已经用性命还给了你，你何苦至今还要拽住不放呢？即使你恨任少山，今生今世也不能释怀，可任欣荣也是宫田奈美的儿子，虽说奈美当年很对不住你，但她毕竟是你曾经深爱过的女人，难道你要把这世上所有与你有仇有怨的人全部赶尽杀绝，你才解恨吗？再说了，你和任少山、宫田奈美之间的恩怨终归是你们这代人的，为何要将这份仇恨转嫁于下一代人身上？任欣荣生来就是个没有父亲也从未感受过母爱的孤儿，他有什么原罪，要来承担上代人的恩怨情仇？"沈金书一改往日的温文尔雅，像头发怒的狮子般大声质问陈竹君，他的每一声呐喊，就像一把刀子直插陈竹君的内心深处。

坐在地上的陈竹君像只斗败受伤的孤狼般痛哭着喊道："我也不想被审判，我也不想坐牢，你要我把唱堂会的罪责担了，岂不是罪加一等，这样我还能走出这大牢吗？"

沈金书听罢厉声反问道："你已经为日本人公然做了那么多事，还怕再罪加一等？任欣荣和你不一样，即使当年他对你说，是心甘情愿去唱堂会，他年轻无知，你也蠢笨呆傻吗，你就不会极力劝阻吗？当年你急不可待地跑去运城，说要带他来北平母子相见，结果呢？你眼睁睁看着任欣荣往火坑里跳，不仅未加阻拦而且还推荐他给日本人唱堂会，问问你的良心，难道是被猪油糊住了吗？"沈金书情绪激动浑身颤抖，他的连声责骂让陈竹君哑口无言。

缓了口气的沈金书上前将陈竹君扶起来，又拉他一起坐在牢床边上。沈金书深深叹了一口气后语气平缓地说："我这次从长安来到北平，就是为搭救任欣荣出去，他还年轻，虽然这些年做了很多蠢事，但要是戴上一顶汉奸的'帽子'，他这一生就算是毁了，我想这样的结局，恐怕也不是你想看到的。我从那文澜大

法官那里也多少打听了你的罪责，那法官说你是无论如何也脱不了汉奸罪名的，你就好好服刑吧，我知道外面有个叫林萍的女人还在等着你，我会替你好好照顾她的。"沈金书说到此处时，竟惹得陈竹君哇哇大哭起来。沈金书起身要走出牢房时又回头说："你曾经也是我们梨园行里的人，梨园人最讲究的就是'仁义'二字。三日后便要开庭审理任欣荣的案子了，我希望在法庭上能看到你。"沈金书说完后头也不回地离开了。

三天后任欣荣的案件就要开庭审理了，沈金书仍然在极尽所能地搜集有利案情的证据。尽管他非常不愿意再次翻出任欣荣背叛师门追随冯其中投奔西京筹委会的那段陈年往事，但此刻面对搭救弟子的困局，他已经没有时间顾虑了。于是沈金书连夜晚给寒梅发电报，让她拜托冯其中无论如何想办法从西京行营第三科开出一张证明任欣荣曾为国府做事的文件，以期在法庭上能起些作用。冯其中看到寒梅拿来的电文后，直接去找冯宁远帮忙，冯宁远将事情经过粗略说给佟维三后，渴望聚拢人心的佟科长居然爽快地答应了这件事。

三天时间很快过去了，庭审任欣荣的这天，北平城下着大雨，凝重沉静、肃穆威严的北平高等法院审判庭里，主审大法官那文澜带领法庭陪审团成员一一落座。下面坐满了各路旁听人员与媒体记者，法庭审理按照程序有条不紊地进行着，北平市政府代表公诉人开始从任欣荣的出身、与在押日军大佐宫田太郎的特殊关系等问题上展开事实论述。最后，法庭辩论的焦点集中在任欣荣给日军少将清水和夫唱堂会，究竟是自愿而为，还是被迫无奈下的举动？这成为他是否犯有汉奸罪的核心问题。当那文澜大法官宣布证人出庭后，罗英和黄家燕分别现身证明任欣荣唱堂会完全是为搭救朋友、被人相逼的无奈之举，但他俩的证词仍然难以说清任欣荣当时的主观意志。心情跌入谷底的任欣荣又一次听到法庭宣布"再请证人出庭"的那一刻，他睁着一双焦渴求生的眼睛死盯着法庭旁边的小门，不知道还会有谁能在此刻为他洗脱罪名挺身而出。

当任欣荣看到一身长衫表情平和的师父从小门走进来站到证人席上时，他简直不敢相信自己的眼睛。已经很久没见过师父了，他无论如何也想不到，再次见面会是这样的场合。沈金书异常冷静地向法庭陈述道："我和我的义子任欣荣皆是梨园中人，我们毕生信奉唱好戏、做好人，我始终相信每个心怀正义良知的中国人，都不会轻易去蹚日本人这池浑水。我是看着任欣荣长大的，他身上没有向日本人卑躬屈膝的软骨头，那种没有气节、像哈巴狗一样的人不配做我们梨园中人。至于他有一个日本母亲，又有一个宫田太郎这样的日本娘舅，这只能证明他的出身，既然我们每个人都不可能选择自己的出身，自然就不能凭此断定任欣荣犯有'汉奸罪'。现在我手上有一份西京行营出具的书面材料，它能证明任欣荣在长安城曾经长期为国府做过事，由此可以说明，任欣荣不是汉奸。"沈金书的这席话，惹得法庭旁听席上议论纷纷。那法官将沈金书提供的证明材料让法庭陪审团成员一一传看后，说："除了证人出具的这份证明以外，法庭已拿到了被关押的日本战犯清水和夫的供词，他在供词里明确交代，'任欣荣去日军华北司令部唱堂会，是由陈竹君推荐的'。下面本庭请出已被关押预审的涉嫌犯汉奸罪的陈竹君出庭作证。"那法官话音未落，法庭里又响起一阵喧哗。

陈竹君是在任欣荣案件开庭前最后一刻才同意出庭作证的。当陈竹君出现在证人席上时，沈金书终于长长舒了口气，反倒是任欣荣哭得泣不成声。一脸憔悴的陈竹君慢声细语说道："我为了巴结清水和夫，为了在日本人面前邀功请赏，也是为了自己能心安理得为日本人做事，这才威逼利诱任欣荣和我上到同一条船上。我以为这样做，就可以报复当年横刀夺我所爱的任少山……唉！我错了，我有罪，我承认是我推荐任欣荣去日军华北司令部唱的堂会。"陈竹君的陈词迅速让法庭里炸开锅，在一片乱糟糟中，法警将陈竹君带走了。

最终，北平高等法院公开宣判：任欣荣汉奸罪名不成立，予以当庭释放。

法庭外大雨如注，北平城烟雨迷蒙，积攒许久的这场骤雨，仿佛要将尘埃堆积的四九城冲洗个干干净净。任欣荣冒着大雨冲出法庭猛然跪倒在雨中，朝着已走到法院大门外的师父沈金书的背影撕心裂胆地大喊一声："父亲！"沈金书没有回头，他只是举着雨伞在大雨中停了停脚步，便头也不回地向前走去。

任欣荣一声发自肺腑的"父亲"，最终让他和师父沈金书多年积存的恩怨冰消雪融，两人难得和大家坐在一起谈说北平城各大京剧社的现状。罗英再三恳请沈金书能回到北平来，她说日本人不在了，北平城安定了，作为京剧总社社长的他没有理由不回来。沈金书欣然接受了大家的建议，说他会认真考虑的，但眼下还得回长安去，那里还有很多事情需要他来处理。末了，沈金书决定让柳青芳留

下来，并再三叮嘱黄家燕、任欣荣和柳青芳三位年轻人，既要把朝阳剧院打理好，还要帮助其他京剧班社尽快复兴起来，以待崇林社归来。

随后，沈金书分头拜谢了史南山和那文澜两位有恩之人，三人经此事件以后反而成为无话不谈的挚友。史南山说他明天就到朝阳剧院去瞧任欣荣的戏，那三爷偏偏要静等沈金书将来的登台演出，两人当着沈金书的面，又开始争论起京剧名宿与新秀之间的格调高低和风格异同，顽童般的一番争辩，直惹得三人都哈哈大笑。

沈金书临走前，罗英经过多方寻找，终于在一家胡同旅馆里找到失魂落魄的林萍。她将林萍接到家里照顾，又通过那三爷周旋，让林萍去监狱见到了陈竹君。两人见面后抱头痛哭，林萍劝告陈竹君安心服刑，她会一直住在北平等候他出狱那天的到来，陈竹君泪如泉涌，亦劝她好好在北平待着，不要回到太原去，林萍含泪一一答应。

就在沈金书和赵天佑刚刚离开北平后，各大报纸开始铺天盖地地登载各类汉奸的审判消息。曾任"山西省公署省长"的苏体仁、"运城河东道尹"王毅以及陈竹君、梁惠生等上百人被以"汉奸罪"论处，并判处不同年限的刑期。在被处以极刑的汉奸名单里，"山西省公署保安司令部运城保安大队长"田汉民赫然在列，报纸公开报道的事实里提及此人身负数条无辜生命，其中就包括严刑拷打致八路军运城游击队队员朱平死亡、持枪射杀陈家驿酒馆老板等血案。

第四十九章

抗战胜利了，国民政府根据全国政治形势发生的巨大变化，明令裁撤掉早已名存实亡的西京筹备委员会，这个在长安城存在了十三年之久的机构，永远走入历史深处。曾经一度沸沸扬扬的移都西京之议，从此无人再提。彼时，千年古都长安的称谓恢复为西安市。正所谓"春江水暖鸭先知"，国民政府对长安的这一系列调整，让顾宽敏内心极为不安，他为自己坐镇的西京行营的未来感到深深地担忧。日本人刚走，眼下国内最热门的话题便是建立国共联合政府，重庆已连发三电，邀请共产党领导人到重庆谈判。重庆与延安之间从抗战合作进入和平谈判新阶段，一切迹象均表明，新的格局势力大洗牌正在暗流涌动。

肖玉仁病逝后，佟维三为应付顾宽敏而暗查军用止血粉这批药物的事情彻底停止了，他心里很清楚，这只是顾宽敏为可能苏醒的肖玉仁准备的一剂毒药，其中目的是不言自明的。顾宽敏也似乎意识到身边的某种危险，他要让自己贪腐行径可能会暴露的所有证据消失匿迹，然而佟维三却从顾宽敏自以为万无一失的掩饰举措里发现了更大的漏洞。

在佟维三的周密安排下，冯宁远很快与远在重庆的李震夫人取得联系，李夫人在李戡的陪同下秘密来到西安与佟维三碰头。佟维三当着李夫人的面，仔细解释了他当年之所以对李戡下达逐客令的深层原因，也就是从那时起，他便已经开始准备向顾宽敏的贪腐行径宣战，同时对李戡当年顾忌自身安全没有向他靠拢表示理解。佟维三通达包容的这番话语，让李戡也打消了心中顾虑。深思熟虑后的佟维三毫不遮掩地表态说："李震主任当年与我是同袍同泽的兄弟，他的事情我岂能袖手旁观、坐视不管。现在抗战胜利了，国共也要和谈了，国民政府即将以胜利者姿态'还都'南京，然而政府各路机构在接收国土沦丧区时中饱私囊，在监督失控的局面下导致民怨四起。国家秩序若想步入正轨，这次必将腾出手来惩治腐败，想必两位在重庆也有所耳闻，国府高层已对军政腐败分子展开全面调查，

并有'零容忍'之决心，这次应该就是我们联手扳倒顾宽敏的绝佳机会。"李夫人和李戬来西安之前，已经对佟维三这个人是否可靠做了很长时间的观察，当他们确信佟维三的诚意后，才决定与他见面合作。无论佟维三的这份诚意是出于为了国民政府利益要扳倒顾宽敏，还是出于借此机会搞掉政敌往上爬升的政治欲望，对于李夫人来说，只要能揭露顾宽敏的丑恶罪行，其他的一切对她都不重要。

曾经在吴雪山背叛顾宽敏之前，李夫人向国府监察院投寄证据检举过顾宽敏一回，未料到顾宽敏在监察院里关系深厚，那次检举犹如泥牛入海，最终没有泛起一丝声响。而这次与佟维三联手之后情况大为不同，在佟维三的示意下，李夫人与李戬返回重庆后，将准备好的更为翔实、更为具体的检举材料以实名举报形式，直接投向国民党中央监察委员会和国民参政会两个机构，这份物证言证非常齐全的实名检举材料，立即引起兼任两会要职的彭树勋督导员的高度重视，他也是佟维三多年倚仗的国府要员。

与此同时，顾宽敏在国府监察院的高层关系很快将此事告知了他。这个消息对于顾宽敏来说，无异于当头响起的一声炸雷，震得他头皮一阵发麻，整个身体像被灌注了铅石般沉重而僵硬地倒在沙发上。西安已到了夏末秋初，刺目而热辣的阳光直射在顾宽敏办公室的玻璃窗上，屋里的空气愈加酷热、憋闷，焦躁不安的顾宽敏想起身将窗帘拉上，却怎么也站不起来。机警而狡猾的他已经意识到巨大的危险即将来临，但他当然不会束手待擒，一种本能的防范意识，让他决定要迅速筑起自我保护的铜墙铁壁，以便应对这场狂风暴雨的冲击。尽管顾宽敏在每次卷起的政治风浪里，最擅长道家学说里"飓风过岗，伏草惟存"这套以柔克刚的手段，但他深切感受到这次的情况与以往大有不同，他要换一套"强者自救"的方法来应对眼前的危局。

佟维三既然决心要扳倒顾宽敏，仅靠李夫人这张牌，还不足以让他十拿九稳。虽然李夫人所掌握的材料里，已经有很缜密的证据可以证明顾宽敏在任职西京行营主任期间，将大量贪污受贿的赃款通过地下钱庄秘密汇往身处南洋的儿子顾书文名下，尤其是顾宽敏对肖玉仁家族产业步步为营、渐次侵吞的证据最为充足。然而，佟维三仍然觉得证据不够牢靠，他再次秘密派出陆铭义赶赴天津，千方百计找到张大红，威逼利诱让她去西安检举顾宽敏瓜分吴雪山产业的恶行。已经连续失去丈夫和两个儿子的张大红，早已在多次你死我活的争斗中吓破胆，如今的她只想陪着吸毒成瘾的吴二宝安宁度日，不想更不敢再卷入任何纷争。尽管战战兢兢的张大红给陆铭义一再解释吴大宝从未给她提及过西安生意上的任何事情，但陆铭义的态度坚决而冷漠。他先以巨大利益进行诱惑："只要你肯出面作证，可以考虑将北平城的'吴记新世界'赌场再次归还给吴家。"张大红哪里还有心思盘算财物，她不停地啼哭哀求陆铭义饶了他们母子俩。陆铭义见她软的不吃，便厉声呵斥道："吴家父子三人，可是犯了人尽皆知的汉奸罪，虽然都已命丧黄泉，但你是他们的家属，如果不按我们说的做，那就得按汉奸家属治你的连带罪。"张大红内心最怕自己与"汉奸"两字再有瓜葛，听到陆铭义这一番威胁，她不敢抱任何侥幸心理，只得乖乖随陆铭义到了西安。

虽然佟维三搜集证据都是秘密进行，但还是被顾宽敏的耳目觉察到了，这等于佟维三与顾宽敏之间这场看似隐秘的较量，其实已经是公开的秘密了。这场争斗大戏里究竟鹿死谁手，目前仍未可知，因此双方都不敢掉以轻心。连日来，顾宽敏不断将连云飞、魏文远、郭宪正和马得水召集在一起组成攻守同盟，研究应对各种危机的策略。虽然顾宽敏每次都尽量摆出一副气定神闲的架势，但连云飞、魏文远和郭宪正三人还是敏锐地捕捉到他脸上隐藏的不安，只有鲁莽憨直的马得水不仅浑然不觉，嘴里还大放厥词："干脆派人做掉这个忘恩负义的家伙，倒还省事。"顾宽敏恼怒地瞟了他一眼，马得水瞬间被这阴森恐怖的眼神压制下去。

真正逼急顾宽敏的是彭树勋督导员来到了西安。这位手执国府惩治贪腐"尚方宝剑"的"钦差大臣"，便是佟维三为顾宽敏精心准备的撒手锏。顾宽敏对于彭督导员与佟维三的关系并不是很知情，他还兴冲冲地赶到西京饭店代表西京行营欢迎彭督导员的到来，甚至错误地判断，只要自己拿下彭督导员，或许就能躲过这场灾祸。恰恰就是顾宽敏这个自以为是的错误判断，将自己和所有追随者统统拉入万劫不复的深渊。

久居宦海、圆滑世故的彭督导员敏锐地看出了顾宽敏惶惶不可终日的样子，但他不动声色地逼近顾宽敏，不仅因为佟维三与他之间的特殊关系，更重要的因素是重庆高层已然掌握了顾宽敏大量贪腐的实情材料，他这次来到西安，便是专门为查清此案而来。在彭树勋督导员的威压下，西安地方监察院和西安高等法院只有积极配合。

彭督导员滴水不漏、笑里藏刀的态度，令顾宽敏每日如鲠在喉，无论他如何

巴结、谄媚、贿诱，彭树勋均不吃他这一套。黔驴技穷的顾宽敏感觉彭督导员犹如一块铁板，连根针也别想插进去。面对如此被动的局面，顾宽敏不止一次请教自己在国府监察院的高层关系，希望对方能指点迷津。但对方除了哀叹不止，便是叮嘱他另觅他法以求自保。心有不甘的顾宽敏又发动自己的下属，攀缘所有能用的特殊关系，以期逃过此劫，然而得来的消息却都令他失望透顶。"屋漏偏逢连夜雨"，这时那个叫"农夫"的记者又冒了出来，在《西京日报》上发表了题为《一窝硕鼠"最后的晚餐"》的文章，猛烈揭批西安市某些官员蛇鼠一窝、贪赃枉法的事实，文中虽未明确写出贪腐官员的名字，但明眼人一看便知此文剑指西京行营。

《西京日报》发表的这篇文章，对于挖出西京行营腐败窝案无疑起到火上浇油、推波助澜的作用。但此时的顾宽敏已经无暇去深究此文到底是共产党所为，还是佟维三落井下石，因为追究这些对于眼下的他来说已经毫无意义。而当连云飞、魏文远和郭宪正三人看到报纸后，失魂落魄地跑到顾宽敏跟前讨寻对策，顾宽敏看着他们一双双茫然恐慌的眼睛，心中突然生出一股"起高楼，宴宾客，楼塌了"的恓惶感。此刻的顾宽敏，已经完全无法给出任何行之有效的应对之策，他木然呆立在窗前，办公室的气氛压抑到了极点。连云飞他们看到大家乘坐的顾宽敏这条船已行驶到山穷水尽处，一种唇亡齿寒的凄凉感蔓延在每个人的心头。当他们灰心绝望地要退出办公室时，忽听窗前的顾宽敏嘴里吟念起了《好了歌》。

世人都晓神仙好，唯有功名忘不了！
古今将相在何方？荒冢一堆草没了。
世人都晓神仙好，只有金银忘不了！
终朝只恨聚无多，及到多时眼闭了。
世人都晓神仙好，只有娇妻忘不了！
君生日日说恩情，君死又随人去了。
世人都晓神仙好，只有儿孙忘不了！
痴心父母古来多，孝顺儿孙谁见了？

随着日本人的败退，国府高层也随之发生了翻天覆地的变动。顾宽敏曾经依赖的靠山接连失势，让他清清楚楚感受到风向突变后带来的丝丝寒意。虽然他每天不得不在公开场合仍然表现得风轻云淡，但暗地里却早已为自己"东窗事发"做着周密盘算。直到有天顾宽敏安排副官先将夫人密送出城，却被城门警卫毫不客气地阻挡回来，他便意识到大厦将倾了。

一个月之后，重庆下令撤销西京行营，随后设立西安绥靖公署，第一战区胡长官就任西安绥靖公署首任主任。就在同一天，西安绥靖公署警备司令部出动大批军警，一举将顾宽敏、连云飞、魏文远、郭宪正和马得水等二十一名西安高官全部缉拿法办。这场干脆利落的逮捕行动，像秋风扫落叶一般席卷整个西安官场。

在西安高等法院审判大厅里，一场西安老百姓翘首以盼的大审判拉开序幕。当日，国民政府的《中央日报》上发表的社论《赶快收拾人心》中说："国家在这样风雨飘摇之秋，老百姓在这样痛苦的时分，安慰在哪里呢？希望又在哪里呢？享有特权的人享有特权如故，人民莫可奈何。靠着私人政治关系发横财的豪门之辈，不是逍遥海外，即是特权豪强如故……"这篇笔锋犀利、流传甚广，引起许多人共鸣的社论，为顾宽敏的贪腐窝案敲响了丧钟。

彭树勋督导员正襟危坐在审判席上向现场所有人员义正词严地说道："抗战以来，国民政府惩治腐败的大政方针每每得不到落实，法令政策常常因人因事而异，故而老百姓嘲讽我们国民党惩治腐败是'雷声大雨点小'。法令，不可谓不备；制度，不可谓不全。但却出现了越反越腐败的现象，这究竟是哪里出了问题呢？依我看最核心的原因，就是某些身居政府要职的官员领头腐败、压制调查、束缚言论、徇私包庇，不仅引起民众的普遍不满，而且让国府的政治威望大受影响，甚至导致整个国家陷入人心尽失的危险局面。所以说，腐败是洪水猛兽，祸国殃民，如若再不严惩，必将使我们陷入亡党亡国的危险境地。"彭树勋振聋发聩的法庭讲话，让旁听席上的佟维三甚为振奋，他知道这既是对审判顾宽敏贪腐窝案定下了基调，也表明了抗战胜利后国府惩治腐败的坚定决心。

在"围猎"顾宽敏这只老狐狸的过程中，佟维三始终像个老练的猎人。现在他选择坐在一个不起眼的角落，安静地看着一个个证人走上法庭控诉顾宽敏所犯的一桩桩烂事。特别是积攒了数年怨恨而义愤填膺的李震夫人，一把鼻涕一把泪地痛斥顾宽敏当年对李震的排挤、打压甚至加害。她将所有能证明顾宽敏罪行的

证据全部在法庭上公开：贪污巨额公款汇到东南亚，拆分打包西京筹委会各类建设工程从中渔利、中饱私囊，接受商人吴雪山输送的巨额利益；利用手中公权侵占、瓜分甚至用极其野蛮的手段抢夺已故西京商会会长肖玉仁的家族资产，直接导致肖家几代人呕心沥血创下的庞大产业垮塌、倒闭，致使西安工商界仁德兼备的优秀商人肖玉仁含恨而死。就连顾宽敏为了推卸责任以求自保故意隐匿军用止血粉这一重要线索，以及他随意捏造华丰面粉厂"粉尘爆炸"的细节全都端了出来……坐在法庭旁听的孙静怡、王福和闫光明听着这一幕幕真相被揭露出来，三人都忍不住暗自垂泪。

让佟维三略感尴尬的是张大红在法庭上的表现，为了证明自己浑然不知儿子吴大宝曾经在长安城与顾宽敏之间诸多的龌龊事，她前言不搭后语的回答引起法庭一阵骚动。虽然在开庭之前，佟维三指使专人对张大红做了精心辅导，但她的异样表现，还是让法庭在认定顾宽敏与吴雪山之间的贪腐事实时显得困难。值得玩味的是，从李夫人一直到张大红的陈述期间，顾宽敏始终坐在被告席上闭目养神，像个局外人一样淡然处之。事实上，顾宽敏的内心几乎完全是崩溃的，面对"墙倒众人推"的法庭质证，他很清楚这时候任何的自我辩解，不仅苍白无力，或许还会引起更大的众怒，而这种庭审景象如果再被媒体传扬出去，他不仅仅在长安城毫无尊严可言，或许还会引起难以估量的"多米诺骨牌效应"，那时恐怕连保住性命都会堪忧。所以他只有守住胸中仅存的一口真气，以待奇迹的发生。可是奇迹在哪里呢？这时候又有谁会为他带来意想不到的奇迹呢？顾宽敏只有选择沉默，因为沉默对此时的他来说，或许就是最好的自辩。

张大红在法庭上拙劣的表演，非但没能将顾宽敏与吴雪山之间的丑恶勾当坐实，反倒让审判生出一种异样的味道。佟维三开始后悔千里迢迢将这个看似精明实则愚蠢的"贵妇人"带到法庭上。正当佟维三无比懊恼之时，马得水的招供让案情"柳暗花明"起来。

当年顾宽敏为了掩饰吴雪山逃离的真相，情急之下将连云飞、魏文远、郭宪正和马得水一起拉拢到自己这条船上的时候，他绝对想不到这种看似铁板一块的"攻守同盟"，其实有着致命的缺陷，那便是如果有一人被撬开嘴巴，大家都得跟着跳河。果然，蠢笨臃肿的马得水为求自保，居然不打自招，不仅供出顾宽敏伙同西京行营工商科科长连云飞等三人与自己一起私分吴雪山所有产业、股权的贪腐事实，还将顾宽敏敲诈勒索秋风寨寨主洪天纵五十万大洋的事情吐了出来。尤其令人发笑的是，他还顺嘴说漏了顾宽敏诸多卖官鬻爵的事实，导致已提升至西京警察局保安大队副队长的汪洋海也锒铛入狱。

西安高等法院经过取证审理，依法判处了顾宽敏、连云飞、魏文远、郭宪正和马得水等二十一名官员贪污受贿罪，这场万众瞩目的审判终于落下帷幕。在整个庭审过程中，佟维三心中始终存有一个巨大的疑问，李夫人究竟是通过什么渠道得到那么翔实的关于顾宽敏贪腐的证据？他曾私下装作不经意地提起这个话题，李夫人和李裁都是一副讳莫如深的样子。此后，他又试图从彭树勋督导员那里探知一些信息，结果依然是一无所获。

在佟维三的大力协助下，彭树勋顺利挖出了西京行营主任顾宽敏的贪腐窝案。

彭树勋回到重庆后，各大媒体竞相报道他为国民政府"拔毒除痈"的壮举，这让彭树勋着实风光了一阵子。此后不久，国府调整各地党务调查科改组进国防部保密局。鉴于在调查西京行营腐败窝案中的突出表现，佟维三从西京行营第三科科长被擢升为国防部保密局西安站站长，冯宁远亦同时被提拔为副站长。正当两人志得意满之际，佟维三注意到新近成立的西安绥靖公署也提拔了一名副主任，此人便是一直与他默默共事的西京行营高级参谋张奎。足足有半个月时间，佟维三脑海里始终盘旋着张奎的影子，他不得不将此人的高升与李夫人手中材料的获取联系在一起，他心里越想越觉得张奎或许才是扳倒顾宽敏真正的幕后英雄，然则在窝案的整个审理期间，无论从彭树勋那里，或是李夫人、李裁的嘴里从未听到他们提及过有张奎这样一个潜伏多年的"撒手锏"。想到这里，佟维三心里不由得感慨不已，他们，终归还是留了一手啊！但愿自己身边永远不要有张奎这样的人存在。

佟维三最终证实了自己的猜测不假。一次偶然的机会，他去张奎办公室请示公务，无意中瞄见桌上有封绝密文件右下角署名"建丰"二字，瞬间让佟维三内心大为震惊，就此他才彻底意识到，张奎此人之深浅绝非他人轻易能够摸清，他提醒自己往后绝不可等闲视之。

重庆谈判正式开始了，这是国共两党就中国未来的发展进行的一次历史性会

谈，全国民众从和谈中再次看到了和平、民主与团结的希望和曙光。而为了避免国共双方军事冲突，由国民党、共产党和美国三方联合成立了"军事调处执行部"，并下设三十八个执行小组分赴全国各地执行停止内战、禁止双方军队战斗接触，以及妥善处理双方军队的相处与整编问题。

佟维三与冯宁远分别擢升为国防部保密局西安站站长、副站长后接到的首个任务，便是妥善接待从延安来西安进行军事调停的共产党和谈代表团。当冯宁远从共产党和谈代表团名单里看到"卢先声"这个熟悉而又陌生的名字时，他的心里不由得"咯噔"了一下。这个卢先声是冯宁远早年奉命暗杀参与执行"华清宫兵谏"的刘伍师长的参谋长，尽管刘师长阴差阳错躲过一劫，但他的副官董孝铭和秘书高智却倒在冯宁远的枪口下。再想到当年为了阻止卢先声等七名将领奔赴延安，冯其中的特务一组在潼关车站上几乎全军覆没的惨状，冯宁远至今仍心有余悸。如果这次让他参与接待任务，难免要和卢先声打交道，到时候的尴尬场面肯定会使他万分难堪。于是，他连忙向佟维三详细讲述了自己与共产党这位和谈代表之间曾发生的过节，并恳请允许自己退出这次任务。佟维三却觉得冯宁远多虑了，他说咱们才是这个城市的主人，怎能在共产党和谈代表面前委曲求全呢？

大大出乎佟维三预料的是，共产党赴西安和谈代表团还没抵达，重庆"军调处"突然打来电话，说是为了不影响军事调停大局，冯宁远需要退出本次接待任务。佟维三放下电话后气愤难当，他不明白共产党哪里来的这般能量，任务还没开始便让他失去得力助手。然而更让佟维三猝不及防的消息接踵而来，在他接到重庆来电的第二天，国防部保密局再发一纸公函，将冯宁远调往兰州站任职。

第五十章

从延安来的和谈代表团终于抵达了西安，柴伯文、胡善文与八路军西安办事处代表共同前往车站热情迎接。柴伯文和胡善文欣喜地发现，由龚少华将军率领的和谈代表团里有两个年轻而熟悉的身影，他们是康健与杨小云。在经过龚少华将军和代表团副团长卢先声的同意之后，康健和杨小云在胡善文的陪护下回到了长乐坊大剧院。

望着一身戎装英姿飒爽的宝贝女儿杨小云和准女婿康健，杨元厚几乎不敢相信自己的眼睛，他既惊喜万分又甚觉诧异。这么多年里，杨元厚一直确信宝贝女儿跟随康健在南方做生意，谁知他们早已经去往延安了。瞧着眼前的女儿，一股激动而复杂的情绪包裹着杨元厚，他的大脑里居然生出有点不敢直视女儿的错乱感，此时此刻，眼泪已经在杨元厚的眼眶里打转，他再也抑制不住内心的狂喜，父女俩相拥在一起又哭又笑。看着曾经多愁善感的女儿，如今仿佛变成另外一个自己不认识的人，杨元厚自然感慨万千，他渴望知道女儿这些年经过了怎样的历练，才会变成今天这般与众不同的模样。

听到杨小云回来的消息后，寒梅、胡淑曼、王文月、申湘云以及剧院老板赵本斋全都来了，就连没有登台演戏的师兄弟妹们也都统统跑了过来。大家纷纷惊讶于杨小云与康健的巨大变化，并将他俩团团围住上下打量个不停，众人嘴里啧啧称赞杨小云穿上这身军装既精神又好看，又夸赞她愈发变得优雅漂亮了。

杨小云的归来，当然给杨元厚在长安秦腔总社里长足了面子，这让他不由得想起自己的亡妻杨云，想起往日与女儿一起经历过的那些纷扰往事，内心再次涌出难以言说的滋味。杨元厚悄悄走到廊柱背后偷偷擦拭着眼泪，这幕情景被站在不远处的寒梅看在眼里。

由于下马陵的惠民药铺早已被查封，康健被胡善文带到一个秘密地方去见父亲康寿夫了。一直到傍晚时分，寒梅这才陪着杨小云和杨元厚一起回到杨宅，杨

　　小云无限感慨地环顾四周，望着陪伴自己长大的这座清幽别致的院落，一股酸楚潮红了她的双眼。因为柳青芳上次走得匆忙，又未料到杨小云会突然回家，她的闺房里散乱的桌椅上已蒙着一层薄薄的灰尘，一切都是那样熟悉而又陌生，那把檀香木封边的"秋风悲画扇"依然静静地摆放在纱窗前，扇面上那个浅笑娇靥的古装女子，仿佛在默默地等待着闺房主人回来。

　　知道女儿今晚要住在家里，无比激动的杨元厚将前庭后院打扫得干干净净。杨小云默不作声地整理着屋子，寒梅在一旁擦拭着桌椅上的灰尘，不经意间透过窗棂望出去，只见杨宅外昏黄的灯光下，有个人影在晃动，寒梅一眼便认出来，那是冯其中的身影。

　　冯其中当然无比渴望再次见到自己至今深爱的那个女人。当他从《西京日报》的报道里看到和谈代表团成员杨小云的名字和照片时，心中除了巨大的诧异之外，整个人被浓厚的失落感笼罩着。他静静地坐在古城茶楼一个安静的房间里，看着报纸上嫣然浅笑、自信美丽的杨小云痴痴发呆。该去见她吗？她还是以前那个杨小云吗？纷乱混杂的想法让冯其中感到头脑发胀，等到情绪从失落与混乱中恢复过来时，他再次陷入煎熬之中。从本心出发，他当然万分渴望见到杨小云，但又清楚地意识到，自己现在还有何脸面去见她，杨小云已经完全变成另外一个人，他与她已经是两个不同世界的人了。但巨大的失落感最终幻化成绝望中的挣扎，冯其中身不由己地走到杨宅门前，却发现自己连一丝敲门的勇气都没有。

　　心情苦闷不堪的冯其中浑浑噩噩地和衣而睡，但噩梦又将他惊醒，辗转反侧的他起身斜靠在床头呆望着窗外，看着天空渐渐亮起来了。这时，楼下忽然响起一阵喧闹声，锦绣班弟子付兴华激动地跑上楼来，站在冯其中卧室门口欣喜地喊道："师父，兰州丰德班马杰他们到了。"一身困倦的冯其中仿佛瞬间打了一剂强心针，从床上腾身而起。

　　马杰带着两个丰德班弟子是从前日夜里出发的，直到今天凌晨才到达西安。他说抗战胜利后，从兰州方向返回全国各地的旅客增加了数倍，他们好不容易才买到三张深夜发往西安的火车票。看着风尘仆仆的马杰，冯其中心里甚是纳闷，不知他们这个时候来到西安所为何事？大家刚刚落座，马杰便急切地说道："自从'马上飘'马步青战死河南之后，马家剧社成了群龙无首的散班子。现在抗战胜利了，全国暂居兰州城的各个剧种班社，走的走、留的留、散的散，兰州城梨园行从来没有像今天这般混乱过。"冯其中还是没有听明白马杰的意思，他让马杰直奔主题不必绕弯。马杰挪动了一下身体爽快地说："我干脆说了吧，这次来就是恳请冯兄能跟我回兰州去，收拢拾掇兰州城乱了营的梨园行。"冯其中听罢甚感吃惊，问他怎会突然生出这样的心思，马杰这才拿出丰德班班主马乃德临终前写给冯其中的一封书信。

长安锦绣班冯班主惠鉴：

你我虽素未谋面，但冯班主留在兰州城之声望令人敬佩。秦腔最为陕甘两省百姓之喜闻乐见，如今天下即将太平，国家百废待兴，甘肃秦腔亦需重振士气，兰州戏曲界亟须冯班主这般大才前来统领梳理。老朽老矣，不揣冒昧，如上恳请万望冯班主能以我们梨园行"仁义"为念，受纳吾等之殷殷期盼，老朽即便在九泉之下亦无憾矣。

冯其中看罢此信，方知丰德班老班主过世了。马乃德老班主去世前之所以有此考量，是经过深思熟虑的，他很清楚兰州城戏曲界群龙无首的现状，非得有位像冯其中这样深孚众望、技艺高瞻的秦腔老行家才能压得住阵脚，才能真正让多年以来浮动不堪的人心，归拢在梨园行"仁义"这面旗帜下。"马上飘"战死之后，马家剧社里的其他人都显得威严有余、德望不足，而丰德班的马杰又资历尚浅，难以服众。马老班主虽然不曾了解冯其中的过往经历，但看他在兰州城短短时日里就能让东坡剧场声名鹊起，又听闻马杰讲述他们一起在河南抗战前线义演这两件事，马乃德便认定冯其中就是他心中要找的大才，这才在临终之前留下这份言辞恳切、不吝溢美之词的书信。

面对兰州丰德班马乃德老班主的临终恳请，以及曾与他共赴国难、危城义演结交下深情厚谊的马杰的盛情之邀，冯其中迟迟没有表态，他既不拒绝也不答应的态度让马杰一头雾水。李泉看着摸不着头脑的马杰，私下热心献策让他去请寒梅前来相劝。寒梅听得兰州秦腔界诚邀冯其中主持大业的想法后，心想这件事情对于师弟来说无疑是件荣耀之事，于是力劝冯其中答应此事，并建议他将长安城曲艺繁荣的经验带过去，也好在兰州城略显荒芜的梨园行里种下希望的种子。

其实，冯其中对于马杰的邀请，心里是万般感激的，他之所以迟迟没有个态度，还是念念不忘正在西安参与军事调停和谈的杨小云。冯其中对寒梅说："我不是不想去，是我有件事情还没办妥。"

寒梅是何等精明之人，她和冯其中曾多年跟着师父陈凤良学习本事、精进技艺，对师弟的情感心思自然十分了解。"我知道你心里至今仍放不下杨小云，那天我看见你站在她家门口。"寒梅直截了当点透他的心思，反倒让冯其中略显尴尬。但她心里非常清楚，师弟此刻最渴望听到杨小云的任何消息。"就在你站在杨小云家门口的那天晚上，我们俩说了许多话。她说她在延安很好，她和康健的感情也很好，延安让她看到了另外一个世界，那里没有尔虞我诈的争斗，没有攘权夺利的倾轧，她和康健深信他们寻找到一条正确的道路。"寒梅停顿了一下，语气更加温和地说，"你一定想知道她是否问起你。事实是她和此刻的你一样，都没有主动提起对方，反倒是我先问她，难道不想知道关于你的消息吗？小云笑着给我说，冯大哥始终是个好人，她最喜欢你站在舞台上的样子，她说你天生就属于那个舞台。只可惜一切都好像做梦般消失了，但愿那些最美好的记忆能永远留在梦里。"

不知从哪刻起，冯其中低声抽泣起来，他蜷缩着身子像个孩子般在寒梅跟前毫无顾忌地哭了。"如果师姐再见到小云，你就告诉她，我冯其中会永远站在舞台上。"

寒梅看得出，尽管冯其中心高气傲，此刻却没有勇气去见杨小云。现在他答应了去兰州，定是想尽快逃离每日扰乱心神，令他备受煎熬的情感折磨。随后，寒梅不胜欢喜地向沈金书详说了兰州梨园行派人邀请冯其中的来龙去脉，沈会长听后亦大感欣慰，连声称赞道："人尽其才，物尽其用，这是一件大好事啊。"

冯其中第二次带着锦绣班要远赴兰州了，长安城几乎所有梨园中人都到车站为他送行。沈金书陪着赵世诚早早到了车站，两位身形清瘦、精神矍铄的老前辈语重心长地勉励他到了兰州要放手大胆地去干，平常日子里多给他们写信报平安。临别时赵世诚还将一枚珍藏多年的梅花七星鸽哨赠送给冯其中留作纪念，冯其中感激涕零。这枚鸽哨是赵世诚的心爱之物，冯其中幼时跟随赵世诚驯养信鸽时见过此物，没想到心细如发的赵老前辈至今还保留着，冯其中由此知道在赵世诚的心里，自己永远都是锦绣班长大的弟子。杨元厚代表长安秦腔总社送给他许多演出所用的砌末，既有法宝道具，又有形子杂物，甚至连麻鞭、五雷碗以及黑虎鞭、纸花子等器具都一应俱全，杨元厚说这些品种繁多、制作精良的道具恐怕在兰州城很难买到，算是长安秦腔人送给同行的一份心意。寒梅和胡淑曼连夜收拾整理出数十套古装戏服和虎头鞋靴，也让锦绣班装箱带走。长乐坊大剧院老板赵本斋和止园剧场老板叶琦也甚为慷慨，他们给锦绣班赠送了舞台上用的门帘、旗帐，还有很多刀枪把子、桌椅杂器，因为这些器物体积太大，又雇来一辆卡车装上，专门给锦绣班送到兰州去。长安戏曲界纷纷慷慨解囊资助，这让马杰内心深为感动，他一边满怀感激地向每位前来送行的同道中人道谢，一边心想如果师父马乃德看到此情此景，该有多么的欣慰与自豪啊。

望着车窗外挥手告别的一张张熟悉的面孔，冯其中感慨万千，脑海中不由得浮现出当年第一次去兰州时的孤单与凄凉。同一个站台上，同一列火车上，却看到迥然不同的送别情景，这让胸中已然豁亮起来的冯其中深切体悟到许许多多曾经懵懂执迷的道理。他将头轻轻靠在座位上，双眼紧紧地闭合着，一行清泪顺着脸颊悄然流下。冯其中的心里再也没有了往日的茫然与荒凉，他知道远在西北的兰州火车站上，庄严寺的明镜方丈、东坡剧场老板孔思泰，还有已在兰州城安身立命的褚子桥，以及马家剧社和丰德班众多师兄弟们一定都在等候锦绣班的到来。

立秋后的西安，天气说凉就凉，农历刚过九月初一，秋雨便一场连着一场。且说赵世诚和老伴龙宝婵住在甜水井付家大院时日久了，心里便生出几分思念家乡的情愫，尤其是听到日本人投降的消息后，龙宝婵常常念叨着要回运城老家。赵世诚将老伴的心事说给了寒梅，寒梅好心建议赵老爷子，不妨住到明年春暖花开时节再回不迟。这天夜里，淅淅沥沥的秋雨一直下个没停，午夜刚过，身染风寒的龙老太太开始发起烧来，寒梅急忙请医生到家里给她诊治，吃完药后，龙老太太昏昏沉沉睡着了。

第二天清晨，一夜秋雨后的西安城放晴了，蛋黄般的太阳慵懒地照射着大地，气温却依然很低。经过夜里的恢复，龙老太太的气色明显好了很多，寒梅照顾着两位老人正吃早饭，龙如玉兴冲冲回家来，她在寒梅耳边密语说二哥赵渊刚刚调到八路军西安办事处了。这个消息让寒梅既惊讶又高兴。

很快，八路军西安办事处在城南妙积寺召开了一次秘密会议，当寒梅在会场

看见赵渊时，一股异样的暖流在她心里流淌着。柴伯文在会上不仅宣读了延安方面对八路军西安办事处新的人事任命，还对"八办"未来的工作重点做了详细部署。随后他又神情激愤地说道："据我们得到的可靠情报，前些日子里才刚刚审理收监的顾宽敏，已经被保外就医回老家去了。还有连云飞、魏文远和郭宪正三人，也分别假释出狱暂予监外执行。这完全是在公然挑衅和侮辱法律，可见国民政府的司法腐败与黑暗已到了何等地步。如果让这样的政党继续领导，我们的国家和民族还有什么前途和未来？所以，暂时的和谈掩饰不了天边已经升起的乌云，大家应该做好充分应对时局突变的心理准备。"柴伯文的发言，让每个留在西安继续斗争的人，倍感肩上的责任重大。

会后，即将调往延安工作的柴伯文私下对寒梅说："从重庆传来的消息说，国共两党不日将签订一份和谈协议，但从眼前局势来看，要想达到两党真正的和平，估计还为时尚早。我就要去延安了，估计未来西安的斗争局面会越来越严峻，临走前，我以个人名义要向你和牺牲的曹云亭同志表示感谢，在这个城市里，我们共同与敌人斗争了这么多年，从内心讲，我对大家还有这个城市都是有感情的。不瞒你说，上级决定调赵渊到'八办'工作，是我向组织建议的，这或许是我能为你做的最后一件事情了。"听着柴伯文的话，寒梅深切理解他的良苦用心。在多年的并肩战斗中，柴伯文深知寒梅和曹云亭是一对信仰坚定的红色恋人。在柴伯文的革命征程中，也曾经像寒梅一样，不幸牺牲了自己深爱的恋人，所以感同身受的柴伯文，要在离开西安之前，为寒梅留下继续坚持战斗下去的火种，这粒火种既是可以燎原的革命之火，亦是留在寒梅心中的一把希望之火。

秋风瑟瑟的妙积寺山门前，胡善文、赵渊、寒梅、净一法师等人与柴伯文握手言别，众人目送着柴伯文在秋风中绕城而去，和他同车北上的，还有肖玉仁先生曾经最得力的助手王福与闫光明。

阵阵木鱼声将寒梅飘飞的思绪拉了回来，她突然看见穿着一身居士服饰的肖若妍从眼前闪过，寒梅紧随其后走到大殿门口，只见双手合十的肖若妍无比虔诚地跪拜在佛龛前默默低语。正当她迷惑不解时，净一法师笑吟吟走过来说："自从上次为肖先生做完法事后，她便没有再回城去，她母亲已经来过两趟劝她回家，她却执意要留下来为父亲祈福七七四十九天，到今日刚好一个月了。"临下山时，寒梅再次回望肖若妍的身影，心中涌出一种怅然若失的感觉。

　　寒梅从妙积寺回来后，龙老太太的病情似乎加重了，她时而苏醒时而迷糊，醒来时还是不停给赵世诚念叨着要回老家。龙如玉日夜守护在老母亲身边，请来的医生摇摇头都走了，赵老爷子心里清楚，陪伴自己一辈子的老伴这次恐怕要撒手西去了。赵渊见母亲的情况很是不好，连夜给远在山西太原的兄长龙长生发去电报，只说父母亲近期将从西安返回，叮嘱他尽快赶回运城收拾好老宅。

　　与此同时，沈金书也在着手准备返回北平之事，他将长安戏曲工会的事务向寒梅和赵渊做了详细交代之后，这才彻底放下心来。赵天佑遵照师父的盼咐，已将崇林社所有家当收拾停当，直到万事齐备后，无限不舍的沈金书来到付家大院和大家一一作别，当他知道赵世诚也准备带着病重的老伴回运城时，老哥俩索性商定一同出发，在路上彼此也好有个照应。

　　赵渊向胡善文请假说要回一趟山西老家，胡善文得知具体情况后，叮嘱他沿途多加小心。赵渊和龙如玉兄妹陪着年迈的父母同沈金书、赵天佑及崇林社众弟子一起乘坐火车离开了西安，过了风陵渡大桥之后火车停了下来，众人在此处就要兵分两路各自回家了。临别前赵世诚拉着沈金书的手久久不愿松开，大家望着秋风中难舍难分的两位老前辈无不心痛欲碎、悲怆泪涌。

　　夕阳西下，萧瑟秋风中黄河滚滚东流去，赵世诚乘坐的马车沿着黄河岸边缓缓而行，沈金书望着渐行渐远的马车泪如雨下，赵天佑死活劝不住伤心欲绝的师父，崇林社众弟子见此情形，齐齐望着如血残阳下的黄河水放声开唱。

　　　兵戈既未息，儿童尽东征。
　　　请为父老歌，艰难愧深情。
　　　歌罢仰天叹，四座泪纵横。
　　　……

　　湘子庙街深处的肖家府邸里，孙静怡依然没有从丧夫之痛中走出来。刚刚调往中央银行西安分行的段景民带着夫人和儿子来肖府探望，他们悉心安慰着孙静怡。地上放着段景民带来的两个皮箱，里面装满了金银珠宝和古董器物，段夫人慢声细语告知孙静怡，这些东西是肖先生早年留在段景民身边的，当时肖先生只

留下一句话，只有到了万不得已时，再把这些东西交给夫人孙静怡。孙静怡听罢泪如泉涌、泣不成声。

段西林默默地走到肖府大院里，他望着阳光下青瓦灰檐的亭台楼阁静思默想，这里便是若妍姐姐生活的地方了。

旧情难舍的段西林非要见到若妍姐姐，孙静怡抱着最后的一丝希望许他去了。段西林到了妙积寺后才知道，肖若妍已在水陆庵削发为尼了，失魂落魄的他又寻到水陆庵。他在山下民舍整整留宿了三天三夜，每日上到山门前痴痴等待，终不见肖若妍的身影出现。

深秋时节的灞河两岸天高云淡，寒梅站在纷纷扬扬黄叶飘零的柳林边，静静等候着赵渊归来……